FABRICANTE DE LÁGRIMAS

ERIN DOOM

Traducción de Manel Martí Viudes

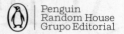

Fabricante de lágrimas

Título original: *Fabbricante di lacrime*

Primera edición en España: enero de 2023
Primera edición en México: enero de 2023

D. R. © 2021 Adriano Salani Editore s.u.r.l.
Milano
www.magazzinisalani.it

D. R. © 2023, Penguin Random House Grupo Editorial, S. A. U.
Travessera de Gràcia, 47-49, 08021, Barcelona

D. R. © 2023, derechos de edición mundiales en lengua castellana:
Penguin Random House Grupo Editorial, S. A. de C. V.
Blvd. Miguel de Cervantes Saavedra núm. 301, 1er piso,
colonia Granada, alcaldía Miguel Hidalgo, C. P. 11520,
Ciudad de México

penguinlibros.com

D. R. © 2023, Manel Martí Viudes, por la traducción

ISBN: 978-607-382-534-4

A quien ha creído desde el principio.
Y hasta el final.

Prólogo

En el Grave teníamos un sinfín de historias.

Relatos susurrados, cuentos para dormir… Leyendas a flor de labios, iluminadas por la claridad de una vela. La más conocida era la del fabricante de lágrimas.

Hablaba de un lugar lejano, remoto…

Un mundo donde nadie era capaz de llorar y las personas vivían con el alma vacía, desnudas de emociones. Pero, oculto a todo el mundo, en su inmensa soledad, había un hombrecillo vestido de sombras. Un artesano solitario, pálido y encorvado que, con sus ojos claros como el vidrio, era capaz de fabricar lágrimas de cristal.

La gente acudía a su casa y le pedía poder llorar, poder experimentar una pizca de sentimiento, porque en las lágrimas se esconde el amor y la más compasiva de las despedidas. Son la extensión más íntima del alma, aquello que, más que la alegría o la felicidad, hace que uno se sienta verdaderamente humano.

Y el artesano los contentaba…

Engarzaba en los ojos de las personas sus lágrimas con lo que contenían y eso era lo que la gente lloraba: rabia, desesperación, dolor y angustia.

Eran pasiones lacerantes, desilusiones y lágrimas, lágrimas, lágrimas. El artesano infectaba un mundo puro, lo teñía de los sentimientos más íntimos y extenuantes.

«Recuerda: al fabricante de lágrimas no puedes mentirle», nos decían al final del cuento.

Nos lo contaban para enseñarnos que todos los niños pueden ser buenos, que deben ser buenos, porque nadie nace malo. No está en nuestra naturaleza.

Pero en mi caso…

En mi caso no era así.

Para mí aquello no era una simple leyenda.

Él no se vestía de sombras. No era un hombrecillo pálido y encorvado con los ojos claros como el vidrio.

No.

Yo conocía al fabricante de lágrimas.

1

Una nueva casa

Vestida de dolor, ella seguía siendo
lo más bello y resplandeciente del mundo.

—Quieren adoptarte.

Jamás pensé que oiría aquellas palabras en toda mi vida. Cuando
era una niña, lo había deseado tanto que por un momento dudé de si
me había quedado dormida y estaba soñando. De nuevo.

Sin embargo, aquella no era la voz de mis sueños.

Era el áspero tono de voz de la señora Fridge, aderezado con aquel
matiz de contrariedad del que nunca nos privaba.

—¿A mí? —respondí con un hilo de voz, incrédula.

Me miró con el labio superior fruncido.

—A ti.

—¿Está segura?

Apretó la pluma con sus dedos grasientos y la mirada que me lanzó
me hizo encogerme de hombros al instante.

—¿Ahora te has vuelto sorda? —ladró con fastidio—. ¿O acaso in-
sinúas que la sorda soy yo? ¿Es que el aire libre te ha taponado los
oídos?

Me apresuré a sacudir la cabeza, negando con los ojos desorbitados
por la estupefacción.

No era posible. No podía serlo.

Nadie quería adolescentes. Nadie quería a los mayores, nunca, por
algún motivo. Era un dato contrastado. Pasaba un poco como con los
perros: todos querían cachorritos, porque eran muy monos, inocentes,

11

fáciles de adiestrar, pero nadie quería a los perros que llevaban allí toda la vida.

No había resultado una verdad fácil de aceptar para mí, que me había hecho mayor bajo aquel techo.

Cuando eras pequeña, al menos te miraban. Pero a medida que ibas creciendo, las miradas cada vez se volvían más circunstanciales y su compasión te esculpía para siempre entre aquellas cuatro paredes.

Sin embargo, ahora… ahora…

—La señora Milligan quiere hablar un momento contigo. Te espera abajo; enséñale la institución mientras dais un paseo y procura no estropearlo todo. Contente, no empieces con tus rarezas y, a lo mejor, con un poco de suerte, lograrás salir de aquí.

Yo estaba hecha un flan.

Mientras bajaba, sintiendo el roce del vestido bueno en las rodillas, volví a preguntarme si aquello no sería otra de mis innumerables fantasías.

Era un sueño. Al pie de la escalera me recibió un rostro amable; pertenecía a una mujer de edad más bien avanzada que estrechaba un abrigo entre sus brazos.

—Hola —saludó sonriente, y me percaté de que sin duda me estaba mirando a mí, directamente a los ojos, lo cual era algo que no me sucedía desde hacía muchísimo tiempo.

—Buenos días… —exhalé con un hilo de voz.

Me dijo que me había visto antes, en el jardín, cuando franqueó la verja de hierro forjado: me distinguió entre la hierba sin cortar y las franjas de luz que se filtraban a través de los árboles.

—Yo soy Anna —se presentó cuando comenzamos a pasear.

Su voz era aterciopelada, como templada por los años, y yo me quedé mirándola fascinada; me preguntaba si era posible quedarse prendada de un sonido o encariñarse de algo que apenas se acababa de oír por primera vez.

—¿Y tú? ¿Cómo te llamas?

—Nica —respondí, tratando de contener la emoción—. Me llamo Nica.

Ella me observó con curiosidad, y yo ni siquiera me fijaba en dónde ponía los pies, de tanto como deseaba corresponder a su mirada.

—Es un nombre realmente peculiar. No lo había oído nunca, ¿sabes?

—Sí… —Noté que la timidez hacía que mi rostro pareciera evasivo e inquieto—. Me lo pusieron mis padres. Ellos… hum… eran biólogos, los dos. Nica es el nombre de una mariposa.

Recordaba muy poco de mi padre y de mi madre. Y muy vagamente, como si los percibiera a través de un cristal muy empañado. Si cerraba los ojos y permanecía en silencio, podía ver sus rostros desenfocados mirándome desde lo alto.

Tenía cinco años cuando murieron.

Su afecto era una de las pocas cosas que recordaba, y lo que echaba de menos más desesperadamente.

—Es un nombre muy bonito. Nica… —pronunció mi nombre redondeando los labios, casi como si quisiera saborear su sonido—. Nica —repitió con decisión, y después asintió con delicadeza.

Me miró directamente al rostro y yo sentí que me iluminaba. Tenía la sensación de que mi piel se volvía dorada, como si pudiera brillar solo por una mirada correspondida. Y eso no era poco. No para mí.

Estuvimos un rato paseando por la institución. Me preguntó si llevaba mucho tiempo allí y le respondí que prácticamente había crecido en aquel lugar. Hacía un día muy bueno y dimos una vuelta por el jardín, pasando junto a la hiedra trepadora.

—¿Qué estabas haciendo antes… cuando te vi? —me preguntó entre un comentario intrascendente y otro, mientras me señalaba un rincón algo alejado, junto a unos retoños de brezo silvestre.

Mis ojos volaron hasta aquel punto y, sin saber por qué, sentí el impulso de ocultar las manos. «No empieces con tus rarezas», me había advertido la señora Fridge, y aquella frase ahora parpadeaba en mi cabeza.

—Me gusta estar al aire libre —dije despacio—. Me gustan… las criaturas que viven a mi alrededor.

—¿Hay animales aquí? —preguntó ella, con cierta ingenuidad, pero había sido yo quien no se había explicado bien, y lo sabía.

—De los más pequeños, sí… —respondí con vaguedad, con cuidado de no pisar un grillo—. De esos que a menudo ni siquiera vemos…

Me puse un poco colorada cuando mi mirada se cruzó con la suya. Pero ella no volvió sobre el tema. Compartimos un leve silencio, entre los chirridos de los arrendajos y los susurros de los niños que nos espiaban desde la ventana.

Me dijo que su marido llegaría de un momento a otro. «Para conocerme», dio a entender, y sentí que el corazón me volvía ligera, como si pudiera volar. Mientras regresábamos, me pregunté si podría embotellar aquella sensación y guardarla para siempre. Esconderla en la funda de la almohada y verla relucir como una perla en la penumbra de la noche.

Hacía mucho tiempo que no me sentía tan feliz.

—Jin, Ross, no corráis —dije divertida cuando los dos niños pasaron entre ambas, agitando la falda de mi vestido. Se rieron con ganas y siguieron escaleras arriba, haciendo crujir las viejas tablas.

Cuando mis ojos volvieron a encontrarse con los de la señora Milligan, me percaté de que me estaba observando. Miraba alternativamente mis iris con un atisbo de lo que casi podría calificarse como… admiración.

—Tienes unos ojos muy hermosos, Nica —me dijo al cabo de un instante, sin previo aviso—, ¿lo sabías?

Me mordí los carrillos de la vergüenza y no hallé palabras con que responder.

—Te lo deben de haber dicho muchas veces —insistió, discreta, animándome a responderle, pero lo cierto era que no, en el Grave nadie me había dicho jamás nada por el estilo.

Los niños más pequeños me preguntaban ingenuamente si veía en colores como las demás personas. Decían que tenía los ojos del color del cielo cuando llora, porque eran de un gris sorprendentemente claro, moteado, fuera de lo común. Sabía que a muchos les parecían extraños, pero nadie me había dicho jamás que los encontrara bonitos.

Aquel cumplido hizo que me temblaran los dedos imperceptiblemente.

—Yo… No…, pero gracias —balbuceé azorada, lo cual la hizo sonreír. Me pellizqué el dorso de la mano con disimulo y acogí aquel sutil dolor con una alegría infinita.

Era real. Todo era real.

Aquella mujer estaba allí de verdad.

Una familia, para mí… Una vida con la que poder comenzar de nuevo fuera de allí, fuera del Grave…

Siempre había creído que me quedaría encerrada entre aquellas paredes por mucho tiempo. Dos años más, hasta que cumpliera diecinueve; mientras no se demostrara lo contrario, en el estado de Alabama uno se convertía en adulto a esa la edad.

Pero ahora ya no, ahora no tendría que esperar a ser mayor de edad. No, se había acabado lo de rezar para que alguien viniera a buscarme…

—¿Qué es eso? —inquirió de pronto la señora Milligan.

Había alzado la cabeza y escrutaba atentamente el aire que la rodeaba.

Al instante, yo también la escuché. Una melodía bellísima. Allí, entre las grietas y el revoque desconchado, resonaron las vibraciones de unas notas armoniosas y profundas.

Una música angelical se propagó por las paredes del Grave, cautivadora como el canto de una sirena, y sentí que los nervios se me encrespaban en la carne.

La señora Milligan se alejó fascinada, siguiendo el sonido, y yo no pude hacer otra cosa que ir tras ella, rígida. Llegó frente al arco de una sala, nuestro salón, y allí se detuvo.

Se quedó quieta, como hechizada, mirando la fuente de aquella maravilla invisible: el viejo piano de pared, obsoleto y algo desafinado, que sin embargo seguía cantando.

Y, sobre todo, aquellas manos… Aquellas manos blancas, con las muñecas bien definidas, que se deslizaban fluidas y sinuosas por la dentadura de las teclas.

—¿Quién es…? —exhaló la señora Milligan al cabo de un instante—. ¿Quién es ese chico?

Apreté los dedos entre los pliegues de mi vestido; titubeé, y él, al fondo de la sala, dejó de tocar.

Apartó los brazos, poco a poco, con los hombros erguidos, relajados, recortados contra la pared.

Y entonces, sin prisa, como si lo hubiera previsto, como si ya lo supiera, se volvió.

Al girarse, vimos una aureola de cabello espeso y negro como ala de cuervo. Un rostro pálido, de mandíbula pronunciada, en el que destacaban dos ojos almendrados más oscuros que el carbón.

Y allí estaba, con su encanto letal. La belleza perversa de sus rasgos, con aquellos labios blancos y las facciones finamente cinceladas, hizo enmudecer a la señora Milligan, que permanecía a mi lado.

Nos miró por encima del hombro, con unos mechones de pelo rozándole los altos pómulos y la mirada baja, brillante. Sentí un escalofrío y tuve la certeza de que estaba sonriendo.

—Es Rigel.

Siempre había deseado tener una familia más que ninguna otra cosa. Rezaba por que hubiera alguien para mí allí fuera dispuesto a llevarme consigo, a brindarme la oportunidad que jamás había tenido.

Era demasiado bonito para ser verdad.

Si me paraba a pensarlo, aún no se había cumplido. O quizá… no quería que se cumpliera.

—¿Todo bien? —me preguntó la señora Milligan.

Estaba sentada a mi lado, en el asiento de atrás.

—Sí… —Me esforcé en responder, esbozando una sonrisa—. Todo… muy bien.

Apreté los dedos contra el regazo, pero ella no se dio cuenta. Se volvió de nuevo, de vez en cuando me señalaba algo fuera de la ventanilla mientras el paisaje discurría a nuestro alrededor.

Sin embargo, apenas la escuchaba.

Poco a poco, fui dirigiendo la mirada hacia el reflejo del cristal delantero. Junto al asiento del conductor, que ocupaba el señor Milligan, una mata de pelo negro asomaba por el reposacabezas.

Él miraba hacia fuera, sin mostrar interés, con el codo en la ventanilla y la sien apoyada en los nudillos.

—Allí al fondo está el río —dijo la señora Milligan, pero aquellos ojos negros no siguieron lo que ella señalaba. Bajo sus oscuras pestañas, sus iris observaban despreocupadamente el paisaje. Y, entonces, de pronto, como si me hubiera presentido, sus pupilas se encontraron con las mías.

Me interceptó en el reflejo del cristal, con sus ojos penetrantes, y yo me apresuré a bajar el rostro.

Volví a centrar mi atención en Anna, parpadeando y asintiendo con una sonrisa, pero seguía sintiendo aquella mirada que taladraba el aire a través del habitáculo, reteniéndome.

La casa de los Milligan era una pequeña villa de ladrillo igual a muchas otras. Tenía un cercado blanco, con un buzón para el correo y una veleta encajada entre las gardenias.

Distinguí un albaricoquero en el pequeño jardín, en la parte de atrás, y estiré el cuello para poder echarle un vistazo, observando aquel rincón de verdor con genuino interés.

—¿Pesa? —preguntó el señor Milligan cuando cogí la caja de cartón que contenía mis escasas pertenencias—. ¿Necesitas que te eche una mano?

Negué con la cabeza, encantada por su gentileza, y él nos fue abriendo camino.

—Venid, es por aquí. Oh, el camino, está un poco dejado... Cuidado con esa baldosa, está salida. ¿Tenéis hambre? ¿Queréis comer algo?

—Espera a que antes dejen sus cosas —dijo Anna con voz serena, y él se ajustó las gafas en la nariz.

—Oh, claro, claro... Debéis de estar cansados, ¿no? Entrad...

Abrió la puerta de la casa. Me fijé en la alfombrilla del umbral con la palabra «Home» y, por un momento, se me aceleraron los latidos del corazón.

Anna inclinó su afable rostro.

—Vamos, pasa, Nica.

Di un paso al frente y accedí al estrecho vestíbulo.

Lo primero que me llamó la atención fue el olor.

No era el olor a moho de las estancias del Grave ni el de las infiltraciones de humedad que manchaban el enlucido de nuestros techos.

Era un olor peculiar, pleno, casi... íntimo. Tenía algo especial, y me di cuenta de que era el mismo olor de Anna.

Observé el interior con ojos luminosos. El papel pintado un poco desgastado, los marcos que cubrían aquí y allá las paredes, el tapete de la mesa situada a un lado, cerca del cuenco para las llaves... Todo acumulaba tanta vida y era tan personal que me quedé un momento en el umbral, incapaz de dar un paso.

—Es algo pequeña —dijo un poco apurado el señor Milligan, rascándose la cabeza, pero a mí no me lo pareció en absoluto.

Dios, era... perfecta.

—Las habitaciones están arriba.

Anna subió el estrecho tramo de escaleras, y yo aproveché para mirar de soslayo a Rigel.

Llevaba la caja bajo el brazo y miraba a su alrededor sin apenas levantar la vista; sus ojos se desplazaban sinuosos de aquí para allá, sin dejar traslucir nada.

—¿Klaus? —dijo el señor Milligan, llamando a alguien—. ¿Dónde se habrá metido?

Lo oí alejarse mientras subíamos al piso de arriba.

Nos instalamos en las dos habitaciones que habían dispuesto para nosotros.

—Aquí había un segundo saloncito —me dijo Anna abriendo la puerta de la que habría de ser mi habitación—. Después se convirtió en la habitación de invitados. Por si venía algún amigo de… —vaciló y se interrumpió un instante. Parpadeó, al tiempo que esbozaba una sonrisa—. No importa… Además, ahora es tuya. ¿Te gusta? Si hay algo que preferirías cambiar o mover de sitio, no sé…

—No… —susurré desde el umbral de la puerta de una habitación que por fin podía definir como solo mía.

No más dormitorios compartidos, ni persianas que segaban la luz del alba, ni más suelos helados y polvorientos, ni más grisura en las paredes color ratón.

Era una habitacioncita discreta, con un bonito parquet y un largo espejo de hierro forjado en la esquina del fondo. El viento que entraba por la ventana abierta inflaba suavemente las cortinas de lino, y las sábanas limpias resaltaban, con su blanco radiante, sobre una cálida colcha de color bermellón; me sorprendí a mí misma acariciando una de sus inmaculadas esquinas aún con la caja bajo el brazo. Esperé a que la señora Milligan saliera y entonces me agaché inmediatamente para olerla: aquel fresco aroma a colada me embriagó la nariz; cerré los ojos e inspiré hondo.

Qué agradable era…

Miré a mi alrededor, incapaz de asimilar que tuviera todo aquel espacio solo para mí. Puse la caja sobre la mesilla y escarbé en el fondo. Cogí el muñeco en forma de oruga, un poco descolorido y estropeado —el único recuerdo que me quedaba de mis padres—, y lo acomodé en el centro del cojín.

Miré la almohada con ojos brillantes.

Mía…

Pasé el rato disponiendo las pocas cosas que tenía. Colgué una por una las camisetas en las perchas, mi jersey, los pantalones; revisé los calcetines y empujé al fondo del cajón los que estaban más agujereados, esperando que así pasasen desapercibidos.

Mientras bajaba, tras echarle un último vistazo a la puerta de mi habitación, me pregunté esperanzada si aquel olor que flotaba en el aire también me impregnaría a mí dentro de poco.

—¿Estáis seguros de que no queréis comer más? —preguntó Anna más tarde. Nos miraba con cierta preocupación—. Aunque sea algo ligero...

Dije que no y le di las gracias. Por el camino, habíamos parado en un restaurante de comida rápida y aún me sentía saciada.

Pero ella no parecía muy convencida; me miró un instante y después alzó la vista por encima de mi hombro.

—¿Y tú, Rigel? —preguntó titubeante—. ¿Lo he pronunciado bien? Rigel, es así, ¿no? —repitió con prudencia, recitando su nombre tal como se escribía.

Él asintió, antes de rechazar su ofrecimiento igual que había hecho yo.

—Vale... —convino—. En cualquier caso, hay galletas y leche en la nevera. Y ahora, si queréis ir a descansar... Ah, nuestra habitación es la última, al fondo, en la otra parte del pasillo. Por si necesitáis algo...

Se preocupaba por nosotros.

Se preocupaba, me repetí, mientras sentía una ligera vibración en el pecho, se preocupaba por mí, si comía, si no comía, si me faltaba alguna cosa...

Yo le interesaba de verdad, no solo para pasar los controles sanitarios de los servicios sociales, como hacía la señora Fridge cuando teníamos que presentarnos limpios y con la barriga llena ante los inspectores.

No, a ella le importaba en serio...

Mientras volvía arriba, deslizando los dedos a lo largo de todo el pasamanos, se me ocurrió la idea de bajar en plena noche a comer galletas en la encimera de la cocina, como había visto que hacían en la tele, en las películas que espiábamos por la rendija de la puerta cuando la señora Fridge se quedaba dormida en el sillón.

Unos pasos hicieron que me diera la vuelta.

Rigel apareció en la escalera. Giró a su vez, dándome la espalda, pero por algún motivo estaba segura de que me había visto.

Por un momento recordé que él también estaba presente en aquel cuadro tan primorosamente bordado.

Que aquella nueva realidad, por muy buena y deseable que fuera, no era solo dulzura, calor y encanto. No, al fondo se distinguía un contorno muy negro, una especie de quemadura, la marca de un cigarrillo.

—Rigel.

Susurré su nombre sin pretenderlo, como si se me hubiera precipitado de los labios antes de que pudiera detenerlo. Se detuvo en medio del pasillo desierto, y yo balbuceé, indecisa.

—Ahora… ahora que nosotros…

—Ahora que nosotros… ¿qué? —inquirió con su voz, tortuosa y sutil, haciéndome vacilar de nuevo por un instante.

—Ahora que estamos aquí, juntos —proseguí, mirando su espalda—, yo… quisiera que funcionase.

Que todo aquello funcionase, aunque él estuviera dentro y yo no pudiera hacer nada. Aunque él fuera esa marca carbonizada y, por un momento, recé para que no devorase aquel finísimo bordado… En un arrebato de desesperación, deseé que aquel sueño de encaje no se deshilachara.

Él permaneció inmóvil un instante y, sin decir ni una palabra, se puso a caminar de nuevo. Se dirigió hacia la puerta de su habitación, y sentí que mis hombros se volvían más pesados.

—Rigel…

—No entres en mi habitación —me advirtió—. Ni ahora ni en el futuro.

Lo miré inquieta, sentí que se hacía añicos mi llamada a las buenas intenciones.

—¿Es una amenaza? —le pregunté despacio, mientras él giraba el tirador.

Vi que abría la puerta, pero en el último momento, se detuvo; me apuntó con el mentón y me miró fijamente por encima del hombro. Y, entonces, la vi. Antes de que cerrase la puerta, distinguí aquella sonrisa peligrosamente afilada dibujándose en la arista de su mandíbula.

Aquella mueca era mi condena.

—Es un consejo, *falena*.*

* Polilla, mariposa nocturna. En italiano también es sinónimo de prostituta. (*N. del T.*).

20

2

Cuento perdido

A veces, el destino
es un sendero irreconocible.

El nombre de mi institución era Sunnycreek Home.

Se alzaba al final de una calle en ruinas y sin salida, en la periferia olvidada de una pequeña ciudad al sur del estado. Acogía a niños desafortunados como yo, pero nunca oí a los otros chicos llamarlo por su verdadero nombre.

Todos lo llamaban vulgarmente «el Grave», la tumba, y no hacía falta ser muy listo para adivinar por qué: cualquiera que acabase allí parecía condenado a convertirse en una ruina y a no hallar jamás una salida, justamente como la calle donde se encontraba.

En el Grave me había sentido como entre los barrotes de una prisión.

Durante los años que pasé en aquel lugar, todos los días deseé que alguien me sacara de allí. Que me mirase a los ojos y me escogiera a mí, precisamente a mí, de entre todos los niños que se encontraban en la institución. Que me quisiera tal como era, aunque no fuera gran cosa. Pero nadie me escogía nunca. Nadie me había querido o se había fijado en mí… Siempre había sido invisible.

No como Rigel.

Él no había perdido a sus padres, como muchos de nosotros. Ninguna desgracia se había abatido sobre su familia cuando era pequeño.

Lo encontraron frente a la verja de la institución, en un cesto de mimbre, sin una nota y sin nombre, abandonado en la noche, con solo

21

las estrellas, grandes gigantes durmientes, para velar su sueño. No tenía más que una semana de vida.

Lo llamaron Rigel, como la estrella más luminosa de la constelación de Orión, que aquella noche brillaba como una telaraña de diamantes sobre un lecho de terciopelo negro. Acabaron de completar el vacío de su filiación con el apellido Wilde. Para todos nosotros había nacido allí. Incluso su aspecto lo delataba: desde aquella noche, tenía la piel pálida como la luna y los ojos sombríos, oscuros, propios de alguien que jamás ha temido a la oscuridad.

Desde pequeño, Rigel había sido la joya de la corona del Grave. «Hijo de las estrellas» lo llamaba la directora que precedió a la señora Fridge; lo adoraba hasta tal punto que le enseñó a tocar el piano. Pasaba horas y horas con él, dando muestras de una paciencia que jamás tuvo con nosotros, y, nota tras nota, lo fue transformando en el impecable joven que brillaba entre las grises paredes de la institución.

Rigel era bueno en todo, con sus dientes perfectos, sus notas siempre altas y los caramelos que la directora le pasaba bajo mano antes de cenar.

El chico que todos hubieran deseado.

Pero yo sabía que no era así. Había aprendido a ver lo que había debajo de todo, debajo de las sonrisas, de la boca inmaculada, de esa máscara de perfección que exhibía ante todo el mundo.

Él, que llevaba la noche dentro, ocultaba en los pliegues de su alma la oscuridad de la que había sido arrancado.

Rigel siempre se había comportado de un modo extraño conmigo.

De un modo que yo nunca había sido capaz de entender.

Como si hubiera hecho algo para merecerme aquel trato o aquellos silencios, cuando de niño lo sorprendía observándome a distancia. Todo empezó un día como cualquier otro, ni siquiera recuerdo el momento preciso. Pasó por mi lado, me hizo caer y me lastimé las rodillas. Me llevé las piernas al pecho y me sacudí la hierba, pero cuando alcé la vista, no vi en su rostro la menor señal de que fuera a disculparse. Se quedó allí, de pie, clavándome la mirada, a la sombra de un muro agrietado.

Rigel me tironeaba de la ropa que llevaba puesta, me tiraba del pelo, me deshacía las trenzas; las cintas caían a sus pies como mariposas muertas y, a través de mis pestañas húmedas, veía su sonrisa cruel tensándole los labios antes de huir.

Pero jamás me tocaba.

En todos aquellos años, jamás llegó a rozarme con la mano. Los dobladillos, la tela, el pelo… Me empujaba y me daba tirones, y yo acababa con las mangas dadas de sí, pero jamás con una señal sobre mi piel, como si no quisiera dejar en mí las marcas de su culpa. O quizá eran mis pecas, que le causaban repulsión. Tal vez me despreciaba hasta el punto de no querer tocarme.

Rigel pasaba mucho tiempo solo y rara vez buscaba la compañía de los otros niños.

Pero recuerdo una vez, cuando tendríamos unos quince años… Había llegado un niño nuevo al Grave, un chico que sería transferido a una casa de acogida al cabo de unas semanas. Casi al momento, hizo buenas migas con Rigel; ese chico era peor que él si cabe. Estaban apoyados en uno de los deteriorados muros, Rigel tenía los brazos cruzados, los labios y los ojos centelleantes de sombría diversión. Nunca los había visto discutir por nada. Un día como cualquier otro, sin embargo, a la hora de cenar, el chico se presentó con un moretón bajo el párpado y un pómulo hinchado. La señora Fridge le lanzó una mirada hostil y le preguntó con voz atronadora qué diablos había sucedido.

—Nada —respondió él, sin alzar la vista del plato—. Me he caído en la escuela.

Pero no era cierto que no hubiera sido nada, yo lo presentí. Cuando alcé la mirada, vi que Rigel bajaba la suya para ocultarla a los demás. Había sonreído y aquella mueca sutil se había materializado como una grieta en su máscara perfecta.

Y a medida que iba creciendo, más destacaba su belleza, de un modo que yo nunca querría admitir.

No había en ella nada dulce, suave o amable.

No…

Rigel quemaba las miradas, captaba tu atención como el esqueleto de una casa en llamas o el chasis de un automóvil destruido en un arcén. Era cruelmente hermoso y, cuanto más te esforzabas en no mirarlo, más se incrustaba detrás de tus ojos aquella tortuosa atracción. Se infiltraba bajo la piel, se extendía como una mancha hasta llegar a la carne.

Así era él: malvado, solitario, insidioso.

Una pesadilla vestida de tus sueños más ocultos.

Aquella mañana, me desperté como en un cuento de hadas.

Las sábanas limpias, el olor a bueno y un colchón al que no se le notaban los muelles. No sabría desear nada mejor.

Me incorporé y me senté, con los ojos endulzados por el sueño; por un momento, todas las comodidades que me brindaba aquella habitación me hicieron sentir afortunada como nunca lo había sido.

Pero al cabo de un instante, como una nube sombría, caí en la cuenta de que yo solo ocupaba la mitad del cuento. Allí también estaba aquella esquina negra, la quemadura, y no había modo de librarme de ella...

Sacudí levemente la cabeza. Me froté los párpados con las muñecas, tratando de suprimir aquellos pensamientos. No quería pensar en ello. No quería permitir que nadie lo estropeara. Ni siquiera él.

Conocía el procedimiento demasiado bien como para hacerme ilusiones en cuanto a haber hallado un hogar definitivo.

Todos parecían pensar que la adopción funcionaba como un encuentro con final feliz, en el que apenas transcurridas unas horas te llevaban a la casa de una familia de la que habrías de formar parte automáticamente.

Pero la cosa no funcionaba así en absoluto; eso solo pasaba con los cachorritos.

La adopción propiamente dicha requería un proceso mucho más largo. Primero, había un periodo de permanencia con la familia, para ver si la convivencia era viable y las relaciones con sus miembros eran satisfactorias. Lo llamaban «acogida preadoptiva». Durante esta fase, no era raro que surgieran incompatibilidades y problemas que obstaculizaran la armonía familiar, y en función de cómo hubiera transcurrido ese periodo, la familia decidía si seguía adelante. Era muy importante... Solo en caso de que todo hubiera ido como la seda y de que no hubieran surgido contratiempos, finalmente los padres concluían la adopción.

Por eso aún no podía considerarme miembro de aquella familia a todos los efectos. Por primera vez, estaba viviendo un cuento precioso, pero frágil, capaz de hacerse añicos como el cristal entre mis manos.

«Seré buena —me prometí a mí misma una vez más—. Seré buena y todo irá lo mejor posible». Haría todo cuanto estuviera en mi mano para que funcionase. «Todo...».

Bajé al piso inferior, decidida a que nadie me arruinase aquella oportunidad.

La casa era pequeña, por lo que no me costó demasiado dar con la cocina; oí unas voces y me dirigí titubeante hacia allí.

Cuando llegué ante la puerta, me quedé sin habla.

Los Milligan estaban sentados a la mesa del desayuno, con los pijamas aún puestos y las zapatillas a medio calzar.

Anna reía mientras acariciaba con los dedos la taza humeante y el señor Milligan vertía cereales en un pequeño bol de cerámica, con una sonrisa somnolienta en los labios.

Y, justo en el centro, entre ambos, estaba Rigel.

Su pelo negro me impactó como un puñetazo; un moretón en plena pupila. Tuve que parpadear para darme cuenta de que no eran imaginaciones mías. Estaba explicando algo, con sus delicados hombros en una postura relajada, y unos mechones despeinados le enmarcaban el rostro.

Los señores Milligan lo miraban con los ojos relucientes y, en un momento dado, ambos se rieron al unísono cuando él pronunció una frase. Sus carcajadas ligeras zumbaron en mis oídos como si yo me hubiera desdoblado de pronto y me hallara a varios mundos de distancia.

—¡Oh, Nica! —exclamó Anna—. ¡Buenos días!

Encogí levemente los hombros. Se me quedaron mirando y de algún modo sentí que allí estaba de más. Aunque acabase de llegar y apenas los conociera. Aunque allí tuviera que estar yo, no él.

Los iris negros de Rigel se alzaron hacia mí. Dieron conmigo sin necesidad de buscarme, como si ya lo supiera. Por un momento, me pareció ver que fruncía la comisura de la boca describiendo un movimiento fugaz y brusco. Inclinó el rostro hacia un lado y sonrió seráfico.

—Buenos días, Nica.

Unos bucles de hielo me rozaron la piel. No me moví: no fui capaz de responder y cada vez me sentí más sumida en una especie de fría confusión.

—¿Has dormido bien? —El señor Milligan me acercó la silla—. ¡Ven a desayunar!

—Nos estábamos conociendo un poco —me dijeron, y yo desvié la mirada hacia Rigel, que ahora me observaba a su vez como si fuera una pintura perfecta ubicada entre los Milligan.

Me acomodé con cierta prevención, mientras el señor Milligan volvía a llenar el vaso de Rigel y él le sonreía, totalmente a sus anchas, haciéndome sentir como si estuviera sentada en un lecho de espinas.

«Seré buena». Estaba observando al matrimonio Milligan intercambiar algunas frases delante de mí, cuando de pronto las palabras «seré buena» cruzaron mi mente como un fulgor escarlata, «seré buena, lo juro…».

—¿Qué tal te sientes en tu primer día aquí, Nica? —me preguntó Anna, igual de encantadora a primera hora de la mañana—. ¿Estás inquieta?

Traté de arrinconar mis temores bien lejos, aunque notaba que se resistían a abandonarme.

—Oh… No —dije, esforzándome en mostrarme relajada—. No tengo miedo… Siempre me ha gustado ir a la escuela.

Era cierto.

El colegio era uno de los poquísimos pretextos que nos permitían abandonar el Grave. Mientras recorríamos el camino hasta la escuela pública, yo caminaba con la nariz levantada. Durante el trayecto miraba las nubes y me imaginaba que era como los demás, soñaba despierta que ascendía en un aeroplano y volaba hacia mundos remotos y libres.

Aquel… era uno de los raros momentos en que casi lograba sentirme normal.

—Ya he llamado a la secretaría —nos informó Anna—. La directora os recibirá enseguida. La escuela ha confirmado vuestra inscripción y me han asegurado que podréis empezar a asistir a las clases de inmediato. Sé que todo es muy precipitado, pero… espero que vaya bien. Os permitirán que solicitéis estar en la misma clase, si queréis —añadió.

Me pareció que lo decía de buena fe y me esforcé en ocultar mi aprensión.

—Ah. Sí…, gracias.

Pero percibí que alguien me estaba escrutando. Rigel me observaba. Sus iris destellaban profundos y marcados bajo sus arqueadas pestañas. Me estaba mirando directamente a los ojos.

Aparté la mirada como si la suya me quemara. Sentí un deseo visceral de alejarme y, con la excusa de que iba a vestirme, me levanté de la mesa y abandoné la cocina.

Mientras ponía muros y paredes de por medio entre nosotros, noté que algo se retorcía en mi estómago y que aquella mirada estaba infestando mis pensamientos.

«Seré buena —susurré para mis adentros, convulsivamente—, seré buena…, lo juro…».

De todas las personas que había en el mundo, él era la última que hubiera querido allí.

¿Sería capaz de ignorarlo?

La nueva escuela era un edificio gris y cuadriculado.

El señor Milligan detuvo el coche y unos niños pasaron junto al capó, apresurándose para llegar a clase. Se ajustó las compactas gafas sobre la nariz y apoyó desmañadamente las manos en el volante, como si no supiera dónde ponerlas. Descubrí que me gustaba estudiar sus expresiones: tenía una personalidad dócil y torpona, y posiblemente por eso me suscitaba tanta empatía.

—Luego os pasará a buscar Anna.

Pese a todo, sentí un pálpito mucho más agradable que los anteriores ante la idea de que allí fuera habría alguien esperándome, dispuesto a llevarme a casa. Asentí desde el asiento trasero, con la mochila desgastada en el regazo.

—Gracias, señor Milligan.

—Oh, puedes… podéis llamarme Norman —empezó a decir con las orejas un poco coloradas mientras bajábamos. Me quedé mirando cómo el coche desaparecía al fondo de la calle, hasta que oí unos pasos a mi espalda.

Me volví y vi que Rigel se dirigía solo hacia la entrada. Seguí con la mirada su figura esbelta, el movimiento ágil y seguro de sus anchos hombros. Había algo hipnótico en el modo que tenía de moverse y de caminar, con aquellas zancadas precisas, como si el suelo se amoldase a sus zapatos.

Crucé la entrada tras él, pero sin darme cuenta se me enganchó la correa de la mochila en el tirador. Abrí mucho los ojos y el tirón hizo que me abalanzara sobre alguien que estaba entrando justo en ese momento.

—Qué cojones… —Oí al volverme. Un chico apartó el brazo irritado, llevaba un par de libros en la mano.

—Perdona —susurré con un hilo de voz, y su amigo, que iba detrás, le dio un golpecito.

Me recogí el pelo tras la oreja y, cuando nuestras miradas se cruzaron, me pareció que estaba evaluándome de nuevo. El enfado se esfumó de su rostro y se quedó inmóvil, como si mis ojos lo hubieran fulminado.

Al cabo de un instante, inesperadamente, soltó los libros que llevaba en la mano.

Me quedé mirando los libros caídos a sus pies y, como vi que no se agachaba a recogerlos, lo hice yo.

Se los pasé, me sentía culpable por haberme echado encima de él y reparé en que no me había quitado los ojos de encima en ningún momento.

—Gracias —me dijo sonriendo lentamente, mientras paseaba su mirada por mí de un modo que me hizo sonrojar, aunque parecía que a él le resultaba divertido, o tal vez intrigante.

—¿Eres nueva? — preguntó.

—Vamos, Rob —lo apremió su amigo—, llegamos tarde de narices.

Pero daba la impresión de que él no quería marcharse. Y entonces sentí que algo me pellizcaba la nuca: una sensación punzante, como una aguja traspasando el aire que había a mi espalda.

Traté de sacarme de encima aquel presentimiento. Di un paso atrás, bajé la mirada y balbuceé:

—Yo… tengo que irme.

Llegué a la secretaría, que estaba un poco más adelante. Me fijé en que la puerta estaba abierta y mientras entraba pensé que ojalá no hubiera hecho esperar a la secretaria. En cuanto crucé la puerta, vi su silueta recortada a un lado.

Por poco no di un brinco.

Rigel estaba apoyado en la pared, con los brazos cruzados. Tenía una pierna flexionada, con la suela tocando el tabique, y el rostro ligeramente inclinado, con la mirada fija en el suelo.

Siempre había sido mucho más alto que los otros chicos y bastante más intimidante, pero no necesitaba aferrarme a esas justificaciones para alejarme un paso de inmediato. Todo en él me atemorizaba, tanto su aspecto como lo que había debajo.

¿Qué estaba haciendo allí, al lado de la puerta, cuando había una fila de sillas justo al otro lado de la sala de espera?

—La directora os recibirá ahora.

La secretaria se asomó por el despacho de la dirección y me devolvió a la realidad.

—Venid.

Rigel se apartó de la pared y pasó a mi lado sin tan siquiera mirarme. Entramos en el despacho mientras la puerta se cerraba a nuestra espalda. La directora, una mujer joven, austera y con buen aspecto, nos invitó a acomodarnos en las sillas que había delante del escritorio. Examinó nuestros expedientes, nos hizo algunas preguntas sobre el método didáctico de nuestra antigua escuela y, cuando llegó al expediente de Rigel, pareció interesarse mucho por lo que allí había escrito.

—He llamado a vuestra institución —anunció—. He solicitado alguna información sobre vuestro rendimiento escolar… Y usted me ha sorprendido gratamente, señor Wilde —dijo sonriente mientras pasaba la página—. Notas altas, una conducta impecable, nada fuera de lugar. Un auténtico estudiante modelo. Por lo general, los profesores solo dan buenas referencias de usted. —Alzó los ojos, complacida—. Será un auténtico placer tenerlo con nosotros en Burnaby.

Me pregunté si habría alguna posibilidad de que comprendiera que se estaba equivocando, que aquellas referencias no reflejaban la realidad de las cosas, porque los profesores no habían sabido ver lo que había «debajo», al igual que todos los demás.

Hubiera querido reunir las fuerzas suficientes para empujarlo fuera de mis labios.

Rigel sonrió de aquel modo que le sentaba tan bien, y yo me pregunté cómo era posible que la gente no se percatara de que aquella calidez nunca llegaba a sus ojos. Que permanecían así, oscuros e impenetrables, aunque brillasen como cuchillos.

—Las dos representantes que hay aquí fuera os acompañarán a vuestras clases —dijo la directora—. En cualquier caso, si así lo queréis, podéis solicitar que os pongan en la misma clase a partir de mañana.

Esperaba haber podido evitar aquella cuestión. Apreté el borde de la silla y me impulsé hacia delante, pero él fue más rápido.

—No.

Parpadeé y me volví hacia él. Rigel exhibió una sonrisa y un mechón de pelo rozó una de sus oscuras cejas.

—No es necesario.

—¿Estáis seguros? Después ya no podréis cambiarlo.

—Oh, sí. Tendremos tiempo de sobra para estar juntos.

—Muy bien, pues —convino la directora, en vista de que yo guardaba silencio—. Ya podéis ir a clase. Acompañadme.

Aparté la vista de Rigel. Me puse en pie, cogí la mochila y la seguí afuera.

—Dos estudiantes de último curso os están esperando aquí delante. Que tengáis un buen día.

Volvió a entrar en el despacho y yo crucé la sala sin mirar atrás. Debía alejarme de él y lo habría hecho si en el último momento no me hubiera asaltado un impulso distinto. No pude refrenarme cuando mi cuerpo dio media vuelta por su cuenta y lo tuve enfrente.

—¿Qué significa esto?

Me mordí los labios. Acababa de formular una pregunta inútil, no hacía falta verlo enarcando una ceja para saber que lo estaba haciendo. Pero desconfiaba de sus intenciones, no podía creerme que no quisiera hallar el modo de atormentarme.

—¿Por qué?

Rigel inclinó el rostro y su presencia estatuaria me hizo sentir más insignificante todavía.

—¿No habrás creído ni por un momento… que quería estar contigo?

Apreté los labios y al instante me arrepentí de haberle hecho aquella pregunta. La intensidad de sus ojos me produjo un calambre en el estómago y aquella ironía tan punzante me quemó la piel.

No respondí. Aferré el tirador de la puerta para salir. Pero algo me lo impidió.

Una mano asomó por encima de mi hombro y sujetó la puerta; me quedé paralizada. Vi sus dedos ahusados presionando el batiente y, de pronto, cada una de mis vértebras sintió su presencia

—Apártate de mi camino, *falena* —me advirtió. Su aliento cálido me hizo cosquillas en el pelo y me puse rígida—. ¿Lo has entendido?

La tensión que generaba su cuerpo tan cerca del mío bastó para que me quedara helada. «Aléjate de mí» me estaba diciendo, pero era él quien me tenía aprisionada contra aquella puerta, respirándome encima, cerrándome el paso.

Por fin me adelantó y lo vi pasar de largo, con los ojos apenas abiertos, sin moverme.

Si estuviera en mi mano…

Si estuviera en mi mano, lo habría borrado para siempre. Junto con el Grave, la señora Fridge y el dolor que constelaba mi infancia. Yo no hubiera querido acabar en la misma familia con él. Para mí era una desgracia. Era como si estuviera condenada a cargar con el peso de mi pasado sin poder llegar a ser verdaderamente libre jamás.

¿Cómo podría hacérselo entender a los demás?

—¡Hola!

No me había dado cuenta de que había salido caminando mecánicamente de la secretaría. Alcé la mirada y mis ojos se toparon con una sonrisa radiante.

—Estoy en la misma clase que tú. ¡Bienvenida al Burnaby!

Vi a Rigel en el pasillo, su pelo negro se movía al compás de sus firmes pasos. La chica que lo acompañaba apenas parecía consciente de dónde se estaba metiendo de cabeza: lo miraba hechizada, como si la recién llegada fuera ella, y ambos se desvanecieron al doblar la esquina.

—Yo soy Billie —me dijo mi compañera a modo de presentación. Me tendió la mano con una sonrisa deslumbrante y yo se la estreché—. ¿Y tú cómo te llamas?

—Nica Dover.

—¿Micah?

—No, «Nica» —repetí, recalcando la «N», y ella se llevó el índice a la barbilla.

—¡Ah, el diminutivo de Nikita!

Me sorprendí a mí misma sonriendo.

—No —negué sacudiendo la cabeza—, solo Nica.

La curiosidad con que me miraba Billie no me incomodó, como había sucedido con el otro chico un poco antes. Tenía una cara auténtica, enmarcada por unos rizos color miel, y dos ojos brillantes que conferían un aire apasionado a su mirada.

Mientras caminábamos, noté que me observaba con mucho interés, pero hasta que nuestras miradas volvieron a cruzarse no comprendí la razón: ella también se había quedado prendada de mis peculiares iris.

«Son tus ojos, Nica», decían los niños más pequeños cuando les preguntaba por qué me miraban tan intrigados. «Nica tiene los ojos del color del cielo cuando llora: grandes, resplandecientes, como diamantes grises».

—¿Qué te ha pasado en los dedos? —me preguntó.

Me miré las yemas de los dedos envueltas con tiritas.

—Oh —balbuceé y los oculté torpemente tras la espalda—, nada…

Sonreí, tratando de desviar la conversación, y las palabras de la señora Fridge volvieron a irrumpir en mi cabeza: «No hagas rarezas».

—Así no me como las uñas —le solté. Pareció creérselo, hasta el punto de que levantó las manos, orgullosa, mostrándome los extremos mordisqueados.

—¿Y qué problema hay? ¡Yo ya he llegado al hueso! —Entonces giró la mano y se puso a examinarla—. Mi abuela dice que debo sumergirlas en mostaza: «Así verás como se te pasan las ganas de llevártelas a la boca». Pero nunca lo he probado. La idea de pasarme toda una tarde con los dedos metidos en salsa me deja un poco... ¿Cómo te diría...? Perpleja. ¿Te imaginas si llama a la puerta un mensajero?

3

Formas de pensar distintas

A los gestos, como a los planetas,
los mueven unas leyes invisibles.

Billie me ayudó a adaptarme.

La escuela era grande y había muchísimas actividades entre las que escoger. Me mostró las aulas de los distintos cursos, me acompañó a todas las clases y me presentó a los profesores. Procuré no estar demasiado encima de ella, porque no quería ser una carga, pero me dijo que, al contrario, que le encantaba hacerme compañía. Cuando escuché esas palabras, me pareció que el corazón se me apretujaba de felicidad; aquella era una sensación que nunca hasta entonces había conocido. Billie era amable y servicial, dos cualidades que no abundaban en el lugar del que yo procedía.

En cuanto la campana señaló el final de las clases, salimos juntas del aula, ella se pasó por la cabeza un largo cordón de cuero y a continuación liberó de la correa algunos mechones de pelo rizado.

—¿Una cámara fotográfica?

Estudié con interés aquel objeto que ahora colgaba de su cuello y ella se iluminó de alegría.

—¡Es una Polaroid! ¿Nunca habías visto una? Esta me la regalaron mis padres hace muchísimo tiempo. ¡Me encantan las fotos, tengo la habitación tapizada de imágenes! Mi abuela dice que tengo que dejar de llenar las paredes, pero siempre la encuentro quitándoles el polvo mientras silba… y, al final, se olvida de lo que me había dicho.

Traté de seguir su parloteo con atención y al mismo tiempo no acabar echándome encima de la gente; no estaba acostumbrada a aquel trajín tan intenso. Pero a Billie no parecía importarle demasiado: siguió hablándome como una cotorra mientras se chocaba con unos y con otros.

—… Me gusta fotografiar a la gente, es interesante ver los movimientos del rostro inmortalizados en una película. Miki siempre esconde la cara cuando lo intento con ella. Es tan mona que es una lástima, pero no le gusta… ¡Oh, mira, ahí está! —Alzó un brazo, eufórica—. ¡Miki!

Traté de distinguir a esa fantasmal amiga de la que me había estado hablando toda la mañana, pero aún no me había dado tiempo a localizarla cuando Billie ya estaba tirando de la correa de mi mochila, arrastrándome entre la gente.

—¡Ven, Nica! ¡Ven a conocerla!

Traté de seguirle el paso a duras penas, pero solo logré llevarme unos cuantos pisotones.

—¡Oh, ya verás como te gusta! —me comentó emocionada—. Miki sí que sabe ser un encanto. ¡Es tan sensible…! ¿Ya te he dicho que es mi mejor amiga?

Traté de asentir, pero Billie me dio otro tirón, apremiándome para que siguiera avanzando. Cuando, después de muchos empujones, llegamos junto a su amiga, tomó impulso y se plantó detrás de ella dando un saltito.

—¡Hola! —gorjeó, pletórica— ¿Qué tal ha ido la clase? ¿Has tenido Educación Física con los de la sección D? ¡Esta es Nica!

Me empujó hacia delante y por poco no me golpeo la nariz con la puerta abierta de una taquilla.

Una mano surgió del metal y la apartó.

«Un encanto», había dicho Billie, y me preparé para sonreírle.

Ante mí aparecieron unos ojos densamente maquillados. Pertenecían a un rostro atractivo y más bien anguloso, con una espesa mata de pelo negro que desaparecía bajo la capucha de una amplia sudadera. Un piercing aprisionaba su ceja izquierda y sus labios estaban ocupados en mascar ruidosamente un chicle.

Miki me miró sin mostrar interés y se limitó a observarme un instante. Después se acomodó la correa de la mochila en el hombro y cerró la puerta con un golpe que me sobresaltó. Nos dio la espalda y se alejó por el pasillo.

—Oh, tranquila, siempre hace lo mismo —canturreó Billie, mientras yo permanecía fosilizada y con los ojos como platos—. Entablar amistad con los nuevos no es su fuerte. ¡Pero muy en el fondo es un amor!

«Muy en el fondo… ¿a cuánta profundidad?».

La miré con cara de susto, pero ella dio por zanjado el asunto y me convenció de que siguiéramos adelante. Nos dirigimos hacia la puerta de entrada, rodeadas por una vorágine de estudiantes y, cuando llegamos, Miki estaba allí. Observaba atentamente la sombra de las nubes que se desplazaba por el cemento del patio mientras se fumaba un cigarrillo, con la mirada absorta.

—¡Qué día tan estupendo! —suspiró alegremente Billie tamborileando con los dedos sobre la cámara fotográfica. —Nica, ¿tú dónde vives? Si quieres, mi abuela puede llevarte después. Hoy hace albóndigas y Miki se queda a comer en mi casa. —Se volvió hacia ella—. Comes en mi casa, ¿verdad?

Vi que Miki asentía sin entusiasmo, echando una bocanada de humo, y Billie sonrió contenta.

—Entonces, ¿vienes con nos…?

Alguien se le echó encima al pasar.

—¡Eh! —protestó Billie, frotándose el hombro—. ¿Qué modales son esos? ¡Ay!

Otros estudiantes pasaron apresuradamente por delante de nosotras y Billie se arrimó a Miki.

—¿Qué está pasando?

Algo no iba bien. Los estudiantes corrían hacia el interior, unos con el móvil encendido, otros con una expresión de terror en el rostro. Parecían emocionados por algo que flotaba en el ambiente, y yo me pegué a la pared, asustada por aquella multitud enloquecida.

—¡Eh! —le gruñó Miki a un chaval de aspecto exaltado—, ¿qué diablos está pasando?

—¡Se están pegando! —gritó con el móvil en la mano—. ¡Hay una pelea donde las taquillas!

—¿Se están pegando? ¿Quiénes?

—¡Phelps y el chico nuevo! ¡Dios, le está dando una buena paliza! ¡A Phelps! —exclamó fuera de sí—. ¡Tengo que grabarlo en vídeo!

Salió corriendo como un galgo y yo me quedé en la pared, con los brazos agarrotados y los ojos abiertos de par en par, mirando al vacío.

«¿El… chico nuevo?».

Billie se abrazó a Miki como si fuera un muñeco antipánico.

—¡Violencia no, por favor! No quiero verlo… ¿Quién puede estar tan loco como para liarse a mamporros con Phelps? Solo un inconsciente… ¡Ay! —exclamó con los ojos desorbitados—. ¡Nica! ¿Adónde vas?

Pero yo ya no la oía: su voz se desvaneció en la masa de estudiantes, avancé hacia la multitud, me fui abriendo paso entre hombros y espaldas, atrapada como una mariposa en un laberinto de tallos. El aire crepitaba hasta resultar casi sofocante. Oí con claridad el ruido de los golpes, el estruendo de un ruido metálico y algo que impactaba contra el suelo.

Logré llegar a la primera fila mientras los gritos me palpitaban en las sienes; metí la cabeza debajo de un brazo y puse unos ojos como platos.

Había dos estudiantes en el suelo, presas de un furor ciego. Resultaba difícil distinguirlos en medio de tanta furia, pero no necesité verles la cara: aquella melena negra e inconfundible resaltaba como una mancha de tinta.

Rigel estaba allí, estrujando la camiseta del otro entre sus dedos, con los nudillos enrojecidos y pelados, mientras machacaba al chico que tenía debajo. Sus ojos brillaban con un insano fulgor que me hizo temblar hasta los huesos y me heló la sangre. Asestaba unos puñetazos brutales, veloces, con una saña espantosa, y el otro trataba de devolvérselos golpeándole furiosamente el pecho, pero no había asomo de piedad en el rostro que tenía encima. Sentí un crujir de cartílagos mientras los gritos saturaban el aire, la gente daba voces incitándoles…

Y entonces todo se cortó de pronto. Los profesores se abrieron paso entre la multitud y lograron separarlos. Uno agarró a Rigel por el cuello y tiró de él con fuerza. Los otros cayeron sobre el que estaba en el suelo, que ahora miraba a su rival con ojos de loco.

Mis pupilas se quedaron congeladas en su rostro. Y entonces pude reconocerlo. Era el chico de la mañana. Aquel con el que había chocado a la entrada, el de los libros.

—¡Phelps, acababas de reintegrarte hoy tras una suspensión! —le gritó un profesor—. ¡Esta es la tercera riña! ¡Has cruzado el límite!

—¡Ha sido él! —gritó el joven, fuera de sí—. ¡Yo no he hecho nada! ¡Me ha dado un puñetazo sin ningún motivo!

El profesor tiró de Rigel y lo hizo retroceder un paso más. Cuando inclinó el rostro, vi aquella mueca sarcástica que le cortaba el labio bajo el cabello desordenado.

—¡Ha sido él! ¡Mírelo!

—¡Basta! —bramó el profesor—. ¡Derechitos al despacho de la directora! ¡Vamos!

Los incorporaron sujetándolos por los hombros y me pareció que había mucha condescendencia en el modo en que Rigel se dejaba llevar: volvió la cara y escupió en la fuente sin que nadie lo retuviera, mientras el otro iba detrás de él, firmemente sujeto por el docente.

—¡Y vosotros, todos fuera de aquí! —gritó—. ¡No quiero ver ningún móvil! ¡O'Connor, como no desaparezcas ahora mismo, haré que te expulsen! ¡Y los demás también, circulad! ¡Aquí no hay nada que ver!

Los estudiantes empezaron a desfilar de mala gana, dispersándose hacia la salida. La turba se desinfló enseguida, y yo me quedé allí, frágil e imperceptible, con la sombra de él aún en los ojos golpeando, golpeando y golpeando, sin detenerse nunca,

Billie llegó corriendo, iba tirando de Miki por la correa de la mochila.

—¡Cielos, me has dado un susto de muerte! ¿Estás bien? —Me miró con los ojos muy abiertos, agitada—. ¡No puedo creérmelo, así que era tu hermano!

Sentí un extraño escalofrío. Me quedé muda y la miré confundida, como si me hubiera dado una bofetada. En mi gran confusión, al fin me percaté de que se estaba refiriendo a Rigel.

Claro... Billie no sabía cuál era la situación. No estaba al corriente de que teníamos apellidos distintos, solo sabía lo que la directora le había explicado. De hecho, para ella proveníamos de la misma familia, pero el modo en que lo dijo me chirrió como si hubiera arañado una pizarra.

—Él... Él no es...

—¡Deberías ir a la secretaría —me interrumpió angustiada— y esperarlo allí! Cielos, se ha peleado con Phelps el primer día... ¡Estará lastimado!

Estaba segura de que él no era quien estaba lastimado. Recordaba el rostro tumefacto del otro chico cuando lograron que le quitase las manos de encima.

Pero Billie me empujó para que avanzase, emocionada.

—¡Vamos!

Y las dos me acompañaron a la entrada. Yo me retorcía las manos. ¿Cómo podía fingir que no estaba afectada y consternada por lo que había presenciado y, en lugar de eso, mostrarme preocupada por él? Recordaba la locura en su mirada, de forma clara e inequívoca. La situación era absurda.

Desde la puerta, se oía que estaban hablando en voz bastante alta. El chico incriminado gritaba como un loco, tratando de hacer valer sus razones, y el profesor gritaba más fuerte que él. Noté que su voz sonaba histérica, exasperada, probablemente por tratarse de la enésima refriega en la que se había visto implicado. Pero lo que más me llamó la atención fue lo conmocionada que sonaba la directora y las palabras de incredulidad con las que se refería a Rigel: él, que era tan bueno, tan perfecto, no era de los que hacían esa clase de cosas. Él, que nunca sería capaz de iniciar algo de tal gravedad, y el chico protestaba con más vehemencia, juraba que ni siquiera lo había provocado, pero el silencio que mantenía la otra parte, dando a entender que no pensaba defenderse de aquellas acusaciones, clamaba su inocencia.

Cuando la puerta se abrió al cabo de media hora, Phelps salió al pasillo. Tenía el labio partido y varias rojeces en aquellas partes del rostro donde la piel que cubría los huesos era menos densa. Me miró distraído, sin prestarme atención, pero al cabo de un instante volvió a fijarse en mí, como si de pronto se hubiera dado cuenta de que ya me había visto antes. No me dio tiempo a descifrar su mirada de consternación, porque el profesor se lo llevó…

—Creo que esta vez lo expulsarán —murmuró Billie mientras él desaparecía al fondo del pasillo.

—Ya va siendo hora —replicó Miki—. Después de lo que pasó con las de primero, se merecía que lo hubieran encerrado en una pocilga.

El tirador de la puerta volvió a hacer ruido.

Billie y Miki dejaron de hablar cuando Rigel salió. Las venas que recorrían sus muñecas se asemejaban a un laberinto de marfil y su magnética presencia bastó para que se hiciera el silencio. Todo en su aspecto creaba una sugestión difícil de ignorar.

De pronto reparó en nosotras.

No. En «nosotras» no.

—¿Qué haces tú aquí?

No me pasó desapercibido el matiz de sorpresa al remarcar las palabras. Me lanzó una de sus miradas y me di cuenta de que no sabía qué responder. Ni yo misma sabía qué estaba haciendo allí, esperándolo como si realmente estuviera preocupada por él.

Rigel me había dicho que me mantuviera alejada de él, me lo había mascullado tan cerca del cerebro que aún podía oír su voz reverberando entre un pensamiento y otro.

—Nica quería cerciorarse de que estabas bien —terció Billie, captando su atención. Esbozó una sonrisa tímida al tiempo que alzaba una mano.

—Hola…

Él no respondió y Billie pareció cohibirse ante su mirada. Se le sonrojaron las mejillas, que al instante se tiñeron de vergüenza por causa del visceral encanto de sus ojos negros.

Y Rigel se percató de ello. Ya lo creo que se percató.

Él lo sabía perfectamente. Sabía lo atractiva que resultaba la máscara que llevaba puesta, el modo en que se la ponía, lo que desencadenaba en los demás. La lucía desafiante, con arrogancia, como si el mero hecho de poseer aquel encanto siniestro lo hiciera brillar con una luz maligna, ambigua, exclusivamente suya.

Sonrió con la comisura de la boca, encantador y mezquino, y parecía como si Billie fuera a menguar de tamaño.

—¿Querías… «cerciorarte» —se mofó, recorriéndome con la mirada— de que estuviera… «bien»?

—Nica, ¿no nos presentas a tu hermano? —parloteó Billie y yo desvié la mirada.

—No somos familia —solté, como si otro lo hubiera dicho por mí—. A Rigel y a mí nos van a adoptar.

Las chicas se volvieron y se me quedaron mirando. Yo lo miré a él a los ojos con dureza, valiente, sosteniendo sus pupilas.

—No es mi hermano.

Noté que me miraba, lúgubremente divertido ante mis esfuerzos, con aquella sonrisa afilada en los dientes.

—Oh, no lo digas así, Nica —insinuó sarcástico—, suena como si eso te aliviase.

«Así es», le transmití con la mirada. Y Rigel me observó de refilón y me quemó con sus iris oscuros.

Un timbre sonó de pronto en el aire. Billie sacó su móvil del bolsillo y abrió mucho los ojos.

—Tenemos que irnos, mi abuela está fuera esperándonos. Ya ha tratado de llamarnos…

Me miró y yo asentí.

—Entonces… nos vemos mañana.

Esbozó una sonrisa a la que traté de corresponder, pero aún sentía los ojos de Rigel encima. En ese instante, me fijé en que Miki no le quitaba el ojo de encima: lo estudiaba bajo la sombra de la capucha, lo observaba atenta con las cejas fruncidas.

Al final, ella también se dio la vuelta y ambas se alejaron por el pasillo.

—En una cosa sí que tienes razón.

Su voz se deslizó lenta y afilada como unas uñas sobre la seda en cuanto nos quedamos solos. Bajé la barbilla y me aventuré a mirarlo.

Tenía la vista fija en el punto donde las chicas acababan de desaparecer, pero ya no sonreía. Lentamente, sus iris de desplazaron hacia los míos, precisos como balas.

Juraría que sentí que aquellas palabras se me grababan por la fuerza en la piel.

—No soy tu hermano.

Aquel día decidí borrar de mi mente a Rigel, sus palabras y su mirada violenta. Para distraerme por las noches, leía hasta tarde. La lámpara de la mesilla difundía por toda la habitación una luz suave y tranquilizadora que lograba disipar mis inquietudes.

Anna se sorprendió mucho cuando le pregunté si me podía prestar aquel libro. Era una enciclopedia ilustrada, con unos dibujos maravillosos, pero le extrañó que el tema pudiera interesarme.

Sin embargo, me fascinaba.

Mientras mis ojos se recreaban en las pequeñas antenas y en las alas transparentes como el cristal, me di cuenta de lo mucho que me gustaba perderme en aquel mundo ligero y variopinto al que siempre me había aproximado a través de una infinidad de tintas de colores.

Sabía que a todo el mundo le parecía algo insólito.

Sabía que era distinta.

Cultivaba mis rarezas como quien cultiva un jardín secreto del que solo yo poseía la llave, porque sabía que mucha gente no podría comprenderme.

Recorrí la curva de una mariquita con el dedo índice. Me traía a la memoria todos los deseos que había formulado cuando, de pequeña, las observaba volando entre las palmas abiertas de mis manos. Las veía sobrevolar el cielo y, desde mi impotencia, deseaba poder hacer lo mismo, eclosionar con un aleteo de plata y emprender el vuelo fuera de los muros del Grave…

Un ruido llamó mi atención. Me giré hacia la puerta. Creí que lo había imaginado, pero de pronto, al cabo de un instante, volví a oírlo, como si algo raspara la madera.

Cerré la enciclopedia con cuidado y aparté las mantas. Me acerqué lentamente a la puerta, accioné el tirador y asomé la cabeza. Distinguí algo que se movía en la oscuridad. Una sombra se escurrió a ras de suelo, rápida y afelpada, y me pareció que se detenía, me esperaba, me escrutaba durante un segundo. Finalmente, se desvaneció en las escaleras, un instante antes de que mi curiosidad me empujara a seguirla.

Me pareció distinguir una cola aterciopelada, pero no fui lo bastante rápida para alcanzarla. Ahora me encontraba en el piso de abajo, en silencio y totalmente sola, sin poder localizarla por ninguna parte. Suspiré, dispuesta a volver arriba, pero entonces me percaté de que la luz de la cocina estaba encendida.

¿Estaría Anna despierta? Me acerqué para cerciorarme, aunque más tarde deseé no haberlo hecho. Cuando empujé la puerta, mis ojos de encontraron con los de alguien que me estaba mirando fijamente.

Era Rigel.

Estaba sentado. Tenía los codos apoyados en la mesa y en su rostro, ligeramente abatido, el cabello dibujaba unas pinceladas bien definidas y limpias que ensombrecían su mirada. Sostenía algo en una mano y no tardé en percatarme de que era hielo.

Al encontrármelo allí, me quedé paralizada.

Tenía que acostumbrarme a ello, a la posibilidad de cruzarme continuamente con él. Ya no estábamos en el Grave, aquellos no eran los grandes espacios de la institución, sino los de una casa pequeña, y los dos vivíamos allí.

Pero cuando se trataba de él, la idea de acostumbrarme se me hacía imposible.

—No deberías estar despierta a estas horas.

Su voz, amplificada por el silencio, me provocó un escalofrío que recorrió toda mi espina dorsal.

Solo teníamos diecisiete años, sin embargo, había algo extraño en él, difícil de explicar. Una belleza obsesiva y una mente capaz de fascinar a cualquiera. Resultaba absurdo. Todo el mundo se dejaba moldear por sus maneras e incurría en un error. Rigel parecía haber nacido para ello, para modelar y plegar a las personas como si fueran metales. Me daba miedo, porque no era como los otros chicos de nuestra edad.

Por un momento, traté de imaginármelo ya adulto y mi mente viajó hasta el rostro de un hombre terrible, con un encanto corrosivo y unos ojos oscuros como la noche…

—¿Piensas quedarte ahí mirándome? —me preguntó, sarcástico, mientras presionaba el hielo sobre un moretón que tenía en el cuello.

Ahora se lo veía relajado, con esa actitud arrogante que me inducía a salir corriendo. Siempre.

No obstante, antes de que pudiera recuperar el sentido común y huir de allí, despegué los labios y hablé.

—¿Por qué?

Rigel alzó una ceja.

—¿Por qué qué?

—¿Por qué has dejado que te escogieran?

Clavó sus ojos en los míos, como si estuviera imbuido de algo que podría pasar por una conciencia.

—¿Acaso crees que eso lo decidí yo? —me preguntó parsimonioso, analizándome detenidamente.

—Sí —respondí con cautela—. Hiciste que sucediera… Tocaste el piano. —Sus ojos ardieron con una intensidad casi irritante—. Tú, que siempre has sido lo que los demás querían, nunca permitiste que nadie se te llevara.

No habían pasado demasiadas familias por el Grave. Miraban a los niños, los estudiaban como a mariposas en una vitrina. Los pequeños eran los más lindos y variopintos y quienes necesitaban atención por encima del resto.

Pero entonces lo veían a él, con su carita tan limpia y sus buenos modales, y parecían olvidarse de todos los demás. Contemplaban la mariposa negra y se sentían fascinados por la extraña forma de sus ojos y sus hermosas alas, como de terciopelo, su gracia al moverse por encima del resto.

Rigel era el ejemplar de colección, el que no tenía igual. No traslucía la insignificancia de los otros huérfanos, pero se vestía con ella, echándose encima aquella grisura como si fuera un velo que a él le sentaba de maravilla.

Sin embargo, cada vez que alguien expresaba el deseo de adoptarlo, él parecía hacer cuanto podía por arruinar las cosas. Organizaba desastres, se escapaba, se portaba mal. Y, al final, los interesados se marchaban sin llegar a saber lo que sus manos eran capaces de hacer con aquella blanca dentadura de teclas.

Pero aquel día, no. Aquel día tocó, hizo que se fijaran en él en lugar de disuadirlos.

¿Por qué?

—Harías bien en irte a dormir, *falena* —me insinuó con su voz sutil y burlona—. El sueño te puede jugar malas pasadas.

Eso era lo que hacía… me «mordía» con las palabras. Siempre lo hacía. Me acariciaba con sus provocaciones y después me machacaba con una sonrisa, haciéndome dudar hasta el extremo de que ya no estaba segura de nada.

Hubiera tenido que despreciarlo. Por su carácter, por su aspecto, por cómo sabía estropear las cosas. Habría tenido que hacerlo y, en cambio…, una parte de mí no era capaz de ello.

Porque Rigel y yo nos habíamos visto crecer, nos habíamos pasado la vida entre los barrotes de la misma prisión. Lo conocía desde que era un niño y una parte de mi alma lo había visto tantas veces que ya no sentía el severo desapego que habría deseado que me produjera. Me había acostumbrado a él, de una extraña manera, desarrollando esa clase de empatía que provoca una persona con la que has compartido algo durante muchísimo tiempo.

Nunca se me había dado bien odiar. Por muchos motivos que tuviera.

A pesar de todo, puede que aún siguiera esperando que el cuento fuese tal como yo deseaba que fuera…

—¿Qué ha pasado hoy con ese chico? —pregunté—. ¿Por qué habéis llegado a las manos?

Rigel inclinó lentamente el rostro, como si se preguntase cómo era posible que aún siguiera allí. Me dio la impresión de que me estaba evaluando con la mirada.

—Formas de pensar distintas. Nada que te incumba.

Me miró como si me conminara a marcharme, pero no lo hice.

No quería hacerlo.

Por primera vez, quería atreverme a dar un paso hacia delante en lugar de hacia atrás. Hacerle ver que, a pesar de todo, estaba dispuesta a ir más allá. Demostrarle que era así. Cuando presionó el cubito de hielo contra la ceja y contrajo la frente de dolor, me vino el recuerdo de una voz lejana abriéndose camino en mi interior.

«Es la delicadeza, Nica. La delicadeza, siempre… Recuérdalo», decía la voz con dulzura.

Sentí que mis piernas empezaban a avanzar.

Rigel me clavó la mirada cuando entré definitivamente en la cocina. Me acerqué al fregadero, cogí un pedazo de papel de cocina y lo empapé en agua fría: tuve la certeza de que sus pupilas me estaban oprimiendo los hombros.

Me acerqué y lo miré inocente, mientras le acercaba el papel.

—El hielo está demasiado duro. Ponte esto en la herida.

Pareció casi sorprendido de que no hubiera salido corriendo. Observó sin convicción el papel de cocina, receloso como un animal salvaje, y al ver que no lo cogía…, en un gesto de buena voluntad, probé a aplicárselo yo.

No me dio tiempo a acercarme: me fulminó con la mirada y se apartó bruscamente. Un mechón negro azabache se le deslizó hacia la sien, mientras me observaba de arriba abajo, implacable.

—No lo hagas —me advirtió con la mirada torva—, no te atrevas a tocarme.

—No te dolerá…

Sacudí la cabeza y alargué un poco más los dedos, pero esta vez los apartó de un manotazo. Me llevé la mano al pecho y, cuando lo miré a los ojos, me sobresalté: me estaban incinerando, como si sus pupilas fueran estrellas palpitantes destellando una luz que, en lugar de irradiar calor, desprendiera hielo ardiente.

—No se te ocurra tocarme, así, por las buenas. Nunca.

Apreté los puños, le hice frente a aquella mirada con la que pretendía castigarme y le pregunté:

—¿O si no…?

Un ruido violento de la silla.

Rigel se irguió bruscamente y, como me pilló desprevenida, me sobresalté. Me obligó a retroceder y de pronto mil alarmas empezaron a retumbar bajo mi piel cuando tropecé con sus pasos y acabé chocando con la encimera de la cocina. Alcé el mentón y, temblando, me agarré con ambas manos al borde del mármol.

Sus ojos me aprisionaron como una oscura mordaza. Su cuerpo, ahora ya muy cerca del mío, me gritó, como en un escalofrío, y yo apenas podía respirar, totalmente engullida por su sombra.

Entonces… Rigel se inclinó sobre mí.

Al aproximar su rostro a mi oreja, su aliento ardía como un veneno.

—O si no…, no pararé.

Cuando me apartó a un lado sin el menor miramiento, el aire que desplazó me agitó el cabello.

Oí el ruido del hielo al caer sobre la mesa y sus pasos se desvanecieron, mientras me dejaba allí, inmóvil, como una estatua petrificada contra el mármol.

¿Qué acababa de suceder?

4

Tiritas

La sensibilidad es un refinamiento del alma.

El sol tensaba cuerdas de luz entre los árboles. Hacía una tarde primaveral y el aroma de las flores impregnaba el aire.

La mole del Grave se recortaba a mi espalda. Tendida en la hierba, miraba el cielo con los brazos abiertos como si quisiera rodearlo. Tenía la mejilla hinchada y me dolía, pero no quería llorar de nuevo, así que observaba la inmensidad que se extendía sobre mí, dejando que las nubes me acunaran.

¿Lograría ser libre alguna vez?

Un ruido casi imperceptible me llamó la atención. Levanté la cabeza y localicé algo que se movía en la hierba. Me puse en pie y decidí acercarme con cautela, sujetándome el pelo con las manos.

Era un pájaro. Rascaba el polvo con sus garras como alfileres y tenía unos ojillos relucientes como canicas negras, pero una de sus alas estaba como estirada de un modo que no era natural y no podía levantar el vuelo. Cuando me arrodillé, de su pico surgió una piada agudísima e inquieta, e intuí que lo había asustado.

—Perdona —susurré de inmediato, como si pudiera entenderme.

No quería hacerle daño; al contrario, quería ayudarlo. Podía sentir su desesperación cono si fuera mía: yo tampoco era capaz de levantar el vuelo, yo también deseaba marcharme de allí, yo también me sentía frágil e impotente.

Éramos iguales. Pequeños e indefensos contra el mundo.

Le tendí un dedo, pues sentía la necesidad de ayudarlo. Solo era una niña, pero quería restituirle la libertad, como si de algún modo aquel gesto pudiera devolverme la mía.

—No tengas miedo —seguí diciéndole, con la esperanza de que así lo tranquilizaría.

Era lo bastante pequeña como para creer que podría entender mis palabras. ¿Qué podía hacer? ¿Sería capaz de ayudarlo? Mientras el pajarillo retrocedía, muerto de miedo, algo afloró de entre mis recuerdos.

«Es la delicadeza, Nica. La delicadeza, siempre... Recuérdalo». Sus dulces ojos estaban esculpidos en mi memoria.

Tomé el pájaro entre mis manos con ternura, procurando no lastimarlo. No desistí, ni siquiera cuando me picoteó un dedo, ni tampoco cuando sus garras me arañaron las yemas.

Lo estreché contra mi pecho y le prometí que al menos uno de los dos recobraría su libertad.

Regresé a la institución y lo primero que hice fue pedirle ayuda a Adeline, una niña mayor que yo, mientras rezaba para que la directora no descubriese nuestro hallazgo: temía su crueldad más que cualquier otra cosa. Entre las dos lo entablillamos con el palito de un polo escamoteado de la basura, y durante los siguientes días, jadeante, le llevé sobras de nuestras comidas al lugar donde lo tenía oculto.

Me picó en los dedos muchas veces, pero no me rendí jamás.

—Te curaré, ya lo verás —le juraba con las yemas de los dedos enrojecidas y magulladas, mientras le alborotaba las plumas del pecho—. No te preocupes...

Me pasaba horas mirándolo a cierta distancia, para no asustarlo.

—Volarás —le susurraba con la punta de los labios—, un día volarás y serás libre. Aún falta un poco, espera un poco más...

Me picaba cuando trataba de examinarle el ala. Yo trataba de mantenerme a distancia, pero insistía, con delicadeza. Le arreglaba la cama de hierba y hojas, y le susurraba que tuviera paciencia.

Y el día que estuvo curado, el día que salió volando de entre mis manos, por primera vez en mi vida me sentí menos sucia y apagada. Un poco más viva.

Un poco más libre.

Como si pudiera volver a respirar.

Había vuelto a hallar en mi interior unos colores que no creía poseer: los de la esperanza.

Y con los dedos cubiertos de tiritas multicolores, mi existencia tampoco parecía tan gris.

Tiré cuidadosamente del extremo plastificado.

Liberé el dedo índice, el que tenía cubierto con la tirita azul, y vi que aún estaba un poco hinchado y enrojecido.

Había logrado liberar una avispa que había quedado atrapada en una telaraña unos días atrás. Procuré no romper la finísima tela, pero no fui lo bastante rápida y me picó.

—Nica está con sus bichos —decían los niños cuando éramos más pequeños—. Se pasa todo el tiempo con ellos, allí, entre las flores.

Se habían acostumbrado a mi peculiaridad, quizá porque en nuestra institución la rareza era más común que la normalidad.

Sentía una extraña empatía hacia todo lo que era pequeño e incomprendido. Mi instinto de proteger a toda clase de criaturas nació cuando era una niña y ya no me abandonó. Había plasmado mi pequeño y extraño mundo con unos colores que solo me pertenecían a mí, y que me hacían sentir libre, viva y ligera.

Me vinieron a la mente las palabras de Anna el primer día, cuando me preguntó qué estaba haciendo en el jardín. ¿Qué debió de pensar? ¿Le parecería rara?

Perdida en mis pensamientos, me giré de pronto al percibir una presencia a mi espalda. Abrí los ojos de par en par, di un brinco y me alejé apresuradamente.

Rigel me siguió con la mirada y mi salto hizo que se le agitara el mechón que le acariciaba la frente. Lo observé sin relajar en absoluto la vista, pues aún seguía asustada a causa de nuestro último encuentro.

Mi reacción no le afectó para nada. Al contrario, se limitó a tensar los labios y a esbozar una sonrisa torcida.

Me adelantó y entró en la cocina. Oí que Anna lo saludaba mientras él se encogía de hombros. Cada vez que se acercaba, no podía evitar que me entraran escalofríos, pero esta vez eran justificados. Me había pasado todo el día reviviendo lo sucedido y, cuanto más pensaba en ello, más me atormentaban aquellas palabras indescifrables. ¿Qué quería decir con lo de «no pararé»? ¿«No pararé» de hacer qué?

—Ah, estás aquí, Nica —me dijo Anna a modo de saludo en cuanto entré, extremando las precauciones. Aún seguía sumida en mis cavilaciones cuando una explosión de colores, de un violeta encendido, me saturó la vista.

Un enorme ramo de flores dominaba el centro de la mesa, con una gran cantidad de capullos suaves que colmaban de gracia el jarrón de cristal. Me lo quedé mirando fascinada, boquiabierta ante aquella maravilla.

—Qué bonitas…

—¿Te gustan? —Asentí sonriente—. Las he hecho traer esta tarde. Son de la tienda.

—¿La tienda?

—Mi tienda.

Prendada de aquella sonrisa suya tan auténtica, a la que no acababa de acostumbrarme, seguí preguntando.

—¿Tú… vendes flores? ¿Eres florista?

«¡Vaya pregunta más obvia!». Se me sonrojaron levemente las mejillas, pero ella asintió, directa y sincera.

Me encantaban las flores casi tanto como las criaturas que las habitaban. Acaricié un pétalo y la sensación de terciopelo fresco me besó la punta del índice que llevaba al descubierto.

—Mi tienda está a unas cuantas manzanas de aquí. Es un poco antigua y queda algo alejada, pero no falta clientela. Es bonito ver que a la gente sigue gustándole comprar flores.

Me pregunté si Anna no estaría hecha a medida para mí. Si había habido algo, en el modo en que me vio, el día que nos escogió, aunque nunca hubiéramos cruzado una palabra. Y quise creer… Por un momento, mientras ella me miraba a través de aquella exuberancia engalanada, quise creer que así era.

—¡Buenas!

El señor Milligan entró en la cocina vestido de un modo singular: llevaba un uniforme de un color azul polvoriento y unos guantes de tela gris que asomaban por el bolsillo; del cinturón de cuero colgaban diversos artilugios.

—¡Puntual para la cena! —dijo Anna—. ¿Qué tal ha ido el día?

Norman debía de ser jardinero; todo en su atuendo así parecía sugerirlo, incluidas las tijeras de podar que colgaban de su cinturón. Pensé que no podía existir una pareja más espléndida, al menos hasta que Anna puso las manos sobre sus hombros y en el momento álgido de mis expectativas anunció:

—Norman se dedica a la desinsectación.

Se me atragantó la saliva.

El señor Milligan colgó la gorra y entonces pude ver el logotipo sobre la visera: un gran insecto bajo una barra de prohibición. Me quedé mirándolo con los ojos helados y las fosas nasales anormalmente dilatadas.

—¿Desinsectación? —exclamé con la voz aguda al cabo de un instante.

—¡Oh, sí! —Anna le alisó los hombros—. ¡No tenéis ni idea de la cantidad de bichos que infestan los jardines de esta zona! La semana pasada, nuestra vecina encontró dos ratones en el semisótano. Norman tuvo que desbaratar una invasión…

Ahora aquellos artilugios ya no me gustaban tanto.

Miré aquella cucaracha con las patas dobladas como si se hubiera tragado algo muy desagradable. Cuando me percaté de que ambos me estaban mirando, me esforcé en tensar los labios como pude y logré recuperar el impulso necesario para esconder las manos.

Más allá del jarrón de flores, al otro lado de la estancia, sentí con total certeza la mirada de Rigel.

Al cabo de unos pocos minutos, estábamos los cuatro sentados a la mesa. Me resultó desagradable oír a Norman hablar de su trabajo. Traté de disimular la tensión, pero tener sentado a Rigel a mi lado no es que contribuyera especialmente a relajarme. Sentado también me imponía, no estaba acostumbrada a tenerlo tan cerca.

—Ya que nos estamos conociendo un poco…, ¿por qué no me contáis algo de vosotros? —propuso Anna, sonriente—. ¿Cuánto hace que os conocéis? Vuestra directora no nos explicó nada… ¿Os llevabais bien en la institución?

Se me cayó un picatoste de la cuchara y acabó en la sopa. A mi lado, Rigel también se quedó inmóvil.

¿Acaso había una pregunta peor que aquella?

Anna y yo cruzamos una mirada y, de pronto, la terrorífica posibilidad de que pudiera leernos la verdad en los ojos me cerró el estómago. ¿Cómo reaccionaría si supiera que ni siquiera soportaba estar a su lado? Nuestra relación era siniestra e indefinida, lo más alejada posible de ser una familia. ¿Y si decidían que era imposible? ¿Cambiarían de idea?

Me dejé llevar por el pánico. Y antes de que Rigel pudiera decir nada, me incliné hacia delante y cometí una estupidez.

—Por supuesto. —Sentí que aquella mentira se me quedaba pegada a la lengua y me apresuré a sonreír—. Rigel y yo siempre nos hemos llevado muy bien. De hecho, somos como… hermanos.

—Ah, ¿sí? —preguntó Anna, sorprendida, y yo tragué saliva como si me hubiera convertido en víctima de mi propio embuste. Estaba segura de que él haría todo lo posible por contradecirme.

Me percaté demasiado tarde de mi error en cuanto me volví y observé que había tensado la mandíbula.

Había vuelto a llamarlo «hermano». Si existía algún modo de volver la situación en contra, de volverla contra él, yo misma la había enunciado con mis propios labios.

Con una tranquilidad forzada, Rigel alzó el rostro, miró a la señora Milligan y, con una sonrisa de manual, dijo:

—Oh, ya lo creo. Nica y yo estamos muy unidos. Incluso me atrevería a decir que somos «uña y carne».

—¡Eso es fantástico! —exclamó Anna—. Es una noticia estupenda. ¡Entonces debéis de sentiros muy contentos de estar juntos! Qué suerte, ¿eh, Norman? ¡Que los chicos se lleven tan bien!

Comentaron entre ellos lo satisfechos que estaban y entretanto yo no me había dado cuenta de que la servilleta se me había caído sobre las rodillas.

Pero al cabo de un instante, vi que «mi» servilleta estaba sobre la mesa.

Ahora Rigel tenía la mano sobre mi muslo, dispuesto a recuperar la suya. Me apretó la rodilla y aquel contacto me produjo un efecto abrumador. Era como si la tuviera en carne viva. La silla raspó el suelo. De pronto, me vi de pie, con el corazón en la garganta y el señor Milligan mirándome perplejo. Me faltaba la respiración.

—Tengo… tengo que ir al baño.

Me escabullí, mirando el suelo.

La oscuridad del pasillo me engulló y, en cuanto logré doblar la esquina, me apoyé en la pared. Traté de calmar los latidos de mi corazón, de contenerlos a toda costa, pero nunca se me había dado bien ocultar mis emociones. Aún sentía la huella de sus dedos, como si la llevara marcada a fuego. Seguía sintiéndola en mi piel…

—No debiste marcharte así —sonó una voz a mi espalda—. Preocuparás a nuestros presuntos padres.

En el fondo, era Rigel quien tejía la historia, él era la araña. Mis ojos se apresuraron a localizarlo y allí estaba, con el hombro apoyado en la esquina. Su venenoso encanto era infeccioso. Él era infeccioso.

—Entonces ¿para ti esto es un juego? —exclamé temblorosa—. ¿Solo un juego?

—Todo lo has hecho tú, *falena* —respondió inclinando la cabeza—. ¿Así es como esperas obtener su aprobación? ¿Mintiendo?

—Aléjate de mí —le dije mientras retrocedía entre escalofríos, para aumentar la distancia que nos separaba. Sus ojos negros eran precipicios, ejercían sobre mí un poder que no sabría cómo definir. Me asustaban.

Rigel bajó el mentón, observando mi reacción con una mirada impenetrable.

—Así es nuestra relación… —murmuró con voz punzante.

—¡Tienes que dejarme en paz! —exclamé, temblando. Vertí sobre él toda mi aspereza, por lo demás poco convincente, y entonces una sombra, cuyo significado fui incapaz de discernir, cruzó sus ojos.

—Si Anna y Norman vieran… si ellos vieran… si vieran que me desprecias hasta tal punto… que no haces más que rehuirme… que la cosa no es tan perfecta como creen… podrían cambiar de idea, ¿no te parece?

Lo miré estupefacta, era como si me hubiera leído el pensamiento. Me sentí terriblemente expuesta. Rigel me conocía bien, intuía mi alma simple, ese espíritu genuino del que él siempre había carecido.

Yo solo quería una oportunidad, pero si ellos se enterasen de la verdad, si vieran que nos resultaba imposible convivir… podrían devolvernos. O quizá solo a uno de nosotros. Y la duda hizo presa en mí, devoró mis pensamientos: ¿a cuál de los dos preferirían?

Traté de negármelo a mí misma, pero fue en vano. Como si no hubiera notado con cuánta adoración lo miraban Norman y Anna. O el bonito piano del salón, abrillantado con increíble esmero.

Como si no supiera que él siempre era el elegido. Me apreté contra la pared. «Aléjate de mí» me hubiera gustado gritarle, pero la duda me hizo añicos y el corazón echó a correr.

«Seré buena —resonaba en mi garganta—, seré buena, seré buena…».

Por nada del mundo quería volver a aquellas cuatro paredes, recordar el eco de los gritos y sentirme atrapada de nuevo. Necesitaba aquellas sonrisas, aquellas miradas que por una vez me habían elegido a mí. No podía dar marcha atrás, no podía, no, no, no…

—Un día comprenderán quién eres de verdad—dije mirando al suelo, con un hilo de voz.

—Ah, ¿sí? —inquirió él, sin poder reprimir un matiz divertido en su voz—. ¿Y quién soy?

Apreté los puños y alcé la vista, adoptando una lúcida expresión reprobatoria. Con un sentimiento de animadversión que me hacía temblar, lo miré directamente a los ojos y le espeté con dureza:

—Eres el fabricante de lágrimas.

Se hizo un largo silencio.

Rigel echó la cabeza hacia atrás y estalló en una carcajada.

Aquella risotada le acarició los hombros con terrorífica desenvoltura y entonces supe que lo había comprendido.

Se rio de mí, el fabricante de lágrimas, con sus labios malévolos y sus dientes relumbrantes, y aquel sonido siguió prolongándose mientras me alejaba por el pasillo. E incluso cuando me encerré en mi habitación, sola, con todas aquellas paredes y ladrillos que me mantenían alejada de él.

Y una vez allí, los recuerdos empezaron a fluir…

—Adeline, ¿has estado llorando?

Su cabecita rubia resaltaba contra las grietas del enlucido. Estaba acurrucada en la parte de atrás, pequeña y encorvada, como hacía siempre que estaba triste.

—No —respondió ella, pero aún tenía los ojos enrojecidos.

—No me mientas o el fabricante de lágrimas se te llevará.

Ella se abrazó las piernas con sus bracitos.

—Solo nos lo cuentan para asustarnos.

—¿Tú no te lo crees? —susurré.

En el Grave todos creíamos que era verdad. Adeline me lanzó una mirada inquieta y comprendí que ella no era una excepción. Solo tenía dos años más que yo y era una especie de hermana mayor para mí, pero hay ciertas cosas que nunca dejan de darte miedo.

—Hoy en la escuela se lo he dicho a un niño —me confió—. No está aquí con nosotros. Ha contado una mentira y yo le he dicho: «Mira que al fabricante de lágrimas no se le puede mentir». Pero no lo ha entendido. No había oído hablar nunca de él. Pero conoce algo parecido… Lo llama «el hombre del saco».

Me la quedé mirando sin comprender. Las dos estábamos en el Grave desde que éramos muy pequeñas y yo estaba segura de que ella tampoco lo entendía.

—¿Y ese hombre del saco… te hace llorar? ¿Te hace perder las esperanzas? —pregunté.

—No…, pero dice que da miedo. Y también se te lleva con él. Es terrorífico.

Pensé en las cosas que me daban miedo. Y me vino a la mente un sótano oscuro.

Pensé en las cosas que me aterrorizaban. Y me vino a la mente «Ella».

Entonces lo entendí. «Ella» era mi hombre del saco, el de Adeline y el de muchos de nosotros. Pero si quien lo decía era un niño que no estaba en la institución, eso significaba que habría muchos más rondando por el mundo.

—Hay muchísimos hombres del saco —dijo—. Pero solo hay un fabricante de lágrimas.

Yo siempre había creído en los cuentos.

Siempre había esperado vivir uno.

Y ahora… estaba dentro.

Caminaba entre sus páginas, recorría caminos de papel.

Pero la tinta lo manchaba todo.

Había ido a parar al cuento equivocado.

5

Cisne negro

El corazón también tiene una sombra
que lo sigue allí adonde va.

Estaba sudando. Me palpitaban las sienes. La habitación era pequeña, polvorienta, sofocante... Y estaba oscuro. Siempre estaba oscuro.

No podía mover los brazos. Arañaba el aire, pero nadie me oía. Me ardía la piel, trataba de estirar la mano, pero no podía: la puerta se cerraba y la negrura me caía encima...

Me desperté sobresaltada.

La oscuridad que me rodeaba era la misma que la de mis pesadillas y tardé un instante interminable en dar con el interruptor. Aún seguía apretujando las mantas.

Cuando la luz inundó la estancia, dibujando los contornos de mi nueva casa, seguía teniendo el corazón en la garganta.

Habían vuelto las pesadillas. No... En realidad, no se habían ido nunca. No había bastado con cambiar de cama para dejar de verlas.

Me pasé febrilmente la mano por las muñecas. Las tiritas seguían allí, en mis dedos, tranquilizándome con sus colores. Recordándome que era libre.

Podía verlas, así que no había oscuridad. No había oscuridad, estaba segura.

Respiré hondo, tratando de hallar alivio. Pero seguía teniendo aquella sensación en la piel. Me susurraba que cerrase los ojos, me esperaba agazapada en la oscuridad. Estaba allí por mí.

¿Llegaría a ser realmente libre algún día?

Aparté las mantas y salí de la cama. Me pasé la mano por el rostro, salí de la habitación y me dirigí al baño.

La luz iluminó los azulejos blancos y limpios. El luminoso espejo y las toallas suaves como nubes me ayudaron a recordar lo lejos que me encontraba de aquellas pesadillas. Todo era distinto. Aquella era otra vida…

Abrí el grifo del lavabo, me mojé las muñecas y fui recobrando poco a poco la paz interior. Me estuve así un buen rato mientras se me aclaraban las ideas y la luz volvía a iluminar mis rincones más oscuros.

Todo iba a ir bien. Ya no vivía entre recuerdos. No debía tener más miedo… Estaba lejos, a salvo, segura. Era libre. Y tenía la oportunidad de ser feliz…

Cuando salí del baño, me di cuenta de que ya había amanecido.

Ese día teníamos Biología a primera hora, así que procuré no llegar tarde a clase. El docente que daba la asignatura, el profesor Kryll, no era famoso precisamente por su paciencia.

Aquella mañana, la acera que había frente a la escuela también estaba abarrotada de estudiantes. Me sorprendí mucho cuando oí una voz entre el gentío que me llamaba:

—¡Nica!

Billie estaba delante de la puerta, con sus rizos balanceándose al compás del eufórico movimiento de su brazo. Exhibía una sonrisa radiante y me encontré observándola perpleja, pues para mí todas aquellas atenciones eran una novedad.

—Hola —la saludé tímidamente, procurando que no se me notase lo feliz que me hacía que me hubiera reconocido entre tanta gente.

—¿Cómo ha ido la primera semana de clase? ¿Ya has desarrollado instintos suicidas? Kryll te está volviendo loca, ¿a que sí?

Me rasqué la mejilla. A decir verdad, me había parecido fascinante su clasificación de los invertebrados, pero por la forma en que todos hablaban de él, parecía que hubiera instaurado una especie de régimen terrorista para su materia.

—En realidad —respondí titubeante—, no me ha parecido tan mal…

Ella se echó a reír como si acabase de contarle un chiste.

—¡Claro que sí! —repuso, dándome un cachete cariñoso que me sobresaltó.

Mientras caminábamos juntas, me fijé en que llevaba una pequeña cámara fotográfica de ganchillo colgando de la cremallera de su mochila.

Al cabo de un instante, Billie se iluminó. Echó a correr hacia delante, eufórica, y se detuvo al llegar junto a una espalda que estrechó desde atrás.

—¡Buenos días! —exclamó dichosa mientras abrazaba la mochila de Miki. Ella se volvió luciendo una expresión mortuoria: las ojeras eran muy visibles en aquel rostro falto de sueño.

—¡Has llegado pronto! —gorjeó Billie—. ¿Cómo estás? ¿Qué clases tienes hoy? ¿Quieres que después volvamos juntas a casa?

—Son las ocho de la mañana —protestó Miki— y ya me estás flagelando el cerebro.

Reparó en que también estaba yo. Alcé una mano a modo de «hola», que no se dignó a responder. Me di cuenta de que ella también llevaba una figurita de ganchillo colgada de la cremallera: la cabeza de un panda, con dos grandes cercos negros alrededor de los ojos.

En ese momento, unas chicas pasaron por nuestro lado, reprimiendo unos gritos de excitación, y se sumaron a un grupo más numeroso delante de una clase. Alguna estiraba el cuello para mirar adentro; otras se tapaban la mano con la boca, ocultando sonrisas de complicidad. Parecían un enjambre de mantis religiosas.

Miki se quedó mirando aquella pequeña muchedumbre con expresión aburrida.

—¿Qué estarán maullando esas?

—¡Vayamos a verlo!

Nos acercamos las tres; bueno, mejor dicho, se acercó Miki, y Billie la siguió, no sin antes agarrarme de la correa de la mochila alegremente. Llegamos hasta el grupito y hasta yo traté de echar un vistazo dentro, impulsada también por la curiosidad.

Comprendí demasiado tarde que aquella era el aula de música.

Me quedé petrificada.

Rigel estaba allí, de perfil, perfecto como una pintura. La luz inundaba la estancia y su cabello negro destacaba en aquella atmósfera tenue, enmarcando su atractivo rostro; sus dedos esbeltos apenas rozaban las teclas del piano, produciendo espectros de melodías que se disolvían en el silencio.

Estaba espléndido.

Rechacé aquel pensamiento con todas mis fuerzas, pero fui derrotada fácilmente. Parecía un cisne negro, un ángel maldito capaz de capturar sonidos misteriosos y ultraterrenales.

—Pero ¿existen de verdad chicos así? —susurró una de las chicas.

Rigel ni siquiera estaba tocando una pieza. Sus manos modulaban simples acordes, pero yo sabía la música que era capaz de crear solo con proponérselo.

—Está buenísimo…

—¿Cómo se llama?

—No lo he entendido, tiene un nombre raro.

—¡He oído que ha salido bien librado con la sanción por la pelea! —cuchicheaban, entre desconcertadas y excitadas—. ¡No lo han expulsado temporalmente!

—¡Por un tío así, yo iría a clase todos los días!

Se rieron un poco demasiado fuerte y yo sentí una punzada en la boca del estómago. Lo miraban como si fuera un dios, se dejaban engatusar por el príncipe de los cuentos, ignorando que se trataba del lobo. A fin de cuentas, ¿acaso el demonio no era el más hermoso de los ángeles?

¿Por qué nadie parecía darse cuenta?

—¡Chisss, que os va a oír!

Rigel alzó la vista.

Y todas enmudecieron.

Era de locos. Todo en él era perfecto, sus facciones impolutas y delicadas, y además estaba aquella mirada. Te quemaba el alma, literalmente. Aquellos ojos negros, penetrantes y sagaces, creaban un contraste con su rostro que te dejaba sin respiración.

Consciente de que ya no estaba solo, se puso en pie y vino hacia nosotras.

Yo me encogí, bajé la vista y murmuré:

—Se está haciendo tarde, tendríamos que ir para la clase.

Pero Billie no me oyó. Sin darse cuenta, seguía sujetándome de la correa de la mochila y las chicas que estaban detrás tampoco se movieron para dejarme pasar. Rigel llegó a la puerta en todo su esplendor. Todas las chicas se quedaron inmóviles, subyugadas por el aspecto misterioso que encerraba aquella belleza tan violenta. Parecían estar hechizadas. Apoyó la mano en la puerta corredera para cerrarla, pero una de las chicas interpuso el brazo y tuvo la audacia de mantenerla abierta.

—Sería una verdadera lástima que lo hicieras —le dijo, sonriéndole—. ¿Siempre tocas así de bien?

Rigel miró la mano que sostenía la puerta abierta como si no fuera gran cosa.

—No —respondió con fría ironía—, a veces toco en serio…

Dio un paso al frente mirándola a los ojos y esta vez la chica se vio obligada a retroceder. Se la quedó mirando detenidamente antes de dejarla atrás. Y después se marchó. Cuando en el grupo empezaron a volar las miradas alusivas, volví el rostro, desvinculándome de aquella agitación generalizada.

Desde aquella noche en el pasillo, había empezado a hacer lo que siempre había hecho en el Grave: mantenerme alejada de él. No podía borrar de mi mente su carcajada. No lograba quitármela de la cabeza.

—Tu hermano parece de otro planeta…

—No es mi hermano —respondí con brusquedad, como si me hubiera quemado los labios.

Ambas se me quedaron mirando y al instante empezaron a arderme las mejillas. No era propio de mí responder de aquel modo, pero ¿cómo podían pensar que podíamos ser parientes? Éramos totalmente opuestos.

—Perdona —respondió Billie, incómoda—, tienes razón, lo había olvidado.

—No pasa nada —la tranquilicé en tono cariñoso, esperando haberlo arreglado. El gesto de Billie volvió a serenarse y echó un vistazo al reloj que colgaba en la pared.

—¡Cielos, tenemos que espabilarnos o Kryll nos trasquilará! —exclamó con los ojos como platos—. ¡Miki, que te vayan bien las clases! Vamos, Nica.

—Adiós, Miki —susurré antes de seguir a Billie. No me respondió, pero noté que nos observaba cuando nos marchamos juntas.

¿Acaso me veía como a una intrusa?

—¿Cómo os conocisteis Miki y tú? —le pregunté mientras íbamos camino del aula.

—Es una historia graciosa. Fue por nuestros nombres —respondió Billie, divertida—. Miki y yo teníamos dos nombres un poco… fuera de lo común, podríamos decir. El primer día de escuela, le dije que tenía un nombre bastante extraño y ella me respondió que no podía ser más raro que el suyo. Actualmente solo usamos nuestros apodos. Pero desde aquel día, nos hicimos inseparables.

Comprendí que Miki era un personaje especial. Desde luego, no podía decir que la conociera, pero no dudaba de su afecto hacia Billie. Era seca en el trato, pero cuando hablaban, en sus ojos se percibía que entre ambas reinaba una gran confianza. Su amistad era como esos pantalones cómodos que te pones con total seguridad y familiaridad durante toda la vida.

Al final de aquella jornada de clases, me sentía cansada pero satisfecha.

—¡Ya voy, abuela! —dijo Billie respondiendo al móvil.

Estábamos fuera mientras los estudiantes se congregaban en el patio charlando animadamente.

—Tengo que irme corriendo, la abuela tiene el coche en doble fila y, si le ponen otra multa, esta vez le da un patatús. Ah, sí… ¿Te parece bien si intercambiamos nuestros números?

Ralenticé el paso hasta detenerme, y ella también lo hizo.

Se rio con socarronería, agitando el aire con las manos.

—Lo sé, lo sé. Miki dice que soy una pesada, pero tú no piensas lo mismo, ¿verdad? Solo porque una vez la obsequié con un audio de siete minutos, dice que soy logorreica…

—Yo… no tengo móvil —tuve que responder.

Sentí un calor en el pecho que entorpecía mis palabras. En realidad, hubiera querido decirle que no me importaba que hablase tanto. Que estaba bien que ella fuera así, porque al mostrarme aquella confianza me hacía sentir menos rara y distinta. Hacía que me sintiera «normal». Y eso era fantástico.

—¿No tienes móvil? —preguntó alucinada.

—No… —murmuré, pero entonces el sonido inesperado de un claxon me sobresaltó.

Por la ventanilla de un voluminoso Wrangler, emergió la cabeza de una anciana con gafas de sol negras. Le soltó algo que no acabé de entender al señor de detrás y este cerró la boca, ultrajado.

—Dios mío, van a denunciar a la abuela… —exclamó Billie, llevándose una mano a los rizos—. Perdona, Nica, ¡tengo que irme! Nos vemos mañana, ¿vale? ¡Adiós!

Echó a correr como un insecto y desapareció entre la gente.

—Adiós… —susurré agitando la mano.

Me sentí increíblemente ligera: inspiré hondo y enfilé el camino a casa reprimiendo una sonrisa.

La jornada había sido larga, pero solo sentía una hormigueante felicidad.

Los señores Milligan se excusaron por no poder acompañarnos todos los días: Norman tenía que estar fuera hasta la noche por trabajo y la tienda le exigía a Anna estar presente a todas horas.

Pero me gustaba caminar y, además, ahora que Rigel tenía que cumplir la sanción, por las tardes tenía toda la casa para mí.

Tuve cuidado de no pisar una hilera de hormigas que cruzaban la acera; sorteé la piel de manzana con la que estaban dándose un banquete y me encaminé hacia el barrio.

Mis ojos se llenaron de aquella valla blanca. En el buzón ponía «Milligan» y me dirigí hacia allí, feliz y serena, pero con el corazón temblando. Tal vez nunca me acostumbraría a tener un lugar al que regresar...

Entré en casa y me sentí acogida por una plácida hospitalidad. Estaba memorizándolo todo: la intimidad, los estrechos pasillos, el marco vacío sobre la mesita del recibidor que seguramente un día albergó una foto. En la cocina escamoteé una cucharada de mermelada de moras y me la tomé junto al fregadero.

La mermelada me gustaba con locura. En el Grave solo nos daban cuando había visitas; a los que venían les gustaba ver que nos trataban bien y nosotros nos paseábamos por la institución enfundados en nuestra ropa buena, fingiendo que aquello era la normalidad.

Cogí lo necesario para prepararme un sándwich, canturreando fragmentos de melodías con la boca cerrada. Me sentía en paz. Feliz. Puede que hubiera hecho una amiga y todo. Dos buenas personas querían proporcionarme una familia. Todo parecía luminoso y perfumado, incluidos mis pensamientos.

Cuando el emparedado ya estaba listo, me percaté de que tenía un pequeño huésped. Un geco asomaba la cabeza en la pared, tras la hilera de tazas. Seguramente habría entrado por la ventana abierta, atraído por el olor.

—Hola —le susurré.

Como no había ojos que pudieran juzgarme, no sentí vergüenza. Sabía que, si alguien me veía, probablemente me tomaría por una loca. Pero para mí era normal. Secreto pero espontáneo.

Había gente que hablaba sola; yo, en cambio, hablaba con los animales, y a veces tenía la certeza de que podían comprenderme mejor que las personas. ¿De verdad que hablar con una criatura era más extraño que hablar con una misma?

—Lo siento, pero no tengo nada para darte —le comuniqué, tamborileando sobre los labios con las yemas de los dedos. Sus dedos planos le conferían un aspecto cómico, inocuo, y le susurré—: Qué chiquitín eres.

—¡Ah! —Oí una voz a mi espalda—. ¡Nica!

Y Norman apareció por la puerta de la cocina.

—Hola, Norman —lo saludé, sorprendida de que hubiera pasado por casa a la hora del almuerzo. A veces coincidía con él, pero sucedía en poquísimas ocasiones.

—He pasado para tomar un tentempié rápido… ¿Con quién estabas hablando?

—Ah, no era… —Me quedé bloqueada.

El emblema de la cucaracha muerta ocupaba toda mi visión, dominando la escena.

Me volví a toda prisa hacia el animalito que tenía allí cerca y palidecí al verlo inclinar la cabecita y devolverme la mirada. Antes de que Norman alzara la vista, cogí el geco al vuelo y lo oculté detrás de la espalda.

—… nadie.

Norman me miró perplejo y yo me encogí de hombros, exhibiendo una sonrisa más bien enclenque. Sentí un movimiento entre las palmas de mis manos, como el de una pequeña anguila, y tensé los pulgares cuando noté que me mordisqueaba un dedo.

—Vale… —farfulló acercándose, mientras yo miraba en todas direcciones, buscando alguna escapatoria.

—Me espera mucho trabajo, una clienta me ha llamado esta mañana y tengo que pasar por el almacén para coger… la artillería pesada. No sé si me entiendes… La señora Finch está como loca, jura que hay un nido de avispones en su…

—¡Oh, cielos! —exclamé trágicamente, al tiempo que señalaba algo a su espalda—. ¿Qué es eso de ahí?

Norman se volvió y yo aproveché la ocasión: cogí el geco con una sola mano y lo arrojé por la ventana. Hizo una pirueta en el aire como si fuera una peonza y acabó aterrizando en algún lugar sobre la mullida hierba del jardín.

—Es la lámpara…

Norman se volvió de nuevo y yo compuse una radiante sonrisa. Me miró desconcertado y, aunque esperaba que no se hubiera percatado de mi extravagancia, el modo en que me miraba decía lo contrario. Me preguntó si estaba bien y yo lo tranquilicé, tratando de aparentar que estaba la mar de a gusto allí, hasta que por fin decidió dejarme sola de nuevo. Cuando oí cerrarse la puerta otra vez, respiré hondo, un poco abatida.

¿Sería capaz de causar buena impresión alguna vez en la vida? ¿De lograr que me aceptasen, pese a mi forma de ser un poco extravagante y fuera de lo común?

Me miré las tiritas en los dedos y suspiré. Recordé mis pesadillas, pero las encerré en un rincón lejano antes de que pudieran echarlo todo por tierra.

Me lavé las manos y comí tranquilamente, saboreando cada instante de aquel momento tan normal, en una casa tan normal. Mientras disfrutaba de mi almuerzo, observé en silencio el pequeño cuenco que había en un rincón de la cocina.

Durante aquellos días, había oído rascar varias veces fuera de la puerta, pero cuando se lo comenté a Anna, me dijo agitando la mano:

—Ah, no te preocupes —respondió—, solo es Klaus. Antes o después decidirá dejarse ver… Es un tipo solitario.

Yo me preguntaba cuándo se daría a conocer.

Después de fregar los platos y de comprobar que todo estaba en orden, tal como Anna lo había dejado, subí a la habitación y me pasé la tarde estudiando.

Me perdí entre ecuaciones algebraicas y fechas de la guerra de Secesión; cuando terminé los deberes, ya había oscurecido. Mientras me desperezaba, noté que el dedo mordisqueado estaba rojo y palpitaba un poco. Tal vez tendría que ponerme una tirita… «verde como él», pensé al tiempo que salía de mi habitación.

Sumida en mis pensamientos, llegué al baño y acerqué los dedos al tirador, pero antes de que llegara a sujetarlo, se deslizó hacia abajo y se abrió la cerradura.

Alcé la cabeza en el momento en que se abría la puerta. Y me topé con dos ojos negros cuyo magnetismo me causó una escalofriante sorpresa. Retrocedí enseguida.

Rigel apareció en el umbral, tranquilo; unas volutas de vapor se deslizaron por sus hombros, lo cual me hizo intuir que acababa de darse una ducha.

Su presencia me produjo de nuevo la misma sensación incómoda y visceral.

Nunca había logrado que me resultara indiferente, sus profundos iris eran abismos de los que parecía imposible sustraerse. Eran los ojos del fabricante de lágrimas. No importaba que no fuesen claros como en la leyenda. Los ojos de Rigel eran peligrosos, aunque totalmente opuestos a los del cuento.

Apoyó el hombro en el marco de la puerta. Su cabello apenas rozó la jamba, pero en lugar de marcharse, cruzó los brazos y se me quedó mirando.

—Necesito pasar —le dije, con la voz tensa.

El vapor seguía fluyendo, confiriéndole el aspecto de un diablo encantador a las puertas del infierno. Me estremecí al imaginarme que entraba en aquella niebla y desaparecía engullida por su perfume…

—Adelante —me propuso, pero ni siquiera hizo el gesto de apartarse.

En vista de su actitud, endurecí la mirada.

—¿Por qué haces esto?

No quería jugar, simplemente quería que dejase de hacer aquello, que me dejase en paz.

—¿Qué quieres decir?

—Sabes perfectamente a qué me refiero —le repliqué, tratando de hacerme valer—. Lo has hecho siempre. Llevas toda la vida haciéndolo.

Era la primera vez que le hablaba de un modo tan directo. Nuestra relación siempre había sido a través de silencios, de cosas no dichas, de sarcasmo e inocencia, mordiscos y repliegues. Jamás había perdido el tiempo en comprender su actitud, siempre preferí ignorar los motivos. Para ser más exactos, aquello ni siquiera podía definirse como una relación.

Él alzó una de las comisuras de sus labios y sonrió burlón.

—No puedo más. —Crispé los dedos—. No lo lograrás —le espeté con toda la determinación que fui capaz de reunir. Mi voz sonó limpia y fuerte, y entonces percibí que su expresión se oscurecía.

—¿Qué?

—¡Lo sabes! —exclamé.

Estaba tensa, casi de puntillas, y ardía de la emoción. ¿Aquello mío era obstinación o desesperación?

—No te lo permitiré, Rigel. No dejaré que lo estropees... ¿Me has oído?

Yo era menuda y llevaba los dedos llenos de tiritas, pero lo miré directamente a los ojos porque sentía la necesidad de proteger mi sueño. Creía en la delicadeza y en la bondad del alma, en las maneras amables y en los gestos silenciosos. Pero Rigel hacía emerger facetas de mí misma en las que me costaba reconocerme. Era justo como en la leyenda...

Entonces me percaté de que su expresión había cambiado. Ya no sonreía y tenía sus ojos negros clavados en mis labios.

—Dilo otra vez —murmuró despacio.

Tensé la mandíbula y me mantuve firme.

—No dejaré que lo estropees.

Rigel me miró con intensidad. Deslizó su mirada por todo mi cuerpo, sentí un escalofrío que quebró mi seguridad. Aquel lento examen al que me estaba sometiendo me revolvió el estómago, como si me estuviera tocando. Al cabo de un instante, descruzó los brazos y empezó a moverse.

—Otra vez —me susurró, avanzando un paso.

—No dejaré que lo estropees —dije, inflexible.

Un nuevo paso.

—Otra vez.

—No dejaré que lo estropees...

Pero cuanto más lo repetía, más se acercaba

—Otra vez —me propuso de nuevo, implacable, y yo me tensé aún más, confusa y turbada.

—No dejaré que lo estropees... No...

Me mordí los labios y esta vez fui yo quien dio un paso, pero hacia atrás.

Ahora estaba justo delante de mí.

No tuve más remedio que alzar el rostro y, con el corazón en la garganta, me enfrenté a aquellos iris perforadores. Los tenía clavados en mí. El reflejo del ocaso ya no era más que una brizna de luz devorada por sus ojos.

Rigel dio otro paso, como si así remarcara sus palabras, y yo retrocedí un poco más, pero ya tenía la pared a mi espalda. Parpadeé y al instante vi que sus ojos estaban muy cerca de los míos. Me tensé aún más cuando inclinó el rostro hasta mi oído e hizo retumbar su voz profunda dentro de mi cabeza.

—No eres consciente en absoluto de lo delicada e inocente que suena tu voz.

Traté de reprimir un escalofrío, pero mi alma parecía estar desnuda frente a Rigel, que era capaz de hacer que me estremeciese sin tan siquiera rozarme.

—Te tiemblan las piernas. Ni siquiera puedes estar cerca de mí, ¿no es así?

Extendí las manos para apartarlo. Pero había algo… algo me decía que, por mucho que lo conociera, no debía tocarlo. Que, si apoyaba las manos en su pecho para hacerlo retroceder, rompería esa distancia irreparablemente.

Entre nosotros había una frontera invisible. Y desde el primer momento los ojos de Rigel me pedían que no la cruzara, que no cometiera ese error.

—El corazón te late desbocado —murmuró sobre la arteria de mi cuello, que mis latidos hacían palpitar—. ¿Acaso tienes miedo de mí, *falena*?

—Rigel, por favor, déjalo.

—Oh, no, no, Nica —masculló a media voz, haciendo chasquear la lengua como si me estuviera regañando—. Eres tú quien debe dejarlo. Este tono de ruiseñor indefenso… no hará más que empeorar las cosas.

No sé de dónde saqué las fuerzas para empujarlo. Solo sé que un instante antes Rigel estaba allí, con su respiración ponzoñosa sobre mi piel, y un instante después se hallaba a un par de pasos de distancia, con las cejas enarcadas.

Pero no había sido yo… Algo cruzó veloz por encima de sus zapatos, haciéndolo retroceder: dos ojos amarillos refulgieron en la penumbra, observándonos con unas pupilas de reptil.

El gato le soltó un bufido con las orejas agachadas, salió corriendo como una flecha escaleras arriba y, ya en los escalones, por poco no hace caer a Anna.

—¡Klaus! —exclamó la mujer—. ¡Casi haces que me tropiece! Gato pulgoso, ¿por fin has decidido dejarte ver? —Anna apareció en el rellano, sorprendida de vernos allí—. ¡Ah, Rigel, siempre se esconde en tu habitación! Tiene la costumbre de ocultarse debajo de tu cama…

Ya no oí nada más porque aproveché la ocasión para escabullirme.

Me encerré a toda prisa en el baño, con la esperanza de que así lograría aislar su deletérea presencia fuera de mí, del mundo, de todo.

Apoyé la frente en la dura superficie de la puerta antes de bajar los párpados, pero él seguía allí, encajado en alguna parte, con su voz malévola y su aura perniciosa.

Traté de sacármelo de encima, pero el vapor me envolvió, me impregnó con su perfume.

Me invadió hasta llegar a mi estómago.

Era inútil respirar, tenía la sensación de que me había inundado por dentro.

No todos los venenos cuentan con un antídoto. Algunos se infiltran en tu alma, te aturden con su aroma y poseen los ojos más hermosos que jamás hayas visto.

Y no existe cura contra ellos.

Ninguna.

6

Un gesto amable

Quien lleva la primavera en el alma
siempre verá un mundo en flor.

Rigel me desestabilizaba.

Durante dos días, no pude quitarme de encima aquella sensación. La sensación de sentirlo mezclado en mi sangre.

Había veces en que estaba segura de saberlo todo acerca de él.

Otras, en cambio, eran tantas las zonas de sombra que lo constelaban, que me convencía de lo contrario.

Rigel era como una elegante fiera vestida con su manto más hermoso, pero en su interior ocultaba una naturaleza salvaje e impredecible, en ocasiones sobrecogedora, que lo hacía inaccesible a todo el mundo.

Por otro lado, él siempre había hecho lo posible por impedirme comprenderlo: cada vez que me acercaba demasiado, me «mordía» con las palabras y me gruñía que me alejara, como había hecho aquella noche en la cocina. Pero luego se daban ciertas situaciones, ilógicas y contradictorias, y yo no lograba explicarme su comportamiento.

Me confundía, me turbaba, era insidioso, y yo hubiera hecho bien en seguir su advertencia: mantenerme alejada de él.

Excluyendo mi relación con Rigel, no podía decir que las cosas no marcharan bien. Adoraba a mi nueva familia.

Norman era deliciosamente desmañado y Anna se parecía cada vez más al sueño con el que había fantaseado tantas veces de niña. Era maternal, inteligente, atenta, y siempre se preocupaba de que comiese y me sintiera bien. Yo ya sabía que estaba muy delgada, que no lucía el saludable color rosado de las otras chicas de mi edad, pero aún no estaba habituada a que me dispensasen aquella clase de atenciones.

Era una auténtica mamá y, aunque no tenía el valor de decírselo, me estaba encariñando de ella como si ya fuera la «mía».

La niña que años atrás soñaba con abrazar el cielo y hallar a alguien que la liberase, ahora miraba aquella realidad con los ojos del encanto.

¿Sería capaz de no acabar perdiéndolo todo?

Salí de mi habitación tras otra tarde de deberes. Estudiaba mucho y me esforzaba en ser buena; sobre todo quería que Anna y Norman estuvieran contentos conmigo.

Para mi sorpresa, en el comedor me topé con alguien.

Era Klaus, el gato de la casa. Definitivamente, había decidido mostrarse. Sentí un placer muy cálido al encontrármelo fuera de mi habitación, porque me encantan los animales y me hace muy feliz interactuar con ellos.

—Hola —le susurré sonriente.

Me pareció muy hermoso. Su pelo suave y largo como algodón de azúcar, de un bonito color gris pólvora, enmarcaba dos espléndidos ojos amarillos muy redondos. Anna me había dicho que tenía diez años, pero los llevaba con mucho orgullo y dignidad.

—Qué guapo eres… —lo adulé, preguntándome si me dejaría hacerle mimos. Me miró con sus ojazos recelosos. Y finalmente erizó la cola y se marchó.

Lo seguí como una niña, observándolo con ojos apasionados, pero él me lanzó una mirada esquiva, dándome a entender que no le apetecía. Saltó por la ventana y aterrizó en el tejado, dejándome sola en el pasillo. Sí que debía de ser un tipo solitario…

Estaba a punto de marcharme cuando un ruido llamó mi atención. No me percaté enseguida: sonaba como un jadeo y venía de la habitación contigua. Pero no era una estancia cualquiera.

Era la habitación de Rigel.

Deduje que era su respiración. Sabía que no debía entrar, que tenía que mantenerme alejada, pero oírlo respirar de aquel modo me hizo olvidar mis propósitos por un momento. La puerta estaba entreabierta y miré dentro.

Distinguí su imponente figura. Estaba de pie en el centro de la estancia, dándome la espalda. A través del resquicio pude entrever las venas hinchadas de sus brazos; los mantenía rígidos, con los puños sobre las caderas.

Fueron estos los que me llamaron la atención. Tenía la piel de los nudillos tirante y apretaba con fuerza los dedos exangües. Me fijé en que tensaba los músculos hasta el hombro y no entendía el porqué.

Parecía... ¿furioso?

El suelo me traicionó con un crujido antes de que pudiera ver mejor. Sus ojos me asaetearon y me sobresalté. Retrocedí por instinto y enseguida la puerta se cerró de golpe, dando al traste con todas mis conjeturas.

No dejaba de darle vueltas mientras miraba la habitación. ¿Se habría dado cuenta de que era yo? ¿O simplemente le pareció que había alguien? Una mortificante punzada me hurgaba el pecho y las dudas atormentaban mi alma. Me mordí el labio y retrocedí caminando hacia atrás hasta que vi el camino libre.

—Nica —oí la voz de Anna que me llamaba—, ¿podrías ayudarme?

Llevaba un cesto con la colada recién hecha. Aparqué mi inquietud y al instante fui hasta donde estaba, temblorosa, como cada vez que se dirigía a mí.

—Claro.

—Gracias. Aún tengo cosas por hacer, si pudieras ir guardando esta ropa mientras tanto... ¿Sabes dónde va?

Cogí el cesto perfumado y le aseguré que sería capaz de encontrar el cajón exacto donde guardaba sus tapetes de encaje.

La casita no era tan grande, ya la había recorrido a lo largo y a lo ancho, así que iba deteniéndome de vez en cuando para llenar un cajón o abrir una puerta; aprendí dónde estaban algunas cosas, y en esa ocasión aún pude conocerla más en profundidad. Mientras guardaba mis vestidos en mi habitación, sentí vergüenza de que Anna hubiera visto lo viejos y gastados que estaban.

Cuando salí de mi cuarto, me di cuenta de que en el cesto quedaban dos camisetas de manga corta.

Eran de hombre. Las acaricié con los dedos, indecisa. Me pregunté, aunque ya sabía la respuesta con certeza, si Norman usaría una ropa tan gastada.

Eran de Rigel.

Me volví hacia la puerta de su habitación. Después de lo que había pasado hacía apenas unos minutos, la idea de volver a acercarme allí me paralizó. No estaba segura de que me hubiera reconocido, pero sabía que me había prohibido terminantemente entrar en su cuarto. Rigel había sido muy claro al respecto.

Pero le estaba haciendo un favor a Anna. Con todo lo que ella había hecho por mí, ¿cómo podía negarle un gesto tan insignificante? Le aseguré que podía confiarme una tarea tan sencilla como aquella y no quería tener que volver ante ella y comerme mis palabras.

No acababa de decidirme, pero finalmente volvía a estar delante de aquella puerta.

Tragué saliva, alcé la mano, me armé de valor y toqué tímidamente. No obtuve respuesta.

¿Habría llamado demasiado flojito? La idea de que tal vez no hubiera nadie en la habitación encendió una bombillita en mi interior y me infundió coraje. Rigel me había dicho que no entrara y sería mejor que le hiciera caso, pero bien podría aprovechar su ausencia para dejar allí su ropa sin tener que verlo.

Empuñé el tirador, lo bajé…

Y di un brinco en cuanto vi que el metal se me escapaba de entre los dedos.

La puerta se abrió y todas mis esperanzas se desvanecieron.

Sus iris me capturaron como por arte de un negro encantamiento.

En cuando lo tuve enfrente, me empezaron a temblar las piernas.

¿Cómo era posible que un chico de diecisiete años pudiera quemar con los ojos de aquel modo?

—¿Se puede saber qué pretendías hacer? —preguntó arrastrando las palabras con voz gélida. Su semblante no prometía nada bueno. Bajé inmediatamente la vista hacia la colada y él hizo lo mismo.

—Yo… —balbuceé—. Estas son tuyas, yo solo quería dejarlas…

—¿Qué parte —inquirió Rigel— de la frase «no entres en mi habitación» no te quedó clara?

Tragué saliva y, por un momento, creí que la fría dureza que irradiaban sus ojos acabaría aplastándome.

—Me lo ha pedido Anna —le expliqué. Era imprescindible que le dejase claro que no me había llevado hasta allí ningún interés personal, sino mi sentido del deber. Me di cuenta demasiado tarde de que aquellas palabras tenían toda la pinta de ser un embuste—. Me pidió que le echara una mano. Le estoy haciendo un favor…

—Háztelo a ti, el favor.

Rigel me arrebató el cesto de las manos con un gesto seco. Sus punzantes y admonitorias pupilas me dejaron paralizada.

—Esfúmate, Nica.

Me llamaba Nica, en lugar de *falena*, cuando daba por terminada su invectiva. Como si llamarme por mi nombre les diera un matiz definitivo a sus palabras.

Ya estaba a punto de cerrar la puerta cuando apreté los puños y sentí el roce de mis tiritas al pellizcar el aire.

—Solo era un gesto amable —dije a modo de reproche, tratando en vano de ponerme a su altura—. ¿Cómo es posible que no lo entiendas?

La puerta se cerró.

Una sombra se cernió sobre sus oscuros iris cuando volvió a fulminarme con la mirada y entonces murmuró con los labios increíblemente prietos:

—¿Un... gesto amable?

Me puse tensa. Volvió a entreabrir la puerta y noté que cada uno de mis músculos se iba poniendo rígido.

Avanzó hacia mí, alto e intimidante. Tragué saliva mientras él apoyaba la muñeca en el quicio de la puerta, justo encima de mi rostro, dominándome desde su altura con ojos gélidos.

—No quiero... tus gestos amables. —Aquellas palabras sonaron en sus labios como un gruñido lento y amenazante—. Lo que quiero es que te apartes de mi camino.

Su voz profunda me golpeó en lo más íntimo. Se fundió con mi sangre. Me aparté de pronto, mientras sus ojos me seguían con increíble precisión.

Lo miré, asustada por el efecto que provocaba en mí. Por una vez en mi vida, habría deseado sentir rabia, desprecio o rencor por su forma de tratarme, pero en mi pecho se abría paso un tormento mucho más profundo, casi como un dolor físico.

Al cabo de un instante, cerró la puerta de nuevo y el silencio volvió a engullirme.

Me clavé los dientes en los labios y apreté los puños, tratando de ahuyentar aquellas sensaciones. ¿Por qué me sentía tan herida? Siempre era así. Aquel solo había sido uno más de los muchos conflictos que había entre nosotros. Había sido muy tonta al pensar lo contrario.

Rigel llevaba toda la vida «mordiéndome», no quería que lo tocase ni que me acercase o tratara de comprenderlo. No quería nada de mí, pero, al mismo tiempo, sabía torturarme como nadie. A veces parecía querer destruirme; otras, incluso odiaba tenerme cerca.

Era una criatura recelosa, enigmática y sombría. Un auténtico lobo.

Poseía el encanto de la noche y sus ojos eran remotos y fríos como la estrella que le daba nombre. Y yo… yo tenía que dejar de confiar en que las cosas cambiarían.

Fui al encuentro de Anna para decirle que ya había terminado, procurando ocultar mi estado de ánimo. Ella, por toda respuesta, me dio las gracias con una preciosa sonrisa. Me preguntó si me apetecía un té. Yo acepté emocionada y acabamos charlando en el sofá ante dos tazas humeantes.

Le pregunté por la tienda y ella me habló de Carl, su ayudante, un buen chico que le echaba una mano. La escuchaba embelesada, procurando no perderme ni un detalle de ella y una vez más me cautivó la luz que desprendía su sonrisa. Su voz era como una caricia, un guante que me hacía sentir cálida y protegida. Su cabello claro y sus agradables facciones resplandecían ante mis ojos como si emanaran una luminiscencia que solo yo era capaz de percibir.

Para mí, Anna tenía el resplandor del que hablaba el cuento y ni siquiera era consciente de ello. A veces, la miraba y me hacía pensar en mi madre, en sus dulces ojos cuando de pequeña me susurraba: «Es la delicadeza, Nica. La delicadeza, siempre… Recuérdalo».

Me gustaba mucho. Y no solo porque en mi interior sintiera una necesidad desesperada de afecto, no solo porque siempre hubiera soñado con una sonrisa o una caricia…, sino también porque ella poseía una sensibilidad especial y una amabilidad que no había encontrado en nadie hasta ese momento.

Cuando acabé de charlar con ella, subí a mi habitación para coger la enciclopedia que había pedido prestada y devolverla al lugar que le correspondía. Abajo había una estancia con una biblioteca que ocupaba todas las paredes. Entré con el voluminoso libro contra el pecho y me fijé en cómo la luz reverberaba en la sala. Los últimos rayos de sol bañaban las cortinas blancas, creando una atmosfera cálida y acogedora. El piano de cola brillaba suavemente en el centro, como un trono sin rey.

Me acerqué a la pared repleta de libros y puse la enciclopedia en su sitio. Tuve que ponerme de puntillas, porque el anaquel estaba un poco alto y por poco no se me cae de las manos, aunque al final logré colocarlo.

Cuando me giré, el corazón me dio un vuelco.

Rigel tenía el hombro apoyado en el umbral de la puerta y me estaba mirando fijamente. Era como si su imponente figura hiciera añicos la cálida luz que me envolvía, y, de pronto, mi piel empezó a experimentar una serie de sensaciones que escapaban a mi control. Aquella aparición fue tan imprevista que no me dio tiempo a controlarme: se me aceleraron los latidos y entreabrí los labios. Pero nada fue comparable a lo que sentí cuando capté su mirada: atenta y profunda, como la de un felino estudiando su presa.

Deseé no haber reaccionado ante su presencia de aquel modo. La sensación de incomodidad que me producía solo era comparable a la atracción enfermiza que encerraba cada línea de sus rasgos. La nariz recta, los labios perfectamente proporcionados con el rostro, la mandíbula afilada que confería a sus delicadas facciones una armonía impecable… y su mirada. Sus ojos almendrados destacaban bajo el arco de las cejas y encerraban una seguridad desestabilizante y provocativa.

—Siempre será así, ¿verdad?

Fui yo quien habló. En cuanto me percaté de ello, ya no pude ocultar el matiz de melancolía que había en mis palabras.

—Nuestra relación… no cambiará, aunque ahora estemos aquí.

Me fijé en que sostenía un libro de Chesterton bajo los brazos cruzados. Se lo había visto leer los últimos días, así que me imaginé que estaba allí porque lo había terminado.

—Lo dices como si eso te disgustase —respondió con su voz sinuosa.

Me aparté un poco, pese a que estaba bastante lejos de él, porque el timbre de su voz me producía un extraño efecto.

Rigel inclinó levemente el rostro y me miró circunspecto.

—¿Te gustaría que fuera distinto?

—Quisiera que fueras menos hostil —repliqué sin apenas pensarlo, preguntándome por qué había sonado casi como un ruego—. Quisiera que no me mirases siempre así… De ese modo.

—De ese modo… —repitió Rigel. Siempre lo hacía. Les daba la vuelta a mis afirmaciones, convirtiéndolas en preguntas, y las modulaba con aquel tono pausado y tortuoso, remarcando las palabras con la lengua.

—De ese modo —repliqué con determinación—, como si fuera tu enemiga. Desconoces hasta tal punto la amabilidad que, cuando alguien te la muestra, ni siquiera eres capaz de reconocerla.

Con todo, no quería confesarme a mí misma que aquello me hacía daño.

Me hacía daño cuando me hablaba de aquel modo.

Me hacía daño cuando me increpaba.

Me hacía daño cuando no me brindaba la posibilidad de mejorar las cosas.

Después de tanto tiempo, ya tendría que estar acostumbrada, debería temerlo y punto, pero… yo solo quería solucionarlo todo. Yo… era así.

—Sé reconocer la amabilidad, pero creo que no es más que hipocresía. —Rigel me miraba con sus ojos serios y reflexivos—. Es una actitud artificial…, un convencionalismo inútil.

—Te equivocas —objeté—, la amabilidad es sinceridad. Y no exige nada a cambio.

—¿Estás segura? —Sus ojos centellearon cuando los entrecerró un instante—. Tengo que disentir. La amabilidad es algo forzado… Sobre todo cuando va dirigida a «cualquiera».

Me pareció percibir que había algo más tras sus palabras; sin embargo, me concentré en lo que acababa de decir, porque se me escapaba su sentido. ¿Adónde quería llegar?

—No entiendo qué quieres decir —reconocí, admitiendo mi confusión. Traté de interpretar su razonamiento, pero Rigel se me quedó mirando, con aquellos ojos que ponían la piel de gallina y penetraban en el alma.

—Para ti yo soy el fabricante de lágrimas —expuso—, y ambos sabemos a qué te refieres. Voy a estropearlo todo, me has dicho… Soy el lobo de la historia, ¿no es así? Entonces, dime, Nica: ¿ser amable con alguien a quien quieres ver desaparecer no es… hipocresía?

Su cinismo me dejó atónita. Para mí, la amabilidad era una virtud, era la forma en que se manifestaba la delicadeza, pero él le había dado la vuelta a todo con un razonamiento tan retorcido que incluso tenía su lógica. Rigel era sarcástico, desdeñoso y sagaz, pero nunca pensé que pudiera deberse a que tenía una visión tan incisiva del mundo.

—¿De qué otro modo querías que fuera? —añadió y sus palabras me sacudieron de nuevo.

Me alarmé cuando vi que se apartaba de la puerta y se me acercaba.

—¿Cómo crees que debería ser nuestra «relación»?

Retrocedí, hasta que noté que los libros se me clavaban en la espalda. Su voz era pura seda, siempre al límite entre el susurro y el rugido, y a veces me resultaba difícil comprender si estaba conteniendo la rabia o quería insinuarse más a fondo.

—No te acerques —le advertí, sin apenas poder disimular mi agitación—. Me dices que me aleje de ti y después… después… —Las palabras murieron en mi boca. Ya tenía a Rigel encima, con su aplastante presencia, mirándome desde su altura. A la luz del crepúsculo, su cabello destellaba reflejos venenosos.

—Adelante. Te escucho —susurró sin piedad, inclinando levemente la cabeza. Yo apenas le llegaba al pecho, y el aire palpitaba entre ambos como si fuera una criatura viva—. Mírate… Incluso mi voz te asusta.

—No entiendo qué pretendes, Rigel. No entiendo… Un instante antes me hablas entre dientes, con inquina, y un instante después…

«Me respiras encima», habría querido decir, pero el corazón me impidió hablar. Lo sentía en la garganta, como una alarma que me recordaba lo cerca que lo tenía.

—¿Sabes por qué los cuentos siempre acaban con las palabras «para siempre», Nica? —inquirió implacable, con voz sibilante—. Para recordarnos que hay cosas que están destinadas a la eternidad. Cosas inmutables. Cosas que no cambian. Ser lo que son está en su naturaleza, de lo contrario, la historia entera no se sostendría. No puedes subvertir el orden de la naturaleza sin subvertir el final. Y tú, que eres tan dada a fantasear, tú que no haces más que albergar esperanzas… Tú que tanto te aferras a tu final feliz, ¿serías capaz de imaginarte un cuento sin lobo?

Su voz era un susurro feroz, profundo, siempre dispuesta a aterrorizarme.

Me hizo estremecer una vez más cuando ahondó de nuevo en mis ojos, observándome bajo sus largas pestañas durante un instante que se me hizo interminable. Sus palabras, orbitando como el polvo de una galaxia incomprensible, me desordenaron las ideas.

De pronto, alzó una mano. La acercó a mi rostro y cerré los ojos instintivamente, como si temiera que fuese a agredirme. Impulsé el brazo hacia delante y… no sucedió nada. Volví a abrir los ojos con el corazón desbocado, pero Rigel ya no estaba, había desaparecido tras la puerta. Tuve una intuición, me volví y comprobé que se había limitado a reponer el libro en el anaquel que estaba a mi espalda.

Los latidos disminuyeron, pero yo estaba demasiado confundida y turbada como para lograr poner orden en mis pensamientos.

¿Cómo debía interpretar sus gestos?

¿Y qué había querido decir con aquellas palabras?

Observé que en el libro aún estaba el marcapáginas. Estaba segura de que lo había terminado, así que lo cogí y lo abrí.

En una de las dos páginas señaladas, un fragmento llamó mi atención.

Alguien lo había subrayado con lápiz.

El corazón empezó a pesarme cada vez más a medida que iba leyendo, mientras se hundía en universos nebulosos hasta extraviarse.

—¿Es usted un diablo?

—Soy un hombre —respondió el padre Brown con voz grave—. Y, por tanto, todos los demonios habitan en mi corazón.

7

Pasito a pasito

¿Has visto alguna vez una estrella fugaz?
¿La has visto brillar en la noche?
Ella era así.
Extraña. Minúscula y poderosa.
Con una sonrisa que lo iluminaba todo,
incluso mientras se desplomaba.

Aquella mañana soplaba el viento.

Combaba los tallos de hierba y mantenía limpio el cielo. El aire era terso y fresco como un detergente con perfume de limón. En nuestra zona, febrero siempre era suave y templado.

La sombra de Rigel delante de mí se deslizaba por el asfalto como una pantera de plomo fundido; observaba sus pasos precisos, poniendo un pie delante del otro, dominante también en el andar.

Me había mantenido a distancia desde el momento en que habíamos salido de casa. Iba unos pasos por detrás, cautelosa, y él, desde que había empezado a caminar, no se había girado ni una sola vez.

Tras el episodio de la noche anterior, mi mente no me daba tregua.

Me fui a dormir con su voz metida en la cabeza y me había despertado sintiéndola en el estómago. Por más que había intentado librarme de ella, aún podía sentir la presencia de su olor en mi piel.

Seguía dándole vueltas a la cita y a sus palabras como si fueran las notas disonantes de una canción indescifrable. Cuanto más trataba de comprender la melodía que animaba sus gestos, más me hundía en sus contradicciones.

Un segundo más tarde, choqué con su espalda, parpadeé y me lamenté dejando escapar un gemido. No me había dado cuenta de que se había detenido. Me llevé una mano a la nariz mientras él me observaba por encima del hombro, irritado.

—Lo siento… —murmuré.

Me mordí la lengua y desvié la mirada. Aún no le había dirigido la palabra desde la noche anterior y tener que hacerlo por causa de mi torpeza me mortificó el alma.

Rigel reemprendió la marcha y yo esperé a que estuviera a unos cuantos pasos de distancia para seguirlo.

Al cabo de unos minutos, estábamos cruzando el puente sobre el río. Era viejo, una de las primeras construcciones de la ciudad, y también la única que reconocí el día que llegamos. Unos operarios estaban realizando trabajos de inspección. Norman se lamentaba de que llegaba tarde todos los días por ese motivo y yo entendía que lo hiciera.

Ya habíamos llegado a las puertas de la escuela cuando algo me llamó la atención en el arcén. Algo capaz de hacer sonar registros muy sutiles y profundos en mi interior, y de despertar mi alma de niña.

Un pequeño caracol recorría el asfalto, confiado y temerario. Los coches le pasaban por delante cual trepidantes colosos, pero él no parecía darse cuenta. Su lentitud acabaría conduciéndolo directamente hasta las ruedas de un automóvil, así que, sin pensármelo dos veces me precipité en su dirección. No sabría decir qué me entró en aquel momento, pero me sentí mucho más yo misma que cuando fingía ser como los demás. Para mí era una necesidad ayudar a esas criaturas tan pequeñas. Era un instinto que me salía del corazón.

Bajé de la acera y lo cogí antes de que cruzara la calle y hallase la muerte. Todo el pelo se me desparramó a un lado de la cara, pero en cuanto vi que el caracol estaba fuera de peligro y de una pieza, mis labios esbozaron una sonrisa espontanea.

—Ya te tengo —le susurré, percatándome demasiado tarde de que acababa de cometer una tontería.

Oí el estruendo de un motor a mi espalda: era un coche acercándose a toda velocidad. El corazón se me subió a la garganta. Aún no me había dado tiempo a girarme cuando algo tiró de mí con fuerza.

De pronto me vi en la acera, con los ojos como platos y el sonido furioso de un claxon pasando disparado por mi lado.

Una mano me había agarrado del jersey a la altura del hombro y lo estaba estrujando en el aire. Cuando miré de quién se trataba, me quedé sin respiración.

Rigel me estaba observando con la mandíbula apretada y los ojos cortantes como dos filos de acero. Me soltó de golpe, casi con asco, y la parte deformada del jersey me cayó de nuevo sobre el hombro.

—Mierda —rezongó entre dientes—. ¿Se puede saber dónde tienes la cabeza?

Abrí los labios para decir algo, pero fui incapaz de articular una sola palabra. No terminaba de creerme lo que acababa de suceder, estaba desconcertada. Antes de que pudiera hacer nada, me dio la espalda, me dejó allí plantada y se dirigió hacia la verja de entrada.

Lo vi alejarse mientras yo seguía sosteniendo el caracol entre mis manos. Unas cuantas miradas femeninas se alzaron a su paso, acompañadas de numerosos cuchicheos. Después de la pelea del primer día, los chicos lo dejaban pasar, cautelosos, mientras que las chicas, por el contrario, se lo comían con los ojos, como si esperasen que también fuera a saltarles encima.

—¡Nica!

Billie venía hacia mí. Antes de que llegase, me apresuré a poner el caracol a buen recaudo: lo dejé sobre un muro bajo, junto a una parcela de césped, y me aseguré de que no saliera rodando.

—Hola —le dije a mi amiga mientras dejaba atrás a un grupito de estudiantes de primer curso eufóricas.

Aquel día reinaba más confusión de lo habitual, todos parecían más ruidosos, más agitados, más vivaces. Percibí algo extraño en el aire, una especie de excitación cuyo motivo no acertaba a comprender.

—Cuidado —me advirtió Billie cuando otro grupito de exaltados pasó por nuestro lado correteando.

—¿Qué está pasando? —quise saber mientras comenzábamos a andar. A fin de cuentas, era un viernes como otro cualquiera y no veía el porqué de tanto ajetreo.

—¿No sabes que día es el lunes? —me preguntó mi amiga al tiempo que levantaba una mano para saludar a Miki desde la puerta. Lo pensé un momento, tratando de adivinar qué era eso que a todas luces se me escapaba.

—Es… día 14 —murmuré sin entender.

—¿Y no te dice nada?

Me sentí bastante tonta mientras miraba a mi alrededor, consciente de que todo el mundo sin excepción sabía qué día era el lunes. Con total certeza. Pero yo no era como mis compañeras, había crecido en un contexto muy particular, que me había mantenido al margen incluso de las celebraciones más banales.

—¡Venga ya! Pero si es el día más cursi del año... —canturreó—. Y se celebra en pareja...

Tuve una intuición y al instante me sonrojé.

—Ah, es el día de los enamorados... San Valentín.

—¡Bingo! —vociferó Billie justo en la cara de Miki; ella le lanzó una mirada aviesa, con la capucha calada y el humo del cigarrillo agitado por el viento.

—¿Has vuelto a desayunar sobrecitos de azúcar? —le preguntó con acritud.

—Buenos días, Miki —la saludé con voz afable.

Nuestras miradas se cruzaron y yo alcé lentamente una mano para no parecer entrometida. Ella sacó lentamente un cigarrillo, pero, como todas las mañanas, no me devolvió el saludo.

—Trataba de explicarle a Nica por qué todo el mundo está tan electrizado —la puso al corriente Billie, dándole un toque con el codo—. ¡Después de todo, el Garden Day solo es una vez al año!

Yo hice un gesto con la cabeza.

—¿El Garden Day? ¿Y eso qué es?

—Oh, solo es el acontecimiento más esperado del año escolar —respondió Billie, tomándonos del brazo sin mucho entusiasmo.

—Una festividad que da náuseas —replicó Miki, pero su amiga la ignoró.

—Todos los años, el día de San Valentín, un comité monta un pabellón especial dedicado a las... ¡rosas! ¡Cada estudiante puede regalar una rosa de forma anónima a quien quiera y cada variedad tiene un significado especial! Oh, tendrías que verlo, circulan ramos de todos los colores. A las chicas más populares, a los jugadores del equipo... Un año, incluso el entrenador Willer se encontró su taquilla de profesor llena... Hubo quien dijo que había visto a la directora merodeando por allí de forma furtiva...

Miki alzó los ojos al cielo y Billie se echó a reír dando saltitos.

—¡Oh, es el día de los dramas! Y de las declaraciones y de los corazones rotos... En resumen, ¡es el Garden Day!

—Parece algo bonito… —comenté, esbozando una sonrisa.

—Como un día en un manicomio —masculló Miki y Billie le dio un pequeño empujón.

—¿Ya has terminado de hacerte la cascarrabias? Oh, no la escuches, Nica —me aconsejó, agitando una mano—. El año pasado recibió cuatro rosas preciosas. Y todas eran rojo fuego…

Se ganó un codazo en las costillas y le entró un ataque de risa. Miki se puso el filtro entre los dedos y lo lanzó lejos, enviándolo cerca del murete donde yo había dejado el caracol un poco antes.

Entonces me fijé en que había un chico sentado justamente allí. Me paré a observarlo un instante, y en cuanto estuve segura de que había visto bien, abrí un poco más los ojos.

Miki y Billie empezaron a discutir, picándose la una a la otra. Me volví hacia ellas, indecisa, pero antes de que se dieran cuenta, aproveché su distracción y me marché jadeante.

Atravesé el patio y me acerqué al desconocido: los árboles se movieron a su espalda, dibujando sobre su cuerpo una sombra de encaje.

—Hum… Perdona… —musité.

Él no me oyó, siguió escuchando música con la vista puesta en el móvil. Me acerqué un poco más y alargué un dedo.

—Perdona… ¿Perdona?

Frunció la frente y alzó la cara; guiñó un ojo para evitar la luz del sol y me miró con aire más bien aburrido.

—¿Sí? —preguntó.

—El caracol…

—¿Eh?

Crucé los dedos debajo de la barbilla y abrí bien los ojos.

—Yo, esto… ¿Puedo… puedo cogerte el caracol de los pantalones?

Él parpadeó, ensanchando ligeramente las fosas nasales.

—Perdona…, ¿cómo dices?

—Quisiera coger con la mano el caracol…

—¿Quieres coger con la mano mi… caracol?

—Sí, pero… lo haré con cuidado —me apresuré a decir, mientras él me miraba consternado—. Es que lo había dejado apoyado aquí después de haberlo sacado de la calzada… y, si te estás quieto, solo quiero dejarlo en un lugar seguro…

—Pero ¿qué demonios me estás…? ¡Oh, mierda!

Vio el rastro de baba en sus vaqueros y se le saltaron los auriculares.

Se puso en pie con cara de asco y yo me interpuse cuando intentó sacarse el caracol de encima.

—¡Espera!

—¡Fuera, fuera, joder!

—¡Por favor!

Se lo quité antes de que lo tirase al suelo o, peor aún, lo pisara. El chico retrocedió a trompicones sin dejar de mirar el caracol, que ahora estaba entre mis manos, con una mueca de repugnancia.

—¡Maldición! Y digo yo… ¿Es que no había otro sitio donde dejarlo? ¡Qué asco, joder!

El caracol se escondió y yo le lancé una mirada más bien molesta al chico. Comprobé que el caparazón no estuviera roto y lo puse entre mis manos para darle calor.

—Es tímido… —comenté con cierta irritación. Una parte de mí esperaba que no me hubiera oído, pero no lo dije lo suficientemente bajito.

—¿Qué? —inquirió, vagamente cabreado.

—No lo ha hecho a propósito —dije en defensa del caracol con un hilo de voz—. Él no puede entenderlo, ¿no te parece?

Me miró con los ojos alucinados, disgustado e incrédulo. Yo me sentía infantil, diminuta y extraña, como una niña encerrada en un mundo que los demás siempre verían de ese modo.

—No da asco… —seguí diciendo despacio, como si quisiera defender una parte de mí misma—. Es una criatura muy frágil… Solo puede defenderse. No tiene modo de herir a nada ni a nadie.

El cabello me hacía cosquillas a ambos lados del rostro mientras permanecía así, con la barbilla ligeramente inclinada.

—A veces salen con la lluvia. Es presagio de inundaciones y temporales… Lo presienten, ¿sabes? Antes que todos los demás…

Me acerqué lentamente al muro, mientras me lo llevaba hacia el pecho.

—En su caparazón… se siente protegido. Es su casa. —Me agaché al pie de un árbol, en el límite del prado que había antes del cercado, por donde no pasaba nadie—. Pero, si se resquebrajara o se rompiera…, los fragmentos se le incrustarían dentro y acabarían matándolo. Y no sobreviviría. De ninguna de las maneras. Porque es su refugio… La única protección con que cuenta. Es… triste, ¿no te parece? —musité con amargura—. Aquello que lo protege también es lo que puede lastimarlo.

Lo dejé junto a las raíces, depositándolo con cuidado. Permaneció agazapado, demasiado temeroso de salir, y yo removí un poco la tierra, buscando la parte de abajo donde estaba más húmeda, para que estuviera bien.

—Así… —susurré, esbozando una sonrisa. En mis gestos ponía toda la delicadeza que me había enseñado mi madre.

Me puse en pie de nuevo, llevándome lentamente un mechón tras la oreja. Cuando alcé la vista, me percaté de que el chico había estado observándome todo el tiempo.

—¡Eh, Nica! —Desde la puerta, Billie levantaba el brazo—. ¿Qué estás haciendo? ¡Vamos, que es tarde!

—¡Voy!

Sujeté una de las correas de la mochila con ambas manos y miré tímidamente al chico.

—Adiós —susurré en voz baja, antes de salir corriendo.

Él no respondió, pero sentí que me siguió con la mirada hasta que entré.

—¿Quieres venir a almorzar hoy a mi casa? —oí que me preguntaba cuando terminamos las clases.

El estuche que estaba guardando en la mochila se me resbaló de entre los dedos y me apresuré a sujetarlo, mientras observaba a Billie con las mejillas sonrojadas. Aquella propuesta me pilló totalmente desprevenida.

—Mi abuela está muy preocupada. ¡Te vio el otro día delante de la escuela, y por poco no le da un patatús! Dice que estás muy delgada… Se ha pasado toda la mañana en la cocina y no creo que acepte un no por respuesta… Solo si te apetece, por supuesto.

—¿Estás… estás segura? —pregunté indecisa mientras salíamos del aula.

No sabía qué decir. El miedo a hacerme demasiado presente siempre me aguijoneaba con la sensación de que todos acabarían deseando librarse un poco de mí, como si en el fondo no me quisieran de veras.

Pero Billie, que era muy amable, me obsequió con una de sus sonrisas y agitó la mano.

—¡Por supuesto! La abuela casi me tira de la cama esta mañana. Me ha apuntado con el dedo y me lo ha dejado muy claro: «¡Dile a tu amiga que está invitada hoy!». Dice que tienes toda la pinta de alguien que nunca ha probado su pastel de patatas. ¡Todo un sacrilegio! —Rio divertida e insistió—: ¿Entonces te vienes?

—Antes... tendría que pedir permiso, ¿sabes? Para confirmar que va bien.

—¡Ah, claro! —respondió Billy mientras yo sacaba una tarjeta con el teléfono de Anna.

Me dirigí a la secretaría y pregunté educadamente si podía hacer una llamada.

—A mi familia —le especifiqué a la secretaria y, cuando dijo que sí, sentí un puntito de felicidad y de orgullo.

Anna respondió al tercer timbrazo y no solo me dio permiso, sino que se mostró muy contenta de que no estuviera sola. Me dijo que podía salir cuando quisiera, que no me apresurara en regresar, y al oírla, el aprecio que le profesaba no hizo sino aumentar. Se fiaba de mí, era tolerante y comprensiva. Si bien estaba siempre muy pendiente, no ejercía un control asfixiante: respetaba mi libertad y yo valoraba en gran medida su actitud.

—¡Perfecto, se lo diré a la abuela! —exclamó Billie mientras le enviaba un mensaje.

Me sentía muy ligera. Le sonreí tan exageradamente que noté como se me enarcaban hasta los ojos, consciente de la oportunidad de estar juntas que me estaba brindando.

—Gracias —le dije, y en respuesta ella me devolvió una sonrisa y arqueó las cejas.

—Pero ¿qué dices? ¡Somos nosotras las que te damos las gracias!

—Nadie me había invitado jamás...

Sus ojos buscaron los míos, como si de pronto hubiera recordado algo importante, pero tuvo que apartarse cuando un grupo de muchachitas emocionadas pasó por nuestro lado. En el pasillo vi que la gente vaciaba las taquillas y retiraba los candados ante de marcharse.

—El Garden Day ya está a las puertas —señaló Billie, sonriente—. En el gimnasio están poniendo los puestos para las rosas. Después, el lunes, los miembros del comité se pasearán por la escuela y las repartirán entre los estudiantes.

—¿Por qué hay tanta gente que vacía sus taquillas? —pregunté intrigada—. ¿Y por qué... las dejan abiertas?

—Ah, es una especie de tradición. Hay quien se adelanta para entregarle la rosa en persona a su destinatario. Los más temerarios, podríamos decir. O puede que simplemente se trate de los más exhibicionistas. La cuestión es que aquellos que así lo deseen pueden dejar sus taquillas abiertas; de este modo, quien tenga una rosa que regalar, podrá depositarla en la taquilla correspondiente entre clase y clase. ¡En definitiva, se trata de un buen método para quienes no tienen el valor suficiente o no quieren comprometerse en exceso! Además, resulta divertido abrir la portezuela y descubrir que alguien te ha dejado una rosa. ¡Y devanarse los sesos tratando de averiguar quién habrá sido, quién piensa en ti, con qué color lo hace! Aquello de «me ama, no me ama», «será este, ese otro, el de más allá…».

—Te gusta mucho esta celebración —aventuré—, ¿a que sí?

Billie se rio con ganas, encogiéndose de hombros al mismo tiempo.

—¿Y a quién no le gusta? ¡Parece que todos estén borrachos! Las chicas se vuelven locas rivalizando por quién recibe más flores… ¡Y los chicos más monos se convierten en presas codiciadas! ¡Es como ver un documental sobre buitres!

Levanté una ceja y, al verme, Billie se echó a reír.

Siguió contándome anécdotas del Garden Day mientras nos dirigíamos a la salida.

—Espera —le dije, palpándome los bolsillos—. El papel con el número de Anna…, debo de habérmelo dejado en la secretaría.

Aún no había tenido tiempo de memorizarlo y era la única seña que tenía de ella. Me disculpé, contrariada por mi descuido, y le aseguré que me daría prisa en regresar. No quería hacerla esperar, así que me dirigí veloz hacia la secretaría y, por suerte, hallé el papelito al pie del mostrador. Aliviada, me lo guardé enseguida en el bolsillo y volví sobre mis pasos.

Pero, mientras caminaba por el pasillo, alguien casi se me echó encima. Era un chico. Un auténtico energúmeno. Me adelantó a la carrera y la tensión que proyectaba su cuerpo era tan violenta que no solo captó mi atención, sino también la de quienes andaban por allí en aquel momento. Sentí un calambre en el estómago y lo atribuí a aquella evidente demostración de rabia: era una rabia intensa, nerviosa, que presagiaba violencia. Y a mí siempre me había dado miedo.

—¡Tú! —gritó—. ¿Qué cojones le has dicho a mi chica?

Se había detenido frente a una puerta. Reconocí la clase y al instante tuve un presentimiento que me hizo un nudo en el estómago: era el aula de música. Sabía que a esa hora debería de estar vacía; sin embargo, intuí quién se encontraba en el interior. Unos cuantos alumnos se congregaron en el lugar, atraídos por la escena. Cuando yo también me acerqué, impulsada por una fuerza inexplicable, pude confirmar que se trataba de Rigel.

Estaba sentado en la banqueta, silencioso e impecable. Los pianos ejercían en él una extraña atracción difícil de comprender. No la definiría como una pasión, sino más bien como una especie de llamada a la que no podía escapar.

—¿Me has oído? ¡Te estoy hablando a ti!

Estaba segura de que lo había oído, pero Rigel no perdió la compostura: ladeó la cabeza y lo miró de arriba abajo, despacio.

—Te he visto hablando con ella, la estabas molestando. —El chico se le acercó más—. Ni se te ocurra, ¿lo has entendido?

La expresión del rostro de Rigel era impenetrable, como si aquella diatriba no le hubiera causado el menor efecto. Pero yo estaba intranquila. Unas alas de ángel negro envolvían su cuerpo, ocultas e invisibles a todos, y temía el momento en que las desplegase para dar lo peor de sí mismo.

—No te creas que puedes hacer lo que te salga de las narices solo porque eres nuevo. Aquí las cosas funcionan de otro modo.

—¿Y quién dice cómo funcionan? —preguntó Rigel en tono irónico—. ¿Tú?

Lo fulminó con la mirada y se puso en pie. Era más alto que el otro, pero lo que más miedo daba en él era la total ausencia de calidez de su mirada. Aquellos iris de tiburón te arañaban la piel.

—Yo que tú me preocuparía de otra cosa —le respondió—; tal vez de preguntarle a tu novia por qué habría de estar perdiendo mi tiempo con ella…

Le pasó por delante y el chico apretó los puños, confundido y furioso.

—¿Qué cojones has dicho? —masculló mientras Rigel le daba la espalda, recogiendo las hojas que había apoyado sobre el piano. —¿Adónde te crees que vas? ¡Aún no he terminado! —bramó fuera de sí—. ¡Y mírame cuando te hablo, imbécil!

Lo agarró con fuerza del hombro y, en el instante en que le puso la mano encima, deseé que no lo hubiera hecho. Al cabo de un instante, una mano hizo presa en la nuca del chico y, con una brutalidad inaudita, le aplastó la cara contra el piano. Se produjo un ruido terrible, el corazón me dio un vuelco y me pareció que alguien cerca de mí contenía la respiración.

Sentí que me palpitaba la garganta mientras Rigel empujaba y hundía las uñas en el cabello del muchacho, arrancándole un lamento roto. Aplicó toda su furia sobre el cráneo del chico y al cabo de un instante, tan rápido como lo había aferrado, lo soltó. El otro se desplomó en el suelo, aturdido, sin tiempo a incorporarse. Me dejó helada la rapidez con que Rigel había reaccionado, la potencia con la que lo había sujetado y la fuerza con la que lo había agredido.

Rigel se dio la vuelta y se agachó para recoger las hojas que se habían caído al suelo. Todo el mundo aguantaba la respiración.

—Tu chica me hizo una foto —masculló arrastrando la voz—. Apuesto a que no te lo ha dicho. Pues, ya que estás, dile que no vuelva a hacerlo.

Entonces, se percató de que yo estaba allí y se me quedó mirando.

—Pero díselo con amabilidad, por favor —añadió sarcástico.

Se marchó antes de que llegara algún profesor. Me quedé paralizada, con el corazón latiéndome en las muñecas. Miré a mi alrededor y vi que algunas chicas lo seguían con la mirada, atemorizadas, y al mismo tiempo hechizadas por el enigmático y agresivo encanto que irradiaba su figura.

Acababa de hacer una demostración de violencia, frialdad e indiferencia.

Y, sin embargo, todas las chicas se hubieran dejado engullir por el peligroso misterio que encerraban sus ojos.

Cuando volví al patio, aún bastante alterada, tenía un extraño sabor de boca. Seguía viendo aquella escena…

—¡Ahí estás! —Billie me devolvió a la realidad con una sonrisa—. ¿Lo has encontrado?

Parpadeé, tratando de ocultarle mi turbación. Rigel me provocaba sensaciones incomprensibles, profundas e inquietantes.

—Sí —me limité a susurrar. Me mordí el labio y desvié la mirada, para que no se percatara de que pasaba algo.

—Será mejor ir tirando —dijo.

El voluminoso Wrangler estaba plantado en medio de la calle saturada de tráfico, entre conductores irritados y motoristas formando caravana—. La cosa no pinta muy bien.

—Un momento, ¿es que… no esperamos a Miki?

—Ah, no, no viene —respondió tranquila—. Hoy no puede.

Yo pensaba que seríamos tres, pero…

Atravesamos la verja y nos apresuramos a llegar al coche.

Cuando abrí la puerta, la abuela de Billie me echó un vistazo tras sus gafas de sol.

—¡Hola, abuela! ¿Qué tal tienes hoy la cadera?

—Déjate de parloteos, subid —nos ordenó autoritaria y nosotras obedecimos.

Me acomodé en el asiento de atrás y me la quedé mirando con mis ojos de niña buena.

—Esta es Nica —dijo Billie a modo de presentación mientras la abuela arrancaba.

Alcé una mano con timidez y ella me miró por el retrovisor. Por instinto, sentí una punzada en el corazón, pues temía no gustarle. Me angustiaba no estar a la altura de sus expectativas, fueran cuales fueran.

—Hola, querida —me respondió con voz cariñosa y entonces me relajé.

Sonreí aliviada. Decidí disfrutar del momento y aparté a Rigel en un rincón de mi mente, lejos de todo lo demás.

La casa de Billie estaba bastante lejos de la escuela. Se hallaba en un barrio tranquilo cerca del río, en una callejuela tan estrecha que el Wrangler pasó por los pelos.

Tuvimos que subir unas escaleras antes de llegar hasta una graciosa puertecita roja, con un paragüero de latón al lado.

El apartamento era pequeño pero acogedor, con las paredes abarrotadas de cuadros y fotos, todos ellos un poco torcidos y amontonados; unas vigas de madera vista sostenían el techo, y el parquet vistosamente gastado aportaba al ambiente una intimidad que me hizo sentir cálida y protegida. En el aire flotaba un olor a asado que te abría el apetito. Comí hasta reventar y descubrí que la abuela de Billie, tras sus modales un poco de cascarrabias, ocultaba un trato afectuoso y muy maternal.

Se aseguró de que tomara ración de pastel y me preguntó cuánto hacía que me había mudado. Le respondí que venía de una institución y, cuando le comenté con una sonrisa esperanzada que estaba en fase de adopción, en su rostro se traslució una profunda ternura. Hablé del día que conocí a Anna, de aquella mañana cuando la vi al pie de las escaleras y del paseo que dimos por el jardín, bajo sol de la tarde.

La abuela me escuchó con atención, sin interrumpirme. Y cuando terminé de hablar, se puso en pie, alargó el brazo sobre la mesa y me dio otro trozo de pastel.

Cuando acabamos de almorzar, Billie me enseñó su habitación.

Pero antes de entrar, bajó las persianas y encendió la luz.

De pronto, en las paredes estallaron infinidad de centellas luminosas y me quedé sin aliento: unas serpientes de lucecitas reptaban por las paredes, creando un auténtico laberinto de fotografías.

—Oh, es…

Un flash me cegó como un relámpago: parpadeé, aturdida, y vi la sonrisa de Billie despuntando tras una cámara de fotos.

—Ponías una cara muy tierna —me dijo mientras bajaba la cámara entre risas, y sacó la celulosa de la cámara en cuanto esta empezó a asomar. La agitó varias veces antes de dármela.

—Aquí tienes.

Tomé entre mis manos aquel rectángulo de papel y vi surgir los colores como por arte de magia: era yo, con la expresión más bien soñadora y una vaga sonrisa suavizándome los labios; a mi alrededor, aquel universo de luciérnagas se reflejaba en mis iris y los hacía brillar como espejos llenos de luz.

—¡Puedes quedártela! Te la regalo.

—¿De verdad? —susurré, embelesada por aquel regalo tan bello, que atrapaba el tiempo y capturaba los colores. Tener un fragmento de vida en la palma de tu propia mano parecía obra de un encantamiento.

—Por supuesto. ¡Yo tengo muchísimas, no tienes que preocuparte por eso! La abuela ha probado a regalarme álbumes para guardarlas, pero no me aclaro con tanto orden. ¿Ves? —me dijo, señalando aquella galaxia de fotos—: Los amaneceres, al este; y los atardeceres, al oeste. Los cielos, al lado del escritorio. Así, cuando estudio, me siento más ligera. Y las personas, alrededor de la cama, así no me siento sola por la noche cuando me cuesta conciliar el sueño. Echo un vistazo a las sonrisas y me quedo dormida antes de acabar de contarlas.

—¿De dónde te viene esta pasión por las fotos? —le pregunté mientras me paseaba por entre todos aquellos rostros.

—Gracias a mis padres.

Me contó que se habían marchado hacía meses. Eran fotógrafos de prestigio internacional que trabajaban para revistas tan importantes como *National Geographic* y *Lonely Planet*, por eso su trabajo los llevaba a recorrer el mundo en busca de paisajes exóticos y escenarios sugerentes por todos los rincones de la Tierra. No paraban mucho por casa, así que la abuela se vino aquí, a vivir con ella.

—Es algo realmente muy bonito, Billie —dije con un hilo de voz, fascinada por aquella realidad tan sorprendente. Vi fotos de sus padres en las montañas del Gran Cañón, al pie de una pirámide maya, y también en medio de una explosión de mariposas, dentro de una tienda de los nativos americanos—. Debes de estar muy orgullosa de ellos…

Ella asintió la mar de ufana, mientras los miraba.

—Lo estoy. A veces no podemos comunicarnos porque se encuentran en lugares perdidos donde no hay señal ni conexión. La última vez que oí sus voces fue hace cuatro días.

—Debes de echarlos mucho de menos.

Billie miró melancólica una foto en la que aparecían sonrientes, la acarició con los dedos, a modo de saludo, y sentí su nostalgia como si fuera mía.

—Un día seré como ellos. Me iré con mi padre y con mi madre, y llenaré la habitación de fotos en las que también saldré yo. Ya verás —me tranquilizó con aquel deseo implícito—, cuando sea mayor, estaré justo allí, detrás de esta capa esmaltada que nos separa.

Había sido bonito. Pensaba en ello todo el tiempo mientras iba por la calle dando un paseo.

Tenía una sensación de paz total. Iba de regreso a casa después de haber comido y pasado la tarde en casa de una amiga. ¿Acaso existía una sensación más espléndida que la de sentirse normal? ¿Sentirse… aceptada?

Pasé por delante de la escuela, relajada. Resultaba insólito ver la acera sin un alma. Sin embargo, un movimiento me llamó la atención. Vi a una persona de espaldas, encajada entre las puertas, con el pelo negro oscilando de un lado a otro.

Me dio la impresión de que la conocía…

—¿Miki? —la llamé cuando llegué a su altura.

Ella se volvió de golpe, sobresaltada. La camiseta, atrapada entre las puertas, hizo un ruido tremendo al descoserse.

Puse los ojos como platos y me contuve de tenderle las manos en un gesto involuntario. Observé sin aliento el descosido de la manga.

—Yo… lo… lo siento muchísimo… —empecé a decirle angustiada.

Miki se quedó mirando el estropicio y apretó los dientes.

—Perfecto. Era mi camiseta preferida —dijo, lacónica.

Apreté los dedos; me sentía desolada. Traté de decir algo, pero ella no me dio tiempo: me dejó allí sin tan siquiera mirarme.

—Miki, espera, por favor —balbuceé—. Lo siento, no era mi intención… Te he visto allí y solo quería saludarte…

Ella no perdió el tiempo en responderme. Siguió caminando, pero yo tomé impulso y la adelanté.

—¡Puedo arreglártela!

No quería que se fuera así. Sabía que Miki confiaba en muy pocas personas. Me constaba que era una persona esquiva, suspicaz y reservada, pero no quería que me odiase. Necesitaba hacer algo. Quería seguir intentándolo, quería… quería…

—Soy buena con la aguja y el hilo, te la puedo arreglar si quieres, no tardaré nada —le dije con ojos suplicantes—. Vivo aquí al lado. No me llevará tiempo, créeme, será cosa de dos minutos…

Miki fue ralentizando el paso hasta detenerse. Yo me adelanté un paso y le dije con un hilo de voz, abrumada:

—Por favor, Miki… Déjame que le ponga remedio.

«Déjame intentarlo —le estaba diciendo—, dame una oportunidad, solo una, no te estoy pidiendo más».

Miki se volvió hacia mí despacio y en sus ojos vi una chispa de esperanza.

—Ya hemos llegado —dije un poco más tarde, señalando la valla blanca—. Esa es mi casa.

Miki caminaba a mi lado, en silencio. Se me hacía extraño tenerla tan cerca. Miré de rojo la funda de violín que llevaba consigo, pero refrené mi curiosidad antes de que se materializara en mi lengua.

—Ven, es por aquí —la invité a entrar.

Echó un vistazo a su alrededor, un poco circunspecta.

—Espérame en la cocina. Vuelvo enseguida.

Me quité la mochila y fui a por la vieja caja de galletas en la que Anna guardaba los utensilios de costura.

Regresé junto a Miki y la encontré examinando el hervidor en forma de vaca. Dejé la lata de la costura y la invité a acercarse.

—Siéntate aquí.

La acomodé en la isla de la cocina para que su brazo me quedase a una altura adecuada. Se quitó la cazadora de piel mientras yo buscaba un carrete de hilo del color adecuado.

Encontré uno de un gris muy oscuro, como de color antracita. Las costuras de la camiseta estaban levemente descoloridas, así que pensé que, si hacía un buen trabajo, parecería un defecto de fábrica. Asentí para mis adentros, cogí una aguja y me dispuse a enhebrar el hilo. Entonces vi un punto de temor nervioso en el modo en que me miró Miki.

—Tranquila —le dije con voz serena—, no te pincharé.

Me incliné hacia delante, hice coincidir los dos bordes sujetándolos delicadamente y empecé a remendar con cuidado. Tenía los dedos debajo, para sentir la aguja antes de que pudiera llegar a la piel. Noté que se retraía cuando la rocé accidentalmente con las yemas de los dedos, pero no dije nada: lo que Miki me estaba permitiendo hacer tenía un enorme valor para mí.

Al cabo de unos instantes, me percaté de que no me quitaba el ojo de encima.

—Ya casi está —la tranquilicé con un hilo de voz.

Ella observó la precisión con la que la aguja desaparecía en el tejido y reaparecía enseguida.

—¿Dónde aprendiste a coser? —me preguntó con voz neutra.

—Oh, llevo toda la vida haciéndolo. Cuando estaba en la institución, no había nadie que lo hiciera por nosotros, así que me cosía la ropa yo misma. Al principio fue un desastre, no hacía más que pincharme los dedos… Pero aprendí con el tiempo. No quería ir por ahí llena de rotos —dije alzando el rostro. Nuestras miradas se encontraron y esbocé una sonrisa—. Quería tener un aspecto limpio y aseado.

Miki me miró a los ojos y yo volví a bajar el rostro.

Siguió observándome cuando me acerqué a la caja de lata para coger las tijeras y concluir mi trabajo.

—¡Ya está! —anuncié—. He terminado.

Ella se miró la manga y examinó las puntadas bien tensas y ordenadas. De pronto se detuvo en una zona determinada.

—¿Y esto qué es?

Apreté los labios cuando se percató de que allí había algo que antes no estaba. Donde terminaba el remiendo, a la altura de la clavícula asomaba la cara de un panda bordado con hilo.

—Yo… Verás… En esta parte el tejido se había estropeado —farfullé, con un vago sentimiento de culpabilidad—, y como sé que te gustan los pandas… Bueno, creo que te gustan, puesto que llevas uno colgando de la mochila, pues me… me ha parecido un detalle bonito…

Ella me miró y yo alcé las palmas de las manos:

—¡Pero puedo quitarlo sin problema! Basta con usar la punta de una tijera, tirar del hilo, y ya está. Solo es un segundo…

El timbre del teléfono interrumpió mis balbuceos.

—¡Oh, estás en casa! —exclamó Anna con alivio cuando corrí a responder.

Quería cerciorarse de que ya había regresado. Una vez más me demostraba que se preocupaba por mí y, como cada vez, sentí un aleteo en mi corazón. Me preguntó cómo había ido el almuerzo y me informó de que ella tampoco tardaría en volver.

Cuando colgué, vi que Miki ya se había puesto la cazadora de nuevo y había cogido la funda. Me hubiera gustado mucho preguntarle por el violín, pero preferí no ser entrometida.

Le abrí la puerta sonriente y, al instante, noté que algo se había colado en la casa.

—Oh —dije encantada—. Hola, Klaus.

El viejo gato me lanzó una mirada desabrida. Dejé pasar a Miki y no pude resistir el impulso de tender una mano para acariciarlo, pero él se apartó bruscamente y trató de arañarme.

Me llevé la mano al pecho, mortificada por haber tratado de tocarlo sin su permiso, o tal vez por haber sufrido aquel melodramático rechazo ante las narices de Miki.

La miré de soslayo y vi que me estaba observando.

—Al parecer hoy no está de humor —comenté con una risa nerviosa—. Suele ser muy juguetón. ¿A que sí? ¿Eh, Klaus?

Klaus soltó un bufido y me enseñó los dientes, colérico, antes de desaparecer de mi vista. Lo vi escabullirse escaleras arriba y me sentí vagamente abatida.

—A veces puede parecer un pelín irascible… —musité—. Pero en el fondo en el fondo… muy en el fondo… estoy segura de que es un pedazo de pan…

—Gracias —oí que alguien me susurraba.

Alcé el rostro, sorprendida, pero Miki ya me había dado la espalda. Desapareció por la puerta y se marchó sin más.

«Es la delicadeza, Nica», decía la voz de mamá.

Y yo no conocía otro modo de comunicarme con el mundo.

Pero tal vez…

Tal vez el mundo empezaba a comprenderme.

8

Así de celeste

Fuerte es aquel que sabe tocar con delicadeza
las fragilidades de los demás.

Una vez leí una frase de Foucault que decía: «Desarrollad vuestra legítima extrañeza».

Yo siempre había cultivado la mía a escondidas, porque cuando crecí, me enseñaron que la normalidad resultaba más aceptable a ojos de los demás.

Hablaba con animales que no podían responderme. Salvaba bichitos que la gente ni siquiera veía. Confería valor a cosas que se consideraban insignificantes, quizá porque quería demostrar que las criaturas más pequeñas, como yo, también podíamos contar algo.

Levanté la mano. Estaba en el jardín de casa y el sol besaba dulcemente el follaje del albaricoque. Acerqué los dedos al tronco y ayudé a una pequeña oruga de un verde brillante a alcanzar la corteza.

Me la había encontrado en la habitación, debajo de la ventana, y le estaba devolviendo la libertad.

—Ya está —susurré con un hilo de voz.

Sonreí al verla contonearse en una hendidura del tronco. Entrelacé los dedos y me quedé allí observándola con serena quietud.

Siempre había oído decir que solo lo que era grande tenía la fuerza necesaria para cambiar el mundo.

Yo nunca había querido cambiar el mundo, pero siempre había pensado que, por el contrario, los grandes gestos o las demostraciones de fuerza no eran lo que marcaba la diferencia.

Para mí eran las pequeñas cosas las que lo hacían. Los actos cotidianos. Simples actos de amabilidad llevados a cabo por gente común.

Cada cual, por pequeño que sea, puede dejar un poco de sí mismo en este mundo.

Cuando volví a entrar en casa, me dieron ganas de sonreír. Era sábado por la mañana y la fragancia tostada del café se difundía irresistiblemente por la cocina. Cerré los ojos, feliz, e inspiré hondo aquel perfume tan bueno.

—¿Todo bien? —oí que me preguntaban con delicadeza.

Era la voz de Anna. Pero cuando alcé los párpados, me di cuenta de que no me lo estaba diciendo a mí.

Tenía la mano posada en la cabeza de Rigel.

Él estaba de espaldas, con el pelo negro desordenado y la mano alrededor de la taza de café. Asentí, pero apenas fui consciente de que lo hacía. Me había quedado embobada observando sus dedos y las venas que ascendían hasta su antebrazo.

Aquellas manos… encerraban una agresividad implacable y al mismo tiempo podían crear melodías que no eran de este mundo. Sus recios nudillos y sus vigorosos ligamentos parecían modelados para someter, pero sus dedos eran capaces de acariciar las teclas con una lentitud increíble…

Me estremecí cuando se puso en pie.

Se hizo presente en toda su altura y, por un momento, el olor del café perdió intensidad. Rigel se acercó a la puerta y yo retrocedí un paso.

Al percibir aquel gesto, clavó sus pupilas en las mías.

No sabía explicarlo… Tenía miedo de Rigel, pero no entendía qué era lo que me aterrorizaba de él. Quizá el modo en que sus ojos te excavaban profundamente, violentándote, o tal vez era aquella voz demasiado madura para un chico de su edad. O quizá la causa era que sabía hasta qué punto podía llegar a ponerse violento.

O a lo mejor… A lo mejor era aquella tempestad de escalofríos que me provocaba cada vez que respiraba cerca de mí.

—¿Tienes miedo de que te muerda, *falena*? —me susurró al oído cuando pasó por mi lado.

Me aparté de inmediato, pero para entonces ya se había desvanecido con paso seguro y me daba la espalda.

—¡Hola, Nica!

Me sobresalté al notar que Anna me estaba sonriendo.

—¿Café?

Asentí, tensa, pero para mi alivio pude constatar que no se había percatado de aquel breve intercambio entre Rigel y yo. Me senté junto a ella a la mesa y desayunamos juntas.

—¿Te parece bien si hoy pasamos un rato las dos solas?

Se me cayó una galleta en la leche. La miré enarcando una ceja, totalmente confusa.

¿Anna quería pasar un rato conmigo?

—¿Tú y yo? —pregunté para cerciorarme—. ¿Las dos solas?

—Había pensado en disfrutar de una tarde sin hombres, enteramente femenina —respondió—. ¿No te apetece?

Me apresuré a asentir con la cabeza, procurando no hacer añicos la taza. Mi corazón se iluminó al instante y todos mis pensamientos brillaron bajo el reflejo de aquella luz.

Anna… quería pasar una tarde conmigo, una hora, lo que durase un paseo. Qué importaba cuánto, el mero hecho de que me lo hubiera propuesto hacía resplandecer mi alma como la luz del día.

El cuento exhalaba perfume cuando ella estaba cerca de mí.

Relucía con su cabello y brillaba con sus sonrisas.

Tenía el sonido de sus risas y el calor de sus ojos.

Y yo quería vivir dentro del cuento para siempre.

—Nica, ¿esta? Oh, no, espera… ¿Qué me dices de esta otra?

Estaba alucinada. La tienda de ropa era inmensa. Ya me había probado muchos vestidos, pero Anna se acercó con otra prenda, me la presentó sobre el pecho y, una vez más, en lugar de fijarme en cómo me quedaba el jersey, me quedé embobada mirándola a ella. Percibía su olor a hogar, su cercanía, estaba encantada, soñando despierta. No podía creerme que estuviera allí de verdad, con un montón de bolsas apoyadas en las pantorrillas y algunas más que ella tenía intención de añadir. Que quisiera gastarse dinero en mí, aun sabiendo que no podría pedirme nada a cambio.

Cuando Anna me propuso pasar un rato con ella, nunca me habría imaginado que me llevara de compras, ni tan siquiera que me fuera a comprar algo, y mucho menos camisetas, faldas o ropa interior nueva.

Sentía la necesidad de pellizcarme la mano para convencerme de que todo era verdad.

—¿Te gusta?

La miré con ojos soñadores.

—Sí, mucho… —susurré embobada y ella esbozó una sonrisa, divertida.

—Todas las veces has dicho lo mismo, Nica. —Me miró a los ojos como a mí me gustaba—. ¡Tendrás alguna preferencia!

Sentí que las mejillas me ardían de vergüenza.

La verdad era que me gustaba todo. Por muy exagerado y difícil de creer que pareciese, era así.

Hubiera querido encontrar las palabras para poder explicárselo a ella también. Para hacerle entender que cada una de sus propuestas para mí era oro puro.

Que el tiempo era algo que nunca me había concedido nadie hasta entonces.

Que cuando vives solo de deseos y fantasías, aprendes a disfrutar de las cosas más pequeñas: un trébol de cuatro hojas descubierto por azar, una gota de mermelada en la mesa o el poder de dos miradas que se cruzan.

Y las preferencias…

Las preferencias eran un privilegio que nunca me había podido permitir.

—Me gustan los colores —murmuré con una indecisión casi infantil—. Las cosas variopintas… —Levanté un pijama con un estampado de abejas felices— ¡Como esto!

—Creo…, es más, estoy casi segura de que este es para niños —objetó Anna parpadeando.

Me sonrojé, boquiabierta, mientras examinaba la etiqueta, y ella se echó a reír. Entonces me cogió de brazo.

—Ven, he visto el mismo dibujo en la sección de medias y calcetines.

Al cabo de una hora, tenía un montón de calcetines nuevos.

Ya no tendría que volver a sentir las corrientes de aire durante las noches de invierno, ni se me clavarían astillas con aquella tela tan fina bajo los pies. Cuando Anna salió de la tienda, la seguí con todas mis bolsas, que formaban una especie de caos extático.

—¡Ah, cariño! —dijo ella respondiendo el móvil—. Sí, nosotras aún estamos aquí… Sí, todo muy bien —añadió sonriente mientras me cogía algunas bolsas—. Solo un par de cositas… No… No, Carl me echa una mano, pero el lunes por la mañana debo abrir yo. ¿Tú dónde estás?

—Se detuvo y se le iluminó el rostro—. ¿De verdad? ¿Junto a qué entrada? ¡No creía que vinieses precisamente aquí! ¡Y cómo es que no…? ¿Qué?

Vi que estaba escuchando con atención, sorprendida. Abrió mucho los ojos y se llevó una mano a la boca.

—¡Oh, Norman! —exclamó maravillada—. ¿No estarás bromeando? ¡Pero… pero eso es estupendo! ¡Cariño! —soltó una carcajada—. ¡Qué buena noticia! Este es nuestro año, ¿no te lo había dicho? ¡Estoy segura de que será una buena publicidad para la empresa!

Yo permanecía a su lado sin comprender nada de lo que estaba hablando y ella lo seguía felicitando y diciéndole lo feliz que la hacía aquello.

—¿Va todo bien? —le pregunté cuando acabó la llamada.

—¡Ya lo creo! En realidad no es nada, pero es que Norman acaba de recibir una noticia que llevaba tiempo esperando… ¡Su empresa participará en una convención anual! Ha sido seleccionada junto con otras pocas empresas, es una oportunidad excepcional… ¡Lleva tanto tiempo esperando este momento…! —Con una sonrisa me indicó que me acercara.

—¡Ven, él también está aquí! La convención será dentro de una semana, Norman ya no albergaba esperanzas… ¡Mañana haré un asado! A fin de cuentas, es domingo, y podremos celebrarlo con una buena comida… ¿Qué te parece?

Asentí, contenta de verla tan emocionada.

Atravesamos el centro comercial y Anna siguió hablándome del encuentro anual, una cita de mucho prestigio entre los expertos del sector.

Llegamos a la segunda gran entrada y, una vez allí, me señaló otra tienda de ropa.

—Debería de estar aquí… ¡Norman! ¡Eh!

Él alzó la mano y vino a nuestro encuentro.

—Oh, estoy tan contenta por ti —le dijo Anna, abrazándolo y haciendo que se ruborizara.

—Sí, bueno…, pero tú ya lo habías dicho. Nunca te equivocas… Hola, Nica —me sonrió azorado, y yo le correspondí. Anna le alisó las hombreras de la americana.

—¡Te acompañaré encantada, ya lo sabes! Más tarde lo hablaremos con calma… ¿Y cómo es que estás aquí? ¡Pensaba que hoy te quedarías en casa!

—Estoy aquí con Rigel… Él también necesitaba comprar algunas cosas —dijo Norman.

Al momento, una extraña sensación me recorrió la piel y mis ojos empezaron a buscarlo.

—Lo he perdido entre una sección y otra, me temo… —Se rascó la cabeza y Anna sonrió—. Nica, ¿quieres dar una vuelta por aquí? —Señaló los expositores—. Igual ves algo que te guste. ¿Por qué no echas un vistazo?

Dudé un instante, pero enseguida decidí dejarlos allí para que siguieran hablando y me adentré en la tienda, observando con cautela a mi alrededor.

Traté de concentrarme en las prendas, pero no lo lograba. Sabía que él estaba allí, en alguna parte, con sus ojos abisales y su presencia abrumadora.

Mientras deambulaba entre los estantes, una de las bolsas se me resbaló de entre los dedos y cayó al suelo. Me agaché a recogerla, pero en ese momento alguien tropezó conmigo.

Una voz masculina soltó una palabrota y yo abrí los ojos de par en par.

—Disculpa… —farfullé—, se me ha caído una bolsa y…

—A ver si vas con más cuidado —masculló el chico, y cogió un jersey que se le había caído.

Me apresuré a recoger toda mi ropa desparramada y él me pasó la bolsa; alargué la mano para tomarla y me pareció que oponía cierta resistencia cuando susurré «gracias».

—Eh…, pero si yo te conozco.

Alcé el rostro y entonces él parpadeó; por un momento me resultó familiar.

—Eres la chica del caracol. —Me escrutó a fondo—. Eres tú, ¿verdad? —me preguntó, para mi sorpresa.

Ahora ya sabía dónde lo había visto: en el murete de la escuela el día anterior. Me impresionó que se acordara de mí. Por lo general nadie lo hacía.

—No veas, cuántas bolsas —exclamó de repente—. Eres una de esas compradoras compulsivas, ¿no?

—Oh —musité, saliendo de mi ensimismamiento—, no, verás, yo…

—Así que eres una chica derrochadora —comentó, mirándome a los ojos con una sonrisa más bien estudiada.

—La verdad es que se trata de una rara excepción…

—Sí, todas dicen lo mismo, supongo —respondió—. Pero ¿el primer paso para superar un problema no es admitirlo?

Traté de rebatir sus palabras, pero él volvió a interrumpirme.

—Oh, tranquila, te guardaré el secreto —dijo en plan sabiondo—. No te había visto nunca en la Burnaby, en cualquier caso.

—Hace poco que estudio allí — respondí y me percaté de que avanzaba un paso en mi dirección. Por un momento, me pregunté por qué seguía allí hablando conmigo.

—¿Y estás en el último año?

—Sí…

—Vale…, pues entonces, bienvenida —murmuró despacio. Curvó los labios y me estudió con atención.

—Gracias…

—Tal vez, chica caracol, deberías conocer mi nombre. ¿No te parece? Así, la próxima vez que quieras advertirme de la presencia de alguna criatura reptante en los alrededores, sabrás cómo llamarme.

Me tendió la mano y sonrió, seguro de sí mismo.

—Mejor si te simplifico la cosa. Yo soy…

—Alguien que está en medio.

Una voz gélida cortó el aire y me dejó paralizada.

El chico se dio la vuelta y vio que tenía una presencia amenazadora a su espalda.

Rigel clavó sus iris negros en los del otro joven y siguieron hasta el menor de sus movimientos mientras este cerraba los labios, se volvía y me miraba.

—Oh, hum… Perdona… —farfulló, desprevenido.

Se hizo a un lado y se arrimó al estante para dejarlo pasar.

Rigel lo adelantó con paso lento y preciso sin quitarle el ojo de encima, sin la diligencia o la cortesía debida hacia alguien que permanecía encajado en una posición incómoda.

De pronto, se detuvo detrás de mí, tan cerca que me fue imposible ignorarlo. La atracción que ejercía su cuerpo era irrefrenable, fortísima, desestabilizante.

—Ah… —murmuró el muchacho mirándonos—. ¿Vais… juntos?

Rigel guardó silencio y yo me aparté un poco, incómoda. Reprimí el impulso de buscar sus ojos para discernir sus intenciones y entrelacé los dedos con torpeza.

—En cierto sentido… —respondí.

El chico lo miró, casi a regañadientes.

—Hola… —lo saludó, indeciso. Pero Rigel, que seguía a mi espalda, no le respondió.

Estaba segura de que sus ojos seguían fulminándolo.

Y entonces, de pronto, sentí su mano rozando un mechón de mi cabello.

Una descarga de gélida estupefacción me dejó paralizada. No podía mover las piernas.

¿Qué estaba haciendo?

¿Rigel me estaba… tocando?

No… Sentí el contorno preciso de las yemas de sus dedos: se abrieron camino a través del mechón, sin tensarlo, sin llegar a tocarme. Lo enroscaron con un movimiento lento y entonces alcé la mirada hacia él.

Rigel estaba observando al chico con las cejas arqueadas, se tomaba su tiempo. Y después sus ojos descendieron sobre mí.

Interceptaron mi mirada, nerviosa y confundida, y por un momento me pareció que sus dedos se cerraban con mi fuerza entre mis cabellos.

—Tenemos que irnos —dijo con su voz profunda—. Vamos.

Si no lo hubiera tenido tan cerca, me habría percatado antes de que Anna estaba detrás de él; vi que me indicaba por señas que ya nos íbamos y recuperé la compostura.

—Ah… —Le lancé una mirada furtiva a Rigel y me volví de nuevo hacia el muchacho, apretujando las bolsas.

—Tengo que…

—Claro —asintió él, metiéndose las manos en los bolsillos.

—Adiós, entonces —le dije con un gesto de despedida antes de alejarme.

Rigel apartó la mano de mi pelo, se dio la vuelta y empezó a caminar delante de mí. Observé sus anchos hombros y noté la garganta un poco seca. Aún sentía sus dedos entre mis cabellos.

¿Qué mosca le había picado?

—¿Has visto algo que te guste?

Volví la cabeza hacia la voz de Norman. Sus voluminosas gafas le conferían la apariencia de un búho.

—Oh, no… —respondí levantando las manos—. Ya he comprado demasiadas cosas.

Él asintió, posiblemente más cortado que yo, y aproveché para felicitarlo por lo de la convención. Me respondió azorado con un balbuceo, pero distinguí su sonrisa entre una palabra y otra. Me contó que llevaba mucho tiempo esperando aquel momento. Solo habían sido invitadas a participar las empresas más acreditadas y las ponencias versarían sobre las últimas novedades del sector: venenos para ratas, insecticidas de nueva generación, trucos y estratagemas para todo tipo de parásitos.

Al poco de escuchar lo que me estaba contando, sentí que me pesaba la cabeza. Pasé por delante de un escaparate y, aún no me había dado tiempo a comprobar el mal color de cara que se me había puesto, cuando Norman empezó a largar entusiasmado sobre los últimos pesticidas del mercado. Entonces me di cuenta de que me encontraba mal.

—Eh, ¿va todo bien? —Oí que me preguntaba titubeante mientras observaba mi cara—. Tienes un color ligeramente verdoso…

—¡Nica!

Anna agitaba la mano unos metros por delante de nosotros. Tenía una expresión radiante. Me sentí muy aliviada por su interrupción.

—¡Ven a ver este vestido!

Cuando por fin estuve delante de la tienda, pude ver qué era lo que había llamado su atención.

En el escaparate había un bonito vestido de color pastel; sencillo, confeccionado en una tela muy suave que se amoldaba al busto y acariciaba las caderas. Llevaba unos tirantes finos, una hilera de pequeños botones de madreperla en el pecho, y en la cintura la falda se ensanchaba formando unos pliegues ondulados que le conferían un delicado vuelo.

Pero lo que más me impresionó fue el color del tejido. Aquella tonalidad ligera del color del cielo, como pétalos de nomeolvides, las flores con las que, cuando era pequeña, frotaba mis vestidos en el Grave para que no lucieran tan grises.

Me quedé como encantada, igual que cuando observaba las nubes en el jardín de la institución. Tenía algo que me recordaba aquellos momentos, algo delicado y limpio como el cielo tras el que corría persiguiendo la libertad.

—¿No es precioso? —dijo Anna, acariciándome la muñeca, y yo asentí lentamente.

—¿Quieres entrar a probártelo?

—No, Anna, yo… Ya me has comprado muchas cosas…

Pero ella ya había abierto la puerta y se estaba dirigiendo a la dependienta.

—Buenas. Queríamos probarnos ese vestido de allí. —Señaló hacia una esquina del escaparate mostrándole a la chica de cuál se trataba.

—Pasen por aquí —nos indicó cordialmente—. ¡Enseguida se lo traigo! —Y desapareció en la trastienda.

Tiré de la manga de Anna con suavidad.

—Anna, de verdad, no es necesario…

—Oh, ¿y por qué no? —respondió sonriente—. Quiero ver cómo te sienta. ¿No querrás negarme ese deseo, ¿verdad? Después de todo, es nuestro día juntas.

Iba a balbucir alguna cosa, azorada, cuando la dependienta apareció de nuevo.

—¡Oh, ya no hay existencias! —nos dijo, pasándose el dorso de la mano por la frente—. Pero no hay problema, ¡les mostraré el del escaparate!

Fue hasta el maniquí y retiró el vestido con delicadeza.

—¡Es el último que queda! Toma. —Me lo puso en los brazos y yo lo examiné embelesada—. Los probadores están en aquel lado. ¡Ven conmigo!

Anna me hizo una seña para que acompañara a la dependienta, pero antes cogió las bolsas que yo llevaba en las manos; vi entrar a Norman en la tienda, y tras él, al cabo de un instante, hizo su aparición Rigel.

Seguí a la dependienta hasta los probadores, situados en una esquina, un poco ocultos a la vista, y entré en el del fondo.

Me aseguré de correr bien la cortina y me desvestí; me puse el vestido por la cabeza y se me enganchó en una maraña de pelo. Nunca había sido muy hábil vistiéndome, tal vez porque los vestidos que me ponía en el Grave siempre me venían anchos y un poco desbocados, o puede que se debiera a que, las pocas veces que había llevado ropa buena, siempre estaba demasiado emocionada pensando que finalmente la luciría para que alguien se fijara en mí.

La prenda se deslizó ajustándose a mi busto y encajó en mi cintura. Sentí vergüenza por el modo en que ceñía perfectamente mis senos y dejaba tan a la vista las piernas; miré el vestido, sin atreverme a alzar los ojos. Traté de llegar a la cremallera, pero no pude.

—¿Anna? —llamé indecisa—. Anna, no puedo cerrarlo…

—Oh, tranquila —respondió su voz desde fuera, apenas a unos pasos —. ¿Puedes acercarte? Te ayudaré.

—Introdujo la mano y tiró de la cremallera. Y a continuación, antes de que yo pudiera reaccionar, descorrió la cortina y me pilló totalmente desprevenida.

—¡Querida! —sonrió extasiada en cuanto me vio—. ¡Te queda de maravilla! ¡Oh, Nica, qué linda estás!

Me empequeñecí mientras ella me miraba con un brillo en los ojos llenos de asombro.

—¡Parece hecho a medida para ti! ¿Has visto qué guapa estás? ¡Mira! ¡Mira cómo te sienta!

Se puso a mi lado y en el espejo vi mi rostro ruborizado asomando bajo el cabello.

—¿Qué tal va? —preguntó poco después la dependienta y, al verme, se quedó paralizada.

—¡Oh! —exclamó mientras se acercaba con la boca abierta, felizmente admirada—. ¡Parece un ángel! ¡Señora, está maravillosa!

Anna asintió.

—¿Verdad que sí?

—¡Solo te faltan las alas! —bromeó la chica y yo me escondí al oír que entraba gente en la tienda. Me rasqué la mejilla y bajé el rostro.

—Oh, yo…

—¿Te gusta? —me preguntó Anna.

—¿A ti te gusta?

—Nica, ¿cómo podría no gustarme? ¡Mírate!

Me miré.

Alcé el rostro y me miré. Lo hice de verdad.

Y en mis desconcertados ojos descubrí un fulgor que no creía haber visto antes.

Había algo en mi mirada que ni siquiera yo sabía interpretar.

Era algo vivo.

Delicado.

Luminoso.

Era yo bajo el cielo que siempre había deseado.

Era yo brillando por dentro, como si llevase cosido en la piel uno de mis sueños. Como si nunca más tuviera que frotarme flores para sentirme menos sucia…

—¿Nica? —me llamó Anna y yo bajé el rostro.

Me escocían los ojos. Deseé que no me oyera sorberme la nariz mientras me alisaba el borde del vestido y susurraba con un hilo de voz:

—Me gusta… Me gusta mucho. Gracias.

Noté la mano de Anna en mi hombro. La ternura con que lo apretó me hizo desear tenerla a mi lado todos los días. Me estaba dando tanto… Demasiado para un corazón tan blando como el mío. No era capaz de pensar en la posibilidad de perderla. Si algo se torcía durante aquella fase de la adopción, no volvería a verla.

—Nos lo quedamos— Oí que decía.

Volví al probador. Acaricié el vestido con los dedos, la hilera de botoncitos blancos que seguía la curva del pecho.

Era tan bonito…

Pero cuando llegó el momento de quitármelo, recordé que yo sola no llegaba.

—Anna, perdona, ¿puedes echarme una mano? —pregunté en voz alta acercándome a la salida del probador.

Aparté la cortina lo suficiente para dejar la espalda a la vista, sin volverme.

Esperé pacientemente, pero ella no decía nada. Sin embargo, yo seguía percibiendo una presencia allí detrás, en alguna parte; me recogí el cabello sobre un hombro, apartándomelo de la espalda para que no estorbara.

—La cremallera, Anna… —especifiqué, cohibida—. Lo siento, pero no alcanzo. ¿Puedes ayudarme?

Se hizo un largo silencio detrás de mí.

Y entonces, al cabo de un momento, oí un ruido de pasos que se decidían a acercarse.

Llegaron sin prisas hasta donde yo estaba y se detuvieron justo a mi espalda. Una mano sujetó con firmeza el cuello del vestido, la otra se detuvo en la cremallera, asió la lengüeta metálica demorándose en el gesto. Y después, tiró de ella despacio.

Un sonido rasposo y agudo aguijoneó mis oídos mientras la cremallera bajaba.

—Vale, gracias —dije, cuando ya estaba a la altura de los omóplatos.

Pero no se detuvo.

La cremallera siguió descendiendo con una lentitud desarmante y noté que se abría camino por mi espina dorsal.

—Anna, así ya está bien… —le dije con delicadeza, pero los dedos aferraron el borde cercano al cuello y la cremallera siguió descendiendo.

Hasta abajo, más allá de la cintura, hasta la curva de la espalda. El vestido se abrió, se descorrió sobre mi piel como las alas de un coleóptero, y mi voz se volvió más aguda.

—Anna…

Tic.

El simple chasquido del metal encajándose en su ensenada de tela. La cremallera había llegado al final. Contemplé mi reflejo mientras me envolvía el busto con los brazos para sujetar el vestido.

Caí en la cuenta de que ahora ya podía quitármelo sin problemas; parpadeé y esbocé una sonrisa.

—Vale… Gracias… —murmuré antes de correr la cortina.

Sacudí la cabeza, dejé que el vestido se deslizara por las piernas, y me quedé en ropa interior. Me puse de nuevo mis prendas y salí. Fuera del vestidor no había nadie.

Busqué a Anna, pero no la vi y, cuando llegué a la parte delantera de la tienda, la encontré junto al mostrador con el móvil en la mano. Norman estaba fuera mirando escaparates.

—Entonces, ¿todo bien? —me preguntó.

—Sí, gracias… —sonreí, apretando el vestido—. Sin tu ayuda no habría logrado quitármelo.

Anna se llevó una mano al pecho y me miró como excusándose.

—¡Oh, perdona, Nica, me han llamado por el móvil y se me ha olvidado! Espero que no te haya costado mucho. ¿Has logrado desabrocharlo?

La miré sin dejar de sonreírle, pero no entendía lo que acababa de decirme.

—Sí, gracias a ti —repetí.

Ella me miró a su vez, desconcertada, y yo aún sentí más extrañeza. Una insólita sensación se abrió camino en mi interior y al instante me asaltó un pensamiento desquiciado.

Desvié la vista un poco más allá.

Rigel estaba fuera, apoyado en una columna. Sus ojos cortantes miraban alrededor, casi aburridos, y tenía los brazos cruzados sobre el pecho.

No… ¿Cómo podía pensar eso?

—¡Aquí está!

La dependienta se me acercó y me miró con expresión radiante.

—¡Toma, es para ti! Ha sido una muy buena elección —afirmó sonriente—. ¡Te queda divino!

—Gracias —le respondí un poco avergonzada, sonrojándome, y ella me miró entusiasmada.

—Recuerda que puedes combinarlo con cualquier cosa. También con un estilo más casual, si quieres… Mira. —Cogió algo de una percha—. Con uno como este… ¡No me digas que no le va genial!

Me percaté demasiado tarde de que era un cinturón. Me lo puso alrededor de la cintura y el cuero me rozó la piel.

Bastó un instante.

Lo sentí en la carne.

Lo sentí friccionándome.

Lo sentí apretarme, estrecharme, envolverme y finalmente cerrarse hasta dejarme paralizada…

Me arranqué el cinturón con violencia. Retrocedí entre convulsiones, con los ojos fuera de las órbitas. La dependienta me miraba estupefacta con las manos aún extendidas, mientras yo seguía retrocediendo hasta chocar con el mostrador. Mi cuerpo se contrajo. Sentí aquella taquicardia gélida, a lo lejos, punzándome el corazón y amenazando con estallar. Traté de controlarme, pero me temblaban las manos y tuve que hacer presión sobre una superficie para poder asirme a la realidad.

—¿Qué pasa? —preguntó Anna, que acababa de volverse para localizar a Norman. Me vio temblar y se preocupó enseguida—. Nica, ¿qué te ocurre?

Tenía la piel tensa. Debía tranquilizarme a toda costa, combatir aquellas sensaciones, mantenerlas bajo control… Miré a Anna y deseé que ella no me viera así, que me viera únicamente como la jovencita perfecta que había admirado hacía unos instantes con el vestido puesto.

Una chica que quisiera a su lado.

Una chica que no le diera problemas ni preocupaciones.

—Nada —susurré, tratando de parecer convincente, pero mis cuerdas vocales no tuvieron piedad de mí. Tragué saliva, en un esfuerzo por controlar las reacciones de mi cuerpo, pero fue en vano.

—¿No te encuentras bien? —me preguntó, observándome preocupada. Se acercó más y entonces sus ojos me parecieron enormes y apabullantes, como lupas.

La situación empeoró. Sentí una necesidad morbosa y visceral de comprimir mi cuerpo, de huir de su mirada y de ocultarme hasta desaparecer.

«No me miréis», suplicó algo dentro de mí. Una ansiedad incontrolada me desprendió la piel y me hizo sentir equivocada, insignificante, sucia y culpable. El corazón bombeó con furia y me precipité en mis temores a una velocidad de vértigo, agarrada a sus ojos.

Me hubiera quitado de en medio.

Me hubiera tirado a la basura porque era lo que me merecía.

Allí era donde debía estar.

Allí acababan los que eran como yo.

Nunca tendría mi cuento.

Nunca tendría mi final feliz.

En aquella historia no había princesas.

No había hadas. Ni sirenitas.

Solo había una niña.

Que nunca había sido lo bastante buena.

9

Rosas y espinas

¿Sabes qué es lo que hace bellas a las rosas?
Las espinas.
No hay nada más espléndido
que algo que no puedes estrechar entre tus dedos.

Un desfallecimiento debido el calor y la emoción.

La sensación de que iba a desmayarme.

De este modo había explicado lo que me sucedió en el centro comercial, ocultando mis reacciones como mejor pude.

Había tratado de mantener a raya la señal de alarma que me había enviado mi cuerpo, conteniéndome con todas mis fuerzas y, después de pasarme mucho rato tranquilizándola, Anna me creyó por fin.

Descubrí que no me gustaba mentirle, pero no podía hacer otra cosa. La mera idea de decirle la verdad me producía un malestar nauseabundo que me cortaba la respiración. No podía hacerlo y punto.

No podía decirle lo que me había causado aquellas sensaciones, porque venían de unas profundidades en las que ni siquiera yo habría querido adentrarme.

—¿Nica? —oí que me llamaban el lunes por la mañana.

Anna estaba en el umbral. Con sus ojos siempre límpidos como pedazos de cielo. Una parte de mí deseaba que nunca más me viera como me vio aquella tarde.

—¿Qué estás buscando? —me preguntó, al verme revolver en el escritorio. Sabía que había dado por cierto lo que le dije, pero eso no le impedía preocuparse por mí.

—Oh nada, solo es… una foto —murmuré mientras se acercaba—. El otro día mi amiga me dio una y no logro encontrarla.

No podía dar crédito. ¿Billie acababa de regalármela y yo la había perdido?

—¿Has mirado en la mesa de la cocina?

Asentí mientras me recogía el pelo detrás de la oreja.

—Ya verás como la encuentras. Estoy segura de que no se ha perdido.

Inclinó el rostro, me recolocó el pelo sobre la clavícula y lo peinó con los dedos. Cuando me miró a los ojos, una chispa de afecto prendió en mi pecho.

—Tengo una cosa para ti.

Y, de pronto, plantó una cajita bajo mi nariz.

En cuanto reaccioné, observé el envoltorio de cartón sin saber qué decir. Cuando lo abrí, no daba crédito a lo que estaban viendo mis ojos.

—Y sé que tiene sus años —comentó Anna mientras yo lo sacaba fuera de la caja—, desde luego, no es el último modelo, pero… verás, así siempre podré saber dónde estáis Rigel y tú. A él también le he dado uno.

Un móvil. Anna me estaba regalando un móvil. Me lo quedé mirando, sin saber qué decir.

—Ya tiene tarjeta y mi número está guardado en los contactos —me explicó con su voz serena—. Siempre estoy localizable. También te he puesto el número de Norman.

No era capaz de expresar lo que sentía en ese momento, sosteniendo entre mis dedos algo tan importante.

Me vinieron a la cabeza todas las veces que había fantaseado con intercambiarme el número con una amiga o de oírlo sonar en cualquier parte, consciente de que alguien me estaba buscando y quería hablar precisamente conmigo…

—Anna, yo… La verdad, no sé… —farfullé. La miré encantada, rebosante de gratitud—. Gracias…

Me parecía surrealista. Yo, que nunca había tenido nada mío, aparte de aquel muñeco en forma de oruga…

¿Por qué Anna se tomaba tantas molestias conmigo? ¿Por qué me regalaba vestidos, ropa interior y objetos tan perdurables? Sabía que no debía hacerme ilusiones, sabía que aún no había nada definitivo… y, sin embargo, no podía hacer otra cosa más que esperar.

Esperar que ella quisiera tenerme consigo.

Esperar que pudiéramos estar juntas, que se estuviera encariñando conmigo del mismo modo que yo con ella…

—Ya sé que las chicas de tu edad tienen móviles de última generación, pero…

—Es perfecto —susurré, aferrándome a todo lo que significaba aquel gesto—. Es absolutamente perfecto, Anna. Gracias.

Ella sonrió con un punto de ternura y me puso la mano en el pelo. Y al instante noté un calorcillo en el corazón.

—Ah, Nica… ¿Por qué no te pones la ropa que compramos? —me preguntó un poco decepcionada—. ¿Es que no te gusta?

—No es eso —respondí al instante—. Al contrario… ¡Me gusta muchísimo!

En realidad, me gustaba demasiado.

En cuanto la ponía al lado de mis viejos vestidos, no era capaz de verlo todo junto en el mismo cajón. Así que la había dejado en las bolsas, ordenada y conservada como si las prendas fueran reliquias.

—Solo esperaba el momento adecuado para ponérmela. No quería estropearla sin motivo —murmuré con un hilo de voz.

—Pero son prendas de vestir —me hizo notar Anna—, están hechas para ser usadas. ¿No te gustaría ponerte todos esos calcetines de colores que elegimos juntas?

Asentí convencida, sintiéndome un poco como una niña.

—Entonces ¿a qué esperas? Me acarició y yo bajé el rostro.

Me acababa de dar otro poco de ella y yo solo podía sentirme feliz por haber tenido aquella conversación en la que Anna, una vez más, me regalaba gotas de una normalidad con la que siempre había soñado.

Aquella mañana fui sola a la escuela.

Había tardado en arreglarme y no hacía falta ver el pomo del perchero vacío para saber que Rigel no me había esperado.

Mejor así. Después de todo, me había prometido a mí misma una vez más que me mantendría alejada de él. Cuando Billie me habló del Garden Day, el viernes anterior, me había imaginado un día marcadamente romántico.

Siempre había pensado que San Valentín era una festividad íntima y discreta, que no precisaba de grandes actos, porque en el fondo el amor se encuentra en los gestos más ocultos.

Y no podía estar más equivocada.

El patio estaba atestado como un hormiguero. El aire estaba cargado de una atmósfera efervescente y casi eléctrica que hacía que todos estuvieran inquietos como saltamontes.

Por todas partes, rosas amarillas, rojas, azules y blancas componían un abigarrado mosaico. Todas eran muy llamativas, no tenían ni una espina y estaban cargadas de significado.

Algunos estudiantes se paseaban con cestas repletas de ramos y leían las tarjetas que colgaban de cada flor. Cuando se acercaban a un grupo de chicas, todas contenían la respiración y estallaban en un griterío cuando la elegida recibía la suya. Entretanto, las demás ocultaban muecas de decepción o suspiros de trepidante espera.

Procuré acceder a la entrada sin tener que acabar en medio de una gran escena. No podía más que estar de acuerdo con Billie: era el día del drama.

Había chicas intercambiándose flores de color rosa, símbolo de su amistad, mientras otras las señalaban ofendidas; también novias celosas que acusaban a sus chicos de haber enviado en secreto rosas escarlata a esta y a la otra, llegando incluso a olvidarse de darles las gracias por las flores que llevaban en la mano.

Reconocí a un compañero de clase; echó a correr hacia una chica con la piel de color chocolate, la abrazó por detrás y le plantó delante de la nariz una flor que la hizo sonreír.

Los observé con ternura, antes de chocar de espaldas con una animadora cabreada, por decirlo suavemente.

—¿De color rosa? ¿De color rosa? ¿Después de todo lo que hemos hecho, eso es lo que soy para ti? ¿Solo una amiga? —le rugía a un tipo con buena planta que se rascaba la cabeza, consciente de que estaba en un buen aprieto.

—Bueno… Verás, Karen… En cierto sentido…

—¡Pues ya puedes meterte nuestra amistad por donde te quepa, imbécil! —exclamó ella, arrojándole la flor a la cara, tras lo cual yo me esfumé de allí, con los ojos como platos y un poco intimidada.

A lo lejos distinguí una melena rizada de un rubio inconfundible.

—¡Eh, Billie! —gritaba yo mientras avanzaba en su dirección—. Disculpa, paso, por favor…

Se le iluminó el rostro cuando por poco no acabo cayéndome delante de sus narices.

—¡Nica, llegas en el momento justo! ¡Los dramas acaban de comenzar!

Vi a Miki metiendo en su taquilla dos rosas de un bonito color rojo brillante.

—Odio este día —masculló con aire de funeral mientras las arrojaba dentro de mala gana.

—Buenos días, Miki —la saludé afectuosa. Ella me miró distraída, como hacía todas las mañanas, pero esta vez capté cierta delicadeza en sus ojos.

—Ya han caído dos rosas y la jornada aún no ha empezado —la provocó Billie mientras yo abría mi taquilla—. Apuesto a que llegarán más… ¿Tú que dices, Nica?

Me dio un toque con el codo, se volvió hacia mí y me dedicó una mirada radiante.

—¡Vaya, qué colorida vienes hoy! —observó, examinándome de arriba abajo.

Pellizqué las mangas de la blusa que llevaba puesta. Y me dio por sonreír, contenta por no llevar encima todo aquel gris.

—Anna me ha comprado un montón de cosas nuevas —respondí, y vi que Miki me echaba un vistazo.

—¡Oh, me encantan todos estos colores! Quién sabe, a lo mejor tú también recibirás una bonita rosa de color «rojo vivo».

—Vamos a clase —masculló Miki, con una energía que no solía desplegar a primera hora de la mañana—. ¡Si vuelvo a oír una sola palabra más, te juro que te…! ¡Eh! ¡Suelta eso enseguida!

Juguetona, Billie se zafó de su perseguidora y, antes de que pudiera darme cuenta, alargó velozmente una mano y también se hizo con el candado de mi taquilla.

—¡Ahora los tengo yo! ¡Ah! —exclamó victoriosa—. ¡Adelante! ¡Por el Garden Day, lo que haga falta!

—Tú no quieres morir, ¿verdad? —siseó Miki con los ojos en llamas.

—¡Vamos! ¡Solo estoy animando a algún que otro tímido admirador! Cualquiera sabe la de flores que podríais encontraros al terminar las clases…

—Estaba equivocada. Sí que quieres tener un final atroz.

La vivaz carcajada de Billie aún me llenaba los oídos cuando noté una presencia inconfundible frente a la secretaría, una figura que magnetizó mis ojos.

Rigel salió por la puerta y enfiló el pasillo.

Caminó entre la gente, que se apartaba a su paso como el agua, mirando con firmeza hacia delante.

Lo seguí con la mirada sin darme cuenta. Siempre irradiaba esa seguridad despectiva, como si fuera consciente del mundo y al mismo tiempo lo ignorase deliberadamente. Sabía cómo atraer las miradas, pero no las correspondía. No le interesaba nadie y, sin embargo, parecía reafirmarse sobre todos los demás.

Cuando se detuvo frente a la puerta de su taquilla, me fijé en el gran tallo verde que había encajado en el pasador.

Contuve la respiración.

Era de una espléndida rosa blanca.

Alguien se la había dejado allí con la esperanza de que la cogiera.

Era bellísima. La observé enmudecida, pero Rigel abrió el candado y la rosa cayó al suelo.

Se perdió entre el polvo y los envoltorios de chicle cuando él se marchó sin ni siquiera mirarla.

—No la ha cogido —sentí que musitaba alguna chica—. ¡Y tampoco ha cogido la suya!

Me volví para ver quiénes eran, un poco descolocada, y vi que lo seguían con ojos ávidos.

—Ya te he dicho que no ha aceptado la de Susy —dijo una de las dos—. Se la ha llevado en persona… Estaba segura de que se la cogería, pero ha pasado de largo y ha seguido su camino.

—A lo mejor tiene novia.

Me obligué a dejar de escucharlas. Me perturbaba oír hablar de él en aquellos términos. Todas lo deseaban ardientemente como si fuera inalcanzable, el príncipe negro de un cuento sin nombre. Después de todo, Rigel poseía una rara belleza, sutil como la hoja de un cuchillo e igualmente letal. Y, hasta cuando se marchaba, dejaba tras de sí un reguero de cuchicheos.

—Me voy a clase —murmuré, tratando de alejar aquel peso que me oprimía el pecho.

No sabía por qué, pero no me gustaba.

Y la idea de descubrir el motivo…

Aún me gustaba menos.

La jornada transcurrió con una rapidez apabullante.

En mitad de una clase, dos miembros de la comisión llamaron a la puerta. Entraron con sus cestas de mimbre, luciendo en sus rostros las melifluas sonrisas de quienes prodigan alegrías y llantos con un simple gesto de su mano.

Me quedé asombrada al ver a una chica recibiendo una rarísima rosa azul.

—Es fácil deducir quién se la ha enviado —susurró Billie a mi lado—. El azul representa la sabiduría. Alguien siente admiración por su ingenio, desde luego no es una tonalidad que regalaría un energúmeno del equipo... ¡Mira de qué color se ha puesto Jimmy Nut!

Vi que mi compañero se escondía tras el libro de Historia y sonreí.

Después, un miembro del comité se detuvo delante de nosotras.

Sorprendida, vi que leía el nombre en una tarjeta; separó una flor de las demás y nos la acercó, mientras yo ponía los ojos como platos.

Me volví hacia Billie. Ella estaba a mi lado y me sonrió tranquila.

—¿Es para mí? —dijo simplemente.

El chico asintió y Billie cogió la rosa.

—Es blanca —constaté, radiante—. ¿No es el símbolo del amor puro?

—La recibo todos los años —me confesó con ternura—. Nunca recibo flores. De hecho, prácticamente nadie me las ha regalado nunca...; pero todos los Garden Day me llega esta. —Le dio la vuelta con delicadeza, admirándola—. Siempre es blanca... Cada año. Una vez vi la sombra de un chico junto a mi taquilla..., pero no he logrado descubrir quién me la envía.

Percibí un suave rubor en sus mejillas y entonces comprendí por qué el Garden Day le gustaba tanto.

—Debes ponerla en agua —le dije sonriéndole afectuosamente—. Después de clase te acompañaré.

Cuando salimos del aula, al final de la jornada, Billie seguía llevando la flor en la mano.

—Se está poniendo triste —me dijo sonriente—. ¡Mira!

—Ya recobrará la frescura. —Observé los pétalos un poco mustios—. Vamos a la fuente.

No hace falta decir que la fuente en cuestión estaba más concurrida que una pileta para gorriones, había una larga fila chicas que exhibían con orgullo sus flores y presumían ante sus vecinas.

—Hay un grifo detrás del patio —propuso Billie—, acabaremos antes.

Dimos media vuelta para desplazarnos a contracorriente.

Mientras nos dirigíamos a la parte trasera de la escuela, Billie retomó la charla, muy animada.

—Por cierto, ¿y mi foto? ¿La tienes? —me preguntó contenta.

Se me hizo un nudo en el estómago.

La idea de haberla perdido me mortificaba. Billie había compartido su pasión conmigo y yo había apreciado mucho su regalo, pero había extraviado la foto sin saber cómo. No quería que pensase que me importaba poco, así que me vi en el trance de tener que mentir de nuevo.

—Sí —dije tragando saliva.

Al verla sonreír de aquel modo, me prometí que, cuando volviera a casa, la buscaría hasta encontrarla. No podía haberse volatilizado. No podía haberla perdido de verdad…

Llegamos a la parte de atrás, donde había una superficie de cemento con una canasta junto a la valla; el grifo estaba justo al lado.

—¡Espera! —Billie se dio una palmada en la frente—. ¡Me he dejado la botella en clase! Abrió mucho los ojos y añadió—: ¡Esperemos que el conserje no haya llegado aún!

Se marchó corriendo mientras me prometía que solo tardaría un instante.

De nuevo a solas con mis pensamientos, no podía dejar de pensar dónde estaría la foto…

De pronto, un ruido me sobresaltó.

Oí un sonido de pasos, pero no distinguía su procedencia.

Me fijé en las ventanas que daban a las aulas de la planta baja, una estaba abierta.

—No me sorprende encontrarte aquí.

Me quedé helada al instante.

Aquella voz.

No podría describir la sensación que me provocó oírla tan cerca. Era como si estuviera a mi lado, con sus ojos negros y su explosivo encanto.

Me hice a un lado, con el cuerpo en tensión, y pude confirmar mi primera impresión. Rigel estaba allí, en la clase.

Seguía sentado, como si se hubiera quedado rezagado leyendo un último párrafo. Estaba guardando el libro en la mochila, y junto a él, de espaldas, distinguí una cascada de pelo reluciente.

La reconocí de inmediato. Era la chica que había cerrado la puerta del aula de música el día que él estaba tocando. Lo menos que puede decirse de ella es que era muy atractiva. Su cuerpo esbelto y sus formas sinuosas le conferían el aspecto de un hada. Estaba de pie, junto a su pupitre, y me fijé en que llevaba las manos muy cuidadas, con las uñas pintadas de un color claro; eran delicadas y perfectas, totalmente distintas de las mías, que estaban llenas de arañazos y tiritas. Y sus largos dedos sostenían…

Una rosa roja.

—¿Acaso esperas que la coja? —le preguntó Rigel, indiferente, con un matiz burlón en la voz. No llevaba ni un pelo fuera de lugar, pero en su mirada prevalecía aquel fulgor intimidante capaz de someter a cualquiera.

—Pues… sería amable.

Aquel susurro me produjo un efecto extraño: me molestó. Rigel cerró la cremallera de su mochila y se levantó de la silla.

—Yo no soy amable.

Pasó por su lado y se dirigió hacia el pasillo, pero ella alargó la mano y lo retuvo sujetándole la correa de la mochila.

—¿Y entonces qué eres? —preguntó, tratando de llamar su atención.

Él, por el contrario, no le hizo caso y ni siquiera se dignó a darse la vuelta.

Entonces ella se aventuró a dar un paso hacia delante y se acercó más a sus anchas espaldas.

—Me gustaría conocerte. Lo estoy deseando desde el primer día que te vi, sentado al piano —dijo con voz suave, logrando que Rigel se volviera lentamente—. Me encantaría que nos conociéramos más a fondo…

La chica levantó la rosa y lo miró directamente a los ojos.

—Podrías cogerla… y contarme algo de ti. Hay tantas cosas que todavía no sé, Rigel Wilde… —insinuó con voz seductora—. Por ejemplo, ¿qué clase de tipo eres?

Rigel no siguió avanzando hacia la puerta.

Se quedó mirando la rosa, con la negra cabellera enmarcando su rostro perfecto y sus facciones esculturales. Entonces volví a fijarme en sus ojos… y no había el menor brillo en ellos.

Se mostraban impasibles. Insensibles. Dos muros de diamante privados de la menor emoción.

Lucían vacíos, fríos, remotos, como estrellas muertas. La miró. Y entendí que estaba a punto de mostrar su máscara.

Rigel alzó la comisura del labio… y sonrió. Sonrió como solía hacer, persuasivo, como un animal malévolo.

Aquella sonrisa sesgada te cortaba la respiración, te envenenaba con su perversidad, te embelesaba con su poder de seducción. Era la sonrisa propia de alguien que no permitía que nadie se le acercara.

Alzó la mano y la cerró alrededor de la flor, sin dejar de mirar a la chica. Empezó a apretar y las yemas de sus dedos se clavaron lentamente en la corola hasta desintegrarla. Fragmentos de pétalos se derramaron a sus pies como un puñado de mariposas muertas.

—Soy un tipo complicado —dijo con voz sibilante en respuesta a su pregunta. Aquel timbre de voz tan bajo y tan ronco me llegó a través del aire, provocándome un escalofrío que me recorrió toda la espina dorsal.

Finalmente, dio media vuelta de nuevo y se marchó. Sus pasos se desvanecieron más allá de la puerta.

Pero yo lo sentí. Como si aún estuviera allí.

Su voz había excavado un sendero dentro de mí.

Flotaba en el ambiente como una pálida impresión, violenta y silenciosa.

Me llevé un buen sobresalto cuando una mano me tocó la espalda. Me volví de golpe y Billie me miró confusa.

—¿Te he asustado? —me preguntó entre risas—. He encontrado la botellita. ¡Me ha costado una discusión con el conserje, pero al final he logrado hacerme con ella! —Me la mostró victoriosa y yo la miré casi sin verla.

La llenamos con agua del grifo y volvimos sobre nuestros pasos. Billie me hablaba, pero yo no era capaz de prestarle atención.

Seguía pensando en Rigel.

En la máscara de pulcra cortesía tras la que se ocultaba.

En su sonrisa cínica e insolente, como si aquella tentativa de ahondar en su interior le hubiera divertido y compadecido.

¿Cómo lo hacía? ¿Cómo podía hechizarte de ese modo? ¿Cómo podía someter tu voluntad con su mirada e infundirte temor al cabo de un instante?

¿De qué estaba hecho Rigel? ¿De carne o de pesadillas?

Billie localizó a Miki entre la multitud y corrió a su encuentro, radiante como un girasol.

—¡Miki! ¡Mira! ¡Este año también!

Miki miró por encima la rosa, harta de aquella jornada, y Billie sonrió.

—¿Has visto? ¡Es blanca!

—Como todas las otras veces… —masculló su amiga mientras abría la taquilla. Una de las rosas se cayó y ella se esforzó en no darle importancia, empotrando los libros en aquel revoltijo de papeles y flores.

Billie se agachó a recogerla y se la devolvió con una sonrisa. Miki se quedó inmóvil. Miró a Billie un instante mientras cogía lentamente la flor de la mano de su amiga. Le echó un último vistazo a la rosa y la arrojó a la taquilla junto con todo lo demás.

—Hum… ¿No crees que le he puesto mucha agua? ¿No será demasiada? ¿Y si la ahogo? Nica, ¿a ti qué te parece? —preguntó Billie, volviéndose hacia mí, y yo le respondí que sin duda las flores podían hacer cosas sorprendentes, pero ahogarse no era una de ellas.

—¿Estás segura? —insistió—. No quisiera estropearla, se ve tan delicada…

—Disculpa… —intervino de pronto una voz.

Un chico se encontraba de pie, detrás de Miki, y parecía no ser consciente en absoluto de que estaba sosteniendo un artefacto de color rojo brillante.

—¿Disculpa? —sonrió, seguro de sí mismo, y Billie y yo nos lo quedamos mirando mientras insistía dándole golpecitos en el hombro a Miki.

Pero se puso pálido de repente cuando Miki se volvió echando fuego por los ojos.

—¿Qué narices quieres? —bramó la chica, tan amable como un toro furioso, echando por tierra cualquier buen propósito.

—Yo solo quería… —El chico parecía estar en apuros. Toqueteó la rosa y la mirada de Miki se volvió aún más punzante.

—¿Qué?

—N… no… nada —se apresuró a desdecirse, ocultando la flor tras la espalda. Esbozó una sonrisa nerviosa y salió por piernas como un alma en pena.

Se hizo un instante de silencio mientras observábamos cómo se alejaba.

—Una cosa sí que hay que reconocer —resonó en el aire la voz de

Billie al cabo de un instante—: eres capaz de inspirarle deseo sexual hasta al más pintado.

Miki alzó las manos y Billie lanzó un cómico gritito.

Volvieron a enzarzarse en una animada discusión, retorciéndose como serpientes de río; entretanto, abrí mi taquilla reprimiendo una sonrisa.

Y al cabo de un instante…

El mundo se detuvo.

Se me apagó la sonrisa y todo el ruido reinante fue engullido de pronto por aquella puerta abierta, como si lo hubiera devorado un agujero negro.

Y así era.

Negra.

Negra como una noche sin luna.

Negra como jamás me hubiera imaginado que pudiera llegar a ser algo tan delicado.

Negra como la tinta.

Aunque estaba demasiado alterada para poder respirar, introduje la mano y la saqué de aquella jaula de metal. La rosa negra emergió como un moretón bajo mis ojos, hirsuta y salvaje, con sus pétalos impregnados de trágico encanto.

No era una flor simple e inocua como las demás. No, su tallo tachonado de espinas se enredó en mis tiritas y dentelleó mis protecciones.

La miré como si en realidad no fuera real.

Y esta vez no tuve dudas. Sino una absoluta certeza.

El corazón me latía con fuerza y una especie de mecanismo estalló al fondo de mi cerebro. Caí en la cuenta de algo que debí haber comprendido hacía tiempo; los libros rodaron por el suelo mientras retrocedía, las espinas se me clavaban en los dedos.

Yo no había perdido la foto.

Nunca la perdí.

Y, cuanto más segura estaba de ello, más se me clavaba aquella rosa en los dedos, venciendo cualquier sombra de indecisión.

Di media vuelta y eché a correr.

El mundo me parecía desenfocado mientras atravesaba el pasillo y luego el patio y las puertas exteriores, animada por un impulso irrefrenable.

La gente miraba desconcertada la flor que llevaba en la mano, los murmullos se multiplicaban a mi paso: «Es negra…», exclamaban. «Nunca habíamos visto una rosa negra…». Y las chicas comentaban impresionadas: «¡Qué hermosa es!».

«Pero es negra, negra, negra», retumbaba en mi mente mientras corría hacia casa sin mirar atrás.

Introduje a toda prisa la llave en la cerradura, dejé la mochila en las escaleras y la chaqueta en el último peldaño. Y, entonces, mi avance se detuvo allí, frente a aquella única puerta.

La rosa me arañaba la carne de las manos como si me resultase imposible soltarla, con todas sus espinas clavadas en las costuras de las tiritas.

Como si fuera la prueba. La materialización de aquella duda que ahora gritaba su nombre.

Por muy desquiciado, insensato, ilógico y absurdo que fuera…

¿Había sido él? ¿Él me había robado la fotografía?

«No entres en mi habitación», me había dicho.

En un arrebato, empuñé el tirador y entré.

Sabía que él no estaba porque por las tardes cumplía el castigo. Cerré la puerta a mi espalda y eché un vistazo alrededor.

Observé aquel ambiente desconocido. Todo estaba puesto en su lugar de forma precisa: las cortinas extendidas, la cama hecha.

No me pasó por alto el orden casi sintético que reinaba en aquella habitación. Parecía como si Rigel nunca hubiera dormido allí, aunque sus libros estuvieran en la mesilla y su ropa en los cajones.

Aunque pasara la mayor parte de su tiempo entre aquellas paredes.

No.

Tragué saliva.

Aquella era su habitación.

Rigel dormía allí, estudiaba allí, se vestía allí. La camiseta que había en el respaldo de la silla era de Rigel, la toalla que despuntaba en el armario era de Rigel, también eran suyos aquellos cuadernos que descansaban sobre el escritorio, abigarrados de su elegante caligrafía.

El perfume que percibía en el aire era de Rigel

Me embargó una extraña sensación de malestar. Las espinas parecían abrirse camino a través de las tiritas, recordándome que debía apresurarme.

Avancé con cautela, acercándome al escritorio. Escarbé entre los papeles amontonados, aparté algunos libros, después miré en el armario, en la cajonera, incluso en los bolsillos de las chaquetas.

Lo registré todo, con cuidado de volver a dejarlo en el mismo sitio. Busqué en todos los cajones de la cómoda, que estaban medio vacíos, pero la foto no se encontraba allí.

No estaba…

Me detuve en el centro de la habitación y me pasé la mano por la frente.

Ya había mirado en todas partes.

Un momento, no. En todas partes, no…

Me giré hacia la cama. Observé la almohada, el borde de la sábana, perfectamente alineado; las esquinas remetidas, sin un solo pliegue ni arruga fuera de lugar. Y finalmente, el colchón.

Me acordé de la de veces que había escondido bajo los muelles las onzas de chocolate que nos daban durante las visitas, para comérmelas cuando nadie me viera. Me acordé de los palitos de los polos que guardaba allí para que la directora no los encontrara…

Tendría que haberlo oído.

Tal vez, si no hubiera introducido una mano bajo el colchón para levantarlo, me habría percatado antes.

Tal vez, si no hubiera sujetado la rosa entre mis dedos con tanta fuerza, hubiera percibido el frío helado que precedió a aquellas palabras.

—Te había dicho que no entraras en mi habitación.

De pronto, me precipité en la más negra de las realidades.

Había caído en la trampa.

Paralizada, mis ojos retrocedieron hasta encontrarse con los suyos.

Rigel estaba allí, delante de la puerta abierta, sombrío e impenetrable como solo él sabía serlo.

Apabullante. No sabría definirlo de otro modo.

Sus pupilas eran como clavos que se hundían en mi carne. Sus ojos negros, almendrados, felinos, brillaban cual vórtices prestos a succionarme.

Fui incapaz de moverme. El corazón también se me había congelado. En aquellos momentos, me pareció tan alto e imponente que sentí auténtico miedo: sus hombros en tensión y sus ojos implacables eran propios de un guardián de pesadillas.

Y yo acababa de violar sus fronteras.

Aún estaba tratando de reaccionar cuando, lentamente, sin desplazarse ni un solo paso… Alzó el brazo. Alzó la mano, la apoyó en la puerta abierta. Y la empujó tras de sí.

El largo clic de la cerradura me dejó petrificada.

Acababa de cerrar la puerta.

—Yo… —Tragué saliva—, solo estaba…

—¿Solo? —remarcó con voz amenazante.

—… solo estaba buscando una cosa.

Su mirada transmitía una dureza espantosa. Estrujé la rosa, sin saber a qué otra cosa agarrarme.

—¿Una cosa… en mi habitación?

—Buscaba una fotografía.

—¿Y la has encontrado?

Vacilé, me temblaban los labios.

—No.

—No —rezongó en tono concluyente, entrecerrando apenas los ojos.

El aura terrible que emanaba de su presencia me sugería que debía alejarme de allí lo antes posible.

—Entras en la guarida del lobo, Nica, y después pretendes que no te devore.

Me puse rígida cuando vi que venía hacia mí.

Todos mis sentidos me gritaban que retrocediera, pero no lo hice.

—¿Has sido tú? —le pregunté de improviso, levantando la rosa negra—. ¿Me la has regalado tú?

Rigel dejó de avanzar. Sus ojos, secos e inexpresivos, se centraron en la flor y enarcó una ceja.

—¿Yo? —inquirió divertido. Sus labios se tensaron, componiendo una sonrisa burlona, cargada de perfidia—. ¿Regalarte… una flor… a ti?

Sus palabras fueron como mordiscos y la seguridad que había exhibido momentos antes se tambaleó, dando paso a la incertidumbre.

Bajé la mirada, dudando de todo, ahora que lo tenía delante; eso era algo que siempre lo divertía, y la mueca de sus labios se afiló como un cuchillo.

Avanzó unos pocos pasos más y me arrancó la rosa de la mano.

Me quedé boquiabierta mientras él levantaba la flor y empezaba a destrozar los pétalos. Una lluvia de confeti negro empezó a caer en cascada ante mí.

—¡No! ¡No! ¡Déjala!

Luché por recuperarla. ¡Era mía, a pesar de todo, aquella rosa era mía! Era un regalo y ella no tenía la culpa. En cuanto Rigel empezó a escarnecerla de aquel modo, sentí más que nunca la necesidad de defenderla.

Arañé desesperadamente la tela que cubría sus brazos para recuperarla, pero él la levantó aún más a fin de que no pudiera llegar.

Arrancó y desintegró cada pétalo, mientras yo, espoleada por la desesperación, me ponía de puntillas.

—¡Rigel, no hagas eso! —lo increpé, cogiéndolo del pecho—. ¡No lo hagas!

Abrí los ojos de par en par al sentir que perdía el equilibrio.

En un gesto instintivo me apoyé en él, pero Rigel no debía de esperárselo, porque lo arrastré conmigo.

Caí de espaldas sobre la cama y noté que el colchón se doblaba bajo mi espalda.

No me dio tiempo a pensar… Algo aterrizó sobre mí y el techo se desvaneció a través de mis pestañas entrecerradas. Durante un momento solo distinguí un mosaico de manchas indefinidas que me obligó a parpadear.

Sentí que algo se depositaba delicadamente en mi pelo y también en la curva de mi garganta. Eran pétalos. Los reconocí a duras penas y entonces noté que un peso dejaba de oprimirme el pecho.

En cuanto pude enfocar la imagen…

Me quedé sin respiración.

El rostro de Rigel estaba a un palmo del mío.

Su cuerpo me cubría por completo.

Fue todo tan imprevisto que por poco no se me sale el corazón por la boca. Tenía una de sus rodillas apoyada entre mis muslos y la tela sus pantalones me pellizcaba la carne. Su aliento, húmedo y jadeante, me quemaba la boca y tenía las manos hundidas a ambos lados de mi rostro, como las garras de un águila.

Pero en cuanto vi aquella turbación en sus ojos, me eché a temblar: en su mirada había algo que no había percibido nunca hasta entonces, un brillo que me dejó la boca seca. Se reflejaba en mis labios entreabiertos, en el aire que me inflaba rítmicamente el pecho, y en el rubor que me mordía las mejillas… Estábamos tan cerca el uno del otro que el corazón que palpitaba en mi garganta era el suyo.

Mi estupor era el suyo.

Mi respiración era la suya.

Todo era suyo, incluso mi alma.

Un escalofrío recorrió mi cuerpo. Mi mente gritó, como enloquecida. Haciendo acopio de una fuerza que jamás hubiera creído tener, lo empujé y me lo quité de encima.

Me levanté de la cama y salí de la habitación a todo correr.

Enfilé el corredor tropezándome y llegué a mi habitación; una vez allí, cerré, apoyé la espalda en la puerta y me fui deslizando hasta el suelo.

El corazón me golpeaba la caja torácica produciéndome un intenso dolor, los escalofríos me estaban devorando. Mi piel aún gritaba su presencia, como si me la hubiera impreso en todas partes.

¿Qué me estaba haciendo?

¿Qué veneno me había inoculado?

Traté de acompasar la respiración, pero algo quemaba en mi interior y se agitaba como presa de un delirio.

Me susurraba al oído, jugaba con mis latidos y se abría paso en mis pensamientos.

Se alimentaba de mis sensaciones y las transformaba en escalofríos.

No tenía lógica.

No tenía mesura.

Y tampoco tenía… delicadeza.

10

Un libro

La inocencia no es algo que se pierde.
La inocencia es algo que se es, por mucho que duela.

No era capaz de moverme. Me temblaban las piernas. No veía nada. La oscuridad era total. Mis pupilas se desplazaban de un lado a otro, como si esperasen a alguien. Mis uñas rascaban el metal, convulsas y febriles, pero no lograba liberarme. No lo lograría nunca.

Nadie vendría a salvarme. Nadie respondería a mis gritos. Me martilleaban las sienes, la garganta me quemaba, la piel se me agrietaba bajo el cuero y yo estaba sola... sola...

Sola...

Abrí los ojos y ahogué un sollozo.

La habitación daba vueltas, tenía el estómago revuelto. Me incorporé, me faltaba el aire. Traté de calmarme, pero el sudor me helaba la espalda, reteniendo el terror en mi piel.

Unos escalofríos viscosos se abrieron paso por todo mi cuerpo y me pareció que el corazón me iba a explotar en el pecho.

Me acurruqué en la cabecera de la cama y abracé al muñeco en forma de oruga que me habían regalado mis padres, como cuando era pequeña.

Estaba a salvo. Era otra habitación, en otro lugar, en otra vida...

Pero aquella sensación permanecía. Me aplastaba. Me doblaba sobre mí misma y entonces regresaba allí, a aquella oscuridad. Volvía a ser una niña.

Tal vez aún siguiera siéndolo.

Tal vez nunca había dejado de serlo. Algo se había roto dentro de mí mucho tiempo atrás, se había quedado pequeño, infantil, ingenuo y asustado.

Había dejado de crecer.

Y yo lo sabía… Sabía que no era como los demás, porque seguía creciendo, pero esa parte deformada de mí se había quedado como cuando era pequeña.

Seguía mirando el mundo con los mismos ojos.

Reaccionaba con la misma ingenuidad.

Buscaba la luz en los demás del mismo modo que la había buscado en «Ella» cuando era pequeña, sin llegar a encontrarla jamás.

Era una mariposa cargada de cadenas.

Y posiblemente…

Siempre lo sería.

—Nica, ¿estás bien?

Billie me miraba con la cabeza inclinada y su enmarañada cabellera recogida hacia atrás con una diadema.

Me había pasado toda la noche despierta, tratando de no hundirme en mis pesadillas, y mi rostro lo reflejaba.

La oscuridad no me aportaba paz. Una vez probé a dejar encendida la luz de la mesilla, pero Anna se dio cuenta y, creyendo que había sido por descuido, entró en la habitación y la apagó. No me atreví a decirle que prefería dormir con una luz encendida, como las niñas pequeñas.

—Sí —respondí, tratando de sonar natural—. ¿Por qué?

—No sé…, estás más pálida de lo habitual. —Sus ojos me estudiaron con atención—. Pareces cansada… ¿No has dormido bien?

La ansiedad me tensó como una cuerda. Al momento comencé a sentir una agitación injustificada. Estaba habituada a aquella clase de reacciones, a menudo me asaltaban preocupaciones exageradas que alimentaban mi parte más frágil e infantil. Siempre ocurría así cuando se trataba de «aquello».

Me sudaban las manos, mi corazón parecía a punto de romperse, y solo tenía ganas de volverme invisible.

—Todo va bien —respondí con un hilo de voz. Me pregunté si habría sonado convincente, pero Billie parecía habérselo creído de verdad.

—Si quieres, puedo darte la receta de una infusión relajante —me propuso—. La abuela me la preparaba cuando yo era una niña… ¡Después te la envío por el móvil!

Cuando Anna me regaló el móvil, Billie enseguida me propuso que nos intercambiáramos los números y me dio algunas indicaciones sobre cómo configurarlo.

—Te pondré una mariposa —dijo cuando guardó mi nombre en su agenda—. Son emojis —me explicó con su habitual desparpajo…—. ¿Ves? La abuela tiene el rodillo de amasar. A Miki le puse un panda, aunque la muy ingrata no se lo merezca. Ella me ha puesto la caquita…

Había tanto por aprender que de momento apenas era capaz de enviar un mensaje sin liarla.

—¿Habéis acabado de cotillear? —exclamó una voz indignada—. No os he traído aquí para pasar el rato. ¡Esta es una clase como otra cualquiera! ¡Silencio!

La cháchara fue perdiendo intensidad. El profesor Kryll escrutó uno por uno a los estudiantes que atestaban el laboratorio. Nos ordenó que nos pusiéramos las gafas protectoras y prometió suspender a aquellos que no utilizaran correctamente los instrumentos.

—¿Por qué escribes la dirección de tu casa en la tapa de los libros? —me preguntó en susurros Billie, mientras yo empujaba mi libro de Biología hacia una esquina de la mesa que compartíamos.

Me quedé mirando la etiqueta con mi nombre, el curso, el año y todo lo demás.

—¿Por qué? ¿Es raro? —repuse desconcertada, acordándome de con cuánta felicidad escribí las señas de casa—. Así, si lo pierdo, sabrán de quién es, ¿no?

—¿Y no bastaba con el nombre? —replicó ella entre risas, haciendo que me sonrojase.

«Podrían confundirse…».

—¿Estáis preparados? —bramó Kryll, atrayendo para sí todas las miradas.

Me puse las gafas y me acomodé el pelo detrás de las orejas. Una parte de mí se sentía electrizada. ¡Nunca había hecho una práctica de laboratorio!

Me coloqué los guantes de plástico y analicé la sensación que me producían en los dedos.

—Espero que no nos haga destripar anguilas como la última vez —murmuró alguien a mi espalda. Enarqué una ceja esbozando una sonrisa indefinida.

«¿Destripar?».

—Bien —anunció Kryll—, ya podéis dejar el material sobre la mesa.

Me volví hacia mi lado y allí había una carpeta que tenía atado un bolígrafo con un cordel. La cogí mientras él añadía:

—Y recordad: el bisturí no corta los huesos.

—¿El bisturí no corta… qué? —pregunté ingenuamente, antes de cometer el error de mirar hacia abajo.

Se me puso la carne de gallina y sentí un espasmo terrorífico.

El cadáver de la rana yacía con las patas abiertas sobre una tabla de cortar metálica.

La miré horrorizada mientras la sangre abandonaba mi rostro. De pronto fui consciente de lo que estaba sucediendo: delante de donde yo estaba, dos chicos examinaban la fila de los cuchillos como si fueran avezados carniceros; algo más allá, una chica se ajustaba los guantes emitiendo un chasquido; al lado de la puerta, otro chaval, inclinado hacia delante, con toda certeza no estaba haciéndole el boca a boca a su rana.

«¡Socorro!».

Me volví un momento y vi a Kryll saliendo de lo que tenía toda la pinta de ser una sala de torturas: un trastero en cuyo interior distinguí frascos, ampollas, expositores abarrotados de mariposas flotando, coleópteros, ciempiés y cigarras.

Se me revolvió el estómago.

Billie alzó el bisturí, sonriente.

—¿Quieres cortar tú primero? —me propuso, como si estuviéramos hablando de una empanada.

En aquel punto, tuve claro que me encontraba mal.

Me sujeté a la mesa y la carpeta se me escurrió de las manos.

—Nica, ¿qué te pasa? ¿Estás bien? —me preguntó.

Alguien a mi espalda se volvió para mirarme.

—Yo… No —musité pálida, tragando saliva.

—Te has puesto de color verde… —comentó mientras me examinaba—. Nica, te dan miedo las ranas, ¿verdad? ¡Tranquila, que está muerta! ¡Bien-muer-ta! ¿Lo ves? ¡Te lo demostraré!

Y empezó a pincharla con el bisturí mientras yo la observaba espantada. Las gafas se me empañaron con mi propia respiración y por primera vez en mi vida recé para que me castigaran y me expulsaran de clase.

No, aquello no. No podría hacerlo. No podría hacerlo de ninguna de las maneras…

—No me lo puedo creer, la defensora de los caracoles tiene miedo de una ranita…

Justo en la mesa de detrás, reconocí al chico con el que había coincidido en el murete y también en el centro comercial.

Esbozó una sonrisa, con las gafas protectoras subidas en la cabeza.

—Hola, chica caracol.

—Hola… —musité.

Me miró como si quisiera decirme algo, pero al instante Kryll nos increpó para que volviéramos al trabajo.

—No te preocupes, Nica, yo me encargo —me dijo Billie tranquilizándome, al ver que estaba usando la carpeta como escudo—. ¡Está claro que nunca habías hecho una práctica de laboratorio! No tiene por qué darte vergüenza, ¿eh? ¡Es un juego de niños! Yo corto y tú escribes lo que pasa.

Asentí a duras penas, echando un vistazo a mi alrededor.

—¡Bien! Vamos allá… ¡Cuidado con las salpicaduras!

Escondí el cuello entre los hombros, mientras un sonido viscoso me taladraba los oídos. Me acerqué la carpeta al rostro para ver solo la hoja en blanco.

—¡Ahí está! ¡Eso es el corazón! ¿O es un pulmón? Madre mía, qué blandito… ¡Qué color tan extraño tiene! Mira aquí, qué cosa… Nica, ¿estás tomando notas?

Moví con rigidez la cabeza en señal de asentimiento, al tiempo que escribía convulsivamente.

—¡Oh, Dios mío…! —La oí murmurar.

Seguí en otra página con letra nerviosa, de hormiga.

—Oh, es tan viscoso. ¿No oyes ese ruido como a húmedo que hace…? Puaj…

Puede que fuera la providencia. El destino. La salvación.

Fuera lo que fuese, llegó bajo la forma de un pedazo de papel.

Lo vi sobre la mesa, justo a mi lado.

Cuando lo abrí con gesto nervioso, vi que en su interior solo había un par de letras.

«¡Ey!».

Alguien se aclaró la garganta y me volví. El chico estaba de espaldas, pero observé que la esquina de una página de su cuaderno estaba rasgada.

Entreabrí los labios, indecisa, pero me llevé un buen sobresalto antes de poder decir nada.

—¡Dover! —gritó el profesor y yo puse los ojos como platos—. ¿Qué tienes ahí?

Todos se me quedaron mirando.

«¡Oh, no!».

—¿D… dónde?

—¡Ahí! ¡Tienes algo, te he visto!

Se acercó a paso veloz y empezó a mirar frenéticamente a mi alrededor. Me asaltó el pánico.

¿Qué dirían Anna y Norman si supieran que no estaba atenta en clase? Que me habían pillado con un papelito en la mano…

No supe qué hacer. No razoné. Vi al profesor venir hacia mí hecho una furia, y en un arranque de desesperación, le di la espalda y me metí el papel en la boca.

Mastiqué como una obsesa, dándole caña como pocas veces había hecho en mi vida de privaciones.

Y como si no hubiera límite para la vergüenza, me encontré cara a cara al chico que me lo había pasado, que se había vuelto hacia mí y me vio engullirlo bajo su atónita mirada.

Al final, por lo menos logré salir viva del trance.

Kryll no se había quedado convencido cuando vio que no tenía nada en las manos. Me lanzó una mirada suspicaz y me ordenó que no volviera a distraerme y que siguiera con la tarea.

Me pregunté qué pensaría si me viera en ese momento, mientras me alejaba rápidamente por la acera, rodeándome el torso con los brazos como si me doliera la barriga.

Cuando estuve lo bastante lejos, eché un vistazo furtivo a mi espalda.

Estaba junto al puente, allí la hierba descendía en pendiente hasta el río. Me arrodillé y abrí la cremallera de la sudadera.

El escarabajo revoloteaba dentro del tarro que sostenía en mis manos. Lo observé a través de los mechones de pelo que me enmarcaban el rostro.

—No te preocupes —le confié como si fuera un secreto entre ambos—, ya te he sacado de allí.

Quité el tapón y puse el tarro en el suelo. Él se quedó al fondo, demasiado aterrorizado para salir.

—Vamos —le susurré—, antes de que alguien te vea…

Volqué el tarro y el escarabajo cayó entre las briznas, pero no se movió. Lo estuve observando. Era pequeño, distinto. A muchos les habría parecido desagradable, espeluznante, pero a mí solo me despertaba piedad. La mitad de la gente ni habría reparado en él porque era insignificante, pero otros lo hubieran matado porque era demasiado feo a sus ojos.

—No puedes quedarte aquí… Te harán daño —le susurré amargamente—. La gente no entiende… Tiene miedo. Te aplastarán solo para no tener que pasar por tu lado.

El mundo no estaba acostumbrado a ver a los seres diferentes como nosotros. Nos encerraba en instituciones simplemente para olvidarnos, para mantenernos lejos, para desentenderse de nuestra existencia, porque así resultaba más cómodo. Nadie quería tenernos cerca, el mero hecho de vernos les molestaba.

Yo lo sabía demasiado bien.

—Vamos…

Rasqué un poco la tierra que había junto a sus patitas y entonces abrió las alas, se elevó por los aires y desapareció ante mis ojos. Suspiré y sentí el corazón más liviano.

—Adiós.

—Cielos… Parece que hablar solo no es un derecho exclusivo de los locos.

Escondí el tarro. No estaba sola. Dos chicas me observaban, burlonas y compasivas a la vez. Reconocí a una de ellas: era la que le había regalado la rosa a Rigel. Su cabello reluciente y sus manos extremadamente cuidadas eran las mismas que había visto a través de la ventana.

Cuando nuestras miradas se encontraron, me sonrió con algo de piedad en su rostro.

—Así ahuyentas hasta a las palomas.

Sentí una punzada de vergüenza en el estómago. ¿Me habría visto llevándome a una criatura del laboratorio? Esperaba que no, de lo contrario podría tener serios problemas.

—No estaba haciendo nada —dije atropelladamente. Mi voz sonó débil y demasiado aguda, y ellas estallaron en una carcajada.

Enseguida me percaté de que lo que les divertía no era lo que había hecho, sino mi persona.

Se reían de mí.

—«No estaba haciendo nada» —repitió la otra, imitándome con una voz ridícula—. Pero ¿cuántos años tienes tú? Pareces una niñita salida de la escuela elemental.

Se fijaron en mis tiritas de colores y yo volví a sumirme en mis inseguridades, como me sucedía cuando era pequeña.

Pensé que tenían razón. Me empequeñecí hasta sentirme una niña en comparación con ellas, un animalillo insulso y extraño con las manos llenas de arañazos, y la piel grisácea y apagada como la de una criatura grotesca que ha permanecido encerrada demasiado tiempo.

Me habían visto en uno de esos momentos durante los cuales entraba en mi pequeño mundo y no existía nada más vulnerable para mí.

—Los niños del hospicio que hay al fondo de la calle también tienen un amigo imaginario. A lo mejor podrías ir allí, a ver qué te dicen. —Ambas se rieron—. Podéis intercambiaros el zumo… Pero sin pelearos. Vamos, ve con tus amiguitos.

La chica de la rosa le dio una patada a mi mochila.

Sobresaltada, tiré de la correa para recuperarla, pero ella me pisó una mano. El dolor me hizo retirarla de inmediato. La observé desconcertada, incapaz de comprender su actitud. Me miró desde arriba y me hizo sentir patética.

—A lo mejor ellos pueden enseñarte a no escuchar a escondidas. ¿Tus padres no te han dicho que es de mala educación?

—¡Nica!

Una nueva voz se interpuso entre nosotras.

A su espalda, con el puño apretado y el brazo a lo largo del costado, una figura no muy alta nos miraba fijamente.

Era Miki.

—¿Qué estáis haciendo? —inquirió con dureza.

La chica también le sonrió.

—Oh, mira quién está aquí. El Centro Social celebra una convención, no lo sabía. —Se llevó las uñas esmaltadas a los labios—. ¡Qué tierno! ¿Os organizo un té?

—Tengo una idea mejor —respondió Miki—. ¿Por qué no os vais las dos a la mierda?

Algo alteró el rostro de la chica, pero su amiga, en cambio, miró al suelo y se protegió detrás de ella.

—¿Qué has dicho, payasa?

—Eh, vámonos de aquí… —sugirió su compañera.

—¿Es que no hay por aquí ninguna vena que cortar?

—Ya lo creo —replicó Miki—. Precisamente llevo la cuchilla encima, ¿por qué no empezamos con las tuyas?

—Vámonos, venga —volvió a susurrar la otra, tirando con suavidad de la manga de su amiga.

La chica escaneó a Miki de la cabeza a los pies con una mueca de repugnancia.

—Friki inquietante —le dijo despacio, con voz de asco. Se dio media vuelta y siguió caminando por la acera con su amiga, sin mirar atrás. Cuando estuvieron lo bastante lejos, Miki me miró.

—¿Te han empujado?

Alcé la vista y me levanté del suelo.

—No —respondí con suavidad.

Noté que escrutaba mi mirada, con cautela, como si quisiera sondearme, y deseé que no leyera en mi rostro la humillación que sentía.

—¿Y tú qué haces aquí? —le pregunté, tratando se desviar su atención—. ¿Coges el autobús en la parada para volver a casa?

Miki titubeó. Miró hacia el cruce que había a unos veinte metros de donde estábamos.

—Hago que me vengan a buscar al final de la calle —respondió al fin, con cierta reticencia.

Seguí la dirección que habían indicado sus ojos.

—Ah… ¿Y cómo es eso?

Esperaba no haber sonado demasiado entrometida. La verdad era que en aquel momento sentía demasiada vergüenza como para hablar más de la cuenta.

—Lo prefiero así.

Quizá a Miki no le gustaba que los demás vieran quién venía a buscarla o el medio de transporte que utilizaba para regresar a casa. Puede que no se sintiera a gusto, así que respeté su silencio y no hice más preguntas.

—Tengo que irme —dijo cuando le sonó el móvil en el bolsillo.

Miró la pantalla sin desbloquearla y yo asentí, recogiéndome el pelo tras las orejas.

—Entonces nos vemos mañana —le dije a modo de despedida—. Adiós.

Pasó por delante de mí sin más y siguió su camino. La vi alejarse por la acera y alcé mi voz al viento:

—¡Miki!

Se volvió para mirarme.

La observé un instante y entonces…

Sonreí con los ojos serenos, en paz, mientras el viento me agitaba el pelo.

—Gracias.

Miki me correspondió con una larga mirada, sin decir nada. Me observó como si por primera vez desde que me conocía… por fin lograra verme.

Llegué a casa unos minutos más tarde.

La calidez del vestíbulo me abrazó como todos los días. Me sentí mimada, rodeada de calor, a salvo.

Pero me quedé inmóvil al ver la chaqueta de Rigel en uno de los colgadores.

Pensé en él al instante y algo se retorció en mi pecho.

Ahora que ya había cumplido el castigo, tendría que acostumbrarme a tenerlo rondando siempre por allí.

Llevaba toda la mañana tratando de no pensar en él. Recordar su respiración en mi boca me hacía temblar más que nunca.

No era normal que me produjera aquel efecto.

No era normal que siguiera sintiéndolo encima de mí.

No era normal el modo en que su voz me hacía hervir la sangre.

No había nada que fuera normal, probablemente nunca lo había sido.

Habría querido olvidarlo, lavarlo para que se desprendiera de mí. Sacármelo de encima.

Sin embargo, bastaba muy poco para precipitarme de nuevo en aquel cúmulo de sensaciones…

De pronto, el timbre de la puerta me rescató de mis pensamientos.

Sobresaltada, me dirigí hacia el vestíbulo.

¿Quién podría ser a aquellas horas? Anna estaba en la tienda y estaba segura de que Norman no pasaría por casa. Con la convención tan cerca, dedicaba cualquier momento que tuviera libre a preparar su intervención.

Eché un vistazo a través del cristal esmerilado y abrí.

Me encontré delante a la última persona que habría esperado ver.

—Hola… —El chico levantó una mano en señal de saludo.

Era él. El laboratorio. El centro comercial. El caracol.

Me lo quedé mirando desconcertada. ¿Qué estaba haciendo él allí?

—Disculpa que irrumpa aquí de este modo… Hum… ¿Molesto? —preguntó rascándose el cuello.

Negué con la cabeza, estupefacta por aquella inesperada visita.

—Muy bien. Yo… solo he pasado para darte esto —dijo, tendiéndome algo—. Espero no haber interrumpido nada, pero… te olvidaste esto en el laboratorio.

Era mi libro de Biología. Lo cogí con cautela, sorprendida de mí misma.

¿Cómo era posible? ¿Me lo había olvidado? Estaba segura de que la mesa estaba vacía cuando salí del laboratorio. ¿Podía ser que, con las prisas por llevarme el tarro, no lo hubiera visto?

—La dirección estaba en la cubierta y, bueno…, resulta que tenía que pasar por aquí cerca…

Me pregunté qué me estaba pasando. Nunca en mi vida me había permitido el lujo de distraerme hasta el punto de ir perdiendo cosas por ahí.

Primero la foto y ahora el libro…

—Gracias —respondí, apretándolo entre mis dedos. Él se quedó quieto cuando mis ojos claros se posaron delicadamente en los suyos. Bajé el mentón y me toqué la nariz con la punta del dedo—. Últimamente lo pierdo todo —bromeé algo nerviosa, tratando de desdramatizar aquella nueva situación en la que nunca me había encontrado hasta ese momento—, no sé dónde tengo la…

—Soy Lionel.

Alcé el rostro y él pareció cortarse. Desvió la mirada al suelo un instante antes de dirigirla de nuevo a mí.

—Me llamo Lionel. Después de todo, ahora que lo pienso, aún no nos hemos presentado.

Tenía razón. Abracé el libro con cierta timidez.

—Yo soy Nica —respondí.

—Sí, ya lo sé.

Esbozó una sonrisa al tiempo que señalaba la etiqueta de la cubierta.

—Oh, claro.

—Vale, sin duda es un paso adelante. ¿No te parece? Ahora al menos sabes cómo me llamo. Por si hay algún caracol en los alrededores…

Se rio y yo arrugué la nariz al tiempo que se dibujaba una sonrisa entre mis mejillas.

Su amabilidad me impresionó como un fresco golpe de viento. No podía dejar de pensar en su altruismo al venir hasta aquí, donde vivía, solo para traerme el libro.

Lionel tenía una espesa mata de cabello rubio y una sonrisa abierta, que también se extendía a sus iris de color avellana. Había algo espontáneo en aquellos ojos. Algo que me infundía serenidad.

Pero de pronto su mirada cambió.

Apartó los ojos de mí y miró a mi espalda.

Un leve movimiento del aire bastó para que lo entendiera. Al cabo de un instante, unos dedos esbeltos se apoyaron en el marco de la puerta, justo por encima de mi cabeza. Una mano pálida con las muñecas anchas y bien definidas activó una alarma intermitente en mi cabeza. Me quedé helada y cada centímetro de mi piel reaccionó a su presencia.

—¿Te has perdido?

Dios mío, su voz. Aquel timbre grave e insinuante. Resonó en mis oídos, tan cerca que me provocó un ardiente escalofrío.

Sujeté con fuerza el libro y deseé al instante que se alejase de mí.

—No, yo… En realidad, pasaba por aquí. Soy Lionel —dijo, mirando a Rigel con cierta desconfianza—. También voy a la Burnaby.

Rigel no respondió y aquel silencio tan incómodo me estrujó la piel. Me mordí los carrillos y tomé la iniciativa:

—Lionel me ha traído un libro que me dejé olvidado.

Sentí la mirada de Rigel en mi nuca.

—Qué amable.

Lionel encogió un poco la cabeza y lo miró detenidamente.

La aparición de Rigel siempre creaba un extraño desorden en las personas, una turbación difícil de explicar.

—Sí… Mi clase y la de Nica comparten las horas de prácticas con el profesor Kryll. Somos compañeros de laboratorio —explicó, mirando a

Rigel como si fuera un punto al que quisiera llegar—. ¿Y… tú? —inquirió con las manos en los bolsillos.

«¿Y tú, por cierto? ¿Quién eres?», parecía estar preguntándole.

Rigel apoyó la muñeca en la puerta, miró a Lionel por debajo de sus oscuras cejas y esbozó una media sonrisa, dando muestras de una insolente seguridad. En ese instante, me percaté de que no llevaba puesta una sudadera ni un jersey, sino una simple camiseta ajustada al pecho, bajo la aureola de su cabellera morena.

—¿No lo adivinas?

Lo dijo del modo en que solía decir las cosas: sagaz, ambiguo, como si el hecho de encontrarlo en casa conmigo se prestara a distintas interpretaciones.

Intercambiaron una mirada que no supe descifrar, pero cuando Rigel me miró a mí, su expresión parecía dejar claro que había dicho la última palabra.

—Anna está al teléfono —dijo—, quiere hablar contigo.

Al mirarlo, fui consciente de lo cerca que estábamos el uno del otro. Me hice a un lado para mantenerme a distancia de él y eché un vistazo al salón.

¿Anna estaba esperando para hablar conmigo?

—Gracias de nuevo por el libro. De verdad —farfullé, sin saber qué más decirle a Lionel—. Ahora tengo que responder… ¡Hasta pronto!

Me despedí con bastante prisa antes de salir corriendo a atender la llamada. Él se me acercó y me dio la impresión de que estaba a punto de decir algo, pero la voz de Rigel se anticipó.

—Ya nos veremos, Leonard.

—A decir verdad, es Lionel…

Pero solo se oyó el ruido seco de la puerta al cerrarse.

11

Mariposa blanca

> Hay un misterio en cada uno de nosotros.
> Es la única respuesta a todo cuanto somos.

Siempre había pensado que Rigel era como la luna.

Una luna negra que preservaba su lado oculto a los ojos de todos. Resplandecía en su oscuridad hasta ensombrecer incluso las estrellas.

Pero me equivocaba.

Rigel era como el sol.

Inabarcable, ardiente, inalcanzable.

Quemaba la piel.

Dejaba marcas en el rostro.

Desnudaba mis pensamientos y sembraba en mi interior sombras que lo envolvían todo.

Cuando llegaba a casa, su chaqueta siempre estaba allí. Hubiera querido decir que me resultaba indiferente, pero sería mentirme a mí misma.

Todo era distinto cuando él estaba cerca.

Mis ojos lo buscaban.

Mi corazón se hundía.

Mi mente no me daba tregua y el único modo de no encontrarme con aquella mirada perturbadora era encerrarme en mi habitación todo el tiempo, hasta que Anna y Norman regresaban.

Me ocultaba de él, pero lo cierto era que había algo que me atemorizaba mucho más que su mirada cortante o su temperamento glacial e impredecible.

Algo que se agitaba en mi pecho, aunque nos separasen paredes y ladrillos.

Pero una tarde decidí dejar a un lado mis recelos y bajar al jardín para disfrutar un poco del sol.

Aquí el mes de febrero era benigno, claro y fresco; nunca teníamos inviernos excesivamente rigurosos en la zona. A aquellos que como yo habían nacido y vivido al sur de Alabama no les resultaba difícil imaginarse estaciones tan suaves: árboles desnudos y calles mojadas, nubes blancas sobre un cielo cuyos amaneceres ya olían a primavera.

Me encantó volver a sentir la hierba bajo mis pies descalzos.

El sol dibujaba un encaje de luces sobre el prado mientras yo estudiaba a la sombra de un albaricoque, recobrando una pizca de serenidad.

De pronto, un ruido llamó mi atención.

Me puse en pie y me acerqué, intrigada, pero en cuanto descubrí el origen de aquel sonido, vi que no se trataba de nada prometedor.

Era un abejorro. Una de sus patitas estaba atrapada en el barro y, cuando trataba de volar, las alas producían un zumbido.

Pese a toda mi delicadeza, no pude evitar mirarlo con miedo en los ojos, por primera vez estaba indecisa frente a un bichito en apuros. Las abejas me encantaban, con sus patitas rechonchas y sus collares peludos, pero los abejorros siempre me habían infundido cierto temor.

Unos años atrás, me había llevado un buen picotazo; me dolió durante días y no me apetecía demasiado revivir aquel dolor.

Pero él seguía agitándose de un modo tan inútil y desesperado que mi parte más tierna se impuso. Me acerqué sin tenerlas todas conmigo, me debatía entre el miedo y la compasión. Traté de ayudarlo con un palito, tensa, pero salí corriendo al tiempo que profería un gritito agudo en cuanto volvió a emitir aquel zumbido cavernoso. Regresé con el rabo entre las piernas, afligida pero dispuesta a ayudarlo de nuevo.

—No me piques, por favor —le imploré mientras el palito se rompía en el barro—, no me piques…

Cuando por fin logré liberarlo, noté una sensación de alivio en el pecho. Por un instante, casi tuve ganas de sonreír.

El insecto emprendió el vuelo.

Y yo me puse pálida.

Tiré el palito y eché a correr como una loca; oculté el rostro entre las manos, gritando de un modo vergonzoso y pueril. Tropecé con mis propios pasos y perdí el equilibrio en las baldosas del caminito. Me habría caído si alguien no me hubiera cogido de las manos en el último momento.

—Pero ¿qué…? —oí a mi espalda—. ¿Estás loca?

Me volví de golpe, desconcertada, sin soltar las manos que me sujetaban. Alguien me estaba mirando con el semblante pálido.

—¿Lionel?

¿Qué estaba haciendo él en el jardín de casa?

—Te lo juro —exclamó embarazado—, no te estoy persiguiendo.

Me ayudó a incorporarme y yo me sacudí un poco de tierra que me había quedado en la ropa, sorprendida de que estuviera allí. Señaló la calle.

—Vivo aquí cerca. Unas manzanas más allá. Iba por la acera y te he oído gritar. Me he llevado un buen susto —dijo en tono recriminatorio, mirándome con severidad—. ¿Se puede saber qué te traías entre manos?

—No, nada. Había un insecto… —dije, saliéndome por la tangente mientras buscaba el abejorro con la mirada—. Y me he asustado.

Él me observó enarcando una ceja.

—Y… ¿no podías matarlo, en lugar de gritar?

—Pues claro que no. ¿Qué culpa tiene él de que me dé miedo? —fruncí el ceño, más bien irritada.

Lionel se me quedó mirando sorprendido.

—¿Estás… bien, en cualquier caso? —me preguntó, dirigiendo la vista hacia mis pies descalzos.

Asentí despacio y al parecer él creyó que no había más que añadir.

—Vale —se limitó a murmurar, antes de concentrar la mirada en un punto indeterminado de sus zapatos. Irguió la cabeza con gesto decidido y me echó un último vistazo.

—Entonces… adiós.

En cuanto dio media vuelta, me percaté de que ni siquiera le había dado las gracias. Lionel había evitado que me cayera, había corrido a comprobar si estaba bien.

Había sido muy amable conmigo en todo momento.

—¡Espera!

Se volvió. De pronto me pareció que estaba yendo hacia él con demasiado entusiasmo.

—¿Te…? ¿Te apetece un polo?

Se me quedó mirando perplejo.

—¿En… invierno? —inquirió, pero yo asentí con la cabeza sin inmutarme.

Me observaba, como si estuviera sondeándome en profundidad. Y por fin llegó a la conclusión de que le estaba hablando en serio.

—Vale.

—Polos en febrero —comentó Lionel mientras yo picoteaba el mío, la mar de contenta.

Estábamos sentados en la acera y yo le había cedido el de manzana verde.

Adoraba los polos. Desde que Anna lo había descubierto, me compraba los que llevaban animalitos de gominola congelados en el interior y yo me los quedaba mirando fascinada, incapaz de expresar hasta qué punto los adoraba.

Lionel y yo estuvimos charlando un rato. Le pregunté dónde vivía, si él también pasaba por el puente sobre el río entre el vocerío de los obreros.

Descubrí que era fácil hablar con él. De vez en cuando, me interrumpía a mitad de una frase, pero yo no le daba demasiada importancia.

Me preguntó cuánto hacía que había llegado, si me gustaba la ciudad y, mientras le respondía, me pareció que me miraba con el rabillo del ojo.

En un momento dado, también me preguntó por Rigel. Noté que se me tensaban los nervios cuando me hizo la pregunta, como cada vez que él salía en una conversación.

—Al principio no creía que fuera tu hermano —me confesó, después de que yo le explicara de forma vaga que era un miembro de mi familia. Se quedó mirando el cocodrilo de gominola que sostenía en la palma de la mano antes de comérselo.

—¿Quién creías que era? —le pregunté.

Traté de no pensar en cómo lo había llamado. Cada vez que decían que era mi hermano, me entraban ganas de rascar con las uñas la primera superficie que tuviera a mi alcance.

Lionel se rio con ganas mientras sacudía la cabeza.

—Da igual —dijo, cambiando de tema tranquilamente.

No me preguntó por mi infancia. Y yo no mencioné el Grave en ningún momento. Ni el hecho de que el chico que estaba dentro de casa en realidad no era mi hermano.

Por una vez, resultaba agradable poder fingir que era normal, sin más. Nada de instituciones ni de directoras, nada de colchones agujereados y flácidos que arañaban la espalda

Simplemente… Nica.

—¡Espera, no lo tires! Lo frené en seco cuando Lionel estaba a punto de romper el palito de su helado. Me miró perplejo mientras yo se lo arrebataba de la mano.

—¿Por qué?

—Los guardo —dije con un hilo de voz.

Él se me quedó mirando entre divertido e intrigado.

—¿Para qué? ¿No serás una de esas que construyen maquetas a escala en su tiempo libre?

—Oh, no. Les entablillo las alas a los pájaros cuando se lastiman.

Lionel me miró atónito y, a continuación, pareció decidir que estaba bromeando y se rio.

Me observó mientras me levantaba y me sacudía la tierra de detrás de los vaqueros, pensativo, silencioso por un momento.

—Oye, Nica…

—¿Sí…? —pregunté sonriente mientras me volvía hacia él.

Mis iris lo inundaron como un océano de plata que lo pilló por sorpresa. Vi el reflejo de mis grandes ojos envolviendo los suyos y por un momento me dio la sensación de que era incapaz de decir nada.

Cerró los labios y me miró con extrañeza.

—Tú… tú tienes unos ojos que… —balbució algo ininteligible y yo arqueé una ceja.

—¿Qué? —pregunté inclinando el rostro.

Sacudió la cabeza, confuso. Se pasó la mano por la cara y desvió la vista.

—Nada.

Me lo quedé mirando sin comprender, pero cuando llegó el momento de despedirnos, ya lo había olvidado. Yo aún tenía que terminar los deberes.

—Nos vemos mañana en la escuela.

Enfilé el caminito y entonces Lionel se percató de que había llegado el momento de marcharse.

Dudó antes de alzar la cabeza.

—Podríamos intercambiarnos los números de móvil —soltó de repente, como si hiciera un rato que lo tenía en la punta de la lengua.

Yo parpadeé y oí que se aclaraba la garganta.

—Sí, verás… así, si un día falto a la escuela, te pido los deberes.

—Pero no vamos a la misma clase —le hice notar inocentemente.

—Ya, pero al laboratorio sí —señaló, insistente—. Puede que me pierda alguna disección importante… Nunca se sabe… Y entonces habría que oír a Kryll… Pero da lo mismo, si no quieres, no importa, ¿eh? Solo tienes que decirlo…

Siguió gesticulando con ganas, y yo no pude evitar pensar que era un poco extravagante.

Sacudí la cabeza para contener aquel río de palabras. Sonreí.

—Está bien.

Aquella tarde Anna regresó antes de lo previsto.

Faltaban un par de días para la convención de los técnicos exterminadores y me dijo que, si necesitaba algo, me lo compraría.

—Solo estaremos fuera un día —me explicó—. Partiremos al amanecer y el vuelo tarda una hora y media. Regresaremos a casa después de cenar, probablemente alrededor de medianoche. Tu móvil funciona bien, ¿verdad? ¿Has tenido problemas para llamar? Si surge cualquier cosa…

—Estaremos bien —le aseguré con voz afectuosa, deseando no arruinar aquel evento tan importante que Norman llevaba esperando hacía años—. Sabremos apañárnoslas, Anna, no tienes que preocuparte de nada. Rigel y yo…

Entonces me bloqueé. Su nombre se me clavó en la garganta como una esquirla de vidrio.

De pronto, fui consciente de que tendría que quedarme sola con él en la casa durante todo un día. Con su única presencia llenando el silencio de las habitaciones. Únicamente con el sonido de sus pasos y aquellos ojos que hacían ruido.

—¿Có… cómo? —dije estremecida, volviendo a la realidad.

—¿Podrías ir a llamar a Rigel? —me repitió Anna, mientras ponía en la despensa algunos envases de tomate triturado—. Quisiera hablar también con él…

Me puse en tensión, inmóvil. La idea de ir a buscarlo, acercarme a él o volver a estar delante de su puerta me paralizaba de la cabeza a los pies.

Pero ella me estaba mirando y solo pude apretar los labios.

«Seré valiente», susurró una vocecita en mi interior.

Anna no sabía nada de la controvertida relación que manteníamos Rigel y yo.

Y tenía que seguir siendo así.

O me arriesgaría a perderla…

Me volví de un modo casi mecánico y, sin decir nada, me dispuse a satisfacer su petición.

Rigel no estaba en su habitación. La puerta estaba entreabierta y él no se encontraba allí.

Lo busqué por toda la casa sin encontrarlo, asomándome a las habitaciones de puntillas, hasta que la lógica me condujo fuera.

Los últimos rayos del crepúsculo incendiaban los capullos de las gardenias. Unas ramas oscuras se recortaban contra todo aquel naranja, como si fueran la arteria y los capilares de un cielo bellísimo.

Recorrí el porche, con los pies descalzos besando la madera, y me detuve en cuanto lo vi.

Estaba en el jardín trasero.

Me daba la espalda. La luz crepuscular bañaba su ropa y vertía sobre su pelo reflejos oscuros e inesperados, como de sangre arterial.

Solo conseguí ver un estrechísimo segmento de su rostro. Estaba rodeado de un silencio tan perfecto que me sentí como una intrusa. Me quedé mirándolo desde lejos, como había hecho siempre, y no pude evitar preguntarme por qué estaría allí.

Sí, precisamente allí, en medio de aquel sosiego, con una mano metida en el bolsillo del pantalón y aquel jersey que le venía algo grande en el cuello; sus suaves hombros y una brisa ligera acariciándole las muñecas…

«Lo estás mirando demasiado —me advertía una parte de mí misma—. Lo estás mirando demasiado. Y no debes».

Pero antes de poder desviar la mirada, un aleteo en el aire captó mi atención.

Una mariposa blanca revoloteó por el jardín, danzando de aquí para allá. Se deslizó por entre las ramas del árbol y de pronto se posó en el jersey de Rigel. Permaneció suspendida a la altura del corazón, ingenua y valerosa. O tal vez simplemente loca y sin esperanza.

De pronto, alcé la mirada hacia él y mis ojos lo observaron inquietos, apremiantes.

Rigel inclinó la cabeza. Sus pestañas le acariciaron los marcados pómulos mientras miraba hacia abajo y la observaba, con las alas desplegadas para capturar el calor, frágil e incauta bajo sus ojos.

Alzó un brazo. Y, antes de que la mariposa pudiera salir volando, le puso la mano encima y la aprisionó entre sus dedos.

El corazón me dio un vuelco.

Con un gran peso en el pecho, esperaba el momento en que la aplastaría. Esperaba oír el chasquido que produciría al ahogarla, como ya había visto hacer a tantos niños en el Grave.

Estaba tan tensa que me pareció que era a mí a quien estrujaba con la palma de su mano. Esperé y esperé y…

Rigel abrió los dedos.

La mariposa estaba allí. Trepó a lo largo de su mano, inocente y despreocupada, y él la observaba, con el crepúsculo en los ojos y el viento agitándole el cabello.

Vio que echaba a volar. Su mirada ascendió hacia el cielo y el sol compuso para mí un espectáculo jamás visto.

Cuando lo miré de nuevo, envuelto en aquella luz cálida y purísima que jamás pensé que podría llegar a acariciarlo… A él, que solo parecía estar hecho para sombras y agujeros negros, grisuras y tinieblas. Había llegado a creer que así era perfecto, un ángel exiliado que no puede ser otra cosa que lo que es, un bellísimo Lucifer condenado a maldecir el paraíso por toda la eternidad.

Pero en aquel momento…

Mirándolo a la luz de aquel gesto, con aquellos colores tan vívidos, suaves y cálidos, comprendí que jamás lo había visto tan espléndido como en ese instante.

«Lo estás mirando demasiado —me susurró el corazón—. Siempre lo has mirado demasiado, a él, que es el fabricante de lágrimas, la tinta que entreteje el cuento. No debes, no debes». Y yo contraje las manos. Contraje los brazos. Me contraje, antes de hacerme pedazos al mirarlo.

—Rigel.

Vi que cerraba los párpados. Volvió la cabeza y me miró por encima del hombro con sus iris profundos.

Entonces sentí como si volaran en mi interior, excavando abismos en mis entrañas sin que yo les hubiera dado permiso.

Me incendiaron la piel y me arrepentí de todo el tiempo que había gastado contemplándolo, me arrepentí de no ser capaz de sostenerle la mirada sin sentir que se estaba apropiando de algo mío.

—Anna te está buscando.

«Siempre lo has mirado demasiado».

Me alejé a toda prisa, huyendo de aquella visión. No obstante, tenía la impresión de que una parte de mí seguía allí, atrapada para siempre en aquel instante.

—Ya viene —le dije a Anna antes de salir de la cocina.

Era presa de emociones indefinibles que no sabía cómo conjurar.

Me esforcé en recordar que había destrozado la rosa, me había desterrado de su habitación, me había advertido que me mantuviera fuera de su vista en todo momento. Recordé el desdén, la dureza y el desprecio que tantas veces reflejaban sus ojos, y me asustaba que a pesar de todo ello no quisiera dejarme en paz.

Habría debido despreciarlo. Desear que desapareciera. Sin embargo... Sin embargo...

No dejaba de buscar la luz.

No era capaz de rendirme.

Rigel era enigmático, cínico y engañoso como un diablo. ¿Qué más pruebas necesitaba antes de renunciar?

Pasé el resto del día en mi habitación, atormentada por mis pensamientos.

Después de cenar, Anna y Norman propusieron que diéramos un paseo por el barrio, pero yo rehusé. No habría podido disfrutar de su compañía ni mostrarme sonriente y despreocupada como hubiera querido, así que los vi partir con un punto de melancolía.

Me demoré en los escalones antes de decidirme a subir.

Cuando por fin me dirigía al piso superior, de repente, en el aire empezaron a difundirse unos acordes celestiales.

Las piernas dejaron de obedecerme, al igual que los pulmones.

Una melodía encantadora cobró vida a mi espalda y todo lo demás se convirtió en una partitura sobre la cual las notas iban plasmando los acelerados latidos de mi corazón.

Me volví hacia donde estaba el piano.

Era como si una infinidad de telarañas invisibles me ataran los huesos. Tendría que haber regresado arriba, dejarme guiar por el sentido común, pero... mis pies me condujeron al umbral de aquella sala.

Lo encontré allí, de espaldas, con su cabello negro destacando a la luz de la lámpara. Sobre el piano había un bonito jarrón de cristal en el que Anna había dispuesto un ramo de flores. Distinguí sus manos inmaculadas moviéndose por el teclado con gestos fluidos y expertos, fuente de aquella magia invisible. Me quedé embelesada mirándolo, consciente de que él no había reparado en mi presencia.

Siempre me había dado la impresión de que quería decir algo a través de lo que tocaba.

Que, por muy silencioso que Rigel supiera ser, de algún modo, aquella era su forma de hablar. En sus notas había un lenguaje mudo que yo nunca había sabido interpretar, pero en esa ocasión… deseaba poder comprender lo que susurraban.

Jamás lo había oído interpretar piezas animadas o festivas. En sus melodías siempre había algo desgarrador e indefinido que te rompía el corazón.

En un momento dado, Klaus saltó sobre el piano. Se acercó a Rigel y lo olfateó con la cabeza gacha, como si creyera reconocerlo.

Los dedos se pararon lentamente. Rigel volvió el rostro hacia el gato, estiró la mano y lo sujetó por el cogote para hacerlo bajar.

De pronto, tensó los hombros. Al instante hundió brutalmente los dedos en el pelaje de Klaus y este se revolvió y lanzó un bufido, pero no sirvió de nada, Rigel se incorporó de un salto e hizo volar al gato. Este salió despedido, arañando las teclas del piano y tumbando el jarrón, que cayó al suelo provocando un ruido ensordecedor. El cristal estalló hecho añicos y la violencia de la que acababa de ser testigo hizo que el corazón se me saliera por la garganta.

Estaba aterrorizada. Aquel momento de paz había acabado hecho pedazos con una furia ciega. Retrocedí atropelladamente y hui escaleras arriba mientras en la sala se oían unos sonidos discordantes de fondo.

Dominada por el pánico y con mis propios latidos ofuscándome la mente, retrocedí hasta un recuerdo ya marchito por el paso del tiempo…

—*Me da miedo.*

—*¿Quién?*

Peter no respondió. Era tímido y flaco, le tenía pánico a todo. Pero en esa ocasión, sus ojos murmuraban algo distinto.

—Él…

Aunque yo solo era una niña, supe de quién estaba hablando. Eran muchos los que lo temían, porque Rigel era un caso atípico incluso entre los niños como nosotros.

—Le pasa algo.

—¿Qué quieres decir? —pregunté inquieta.

—Es violento. —Peter se estremeció—. Le pega y le hace daño a todo el mundo por el gusto de hacerlo. A veces lo veo… Arranca la hierba a puñados. Parece fuera de sí. La rasca como si fuera un animal. Es feroz y rabioso, solo sabe hacer el mal.

Tragué saliva y lo miré bajo los mechones de mis trenzas deshechas.

—Tú no tienes nada que temer —le dije con mi vocecita para tranquilizarlo—. Nunca le has hecho nada…

—¿Y por qué tú? ¿Qué le has hecho?

Me mordisqueé las costuras de las tiritas sin saber qué contestarle. Rigel me hacía llorar y desesperar, pero no sabía el porqué. Solo sabía que cada día se parecía más a aquel cuento que nos contaban antes de irnos a dormir.

—Tú no lo ves —susurró Peter con voz espectral—. Tú no lo oyes, pero yo… estoy en la habitación con él. —Se me quedó mirando y la expresión de su rostro me asustó—. No sabes la de cosas que ha hecho pedazos sin motivo. Se despertaba en plena noche y me gritaba que saliera. ¿Has visto cómo sonríe a veces? ¿Esa mueca que hace? No es como los demás. Está desequilibrado y es cruel. Es malo, Nica… Todos deberíamos mantenernos alejados de él.

12

Acrasia

El alma que gruñe, bufa y araña
suele ser la más vulnerable.

«Violento y cruel».

Esa era su definición. Manipulador con aquellos a quienes quería engatusar. Terrible en el reverso de la medalla.

Rigel me mostraba la sangre en sus manos, los arañazos en su rostro, la crudeza en sus ojos cuando le hacía daño a alguien. Me ladraba que me mantuviera alejada de él, mientras que con su sonrisa tenebrosa y burlona parecía desafiarme a que hiciera lo contrario.

No era un príncipe. Era un lobo. Puede que todos los lobos tuvieran aspecto de príncipes espléndidos y delicados; de lo contrario, Caperucita Roja no se habría dejado engañar.

Esta era la conclusión que sabía que debía aceptar.

No había luces.

No había esperanzas.

No con alguien como Rigel.

¿Por qué no era capaz de entenderlo?

—Ya estamos listos —oí que decía Norman.

El día de su partida había llegado demasiado pronto y, mientras colocaba las bolsas de viaje al pie de la escalera, sentí un extraño e inexpresable malestar.

Cuando Anna y yo nos miramos, supe que me sentía así porque iba a tardar en verla de nuevo.

Aunque era consciente de que me estaba excediendo en mi devo-

152

ción hacia ella, verla marchar me provocaba un extraño sentimiento de abandono que me hacía sentir de nuevo como una niña.

—¿Estaréis bien? —preguntó Anna, inquieta.

La idea de dejarnos solos todo un día la tenía preocupada, sobre todo porque nos encontrábamos en una fase delicada de la adopción. Sabía que no era un buen momento para marcharse, pero yo la había tranquilizado diciéndole que nos veríamos de nuevo esa misma noche y que, cuando regresara, nos encontraría aquí.

—Os llamaremos en cuanto aterricemos.

Se ajustó el pañuelo y yo asentí, tratando de sonreír. Rigel estaba detrás, a cierta distancia de mí.

—Hay que darle su comida a Klaus —nos recordó Norman y, a pesar de todo, se me iluminó el rostro.

Miré ansiosa al minino y lo vi lanzarme una mirada torva antes de pasar por mi lado mostrándome el trasero, sin ni siquiera llegar a rozarme.

Anna le dio un suave apretón en el hombro a Rigel y me miró. Me sonrió mientras me acomodaba un mechón tras la oreja.

—Nos vemos esta noche —dijo afectuosa.

Me quedé donde estaba cuando se dirigieron hacia la puerta. Me despedí de ellos desde la escalera, de pie, diciéndoles adiós con la mano antes de que salieran.

El chasquido de la cerradura resonó en el silencio de la casa.

Al cabo de unos instantes, oí un ruido de pasos detrás, pero solo me dio tiempo a distinguir la espalda de Rigel desvaneciéndose en el piso de arriba. Desapareció sin dignarse a mirarme.

Eché un vistazo al punto en el que se había esfumado antes de volverme de nuevo; observé la puerta de entrada y suspiré.

Volverían pronto…

Me quedé allí, en el vestíbulo, como si fueran a reaparecer de un momento a otro. Me encontré sentada en el suelo, con las piernas cruzadas, sin saber exactamente por qué. Tamborileé con los dedos en el parquet, siguiendo un surco de la madera, y me pregunté por dónde andaría Klaus. Estiré la cabeza hacia el salón y lo vi en el centro de la alfombra, lamiéndose una pata. Movía la cabecita arriba y abajo y no pude evitar encontrarlo monísimo.

¿Tendría ganas de jugar?

Me agazapé detrás de la pared y lo espié. Entonces, procurando ocultarme, fui acercándome a gatas hasta donde estaba.

En cuanto me vio, bajó la pata y se volvió para estudiarme; me detuve al instante y me lo quedé mirando como si fuera una pequeña esfinge. Él me correspondió con una mirada iracunda, sacudiendo la cola.

Se dio la vuelta de nuevo y yo seguí gateando hacia él.

Me quedé quieta otra vez en cuanto volvió a girarse. Así dimos comienzo a una especie de juego del «un, dos, tres, al escondite inglés»: él se volvía cada vez para fulminarme con la mirada y yo seguía avanzando como un escarabajo. Pero cuando llegué al límite de la alfombra, Klaus lanzó un maullido nervioso y decidí quedarme quieta.

—¿No te apetece jugar? —le pregunté algo decepcionada, esperando que se girara de nuevo.

Pero Klaus dio un par de coletazos y se fue. Me senté sobre los talones, un poco frustrada, antes de decidirme a subir a mi habitación a estudiar.

Llegué al piso superior preguntándome a qué hora llegarían al aeropuerto Anna y Norman. Estaba inmersa en mis pensamientos cuando algo llamó mi atención; me volví y mi mirada se sintió atraída hacia el centro del pasillo.

Rigel estaba allí, inmóvil, de espaldas, con la cabeza levemente echada hacia delante. Me detuve en cuanto vi que apoyaba una mano en la pared. Reparé en que tenía los dedos contraídos.

¿Qué... estaba haciendo?

Despegué los labios para traspasar el límite de una confianza que no existía entre nosotros.

—¿Rigel?

Me pareció notar que los nervios de su muñeca se tensaban imperceptiblemente bajo la piel, aunque no se movió.

Desplacé la cabeza a un lado, en un intento de verle la cara y, a medida que me iba acercando, oía crujir las viejas tablas bajo mis pies. Cuando estuve lo bastante cerca, me dio la impresión de que había parpadeado.

—Rigel —volví a llamarlo, cautelosa— ¿Estás... bien?

—Estoy muy bien —me espetó con ferocidad dándome la espalda y por poco no di un brinco al oír su voz rechinar entre dientes de aquel modo.

Me detuve, pero no por su tono hostil. No... Me detuve porque aquella mentira era tan insostenible que me impidió marcharme.

Alargué una mano hacia él.

—Rigel…

Apenas había tenido tiempo de rozarlo cuando apartó el brazo de manera brusca. Se volvió de repente, se alejó de mí y me fulminó con la mirada.

—¿Cuántas veces te he dicho que no me toques? —siseó amenazante.

Retrocedí. Lo miré con expresión angustiada y sentí que aquella reacción suya me estaba hiriendo más de lo que me hubiera gustado admitir.

—Yo solo quería… —empecé a decir, preguntándome por qué, por qué no aprendía nunca— asegurarme de que estabas bien.

Me fijé en que tenía las pupilas ligeramente dilatadas.

Pero al cabo de un instante, la expresión de su rostro cambió.

—¿Por qué? —Contrajo la boca en una mueca de descarnada ironía, tan exagerada que él mismo se percató de su exceso—. Ah, claro. —Modificó su rictus, chasqueando la legua, como si lo hiciera a propósito para lastimarme—. Porque tú eres así. Está en tu naturaleza.

Tensé las muñecas. Estaba empezando a temblar.

—Déjalo ya.

Pero él avanzó un paso hacia mí. Se me plantó delante con aquella sonrisa mordiente y venenosa, y prosiguió con despiadada brutalidad.

—Es superior a tus fuerzas, ¿a que sí? ¿Te gustaría ayudarme? —susurró implacable, con las pupilas como agujas—. ¿Te gustaría… «repararme»?

—¡Déjalo, Rigel! —retrocedí por instinto. Tenía los puños apretados, pero siempre era demasiado frágil, demasiado delicada y demasiado impotente—. Es como si siempre hicieras lo posible por… por…

—¿Por…? —repitió, incitándome a seguir.

—Por que te odien.

«Por que te odie yo —hubiera querido exclamar—. Yo, solo yo, como si me estuvieras castigando».

Como si hubiera hecho algo para merecerme lo peor de él.

Cada puya era un castigo; cada mirada, una advertencia. A veces me daba la impresión de que con aquellas miradas quería decirme algo y al mismo tiempo sepultarlo bajo metros de arañazos y espinas.

Mientras lo observaba, engullida por la sombra que proyectaba sobre mí, me pareció ver algo semejante a un brillo en sus ojos, algo que se encontraba debajo y que ni siquiera yo había sido capaz de ver jamás.

—¿Tú me odias? —Su voz, amplificada por la proximidad, me saturó los oídos. Tenía el rostro ligeramente reclinado hacia el mío para compensar la desproporción de nuestras estaturas—. ¿Me odias, *falena*?

Lo miré fijamente a los ojos, alternando un iris después del otro, derrotada.

—¿Es eso lo que querrías?

Rigel cerró lentamente la mandíbula y encadenó su mirada a la mía. Pero al instante desvió la vista por encima de mi hombro y ya no fue necesario oírlo pronunciar aquella única sílaba para conocer la respuesta. No fue necesario escuchar el tono áspero y pausado con que la pronunció, casi como si le costase hacerlo.

—Sí.

Me liberó de su presencia esfumándose escaleras abajo.

Yo me quedé donde estaba, con el eco de aquellas palabras, hasta que el ruido de la puerta de entrada me indicó susurrante que se había ido.

Me pasé todo el día sola.

La casa permaneció silenciosa, como un santuario vacío. Solo el rumor de la lluvia rompió la ausencia de sonidos; el reflejo de las gotas en las ventanas me dibujaba estrías en las piernas y trazaba estelas de cristal en el parquet. Las veía caer con la mirada perdida, sentada en el suelo.

Hubiera querido tener palabras con que explicar cómo me sentía. Liberarlas de mi interior y ponerlas en fila sobre el pavimento como las piezas de un mosaico y verlas encajar de algún modo. Me sentía vaciada.

Una parte de mí siempre había sabido que era imposible que las cosas funcionasen.

Lo supe desde el principio. Desde que puse el pie fuera del Grave. Había albergado muchas esperanzas, como hacía cuando era una niña, porque yo, en el fondo, solo sabía vivir así, sacando lustre y puliendo.

Pero la verdad era que no podía ver más allá de lo que había. La verdad era que, lo mirase por donde lo mirase, aquella mancha negra no desaparecería nunca.

Rigel era el fabricante de lágrimas.

Para mí siempre había estado en el centro de la leyenda. La personificaba. Era el tormento que tantas veces me había hecho llorar de pequeña.

El fabricante de lágrimas era el mal.

Te hacía sufrir, te ensuciaba y te angustiaba hasta arrancarte las lágrimas. Te hacía mentir y desesperar. Así nos lo habían enseñado.

Recuerdo que Adeline no lo veía así. Decía que, si se contemplaba desde otro punto de vista, el cuento podía interpretarse de otro modo. Que no solo encarnaba el mal, porque si las lágrimas eran el precio de los sentimientos, en ellas también había amor, afecto, alegría y pasión. Había dolor, pero también felicidad.

—Eso es lo que nos hace humanos —decía.

Valía la pena sufrir a cambio de tener sentimientos.

Pero yo no compartía su opinión.

Rigel lo despreciaba todo.

¿Por qué no se dejaba perfilar? ¿Por qué no podía bañarlo en oro como hacía con todo lo demás?

Lo haría despacio, con delicadeza, sin hacerle daño. Juntos habríamos podido ser algo distinto, aunque no sabía imaginarme nada que no fuera la forma en que siempre me había mirado.

Pero hubiéramos podido ser un cuento que se mantuviese en pie.

Sin lobos, sin ataques, sin más temores.

Una familia…

Oí el móvil en el escritorio, me avisaba de que tenía un mensaje.

Me hice un ovillo y dejé escapar un suspiro; estaba casi segura de que sería Lionel.

Durante los últimos días, me había escrito varias veces y habíamos hablado mucho. Me había contado un montón de cosas sobre él, sus aficiones, los deportes que practicaba, los torneos de tenis que había ganado… Le gustaba relatarme sus éxitos y, aunque no me preguntaba nada sobre mí, resultaba agradable tener a alguien con quien hablar sin temor a acabar agobiando siempre a Billie.

Pero aquella tarde fue distinto.

Él me había escrito y yo no pude resistirme a hablarle de Rigel.

Lo último que había sucedido se me había quedado clavado como una espina. Le dije la verdad, que en realidad no éramos hermanos. Le dije que no nos unía ningún lazo de sangre y él permaneció en silencio durante un largo momento.

Quizá no tendría que haber hablado tanto de mí misma. Quizá lo había aburrido acaparando toda la atención en mí cuando él me estaba hablando de la última copa que había ganado.

Después había empezado a llover y mi único pensamiento había sido que «él» estaría allí fuera, bajo aquel muro de lluvia. Sin un triste paraguas.

Porque yo, en el fondo, solo sabía vivir así. Sacando lustre y puliendo, incluso si cuanto más lo intentaba, más aristas surgían.

El timbre del teléfono invadió la casa.

Me despabilé de golpe, como si me hubieran echado encima un cubo de agua fría.

Salí de la habitación, pero al instante retrocedí y me llevé el móvil conmigo.

Llegué al salón y me apresuré a contestar.

—¿Diga?

—Nica —dijo una voz cálida—. Hola, ¿va todo bien?

—Anna —exclamé, feliz pero desconcertada.

Me había llamado a la hora del almuerzo para decirme que habían llegado y que allí estaba nevando. No me esperaba volver a oírla de nuevo tan pronto. Estaba segura de haber notado un matiz distinto en su voz y también me percaté de que la línea tenía interferencias.

—Os estoy llamando desde el aeropuerto. Aquí ha empeorado el tiempo. Está nevando con mucha fuerza, ya lleva toda la tarde así, y no prevén que mejore hasta mañana por la mañana. Estamos todos haciendo cola, pero… Oh, Norman, deja pasar al señor. Su maleta… ¡Disculpe! Nica, ¿me oyes?

—Sí, te escucho —respondí tragando saliva al tiempo que oía como si rascaran el teléfono.

—Han cerrado todas las terminales —Rascó de nuevo la línea—, están cancelando los vuelos y ahora estamos esperando a que nos reasignen otro, pero siguen emitiendo una grabación que informa del cierre a causa del mal tiempo… Oh, esper… Nica… ¿Nica?

—Te escucho, Anna —respondí sosteniendo el teléfono con ambas manos, pero su voz se oía lejana y con un doble eco.

—Dicen que no hay vuelos previstos hasta mañana por la mañana —Logré entender lo que me decía, y entonces me llegó la voz de Norman, que estaba discutiendo con alguien—. O al menos hasta que la tormenta no amaine —concluyó, y yo me quedé allí plantada, envuelta en el silencio de la casa, asimilando aquellas palabras—. Oh, Nica, cariño, lo siento mucho… Nunca me hubiera imaginado que… Disculpe, ¿y la cola qué? Hay una cola, ¿no la ve? ¡Me está pisando! Lo sé, os habíamos dicho… ¿Nica? Sé que habíamos dicho que volveríamos esta noche…

—Todo está en orden —me apresuré a decirle a través del auricular para tranquilizarla—. Anna, no te preocupes. Hay comida de sobra.

—¿Has dicho que llueve fuerte? La calefacción está encendida, ¿verdad? ¿Rigel y tú estáis bien?

Sentí que se me secaba la garganta.

—Estamos bien —dije despacio—. La casa está calentita, no tienes de qué preocuparte. Y Klaus ha comido. —Me volví hacia el gato, que estaba descansando al fondo de la estancia—. Se lo ha comido todo y ahora está dormitando en el sillón. —Me esforcé en sonreír, mientras al otro lado oía un preocupante zumbido—. De verdad, Anna… Podéis estar tranquilos. Solo será una noche… Seguro que no tardarán en solucionarlo, pero mientras tanto… no os preocupéis. Nosotros… os esperamos aquí.

Aún hablamos un poco más. Anna me preguntó si sabíamos cerrar el portón con todas las vueltas y me rogó que la llamara si surgía cualquier contratiempo. Estuve disfrutando de todas sus atenciones hasta que llegó el momento de finalizar la comunicación.

Cuando colgué, me encontré envuelta por la oscuridad vespertina.

—Estamos tú y yo, ¿eh? —le murmuré sonriente a Klaus. El gato abrió un ojo y me lanzó una mirada hostil.

Encendí la lámpara y cogí el móvil que había dejado en la mesita. Aún tenía que responderle a Lionel.

Arrugué la frente en cuanto me percaté de que me había enviado una foto. Mientras la abría, un relámpago iluminó las ventanas.

No estaba preparada para lo que habría de suceder a continuación.

Tendría que haberlo percibido. Igual que se percibe el olor de la lluvia antes de que se desate una tormenta.

Tendría que haberlo percibido, como se presienten las calamidades y el desastre que provocarán antes incluso de que sucedan.

De repente, la puerta de entrada se abrió de par en par, dejando entrar una racha de viento helado, y faltó poco para que el móvil se me escurriera de las manos.

Rigel emergió con toda su altura, apretando los puños, empapado y con el pelo cubriéndole la cara. Llevaba los zapatos embarrados y tenía los codos enrojecidos, justo donde las mangas dejaban los antebrazos al descubierto.

Tenía un aspecto terrible. Los labios cianóticos del frío, la ropa chorreando. Cerró la puerta sin mirarme. Yo, en cambio, lo observé, helada e intranquila.

—Rigel…

Se volvió. Y, cuando vi el estado en que se encontraba su rostro, sentí una punzada de dolor en el pecho.

El corte que tenía en el labio me impactó como si acabase de recibir una bofetada. El rojo de la sangre se deslizaba por su lívida mandíbula mezclándose con la lluvia, la ceja partida contrastaba violentamente con la palidez de su piel. Exploré su rostro con ojos aterrados, recorriendo una por una todas sus heridas.

—Rigel —exhalé apenas sin aliento, pero no me salieron las palabras. Lo seguí con la mirada cuando dejó atrás la puerta.

—¿Qué… qué te ha pasado? Estaba tan horrorizada ante la visión de toda aquella sangre que no me fijé en que tenía los nudillos desollados hasta que pasó por mi lado. Aquella visión transformó mi preocupación en un presentimiento, pero no me dio tiempo a razonar… Entró otro mensaje en mi móvil y desvié la vista hacia la pantalla.

La sangre se me heló en las venas, hasta convertirse en espinas y en esquirlas de vidrio que se me clavaban en los huesos de las manos.

Por un instante me faltó la respiración. Sentí que la cabeza me daba vueltas y que el mundo se apagaba hasta desaparecer.

En la pantalla del móvil aparecía el rostro de Lionel, deformado por los golpes y la sangre. Tenía el pelo revuelto y las marcas de puñetazos invadían su piel. Retrocedí un paso, tambaleándome, sobre unas piernas que apenas me sostenían.

Y, en su último mensaje, cada letra era un alfiler clavándose en mis pupilas:

«Ha sido él».

—¿Qué has hecho…?

Alcé el rostro, con el espectro de aquella imagen aún incrustado en mi mirada. Mis ojos chocaron contra la espalda de Rigel.

—¿Qué has hecho…? —Esta vez, mi voz, aunque temblorosa, sonó más fuerte e hizo que se detuviera.

Rigel se dio la vuelta, con los puños apretados. Me miró con los ojos hinchados y al instante desvió la vista hacia el móvil que yo apretaba entre mis manos.

Alzó una comisura, torció el labio y esbozó una sonrisa que no parecía tal.

—Oh, ¡la oveja le ha gritado al lobo! —me espetó con voz mezquina.

Sentí que algo explotaba en lo más hondo de mi cabeza. Fue expandiéndose hacia abajo por mis arterias, quemando cada centímetro de mi sangre y estrujándome con su mordaza de fuego.

Cuando Rigel se volvió e hizo ademán de marcharse, mis nervios me hicieron temblar. Las sienes me martilleaban el cerebro con fuerza, y los ojos abiertos y humedecidos por las lágrimas lo desenfocaban todo.

Perdí la noción de mí misma. Todo cuanto me rodeaba fue aspirado de pronto.

Solo quedó un calor sofocante.

Solo una rabia irracional como jamás hasta entonces había experimentado.

Y algo explotó.

Sentí el impulso de lanzarme hacia delante y lo golpeé con vehemencia. Arañé la tela empapada de su ropa, sus codos, sus hombros, allí donde pude alcanzar. Rigel retrocedió ante aquel asedio inesperado mientras las lágrimas no dejaban de descender por mis mejillas.

—¿Por qué? —grité con la voz rota, tratando de agarrarlo—. ¿Por qué? ¿Qué te he hecho yo?

Me empujó hacia atrás, tratando de llegar a las escaleras. Se zafó de mis dedos como si fueran arañas, mirando obstinadamente hacia delante mientras yo clavaba las uñas envueltas en tiritas en la tela, tratando de lastimarlo.

—¿Qué he hecho para merecerme esto? —grité con la garganta dolorida—. ¿Qué he hecho? ¡Dímelo!

—No me toques —se atrevió a sisear y a mí se me nubló la vista.

Forcejeé con aquellas manos que me repelían con dureza tratando de mantenerme a distancia. Me encarnicé con él y entonces me gruñó:

—Te he dicho que no…

Pero no lo dejé terminar. Lo agarré del antebrazo y le di un tirón fortísimo.

La violencia de mi gesto estalló al fin.

Por un instante, solo existían mis dedos hundidos en su piel desnuda, al descubierto, y yo descargando toda mi tensión sobre él.

Lo único que percibí cuando me empujó hacia atrás fue el reflejo rabioso de su pelo negro.

La férrea presa que ejercía sobre mi hombro para mantenerme sujeta.

Y el contorno de su boca… cuando se me acercó y se cerró sobre mis labios.

13

Espinas de aflicciones

La primera vez que la vio tenían cinco años.

Llegó un día como cualquier otro, perdida, como lo estaban todos, como patitos sin madre.

Se había quedado allí, recortada contra el hierro de las puertas metálicas, confundida en medio de aquel otoño que engullía su cabello castaño y el cuero de sus zapatos desatados.

No fue nada más que eso. La recordaba con la insignificancia que se recuerda una piedra del montón: actitud retraída, hombros delicados y aquellos colores de polilla, de *falena*, de insecto desvalido. El silencio de un llanto mudo que él había visto tantas veces en otros rostros siempre distintos.

Después, un remolino de hojas, y ella se volvió.

Se volvió hacia él.

Un tumulto vibrante detuvo la tierra, detuvo su corazón. Lo que lo conmocionó fue esa mirada que nunca hasta entonces había visto, dos círculos de plata que refulgían más que el cristal. Unos ojos deslumbrantes de un gris increíble. Y, sintiendo un escalofrío de cuento, Rigel vio unas pupilas anegadas en llanto y unos iris que no eran de este mundo, claros como el cristal.

Se sintió desbancado cuando ella lo vio.

Lo miró a la cara y sus ojos eran los del fabricante de lágrimas.

Le habían dicho que el amor verdadero no tiene fin.

Se lo había dicho la directora cuando él le preguntó qué era el amor.

Rigel ni siquiera recordaba dónde había oído hablar de ello, pero se había pasado las mañanas de su infancia buscándolo en el jardín, en el interior de los troncos vacíos de los árboles, en los bolsillos de los otros niños. Se había hurgado en el pecho, les había dado la vuelta a los zapatos buscando ese amor del que tanto hablaban, pero no fue hasta más tarde cuando comprendió que era algo más que una moneda o un silbato.

Se lo habían dicho los chicos más mayores, aquellos que ya lo habían probado en sus carnes. Lo más considerados o puede que los más locos.

Hablaban de ello como si estuvieran ebrios de algo que no podía ser visto o tocado. Rigel no pudo evitar pensar que aún parecían más ofuscados con aquel aire de andar perdidos y, sin embargo, eran felices en su ofuscamiento. Eran náufragos a la deriva, pero mecidos por el canto de las sirenas.

Le habían dicho que el amor verdadero no tiene fin.

Y le habían dicho la verdad.

Trató en vano de sacárselo de encima. Se le había pegado a las paredes del alma como el polen de una miel que él nunca había pedido que le sirvieran. Lo había enmarañado y pringado, le había cerrado toda vía de escape. Era una condena que rezumaba néctar y veneno, que goteaba pensamientos, respiraciones y palabras y se le pegaba a los párpados, a la lengua, a cada uno de sus dedos.

Ella le había excavado el pecho con una mirada, lo había lacerado con un aleteo de sus pestañas. Le había marcado en vivo el corazón con aquellos ojos de fabricante de lágrimas y Rigel había visto cómo se lo arrancaban sin darle tiempo siquiera a poder aferrarlo.

Nica lo había despojado de todo en lo que dura un suspiro, dejándole únicamente una carcoma, una ardiente comezón en el centro del pecho. Lo había dejado desangrándose en el umbral de la puerta, sin ni siquiera tocarlo, con aquella gracia despiadada que hacía que la tierra se plegase y con aquellos colores apagados de *falena*, estela de delicadas sonrisas.

Le habían dicho que el amor verdadero no tiene fin.

Pero no le dijeron que el amor verdadero te destroza hasta los huesos cuando se te mete dentro y ya no te suelta.

*

Cuanto más la miraba, más incapaz era de dejar de mirarla.

Había una especie de suavidad en la ligereza con que se movía, algo infantil y diminuto y verdadero en su naturaleza más genuina. Ella miraba el mundo por la cerradura de las cancelas, con las manos sujetas a los barrotes, y esperaba, «deseaba», como él nunca había hecho.

La observaba corretear descalza por la hierba sin segar, acunar en sus brazos huevos de pájaro, frotarse flores en la ropa para que pareciera menos gris.

Y Rigel se preguntaba cómo algo tan grácil e insulso podía tener aquella fuerza capaz de hacerle tanto daño. Había rechazado aquel sentimiento con la prepotencia y la obstinación del niño que era, lo había enterrado bajo los órganos y la piel, tratando de ahogar desde su nacimiento aquella semilla que debía ser extirpada.

No podía aceptarlo.

No quería aceptarlo. Ella, tan anónima e insignificante. Ella, que no sabía nada, no podía entrar en su interior de aquel modo y abatir su alma y su corazón sin ni siquiera pedirle permiso.

Aquella vorágine no tenía control, devoraba y laceraba todo cuanto había a su alrededor, desintegraba cualquier freno con una agresividad espantosa. Y la había ocultado. Rigel la había ocultado tal vez porque en el fondo le tenía miedo, porque admitirlo con palabras equivaldría a conferirle una inevitabilidad que no estaba dispuesto a aceptar.

Pero la carcoma había profundizado aún más, había afectado a las venas y llegado a las raíces. Parecía empujarlo hacia ella, tocando nervios que él ni siquiera sabía que existían. Y Rigel sintió que le temblaban las manos cuando la empujó por primera vez.

La vio caer y no necesitó comprobar los rasguños que le había provocado para devorar aquella certeza, para bebérsela con avidez. «Los cuentos no sangran», se dijo, convenciéndose al instante cuando la vio salir corriendo. «Los cuentos no se hacen arañazos en las rodillas», y eso bastaba para despojarla de cualquier duda, escalofrío y sombra.

Ella no era la fabricante de lágrimas. Ella no lo disolvía en un llanto incontenible, no le había prendido gotas de cristal en los párpados.

Pero el corazón sí que le lloraba cada vez que la veía.

Y tal vez le había inoculado algo más, un veneno más doloroso que la alegría o la tristeza. Una toxina que quemaba y raspaba y emponzoñaba. Ahora la carcoma tenía brotes y pétalos como dientes; cada vez que ella reía, se clavaba un poco más, como zarpas en el cerebro y colmillos en el espíritu.

Y entonces Rigel la empujaba, la zarandeaba, le tiraba del pelo, y ella dejaba de reír. Solo hallaba satisfacción por unos instantes, cuando ella lo miraba con el miedo reflejado en sus iris anegados en llanto. Le hacía sonreír la paradoja de ver toda aquella desesperación precisamente en unos ojos que podrían hacer llorar al mundo.

Pero solo duraba unos segundos, el tiempo de verla correr, y entonces el dolor regresaba con la ferocidad de una bestia, lo arañaba mientras él rezaba por verla de regreso.

Oh, ella sonreía siempre.

Incluso cuando no tenía motivos para hacerlo. Después de que él le hubiera lastimado de nuevo las rodillas. También cuando la veía aparecer por las mañanas, con los castigos de la directora aún impresos en sus muñecas y con el pelo suelto que le caía sobre los hombros.

Sonreía y tenía unos ojos tan limpios y sinceros que Rigel sentía que desentonaban al lado de su oscuridad.

—¿Por qué sigues ayudándolas? —le preguntó un niño solo unos pocos años más tarde.

Rigel la observaba desde una ventana del piso superior. Allí, sentada en el prado, con sus piernas de cervatilla inmersas en la hierba.

Ella alzó el rostro, rodeada de todos sus animalitos. Había salvado una lagartija de unos niños que querían ensartarla con unos palitos, y el reptil, como pago, le había mordido.

—Ayudas a todas esas criaturas…, pero solo te hacen daño.

Nica se quedó mirando al otro niño, con su mirada clara, acompasada con el batir de sus párpados.

Y era como el sol cuando entrecerraba los labios. Era una luz vívida, una espléndida maravilla, e incluso la carcoma guardó silencio, vencida, cuando ella alzó los dos abanicos de dedos llenos de tiritas de colores.

—Ya… —susurró con una sonrisa, cálida y sincera—, pero mira qué colores tan bonitos.

Siempre había sabido que algo en él no funcionaba.

Había nacido consciente de ello.

Lo sentía desde que tenía memoria. Rigel se decía que ese era el motivo de que lo hubieran abandonado.

Él no funcionaba como los demás, él no era como los demás. Él la miraba a ella y, cuando el viento inflaba su larga melena castaña, veía unas alas bruñidas en su espalda, un centelleo que desaparecía al cabo de un instante, como si jamás hubiera existido.

Y no era necesario fijarse en las miradas de las directoras ni en la forma en que sacudían la cabeza cuando las familias lo escogían a él. Rigel los espiaba desde el jardín y en sus rostros veía una piedad que él jamás había pedido.

Siempre había sabido que algo en él no funcionaba y se había dado cuenta de que, conforme crecía, más monstruosamente se iba ramificando la carcoma dentro de cada una de sus venas.

Lo había ocultado con rencor, lo reprimía con una mezcla de rabia y obstinación. Según se iba haciendo mayor, más se agravaba; cuanto más adulto era, más afloraban las espinas, porque nadie le había dicho que el amor devora de ese modo, nadie le había advertido de que tiene raíces de carne y te estruja, y quiere más y más y más, y no tiene freno. Una mirada, solo una mirada más, el filo de una sonrisa, un latido del corazón.

—Al fabricante de lágrimas no puedes mentirle —susurraban por la noche los otros niños. Se hacían los buenos para que no se los llevara.

Y Rigel lo sabía, lo sabían todos, negarlo sería como mentirse a uno mismo. «Él lo sabe todo, conoce cada una de las emociones que te hacen temblar, cada respiración corroída por el sentimiento».

«Al fabricante de lágrimas no puedes mentirle», aquellas palabras serpenteaban como un eco que Rigel ocultaba y reprimía. A veces le aterrorizaba pensar que ella pudiera verlo con aquellos ojos suyos; le aterrorizaba el modo en que anhelaba tocarla, su necesidad de sentir el calor de su piel. La desesperación con que deseaba dejar su huella en Nica, tal como Nica la había dejado en él solo con una mirada, aunque la mera idea de tocarla lo hiciera enloquecer, aunque la idea de sentir aquella carne llenando sus manos hiciera fibrilar la carcoma que habitaba en su interior.

Y no quería saber cómo lo habría mirado ella, con su corazón limpio y puro, si hubiese sabido del malestar desesperado que él portaba en su interior.

Para Rigel el amor no eran mariposas en el estómago ni mundos azucarados. El amor eran enjambres voraces de polillas, un cáncer lacerante, ausencias como arañazos, lágrimas que él bebía directamente de los ojos de ella, para morir más despacio.

Posiblemente solo hubiera querido dejarse destruir… Por ella, por aquel veneno brutal que le había inoculado.

A veces pensaba en abandonarse a aquel sentimiento y dejarse invadir hasta no sentir nada. Si no fuera por aquel feroz temblor que le causaba espanto, que doblaba los huesos, si no fuera tan doloroso imaginarse sueños en los que él corría a su encuentro, en lugar de huir.

—Da miedo, ¿verdad? —murmuraba un niño, un día que el cielo se tiñó de un negro cruel.

También él, que nunca había mirado el cielo, alzó la vista. Y en la inmensidad distinguió unas nubes lívidas y unos estruendos rojizos como de mar tempestuoso.

«Ya… —oyó crecer en su interior, antes de cerrar los ojos—, pero mira qué colores tan bonitos».

A los trece años, las chicas lo miraban como si solo existiera él, ignorantes del voraz monstruo que llevaba dentro.

A los catorce años, eran girasoles que lo seguían allí donde fuera, con miradas de adoración y anhelos crecientes. Recordaba la languidez de Adeline, aunque ella era mayor que él. La devoción con que lo tocaba, con que se inclinaba ante él. Durante esos momentos, Rigel veía una melena y unos reflejos castaños, unos ojos grises que nunca lo mirarían con aquel deseo.

A los quince años, eran ellas los monstruos voraces. Brotaban ente sus manos, como flores moldeables, y Rigel alimentaba la carcoma con muchachas que en todos los casos solo tenían acceso a un matiz de él, una chispa, un perfume.

Aquello no hizo sino empeorar las cosas. No puedes engañar al amor cuando arde de un modo tan violento y se funde con los latidos de un corazón que no es el tuyo. La necesitaba tanto que la situación aún se le hizo más insoportable. Rigel sintió que el rencor convertía sus pensamientos en cristales rotos, afilando agujas y espinas dentro de su pecho.

Entonces descargaba su frustración en Nica, la llamaba con aquella deformación de su nombre, *falena*, como si así minimizara el impacto que causaba en él. La mordía con palabras hirientes, esperando ocupar así un lugar en sus pensamientos, que le provocaría una ínfima parte del dolor que ella le infligía a diario. Ella, que lo había arruinado. Ella, que no comprendía, que bajo ninguna circunstancia debía comprender.

Ella, tersa y silenciosa como era, nunca se asentaría por su voluntad en aquel lugar caótico y sucio que era su corazón.

Cuanto más crecía Nica, más perturbaba a Rigel aquella belleza que dejaba sin respiración.

Que no le dejaba conciliar el sueño por las noches y lo obligaba a estrujar las sábanas por necesidades reprimidas. Cuanto mayor se hacía Nica, más ardía en él un deseo lacerante, zarzas de dientes y colmillos que dejaban de sonreír en cuanto ella lloraba.

Fue por entonces cuando llegó al Grave aquel chico nuevo.

Rigel ni siquiera se había dignado a tenerlo en cuenta, ocupado como estaba en luchar contra aquel amor incómodo y descomunal que lo consumía.

Pero aquel chico era lo bastante inconsciente y estaba lo suficientemente loco como para acercarse a él, para no temerle. Y a Rigel, en el fondo, no le desagradaban los locos, su insensatez le resultaba divertida. Era una buena distracción.

Tal vez podría haber llegado a ser su amigo si no se hubiera parecido tanto a él.

Tal vez podría haber llegado a tenerle alguna consideración si no hubiera visto tantas veces reflejadas en él su misma sonrisa tensa y sus miradas cargadas de malsano sarcasmo.

—¿Crees que Adeline también haría conmigo lo que hace contigo? —le preguntó una tarde con una punta de socarronería en la voz.

Rigel no pudo evitarlo, sintió aquella misma mueca sarcástica tensando sus labios.

—¿Querrías darte una vuelta?

—¿Por qué no? O, si no, Camille… Me da igual una que otra.

—Camille tiene pulgas —insinuó Rigel, con aquel humor acre y despectivo que por un momento reemplazaba a la quemazón que sentía en el pecho. La carcoma dormitaba en un laberinto de venas, velando zarpazos y suspiros.

—Oh, entonces Nica. —Lo oyó decir—. Esa carita tan inocente hace que me entren ganas de hacerle de todo… Ni te imaginas cómo me pone. ¿Crees que estaría por la labor? Oh, sería divertido. Apuesto a que, si le metiera una mano entre los muslos, no tendría ni fuerzas para rechazarme.

No sintió los cartílagos arañándole los nudillos. No sintió los dedos, la ferocidad con que rasgaron vorazmente el aire y arruinaron aquella tarde soleada.

Pero siempre recordaría el rojo de la sangre bajo las uñas después de haberle tirado del pelo.

Tampoco olvidaría la mirada de ella al día siguiente, un rayo de luz que él jamás había visto tan lejana. Un alarido mudo de terror y de acusación que él había oído encajarse dentro, en el hueco que le había dejado.

En medio de la amargura que destilaba aquel destino tragicómico, a Rigel le entraron ganas de reír. Sonreía porque le dolía demasiado.

En el fondo, siempre había sabido que algo en él que no funcionaba.

Cuando los eligieron a ambos, Rigel sintió la soga de la condena estrecharse en torno a su corazón.

En cualquier caso, permanecer a su lado era mejor que la insoportable perspectiva de verla partir. Tocar el piano fue un gesto extremo y desesperado, un último intento de tenerla consigo, pegada a esas cuerdas del alma que ella le habría arrancado con dramatismo, ignorante y delicada, solo con dar un paso fuera de allí.

Ahora sabía que tendría que cumplir condena de por vida. Ni en sus más atormentadas pesadillas se hubiera podido imaginar un infierno más doloroso que el de estar ambos tan cerca, tan estrechamente unidos y tan separados al mismo tiempo en la misma familia.

Solo podía sentir que era su hermana porque la llevaba en la sangre, como una toxina que jamás abandonaría su cuerpo.

—¿Has visto cómo me ha mirado?

—No… ¿Cómo te ha mirado?

Rigel no se giró. Siguió poniendo los libros nuevos en la taquilla mientras escuchaba la conversación.

—Como si me estuviera implorando recogerme otra cosa… ¿Has visto qué rápido se ha agachado para devolverme los libros?

—Rob —dijo su amigo en la taquilla de al lado—, no querrás repetir la historia de las novatas…

—Créeme, esta lo lleva escrito en la cara. Lo grita con los ojos. Las que parecen más santurronas, esas son las mejores.

Más tarde volvió a oírlos.

—Va, venga, a ver cuánto tardo —apostó Rob, divertido—. Yo

digo que una semana. Si se abre de piernas antes, la próxima ronda de alcohol la pagas tú.

Rigel no se sorprendió de la sonrisa que sus mejillas excavaban como un cuchillo. Había visto sus labios tensarse sobre los dientes, reflejados en la portezuela cerrada.

No pudo dejar de sonreír ni siquiera cuando aquel reflejo destelló en los ojos del chico; la satisfacción de estrellarlo contra el suelo sería tan grande que ni se le pasó por la cabeza reprimirla.

Siempre recordaría la expresión que puso al mirarlo.

Con aquella fuerza indómita que de vez en cuando emergía de su delicadeza, con aquel coraje que hacía que los ojos le brillaran con un matiz de ángel caído en desgracia.

—Un día comprenderán quién eres de verdad —había susurrado ella con aquella voz que atormentaba sus pensamientos desde que tenía memoria. Y él no había sido capaz de refrenar su curiosidad, su inquietud, no con ella tan cerca.

—Ah, ¿sí? —preguntó él—. ¿Y quién soy?

No podía apartar sus ojos de los de ella. Contuvo la respiración hasta el momento en que Nica estaba a punto de pronunciar el veredicto, porque, incluso en aquella penumbra, resplandecía proyectando un reflejo distinto, auténtico, tan limpio que hacía enloquecer.

—Eres el fabricante de lágrimas —concluyó.

Rigel sintió que crecía el maremoto. Le entró un severo temblor y la carcoma abrió sus fauces para lanzar una carcajada tan fuerte que salió de sus labios como la sangre de un corazón que bombeara petróleo.

Sentía tal opresión en el pecho, le dolía tanto, que aquel pesar tan amargo no pudo por menos que producirle alivio. Engañó al sufrimiento con una mueca, como hacía siempre, y se lo tragó con la arrogante resignación de los vencidos.

Él… ¿el fabricante de lágrimas?

Ah, si lo hubiera sabido…

Si ella hubiera sabido… hasta qué punto lo hacía temblar y sufrir y desesperar… Si ella hubiera tenido la mínima duda, entonces habría podido sentir una pizca de alivio, una chispa de calor que habría prendido entre tanta humedad y tanto alquitrán, pero se había apagado al instante tras una ráfaga de gélido terror.

Había abandonado aquella esperanza como si le quemara, porque lo cierto era que Rigel no sabía imaginarse nada más terrible que ver que sus límpidos ojos se mancillaban con aquellos sentimientos tan turbios, espinosos y extremos.

Se había dado cuenta demasiado tarde de que la amaba con un amor negro, infame, que mata lentamente y consume hasta el último aliento. Sentía que la carcoma empujaba, le susurraba las palabras que debía decir, los gestos que debía atreverse a componer. A veces, lograba contenerla a duras penas.

Nica era demasiado valiosa para ser corrompida.

La vio partir y en el silencio que había dejado tras de sí, sintió otro hueco, el abismo de una última mirada que ella ni siquiera le había concedido.

—¿Has sido tú?

Espinas. Zarzas y espinas.

—¿Me la has regalado tú?

Zarzas y dientes y más dientes. Él miró al suelo, miró la prueba de su debilidad, una rosa que no había podido resistirse a entregarle y que ahora gritaba su culpa de un modo ensordecedor.

Había descubierto que el negro era el color del final.

De la angustia y de la tristeza, de los amores destinados a no ver nunca la luz. Un símbolo tan tristemente apropiado que Rigel se preguntaba si en la tortuosa tierra de su corazón no habría crecido un rosal negro.

Pero había sido un impulso estúpido, una grieta en la obstinación con que siempre trataba de mantenerla alejada. Se había arrepentido al instante, justo en el momento en que la encontró en su habitación con aquella prueba incriminatoria hecha de hojas y de seda.

Se apresuró a ponerse la máscara, la tuvo en vilo con una sonrisa tan artificiosa que amenazaba con hacerlo caer.

—¿Yo? —Esperaba que ella no se percatase de lo tensas que tenía las muñecas—. ¿Regalarte… una flor… a ti?

Lo dijo del modo más desagradable que pudo. Lo sacó fuera con sarcasmo y desfachatez, y rezó por que ella se lo creyese.

Nica había bajado la mirada y no pudo ver el terror en sus ojos cuando él la miraba. Por un instante, Rigel temió que ella hubiese comprendido; solo por un instante la duda le mordió el alma, y vio caer, totalmente hecha pedazos, una vida de estremecimientos y mentiras.

Así que hizo lo único que sabía hacer, el único remedio contra el miedo que conocía: morder y atacar, erradicar cualquier sospecha antes de que esta pudiese arraigar.

Rigel se vio morir un poco en los ojos de Nica cuando le arrebató la rosa de las manos.

La despedazó delante de ella y, llevado por la gran frustración que lo embargaba, mientras arrancaba cada pétalo, hubiera deseado hacer lo mismo consigo mismo, con aquella flor acribillada de sentimientos que llevaba dentro.

Pero se quedó helado cuando cayeron sobre la cama.

Las venas aullaban en su carne y su corazón atronaba con tal violencia que Rigel lo sintió germinar y echar raíces.

Se vio reflejado en sus ojos por primera vez.

El terror le nubló la vista con un deseo tan enervante que sintió un destello de esperanza desnuda y ciega, consternación; y ahí, tan cerca, el cabello de Nica, las manos de Nica, los ojos de Nica, los labios de Nica.

Nica, a una respiración de distancia, a merced de su cuerpo, como solo había osado esperar en sus fantasías.

Se sintió desarraigado y, en medio de aquella locura, hubiera querido decirle que él la veía todas las noches, que en sus sueños aún eran niños y ella siempre llevaba consigo un detalle luminoso, una luz que la hacía perfecta.

Que ella era perfecta, porque él era incapaz de imaginar nada más puro.

Hubiera querido decirle que la odiaba por su amabilidad, por el modo en que le sonreía siempre a todo el mundo, por su corazón de *falena* que se preocupaba por todos, también por él, sin excluir a nadie. Que le hacía creer que se preocupaba por él, cuando, en realidad, simplemente ella era así y siempre lo hacía con todas las personas.

Todas aquellas cosas que Rigel hubiera querido decirle se le acumularon de golpe en la punta de la lengua formando un caos palpitante, una aglomeración de palabras y emociones, miedos y angustias pulsantes. Todas allí, todas lo quemaban, espinas en el paladar, amor entre los dientes.

Se vio a sí mismo impelido a irse apresuradamente, incapaz de hacer otra cosa.

Todo se había venido abajo en una lluvia de cascotes, de esquirlas de vidrio. Se había derrumbado con una parte de él y Rigel había pagado en forma de arrepentimiento hasta la última brizna de esperanza.

Sabía que ella jamás lo amaría. Lo sabía, en el fondo lo sabía, siempre lo había sabido.

Sin embargo, había cerrado los ojos para ahorrarse por lo menos el penoso sufrimiento de verla huir.

Tenía que salir de allí.

Tenía que alejarse de ella, de aquella casa. Habría enloquecido si hubiera vuelto a oír el sonido de su voz o sentir el contorno de sus dedos a través de la tela cuando ella trató de tocarlo en el pasillo.

La lluvia le había impregnado la ropa, empapando toda emoción. Rigel apretó los puños y los dientes y echó a andar, de un lado para otro, como una fiera enjaulada entre barrotes invisibles.

—¡Tú!

Un grito rasgó la tormenta.

Rigel vio una figura avanzando enfurecida hacia él. No tuvo que esforzarse para reconocerlo, aunque estuviera empapado por la lluvia.

Hizo retroceder la carcoma mientras la silueta seguía avanzando en su dirección.

—¿Leonard? —aventuró alzando una ceja, indeciso.

—¡Es Lionel! —gruñó el otro, que ya se encontraba a pocos pasos.

Rigel pensó que, después de todo, que se llamara Lionel o Leonard no le importaba lo más mínimo. Ambos nombres lo irritaban por igual. Todo en aquel tío lo irritaba.

—¿Y existe algún motivo, Lionel, para que vayas paseándote por el barrio como una especie de maniaco?

—¿Maniaco? —Lionel lo miraba con las facciones contraídas por la ira—. ¿Maniaco yo? ¿Cómo coño te atreves? —le replicó mientras se le seguía acercando, cada vez más tenso—. ¡Si aquí hay un puñetero maniaco ese eres tú!

Rigel le lanzó una mirada sarcástica y frunció la comisura del labio.

—Ah, ¿sí? Pero resulta que yo soy quien vive aquí —respondió, percibiendo en los ojos del otro claras señales de que se estaba alterando por momentos—. Y eso es algo que no se puede decir de ti. Así que ya te puedes ir largando.

Rigel acababa de morderlo, como hacía con todos, pero con todo el desprecio, con todo el sarcasmo del que era capaz. Le había clavado los dientes buscando provocarle daño, el mayor daño posible, y el otro apretó los puños en un arrebato de rabia.

—Tus jueguecitos de los cojones no funcionarán conmigo —lo desafió Lionel, calado hasta los huesos, y a Rigel le pareció tan ridículo que se enfadó de verdad—. ¿Crees que no lo sé? ¿Crees que ella no me lo ha dicho? ¡Tú no eres su hermano! No eres nada, nada de nada. ¡Se acabó dar vueltas a su alrededor como si tuvieras algún derecho sobre ella!

La carcoma lo había arañado y se había apoderado de sus muñecas. Rigel las puso en tensión, ardiendo de cólera.

¿Y él qué? ¿Él qué derecho tenía? ¿Él, que no tenía ni idea de lo que le unía a Nica? ¿Qué se creía que sabía?

—Y tú, en cambio —se había echado hacia delante, airado, reprobando la idea de que ella fuera considerada un objeto—, tú, que hace un día que la conoces, tienes algún derecho sobre ella, ¿no es así?

—Sí, yo sí… —replicó Lionel, esbozando una media sonrisa bajo los proyectiles de lluvia—. Me ha estado escribiendo todo el día y me ha dicho que no quiere volver a verte. Me busca —dijo, recalcando las palabras, como si quisiera lanzárselas a la cara. Rigel las recibió como una bofetada en la piel o quizá directamente en el corazón, pues le ardía de un modo terrible, le corroía el estómago, y tuvo que hacer un gran esfuerzo para no dejar ver hasta qué punto le había dolido aquella afirmación.

La sonrisa de Lionel se tiñó de una satisfacción vencedora.

—Me busca y no hace más que decirme que no te soporta. Odia tener que vivir contigo, tener que verte todos los días. ¡Te odia profundamente! Y…

—Oh, ¿así que te habla mucho de mí? —inquirió Rigel, venenoso—. Pues qué lástima. Porque de ti no habla nunca. —Chasqueó la lengua—. Nunca —se apresuró a remarcar las sílabas—. ¿Seguro que existes?

Lionel bramó tan cerca del otro que se percibía el calor de su rabia y de su tensión.

—¡Ya lo creo que existo! Ella me busca siempre. Y, cuando por fin te hayas largado…

Rigel echó la cabeza hacia atrás y lanzó una carcajada.

Fue una carcajada áspera, de rabia y de desprecio. De dolor, de un dolor negro y extenuante, porque le causaba un daño de mil demonios, porque aquellas palabras —el odio que ella le profesaba, la intimidad que compartía con aquel chico— encerraban una verdad tan vibrante, tan innegable, que el daño ya era irreparable.

Porque Rigel siempre había sabido que las espinas traen otras espinas, que lo que él arrastraba era demasiado sórdido y antinatural para poder ser aceptado por un alma dócil y limpia como la de Nica.

Siempre lo había sabido, pero oírlo de viva voz hacía pedazos todo lo que aún permanecía intacto. Además, resultaba paradójico y grotesco que él, tan desencantado como estaba, aún fuera capaz de encontrar puntas de esperanza entre los zarzales, pues esas eran las que más daño hacían cuando te caías encima.

En medio de todos aquellos escombros, la única luz que sabía que existía era la que ella proyectaba.

Aquella luminiscencia lo mantenía en vela por las noches. Brillaba en todos sus recuerdos.

Ella relucía como una estrella vibrante, una estrella que, sin embargo, en la soledad de aquel sentimiento tan devastador, no lograba reconfortarlo.

Y, en ese momento, la luz se había encendido…

Era un faro que irradiaba calor —ella, ella siempre sonriente— y Rigel habría podido apagarla y liberarla de aquel amor que no conocía la amabilidad.

Lo habría hecho si hubiera podido, pero, como siempre, no era capaz de dañar aquella luz tan delicada donde residían sus sentimientos hacia ella. Había acabado aferrándose a esa luz con todo su ser, la estrechaba con la desesperación de un alma que se negaba a dejarla marchar.

«Cuando te hayas largado…».

—Sí —respondió masticando las palabras, cáustico, mientras protegía en su interior el recuerdo de Nica—, puedes esperar sentado.

El primer puñetazo le partió el labio.

Rigel sintió la sangre mezclándose con la lluvia y no pudo dejar de pensar que, después de todo, aquel dolor físico era mejor que la humillación de hacía un momento.

El segundo puñetazo falló, y Rigel hizo retroceder a Lionel con toda la rabia de una bestia enfurecida. Se abatió sobre su mandíbula con un crujido siniestro que incluso rasgó la tormenta.

Rigel no se detuvo ni mucho menos cuando el otro respondió a sus golpes, ni siquiera cuando notó un corte en la ceja. Tampoco se detuvo por tener los nudillos desollados ni cuando el cabello empapado le entró en los ojos y lo cegó como si se le hubieran clavado alfileres.

No se detuvo hasta que fue el único de los dos que quedó en pie y Lionel rodó por el suelo con una mueca de dolor.

Lo miró desde arriba, con los relámpagos y el océano negro sobre su cabeza, y escupió un grumo de sangre en el asfalto.

Ahora no quería pensar en cómo lo miraría ella.

—Ya nos veremos, «Leonard» —le espetó con una voz sibilante mientras se marchaba.

Lo dejó bajo la lluvia, retorciéndose en su propio error.

Y vio la perdición y la miseria… Las sintió como una culpa ensordecedora en los iris siempre resplandecientes de Nica.

La advirtió por primera vez en toda su vida, una mancha negra en aquella pureza cándida y bellísima, una oleada violenta que le aplastó el pecho cuando ella levantó el rostro del móvil y lo condenó con su mirada.

Durante el resto de su vida, recordaría el modo en que se sintió morir.

Rigel miró en el interior de aquellos ojos de fabricante de lágrimas y supo que no podía mentirle.

No podía negarlo, porque los arañazos y la sangre gritaban en sus nudillos, porque Lionel ya había hablado. Rigel comprendió en ese preciso instante que aquella mirada cargada de decepción era el doloroso precio que debía pagar por todas sus mentiras.

Por callar y por ocultar, por haberla empujado cada vez más lejos de él antes de que pudiera comprender.

Sonrió con una sonrisa de espinas, aunque por dentro se sentía marchitar. Una sensación corrosiva le oprimía el pecho.

Solo le dio lo que ella esperaba, le mostró la máscara que sabía que llevaba pintada en el rostro. Solo hizo lo que siempre había hecho, porque en el fondo sabía que ella no lo veía más que de ese modo, mezquino e irrecuperable.

«¡Oh, la oveja le ha gritado al lobo!».

Eso sucedió después, pero Rigel solo lo recordaría de forma intermitente.

Fragmentos confusos, desenfocados: sus ojos, su luz, sus manos en todas partes. Su cabello y su perfume, y sus labios moviéndose mientras pronunciaban palabras que él no oiría, demasiado ocupado en tratar de huir del calor que ella irradiaba como un sol.

Manos y tiritas enredadas en sus brazos, la carcoma gruñendo y bramando, y ella cerca, tan cerca, tan enfadada y tan cerca que lo hacía temblar.

Sin embargo, en medio de toda aquella desesperación, de la feroz urgencia con que había tratado de alejarse de ella, Rigel no podía más que admitir que Nica, incluso cuando ardía de rabia y desolación, siempre, en toda circunstancia, era hermosa a rabiar.

Incluso con todas aquellas tiritas y con los dedos hechos polvo, Nica era hermosa a rabiar.

Incluso mientras lo golpeaba y trataba de lastimarlo, de arañarle, de devolverle todo lo que él y solo él había sido el responsable de arruinar, Nica seguía siendo la cosa más bella que los ojos de Rigel habían tocado jamás.

Fue por su culpa, por culpa de aquel encanto que irradiaba sin tan siquiera saberlo, que él no pudo refrenarse a tiempo.

Ella se acercó demasiado y, cuando ya la había apartado de sí, la carcoma lo empujó hacia delante y aterrizó en su boca.

Y por primera vez…

Por primera vez, de verdad en su vida, fue como abandonarse a toda aquella belleza y a aquel dolor. Dejarse invadir, morir con un alivio agotador, lanzarse de cabeza al abismo y aterrizar sobre pétalos de rosas, después de haber pasado toda una vida entre espinas.

Abandonarse a aquel calor hasta no sentir nada más.

O, simplemente, rendirse a ella, a la luz que palpitaba en su pecho con una paz dulcísima, iluminando todos los rincones de aquella guerrilla sin fin.

Es posible que nuestro mayor temor
consiste en aceptar que alguien puede amarnos
sinceramente por lo que somos.

*

Me tambaleé hacia atrás y perdí el equilibrio.

La violencia con que me aparté me hizo sentir que el salón daba vueltas.

El móvil cayó al suelo y retrocedí consternada, con los párpados apretados.

Estaba sin aliento. Sentí un escalofrío cuando me toqué el labio con dedos temblorosos.

Me quedé mirando el rostro que tenía ante mí con los ojos arrasados en lágrimas y el sabor de la sangre, de su sangre, en la boca dolorida. Me noté un pequeño corte en la carne de los labios.

Me había mordido.

Finalmente, Rigel me había mordido de verdad.

Observé su respiración irregular, su boca resplandeciente y roja, el movimiento con que se limpió la sangre de los labios y sus ojos turbios, tras los cuales me pareció ver brillar un destello fugaz, incandescente.

El modo en que me miraba me hizo revivir por un instante el reflejo de un recuerdo.

La misma mirada silenciosa y acusatoria con la que yo lo miré a él una noche, muchos días atrás.

«Un día comprenderán quién eres de verdad».

«Ah, ¿sí? ¿Y quién soy?».

«Eres el fabricante de lágrimas».

Rigel contrajo con fuerza la mandíbula y soltó:

—«Tú» eres el fabricante de lágrimas.

Escupió fatigosamente aquellas palabras con la voz áspera, como si se le hubieran escapado, pero al mismo tiempo las expulsó como un veneno que había llevado en la boca demasiado tiempo.

Me quedé inmóvil, atónita, presa de escalofríos cuando él se incorporó a toda prisa y desapareció escaleras arriba.

14

Desalentador

No cultives según qué amores.
Son como las rosas silvestres:
florecen muy raramente
y te hacen estar siempre en vilo.*

Me acordaba de mi madre.

Pelo rizado y perfume de violetas, ojos grises como el mar de invierno.

Me acordaba de ella porque tenía los dedos cálidos y una sonrisa amable, porque siempre me dejaba coger los libros que estudiaba.

«Ve despacio», me susurraba en aquel recuerdo, mientras una bellísima mariposa azul se deslizaba de sus manos a las mías.

«Es la delicadeza, Nica —me decía—. La delicadeza, siempre… Recuérdalo».

Me hubiera gustado decirle que le había hecho caso.

Que lo había conservado en mi interior, un pequeño bloque sobre el cual había construido mi corazón.

Me hubiera gustado decirle que lo recordaba siempre, aunque la calidez de sus manos se había desvanecido y las mías se habían llenado de tiritas, el único color que me había quedado.

También cuando mis pesadillas se veían salpicadas por el chasquido del cuero.

* «E ti fanno stare sulle spine»: literalmente, «te hacen estar sobre las espinas». En el equivalente castellano se pierde el juego de significados entre la rosa y las espinas que utiliza la autora. (N. del T.)

Pero en aquel momento…

Solo hubiera querido decirle a mi madre que a veces la delicadeza no era suficiente.

Que todas las personas no eran mariposas y que yo podía ir con todo el esmero que quisiera, que los demás no procederían con cuidado. Siempre iría cubierta de mordiscos y arañazos, y acabaría llena de heridas para las que no tenía cura.

Esa era la verdad.

En la oscuridad de mi habitación, me sentí como una muñeca olvidada. La mirada vacía, los brazos alrededor de las rodillas.

El móvil volvió a iluminarse, pero no me levanté a responder. No me apetecía leer más.

Ya sabía lo que pondría. La sucesión de mensajes de Lionel constaba de una serie ininterrumpida de acusaciones.

«Mira lo que ha hecho».
«Le he dicho que parase».
«Ha empezado él».
«Ha sido culpa suya».
«Me ha pegado sin motivo».

Ya lo había visto demasiadas veces, ya no me quedaban fuerzas para dudar de que fuera verdad.

En el fondo, Rigel siempre había sido eso.

Violento y cruel, así lo había definido Peter. Y no importaba cuánto me esforzase por encajarlo en las páginas de aquella nueva realidad, él nunca estaría allí.

Me habría arrastrado y me habría anulado siempre, y yo habría acabado perdiendo retazos de mí misma un día tras otro.

En aquel momento, deseaba que Anna y Norman no se hubieran marchado nunca. Que Anna estuviera allí y me dijera que nada era irreparable…

«Iba a suceder de todos modos —me susurraban, sin embargo, mis pensamientos—. Tanto si hubieran estado como si no, tarde o temprano todo se iría al traste igualmente».

Me vacié con un suspiro. Tragué saliva y me di cuenta de que tenía mucha sed.

Decidí levantarme. Ya llevaba horas allí y fuera era noche cerrada.

Antes de salir, me aseguré de que el pasillo estuviera vacío. Lo último que quería era encontrarme con Rigel.

Bajé las escaleras a oscuras. Ya no llovía, la luna que resplandecía por encima de las nubes iluminaba los contornos de los muebles y me permitía moverme sin dificultad.

Llegué al piso inferior, sumido en la penumbra. Ya estaba en la cocina cuando, de pronto, tropecé con algo que por poco no me hace caer. Me quedé sin aliento. Me apoyé en la pared, parpadeé y miré al suelo.

«Qué…».

Mis dedos dieron con el interruptor.

La luz me hirió los ojos, al instante inspiré bruscamente y retrocedí en un gesto instintivo.

Rigel estaba tendido en el suelo, con el pelo desparramado sobre el parquet.

Su muñeca pálida destacaba sobre la madera y un abanico de mechones negros le cubría el rostro. No se movía.

La visión de su cuerpo inmóvil me impactó tanto que cuando retrocedí de nuevo sentí una vibración recorriéndome la espina dorsal.

Mi mente se quedó totalmente en blanco. Aquella visión chocaba con la imagen que tenía de Rigel, su fuerza, su ferocidad, su inquebrantable autoridad.

Me lo quedé mirando con los ojos muy abiertos, incapaz de emitir sonido alguno.

Era él.

Allí, en el suelo, inmóvil.

Estaba…

—Rigel —logré susurrar a duras penas.

De pronto, el corazón me golpeó las costillas y la realidad me cayó encima con todo su peso. Sentí un violento escalofrío que me rescató de mi parálisis. Me agaché junto a él con la respiración acelerada.

—Rigel —musité.

En aquel momento fui consciente de que había un ser humano tendido a mis pies. Mis pupilas recorrieron su cuerpo desordenadamente, las manos me temblaban, pero sin llegar a tocarlo, sin saber dónde posarlas.

Dios mío, ¿qué le había pasado?

Me asaltó el pánico. Una cascada de pensamientos me saturó la mente mientras lo miraba con ojos febriles, sin apenas aliento.

¿Qué debía hacer?

¿Qué?

Acerqué los dedos lo suficiente como para rozar su sien; la toqué con la punta de mis tiritas y me sobresalté.

Quemaba. Quemaba como un hierro al rojo vivo.

Le eché un último vistazo antes de correr hasta el salón. Trepé como un gato por el sillón para alcanzar el teléfono.

Jamás me había encontrado a nadie tendido en el suelo y en semejante estado. Puede que fuera el pánico, puede que simplemente se debiera a mi incapacidad para gestionar la situación, pero de pronto me vi marcando con mano temblorosa el número de la única persona que me vino a la mente en un momento de necesidad.

La única con quien sabía que podía contar. La única en quien a mí, que nunca en mi vida había tenido un punto de referencia, se me ocurrió pensar.

—¡Anna! —exclamé antes de que ella respondiera—. Ha pasado… Ha pasado que… ¡Rigel! —anuncié estrujando el auricular—. ¡Se trata de Rigel!

Oí un gemido acompañado de un frufrú de tela.

—Nica… —respondió con voz somnolienta—, ¿qué…?

—Ya sé que es tarde —dije atropelladamente—. Lo siento, pero… ¡es importante! Rigel está en el suelo. Él… Él…

De pronto la respiración de Anna sonó más próxima.

—¿Rigel? —Noté una agitación casi imperceptible en su voz—. ¿En el suelo? ¿Cómo que en el suelo? ¿Rigel no está bien?

La urgencia de la situación me obligó a hacer aflorar las palabras. Las puse en fila una tras otra y le expliqué que, cuando había bajado, me lo había encontrado allí, tendido en el suelo.

—Está ardiendo de fiebre, pero no sé… ¡Anna, no sé qué hacer!

Anna entró en pánico. Percibí su agitación y oí que apartaba las sábanas, despertaba a Norman y le anunciaba que debían tomar un autobús o cualquier otro medio que los llevase a casa.

Me arrepentí de haberla asustado tanto por culpa de mi ineptitud. Tal vez si hubiera tenido más aplomo habría llamado una ambulancia o simplemente me habría dado cuenta de que solo se trataba de un desvanecimiento causado por la fiebre.

Pero, presa del pánico, la había llamado a ella, que se encontraba a muchas millas de distancia y no podía hacer nada. Hubiera querido que se me tragase la tierra por mi estupidez.

—Dios mío, ya sabía yo que debíamos volver, lo sabía —se lamentaba Anna con voz temblorosa—. Ahora Rigel estaría en la cama y tal vez, tal vez…

Anna parecía fuera de sí. Me pregunté si no estaba llevando todo un poco demasiado lejos, pero como yo nunca había tenido a nadie que se preocupase por mí, no era capaz de cuantificar la situación.

Tal vez no estuviera exagerando, tal vez también era así en las otras familias. Tal vez si yo no me hubiera precipitado…

—Anna, de la fiebre puedo… puedo encargarme. —Quería reparar mi error, resultar útil de algún modo. Al percibir su pánico, sentí la necesidad de tranquilizarla—. Puedo intentar llevarlo arriba y acostarlo…

—Necesita una compresa fría —me interrumpió con voz ansiosa—. ¡Dios, cuánto frío debe de haber pasado en el suelo! ¡Y las medicinas! ¡Hay medicinas para la fiebre en el baño, en la puertecita lateral del espejo, la del tapón blanco! Oh, Nica…

—No te preocupes —le dije, aunque estaba claro que íbamos sobrados de preocupaciones—. ¡Ya… ya me encargo yo, Anna! Si me dices punto por punto qué debo hacer, yo…

Grabé directamente en mi cerebro la batería de instrucciones que me dio. Colgué tras prometerle que volvería a llamarla y asegurarle que lo había entendido todo.

Volví al pasillo y me detuve a un metro de Rigel. Suspiré y me propuse no perder más tiempo.

Me hubiera gustado decir que me lo cargué a la espalda y lo subí dignamente por las escaleras…, pero no fue así ni de lejos.

Lo primero que hice, aunque fuera lo menos obvio, fue tocarlo.

Rigel nunca me había permitido tocarlo, ni siquiera acercarme a él. Cuando posé una mano insegura en el borde de su hombro, noté que me temblaban los dedos.

—Rigel… —Acerqué el rostro y mi cabello se esparció sobre su espalda—. Rigel, ahora… ahora tienes que darme la mano…

Logré darle la vuelta, traté de sentarlo, pero fue en vano. Le pasé un brazo por el cuello y le levanté la cabeza; su negra cabellera se despegó del suelo y se acomodó en mi antebrazo. La cabeza se le desplazó hacia atrás y la piel tensa de la garganta despuntó ante mis ojos.

—Rigel…

Verlo tan indefenso hizo que se me formara un nudo en el pecho. Tragué saliva, miré con preocupación las escaleras y lo miré a él de nuevo. Mientras lo observaba tan de cerca, allí sentada en el suelo con él, ni siquiera me di cuenta de que lo estaba estrechando más fuerte de lo necesario para sostenerlo.

—Tenemos que llegar arriba —le dije despacio, con delicadeza, pero también con determinación—. Rigel, solo son las escaleras. Solo las escaleras… —Apreté los labios y lo alcé por el busto—. ¡Adelante!

Bueno…, puede que «adelante» fuera mucho decir.

Después de todo, yo curaba pájaros heridos y ratones que habían caído en una trampa, estaba acostumbrada a criaturas de una talla muy distinta.

Traté de convencerlo de que hiciera un esfuerzo y le pregunté si al menos podía oírme. Cuando vi que no respondía, empecé a arrastrarlo. Me iba soplando los mechones de pelo que se venían a la cara mientras mis pies se deslizaban por el parquet, pero de algún modo llegamos al pie de las escaleras.

Sujeté a Rigel por la camiseta y logré tirar de él lo suficiente para dejarle la espalda apoyada en la pared. Era alto e imponente y yo era tremendamente minúscula comparada con él.

—Rigel…, por favor… —le rogué con la voz contraída por el lacerante esfuerzo—. ¡Sube!

Salí bien de aquella empresa titánica. Con un gemido exhausto, encajé la cabeza en su abdomen e impedí que volviera a deslizarse hasta el suelo; me plegué penosamente bajo el peso de sus hombros y mis vacilantes piernas se tambalearon.

Apreté los dientes por la ansiedad.

Nos incorporamos a duras penas y él pareció sostenerse precariamente por sus propios medios. Me rodeaba el cuello con su brazo y noté su mandíbula contra mi sien.

Sentí cierto alivio cuando alcanzamos el piso superior, pero en el último escalón resbalé dramáticamente. Abrí los ojos de par en par, aunque era demasiado tarde: las paredes empezaron a dar vueltas y ambos caímos al suelo con un ruido sordo.

Me golpeé la pelvis con el canto del escalón y tuve que morderme la lengua del dolor.

—Ay, Dios… —exclamé tragando saliva. Noté el sabor metálico de la sangre en la boca.

¿Podía haber un desastre mayor que aquel?

Avancé a rastras hasta Rigel. Sentí una punzada en la pelvis y envié allí una de mis manos, mientras comprobaba alarmada que no se hubiera golpeado la cabeza.

No fui capaz de ponerlo en pie.

Lo arrastré cojeando hasta su habitación y, con un afán sobrehumano, pidiéndole un último esfuerzo a mis músculos, logré levantarlo hasta el colchón y acostarlo bajo las mantas.

Me pasé la muñeca por la frente y me concedí unos instantes para recobrar el aliento. Rigel tenía el brazo colgando fuera de la cama y el pelo revuelto sobre la almohada.

Agotada, corrí hasta el baño y llené un vaso de agua. Abrí la portezuela y encontré las medicinas que necesitaba.

Cogí una pastilla del frasco y oí el chirrido de los muelles cuando me senté en el colchón.

Le levanté la cabeza y le sostuve la nuca en el hueco de mi codo.

—Rigel, tienes que tomarte esto… —probé a decirle, con la vana esperanza de que me oyese, de que se dejara ayudar, aunque solo fuese por una vez.

—Hará que te sientas mejor…

No se movió. La palidez de su rostro resultaba alarmante.

—Rigel —probé una vez más, poniendo la pastilla en el borde de sus labios—, vamos…

Su sien quedaba a la altura de mi cadera, con la frente me tocaba las costillas, justo debajo del seno, y de pronto la pastilla se me escapó de entre los dedos.

Me apresuré a recuperarla buscando entre los pliegues de la manta, agobiada, con los nervios a flor de piel.

Acabé empujándola dentro de su boca con una torpeza sin límites. Entreabrió los labios dócilmente bajo la presión de mis dedos, casi se los rocé con el índice cuando el comprimido desapareció en el interior de la boca.

Cuando me volví para coger el vaso, me temblaba la mano.

Logré que al menos tomara un minúsculo sorbo de agua. Rigel tensó la garganta y finalmente se tragó la pastilla.

Le acomodé la cabeza en la almohada y me incorporé de inmediato, con las mejillas fastidiosamente encendidas.

Bajé a la cocina y preparé la compresa fría tal como me había dicho Anna. Volví a subir y se la puse sobre la piel hirviendo.

Me quedé junto a la cama, haciendo memoria.

¿Me había olvidado de algo?

Estaba repasando las indicaciones de Anna, cuando de pronto oí mi móvil sonando en alguna parte.

Corrí a responder después de echarle un vistazo a Rigel. El nombre de Anna parpadeaba en la pantalla.

Ahora que la situación se había calmado, noté en mayor medida su agitación. Le expliqué que había hecho al pie de la letra todo lo que me había dicho, sin olvidarme de nada. Añadí que había corrido las cortinas y le había puesto una manta, y ella me informó de que estaban a punto de tomar un autobús y que llegarían a casa para cuando amaneciera.

—Estaremos allí lo antes posible —me aseguró con voz preocupada.

Yo experimenté una extraña y cálida sensación de proximidad al percibir que se desvelaba por nosotros.

—Nica, si hay cualquier cosa…

Asentí emocionada con la cabeza y entonces caí en la cuenta de que ella no podía verme.

—Tranquila, Anna… Si hay novedades, te llamo enseguida.

Me dio las gracias por la diligencia con que me había hecho cargo de él y, tras unas últimas recomendaciones, colgó con la promesa de que nos veríamos pronto.

Volví sobre mis pasos, entré en la habitación y ajusté la puerta para guardar el calor.

Me acerqué a la cama con pasos silenciosos, dejé el móvil sobre la mesilla, alcé lentamente los ojos y miré a Rigel.

—Ya están volviendo —susurré.

Sus facciones estaban petrificadas, como alabastro pulido. Yo permanecía igual de quieta junto a la cama, rehén de su rostro.

No sabría decir cuánto tiempo estuve allí mirándolo, de pie, inquieta e indecisa, hasta que los muelles cedieron bajo mi peso.

Me senté al borde de la cama, como si tuviera miedo de despertarlo.

Por un momento, no fui capaz de imaginar su feroz reacción si supiera que no solo había entrado de nuevo en su habitación, sino que había estado sentada en su cama, mirándolo, como si no temiera las consecuencias.

Me habría gruñido. Me habría echado. Me habría mirado con ese desprecio que sabía que me laceraba como un cuchillo.

«Tú eres el fabricante de lágrimas».

Recordé aquella acusación con un dolor amargo e indefinido. ¿Yo? ¿Cómo podía ser yo? ¿Qué había querido decir?

Contemplé su rostro dormido con la condescendencia de quien está observando una fiera de puntillas, consciente de que no puede comprenderla.

Y sin embargo…

Sin embargo, al observarlo en ese momento…, sentí algo inexplicable. Una paz indefinida.

Sus hermosas facciones estaban distendidas, sus largas pestañas sombreaban sus elegantes pómulos y sus labios en calma. En ese momento, sus orgullosos rasgos estaban investidos de una serenidad que jamás había percibido en él hasta ese momento.

Nunca me había permitido verlo así. Siempre había una mueca que desfiguraba los labios o una mirada oscurecida por aviesas intenciones.

Tragué saliva y un cúmulo de sensaciones inaprensibles me oprimió el corazón. Mientras observaba el movimiento delicado y profundo de su torneado pecho y la piel de su garganta vibrando suavemente al compás de los latidos de su corazón…, me di cuenta de que jamás había estado tan guapo.

Los pómulos afilados y las sombras bajo los párpados no desmerecían la armonía de su rostro, sino que, por el contrario, le conferían el encanto de una juventud corrompida, marchita. No había lividez que no le aportara encanto. No había cicatriz, corte o herida que pudiera ofuscar aquella luz.

Estaba bellísimo así de tranquilo.

¿Cómo se explicaba que todo aquel esplendor pudiera encerrar algo tan… oscuro e incomprensible?

¿Cómo era posible que el lobo tuviera un aspecto tan delicado cuando su finalidad solo era dar miedo?

De pronto, una irregular bocanada de aire le hizo entreabrir la boca. Rigel movió apenas la cabeza y el paño se deslizó a un lado: sin pensarlo, me incliné sobre él para sostener la compresa. Contuve la respiración y mis ojos descendieron impacientes e inquietos hacia su rostro, pero él…

Él permanecía inmóvil, a un suspiro de distancia. Lo contemplé en los límites de una intimidad que nunca me había consentido. Lo contemplé no como al fabricante de lágrimas.

Solo como a… Rigel

Solo como a un joven dormido, enfermo, con un corazón y un alma iguales a las de muchos otros.

Entonces me venció una tristeza inexplicable. Desesperanzada e impotente. Constelada de magulladuras que él me había dejado por dentro sin tan siquiera tocarme.

«Te odio», hubiera querido decirle entre dientes, como hubiera hecho cualquier otro en mi lugar.

»Te odio, no soporto tus silencios, ni una sola de las cosas que me dices.

»Odio tu sonrisa, el modo en que no quieres estar a mi lado, todos los mordiscos que me has asestado.

»Te odio por el modo en que sabes estropear las cosas hermosas, por la violencia con que te alejas, como si yo fuera a privarte de algo.

»Te odio… porque no me has dejado otra elección».

Pero no salió nada de mi boca.

Aquel pensamiento no se materializó, se disolvió en mi corazón y la resignación me dejó vacía por completo. De pronto, me sentí terriblemente cansada.

Porque no era verdad.

Yo no odiaba a Rigel. Nunca podría odiarlo.

Solo hubiera querido comprenderlo.

Solo hubiera querido ver que ahí debajo había algo más, forjado en la sombra de un corazón como el de muchos otros.

Solo hubiera querido convencer al mundo de que se equivocaba.

—¿Por qué me apartas siempre? —susurré angustiada—. ¿Por qué no me permites comprenderte?

Nunca hallaría respuesta a aquellas preguntas.

Él jamás me la daría.

Sentí que cedía poco a poco sobre el colchón, cada vez más amodorrada. Hasta que la oscuridad me engulló.

Al final, lo único fui capaz de hacer, lo único que pude devolverle de lo que él siempre me había dado, no fue más que fue un lento y larguísimo suspiro.

15

Hasta la médula

Puedes lacerar el amor, repudiarlo,
arrancártelo del corazón, pero él siempre
sabrá cómo encontrarte.

Todo ardía a su alrededor.

Era una prisión blanda e hirviente.

¿Dónde estaba? No lo sabía. No era capaz de sentir nada. Solo percibía un dolor difuso, como si la fiebre doblara los huesos dentro de los músculos.

Sin embargo, en aquel letargo denso y artificioso, ella se le aparecía como en un sueño.

Tenía unos contornos tan nebulosos que nadie habría sabido que se trataba de Nica, si no fuera por el hecho de que él la conocía de memoria, con todos sus matices y sus luces.

Pudo imaginársela perfectamente incluso en la confusión desorientadora de la fiebre. Hasta le pareció que estaba allí, junto a él, irradiando una calidez que no le pertenecía.

Oh, qué maravillosos eran los sueños…

En ellos no había terrores ni frenos. No tenía que reprimirse, ocultarse, retroceder. Allí podía tocarla, vivirla y sentirla sin necesidad de explicaciones. Rigel hubiera podido llegar a amar aquel mundo irreal si la felicidad efímera que tocaba cada noche no le dejara cicatrices tan profundas en el corazón.

Porque la ausencia de Nica quemaba. Excavaba surcos con la misma ternura que prodigaba caricias. Él sentía todos y cada uno de aquellos cortes por las mañanas, cuando se despertaba con las sábanas vacías, sin la presencia de ella.

Pero en aquel momento…

Casi le pareció que podía tocarla. Percibir sus propias manos pasando por encima de su esbelta cintura y envolverla hasta sentir que algo lo llenaba.

Era capaz de moverse. Aunque deliraba, se sentía consciente. ¿Lo estaba? No, imposible. Solo en sus sueños la tenía a su lado.

Desde luego, ella era muy real… La abrazó y hundió el rostro en su cabello, como hacía todas las noches.

Hubiera deseado arder en su perfume, hallar consuelo en aquella amargura eterna y extremadamente suave donde Nica, en vez de salir huyendo, lo acunaba en sus brazos, prometiéndole que jamás lo dejaría.

Y fue como si… Oh, fue como si… como si realmente pudiera sentir aquel cuerpecito diminuto respirando muy cerca de él y palpitando, apretado contra su cuerpo…

*

Algo me hacía cosquillas en el mentón.

Moví el rostro, hundiéndolo en el frescor de la almohada.

Los pajarillos trinaban, el mundo se desataba fuera de mí, pero tardé un poco en decidirme a abrir los ojos.

Sentí un temblor en la frente y entreabrí las pestañas. Unos sutiles hilos de luz me empañaron el rostro. Parpadeé somnolienta y la realidad fue delineándose poco a poco a mi alrededor.

Mientras enfocaba los objetos, me di cuenta de la extraña posición en que me encontraba. Hacía bastante calor. ¿Por qué no podía moverme?

Esperaba ver los contornos de mi habitación, pero no fue así. Algo de color negro ocupaba toda mi visión.

Era pelo.

¿Pelo?

Abrí los ojos, sobresaltada.

Tenía a Rigel completamente encima de mí.

Su pecho era un muro ardiente de carne y músculos. Sus anchos hombros me envolvían y sus brazos me rodeaban suavemente la cintura. Tenía el rostro oculto debajo del mío. Totalmente hundido en la cavidad de mi cuello. Sentía su cálida respiración acariciándome la piel. Mis piernas estaban encima de las suyas, y la sábana, que debía de haberse salido quién sabía cuándo, colgaba por un lado del colchón. Me quedé sin aliento. Por un instante, me olvidé de cómo se respiraba.

Mientras me ahogaba por momentos, observé que tenía los brazos extendidos hacia delante: uno pasaba por debajo de su cuello, el otro atravesaba suavemente su cabeza, acariciado por unos mechones morenos.

Mi mente estalló en un delirio terrible. Una repentina sensación de claustrofobia me cerró la garganta y el corazón empezó a martillearme la piel.

¿Cómo habíamos acabado así?

¿Cuándo? ¿Cuándo me había tumbado en la cama?

¿Y las mantas? Las mantas… ¿No había también unas mantas?

Sentí sus manos debajo de mí, encajadas entre el colchón y mi cuerpo, estrechándome con suavidad, pero con cierta firmeza a la vez.

Rigel… Rigel me estaba abrazando.

Estaba respirando casi en mi rostro.

Él, que nunca había permitido que lo tocasen, tenía el rostro pegado a mi cuello, y me abrazaba de tal modo que me resultaba imposible saber dónde empezaba yo y dónde terminaba él.

No podía dar crédito, estaba consternada.

Traté de moverme, pero al instante el olor de su cabello llegó hasta mi nariz con toda su fuerza.

Su perfume me envolvió como una sombra intensa y vibrante. No sabría describirlo. Era… vigoroso, penetrante, salvaje, justo como él. Recordaba la lluvia y los truenos, la hierba mojada, las nubes cargadas y el crepitar de la tormenta.

Rigel olía a tempestad. ¿A qué huele la tempestad?

Aparté el rostro e intenté sustraerme a aquellas sensaciones, pero no lo conseguí.

Me gustaba. Su olor me gustaba… Lo encontraba irresistible, casi familiar. Tuve la trágica percepción de sentirlo como algo mío. Yo, que me quedaba bajo la lluvia hasta que se me empapaba la ropa por completo. Yo, que siempre me había sentido libre cuando me acariciaba el viento. Yo, que había abrazado el cielo infinidad de veces, me sentí embriagada hasta el delirio.

No podía ser cierto.

Era una locura.

Cerré los ojos, tratando de no temblar entre aquellos brazos de los que siempre había huido… Y, cuando estaba tratando de apartarme, su cabello se deslizó, cubriendo mis tiritas.

Me quedé bloqueada.

Rigel seguía durmiendo, perdido en un sueño profundo. Moví apenas las yemas de los dedos. Sentí que el corazón me latía con delicadeza en la garganta cuando le acaricié el pelo a la altura de su cuello.

Era… era…

Lo palpé despacio, con cuidado. Y, cuando vi que no se movía…, hundí mis manos en su pelo, despacio. Era increíblemente esponjoso, suave y agradable al tacto.

Lo examiné con el corazón desbocado. Cada respiración, cada contacto era algo nuevo y al mismo tiempo extremadamente turbador. Aquel momento quedaría impreso para siempre en mi memoria.

Mientras lo acariciaba con mucha prudencia, me pareció que Rigel exhalaba un leve suspiro.

Su respiración tuvo el efecto de una ola invisible y cálida sobre mi piel. Me transmitió sosiego.

Poco a poco, la realidad se fue disipando y acabó convirtiéndose en el marco de los latidos de Rigel. Su corazón latía despacio, tranquilizador y delicado.

¿Qué había en aquel corazón?

¿Por qué lo tenía encerrado como una fiera si podía latir con tanta dulzura?

En un impulso desesperado, deseé acariciarlo como estaba acariciándolo a él. Sentí que su latido reverberaba en mi estómago con una ternura desarmante y entonces apoyé mi mejilla en su cabeza, derrotada.

Me rendí… porque no tenía fuerzas para luchar contra algo tan delicado.

Entrecerré los párpados y con un suspiro extenuado me abandoné en los brazos del único chico del que debería mantenerme alejada. Me dejé acunar por su corazón. Y, por un momento… Por un momento, allí abrazada a él, alejados del mundo, de lo que siempre habíamos sido… Solo por un instante, sí, corazón contra corazón, me pregunté por qué no podríamos estar siempre así…

La vibración del móvil me devolvió a la realidad.

Abrí los párpados aturdida y la habitación se tambaleó ante mis ojos.

Me estiré hacia atrás, aún entre los brazos de Rigel, y traté de alargar la mano.

No alcanzaba.

—Rigel —susurré despacio, sin saber qué decir—, el móvil... Podría ser Anna.

No me oía. Seguía durmiendo profundamente, con el rostro hundido bajo el mío.

Apoyé una mano en su hombro, tratando de que aflojara la presa que sus brazos ejercían sobre mí, pero fue en vano.

—Rigel... ¡Debo contestar!

El móvil dejó de sonar de pronto.

Susurré y me apoyé de nuevo en la almohada.

Era Anna, lo presentía. Quizá quería avisarme de que ya estaba llegando. Dios mío, debía de estar preocupada...

Me giré de nuevo hacia el interior de la cama. La respiración de Rigel era una cálida caricia sobre mi piel y ni siquiera me di cuenta de que tenía apoyada una mano sobre su pelo cuando le dije con la voz clara, pero procurando que sonara delicada:

—Rigel, ahora tengo que levantarme.

Una parte de mí temía despertarlo.

Temía su reacción.

Temía verlo apartarme de su lado de nuevo...

—Rigel —murmuré a mi pesar—. Rigel, deja que me levante, por favor...

Le hablé al oído con delicadeza y esperaba que la suavidad de mi voz surtiera efecto de algún modo.

Entonces pasó algo.

Mi voz pareció mezclarse con sus sueños. Rigel espiró en mi garganta y emitió un gemido sordo y estrechó aún más su abrazo. Su perfume me envolvió como un seductor guante.

—Rigel —repetí con un hilo de voz mientras sus músculos resbalaban y se deslizaban haciendo crujir las sábanas. Su presa se hizo más firme y el calor de su cuerpo aumentó.

Me pareció que frotaba la nariz contra mi piel.

Noté que se me cerraba el estómago y se me encendían las mejillas. Supuse que estaba soñando, porque se movía como animado por un lento impulso que me hizo sentirlo aún más pegado a mi cuerpo.

Puede que tuviera que ir más despacio todavía. Con delicadeza…

Acerqué aún más los labios. Le aparté con los dedos el pelo que le cubría la oreja, lo mantuve hacia atrás con cuidado, y le susurré como en un suspiro:

—Rigel…

Pero me pareció que así había empeorado las cosas, porque entreabrió los labios y su respiración se hizo más profunda. Se volvió larga, lenta, casi íntima, como si de algún modo le costase respirar.

Entonces, de pronto, aproximó su angulosa mandíbula a mi cuerpo. Y sus labios se posaron en mi garganta.

Un latido desacompasado me cortó la respiración. Todo mi ser se estremeció por la sorpresa y hundí los dedos en su hombro, emitiendo un chasquido.

Tuve una sensación ensordecedora, pero al mismo tiempo sentía que sus brazos me estrechaban con más intensidad. Rigel movió los labios junto a mi garganta, los abrió y presionó de nuevo con tal delicadeza que me retorcí y me contraje al mismo tiempo.

Estaba totalmente en tensión, perpleja y consternada por el hecho de que ni siquiera me saliera la voz para protestar. Un cúmulo de sensaciones locas me devoraban por dentro y sentí que me brotaban flores de fuego en la piel.

Me revolví y por fin me apresuré a empujar su pecho con mis antebrazos.

—Rigel —musité arrastrando la voz, pero entonces cerró la boca y sus dientes somnolientos acariciaron mi carne. Concluí que Rigel no estaba durmiendo, sino que se hallaba en un estado de semiinconsciencia provocado por la fiebre. Un delirio. Tenía que ser un delirio.

Dejé escapar un gemido cuando me dio un leve mordisco. Contraje la mandíbula y rogué que me diera una tregua. Su lengua, su boca, sus mordiscos, todo… era como para enloquecer, una tormenta de escalofríos tan potentes que dudé de si podría soportarlos. Era demasiado para mí.

Pero la situación fue a peor cuando oí cerrarse la puerta un coche, seguida de unos pasos que entraban en la casa.

Me asaltó el pánico. Anna y Norman.

—¡Nica! —gritó Anna, buscándome, y yo hundí los dedos en los hombros de Rigel.

«Oh, Dios, no, no, no…».

—Rigel, tienes que soltarme. —Tenía el corazón desbocado, como un insectillo fuera de sí—. ¡Ahora!

Su boca me aturdía. Estaba rígida y me ardía el cuerpo. Me parecía estar delirando.

Rigel deslizó una rodilla entre mis piernas y sentí que tensaba los músculos y los contraía. Apreté los muslos por instinto y exhalé un suspiro ronco.

—¡Nica! —volvió a llamarme Anna.

Jadeé. Mi respiración sonaba increíblemente ruidosa. Miré alarmada en dirección a la puerta. Estaba cerca, estaba allí, estaba… estaba…

Movida por el pánico, cogí del pelo a Rigel con fuerza y lo aparté bruscamente.

Oí un leve gemido mientras volvía a dejarse caer en el colchón y yo me escabullía de la cama.

Cuando al cabo de un instante la puerta se abrió de golpe, Anna tenía la mano adelantada, justo a punto de sujetar el tirador.

Observó con sorpresa mi rostro descompuesto y congestionado en el momento en que le abrí.

—¿Nica?

—Ya está mucho mejor —farfullé atropelladamente, mientras Rigel yacía enterrado bajo la almohada que yo acababa de lanzarle a la cabeza.

Pasé por su lado a toda prisa con el pelo revuelto y me esfumé llevándome una mano al cuello.

Me alejé de aquella habitación con las rodillas temblando y la mente desquiciada, mientras mi corazón seguía atrapado allí, donde la boca de Rigel ardía de un modo que jamás podría olvidar.

Unas horas más tarde, seguía sin poder quitarme de la cabeza aquella sensación.

La sentía abriéndose paso por mi piel.

Quemaba.

Me obsesionaba.

Palpitaba por todas partes como una contusión invisible.

Me acaricié la garganta con los dedos mientras bajaba las escaleras. Había detectado un pequeño enrojecimiento cuando me había mirado en el espejo y esperaba de todo corazón que el pelo suelto lo cubriese.

Sin embargo, por mucho que tratase de esconderlo, lo que me turbaba no era su superficie, sino su profundidad. Algo navegaba en mi interior como un navío en medio del temporal y aún no veía el modo de salvarme.

Entré en la cocina cuando la tarde ya estaba avanzada. Tenía que pasar a buscar agua, pero me detuve en el umbral. Rigel estaba sentado a la mesa.

Llevaba un jersey azul con el cuello más bien ancho y me pareció que, si bien aún no tenía muy buena cara, seguía resultando fascinante. Su pelo negro, abundante y desordenado, resaltaba con las luces del atardecer, y me estaba mirando fijamente.

Mi corazón dio marcha atrás y se detuvo un poco por debajo de la garganta.

—Yo… Oh —musité con torpeza, mordiéndome la legua. Me quedé mirando la caja que llevaba en la mano—. Anna me ha pedido que te llevara las medicinas —le expliqué, como si no supiera con qué llenar aquel silencio—. Había… hum… venido a buscar agua. —Me fijé en que Rigel tenía un vaso en la mano y apreté los labios—. Supongo que ya no es necesario…

Alcé la mirada despacio, insegura, y sentí un hormigueo en las mejillas al comprobar que Rigel no había apartado los ojos ni un milímetro de mi rostro. Se veían extremadamente vivaces y brillantes, ni siquiera el cansancio parecía mermar la profundidad de su mirada. Los iris resaltaban como diamantes negros en contraste con su tez.

—¿Cómo… te encuentras? —musité tras una pausa.

Rigel desvió la vista, frunció una ceja y dibujó una mueca irónica con los labios.

—De maravilla —anunció, arrastrando las sílabas.

Jugueteé con la caja, azorada, y también desvié la mirada en la misma dirección que Rigel.

—¿Tú… tú recuerdas algo de esta noche?

Fue superior a mí. Pero necesitaba saberlo.

Necesitaba saber si él recordaba algo. Algún detalle minúsculo, por irrelevante que fuera…

En ese instante había fragmentos de mi alma que rezaban por que fuera así. Aquella pregunta me tenía en vilo, como si de ella dependiera el destino del mundo.

Porque…, para mí, algo había cambiado.

Había visto a Rigel frágil por primera vez, lo había tocado, lo había acariciado, me había acercado a él. Lo había cuidado. Me había parecido humano e inerme, y hasta la niña que había en mí había tenido que abandonar la idea imposible de superar del fabricante de lágrimas y verlo tal como era.

Un chico que rechazaba el mundo.

Un chico solitario, duro y complicado que no permitía que nadie le tocara el corazón.

—¿Recuerdas algo de lo que sucedió? —le pregunté de nuevo y percibí que iba a mirarme de nuevo.

Cualquier cosa… cualquier cosa serviría… Cualquier cosa con tal de no ver regresar al lobo que siempre me ahuyentaba.

Rigel me observó reticente, algo confuso.

Se dejó caer sobre el respaldo de la silla y volvió a exhibir su aura intimidatoria.

—Ah, sí… Alguien debió de llevarme a la habitación. —Paseó brevemente la mirada por la estancia antes de posarla de nuevo en mí con insolencia—. Supongo que debería darte las gracias por el morado que tengo en el hombro.

El recuerdo de nuestra caída destelló en mi cabeza. Aquello había sido un golpe bajo y el sentimiento de culpa me dejó sin palabras.

Sin embargo, no me moví de donde estaba. Rigel acababa de darme a entender que entre nosotros seguía existiendo la misma frontera de antes, pero yo no cedí. No me eché atrás, no me escondí detrás de mi melena. Permanecí en el umbral de la cocina mirando la caja del medicamento, porque en mi interior palpitaba algo que, pese a su endeble apariencia, seguía reluciendo: la esperanza. Diáfana e inquebrantable, siempre iba conmigo, desde que era pequeña. La misma que ahora apuntaba hacia él, sin la menor intención de rendirse.

Así que, lejos de marcharme, una fuerza desconocida me empujó a entrar.

Crucé la cocina, me acerqué a la mesa donde él estaba sentado, abrí la cajita y extraje una pastilla.

—Tienes que tomarte dos —le indiqué con suavidad—, una ahora y otra esta noche.

Rigel se quedó mirando el comprimido y, a continuación, despacio, me miró a mí.

En sus ojos me pareció percibir algo escurridizo. Quizá porque yo había logrado acercarme a él pese a su sarcasmo. O quizá por el hecho de que no le había tenido miedo…

Por un momento, pensé que trataría de ahuyentarme.

Por un momento, creí que se mofaría de mí y me lanzaría otra puya.

Pero Rigel se limitó a volver la cabeza y a bajar la mirada.

En silencio, sin pronunciar palabra, alargó la mano y cogió la pastilla.

Sentí un calorcillo en el pecho cuando alzó el vaso. Me embargó una felicidad incontenible y me incliné hacia delante:

—Espera, hace falta más agua.

Mis dedos rozaron los suyos.

Solo fue un instante.

Retiró la mano bruscamente y se puso en pie de golpe; el ruido de la silla cortó el aire y el vaso explotó sobre el suelo, esparciendo cristales por todas partes.

Se apartó tan inesperadamente y con tal ímpetu que me tambaleé hacia atrás.

Lo miré a los ojos, conteniendo la respiración. La repulsión con que acababa de rechazar aquel contacto me hirió como uno de aquellos vidrios.

Sentí una profunda desilusión cuando levantó los ojos de improviso y me fulminó con la mirada. Sentí que se infiltraba en mi interior como las raíces de un árbol muerto, justo donde antes había brillado la esperanza.

Y…

Fue un poco como si me marchitara.

*

Quemaba.

La respiración le quemaba.

Habría debido contenerse, pero aquel contacto imprevisto lo había perturbado hasta la médula, provocándole un calor mucho más apremiante que la fiebre.

Reprimió una palabrota. En un arrebato de pánico, se preguntó si ella se habría dado cuenta de que estaba temblando cuando se marchó.

Pero cuando reunió el valor suficiente para mirarla, sintió el vacío.

Vio la desilusión en aquellos ojos incrédulos y sintió un dolor que ensombreció cada centímetro de su alma.

Nica abatió lentamente el rostro y cada uno de los instantes que duró aquel pequeño movimiento fue una astilla clavada bajo la piel.

La vio agacharse. Sus manos menudas recogieron los vidrios que brillaban como gemas bajo los rayos de luz del atardecer y Rigel se preguntó si podría hacer lo mismo con las esquirlas de su corazón, solo con que le permitiera tocarlas.

Aunque fueran tan negras. Y sucias.

Aunque rezumasen toda la desesperación que arrastraba desde siempre.

Aunque cortasen y arañasen, y desollasen, y cada fragmento tuviera el color de sus ojos plateados, cada fragmento fuera una sonrisa que él había apagado en sus labios.

Sabía que solo habría debido decirle «gracias». Le debía mucho más de lo que dejaba entrever.

Lo sabía, pero estaba tan acostumbrado a morder y a arañar que ya se había convertido en un instinto. O tal vez, más fácil aún, no era capaz de mostrar otra cosa que no fuera esa naturaleza malvada que se había forjado de sí mismo.

Le aterrorizaba la idea de que ella, tan pura y tan limpia, pudiera conocer sus desesperados sentimientos.

—Rigel… —la oyó susurrar despacio.

Se quedó inmóvil, petrificado, como cada vez que escuchaba aquella boca hospedando su nombre.

—¿De… de verdad que no recuerdas nada?

La duda se abrió camino poco a poco, ¿qué tenía que recordar? ¿Había algo que debía recordar?

No, todo estaba bien así, se dijo enseguida. La sola idea de que ella lo hubiera tocado, mientras lo acompañaba arriba, bastaba para hacerle perder la cabeza. Sin embargo, el hecho de acordarse era aún peor.

—¿Y eso qué importa? —Se oyó preguntarse a sí mismo con más aspereza de lo que hubiera deseado. Aquel tono de voz escapó de sus labios antes de que pudiera ponerle freno y se arrepintió al instante cuando vio que ella se detenía.

Nica lo miró a los ojos.

Su mirada lo arrolló dulcemente, las pecas refulgieron sobre aquellas facciones finas y delicadas y sus labios descollaron como un castigo prohibido.

Lo miró de aquel modo tan suyo, de ninfa indefensa, de cervatillo, con una inocencia que le cortó la respiración.

Y de pronto Rigel fue consciente de tenerla arrodillada a sus pies.

Sintió que estaba ardiendo de nuevo, esta vez en un punto situado muy por debajo del pecho.

Apartó la vista enseguida. El tormento le selló los labios y sintió la necesidad de deshacerse de aquella visión: apretó la mandíbula e hizo ademán de marchase sin decir palabra.

Sin duda se habría ido si ella no hubiera escogido aquel instante para volver a pronunciar su nombre, haciendo que la tierra se detuviera bajo sus pies.

Y lo que le dijo a continuación no habría de olvidarlo jamás:

—Rigel… Yo no te odio.

*

Acababa de decirle la verdad.

No importaba las veces que yo huyera.

No importaba cuántas puyas me lanzara.

No importaba que intentara mantenerme alejada de él.

No importaba nada…

Yo no era capaz de romper aquel delgadísimo hilo que llevaba toda la vida uniéndonos.

Y no podía volver atrás. No después de haber sentido que se abandonaba indefenso entre mis brazos. No después de aquella mañana, cuando me dejó impresas todas aquellas sensaciones que habían calado mucho más allá de la piel.

Yo lo había visto.

No como el fabricante de lágrimas que era, sino como el chico que siempre había sido.

«¿Tú me odias?», recordé nuestra conversación en el pasillo… «¿Me odias, *falena*?».

No…

Rigel enderezó la cabeza.

Fue como ver cumplirse algo ya previsto, programado, dolorosamente inmutable.

Sin embargo, no por ello hizo menos daño.

Se volvió hacia mí, me miró un instante y sonrió.

—Le estás mintiendo al fabricante de lágrimas, Nica —afirmó, despacio y con amargura—. Y sabes que no deberías.

Allí estábamos una vez más, separados por aquella frontera en la que yo era la chica del Grave y él, el fabricante de lágrimas.

En el mismo punto de partida que cuando éramos niños.

La historia estaba destinada a repetirse.

La regla siempre era la misma: para derrotar al lobo, hay que perderse en el bosque.

Solo así se obtiene el final feliz.

Después de todo, los cuentos acaban con las palabras «para siempre».

¿Habría una excepción para nosotros?

16

Más allá del cristal

Los amores silenciosos son los más difíciles de tocar,
pero bajo la superficie brillan
con una sincera y magnífica inmensidad.

Apretó los dedos con todas sus fuerzas.

No le estaba causando suficiente dolor.

Las uñas lo hirieron, se le clavaron en la suave piel, pero Rigel no aflojó la presa.

—Te he dicho que me lo des —siseó de nuevo con aquel tono de voz que siempre asustaba a todos.

—¡No! ¡Es mío!

El otro niño se revolvió como un perro salvaje. Trató de arañarlo y empujarlo. Rigel le tiró del pelo con violencia, arrancándole un rabioso gimoteo de dolor; lo estaba doblegando sin contemplaciones.

—¡Dámelo! —gruñó, hundiéndole con furia las uñas en la piel—. ¡Ahora!

El otro obedeció. Abrió el puño y algo cayó al suelo. En el momento en que lo tuvo a sus pies, Rigel lo soltó y le dio un empujón.

El niño rodó por el suelo y se arañó las manos con la tierra. Le lanzó una mirada feroz, cargada de miedo, se levantó al instante y salió corriendo.

Rigel se quedó mirándolo mientras se iba, con la respiración entrecortada y las pequeñas rodillas llenas de rasguños. Se agachó para recoger lo que había conseguido y lo estrechó entre sus dedos.

Los arañazos le dolían. Pero no le importaba.

Le bastó con verla a lo lejos para dejar de sentir aquella quemazón en las rodillas.

Por la tarde, ella apareció en la entrada del dormitorio comunitario. Con la mano bajo los párpados, se enjugaba unas lágrimas que no cesaban desde hacía días.

De pronto, Nica alzó la vista y se fijó en su cama, al fondo de todas las demás. Y su cara de niña se iluminó.

El mundo resplandeció con la luz de su rostro y todo pareció más luminoso. Corrió hacia su cama y Rigel la vio pasar a través de las ventanas y arrojarse sobre la almohada.

La vio coger su muñeco en forma de oruga, el único recuerdo que le quedaba de sus padres. Fue en ese momento cuando Rigel se dio cuenta de lo raído y estropeado estaba. En la pequeña batalla que había librado con el otro niño, las costuras se habían soltado y el relleno se salía por delante como una nube de espuma.

Pero ella entornó los párpados y sonrió con una estela de lágrimas.

Lo estrechó contra su pecho como si fuera la cosa más valiosa del mundo.

Rigel la miró en silencio mientras ella acunaba su pequeño tesoro. Permaneció allí, oculto en la esquina del jardín, y con un alivio infinito, sintió que estaban brotando retoños entre todas sus espinas.

*

—¿Cómo te encuentras?

Cortinas llenas de sol y de luz difusa.

Anna estaba de pie y me daba la espalda. Había pronunciado aquellas palabras con una delicadeza única.

Rigel, sentado a la mesa delate de ella, se limitó a asentir, sin mirarla. Hacía dos días que no iba a la escuela por la fiebre.

—¿Seguro? —le preguntó con un tono de voz más suave.

Le peinó hacia atrás un mechón y dejó al descubierto el corte en la ceja.

—Oh, Rigel… —suspiró con cierta exasperación—, ¿cómo te has hecho estas heridas?

Rigel siguió mirando a un lado, sin decir nada. Intercambiaron un silencio que no comprendí y Anna no insistió.

No entendía por qué perdía el tiempo observándolos. La manera de ser de Anna me había robado el corazón, su actitud tan maternal me encantaba; sin embargo, cada vez que ambos hablaban, siempre me daba la impresión de que se me escapaba algo.

—Este corte tiene un color que no me gusta —dijo, volviendo a su ceja—. Podría estar infectado. No te lo desinfectaste, ¿verdad? —Le inclinó ligeramente la cabeza—. Necesitaría... ¡Ah, Nica!

Volví en mí en cuanto me mencionó. De pronto, sentí vergüenza por el modo en que los había estado observando a escondidas, como una ladrona.

—¿Podrías hacerme un favor? En el baño de arriba están el desinfectante y el algodón. ¿Podrías traérmelos?

Asentí, evitando a Rigel con la mirada. No había vuelto a hablarle desde la última vez.

Me sorprendía a mí misma demasiadas veces observándolo y lo peor era que ni siquiera me daba cuenta de ello.

Algo había quedado en suspenso entre nosotros y no había manera de quitarme esa idea de la cabeza.

Regresé poco después con lo que Anna me había pedido y la encontré dándole suaves toques en la herida con una servilleta. Me anticipé a su petición y humedecí una bola de algodón.

Cuando se lo pasé, ella se hizo un poco a un lado, concentrada en estudiar el corte. Comprendí que me estaba haciendo un hueco y dudé.

¿Quería que me encargase yo?

Avancé titubeante. Me puse delante de Anna y aparecí frente a Rigel.

Me miró durante un brevísimo instante. Sus ojos vibraron frenéticos sobre mis manos, mi cabello, mi rostro, mis hombros, y se apartaron con la misma rapidez, para volver a fijar la vista en el lado contrario.

Al acercarme, rocé sin querer su rodilla y me pareció que tensaba un músculo de la mandíbula antes de que Anna le inclinase más el rostro.

—Justo aquí... —dijo señalándome un punto.

Rigel parecía estar haciendo un gran esfuerzo por no rechazar aquel contacto con su habitual brusquedad. No lo hizo, pero intuí que aquella situación estaba poniendo a prueba su autocontrol.

Tanteé la ceja con atención. Me sentía muy tensa. En parte porque me daba miedo hacerle daño, en parte porque aquella proximidad excedía los límites de lo que me estaba permitido.

Me pareció que contraía la garganta. Rigel miraba obstinadamente a un lado y apretaba la mano que tenía apoyada en la rodilla con tanta fuerza que daba la impresión de que la piel de sus nudillos estuviera a punto de desgarrarse.

Sabía que todas aquellas atenciones lo irritaban, era así. Nunca había sido un entusiasta de las curas ni de que le estuvieran encima, lo detestaba. Ya desde que era pequeño, cuando parecía que todos solo quisieran mendigar una caricia, Rigel nunca se mostró interesado por aquellas lisonjas.

No como yo, que hubiera dado cualquier cosa por ser la destinataria de tantos cuidados.

De pronto, sonó el teléfono.

Anna se volvió tan deprisa que yo también me sobresalté.

—Ah… sigue tú un momento, Nica, vuelvo enseguida.

Le lancé una mirada implorante, pero fue en vano. Anna se fue y me dejó sola con Rigel. Este tenía los dedos clavados en la carne, como si aquella cercanía fuera más de lo que podía soportar.

Los latidos de mi corazón se hicieron más lentos.

¿Hasta tal punto odiaba tenerme cerca?

¿Tanto le desagradaba?

¿Por qué?

Me embargó la tristeza. Esperaba sinceramente que las cosas pudieran cambiar, pero entre nosotros existía un abismo. Un precipicio insalvable.

Y no importaba lo que yo esperase, no importaba hasta qué punto todo fuera distinto para mí, aquel muro seguía existiendo y existiría siempre.

Él siempre me ahuyentaría.

Siempre destruiría cualquier esperanza.

Siempre se mostraría lejano e inaccesible.

Miré a Rigel una última vez, solo para sentir que las garras de aquella tristeza se hundían en mi carne a modo de confirmación, extinguiendo toda esperanza. Solo así podría aceptarlo.

Y entonces mi corazón empezó a latir desacompasado.

Los hombros de Rigel ya no estaban tensos. Los dedos de sus manos se habían relajado, como si hubieran estado ejerciendo presión demasiado tiempo y finalmente se hubieran rendido. Y su rostro…

Tenía las facciones relajadas, sus ojos miraban a un lado, pero no con obstinación, sino con resignación. Mientras yo examinaba la herida, sus iris ahora lánguidos estaban saturados de un sufrimiento que, sin embargo, parecía aliviarlo a la vez.

Exhausto. Rendido. Agotado.

Así lo encontraron mis incrédulos ojos. Tan distinto de sí mismo que parecía otra persona.

Aquella visión me hizo temblar. Me sentí desfallecida, consternada. El corazón se me desbocó y me latía con tanta fuerza que me hacía daño.

Rigel suspiró con los labios cerrados, como si no quisiera dejarse oír ni por él mismo, y yo sentí que me desmoronaba.

Había algo más. Lo notaba. Hubiera querido susurrarle que las cosas no tenían por qué ser así, que podíamos formar parte de un cuento distinto solo con que él lo quisiera.

Lo miré con amargura, deseosa de poder comprenderlo.

Por instinto… deslicé un dedo por su piel y le acaricié la sien, despacio.

Me pareció tan frágil con aquella expresión atormentada que no me di cuenta de mi gesto.

Rigel se sobresaltó. Me fulminó con la mirada y sus ojos se volvieron de hielo en cuanto se percató de que lo estaba mirando, de que lo había estado mirando todo el tiempo.

Le dio un fuerte tirón a mi manga y se puso en pie de golpe.

Antes de que pudiera asimilarlo, tenía el brazo en alto por encima de mi cabeza y su mirada clavada en mis pupilas, superada por su cuerpo. Lo miré a mi vez, sin aliento, anclada en aquellos ojos abiertos de par en par, tras los cuales vi destellar emociones irrefrenables. Su cálida respiración me cosquilleaba la piel de las mejillas, que habían reaccionado al instante poniéndose al rojo vivo.

—Rigel… —exhalé con un hilo de voz.

Sentí que iba aumentando lentamente la presión sobre mi manga. Sus dedos estrujaron la tela y sus ojos se detuvieron en mis labios. Se me secó la garganta. Él estaba absorbiendo todas mis energías y, de pronto, me sentí débil.

Un silencio vibrante descompuso aquel momento en infinidad de fragmentos palpitantes mientras mi corazón temblaba, atronaba, reclamaba poder respirar, aunque fuera una sola vez…

Y entonces Rigel me soltó.

Fue tan repentino que por un momento me pareció que mis pies no tocaban el suelo. Me tambaleé y, en medio de aquella ensordecedora confusión, oí unos pasos acercándose.

—Eran unos amigos. Llamaban para saber si…

Anna se detuvo en el umbral y parpadeó cuando Rigel pasó por su lado y salió de la estancia.

Se volvió hacia mí.

—¿Va todo bien? —preguntó.

Y yo no hallé palabras con que responder.

Más tarde, mientras trataba de estudiar, los pensamientos no me daban tregua.

Se agolpaban en torno a Rigel, como abejas blancas, impidiendo que me concentrara. Parpadeé, en un intento de ahuyentarlos; sin embargo, seguían allí, como la huella de una luz intensa que has estado mirando demasiado tiempo.

Volví a la realidad cuando el móvil me indicó que tenía un mensaje.

Bajé el lápiz y eché un vistazo; era Billie.

Otro vídeo de cabritas. Últimamente me mandaba un montón. No sabía por qué tenían que gritar de aquel modo, pero cada vez que abría uno me quedaba encantada mirando la pantalla. Precisamente el día antes me había enviado uno de una llama que daba saltitos la mar de feliz, e inexplicablemente perdí media tarde de estudio.

Suspiré y esbocé una sonrisa. Era infantil, pero… aquellos vídeos me infundían serenidad. Apreciaba la consideración de Billie como un tesoro que debía custodiar; tenía a alguien que se acordaba de mí, que no necesitaba un motivo para mandarme mensajes, que confiaba en mí y me consideraba su amiga. Todo era nuevo para mí.

De pronto, sonó el móvil.

Miré la pantalla parpadeante y dudé antes de responder.

—¿Diga? Ah… Hola, Lionel.

Durante los últimos días, me había buscado muchísimo: por el móvil, en la escuela entre clase y clase…, pero verlo me producía una sensación extraña, casi de incomodidad.

No quería alejarlo, pero después de lo que había pasado con Rigel, cada vez que lo veía, su cara me recordaba aquella agresión.

Una parte de mí hubiera querido borrar aquel momento, barrerlo y fingir que nunca había sucedido…

Pero, en el momento en que comenzaba a disiparse, Lionel había empezado a escribirme con más insistencia. Quería saber si Rigel había tratado de defenderse desacreditándolo con falsas palabras y mentiras.

Yo le había dicho que no y él se tranquilizó enseguida.

—Asómate a la ventana —me dijo y, en cuanto obedecí me llevé una sorpresa, porque estaba allí abajo.

Me saludó con la mano y yo le correspondí algo desconcertada.

—Pasaba por la zona —me explicó sonriente—. ¿Por qué no bajas? Podríamos dar un paseo.

—Me encantaría, pero debo terminar los deberes…

—Va, venga, hace sol. Es un bonito día —me insistió con voz despreocupada—. ¿No me dirás que prefieres quedarte encerrada en casa?

—Pero tengo el examen de Física el viernes…

—Solo una vuelta. Vamos, baja.

—Lionel, me gustaría mucho —dije sujetando el móvil con las dos manos—, pero tengo que estudiar, de verdad…

—¿Y yo no? Es solo un paseo. Pero vale, si realmente no te apetece…

—No es que no me apetezca —me apresuré a decir.

—Entonces, ¿dónde está el problema?

Lo observaba desde la ventana y por un momento me pregunté si siempre era tan insistente. A lo mejor era yo, que me mostraba más evasiva de lo habitual…

—Vale —claudiqué al fin.

Después de todo, solo había dicho una vuelta, ¿no?

—Voy a ponerme los zapatos. Bajo en un momento.

Él sonrió.

Cogí una chaqueta al vuelo y me puse las zapatillas deportivas.

Me miré al espejo y comprobé que no se me viera el enrojecimiento del cuello. Aquella señal seguía allí, como un recuerdo que no quería desvanecerse. Pensar que lo habían hecho los labios de Rigel me hacía sentir un hormigueo en la sangre. Decidí ponerme encima un pañuelo verde botella y bajé.

Vi que Anna salía, pero me detuve y volví atrás para pasar antes por la cocina.

—Hola —le dije a Lionel desde la valla de casa. Me paré frente a él acomodándome el pelo tras la oreja y alargué la mano.

—Toma.

Lionel se quedó mirando el polo que le estaba dando. Después me miró a mí y yo le correspondí con una cálida sonrisa.

—Tiene un cocodrilo dentro.

Me observó impresionado y exhibió una sonrisa victoriosa.

Tenía razón, hacía un día bonito.

Mordisqueamos nuestros polos mientras paseábamos por la calle. Lo escuché con atención cuando me contó que su padre se había comprado un coche nuevo. Él no me pareció satisfecho por ello, se lamentó varias veces de la elección, aunque le constaba que era un modelo muy caro.

Tardé un poco en darme cuenta de que el camino arbolado ya no seguía paralelo a la calle.

—Eh, espera… —dije mirando a mi alrededor, confundida—. Hemos ido demasiado lejos. No… No conozco esta zona.

Él ni siquiera pareció escucharme.

—Lionel, hemos salido del barrio —traté de hacerle notar, caminando cada vez más despacio hasta detenerme. Él prosiguió la marcha hasta que se dio cuenta de que no lo seguía.

—¿Qué haces? —me preguntó—. Ah, no te preocupes. Conozco bien esta zona— añadió tranquilo—. Vamos.

Me lo quedé mirando con una expresión que no sabría explicar. Él también la captó.

—¿Qué pasa?

—Habíamos dicho que daríamos una vuelta por el barrio…

¿En qué momento debió de darse cuenta de que estábamos alejándonos demasiado?

—Solo hemos alargado un poco más el trayecto —respondió mientras me acercaba despacio. Me miró a los ojos y finalmente bajó el rostro—. La verdad es que yo vivo aquí cerca… —confesó, dándole una patada a un guijarro—. A cinco minutos. —Me echó otra ojeada y volvió a mirarse los pies—. Ya que hemos llegado hasta aquí…, podrías pasarte.

Me di cuenta de que estaba un poco cortado y eso me enterneció. Pensé que le haría ilusión enseñarme su casa. A mí también me gustaba la mía y sentía una punta de afecto y orgullo por vivir en ella, de ahí que no hubiera dudado en invitar a Miki. Supuse que a él le pasaría lo mismo.

Me relajé y sonreí.

—De acuerdo.

Lionel parecía feliz de que hubiera aceptado. Me lanzó una mirada vivaracha antes de enderezarse y rascarse la nariz.

Cuando llegamos a su casa, me pareció que estaba muy bien cuidada.

El garaje era automático y tenía un portón con un pomo pulido y resplandeciente. La gravilla perfectamente nivelada formaba una alfombra que conducía hasta la parte trasera del edificio, donde distinguí una canasta de básquet y un flamante cortacésped último modelo.

Unas hileras de violetas perfectas bordeaban el jardín con una precisión milimétrica. No pude evitar pensar en lo distintas que eran las gardenias tan espontáneas y alegres que adornaban nuestra valla.

Cuando entré, se abrió ante mis ojos un ambiente espacioso y limpio, con el suelo de mármol. Unas cortinas blancas daban sombra a las estancias y no había un solo sonido que alterara el silencio reinante.

Era una casa hermosa.

Lionel dejó la chaqueta encima de una butaca y pareció extrañarle que me limpiara cuidadosamente los zapatos en la alfombrilla antes de entrar.

—Tengo mucha sed… Tranquila, a esta hora no hay nadie.

Desapareció tras una puerta, lo seguí y entonces descubrí que era la cocina.

Lo encontré en la nevera, con una botella de agua y un vaso del que daba grandes tragos.

No se dio cuenta de que lo estaba mirando hasta que volvió a poner la botella en la nevera.

Se me quedó mirando un instante y parpadeó.

—Ah, por cierto… ¿Quieres un poco de agua?

Me acomodé el pelo tras la oreja, satisfecha por aquella muestra de gentileza.

—Oh, gracias.

Me pasó el agua con una sonrisa orgullosa y me la llevé a los labios, encantada con aquella sensación de frescor que me dejó en la garganta. Habría tomado más, pero Lionel ya había guardado la botella.

Me mostró la casa en toda su extensión.

Me fijé en que había varios marcos diseminados por aquí y por allá en mesitas, anaqueles y repisas. Lionel aparecía en casi todas, a distintas edades, y siempre tenía las manos ocupadas con un helado o un cochecito de juguete.

—Este lo gané el mes pasado —anunció orgulloso, mostrándome el trofeo del último torneo de tenis. Lo felicité y me pareció que se puso muy contento. Me enseñó sus medallas y, cuanto más admiraba yo sus trofeos, más se enorgullecía.

—Hay algo que me gustaría que vieras —me dijo con una sonrisa astuta—, es una sorpresa… Ven.

Lo seguí a través de la casa, pasando por un bonito salón, hasta que se detuvo delante de una puerta cerrada.

Se volvió y yo lo miré desde abajo, ingenua e intrigada.

—Cierra los ojos —me dijo con una sonrisa divertida.

—¿Qué hay en esta habitación? —pregunté al tiempo que admiraba la bella puerta de caoba.

—Es el estudio de mi padre… Cierra los ojos, va —insistió sonriente.

Me reí yo también por imitación mientras bajaba los párpados, picada por la curiosidad que me había despertado aquel juego.

Oí que abría la puerta. Me hizo avanzar y entramos juntos.

Sus manos guiaron mis hombros hasta un punto en concreto de la estancia. Sus dedos me estrecharon levemente antes de apartarse, como si hubiera querido marcar algo.

—Vale, ábrelos.

El estudio era precioso.

Pero no fue eso lo que me dejó de piedra.

En cuanto despegué los párpados, lo que me alucinó fue aquella pared llena de marcos de distinto aspecto y dimensiones.

Y el número desproporcionado de insectos que asomaban bajo el cristal.

Decenas de relucientes escarabajos, cetonias doradas, el ciclo de las crisálidas, abejas, libélulas de distintos colores, mantis religiosas y hasta una colección de conchas de caracol perfectamente alineadas.

Contemplaba aquella colección como si alguien me hubiera embalsamado a mí también.

—¿Te has fijado? —exclamó Lionel con orgullo—. ¡Acércate y mira!

Me llevó frente al cuadro de las mariposas. Observé con los ojos como platos todos aquellos cuerpecillos inmóviles, atravesados por alfileres, y Lionel me señaló un ejemplar que había en la parte inferior.

—¿Ves lo que pone aquí? —«Nica flavilla» rezaba un cartelito escrito con caracteres elegantes al lado de una pequeña y grácil mariposa de un naranja brillante—. ¡Se llama como tú! —declaró con una orgullosa sonrisa, como si acabara de mostrarme un descubrimiento increíble por el que debería sentirme halagada.

Sentí que la sangre abandonaba mi rostro, solo veía alas tiesas y abdómenes ensartados, pero Lionel malinterpretó mi silencio.

—Es de locos, ¿a que sí? Mi padre, en su tiempo libre, colecciona un montón de cosas, pero está muy orgulloso de esta colección en particular. Piensa que la ha reunido él mismo, con sus manos, cuando era… Oh, Nica… ¿Va todo bien?

Me había apoyado en el borde del escritorio. Tenía los labios contraídos, como si estuviera a punto de vomitar el polo en el suelo de mármol.

—¿No te encuentras bien? ¿Qué te pasa?

Me acribilló a preguntas mientras yo seguía tragando saliva y sentía que algo se removía bajo mi esternón.

—Espera aquí, ¿vale? Voy a traerte más agua. Vuelvo enseguida.

Salió del estudio y traté de calmarme. La sorpresa me había jugado una mala pasada, pero me esforcé en inspirar hondo. Yo ya sabía que era especialmente sensible, pero aquello era lo último que me esperaba en la vida.

Lionel regresó enseguida con la botella de agua.

Me la pasó, pero hasta que no tendí la mano no se dio cuenta de que se había olvidado el vaso.

—Espera.

Volvió a desaparecer. Entrecerré los ojos y seguí tragando aire.

La estancia había dejado de dar vueltas. Al cabo de poco, Lionel estaba de vuelta con el vaso y yo se lo agradecí.

—¿Te sientes mejor? —me preguntó en cuanto hube bebido.

—Asentí, tratando de tranquilizarlo.

—Ha sido solo un momento… Ahora estoy bien.

—A veces las emociones nos juegan malas pasadas —aseveró sonriendo divertido—. ¿A que no te esperabas una sorpresa así?

Esbocé una sonrisa nerviosa y, para cambiar de tema, le pregunté a qué se dedicaba su padre. Descubrí que era notario y estuvimos charlando un poco más.

—Se hace tarde —dije en un momento dado mirando fuera. Me acordé de que tenía un montón de deberes por hacer.

Salimos del estudio y Lionel insistió en acompañarme a casa.

—Si quieres refrescarte un momento antes de marcharte, allí está el baño…

Me detuve de golpe.

Lionel me siguió la mirada y, cuando vio que me había parado, esbozó una sonrisa.

—Aquí es donde mi madre tiene sus cosas —me explicó, apoyando la mano en la puerta de una habitación. La abrió del todo y ante mis ojos aparecieron unas largas varillas de las que colgaban unas cintas relucientes.

—Es profesora de gimnasia rítmica —le oí decir mientras yo entraba en la sala absolutamente fascinada.

Un gran espejo ocupaba toda la pared del fondo, junto a unos extraños bolos que me parecieron demasiado estrechos.

—Son mazas —me ilustró Lionel—. En sus tiempos, ganó muchas medallas… Era buena. Pero ahora solo se dedica a enseñar.

Observé las fotos con los ojos brillantes y risueños. ¡Cuántos colores y qué grácil! Parecía un cisne multicolor, irradiaba una armonía delicada y cautivadora.

—Es algo hermosísimo —dije, radiante y sincera.

Me volví hacia él y le sonreí con los ojos chispeantes.

Lionel me miró a su vez, levemente emocionado.

También me sonrió. En su mirada reconocí el mismo fulgor que había visto en las fotos donde salía estrechando una copa.

Cogió una varilla y de pronto una larga cinta serpenteó en el aire, proyectando resplandores rosados. Seguí con admiración aquella banda ondulante y me reí cuando Lionel la hizo voltear a mi alrededor, creando espirales sobre mi cabeza.

Giré muchas veces sobre mí misma, tratando de capturar la cinta con los ojos, buscando el modo de seguirla. Lionel solo era una sonrisa desenfocada más allá de la seda.

Llegó un momento en que la cinta empezó a enroscarse a mi alrededor.

Sentí que de pronto se me pegaba al cuerpo y se me congeló la sonrisa.

—Lionel… —balbuceé.

La tela me inmovilizó los brazos y un terror visceral me asaltó. Sentí que me ahogaba. Mi cuerpo se contorsionó, se me disparó el corazón y el miedo estalló en forma de grito desgarrador.

La varilla cayó al suelo con un repiqueteo.

Retrocedí bajo la atónita mirada de Lionel. De pronto, me había convertido en un violento haz de escalofríos mientras me arrancaba la cinta del cuerpo, jadeando con tanta desesperación que apenas podía respirar. La sangre me martilleaba la sien, mientras en mi mente se sucedían una serie de vívidas pesadillas, fragmentos oscuros que se intercalaban con la realidad, recuerdos de una puerta cerrada y un techo desconchado.

—¿Nica?

Hundí los dedos en los codos y me abracé con fuerza, respirando a duras penas.

—Yo… —exhalé, frágil y consternada—. Perdona… Yo… Yo…

Lágrimas de impotencia comenzaron a deslizarse por los vértices de mis ojos. Una apremiante necesidad de esconderme me empujaba por dentro con una insistencia nauseabunda y de pronto sentí que la mirada de Lionel me corroía el estómago. Me precipité en mis terrores y volví a ser una niña.

No debía dejar que me vieran.

Desearía poder comprimirme los brazos, desaparecer, volverme invisible. Desearía arrancarme la piel con tal de que dejara de prestarme atención.

«¿Sabes lo que pasa si se lo dices a alguien?».

Hubiese querido gritar, pero se me cerró la garganta y no fui capaz de decir nada: me di la vuelta y salí a toda prisa de la estancia.

Encontré la puerta del baño y me encerré dentro. Las náuseas hicieron que me retorciera y me lancé hacia el grifo; el chorro frío salió disparado desde el metal y me inundó las muñecas.

Las dejé así, empapándose, mientras Lionel llamaba a la puerta con insistencia, diciéndome que le abriera.

Algunas cicatrices nunca dejan de sangrar. Hay días en que se fisuran y las tiritas no bastan para sanar las heridas; en esos momentos, era cuando constataba que seguía siendo ingenua, infantil y frágil como tiempo atrás.

Era una niña en el cuerpo de una chica. Miraba el mundo con los ojos de la esperanza porque no era capaz de admitirme a mí misma que estaba desilusionada de la vida.

Quisiera ser normal, pero no lo era.

Era distinta.

Distinta de todos los demás.

Al final, llegué a casa muy tarde.

El crepúsculo asomaba entre los árboles y salpicaba el asfalto, pintándolo de un negro reluciente.

Lionel me acompañó hasta la valla, en silencio durante todo el trayecto.

Después de haber permanecido encerrada en el baño durante un tiempo interminable, me excusé muchas veces por lo que había pasado. Traté de minimizar lo sucedido por todos los medios. Le dije que me había asustado, que no había sido nada, que no había motivo para preocuparse. Sabía lo ridículas que sonaban aquellas palabras, pero no por ello perdí la esperanza de que me creyera.

A Lionel aquella reacción mía lo dejó desconcertado, no sabía si había hecho algo incorrecto, pero yo le aseguré que estaba bien y que no había pasado nada. No volví a mirarlo a los ojos y él tampoco me dijo nada más. Hubiese querido borrarle aquel momento de la memoria con todas mis fuerzas.

—Gracias por haberme acompañado —murmuré delante de casa. No me atrevía a mirarlo directamente.

—De nada —se limitó a decir. Sin embargo, por su voz intuí que estaba confundido.

Reuní las fuerzas suficientes para alzar la mirada. Le sonreí despacio, con una leve expresión de pesar y él trató de hacer lo mismo, pero acabé desviando la vista hacia la casa de los Milligan.

Antes de decirle adiós, me pareció que centraba su atención en algo.

—Hasta luego.

Sentí que su mano me retenía.

Antes de que pudiera moverme, Lionel se inclinó sobre mí; sus labios encontraron mi mejilla y la besaron.

Parpadeé y vi que esbozaba una sonrisa.

—Hasta luego, Nica.

216

Lo vi alejarse mientras me tocaba la mejilla con el dedo, consternada, y entré en casa.

La encontré inmersa en la quietud. Me quité la chaqueta y la colgué del perchero tras cruzar el vestíbulo para dirigirme arriba. Me detuve de pronto al notar la presencia de alguien. Entre los rayos mortecinos, vi que la biblioteca albergaba una figura silenciosa.

Rigel estaba sentado al piano.

Estaba sumido en un silencio total. Con un dedo acariciaba las teclas sin pulsarlas y su presencia propagó a través del aire un encanto decadente y elegante que me embargó y me hizo estremecer.

Al cabo de un momento, deslizó las pupilas por encima de su hombro y las posó en mí.

Mi alma se estremeció hasta los huesos. Nunca hasta entonces me había mirado así: me helaba y me quemaba al mismo tiempo, no sabría explicarlo de otro modo. Era una mirada amarga. Potente. Y me turbó demasiado.

Rigel dejó de mirarme y se levantó.

Pero, antes de que pudiera marcharse, me oí a mí misma preguntar:

—¿Qué sucedió entre Lionel y tú?

Nunca se me había dado bien resignarme, renunciar. Eso no iba conmigo.

Di un paso adelante.

—¿Por qué llegasteis a las manos?

—Que te lo cuente él —repuso Rigel en un tono tan venenoso que me sobresaltó—. Ya te lo habrá dicho todo, ¿no?

—Quiero oírlo con tus palabras —dije con un hilo de voz.

Rigel inclinó su atractivo rostro y una sonrisa mezquina brilló en sus labios. Pero no en sus ojos.

—¿Por qué? ¿Quieres detalles de cómo le partí la cara? —inquirió y el resentimiento que destilaba su voz me causó una honda impresión.

No lo entendía. Por un momento, mis ojos se desplazaron hacia la ventana que daba a la parte delantera de la casa.

«¿Lo habría visto?».

Hizo ademán de marcharse y dejarme allí, pero mi cuerpo se puso en movimiento por instinto.

«Esta vez, no».

En un arrebato de valentía, le cerré el paso. Un escalofrío recorrió todo mi frágil cuerpo cuando lo miré. Rigel se alzaba sobre mí desde su altura, con el pelo encendido por el crepúsculo, y al instante me arrepentí de mi imprudente gesto.

Me lanzó una mirada incisiva y me interpeló con la voz extrañamente ronca:

—Apártate.

—Respóndeme. —Ahora mi voz se había debilitado y sonaba como una súplica—. Por favor.

—Apártate, Nica —repitió, recalcando las palabras.

Alcé la mano. No acertaba a explicarme qué me movía a establecer un contacto físico con todo el mundo, pero en su caso me resultaba imposible reprimirme. Y no solo eso, desde la noche que cuidé de Rigel, había perdido el miedo a cruzar aquel límite. Es más, quería infringirlo.

Mi gesto bastó para hacerlo reaccionar. Pero, con una desilusión punzante por mi parte, Rigel me impidió cualquier acción; se alejó de mí lanzándome una mirada gélida y ardiente a la vez. Noté que forzaba la respiración. Su reacción parecía fruto de un reflejo condicionado, aunque no por ello me resultó menos doloroso el modo en que rechazó un gesto tan inocente como aquel.

Pero sí se dejaba tocar por Anna. Y también por Norman. Y no tenía problemas en ponerle la mano encima a quienes lo provocaban. No ahuyentaba a nadie de aquel modo. Solo a mí.

—¿Tanto te molesta que te toque? —Me temblaban las manos. Sentía una opresión casi dolorosa en el pecho—. ¿Quién crees que te cuidó cuando tuviste fiebre?

—Yo no te lo pedí —me espetó, concluyente.

Reaccionó como si lo estuviera acorralando, pero aquellas palabras me hicieron abrir los ojos de par en par.

Volví a ver mis manos sosteniéndolo, los esfuerzos por ayudarlo a subir las escaleras, la solicitud y la entrega con que estuve a su lado toda la noche. ¿Para él solo habían supuesto una molestia?

Rigel apretó un puño y tensó la mandíbula. A continuación, pasó por mi lado como si no viese la hora de alejarse de mí.

Sentí un temblor tan intenso que apenas me reconocí a mí misma.

—Yo no debo tocarte, pero lo mismo no vale para ti, ¿verdad?

Le lancé una mirada furibunda y encendida, y me quité el pañuelo del cuello con el corazón hirviendo como un volcán.

—Esto no cuenta para nada, ¿no es así?

Fijó sus ojos en mi garganta. Observó la marca roja mientras yo apretaba los labios.

—Lo hiciste tú —exclamé—, cuando estabas febril. Ni siquiera te acuerdas.

Y entonces sucedió lo nunca visto. Sus ojos lo traicionaron: en sus pupilas asomó un destello de confusión y por primera vez fui testigo de que su seguridad se desmoronaba.

La hermosa máscara vaciló. Su mirada se enfrió y un atisbo de miedo asomó en su rostro. Duró tan poco que pensé que me había equivocado.

Al instante, algo huyó de sus ojos. Su sonrisa tensa se volvió más veloz que nunca y tan feroz que podría hacer pedazos el menor síntoma de fragilidad.

No tardé en comprenderlo. Rigel estaba a punto de «morderme».

—No puede asegurarse que fuese yo… —masculló, observándome de arriba abajo. Me lanzó una mirada sarcástica y chasqueó la lengua—. ¿No creerás de verdad que quería hacértelo a ti? Seguro que estaba teniendo un bonito sueño antes de que me interrumpieras… La próxima vez, Nica, no me despiertes.

Sonrió como un diablo encantador y me miró con desprecio. Estaba acostumbrado a amedrentarme y a resaltar la frontera que nos separaba.

Me dio la espalda para irse, pero sin duda no se esperaba lo que salió de mis labios.

—Pues yo creo que este odio tuyo es más bien una coraza —dije con un hilo de voz—. Como si alguien te hubiera hecho daño y no supieras defenderte más que de este modo.

Se detuvo en seco.

Mis palabras dieron en el blanco.

Ya no iba a creer más en su máscara.

Cuanto más se la ponía Rigel, más convencida estaba de que no quería mostrar a los demás lo que había debajo.

Era hiriente, sarcástico, complicado e imprevisible. No se fiaba de nadie.

Pero no era solo eso.

Tal vez algún día llegaría a comprender el complejo mecanismo que movía su alma.

Tal vez algún día llegaría a captar el misterio que daba voz a todos sus gestos.

Aunque de una cosa sí estaba completamente segura.

Tanto si era el fabricante de lágrimas como si no, nadie hacía temblar mi corazón como él.

17

La salsa

A quienes son diferentes se los reconoce enseguida.
Tienen mundos allí donde los demás tienen ojos.

Íbamos a tener invitados aquel día. Unos viejos amigos de Norman y de
Anna de fuera de la ciudad vendrían a almorzar.

En cuanto me enteré, una parte vibrante de mí había cancelado cualquier otro pensamiento y me propuse causar buena impresión.

Me dejé el vestido que llevaba puesto. Era sencillo, blanco, con las
mangas cortas que dejaban los hombros al descubierto y un fruncido
en el pecho. En el pasillo, observé mi reflejo en un espejito de plata y
sentí una emoción desconocida que me oprimió por dentro. No estaba
acostumbrada a verme así, arreglada, elegante y peinada como una muñeca.

Si no hubiera sido por las tiritas en los dedos y los ojos de color madreperla, no me habría reconocido.

Comprobé que la trenza me cubría el lado del cuello. Con el paso
de los días, la señal se estaba desvaneciendo, pero era mejor no arriesgarse.

—¡Madre mía, que calor hace hoy! —exclamó una voz femenina en
el vestíbulo—. Si lo llego a saber… ¡Aquí donde vivís no corre ni gota
de viento!

El matrimonio Otter había llegado.

La mujer que acababa de hablar llevaba un precioso gabán azul co-
balto. Anna me había dicho que era modista. La besó en ambas mejillas
de un modo muy sincero y familiar.

221

—¿El coche está bien en el pasaje? George puede arrimarlo más si está demasiado en medio…

—Está perfecto, tranquila.

Anna le cogió el sombrero con mucha amabilidad y la invitó a entrar.

Caminaban cogidas del brazo y la señora Otter apoyó una mano en su muñeca.

—¿Cómo estás, Anna? —preguntó con una punta de aprensión.

Anna respondió estrechándole la mano suavemente, pero me di cuenta de que me miraba mientras avanzaban. La señora Otter estaba demasiado pendiente de su amiga como para reparar en mí. Cuando por fin se detuvieron delante de donde yo me encontraba, Anna anunció sonriente:

—Dalma, esta es Nica.

Bueno, llegó el momento.

Traté de contener el nerviosismo y sonreí.

—Hola.

La señora Otter no respondió. Se me quedó mirando con la boca abierta y una expresión de sorpresa en las pupilas. No daba crédito a lo que estaba viendo. Parpadeó y se volvió hacia Anna.

—Yo no… —Parecía no encontrar las palabras—. Cómo…

Yo también busqué la mirada de Anna, tan desconcertada como Dalma, pero al instante la mujer me miró con una cara de sorpresa totalmente distinta. Parecía haber comprendido al fin el motivo de aquella presentación. Anna aún seguía con una mano apoyada en la de su amiga.

—Perdóname… —reaccionó al fin, aunque parecía sin aliento—. Me ha pillado por sorpresa. —Sus labios se deshicieron en una sonrisa tímida y un poco incrédula—. Hola… —exhaló abrumada.

No recordaba que nadie me hubiera saludado jamás de aquel modo. Era como si me hubiera acariciado sin llegar a tocarme.

Qué sensación tan maravillosa que te mirasen así…

Me dije la mar de feliz que seguramente le había causado buena impresión con mi vestido blanco.

—¡George! —exclamó la señora Otter, agitando una mano hacia atrás—. Ven aquí.

El marido estaba felicitando a Norman por la convención y, cuando Anna nos presentó, su asombro no fue menor que el de su esposa.

—¡Caray! —exclamó de repente con su enorme bigote. Anna y Norman se rieron.

—Era una sorpresa —murmuró Norman, desmañado como siempre, mientras el señor Otter me estrechaba la mano.

—Hola, señorita.

Se me ocurrió pedirles las chaquetas para colgarlas de los percheros, suscitando su aprobación. Dalma le apretó el brazo a Anna.

—¿Desde… desde cuándo?

—No hace mucho, en realidad —respondió—. ¿Te acuerdas de la penúltima vez que hablamos? Llegaron a casa esa misma semana.

—¿Llegaron?

—Ah, sí. Nica no es la única… Son dos. Norman, querido, ¿dónde está…?

—Aún está arriba cambiándose —le respondió él al vuelo.

Nuestros invitados intercambiaron una mirada de desconcierto, pero no dijeron nada. Esta vez el turno de preguntas le correspondió a Anna.

—¿Y Asia? ¿Qué tal?

Fruncí la frente imperceptiblemente.

«¿Asia?».

La puerta de entrada volvió a abrirse. Parpadeé sorprendida y vi que alguien más entraba en casa.

Una figura esbelta emergió a contraluz. Llevaba el móvil en una mano y con la otra sostenía el bolso.

—Disculpad, es que me han llamado —explicó la chica que acababa de entrar.

Se limpió los pies en el felpudo, dejó las llaves del coche en el cuenco de la entrada y sonrió.

—Hola.

Todos me dieron la espalda de golpe.

Anna fue a su encuentro con los brazos abiertos y una sonrisa tan radiante que me sorprendió.

—¡Asia, cariño!

La estrechó con fuerza entre sus brazos y la chica hizo lo mismo. Me fijé en que era muy alta y la ropa que llevaba le sentaba como un guante. Debía de ser algo mayor que Rigel y que yo.

—Te veo bien, Anna… ¿Cómo estás? ¡Hola, Norman! —exclamó abrazándolo a él también. Sí, a Norman, que lo máximo a lo que llegaba en cuanto a contacto físico era a una palmada en el hombro... Y le dio un beso en la mejilla.

Ahora era ella la destinataria de todas las sonrisas.

Me llamó la a atención la intimidad que reinaba entre ellos, como si esta brillase con una luz distinta e inaccesible.

Anna no me había dicho que los señores Otter tenían una hija...

—Ven —le indicó mientras la chica buscaba algo con la vista.

—¿Dónde está Klaus? Ese viejo gato hará bien en venir a saludarme...

—Asia, esta es Nica.

No se fijó en mí de inmediato. Parpadeó un instante, bajó los ojos y me vio. Le tendí la mano.

—Hola, encantada de conocerte.

Entorné los párpados, contenta, y le sonreí bajo la acariciadora mirada de Anna. Miré de nuevo a la chica, esta vez esperando que me correspondiera.

Pero Asia no reaccionó.

Ni siquiera parpadeó. Sus ojos permanecieron tan inmóviles que empezaron a incomodarme. Me sentía como una mariposa ensartada por los alfileres invisibles de un coleccionista. Se giró hacia Anna.

La observó como si fuera su madre, con una mirada que ocultaba alguna suerte de necesidad.

—No entiendo —se limitó a decir.

Era como si esperase que hubiera un malentendido.

—Nica está aquí con nosotros —le explicó Anna con delicadeza—. Está... en acogida preadoptiva.

Sonreí y me acerqué a ella.

—¿Quieres darme tu chaqueta? Te la colgaré.

De nuevo, Asia pareció no oírme.

Tenía los ojos clavados en la mujer que estaba a su lado, como si por un instante Anna hubiera detenido el mundo y ahora lo sostuviera tranquilamente bajo el brazo, con una calma que ella no era capaz de aceptar.

—Creo... —murmuró al cabo de un instante— que no lo he entendido bien.

—Nica formará parte de nuestra familia. Está en período de adopción.

—Queréis decir...

—Asia —murmuró la señora Otter, pero ella siguió mirando a Anna. En su mirada había una especie de temblor.

—No… lo entiendo —volvió a musitar.

Sin embargo, no era aquella explicación lo que se le escapaba, sino la mirada de Anna, tranquila, mirándome a mí.

De pronto, se instaló una fría y extraña atmósfera que me hizo sentir fuera de lugar, como si hubiera hecho algo malo, simplemente por existir entre las paredes de aquella casa.

—Norman y yo nos sentíamos solos —dijo Anna tras una pequeña pausa—. Queríamos… un poco de compañía. Klaus… Bueno, ya lo sabéis, nunca ha sido demasiado sociable. Queríamos despertarnos y oír otra voz distinta de las nuestras.

La expresión de Asia cambió y me pareció que ambas podían hablar solo con mirarse.

—Y aquí nos tienes —terció Norman tratando de atenuar la tensión.

Anna fue a controlar cómo iba el asado y Asia siguió mirándola con expresión desconcertada, cargada de sentimientos que no fui capaz de descifrar.

Di un paso hacia ella y le sonreí.

—Si quieres darme la chaqueta, te la colgaré…

—Ya sé dónde está el perchero —me interrumpió con brusquedad.

Me quedé muda mientras ella iba a colgar la chaqueta.

Sujeté una punta de mi vestido. Cada centímetro de mi cuerpo se sentía fuera de lugar mientras Anna anunciaba que la comida ya casi estaba a punto.

Dalma se me acercó y me dijo en tono afectuoso:

—Nica, ni siquiera te he preguntado cuántos años tienes.

—Diecisiete —respondí.

—Y la otra chica, ¿también es de tu edad?

—¿Hay otra chica?

—Oh, no —respondió Anna.

Aquellas dos sílabas dejaron en suspenso a los presentes.

Los invitados se la quedaron mirando, sin que yo acertara a comprender lo que acababa de pasar.

—A decir verdad…

—Disculpad el retraso.

Todos se volvieron.

Rigel estaba en la sala.

Su fascinante presencia llenó la estancia, captando toda la atención. Una camisa clara, que estaba segura de que Anna le había obligado a ponerse, ceñía su pecho. Aún se estaba acabando de abrochar el botón de un puño y me pareció que nada podría quedarle mejor que aquella prenda.

El cabello le ocultaba el corte en la ceja, confiriéndole un aire de carismático misterio. Rigel alzó la vista y capturó a todos los presentes en la red de sus ojos negros.

Los invitados lo observaban pasmados.

Sabía hasta qué punto Rigel podía desestabilizar el ambiente, pero eso no me impidió darme cuenta de la forma tan insólita en que estaban reaccionando. Él, en mayor medida que yo, parecía haberlos dejado absolutamente impresionados y confundidos.

Exhibió una sonrisa tan persuasiva que logró removerme por dentro, aunque ni siquiera me estaba mirando a mí.

—Buenos días. Me llamo Rigel Wilde. Encantado de conocerlos, señor y señora Otter.

Les estrechó la mano, les preguntó si habían tenido buen viaje, y yo vi que ellos se deshacían cual arcilla entre sus manos.

Asia permanecía impertérrita. Lo miró con una intensidad que me resultó perturbadora, mientras Rigel deslizaba su mirada hacia los ojos de ella.

—Hola —remató con impecable cortesía.

Pero su saludo solo obtuvo un silencio.

Yo seguía pellizcando la tela del vestido.

—Bueno, hum… —empezó a decir Norman—, ¿qué tal si comemos?

Cuando me acomodé en mi sitio, a la izquierda de Norman, la mirada de Asia me perforó la piel.

Me pregunté si Asia no estaría pensando que era ella quien debería estar sentada allí, pero después vi que se acomodaba al lado de Anna y charlaba sin cesar con ella.

Al ver cómo reían, intuí con una opresión en el pecho que para Anna no solo era la hija de su amiga, sino mucho más. Asia era hermosa, sofisticada, universitaria y sintonizaba a la perfección con ella. Parecía conocer aspectos de Anna que a mí me resultaban inaccesibles.

Aparté la mirada de ellas y la dirigí hacia otra zona de la mesa.

Rigel se había sentado lo más lejos que había podido de mí. En el momento de tomar asiento, sus ojos se habían desplazado hasta un sitio que había junto al que yo ocupaba, pero dio la vuelta y acabó sentándose al otro extremo de la mesa.

Por lo demás, desde que había llegado no me había dirigido la palabra en ningún momento.

¿Me estaba ignorando?

«Mejor así», pensé, tratando de autoconvencerme.

La idea de tenerlo cerca me provocaba un vacío en el estómago. Me prometí que no lo miraría, pues los últimos momentos que habíamos compartido ya me resultaban lo suficientemente desagradables.

—Nica, ¿quieres un poco de asado? —me preguntó Norman, mirándome con la fuente en la mano. Me serví y él me sonrió—. Tienes que acompañarlo con la salsa— me recomendó amablemente, antes de servir a la señora Otter.

Busqué la salsera con la mirada y vi que estaba en la otra parte de la mesa.

La salsa, como no podía ser de otro modo, estaba al lado de Rigel.

Me la quedé mirando desconsolada y entonces noté que alguien también estaba mirando en aquella dirección. Asia observaba a Rigel de reojo, pero con un interés creciente y manifiesto. Paseó la mirada por las manos de él, por su pelo, por su hermoso perfil mientras se llevaba el tenedor a los labios. ¿Por qué lo miraría de aquel modo?

Rigel obsequió a la señora Otter con una breve sonrisa y yo desvié la vista hacia otro lado.

No debía mirarlo.

Pero la salsa estaba allí… Y Anna y yo la habíamos preparado juntas. Era lícito que por lo menos quisiera probarla, ¿no?

Volví a echarle un vistazo a escondidas y cambié de idea una vez más. Rigel se la estaba sirviendo.

El denso jugo caía de la cuchara que sostenía entre sus dedos y con la otra mano volvió a dejar la salsera en la mesa.

Entonces… reparó en que se había manchado el pulgar. Vi que se lo llevaba a la boca con el puño entrecerrado, deslizando el dedo por el labio inferior y acariciándolo con la lengua. Cerró los labios alrededor de la yema del dedo y finalmente lo deslizó lentamente hacia fuera, lamiendo la salsa. Mientras volvía a dejar la cuchara, me miró; sus pupilas centellearon bajo las cejas, profundas y almendradas, y se percataron de que yo también lo estaba mirando.

—Nica… ¿Estás bien?

Sobresaltada, me volví hacia la señora Otter, que me miraba perpleja.

—Te has sonrojado, querida…

Desvié la vista. Mis pupilas vibraron, casi febriles.

—El puré —musité con la voz apenas perceptible—, está… —tragué saliva— picante.

Sentía sus ojos taladrando el aire.

Mi estómago irradiaba un extraño calor hacia todo el cuerpo. Traté de ignorarlo mientras se iba expandiendo en mi interior, produciéndome una sensación hormigueante. Debía concentrarme en el almuerzo. Solo en el almuerzo…

Al poco me percaté de que Norman estaba observando mi asado.

—Nica, ¿no te pones salsa?

—No —respondí terminante.

Norman bajó los párpados y entonces caí en la cuenta de que le había respondido con brusquedad.

Sentí que me ardían las mejillas de la vergüenza mientras me apresuraba a rectificar:

—Es que… lo refiero así, gracias.

—¿Sin salsa?

—¡Sí!

—¿Estás segura?

—Sí, de verdad.

—Venga, di que te la pasen…

—¡No me gusta la salsa! —exclamé con la voz aguda.

Decir que fue trágico es quedarse corta cuando me di cuenta de que Anna, frente a mí, me observaba atónita con el tenedor cerca de la boca.

—Esto… ¡No es que no me guste la salsa! —masculló desesperada, echándome hacia delante con los cubiertos en la mano—. ¡La adoro, está buenísima! No existe una salsa mejor, más sabrosa y… y… ¡con más cuerpo! Lo que pasa es que… verás, ya he tomado tanta que…

—A ver, Rigel —dijo de pronto el señor Otter, dándome un susto que por poco me fulmina.

Me apresuré a acomodarme el mechón de pelo que había acabado metido en el puré, sofocada y mortificada. Asia, al otro lado de la mesa, me escrutaba con los ojos entornados.

—Tienes un nombre realmente singular. Si no me equivoco, ¿no hay una constelación que se llama así?

La pregunta me dejó paralizada. Rigel, con la vista fija en un punto indeterminado de la mesa, hizo una breve pausa antes de responder. Su sonrisa estaba allí con nosotros, pero sus ojos parecían encontrarse en otra parte.

—No es una constelación. Es una estrella —respondió circunspecto—, la más brillante de la constelación de Orión.

El señor y la señora Otter parecían cautivados.

—¡Fascinante! Un chico con nombre de estrella… ¡La persona que te lo puso hizo una elección realmente curiosa!

La sonrisa de Rigel refulgió desprendiendo una luz enigmática.

—Oh, sin duda… —asintió sarcástico—. Mi nombre cumple la función de recordarme en todo momento mis remotos orígenes.

Aquella respuesta me impactó directamente en el pecho.

—Oh… —farfulló el señor Otter sin saber qué decir—. Vaya…

—Eso no es así.

No lo dije en susurros. Me mordí la lengua. Demasiado tarde.

Todos se volvieron hacia mí.

De pronto me convertí en el centro de atención. Bajé la vista.

—Eligieron ese nombre… porque cuando te encontraron tenías más o menos una semana. Siete días… Y Rigel es la séptima estrella más luminosa del cielo. Aquella noche brillaba más que todas las otras noches.

Tras aquellas palabras se hizo el silencio.

Un instante después, llovieron los comentarios de admiración. Todos empezaron a hablar al mismo tiempo y Anna le reveló con una punta de orgullo a Dalma que en la institución estábamos «muy unidos».

Miré a Rigel. Se había quedado inmóvil y aún tenía el rostro inclinado hacia la mesa. Poco a poco, fue alzando la vista hasta que sus ojos me alcanzaron. Su mirada traslucía cierta estupefacción.

—No lo sabía —me dijo Anna, sonriente y sorprendida—. Vuestra directora no nos lo había dicho…

Desvié la mirada y las palabras surgieron casi de forma automática.

—En aquella época no estaba la señora Fridge, sino su antecesora.

—Ah, ¿sí? —inquirió asombrada—. Eso tampoco lo sabía…

—Ahora lo entiendo —repuso Dalma con una sonrisa—, un chico así os debió de llamar la atención enseguida.

Anna le estrechó la mano a Norman y algo pareció cambiar en el aire. Todos lo notaron.

En ese instante, lo comprendí. Puede que siempre lo hubiera sabido. Había algo más.

Anna sonrió con delicadeza.

—Rigel. ¿Querrías…? ¿Por favor?

En medio de aquel extraño silencio, Rigel dejó la servilleta sobre el mantel y se puso en pie. Abandonó la silla bajo las miradas curiosas de los invitados y con cada paso que daba sus ojos transmitían más seguridad en sí mismo.

En cuanto las notas del piano comenzaron a difundirse por la casa, los Otter se quedaron petrificados. Asia se estremeció y estrechó la servilleta entre los dedos, pero ya nada importaba.

Él tocó y todo lo demás desapareció.

Una gota fría se deslizó por mi muslo. Me abracé las rodillas contra el pecho mientras movía los dedos de los pies sobre la hierba mojada. La lluvia repiqueteaba a mi alrededor.

—Tal vez les he gustado… —murmuré como una niña insegura. Seguí arrancando briznas de hierba con los dedos—. Nunca se me ha dado bien esto… lo de gustar a los demás, quiero decir. Siempre tengo la sensación de estar haciendo algo mal.

Alcé la vista. Suspiré, absorta en mis pensamientos, observando al cielo verter sus gotas sobre mí.

—Pero, a estas alturas, no creo que pueda preguntárselo, ¿no te parece?

Volví el rostro. A mi lado, el ratoncillo siguió limpiándose el pelaje húmedo de lluvia, sin reparar en mi presencia.

Lo encontré atrapado, agitándose desesperado en la tela metálica de la valla. Había logrado liberarlo, pero entonces me di cuenta de que estaba herido, así que le unté un poco de miel en la patita con un mondadientes. La miel tenía propiedades curativas.

Estaba allí con él y, sin darme cuenta, entré en mi pequeño y extraño mundo. Empecé a hablarle como si me escuchase, porque nunca había tenido otro medio de sincerarme.

Venía de una realidad donde eso era algo que me había sido negado.

No… me había sido prohibido.

Para los demás era una locura. Pero para mí… aquel era el único modo de lograr no sentirme sola.

Una gota fresca me cayó en la mejilla y arrugué la nariz. En el fondo, tenía ganas de reírme. Estaba empapada de lluvia, pero me encantaba aquella sensación. Era libertad. Y ahora mi piel tenía aquel mismo perfume.

—Tengo que irme… Estarán a punto de volver.

Me levanté con el vestido pegado a la piel. Anna y Norman habían salido a dar un paseo con los invitados y de un momento a otro estarían de vuelta en casa.

—Ten cuidado, ¿vale?

Miré a la criaturita que tenía a mis pies, era tan chiquita, suave y tímida que no entendía cómo alguien podía tenerle miedo.

Sus orejas redondas y su hocico puntiagudo me suscitaban una ternura que pocos habrían compartido conmigo.

Cuando volví a casa, me di cuenta del estado en que estaban mis manos. Tenía varios dedos envueltos en tiritas de colores, algunas a distintas alturas: amarillo, verde, azul y naranja. Pero la mayoría se habían ensuciado de miel y estaban mojadas de lluvia.

Fui a mi habitación y me las cambié cuidadosamente, una por una.

Mientras comprobaba que las hubiera pegado bien, me dirigí al baño para secarme.

—A ver —oí que alguien murmuraba—, ¿me puedes decir qué está pasando?

Me detuve al instante.

El pasillo estaba vacío. Aquel murmullo venía de las escaleras. ¿Quién estaba tras la esquina?

—No puedes hacer eso. —Seguí escuchando—. No has dicho ni una palabra.

—No puedo —respondió molesta la otra voz.

La reconocí. Era Asia.

—No puedo aceptarlo. Ellos… ¿Cómo pueden soportarlo?

—Es su elección —dijo la otra voz, que cada vez parecía más ser la de su madre—. Es su elección, Asia…

—Pero ¿lo has visto? ¿Has visto lo que ha hecho ese chico? … ¿Rigel?

—¿Eso qué quiere decir?

—¿Qué quiere decir? —repitió con disgusto.

—Asia…

—No. No lo digas. No quiero oírlo.

Me sobresalté al oír un ruido de pasos.

—¿Adónde vas?

—Me he dejado el bolso arriba —respondió la chica, terriblemente cerca.

Abrí los ojos de par en par. Venía hacia mí. Estaba segura de que no debía haber escuchado aquella conversación, así que agarré el primer tirador que encontré a mano: el del baño.

Entré, me apoyé en la puerta, cerré los ojos y suspiré.

No me habían visto.

Cuando los volví a abrir, noté algo extraño. El vapor era tan denso que condensaba el aire.

Se me paró el corazón.

Vestido solo con unos pantalones, Rigel me miraba desde su altura, con el pelo chorreando y lo ojos entrecerrados. El agua se deslizaba por su cuerpo en forma de regueros transparentes, creando un espectáculo de gotas y relieves naturales que jamás hubiera sido capaz de imaginar.

Se me secó la garganta y el cerebro se me apagó del todo. Me quedé mirando a Rigel sin apenas poder respirar. Era la primera vez que lo veía sin camiseta y aquella visión me impactó. Sus fuertes hombros, con músculos bien definidos, parecían de mármol bajo la piel clara, y venas visibles recorrían sus anchas muñecas hasta los antebrazos. Los huesos de la pelvis se precipitaban en el elástico del chándal trazando una V perfecta y las medialunas de sus pectorales conformaban un pecho, sólido y viril.

Era una obra maestra, digna de hacer enloquecer a cualquiera.

—¿Qué estás…? —empezó a decir, pero su voz se apagó en cuanto sus ojos se centraron en mi cuerpo.

Al momento, recordé en qué estado me encontraba.

El vestido empapado dibujaba la forma de la pelvis y se me pegaba a la curva de las caderas, a los pechos rígidos a causa del frío, a los muslos mojados y adheridos a la tela, creando una transparencia que me hizo entrar en pánico.

Lo miré con los ojos muy abiertos y puedo jurar que él me estaba mirando del mismo modo.

—Sal de aquí.

Ahora su mirada era tajante. Su voz, habitualmente aterciopelada y profunda, sonó esta vez como un gruñido seco.

—Nica —me ordenó tensando la mandíbula—, sal de aquí.

El cerebro me gritaba que obedeciera. Quería huir lo más lejos posible de allí.

Pero no me moví: Asia y Dalma estaban a pocos pasos de nosotros, sus voces resonaban con claridad al otro lado de la puerta. No podía salir, no en ese momento. ¿Qué habrían pensado si al abrir la puerta me hubieran visto en aquel estado y con Rigel? ¿Él medio desnudo y yo empapada, encerrados los dos en el baño?

—Te he dicho que salgas —masculló—. ¡Ahora!

—Espera…

—¡Muévete!

Se plantó delante de mí en dos zancadas y entonces yo hice algo muy estúpido.

Aferré el tirador con ambas manos, me eché un lado y me situé delante de la cerradura antes de que su sombra me engullese.

El aire que desplazó hizo que se arremolinase el vapor.

Un instante más tarde… yo estaba con los brazos detrás de la espalda sujetando el tirador, con el rostro ladeado.

Y, delante de mí, cubriendo por completo mi campo visual, solo estaba él.

Su pecho vibraba a un palmo de mi rostro, bombeando una respiración profunda y necesaria. Tenía las manos apoyadas en la puerta, una a cada lado de mi cara.

El calor que desprendía impregnó mis ropas empapadas. Me quedé sin aliento. Mi corazón latía tan fuerte que se me nublaban los sentidos y apenas era capaz de comprender lo que estaba sucediendo.

Rigel jadeaba con los dientes apretados. Sus manos presionaban la puerta con tanta violencia que me pareció sentir como vibraban.

—Tú —susurró con una punta de rencor y amargura—, lo haces a propósito… —Apretó los puños, impotente—. Estás jugando conmigo…

Sus labios, sus dientes y su lengua estaban allí, a un suspiro de distancia. Tenerlo tan cerca y con tan poca ropa, húmedo, en toda su envergadura, fue demasiado para mí. Dejé de razonar y me pregunté qué pasaría si me atreviera a tocarlo. Justo allí, justo en ese momento… Acariciar su piel y descubrir su calidez, enérgica y compacta.

¿Me lo permitiría?

No. Probablemente me hubiera sujetado la mano contra la puerta, encima de la cabeza, igual que la última vez…

Pensé que me moría cuando, al cabo de un interminable instante, Rigel volvió el rostro. Lo acercó a mi pelo, en un punto detrás de la oreja… e inspiró hondo.

Su pecho se dilató poco a poco mientras aspiraba mi olor.

Cuando espiró, sentí que me retumbaban los oídos, y su aliento hirviente me inundó la garganta.

El corazón me latía tan desesperadamente que me dolía.

—Rigel… —dejé escapar, a modo de súplica.

Hubiera querido pedirle que se alejara, pero lo único que me salió fue aquel gimoteo implorante.

Apretó los dientes. En un arrebato, me cogió del pelo y tiró de mi cabeza hacia atrás, arrancándome un suspiro de sorpresa.

Nuestras miradas colisionaron. Yo estaba jadeando y ni siquiera me había dado cuenta. Me ardían las mejillas y las pupilas me palpitaban al compás de los latidos acelerados de mi corazón.

—¿Cuántas veces más… tendré que decirte que te mantengas aleja-da de mí?

Fue como si pronunciar aquellas palabras le estuviera costando un esfuerzo terrible y aquella sensación removió lo más profundo de mi ser.

Al mirarlo, mis ojos revelaron un cúmulo de emociones desespera-das.

—No es culpa mía —musité, con la lentitud de un suspiro.

Era él.

Era él quien impedía que me mantuviera alejada.

Era culpa suya.

El destino nos había unido de un modo tan indisoluble que yo ya no era capaz de formular un pensamiento sin que él estuviera presente. Ni siquiera podía eludirlo cuando estaba a punto de morderme.

La culpa era suya, solo suya, porque me había dejado huellas que yo ya no podía borrar.

Sensaciones que no sabía gestionar.

Tumultos que no quería ignorar.

Yo me había ceñido a la regla, porque esta es inmutable: para derro-tar al lobo, hay que perderse en el bosque.

Había encontrado al lobo. Pero me había perdido en sus contradicciones.

Y, de alguna manera, estas habían acabado convirtiéndose en parte de mí, porque cada una de ellas era una emoción que Rigel había pintado directamente en mi ser, hasta lograr que fuera menos gris.

Ahora ya estaba encadenada a él por una serie de vínculos que no sabría definir.

¿Cómo podría dar con las palabras para explicarlo?

De pronto, una gota cayó de su pelo y fue a dar sobre mi párpado.

Cerré los ojos, temblando, y cuando volví a abrirlos, su estela se deslizó por mi mejilla.

Surcó mi rostro como una lágrima.

Rigel la miró descender y algo se apagó en su mirada. Sus iris se ensombrecieron como diamantes polvorientos y perdieron su fulgor.

Volvíamos a la niñez.

Había visto tantas veces aquel momento repitiéndose en sus ojos, a todas las edades: yo delante de él, vertiendo unas lágrimas que él me había provocado.

Lentamente… me dejó libre.

Se volvió de espaldas y se alejó de mí como una ola inexorable. A cada paso que daba, sentí que el hilo que nos unía se estaba tensando hasta hacerme daño.

—Sal de aquí.

No hubo dureza en su voz. Solo una apagada determinación. Nunca como en ese instante me había sentido tan anclada al suelo. Tuve la sensación de que me hundía. Me temblaban las muñecas.

Bajé la vista y mis ojos, cargados de emociones contradictorias, vibraron emitiendo un fulgor sobre el pavimento. Y a continuación, como si hubiera recobrado la lucidez, parpadeé, me di la vuelta y abrí la puerta

Ahora ya no había nadie.

Corrí por el pasillo y estuve a punto de resbalar varias veces.

De pronto, el suelo pareció desdoblarse bajo mis pies en forma de sendero impracticable, como el de los cuentos.

Eché a correr cruzando un bosque de emociones.

Transité a través de las páginas, siguiendo un camino de papel.

Me había pasado la vida huyendo de él. Había rezado para librarme de la condena de sus ojos.

Pero no había escapatoria.
Sus iris refulgían como estrellas.
E iluminaban un camino…
Que conducía hacia lo desconocido.

18

Eclipse de luna

He mirado el amor, y he sentido miedo.
Tenía ramos de rosas en los vasos sanguíneos y lunares
en la piel, como puntos suspensivos de frases nunca dichas.
Era más yo de lo que yo lo había sido jamás.

Después de aquella tarde en el baño, Rigel hizo todo lo posible por no cruzarse conmigo.

Y no era que los momentos de obligada convivencia fuesen muchos, pero los restantes se redujeron a la mínima expresión, en la tónica habitual de Rigel, con aquel modo tan suyo de invadir y alejarse, en silencio, con discreción y desapego.

Durante el día me evitaba; por las mañanas se iba antes que yo.

Mientras recorría sola el camino a la escuela, recordaba que todas las veces que habíamos ido juntos, yo siempre me mantenía detrás, sin atreverme a ir a su lado.

No lograba entender la naturaleza de las sensaciones que despertaba en mí.

¿No era eso lo que yo había querido desde que era pequeña? ¿Que se mantuviera alejado de mí?

También cuando llegué allí, solo había deseado verlo desaparecer.

Tendría que haberme sentido aliviada, y sin embargo…

Cuanto más me evitaban sus ojos, más lo buscaban los míos.

Cuanto más me ignoraba, más me preguntaba yo el porqué.

Cuanto más lejos estaba Rigel, más sentía que el hilo que lo unía a mí se torcía, como si él fuera una extensión de mi persona.

237

Como en aquel momento; caminaba por el pasillo, perdida en reflexiones que tenían que ver con él. Acababa de volver de clase, pero como siempre andaba sumida en mis cavilaciones, ausente del mundo, y no me percaté a la primera de que el parquet había crujido. Después, me di cuenta de que aquel débil sonido provenía de la habitación de al lado.

Aparqué un momento lo que tan agobiada me tenía y mi insaciable curiosidad me empujó a asomar la cabeza por la puerta.

Me quedé pasmada de la sorpresa.

—¿Asia?

Ella se volvió.

¿Qué estaría haciendo allí?

Estaba de pie, en silencio, en medio de la estancia.

Llevaba en la mano un pañuelo que ya le había visto, pero no tenía ni idea de por qué estaba en nuestra casa. ¿Cuándo había llegado?

—No sabía que ibas a pasar por aquí… —proseguí, en vista de que no me prestaba atención. Pero siguió mirando las paredes, como si yo no estuviera.

—¿Qué… estás haciendo en la habitación de Rigel?

Sin duda debí de decir algo inconveniente, porque ella pareció ensombrecerse. Entrecerró los ojos hasta convertirlos en dos líneas. Pasó por mi lado sin responderme y tuve que apartarme para dejarla pasar.

—¿Asia? —preguntó Anna apareciendo en las escaleras—. ¿Va todo bien? ¿Lo has encontrado?

—Sí, me lo había dejado en la banqueta, en tu habitación. Se había caído al suelo.

Agitó el pañuelo y se lo guardó en el bolso.

Anna llegó hasta donde estábamos y le acarició el brazo sonriente. Me pareció que el calor que irradiaba solo la alcanzó a ella.

—Pero qué molestia… —estaba diciéndole en tono afectuoso—, ya sabes que puedes pasar por aquí cuando quieras. Está de camino a la universidad, ven de vez en cuando a saludarnos…

Sin saber muy bien por qué, una sensación de inseguridad se instaló en mi pecho. Traté de impedírselo, pero aquel sentimiento ya había asomado en mi corazón, mezquino y malévolo, manchándolo todo.

De pronto, cada detalle se me aparecía amplificado al máximo. La mirada de Anna «brillaba» cuando hablaba con ella. El afecto que le prodigaba a aquella chica era profundo y maternal.

Le sonreía, la acariciaba. La trataba como a una hija. Después de todo, ¿quién era yo en comparación? ¿Qué podían valer aquellas pocas semanas frente a toda una vida?

Empecé a sentir esa sensación de extrañamiento que tan familiar me resultaba. Apreté los dedos y luché por no compararme con ella. No era propias de mí esas actitudes, la competitividad nunca me había interesado, pero… Se me aceleró el corazón. Me precipité de cabeza en mis ansiedades y el mundo perdió su luz.

Tal vez yo nunca estaría a la altura.

Tal vez Anna lo había visto…

¿Y si se había dado cuenta de que había cometido un error?

¿Y si había visto lo insulsa, inútil y extraña que yo era?

Las sienes me palpitaban. Una batería de miedos injustificados empezó a abrirse camino en mi piel, mientras mi mente me atormentaba con imágenes del Grave y las rejas volvían a abrirse de nuevo para mí.

«Seré buena».

Anna volvió a reírse.

«Seré buena».

Se me cerró la garganta.

«Seré buena, seré buena, seré buena…».

—¿Nica?

«Lo juro».

Anna me observaba, arqueando levemente una ceja.

—¿Todo… bien?

La sangre me martilleaba la cabeza. Oculté el rostro entre el pelo y me esforcé en asentir. Tenía mucho frío.

—¿Estás segura?

Volví a asentir y rogué que no insistiera. Anna era cariñosa y atenta, pero tenía un alma demasiado limpia para dudar de mi sinceridad.

—Entonces acompañaré a Asia abajo. He traído flores de la tienda para que las lleve a su casa…

Oí a duras penas lo que me dijo y me perdí las últimas palabras.

Dejé que se alejaran y solo entonces volví a respirar.

Me estiré los dedos que había estado apretujándome. Solo era otro de aquellos momentos, pero cada vez se me hacía más difícil combatirlos. Estaba acostumbrada al pánico injustificado, a los delirios provocados por agitaciones imprevistas, a las sensaciones de desorientación que me encerraban en burbujas asfixiantes. Una frase de más me generaba una ansiedad incontrolable; una frase de menos alimentaba monstruosamente mis inseguridades.

A veces me despertaba por la noche y no lograba conciliar el sueño. Revivía en forma de pesadillas un malestar que tenía la esperanza de haber dejado atrás, pero era en vano.

Había echado raíces en mí. Oculto en lo más profundo, esperaba el momento idóneo para dejar al desnudo mis fragilidades.

Debía esconderlas. Esconderme. Mostrarme perfecta para que solo de ese modo Anna y Norman decidieran escogerme. Solo así podría huir del pasado, solo así podría tener una familia, solo así podría tener otra oportunidad…

Fui al baño y me mojé las muñecas. Respiré despacio, tratando de liberar mi corazón del veneno que lo había contaminado. Sentir el agua fría no hacía desaparecer todas aquellas sensaciones, pero me tranquilizaba, me recordaba que la piel estaba intacta, libre de constricciones, y que no debía volver a sentirme como una niña asustada.

«Ella» ya no estaba impresa en mi cuerpo.

Solo en mi mente.

Cuando estuve segura de que todo había pasado, bajé. Aquel día Norman almorzaba en casa y me sentí cómoda cuando me saludó con una sonrisa, sentado en su silla de siempre.

Me percaté de lo injustificada que había sido mi reacción de antes; nosotros estábamos construyendo algo allí y Asia no podría quitármelo.

De pronto, caí en la cuenta de que la silla que había junto a la mía estaba ocupada.

Rigel me ignoró completamente; tenía un codo apoyado en la mesa y miraba directamente el plato.

Pero, transcurrido otro instante, percibí algo distinto en su silencio.

Parecía… contrariado.

—Solo es una nota —dijo Anna, tranquila. Cortó el pollo con los cubiertos, buscando una mirada que él no le devolvió—. No es nada. No tienes de qué preocuparte.

De pronto sentí que me estaba perdiendo algo importante. Mientras me acomodaba, traté de adivinar de qué estaban hablando y me quedé estupefacta con la conclusión que extraje solo con lo que acababa de oír.

¿A Rigel… le había ido mal en un examen?

Me sorprendió tanto que busqué una respuesta en su mirada y, por su expresión de disgusto, llegué a la conclusión de que a él aquello también lo había pillado a contrapié.

Rigel calculaba cada gesto, cada consecuencia, no dejaba nada al azar. Pero esto no, esto no lo había previsto ni lo había tenido en cuenta. Y no soportaba mostrarse débil ni ser el centro de ninguna atención por parte de Anna. El profesor debió de insistir para que lo dijera en casa, preocupado por el imprevisto resultado de su examen.

—¿Por qué no estudiáis juntos?

Me quedé paralizada cuando estaba a punto de llevarme el tenedor a la boca. Anna me miraba directamente a los ojos.

—… ¿Qué?

—Es una idea estupenda, ¿no? Has dicho que a ti la prueba te fue bien —sonrió orgullosa—. Tal vez podríais hacer algún ejercicio los dos jun…

—No es necesario.

Rigel la interrumpió, tajante. Resultó del todo inesperado oírlo responder de aquel modo a Anna y, cuando me fijé en sus manos, observé que estaban más rígidas de lo habitual.

Anna se lo quedó mirando sorprendida y un poco triste.

—No veo qué puede tener de malo —dijo, procurando ser más cauta—. Podríais ayudaros mutuamente… Después de todo, es la misma asignatura. ¿Por qué no lo intentáis?

Luego, se dirigió a mí:

—Nica, ¿tú qué opinas?

Me quedé mirando a Anna. Me hubiera encantado contentarla, pero no podía por menos que sentirme incómoda. ¿Por qué siempre me veía abocada a situaciones como aquella? Habría sido más fácil responderle si Rigel no se pasara día y noche evitándome como si estuviera apestada.

—Sí —musité tras una pausa, esforzándome en sonreírle—. Vale…

—¿Puedes ayudar a Rigel con algún ejercicio?

Asentí y Anna se mostró satisfecha por mi respuesta. Sonrió y nos sirvió a todos otra ración de pimientos rellenos.

A mi lado, Rigel seguía manteniendo un indescifrable mutismo.

Con todo, me pareció que empuñaba los cubiertos con más fuerza de la necesaria.

Una hora más tarde, estaba observando el interior de mi habitación.

Anna nos había aconsejado que estudiáramos arriba, porque por la tarde tenía que llegar una provisión de flores y nos molestarían con el ruido. No hacía falta mirar a Rigel para saber que, desde luego, no íbamos a estudiar en su habitación.

Moví el escritorio hasta el centro de la estancia, cogí otra silla y la dispuse al lado de la mía.

¿Por qué me sudaban las manos?

La respuesta caía por su propio peso. No me cabía en la cabeza que yo fuera a ayudar a Rigel con un ejercicio o, simplemente, a explicarle alguna asignatura. Era surrealista. Él siempre había ido un paso por delante de todos... ¿Cuándo se había dejado ayudar por alguien?

Además, hacía días que no nos dirigíamos la palabra. De no ser por Anna, Rigel también me habría evitado a la hora de las comidas.

¿Por qué? ¿Por qué cada vez que tenía la sensación de estar dando un paso hacia delante, él retrocedía cinco?

Al principio no me di cuenta de que había alguien a mi espalda. Así que cuando, lo vi me llevé un buen susto.

Estaba en el umbral de la puerta, alto y silencioso.

Llevaba las mangas del jersey subidas hasta los codos y un par de libros en una mano.

Me estaba mirando. Bajo el pelo color azabache, sus iris me observaban imperturbables, como si ya llevara allí un rato.

«Tranquila», le ordené a mi cerebro mientras Rigel miraba a su alrededor, suspicaz.

—Ya tenía el libro preparado —balbuceé.

Entró con cautela, midiendo sus pasos.

Me hubiera gustado decir que ya estaba acostumbrada a él, pero por desgracia no era así. Rigel no era uno de esos chicos a los que una suele habituarse. Aquellos ojos almendrados de pantera eran simplemente turbadores.

Su vibrante presencia llenó la estancia. Se acercó a la mesa y entonces caí en la cuenta de que era la primera vez que lo veía en mi habitación.

Por algún absurdo motivo, mi nerviosismo fue en aumento.

—Voy a coger el cuaderno —dije con un hilo de voz.

Me levanté para alcanzar la mochila y saqué lo que necesitaba, después fui hasta la puerta e hice ademán de cerrarla.

—¿Qué estás haciendo? —inquirió, clavándome sus ojos de acero.

—Es por el ruido —le expliqué—. Podría molestarnos…

—Deja la puerta abierta.

Retiré la mano despacio. Rigel me observó detenidamente antes de volverse, sin que yo llegara a entender el motivo de tanta prevención.

¿Tanto le incomodaba estar en la misma habitación conmigo?

Sentí un molesto hormigueo en el pecho. Me acerqué a la mesa sin decir palabra y me senté, sin desviar la vista de las páginas del libro, hasta que noté que se había sentado a mi lado.

Aquella tranquilidad no era normal entre nosotros, pero la razón me dictaba que resistiera.

En el fondo, solo se trataba de estudiar juntos, ¿qué tenía eso de complicado?

Decidí armarme de valor, hice acopio de determinación y señalé un punto de la página de ejercicios con el dedo.

—Empecemos con uno de estos.

Hubo un momento de silencio durante el cual percibí que la tensión aumentaba desmesuradamente. ¿Habría reparado en el temblor de mi voz? Mantuve la vista clavada en el problema que había escogido, incapaz de alzar la mirada.

Entonces, sin decir palabra… Rigel empezó a escribir.

Sorprendida, me quedé inmóvil mientras él trazaba datos y soluciones, sagaz y silencioso. Mi sorpresa fue me habría en aumento. La experiencia me había hecho creer que me dedicaría una de sus habituales muecas de hostilidad, que me lanzaría alguna puya y que probablemente se marcharía burlándose de mí.

Pero allí estaba.

No se había ido. Se había quedado y estaba escribiendo. Me sorprendí cuando vi que al cabo de poco dejaba de escribir. Lo miré perpleja, pues no me esperaba tal rapidez.

—¿Ya… ya has terminado?

Le eché un vistazo al cuaderno y me quedé consternada. La solución estaba allí, completa, precisa y rigurosa, al lado de su firme mano.

¿En cuánto lo había resuelto, en tres minutos?

—Vale, admití cortada —mientras señalaba otros problemas más complejos—. Probemos con estos.

Le indiqué varios ejercicios con la punta del lápiz y él empezó a resolverlos en un meticuloso orden, uno tras otro. Me quedé encantada mirando el modo en que el bolígrafo se deslizaba con fluidez entre sus dedos. La escritura de Rigel era sinuosa y elegante, sin excesos. Parecía la de un chico de otra época.

Me fijé en que lo sujetaba de un modo muy viril. Los huesos de la muñeca se veían muy bien definidos y los nervios estaban tensos. Sus dedos de pianista parecían largos y fuertes cuando pasaba la página para seguir escribiendo.

Fui ascendiendo lentamente con la mirada a lo largo de su brazo.

Observé el relieve de sus venas en la piel, su sólida osamenta que transmitía potencia y seguridad.

En cuanto al pecho, llevaba desabrochados los tres primeros botones del jersey, dejando al descubierto la base del cuello, que vibraba lentamente al compás de su respiración serena.

¿Cómo era de alto? ¿Crecería aún más? Aun así, si se inclinara sobre mí, tendría la sensación de que me cubriría por completo.

Apoyaba la sien en el puño a medio cerrar, en una postura informal pero concentrada. El pelo le caía sobre los ojos, lacio y negro, enmarcando perfectamente sus elegantes facciones.

Era tan atractivo que provocaba escalofríos.

Tenía el poder de cautivar mi corazón.

De arrancarme el alma y encantarla como una serpiente.

Rigel era una simbiosis perfecta, una mezcolanza de seda y sombras que creaba una confusión letal.

Era terrible, pero, en su irreverencia, también era la criatura más espléndida que jamás había visto…

Me sobresalté.

La burbuja de mis pensamientos estalló de repente bajo la intensidad de sus ojos.

No los tenía puestos en el papel.

Estaban fijos en mí.

—¿Has… has terminado? —balbuceé poniendo una voz casi ridícula. ¿Se habría dado cuenta de que me había quedado embobada mirándolo?

Rigel me estudió un instante y finalmente asintió.

Como se apoyaba en los nudillos, sus ojos adoptaban un aspecto ligeramente alargado, confiriéndole una mirada felina.

Me noté febril.

¿Qué me estaba sucediendo?

—Bien… Ahora probaremos algo distinto.

Pasé las páginas tratando de ocultar mi nerviosismo y decidí ir directa al grano, así que le señalé uno de los problemas que había que estudiar para preparar el examen. Rigel empezó a resolver el ejercicio, sumido en su obstinado mutismo.

Esta vez me concentré en los cálculos, solo en los cálculos. Seguí los pasos con atención, asegurándome de que todo fuera correcto. Pero al poco tiempo detecté algo que no cuadraba.

—No, Rigel… Espera. —Me acerqué un poco más y por el rabillo del ojo vi que su mano se detenía—. No, no es así.

Observé atentamente los pasos. La lógica era impecable, pero aquel no era el modo de resolver el problema.

Revisé mi cuaderno y con cierta excitación le mostré la parte de la teoría de los vectores.

—¿Ves? Según la explicación, el módulo de la diferencia de los dos vectores es mayor o igual a la diferencia de los módulos de los dos vectores tomados por separado…

Traté de explicarle con palabras lo que el texto expresaba mediante una fórmula. Y, a continuación, apunté hacia su ejercicio con mi dedo envuelto en una tirita.

—Así pues, el módulo debe transcribirse de este modo…

Rigel observó mis apuntes con una actitud distinta. Me estaba escuchando de verdad.

Siguió resolviendo el ejercicio más despacio y mis ojos lo acompañaron paso a paso.

—Vale… Así. Ahora hay que calcularlo. Exactamente…

Tras seguir todos los pasos, llegamos al final del problema. Por primera vez en mi vida, había detectado un ápice de inseguridad en él y eso me animó a continuar; después de acabar cada ejercicio, comprobaba que todo se hubiera resuelto del modo correcto.

—Bien —dije, al ver que estaba observando atentamente la resolución—. Probemos de nuevo.

Resolvimos un ejercicio tras otro. Los minutos corrieron como el viento y de vez en cuando yo rompía el silencio con algún que otro murmullo.

Al cabo de una hora aproximadamente, ya había tachado un buen número de ejercicios con mi lápiz.

Rigel estaba terminando el enésimo ejercicio y ambos habíamos logrado alcanzar un estado de intensa concentración, solo nuestra.

—Vale… —Me incliné sobre el escritorio y añadí una flechita que Rigel se había olvidado de poner a un vector—. El vector *S* está situado en el eje horizontal… Exacto…

Tenía lo codos apoyados en la mesa. Era tal mi concentración que no me percaté de que estaba casi encaramada en la silla.

—El vector forma un ángulo de 45 grados con el eje horizontal…

Verifiqué con la vista todos los pasos, concentrada, hasta el final.

Estaba bien, era correcto. Aquel ejercicio también estaba perfecto. ¿Lo había conseguido? ¿De verdad había sido capaz de ayudar a Rigel en algo?

Y él, por una vez… ¿se había dejado ayudar de verdad?

Experimenté una poderosa y vívida sensación de felicidad.

Me volví hacia él de pronto y le sonreí, radiante, con los párpados arqueados en forma de risueñas medias lunas.

—Lo has entendido… —dije con un hilo de voz.

Pero cualquier cosa que hubiera añadido después… no habría tenido sentido.

Estábamos cerca. A un suspiro el uno del otro.

Estaba tan concentrada que no me había dado cuenta de cuánto me había aproximado a él, con los codos encima de la mesa y el pelo cayéndome por la espalda. Y, al girar la cabeza, me encontré con sus iris clavados en los míos.

Me vi reflejada en aquel abismo negro, incapaz de respirar.

Y Rigel, que seguía con la cabeza apoyada en la mano, me miró con los ojos levemente entornados y fríos.

Mis ojos en los suyos, como un eclipse de luna.

*

Los ojos de Nica.

Estaba inmóvil.

El corazón se había detenido.

Todo se detuvo de golpe en el momento en que su sonrisa iluminó el mundo.

Lo sabía. Sabía que no tendría que haber ido.

Sabía que no tendría que haberle permitido que se le acercase de aquel modo.

Y ahora era demasiado tarde. Nica lo había mirado, le había sonreído y le había arrancado otro jirón del alma.

En el escritorio, estrujaba el bolígrafo con la mano. Aquellos temblores violentos le venían de dentro, de recovecos ocultos que ella, tan cercana y luminosa, había despertado.

Ella retrocedió y cada instante de aquel movimiento le produjo un alivio tan intenso que resultó doloroso.

—Rigel… —musitó casi con temor—, me gustaría preguntarte algo.

Nica bajó la mirada. Privó de luz al mundo por un instante, mientras se apretaba sus esbeltos dedos en el regazo.

—Es algo que llevo un tiempo preguntándome.

Volvió a mirarlo y Rigel imploró que no viera que le temblaba la mano que tenía apoyada justo en el centro de la mesa. Lo miró de aquel modo tan suyo, con aquellos ojos grandes y las pestañas curvas como pétalos de margarita.

—¿Qué quisiste decir? Cuando afirmaste que yo era el fabricante de lágrimas.

Rigel no era capaz de recordar la de veces que se había imaginado aquella pregunta. Precisamente formulada por ella, en mil escenarios distintos; siempre llegaba en los momento más enervantes y destructivos, aquellos en los que él llegaba al límite, aquellos en los que sus sentimientos reclamaban la redención de una vida.

Y él le restituía todo aquello que nunca había sido capaz de expresar con palabras, le echaba encima la verdad y sangraba con cada espina que se sacaba. Así el sufrimiento se transmutaba en alivio, cuando la luz penetraba en aquellos mismos orificios calentando cada herida.

Ella era su redención.

Sin embargo, en ese momento… En el momento en que Nica se lo había preguntado de verdad y esperaba una respuesta, Rigel solo pudo sentir un terror visceral. Por eso, antes de que pudiera darse una oportunidad a sí mismo, oyó que su propia voz respondía:

—Olvídalo.

Nica lo miró confusa, pero dolorosamente espléndida.

—¿Qué?

—He dicho «olvídalo».

Vio que se entristecía.

—¿Por qué?

Ella lo sabía. Había comprendido que era importante. No se pueden formular ciertas acusaciones y esperar que se olviden. Lo leía en sus ojos.

Para él, aquella mirada era algo muy parecido al infierno.

Se habría preguntado siempre por qué aquellos ojos parecían tan desilusionados ante sus actitudes, ante sus silencios. Se habría preguntado en cada momento de su vida cuál era aquella herida que rezumaba de su rostro plateado.

Se habría visto atormentado por aquellos ojos para siempre.

Y Rigel solo conocía un modo de defenderse de la tortura.

—No irás a decirme que te lo creíste —replicó, modulando la voz con sarcasmo—. ¿De veras pensaste que hablaba en serio?

Le lanzó una mirada provocadora y alzó una comisura del labio.

—¿Has estado pensando en ello todo este tiempo, *falena*?

Nica pareció estremecerse. Su pelo dejó al descubierto la curva del cuello y la carcoma le mordisqueó las costillas.

—No lo hagas. —Su voz se endureció.

—¿Que no haga qué?

—Esto —respondió ella, mirándolo con obstinación—. No hagas esto.

Oírselo decir con aquella determinación en la voz lo empujó a acercarse más a ella.

Lo atraía a morir cuando sacaba a relucir esa vertiente. En su delicadeza, Nica era capaz de mostrar una tenacidad que lo volvía loco.

—«Esto» es como soy —respondió recalcando las palabras, al tiempo que se inclinaba, aproximándose más a su cuerpo menudo.

—No «esto» no es cómo eres, sino cómo te comportas.

Esta vez fue ella la que avanzó hacia él y Rigel quien retrocedió, con el pecho y también con el corazón.

—¿Qué quisiste decir? —volvió a preguntar—. Rigel…

—Olvídalo —le espetó apretando los dientes.

—Por favor…

—Nica.

—¡Respóndeme!

Los dedos de Nica sujetaron su muñeca desnuda y él sintió que le quemaba el corazón.

Se puso en pie de golpe y se liberó con brusquedad.

La violencia de su gesto reverberó intensamente en los ojos de Nica. La vio tambalearse y tuvo la sensación de que la estancia temblaba.

Rigel luchó contra los mordiscos desesperados de la carcoma, que le fustigaban el pecho. Apretó los puños, tratando de refrenar las dentelladas, y la miró con unos ojos enormes que transpiraban miedo.

—No… —Inspiró hondo, tratando de controlarse. Ardía con tal intensidad que temió que Nica se diera cuenta—. No me toques —le ordenó, apresurándose a esbozar una sonrisa y a enmascararse tras una mueca malévola que también le dolió a él—. Te lo he dicho muchas veces.

No le dio tiempo a observar el fulgor de la herida que reflejaban los ojos de Nica. Se le encendieron los iris y arremetió contra él, con la mirada brillante de la rabia

—¿Por qué? —inquirió con la voz airada y rota al mismo tiempo. Parecía un animal herido, doblado de dolor—. ¿Por qué no? ¿Por qué no debo hacerlo?

Rigel retrocedió, superado por aquella furia.

Dios, qué hermosa era, con las mejillas encendidas y los iris brillantes de determinación. Dios, cuánto daño le hacía y cómo lo atraía con aquella pulsión irresistible.

Era demasiado incluso para él.

«No me toques», le habría dicho de nuevo, le habría suplicado de nuevo, pero Nica se le echó encima, rompió sus defensas y volvió a quemarle la piel con sus pequeños dedos.

Su alma torturada se resquebrajó bajo aquella impresión.

Y, un instante después, solo sintió que apretaba los dientes.

Solo sintió la brusca respiración de ella.

*

Todo aquel aire desplazándose me dejó sin aliento.

Un momento antes estaba agarrada a su brazo y un momento después notaba la pared a mi espalda.

Los ojos de Rigel me engulleron como abismos.

La respiración le sacudía el pecho y tenía el antebrazo apoyado sobre mi cabeza, con lo cual podía dominarme fácilmente. Su cuerpo, tan cerca del mío que me transmitía su calor como si me gritase, se alzaba sobre mí como un sol abrasador.

Yo temblaba como una hoja. Lo miraba a los ojos, sin aliento, con la voz reducida a un estertor.

—Yo… yo…

Me sujetó el rostro con la mano. Capturó mi mandíbula y la condujo hasta su cara, que ahora tenía inclinada sobre la mía.

Sus dedos ardían al contacto con mis mejillas y dejé de respirar.

En sus ojos se arremolinaban huracanes silenciosos. Lo tenía tan cerca que su respiración rompía sobre la piel de las mejillas, provocándome una sensación de hormigueo.

Él jadeaba y mis mejillas estaban tan calientes que podía sentir que la piel me ardía al contacto con su respiración.

—Rigel… —susurré, confusa y asustada.

Un músculo se tensó en su mandíbula. Uno de sus dedos saltó hasta mi boca, como si quisiera interrumpir el susurro que la había hecho temblar.

Con un movimiento lento… acarició mi labio inferior. La yema se hundió en la dócil carne de mi boca, rozándola, quemándola, haciéndola vibrar.

Sentí que las rodillas me flaqueaban cuando vi que tenía los ojos fijos en la zona donde me estaba tocando.

—Olvídalo —articularon sus labios en un movimiento hipnótico. Solo me parecía oírlo a él, el sonido de su voz, directo en mis venas.

—Debes… olvidar.

Me esforcé en interpretar aquella chispa de amargura en su mirada, pero fui incapaz.

Aquellos iris negros auguraban tormentas y huracanes, peligros y prohibiciones…, pero el deseo de explorarlos aumentaba cada día más. Mi corazón latió con más fuerza y la constatación de aquel empeño me asustó.

Perderse en el bosque significaba encontrar el camino.

Pero perderse en el lobo… significaba extraviarlo para siempre.

Entonces, ¿por qué sentía aquella necesidad de hollar su mundo y comprenderlo?

¿Por qué no lo olvidaba todo como él me pedía?

¿Por qué veía galaxias en sus ojos y en su soledad, un alma que había que tocar con cuidado?

Al poco noté que su mano ya no estaba sobre mi rostro.

Sentí una inexplicable confusión cuando comprobé que se había alejado. Parpadeé y lo vi aferrando su libro con los nudillos blanquecinos mientras abandonaba la habitación a grandes zancadas.

Rigel huía. Una vez más.

Constatarlo me dejó devastada. ¿En qué momento se habían invertido los papeles? ¿Desde cuándo era él quien huía de mí?

«Desde siempre —me susurró una vocecita—. Te rehúye desde siempre».

Tal vez había germinado en mí la simiente de la locura.

No sabía darle otra explicación, mientras me apresuraba a hacer acopio de toda mi fuerza de voluntad para salir tras él haciendo caso omiso de sus palabras y de toda lógica.

19

Debajo

Sé defenderme de todo, salvo de la dulzura.

—¡Rigel!

Lo perseguí por el pasillo, decidida a que me escuchara. Me lanzó una mirada nerviosa, y yo me vi obligada a continuar pisándole los talones cuando vi que no pensaba detenerse. Caminaba más deprisa de la cuenta, como si estuviera impaciente por darme esquinazo.

—Para, por favor. Necesito hablar…

—¿De qué?

Se volvió sin previo aviso, entrechocando los dientes para intimidarme. Parecía tenso, casi… asustado.

«De ti», hubiera querido responder directamente, pero me contuve, porque a esas alturas debía de parecer una loca. Ahora ya había comprendido que Rigel era cauteloso y desconfiado como un animal salvaje y, si entraba directamente al trapo, él podría reaccionar de manera agresiva.

—Nunca respondes a mis preguntas —dije en cambio, eligiendo otras palabras—. ¿Por qué?

Esperaba incitarlo a mantener una conversación, pero comprendí que no lo lograría cuando volvió a rehuir mi mirada. Los ojos de Rigel eran la fuente de su alma, la única superficie límpida en la que no podía ocultarse. Eran negros como la tinta, pero en algún rincón brillaba una luz que pocos sabrían distinguir. Cuando volvió a emprender la marcha, sentí la necesidad de ponerme frente a él para estrechar esa luz entre mis dedos.

—Porque no es asunto tuyo —murmuró con un tono de voz indescifrable.

—Lo sería si tú… me permitieras comprenderte.

Puede que hubiera ido demasiado lejos, pero al menos logré lo que me había propuesto: Rigel se detuvo. Parecía estar escuchando cada uno de mis pasos mientras me acercaba a él con cautela. Se volvió y por fin me miró a los ojos. Por el modo en que lo hizo, me sentí como una presa indefensa ante su cazador, listo para apuntarle con su fusil.

—Solo quiero entenderte, pero tú no me das la posibilidad. —Encadené mi mirada a la suya, procurando que no trasluciera mi tristeza—. Sé que odias las intromisiones —me apresuré a añadir—, también sé que no eres de los que se prestan a confidencias. Pero si lo intentaras, el mundo tal vez te parecería más ligero. No tienes por qué estar solo. Así, igual descubrirías que vale la pena confiar en alguien.

Me seguía con la mirada mientras yo me acercaba.

—Así —susurré aproximándome un poco más—, igual descubrirías que hay quien está dispuesto a escucharte…

Los ojos de Rigel permanecían tan inmóviles que nadie podría darse cuenta de hasta qué punto temblaban. Emociones desconocidas se fueron sucediendo una tras otra, veloces y luminosas, y mi corazón se convirtió en un delirio de latidos inconexos. Siempre había estado equivocada; la mirada de Rigel no era estéril ni vacía, sino que poseía innumerables matices, pero surgían de un modo tan simultáneo que era imposible aprehender uno solo de ellos. Eran una aurora boreal que reflejaba su estado de ánimo y, en aquel momento, parecía abrumado, confundido y asustado por mi comportamiento.

De pronto, Rigel cerró los ojos y reprodujo el perfil de mi rostro en su mente con un temblor nervioso.

Vi que contraía la mandíbula, que se le hinchaba una vena en la sien y que su hermoso rostro se endurecía por momentos de un modo espantoso.

No entendía qué estaba pasando, pero al cabo de un instante, dio un paso atrás, aumentando la distancia que nos separaba. El contacto visual se rompió y perdí hasta la última pizca de todo aquello que tanto me había costado conquistar.

¿Había dicho algo que no debía?

—Rigel…

—Aléjate de mí.

Su voz, ahora dura y hostil, me golpeó en mitad del pecho. Escupió aquellas palabras como si le quemaran la lengua y tuviera que librarse de ellas con urgencia y a continuación me lanzó una mirada febril.

Empuñó el tirador de la puerta de su habitación y, al ver que tensaba los nudillos, retrocedí. Me lo quedé mirando, confusa y herida, incapaz de comprender qué había hecho para provocarle aquella reacción, y Rigel desapareció de mi vista, cerrando la puerta tras de sí.

Fue como si me hubiera caído una roca en el corazón.

¿Por qué había reaccionado de aquel modo?

¿Había sido… por mi culpa?

¿En qué me había equivocado?

Quería entenderlo, pero no era capaz.

¿Por qué no lográbamos comunicarnos?

Me hundí en un océano de preguntas y mis inseguridades construyeron un camino sin salida.

Tenía que resignarme al hecho de que Rigel no quisiera compartir nada conmigo. Él era un enigma sin respuesta, una fortaleza en la que nadie estaba autorizado a entrar. Era una rosa negra que defendía su fragilidad hiriéndote y arañándote con sus espinas.

Decepcionada, vagué por la casa, hasta que finalmente descendí al piso inferior con la frustración guiando mis pasos.

Me detuve delante del comedor. Allí me envolvió un perfume maravilloso, como una nube, aliviando por un instante el abatimiento que me embargaba.

Anna estaba examinando el pedido y el suelo era una alfombra de cintas y papel encerado. Unos grandes jarrones con tulipanes llenaban toda la sala y ella dedicaría toda la tarde a asegurarse de que estuvieran perfectos. Carl, su asistente, se había hecho cargo de la tienda en su ausencia. La miré desde el umbral. El sol le doraba el pelo y sus labios siempre estaban ribeteados con una sonrisa que irradiaba una luz exquisita. Anna estaba muy hermosa cuando sonreía de aquel modo. Era mi cuento en la vida real.

—¡Oh, Nica! —exclamó feliz en cuanto me vio—. ¿Ya habéis terminado?

Bajé la vista y sentí una punzada en el pecho.

No quería que viera la desilusión que me enturbiaba el corazón. Hubiera querido confiarle todas mis preocupaciones, dejarle tocar mis temores y mis inseguridades, pero por un lado no podía y por el otro me daba miedo. Me habían enseñado que las debilidades eran algo que había que ocultar, que debían taparse y que eran motivo de vergüenza. Anna descubriría que yo era una muñeca rota y un poco usada, pero yo quería que sus ojos me vieran en todo momento como una chica perfecta, llena de luz y digna de tenerme a su lado todos los días. Por un momento, deseé que me abrazara y lavara todas mis tristezas de aquel modo que solo ella tenía, afectuoso y amable, y que la hacía parecer una madre.

—¿Ha pasado algo con Rigel?

Caí en la cuenta de que se había acercado hasta donde yo estaba. No respondí y ella me dedicó una sonrisa teñida de emoción.

—Eres muy transparente —dijo, logrando que sonara como algo bonito—. Tus sentimientos pueden leerse en tu rostro de inmediato, como sobre un lago cristalino. ¿Sabes lo que se dice de las personas como tú? Que tienen un corazón honesto.

Me acomodó el pelo detrás de la oreja y cada pedazo de mi alma abrazó aquel gesto. Me encantaba cuando me tocaba con aquella ternura, como si fuera una de sus flores.

—Puede que esté empezando a conoceros un poco... Rigel es un chico complicado, ¿verdad? —Esbozó una sonrisa agridulce. —Sin embargo, antes me he pasado por arriba. Se os veía trabajar bien juntos. Estoy segura de que gracias a ti ha comprendido muchas cosas.

Jamás había tenido demasiada confianza en mí misma, pero en ese momento no me atreví a decirle cuánto me gustaba lo que acababa de decirme. Seguía abatida y no era capaz de ocultarlo.

Anna no forzó mi silencio; al contrario, pareció aceptarlo y respetarlo. Sosegada como siempre, me sorprendió al preguntarme:

—¿Te apetece ayudarme?

Me tomó de la mano. Aquel gesto me emocionó. De pronto, la niña que había sido volvió a cobrar vida y busqué su mirada, confundida por la intensidad de mis sentimientos. Me dejé llevar hasta un jarrón donde un ramo de espléndidos tulipanes esperaba a ser cuidadosamente encintado.

Estaba demasiado aturdida para poder hablar. Siguiendo sus delicados gestos, sostuve con firmeza los tallos, agrupándolos en un haz compacto. No podían parecerme más bonitos mientras ella pasaba las manos alrededor y los envolvía con la cinta.

Rizó los extremos, enseñándome cómo lo hacía, y yo observaba fascinada cuánto esmero ponía en cada paso.

Arreglamos el ramo entre las dos. Los tulipanes componían un espléndido mosaico de tonalidades rosas y blancas, y al final admiramos juntas la composición.

—Ha quedado bien… —constaté encantada, recuperando algo de voz.

Y entonces apareció un tulipán delante de mi nariz.

Anna me lo estaba entregando con una sonrisa. Lo cogí y lo sostuve delicadamente entre mis dedos. Acaricié la flor con un dedo libre de tiritas y aprecié su suavidad.

—¿Te gustan?

—Mucho…

Diligente, cogió un tulipán de un rosa intenso y lo enterró bajo su nariz.

—¿A qué sabe?

Me la quedé mirando, confundida.

—¿A qué huele?

La miré un poco desconcertada, levantando una ceja.

—¿A… tulipán?

—Oh, no, no, sigue… ¡Las flores nunca huelen a flores! —me regañó ocurrente y divertida. Le brillaban los ojos.

—¿A qué sabe?

Olfateé con ganas, bajo su entusiasta mirada.

Parecía… Parecía…

—Caramelos… Caramelos de frambuesa —dije y las pupilas de Anna destellaron alegres.

—El mío huele a sobrecito de té y… a encaje… ¡Sí, a encaje recién tejido!

Oculté una sonrisa tras los pétalos.

—¿A encaje?

Olfateé mejor, mientras observaba a Anna con los ojos encendidos y vivarachos.

—Pompas de jabón.

Intercambiamos una mirada, ambas con la nariz hundida entre los pétalos.

—Talco para bebés —añadió ella.

—Confitura de frutos del bosque…

—¡Colorete!

—Algodón de azúcar.

—¿Algodón de azúcar?

—¡Sí, algodón de azúcar!

Anna me sonrió, radiante, y por fin estalló en una carcajada.

Su risa me pilló desprevenida; mi corazón se estremeció maravillado y la miré con el pecho palpitante. Cuando sus resplandecientes ojos se posaron en mí y fui consciente de que yo era el motivo de aquella alegría imprevista, un amor ardiente reemplazó a mi incredulidad. Deseé hacerla reír más, deseé ser la destinataria de aquella mirada todos los días y sentir que me engalanaba el corazón.

La carcajada de Anna era como un cuento, como un final feliz que ya no parecía tan lejano. Era una de aquellas risas que te hacían echar de menos algo que jamás habías tenido.

—Tienes razón —estuvo de acuerdo conmigo—, sí que sabe a algodón de azúcar.

Sentí que se me deshacía el alma cuando posó una mano en mi pelo. Su buen corazón también me contagió y ambas acabamos riéndonos juntas en medio de aquellos aromas que sabían a mil cosas distintas, menos, por supuesto, a tulipán.

Dedicamos el resto del tiempo a decorar los otros jarrones y, cuando terminamos, regresé arriba.

Me sentía ligera y limpia. Había recuperado la alegría, porque Anna ejercía un grandísimo poder sobre mí; era capaz de reconfortar mi corazón.

Me encontré a Klaus en el pasillo, así que decidí jugar un poco con él. Por desgracia no tardé en acabar corriendo por toda la casa, tratando de escapar de su furia.

Me persiguió lanzando belicosos maullidos y mordiéndome los talones como un endemoniado mientras yo huía escaleras abajo.

Llegué al salón y me encaramé en la butaca de un salto, mientras el gato, dando un salto de manual, clavaba sus garras previamente desplegadas en el reposabrazos.

Lo miré con las cejas levantadas mientras sacaba el hocico. Sus patitas maléficas rasgaron el aire varias veces, tratando de alcanzarme.

Finalmente, cuando decidió que ya me había torturado lo suficiente, me dio la espalda y se marchó dando desdeñosos coletazos.

Estiré el cuello a fin de asegurarme de que no se hubiera agazapado tras la esquina para tenderme una emboscada.

Bueno…, había que reconocer que al menos había logrado llamar su atención… La vibración del móvil me devolvió a la realidad. Lo saqué del bolsillo de los vaqueros y vi que era Billie. Lo desbloqueé y lo que leí me hizo feliz: «La abuela dice que hace mucho que no pasas a vernos. ¿Por qué no vienes a estudiar aquí mañana?».

Debajo, como de costumbre, había un nuevo vídeo de una cabrita.

A esas alturas, ya me había acostumbrado a que Billie me considerase una amiga, pero sentirme apreciada siempre era una sensación nueva para mí. Me disponía a responderle, esperando no parecer demasiado eufórica, cuando un crujido me distrajo.

Levanté la vista.

El sofá que había contra la pared estaba ocupado por una figura alta, totalmente inmóvil.

Tenía la cabeza apoyada en el reposabrazos y su camiseta oscura se confundía con el revestimiento de los cojines.

Cuando reconocí a Rigel, se me detuvo el corazón. Tenía un brazo apoyado en el pecho con pereza, y el otro hacia atrás, junto a la cabeza; sus blancos dedos colgaban en el vacío, suaves y entrecerrados.

Dormía.

¿Cómo era posible que no hubiera reparado en que estaba allí?

Me pareció insólito que estuviera descansando a aquellas horas de la tarde. Algo en mi interior me mantenía anclada a aquella visión, pero mi conciencia me recordó lo que sentía y me invitó a marcharme. No quería quedarme allí, no después de lo que había sucedido.

Su mera presencia me incomodaba.

Me puse en pie y eché un último vistazo a su plácido rostro.

Observé sus facciones serenas, las pestañas oscuras como pinceladas de tinieblas sobre los elegantes pómulos. El pelo negro le enmarcaba el rostro y caía por encima del reposabrazos como tinta líquida. Estaba tan tranquilo que parecía indefenso.

Con un peso en el corazón, reconocí que estaba dolorosamente hermoso.

Y fue… Fue insoportable.

—No es justo —susurré.

Era culpa suya. Alguien debía asumir la responsabilidad de que tuviera aquel aspecto de ángel que hería el corazón.

—Te vistes de monstruo para mantener el mundo a distancia y después… Después estás aquí de este modo —le reproché, desarmada frente a aquel aire tan inocente—. ¿Por qué, por qué siempre tienes que trastornarlo todo?

Me habría gustado olvidarlo, pero no podía.

Sabía que en Rigel había algo luminoso y frágil y, ahora que lo había visto, no era capaz de rendirme. Quería extraerlo del misterio que lo envolvía, llevarlo a la superficie y verlo brillar entre mis manos. Yo era exactamente como una *falena*. Me quemaría con tal de perseguir aquella luz.

De pronto, me quedé petrificada. Podía contar sus pestañas. Podía distinguir el pequeñísimo lunar junto a sus labios…

Confusa, me disponía a retroceder rápidamente con la sangre bombeando contra mis costillas. Lo miré, consternada por lo que había hecho.

¿Cuándo me había acercado tanto?

Instintivamente, sujeté con fuerza el móvil que llevaba en la mano y sin querer apoyé el dedo en el vídeo de Billie y lo abrí; la cabra empezó a balar como una posesa, y por poco no se me cae el móvil de las manos.

Salí por piernas con las tripas en la garganta, tropezándome con todo. Logré escabullirme fuera del salón un momento antes de que Rigel se despertara sobresaltado con los ojos como platos y los nervios a flor de piel, visiblemente desconcertado por aquellos gritos.

Me dirigí a mi habitación, pero en cuanto llegué al rellano, me topé con algo. Antes de que me diera tiempo a comprender qué pasaba, una nube de pelo me asaltó y me arañó un dedo.

Tenía razón… Klaus me estaba tendiendo una emboscada.

Qué vergüenza.

Aquel pensamiento se me quedó pegado hasta la noche, sin darme tregua.

Hubiera preferido enterrarme antes que estar frente a Rigel. Por una de aquellas casualidades de la vida, alegó un fuerte dolor de cabeza y no apareció para la cena.

Sospechaba que yo era la causa, porque a cualquiera se le hubieran saltado los nervios si alguien lo hubiera despertado de aquel modo.

Estar un poco a solas con Norman y Anna era lo que siempre había deseado, pero no pude ignorar la silla vacía a mi lado. La vista se me iba hacia allí continuamente, como si mis deseos hubieran cambiado y yo no encajara en aquella estampa para tres personajes.

Después de ayudar a Anna a quitar la mesa, me retiré a la biblioteca para leer un poco. Necesitaba distraerme, así que busqué algo que me llamara la atención y entonces mi mirada captó un título en particular: *Mitos, cuentos y leyendas de todo el mundo.*

Me sentí atraída al instante.

Acaricié el lomo con los dedos, lo cogí del estante y me dispuse a admirarlo. Estaba encuadernado en piel, tenía motivos florales estampados que se entrecruzaban sobre la cubierta de un modo que me pareció espléndido.

Me acomodé en la butaca y empecé a hojearlo. Sentía curiosidad por conocer otros cuentos que no fueran aquellos con los que yo había crecido. ¿Con qué fábulas crecían los otros niños? ¿De verdad no conocían la historia del fabricante de lágrimas?

Lo busqué en el índice, pero no lo encontré. En cambio, había otros muchos títulos que alimentaron mi curiosidad, así que me puse a leer.

—Empiezo a creer… que le estás pillando el gusto.

Me sobresalté.

Experimenté una intensa sensación de *déjà vu*. Estreché el libro —del que ya había leído un considerable número de páginas— entre mis manos y pude comprobar que alguien me estaba observando.

—¿A hacer qué? —pregunté, sorprendida e impresionada de verlo allí.

—A despertarme en los momentos menos indicados.

Me había pillado. Al instante, empezaron a arderme las mejillas y miré a Rigel con ojos culpables.

¿Había venido hasta allí solo para hacérmelo saber?

—Fue sin querer —repliqué. Bajé la vista, pues no me atrevía a mirarlo—. No me di cuenta de que estabas allí

—Qué raro —repuso—. Me pareció que estabas… cerca.

—Solo pasaba por allí. Eres tú quien descansaba a horas intempestivas.

Rigel siguió mirándome con aquellos iris que me robaban el alma y me arrepentí de haber elegido aquellas palabras. Tenía miedo de volver a ponerlo nervioso, de que se alterase o se pusiera siniestro de nuevo.

Pero, sobre todo, tenía miedo de que se marchase.

¿Desde cuándo me había vuelto tan contradictoria?

—Lo siento —susurré, porque en el fondo le debía una disculpa.

Seguía decepcionada por cómo habían ido las cosas aquella tarde, pero no estaba en mi naturaleza ser vengativa. No lo había hecho a propósito y no quería que lo pensase.

Aunque su presencia me hiriese, me hubiera gustado retomar la conversación en el punto en que la habíamos interrumpido. Pero no tenía esperanzas de que sucediera, estaba claro.

Y entonces… mi instinto me sugirió una estrategia distinta.

—Una vez dijiste que todos los cuentos son iguales. Que siguen un esquema… El bosque, el lobo y el príncipe. Pues no es siempre así.

Abrí el libro por la página de «La sirenita» de Andersen.

—En este, en el mar, hay una chica enamorada de un príncipe. Pero no hay lobos. No sigue las reglas. Es distinto.

—¿Y tiene un final feliz?

Dudé, porque Rigel ya parecía conocer la respuesta a aquella pregunta.

—No. Él al final se enamora de otra. Y ella… muere.

De pronto, me pregunté por qué había decidido ir en esa dirección. Acababa de darle la razón.

Precisamente, la última vez que habíamos estado en aquella estancia, Rigel me había hablado del compromiso de un final feliz: si no se cumple la regla, el orden se trastoca.

—Esa es la lección que enseñan —dijo con cinismo—. Siempre hay algo contra lo que luchar… Solo cambia el tipo de monstruo.

—Te equivocas —musité, decidida a hacer valer mis palabras—. Los cuentos no nos enseñan a resignarnos. Nos animan a no perder la esperanza. No nos explican que los monstruos existen…, sino que pueden ser destruidos.

De pronto, recordé lo que me había dicho justo delante de la biblioteca…

«Tú, que tanto te aferras a tu final feliz, ¿serías capaz de imaginarte un cuento sin lobo?».

No fue una frase carente de sentido. Era imposible hablar directamente con Rigel, siempre había alusiones, significados ocultos en lo que decía, pero hacía falta tener el valor suficiente para captarlos.

—Yo lo acepto. Acepto el cuento sin lobo.

Él se obstinaba en ser el malo de la historia, como si ciertas cosas estuvieran destinadas a no cambiar jamás, pero yo quería hacerle entender que estaba equivocado. Tal vez así dejaría de luchar contra el mundo.

Y contra sí mismo.

Rigel se me quedó mirando inmóvil, pero, aunque no sabría decir por qué, me dio la impresión de que no me creía.

—¿Y después?

Me dejó descolocada.

—¿Y después? —repetí sin entender.

Me sondeó con la mirada, como si quisiera estudiarme.

—Y después, ¿qué? ¿Cómo termina la historia?

No dije nada, porque no me esperaba aquella pregunta, pero sobre todo porque… no estaba segura de qué responder. Me hubiera gustado sorprenderlo, pero bastó mi silencio para que se le ensombreciera el rostro, como si acabara de recibir una confirmación.

—Todo se acomoda a tus expectativas de color de rosa, ¿verdad? —murmuró—. En tu mundo ideal y perfecto, cada cual ocupa su lugar. Tal como tú quieres. Pero no sabes ver más allá.

Su rostro se endureció, como si hubiera vuelto a contrariarlo.

No… ¿A herirlo?

—A lo mejor la realidad es diferente. ¿Nunca has pensado en ello? A lo mejor no es como crees, a lo mejor no todo funciona como tú quieres. A lo mejor —enfatizó, implacable— hay gente que no quiere estar en tu sueño perfecto. Eso es lo que no sabes aceptar. Quieres respuestas, Nica, pero lo cierto es que no estás preparada para oírlas.

Aquellas palabras me impactaron como si me hubieran aplastado.

—No es verdad —respondí con el corazón a mil por hora.

—Ah, ¿no? —masculló, al tiempo que yo me ponía en pie.

—Despréndete de esa coraza. No la necesitas.

—¿Qué crees que verías?

—¡Basta, Rigel!

Estaba tan nerviosa que me escocían los ojos. No me sentía capaz de hablar con él, la frustración me impedía razonar, pensar o entender nada.

No había forma de que nos entendiéramos porque hablábamos idiomas opuestos. Rigel trataba de decirme cosas, lo sentía, pero hablaba en una lengua que no me había explicado. Una lengua hiriente y llena de significados que mi alma no sabía interpretar. Yo siempre había sido cristalina como el agua de un manantial; él, un océano de abismos inexplorados.

Me abracé, como si así pudiera protegerme de sus ojos, y él me miró con un extraño fulgor en las pupilas.

—Eres pura contradicción —le dije, porque me estaba volviendo loca—. Hablas de los cuentos como si fueran tonterías para niños, pero, al igual que yo, creciste en el Grave y tú también crees en ellos.

Todos los niños en la institución se creían las historias que contaban y cada niño iba interiorizándolas. Era un mundo distinto, el nuestro, un mundo que nos resultaba incomprensible. Pero era la verdad.

Rigel no respondió, me miró con aquellos ojos que desataban una tempestad en mi corazón y desvió la mirada hacia el libro que descansaba sobre la butaca.

Hubiera querido hacerle ver la luz, pero parecía estar preso de sus propias sombras.

Hubiera querido tenderle la mano, pero estaba cansada de que me hiriera.

Con todo, nada me rompía más el corazón que ver en sus ojos aquel fulgor que él deseaba extinguir a toda costa.

Al fin comprendí que no estaba luchando contra él, sino contra algo que no estaba a la vista.

Rigel no solo era cínico y desconfiado sino que también parecía desilusionado de la vida. En él había algo áspero y visceral que no había visto en nadie más, que lo empujaba a no hacerse ilusiones jamás, a rechazar a cualquiera sin excepción, a ver el mundo con un desencanto que casi quemaba el estómago. ¿Qué podía ser?

—Mitos, cuentos y leyendas… Todos tienen un fondo de verdad. —La sinceridad y el tono grave de su voz me hicieron temblar—. Los mitos hablan del pasado. Las leyendas nos aportan conciencia de nuestro presente. Y los cuentos… son para el futuro. Los cuentos existen, pero solo están destinados a unos pocos de nosotros. A los más raros. Los cuentos son para aquellos que se los merecen. Los demás están condenados a soñar un final que jamás verán cumplido.

20

Un vaso de agua

No puedes esconder
un corazón que tiembla.

La habitación estaba desordenada y llena de polvo, como siempre.

El escritorio sería bonito sin todo aquel caos y sin las manchas pegajosas de coñac que dejaban los vasos. Pero no importaba.

Él miraba al suelo.

Rigel ya se conocía de memoria las vetas de aquel pavimento.

—Mírelo. Es un desastre.

Siempre era así. Pese a estar allí presente, los dos adultos que había en la estancia siempre hablaban como si él no estuviera.

A lo mejor es que así es como se habla de los problemas. Como si no estuvieran.

—Mírelo—le dijo de nuevo el doctor a la mujer. Su voz sonó con un matiz de piedad y esta vez Rigel lo odió con todas las fibras de su cuerpo.

Lo odió por su compasión, pues él no la quería.

Lo odió porque aún lo hizo sentir más defectuoso.

Lo odió porque no quería despreciarse más de lo que ya lo hacía.

Pero, sobre todo, lo odió porque sabía que tenía razón.

El desastre no estaba en sus uñas sucias.

No estaba en sus párpados, que a veces quería arrancarse.

No estaba en la sangre que había en sus manos.

El desastre estaba dentro de él, arraigado tan hondo que resultaba incurable.

—Usted puede que no lo acepte, señora Stoker. Pero el niño muestra los

primeros síntomas evidentes. Su incapacidad para relacionarse con los demás solo es una de las señales. Y, en lo que respecta al resto…

Rigel dejó de escucharlo porque ese «resto» era lo que hacía más daño.

¿Por qué era así? ¿Por qué no era como los demás? No eran preguntas propias de un niño, pero tampoco podía dejar de hacérselas. A lo mejor hubiera podido formulárselas a sus padres. Pero ellos no estaban.

Y Rigel sabía el motivo.

El motivo era que los desastres no le gustan a nadie. Los desastres son incómodos, inútiles y farragosos.

Es más fácil librarse de los juguetes rotos que tener que quedárselos.

¿Quién podría querer a alguien como él?

*

—¿Nica?

Parpadeé, de vuelta a la realidad.

—¿Tú cómo has traducido la cinco…?

Rebusqué en mis traducciones, esforzándome en concentrarme.

—«Lo había saludado» —leí en mi hoja—. «Lo había saludado antes de partir».

—Ajá. —Billie se giró triunfal—. ¿Lo ves?

A su lado, Miki dejó de mascar chicle y le lanzó una mirada escéptica por debajo de la capucha.

—¿Y a ti quién te ha dicho nada?

—¡Mira, te has equivocado al escribirlo! —se obstinó Billie, señalándole el cuaderno—. ¡Aquí!

Los ojos de Miki apuntaron a la hoja, lapidarios.

—Ahí pone «Lo había salvado». No «Lo había saludado». Eso es del ejercicio que va después.

Billie se rascó la cabeza con el lápiz, dubitativa.

—Ah —dijo—. Pues a mí me había parecido… Claro que, con esa letra de médico que tienes, ¿eh? Mira aquí…, ¿tú crees que esto es una «u»?

Miki entrecerró los ojos y su amiga sonrió radiante.

—¿Me dejas copiar las otras también?

—No.

Yo las observaba discutir mientras volvía a perderme en mis cavilaciones.

Habíamos quedado para estudiar, pero, por algún motivo, no lograba concentrarme. Mi mente emprendía el vuelo a la mínima distracción.

Sabía que en realidad aquella distracción tenía unos ojos negros como la noche y un carácter imposible.

Lo que Rigel me dijo se me había quedado clavado en la cabeza y no había manera de hacerlo salir de allí.

De pronto, la contraventana del porche se abrió y la abuela emergió con toda su contundente amabilidad.

—¡Wilhelmina! —atronó, dándole un buen susto a su nieta—. ¿Has mandado la cadena de san Bartolomeo a través del móvil tal como te dije?

Billie escondió la cabeza, exasperada, tratando de hacerse invisible.

—No, abuela…

—¿Y a qué esperas?

No entendí de qué estaban hablando, pero la cara de confusión que debí de poner me valió una media explicación.

—La abuela sigue convencida de que los mensajes te traen los santos a la puerta… —me instruyó Billie, pero se sobresaltó al ver que su abuela inflaba el pecho.

—¡Hazlo! —le ordenó y a continuación apuntó a Miki con el rodillo de amasar.

—¡Miki, hazlo tú también! ¡Es una orden!

—¡Oh, vamos, abuela! —protestó Billie—. ¿Cuántas veces tengo que decirte que esas cosas no funcionan?

—¡Tonterías! ¡Te protege!

Billie alzó los ojos al cielo y se dispuso a coger el móvil.

—Vale, pero ¿podemos merendar ya?

La abuela frunció orgullosamente el entrecejo.

—Claro que sí —anunció, adoptando una pose casi heroica mientras se daba golpecitos en la mano con el rodillo.

Billie, mientras tanto, empezó a teclear furiosamente en su móvil.

—Ahora se lo envío a unos cuantos… ¡Ah, Nica, a ti también te lo envío!

Encogí el cuello y la mirada de la abuela cortó el aire y acabó acertándome.

—¿A… a mí?

—Sí, ¿por qué no? ¡Así estaremos todas a salvo!

—Pero yo…

—Debes enviárselo a quince contactos —me explicó mientras yo tragaba saliva, porque la abuela seguía teniéndome a tiro.

¿Quince contactos? ¡Pero si yo no tenía quince contactos!

—¡Hecho! —anunció Billie.

De pronto mi móvil y el de Miki emitieron una ligera vibración. La abuela nos miró la mar de orgullosa con su delantal ondeando al viento.

—Acabo de prepararos la merienda —dijo mientras se giraba para volver a entrar. Pero pareció repensárselo.

—Por cierto, ¿has logrado contactar?

Billie la miró y se encogió de hombros.

—Ha vuelto a caerse la línea —masculló y deduje que estaba hablando de sus padres—, pero creo haber oído el berrido de un camello. Aún siguen en el desierto de Gobi.

La abuela asintió y le dedicó una mirada afectuosa antes de entrar de nuevo.

El silencio descendió como polvo sobre nosotras.

—¿Hay novedades?

Me sorprendí al oír aquellas palabras. Quizá porque esta vez las acababa de pronunciar Miki, siempre tan poco interesada en la vida de los demás.

—No.

Billie no alzó la vista, siguió emborronando con gesto indolente la esquina de una página.

—Han vuelto a aplazar la fecha. No volverán hasta final de mes.

De pronto, la imagen que tenía de Billie adquirió otro sesgo.

La espalda encorvada, los rizos cayéndole sobre los hombros como ramas colgantes. Aquella luz que siempre iluminaba sus ojos ahora era un puntito atrapado en una mirada sin brillo.

—Pero… papá me había dicho que iríamos juntos a aquella exposición tan fantástica. Me lo había prometido. Y una promesa es una promesa…, ¿verdad?

Alzó la vista y yo la miré a los ojos.

—Verdad —musité con la voz clara. Billie intentó levantar la comisura del labio, pero parecía exigirle un gran esfuerzo. Parpadeó y en ese momento una mano movió un libro en la mesa.

Miki le plantó su texto bajo la nariz. Le echó una mirada fugaz a Billie y refunfuñó:

—¿No querías copiar también las otras?

Billie se la quedó mirando un instante.

Y entonces, lentamente, volvió a sonreír.

Más tarde, Billie trató de contactar nuevamente con sus padres. La línea se cayó algunas veces, pero finalmente, cuando ya estaba a punto de perder de nuevo la esperanza, alguien respondió al otro lado. Ninguna alegría fue comparable a la que vi en su rostro cuando la voz de su padre sonó al otro lado del móvil.

Por desgracia, la llamada se interrumpió antes de que acabaran de hablar, pero ella no se desanimó como yo me temía; se dejó caer de espaldas en la cama, feliz, fantaseando con las exóticas maravillas que acababan de referirle sus padres.

—Qué bonito… —murmuró con los ojos cerrados—. Qué lugares tan hermosos… ¡Ya veréis como un día yo también iré! Contemplar aquellas puestas de sol desde las tiendas… Las dunas… Las palmeras… Juntos… Fotografiar el planeta…

Su voz fue debilitándose hasta convertirse en un susurro. Después, un leve movimiento de los labios, y finalmente nada.

Billie se durmió así, en mitad de la tarde, con el móvil aún en la mano y la esperanza tras los párpados, perdida en una nube de rizos.

Le retiré el móvil de la mano y lo dejé sobre la mesilla, mientras la miraba dormir.

—Parecen buenas personas —dije refiriéndome a sus padres.

Los había oído de viva voz y nos habían saludado entusiasmados, ahora ya sabía de dónde había sacado Billie toda su energía.

—Lo son.

Miki no me miraba; tenía los ojos puestos en el rostro adormecido de su amiga.

Su mirada resultaba impenetrable, como siempre, pero estaba segura de haber vislumbrado una punta de melancolía en sus ojos.

—Los echa de menos más de lo que dice. Solo tiene el valor de admitirlo por la noche.

—¿Por la noche?

—Cuando me llama —murmuró—. Sueña que vuelven. Después se despierta y no están. A veces sabe que está exagerando. Sabe que están trabajando, que están bien… Nunca se lo diría a ellos. Pero los echa de menos —susurró—. Ya hace mucho que se marcharon.

«Miki sí que sabe ser un encanto». Recordé las palabras de Billie. «Es tan sensible…». Hasta aquel momento no había sido capaz de entender a qué se refería exactamente. Ahora me la podía imaginar cuando, tras toda una jornada parapetada en su hermetismo, se iba a dormir móvil en mano. Solo esperaba ver que se iluminaba, y cuando respondía, se convertía en la única testigo de los momentos en que Billie no tenía fuerzas para sonreír.

Miki… era su familia.

—Nunca estará sola —dije, mirándola a los ojos y sonriéndole con afecto—. Te tiene a ti.

Miki me observó mientras arropaba a Billie con la manta.

—Voy a beber un poco de agua.

Me puse en pie, me estiré las arrugas de la camiseta y salí por la puerta procurando no hacer ruido. Esperaba no armar demasiado escándalo buscando el vaso en la cocina y entonces me acordé de que la abuela se había ido a jugar al bridge con sus amigas

Pero antes de seguir adelante, volví a abrir la puerta que acababa de cerrar a mi espalda.

—Miki, perdona. ¿Tú también quieres un va…?

No terminé la frase.

Las palabras se me murieron en la boca.

Con los ojos abiertos de par en par solo acerté a ver una cascada de pelo negro perdiéndose en una maraña de rizos.

Y a ella inclinada hacia delante, con sus labios posados en los de Billie.

El tiempo se había detenido.

Me quedé inmóvil. Observé el movimiento de Miki incorporándose lentamente. Sus ojos desorbitados me miraron con tanta consternación que parecían feroces. Tenía los labios entreabiertos bajo la sombra de la capucha, la mandíbula contraída y las pupilas alteradas.

—Yo… —probé a decir, tratando de dar con las palabras adecuadas. Despegué los labios varias veces, abrí la boca, pero no fui capaz de completar la frase. Ella me embistió con su cuerpo y me empujó fuera de la habitación.

Miki cerró la puerta tras de sí y sus ojos cargados de hostilidad brillaron como carbones ardientes bajo la luz del pasillo. Parecían querer atravesarme de parte a parte.

—Tú —siseó entre dientes apuntándome con el dedo. Su voz le rascaba la garganta de un modo que yo jamás había oído—. Tú… no has visto nada.

Me quedé muda. Cerré los labios, la miré a los ojos y desvié la vista hacia la puerta que había a su espalda, donde Billie seguía durmiendo. Volví a mirarla a ella. Miki seguía frente a mí, de pie, rígida.

Y entonces, sin inmutarme, me encogí de hombros y le dije con voz serena:

—Vale.

A Miki le entró un tic en un párpado.

—¿Cómo…?

—Vale —me limité a repetir.

—¿Vale?

—Sí.

Me lanzó una mirada entre hostil y consternada.

—¿Cómo que vale?

—Es vale…

—¡No es vale!

—No he visto nada.

—¡Sí que lo has visto!

—¿Qué he visto?

—¡Ya sabes qué!

—¡De verdad que no!

—No… —masculló a punto de estallar, apuntándome con el dedo y con el rostro encendido.

—Tú… Tú no… Tú has…

Entrechocó los dientes, dejó escapar un gruñido rabioso y liberador, y apretó los puños. Guardé silenció mientras Miki ardía de frustración, le temblaban las muñecas. Durante un momento interminable, lo único que se oyó fue el sonido de nuestra respiración.

Fingiría de verdad lo que implicaba ese «vale».

Ignoraría de verdad lo que había visto, pensé, mientras Miki negaba con el rostro, adoptando el ademán de alguien que desearía borrar a toda costa aquel momento. Si aquello era lo que deseaba, lo tendría.

Sin embargo, desde el día que la conocí, era la primera vez que Miki no se había marchado. Apenas me había increpado y, aunque sabía que no se quedaba allí por mí, sino porque estaba librando una lucha consigo misma, en cualquier caso, allí estaba.

Y yo no fui capaz de ignorarla. No como ella habría querido, aunque por ello quizá me odiaría un poco.

—Miki… ¿Te gusta Billie? —Mi voz sonó delicada y clara como el agua.

Fue una pregunta tonta, pero se la hice igualmente porque quería que comprendiera la simplicidad de aquel momento.

Miki no respondió. La amargura le comprimía los labios y le formaba un nudo en la garganta.

—No hay nada malo en ello—dije despacio, muy despacio, como si mis cuerdas vocales estuvieran moldeando cristal, y busqué sus ojos con la mirada limpia—. Es algo bonito…

—Tú no lo entiendes —me espetó.

La frustración se deslizaba de sus ojos como gotas de cera que se derramaban sobre sus puños apretados, elevando una plegaria muda.

Volví a guardar silencio, tal vez porque no acababa de comprender del todo la situación.

Pero Miki estaba allí, y yo, más que nunca, deseé cruzar mi mirada con la suya, que se ocultaba bajo la capucha, y sentir que me devolvía algo, una brizna de alguna cosa que antes no había tenido el valor de pedirle.

—No, tal vez no —murmuré mirando al suelo—. Pero si tú… si tú quisieras explicarme… si decidieras dejarme comprender… podrías ver que a lo mejor es más sencillo de lo que crees. Y quizá descubrirías… que no hay nada malo, inconfesable o retorcido. Que decir algo a veces es mejor que no decir nada, porque hay cosas que nos hacen bien solo en el momento en que alguien nos escucha decirlas.

Miki tensó los labios y yo la miré con sinceridad, tendiéndole las palmas de mis manos, con los dedos llenos de tiritas.

—Si quieres explicármelo, verás lo bien que te sentará, te lo juro. En silencio, sin interrumpirte, hasta donde tú quieras. Si quieres intentarlo…, te prometo que te lo pondré fácil, tan fácil como respirar, o beber un vaso de agua.

La miré con tristeza y sus brillantes pupilas vacilaron.

—Miki… —le susurré con ternura—, ¿te apetece un vaso de agua?

Miki y yo estuvimos sentadas en el suelo, junto a la contraventana de la cocina, un número interminable de horas. Aunque había un par de sillas a pocos metros de donde estábamos y la mesa era con toda seguridad más cómoda que el suelo. No nos movimos de allí, cada una con su vaso de agua, en silencio, contemplando la luz que perforaba la vegetación más allá de la ventana.

Ella no habló mucho.

Ningún monólogo brotó de sus discretos labios.

Ninguna confidencia liberó lo que llevaba dentro.

Simplemente permanecimos la una al lado de la otra, compartiendo nuestras respiraciones y nuestra compañía.

—Eres tú —dije simplemente—. Esa rosa blanca que recibe todos los Garden Day… Eres tú.

Ella calló y yo le ofrecí mi silencio a cambio.

—¿Por qué no se lo dices?

—Ella no me corresponde.

Miki miró el techo y yo la observé a ella.

—Eso no puedes saberlo.

—No necesito saberlo —dijo decepcionada—. A ella no le gustan… las chicas.

Bajé la vista. Mis piernas extendidas y relajadas contrastaban al lado de las suyas, que mantenía abrazadas contra el pecho.

Miki apagó en el cenicero el enésimo cigarrillo, demorándose eternamente en aquel gesto.

—No puedo ni imaginarme cómo me miraría.

—Billie te quiere. No te miraría de ningún modo.

Pero ella sacudió la cabeza. Se quedó contemplando la pared que teníamos enfrente, con los iris desprovistos de ilusiones y esperanzas.

—No lo entiendes… Ahí está el quid de la cuestión. Soy su mejor amiga —murmuró, como si fuera una condena que le hacía bien y mal al mismo tiempo—. Nuestra relación… es algo importante. Es una de las cosas más sólidas con las que ambas podemos contar. Decirle la verdad… significaría trastocarla. Y a partir de entonces sería imposible volver a como era antes. No puedo ni pensar en perder ese vínculo. En perderla a ella. Yo no… puedo renunciar.

Ella miraba a Billie desde un muro de contención, desde una portezuela tan diminuta y fuera de sus goznes que solo le permitía ver alambre de espino.

Su punto de vista era totalmente distinto del mío, pues yo veía prados con flores allí donde mirase.

Me fijé en mis dedos. Entre nosotras se interpuso el silencio, lento e inexorable.

—Hay una oruga —empecé a decir tras aquella pausa—, una oruga distinta de todas las demás. A veces puedo verla en las hojas de acanto. ¿Sabes? Las orugas saben que deben transformarse. Llega un momento en que fabrican el capullo y después mutan en mariposas. ¿No es así? Es muy sencillo… Pero esta oruga… Bueno, ella no lo sabe. No sabe que puede convertirse en mariposa. Si ella no siente que tiene que hacer la crisálida… Si ella, hum… no cree en ello lo suficiente…, no se transforma. No construye el capullo. Se queda en oruga para siempre. —Me miré las manos deterioradas—. Puede que sea cierto, a Billie no le gustan las chicas. Pero… a lo mejor podrías gustarle tú. A lo mejor, a veces, hay personas que nos impactan y se nos quedan dentro independientemente de su… envoltorio externo. Son importantes y nadie puede sustituirlas. —Alcé la vista, relajada, y me quedé mirando la pared—. A lo mejor Billie nunca ha pensado en ti de ese modo… A lo mejor no lo hará nunca, pero… también es verdad que tú eres la persona que siempre quiere tener a su lado. Y si no se lo dices… si ni siquiera lo intentas, Miki…, jamás podrás descubrir si para ella puede ser lo mismo. Y entonces las cosas no cambiarán nunca. Y serás oruga… para siempre.

Mis palabras se apagaron como la luz de una vela.

Volví la cabeza y Miki me estaba observando.

Me miraba como nunca hasta entonces me había mirado. Con un matiz de desnudez, de complicidad… como si de algún modo mis palabras hubieran franqueado su muro de contención.

Volvió a desviar la mirada y ocultó una pequeña exhalación que yo, sin embargo, percibí con claridad.

—De todas las personas a las que creía que podría confesarles esto —masculló —sin duda tú serías la última.

No sonó como una ofensa. Sonó como si acabara de perder una pequeña batalla consigo misma y eso, de algún modo, me hizo sentir aceptada.

—Siempre habéis sido iguales en esto —murmuró.

—¿En esto?

—Sí. Ella y tú. El modo que tenéis de ver las cosas. Tú… a veces me recuerdas a ella.

Me la quedé mirando y Miki sacudió la cabeza y suspiró. Se echó hacia atrás, se quitó la capucha y su rostro emergió a la luz. Unas ojeras surcaban sus ojos con el maquillaje levemente corrido. Bajó los párpados y el pelo negro enmarcó las angulosas facciones de su rostro. No pude por menos que apreciar la agradable armonía de sus altos pómulos y de sus labios carnosos y exuberantes.

Dentro de aquellos pantalones con grandes bolsillos y de las amplias sudaderas, había una belleza insospechada.

Notó que la estaba observando y me lanzó una mirada más bien hostil.

—¿Qué pasa?

—Eres guapa, Miki.

Ella puso ojos de asombro. Pero al instante desvió la mirada, cerró los labios y encogió el cuello entre los hombros. Se abrazó las rodillas, molesta, aunque me pareció ver que sus mejillas se teñían de un rosa inusual para el color de su piel.

—Tú y tus… «orugas»… —rezongó, huraña y cortada al mismo tiempo, y yo no pude evitar sonreír.

Me reí despacio, con la cabeza apoyada en la pared y los ojos entrecerrados, y tuve la certeza de ver a Miki relajando el rostro y adoptando una expresión serena.

—Eh…, ¿qué pasa?

Ambas nos volvimos. Billie estaba en el umbral ocupada en restregarse un ojo con la mano.

—¿Qué hacéis aquí? —preguntó extrañada.

Miki miró el suelo. Por un momento, pareció que iba a decir algo, pero finalmente guardó silencio. Y yo no necesité nada más.

—Tranquila —le dije a Billie. Volví a alzar el rostro y le sonreí serena—. Solo nos hemos bebido un vaso de agua juntas.

Me pasé allí todo el día.

Nada parecía haber cambiado. Aunque ahora conocía el secreto de Miki, nada le impedía alzar los ojos al cielo cuando Billie se dedicaba a chincharla; estaba segura de que a ella le gustaba aquel modo de estar a su lado. Por eso no era capaz de renunciar.

Mientras estábamos estudiando, me llegaron un par de mensajes.

—¿Quién es? —preguntó Billie intrigada, estirando el cuello.

Era Lionel.

Cuando me dijeron que enviara aquella cadena a quince contactos, me vi en un pequeño apuro. Lo envié a los pocos números que tenía guardados: a Anna, Norman, Miki, de nuevo a Billie, al número de servicio de mi compañía telefónica, pero seguía estando corta de remitentes. Como aún me quedaban diez por enviar, tenía el corazón en un puño, porque no quería decepcionar a la abuela de Billie. Así que se lo envié diez veces seguidas a Lionel.

No hace falta decir que se quedó cuando menos asombrado de mi devoción religiosa.

—¿Y bien? —preguntó Billie, muerta de curiosidad—. ¿Quién te escribe tan a menudo? ¡Vamos, déjame verlo!

—Ah, no es nadie en particular… —respondí—, solo es… Lionel.

—¿Lionel? Ah, el chico del laboratorio… ¡Cielos! ¿Y os llamáis?

—Bueno… Sí, de vez en cuando.

—¿Cada… cuánto?

—No… no sabría decirte —respondí, al ver que ahora me miraba con los ojos brillantes de curiosidad—. Más bien a menudo.

Billie abrió mucho la boca, enfáticamente, y yo me sobresalté al verla así.

—¡Le gustas! ¡A que sí? ¡Madre mía, está clarísimo! Miki, ¿has oído? —le preguntó a su amiga, dándole un toque con el codo, electrizada—. ¿Y él? ¿Él te gusta, Nica?

Parpadeé y la miré con candidez.

—Bueno, sí.

Billie abrió la boca de par en par y se llevó las manos a las mejillas, pero antes de que pudiera gritar cualquier cosa, Miki interpuso su lápiz entre ambas.

—Quiere decir si te gusta… gusta —puntualizó, señalando mi móvil con la punta—, si el tío te interesa.

Me la quedé mirando dubitativa, pero en cuanto lo comprendí, los ojos se me salieron de las órbitas. Las mejillas me empezaron a arder y me apresuré a negar espasmódicamente con la cabeza.

—¡Oh, no, no, no! —rectifiqué con cierta sensación de urgencia—. ¡No, Lionel no… no me gusta de ese modo! ¡Solo somos amigos!

Billie me miró desconcertada, mientras seguía sujetándose el rostro con ambas manos.

—¿Solo amigos...? ¿Y él lo sabe?

—¿Eh? ¿Qué quieres decir?

—Vamos, ¡déjame ver!

Me robó el móvil. Y empezó a leer los mensajes con auténtica curiosidad.

—¡Guau! —exclamó—. ¡Habláis casi todos los días! Te escribe un montón... Aquí también... Y aquí te ha escrito con una excusa idiota... ¡Eh, eh! Aquí también...

—Perdona —la interrumpió Miki de pronto—, pero este pavo solo te habla de sí mismo.

Me sorprendió ver que ella también se había asomado de lado y nos observaba arqueando una ceja. Me miró con aire escéptico e indagatorio.

—¿Te pregunta al menos cómo estás?

Aquella pregunta me dejó perpleja.

—Bueno, me cruzo con él en la escuela.

—¿Te lo pregunta? —me interrumpió.

—No..., pero yo estoy bien —respondí, sin entender qué necesidad había de ello.

Miki se me quedó mirando un poco sombría, antes de volver a examinar el móvil con los brazos cruzados.

—Está muy orgulloso de sus triunfos —dijo Billie despacio mientras iba deslizando los mensajes y, por el tono de su voz, intuí que algo en nuestras conversaciones no iba como cabía esperar.

—Sí —convine con ella—. De hecho...

—Las cosas claras —soltó Miki de una vez por todas—, ¿habláis de algo más que no sean sus torneos de tenis?

Me las quedé mirando a ambas, una más bien recelosa, y la otra con mi móvil aún en la mano.

A decir verdad, no recordaba una sola vez en la que no acabáramos hablando de algo que se refiriese a él. Profundicé en todas mis conversaciones con Lionel. En los paseos y en los polos que habíamos compartido, pero no hallé otro resultado.

Miki sacudió la cabeza.

—Eres demasiado ingenua. ¿Es que no lo ves?

Billie me devolvió el móvil y esbozó una sonrisa pequeña e incierta, como si se excusara.

—No pretendíamos ser entrometidas… Espero que no te hayas llevado esa impresión. Pero sería justo que te preguntara cómo estás, ¿no te parece? Nosotras también nos vemos todos los días y, sin embargo, yo siempre te lo pregunto, porque me interesa saberlo. En este sentido, Miki tiene bastante razón.

—Se aprovecha de ti para alimentar su ego. Y tú eres tan buena que ni siquiera te das cuenta.

Miki parecía más bien cabreada y masculló un insulto cuando Billie le dio un codazo en broma.

—Discúlpala, Nica, se pone de muy mal humor en estos casos. Pero es su forma de preocuparse por alguien.

Miki la fulminó con la mirada, pero aquella frase se me quedó grabada en la cabeza. Mis ojos se posaron silenciosos en ella, presa de distintas emociones.

¿Miki se preocupaba por mí?

—¿Vamos a estudiar o no? —gruñó inclinándose sobre el libro, y Billie sonrió.

—¿Había personajes como Miki en tu institución?

Miki le lanzó una mirada asesina y trató de pisarle un pie, mientras Billie forcejeaba con ella tratando de abrazarla entre risas. Por mi parte, no recordaba que nadie se hubiera preocupado jamás por mí.

Solo me vino un nombre a la mente. Una débil llamita que siempre había estado allí desde el momento en que ella se fue.

Adeline.

Adeline y sus manos que me hacían las trenzas, que me limpiaban las rodillas. Adeline, que era un poco mayor que yo y que el resto de los niños.

Sonreí, tratando de desdramatizar el momento.

—No, no había nadie que me defendiera con tanto ardor.

Me di cuenta de que tal vez no había sido demasiado afortunada.

Billie se me quedó mirando y en su rostro se perfiló una pregunta no formulada. Noté que quería formularla hacía tiempo, pero siempre había temido ser inoportuna.

—¿Cómo era aquel lugar?

Vacilé por un momento y Billie pareció arrepentirse al instante de aquella pregunta tan directa, como si hubiera lastimado mi sensibilidad.

—Solo si… te apetece contarnos algo —susurró, dándome la oportunidad de evitar el tema.

Su mirada levemente contrita me dio a entender que no pretendía incomodarme.

—Todo en orden —dije con voz afectuosa para tranquilizarla—. Estuve viviendo allí mucho tiempo.

—¿De verdad?

Asentí. Y, poco a poco, empecé a responder una pregunta tras otra. Les describí las grandes puertas metálicas, el jardín sin cultivar, las visitas que recibíamos de vez en cuando y cómo transcurría la vida allí, entre los niños que llegaban y los que se iban.

Oculté los detalles más grises, los enterré como el polvo bajo una alfombra. La imagen final que quedó fue la de una existencia un poco dura y ajada.

—¿Y llevabas allí doce años? ¿Antes de que llegase... Anna? —preguntó Billie. Miki me escuchaba con atención, pero en silencio.

Asentí de nuevo.

—Cuando llegué tenía cinco años.

—¿Y tu hermano también llevaba allí mucho tiempo? —Billie apretó los labios—. Perdona. Sé que no quieres que lo llame así. Me sale de forma automática... Quería decir Rigel.

—Sí —murmuré bajando la vista—. Rigel... estaba allí antes que yo. Nunca llegó a conocer a sus padres. La directora de la institución le puso el nombre.

Billie me miró sorprendida, como todos cuando conocían la verdad. Incluso Miki, que hasta ese momento se había mantenido al margen de la conversación, ahora me miraba con cierto interés.

—¿Lo dices en serio? —Billie parecía consternada—. ¿Estaba allí antes que tú? Debes de conocerlo muy bien.

No. No lo conocía.

Pero lo sabía todo de él.

Era una paradoja.

Rigel había echado raíces en mí como un perfume que lleva impregnándote toda la vida.

—Debió de ser duro para los dos —murmuró Billie—. Vuestra directora debió de quedarse muy triste cuando os marchasteis.

Un soplo de viento cruzó por entre mi pelo. Durante el tiempo que duró su paso, alcé la vista lentamente hacia Billie.

Ella sonreía serena.

—Debía de estar disgustada en el momento de despedirse de vosotros…, ¿no? Después de todo os había visto crecer. Os conocía desde que erais pequeñísimos.

La miré a los ojos. En aquel momento, me parecieron más grandes de lo habitual. Apenas sentía la brisa en mis brazos desnudos.

—No —me limité a decir—. La señora Fridge… no hacía tanto tiempo que nos conocía.

Billie parpadeó desconcertada.

—Perdona, pero ¿no has dicho que ella fue quien le puso el nombre a Rigel cuando este llegó?

—No —respondí mecánicamente y volví a sentir aquella necesidad de rascar, pero mis uñas seguían estando quietas—. Fue la directora que había antes de ella.

Billie se quedó maravillada. Miki, a su lado, no me quitaba el ojo de encima.

Sus pupilas me observaban con atención y yo estaba casi segura de sentir que perforaban el aire. Que chirriaban sobre mi piel, la excavaban y quedaban impresas en mi carne.

—¿La directora que había antes de ella? —Oí que decía Billie. El viento se había convertido en un silbido que me mordía las muñecas.

—¿Hay dos directoras?

Mis uñas permanecían inmóviles. Tan inmóviles que podía percibir los surcos en mis muslos.

—¡No nos lo habías dicho!

Billie se inclinó hacia delante sin apartar de mí sus grandes ojos, yo empezaba a sentir el dolor de mis uñas clavándose en la piel. Las pupilas de Miki eran dos proyectiles voraces, monstruosos, que me estaban devorando trozo a trozo.

—Así pues —Aún alcancé a oír, mientras la sangre me palpitaba en los oídos—, no os crio la señora… Fridge. Se llama así, ¿verdad? ¿Sino la que estaba antes?

Me retumbaban todos los sentidos. Mi piel estaba tensa, temblorosa. Me sentía húmeda, viscosa y helada. Como tenía unas esquirlas de vidrio clavadas en las cuerdas vocales, me limité a asentir con la cabeza, mecánicamente, como un soldadito de plomo.

—¿Cuántos años tenías cuando llegó la señora Fridge?

—Doce —oí que mi voz le respondía, como si no fuera yo. No estaba allí, todo lo veía amplificado, solo sentía mi cuerpo a punto de explotar; ya estaba llegando el sudor, la agitación, los estertores, el corazón desprendiéndose del pecho, el terror que me impedía respirar. Lo oculté, lo contuve, lo engullí, imploré que todo se detuviera, pero los ojos de Miki seguían mirándome, el desasosiego me hizo añicos. Las espinas en la garganta se aguzaron, me asfixiaron y se me dilataron los ojos. Todo empezó a palpitar y volví a oír aquella voz desgarrándome el alma como un monstruo.

«¿Sabes lo que pasa si se lo dices a alguien?».

Billie se acercó más todavía, con la enésima pregunta en los labios, pero en ese momento, Miki volcó accidentalmente su vaso de zumo.

El chorro de líquido invadió la mesa, mientras Billie contenía un gritito y se hacía a un lado con agilidad. Logró rescatar el libro de Biología antes de que llegara a empaparse y regañó a su amiga por su torpeza.

Y así se perdió el hilo de la conversación.

Aquella distracción me dio una tregua y dejé de obsesionarme.

Por fin pude levantar la mano.

Y entonces vi las señales de mis uñas en la tela de los pantalones.

Aquella noche, la casa estaba en silencio. Solo estábamos yo y el vaso que sostenía entre mis dedos.

—¿Nica?

Anna tenía el pelo un poco desordenado y se sujetaba la bata con la mano.

—¿Qué haces aquí?

—Tenía sed.

Me miró detenidamente y yo bajé el rostro.

Se me acercó, lenta y silenciosa. Me esforcé en no mirarla, porque temía que pudiera leerme por dentro. En mi mirada no había ninguna luz, solo la negrura de todo aquello de lo que nunca sería capaz de librarme.

—No es la primera vez que te quedas despierta —comentó con suavidad—. En alguna ocasión, cuando voy al baño por la noche, veo una lucecita encendida en el pasillo; es la rendija de la puerta de tu habitación. De vez en cuando te oigo bajar... y, antes de oírte subir de nuevo, ya he vuelto a quedarme dormida.

Dudó un momento y me miró afectuosa.

—Nica..., ¿no puedes dormir?

Había tacto y gentileza en su voz, pero esta vez no fui capaz de dejarme acariciar.

Sentía llagas donde ella buscaba mi mirada.

Sentía cicatrices que no dejaban de sangrar.

Sentía pesadillas donde otros tenían sueños; y habitaciones oscuras, y olor a cuero.

Sentía que debía ser buena.

Aparté la vista del vaso y la miré a ella. Entreabrí los labios y sonreí de un modo más bien sintético y plastificado.

—Todo está en orden, Anna. A veces me cuesta conciliar el sueño. No hay nada de qué preocuparse.

«Los niños buenos no lloran».

«Los niños buenos no hablan».

«Los niños buenos ocultan los moretones y solo mienten cuando se les dice que lo hagan».

Ya no era una niña, pero una parte dentro de mí seguía hablando con la misma vocecita.

Anna me acarició la cabeza.

—¿Estás segura?

Sin darme cuenta, me agarré a aquel gesto con tal desesperación que me entraron ganas de temblar. Bastaba aquella dulzura para hacerme añicos. Asentí, tratando de sonreír mejor esta vez, y ella se preparó una manzanilla. Le dije que no cuando me ofreció un poco. Finalmente, decidí darle las buenas noches y regresé arriba.

Sentía el peso de mi cuerpo en cada peldaño. Llegué a mi habitación y extendí la mano hacia el tirador para abrir la puerta, cuando una voz me detuvo.

—Yo sé por qué no puedes dormir.

Seguí enfocando la puerta, con la mirada vacía. No tenía fuerzas para enfrentarme a él, no en aquel momento.

Me volví, con los ojos apagados, y con la tranquilidad de quien es consciente de sus demonios y los muestra con resignación.

—Tú eres el único que no lo sabe.

Rigel me observó desde la puerta de su habitación, envuelto en la oscuridad, y entrecerró los párpados.

—Te equivocas.

—No —repliqué con dureza.

—Sí…

—¡Ella te amaba!

La garganta me quemaba a causa del esfuerzo. Había alzado la voz. Me percaté de que tenía los puños apretados y el pelo me cubría la cara.

Aquella reacción me chocó tanto que me pregunté cómo podía haber surgido de un alma tan dócil como la mía. Precisamente yo, que vivía de la delicadeza, estaba cediendo de aquel modo tan espantoso bajo el peso del miedo.

La culpa era de aquellos recuerdos. La culpa era de «Ella». La culpa era de las grietas con las que había marcado mi infancia y la de muchos otros. De la infancia que le había procurado a Rigel, el hijo de las estrellas, en perjuicio de todos nosotros.

—Tú nunca has podido entenderlo.

En ese momento, habría querido odiar el modo en que me sentía unida a él. El modo en que me infestaba los pensamientos. Aquella sensación de dulce agonía.

Habría querido odiar el modo en que me dejaba mirar por él como por ningún otro, tan frágil, llena de todos aquellos rasguños que a ojos de los demás siempre quedaban ocultos detrás de una tirita.

Él nunca lo hubiera entendido.

Entré en mi habitación y cerré la puerta. Con aquel gesto esperaba dejar encerrado todo mi dolor fuera.

Esperaba poder seguir haciéndolo una vez más y otra…

Escondiéndolo y vigilándolo.

Cubriéndolo con una sonrisa.

Aún no sabía que a la mañana siguiente… al día siguiente…

Mi escudo saltaría definitivamente en pedazos.

21

Sin hablar

> No hay piel capaz de cicatrizar
> una herida del alma.

Aquel día llovió.

El cielo era una plancha de metal sucio y el albaricoquero del jardín desprendía un olor tan intenso que penetraba hasta la casa.

La voz de Asia resonó en el aire.

Dalma había pasado a saludar y había llevado una tarta para agradecerle a Anna las bonitas flores que le había hecho llegar. Asia, de regreso de la universidad, estaba compartiendo chismorreos en el salón.

Ni siquiera me saludó.

Entró sosteniendo una caja de aquellas galletas de almendra que tanto le gustaban a Norman. Dejó el bolso en el sofá, la chaqueta en el perchero y se dirigió a la cocina, donde Anna y yo estábamos preparando el servicio para el té.

—¡Asia! —Anna la besó en las mejillas—. ¿Qué tal han ido las clases?

—Un aburrimiento —respondió ella, sentándose en la encimera de la cocina.

Yo bajé la mano, segura de que ya no iba a responder a mi saludo.

Norman apareció cuando ya estaban todas acomodadas en el salón. Se detuvo a saludar mientras Anna disponía la tetera humeante en la bandeja.

En ese momento, alguien llamó a la puerta.

—Nica, ¿puedes servirlo tú, por favor? —me pidió, antes de ir a abrir.

La vi cruzar el salón mientras repartía el servicio en la mesa y Dalma me preguntó si esperábamos a alguien más.

Yo no sabía de quién podía tratarse. Entre el tintineo de las tazas y la conversación, solo pude distinguir una voz de hombre.

—¿La señora Anna Milligan?

Al cabo de un momento sonaron unos pasos.

El desconocido entró en la casa y me sorprendí al notar que Anna balbuceaba algo, confusa. Norman se puso en pie y yo lo imité.

En el umbral apareció un hombre alto y bien vestido; nunca lo había visto. Llevaba una americana que ceñía sus hombros estrechos y me pareció entrever parte de un tirante cruzando su camisa. No llevaba corbata y su rostro tenía una expresión indescifrable.

Todos nos lo quedamos mirando.

—Les pido disculpas por la interrupción —dijo, consciente de que no era la única visita aquel día.

Había cierto toque profesional en su forma de hablar.

—No era mi intención molestarles en este momento de esparcimiento. No les robaré mucho tiempo.

—Disculpe, ¿y usted es…?

Anna balbuceó:

—Norman, él… el señor…

—¿Es usted el señor Milligan? —dedujo el hombre al reconocerlo por el nombre—. Buenas tardes… Lamento tener que hacerles esta visita, pero seré breve. Solo les pido que me dediquen unos minutos.

—¿Nosotros?

—Ustedes, no, ellos —precisó el hombre—. Debo hacerles unas preguntas a los chicos que viven con ustedes.

—¿Cómo?

—A los chicos que están en acogida temporal, señor Milligan. —Impasible, el hombre dejó vagar la vista por las paredes—. ¿Están en casa?

Se hizo un pesado silencio. Asia y Dalma se volvieron hacia mí.

Yo estaba de pie, de espaldas a la cocina, tan sorprendida que apenas acertaba a oír el sonido de mi respiración.

Los ojos del hombre también apuntaron hacia mí.

—¿Es usted? ¿La chica que vive aquí?

—¿Qué quiere usted de ella? —preguntó Anna con determinación.

Él la ignoró y siguió dirigiéndose a mí.

—Señorita Dover, tengo algunas preguntas que hacerle.

—Vamos a ver —saltó Norman—, ¿quién es usted? ¿Y qué está haciendo en nuestra casa?

El hombre apartó los ojos de mí para centrarlos en Norman con expresión glacial mientras se metía la mano en el bolsillo.

Le sostuvo la mirada, muy serio, y tras mostrar un distintivo con una reluciente placa, anunció:

—Detective Rothwood, señor Milligan. Departamento de Policía de Houston.

Todos se lo quedaron mirando atónitos.

—¿Q… qué? —farfulló Norman.

—Debe de tratarse de un error —intervino Anna—, ¿no? Porque no pretenderá usted interrogar…

—Rigel Wilde y Nica Dover —leyó el hombre en un papelito que se sacó del bolsillo—. Residentes en el 123 de Buckery Street, con Anna y Norman Milligan. La dirección es esta.

El detective Rothwood se guardó el papel en la chaqueta y me miró de nuevo.

—Señorita Dover, con su permiso, quisiera hablar con usted en privado.

—¡No, no, espere un momento! —Anna se lo quedó mirando, resuelta, interponiéndose entre nosotros—. ¡Usted no puede pretender venir aquí a hacer preguntas sin más explicaciones! ¡Los chicos son menores, así que no tratará ningún asunto con ellos hasta que no nos diga por qué está aquí!

El detective Rothwood la miró de reojo. Por un momento, pensé que estaba molesto, pero al momento decidí que solo era una cuestión de conciencia. La reacción de Anna era lo más parecido al instinto de protección que había visto en la vida.

—La información que busco tiene relación con un delicado asunto que requiere de nuestra atención. Existe una investigación en curso y estoy aquí para recabar testimonios y tratar de esclarecer lo ocurrido.

—¿En relación con qué?

—En relación con algunos hechos sucedidos en la institución Sunnycreek Home.

Sentí que me atravesaban con un cristal.

Me quedé helada. Tuve un terrible presentimiento, pero apenas duró, porque un sutil chirrido empezó a resonar en mis oídos.

—Sunnycreek. —Anna lo miró con el ceño fruncido—. No lo entiendo. ¿Qué clase de hechos?

—Unos acontecimientos que se remontan a varios años atrás —especificó el detective—. Mi intención es esclarecer la verdad.

Aquel germen de presentimiento se convirtió en un lunar, después en un moretón, en una mancha y finalmente en una gangrena. Se expandió como la tinta y empecé a sentir que algo me raspaba en alguna parte.

Eran mis uñas.

—Se trata de un asunto muy importante. Y estoy aquí precisamente para arrojar luz sobre el caso.

Había algo que no me cuadraba de la sala, las paredes se estaban torciendo, se plegaban sobre mí; un lento derrumbe se estaba llevando por delante el color y llenaba los tabiques de grietas y de telarañas.

Una estancia oscura.

Los ojos del detective aceleraron aquella sensación de ruina, como si durante toda mi vida hubiera estado temiendo aquella sentencia.

—Señorita Dover, ¿qué puede decirme de Margaret Stoker?

Se me cerró la garganta. Mi mente accionó un mecanismo que puso en alerta todo mi cuerpo y la realidad comenzó a descarrilar.

—¿Quién es esa mujer? ¿Y por qué los chicos tendrían que conocerla?

—Resulta que la señora Stoker estaba al frente de la institución antes de que se hiciera cargo Angela Fridge. Tras varios años ocupando el cargo, abandonó el centro. Las circunstancias de su dimisión no están claras. Señorita Dover, ¿recuerda algo… en particular de Margaret Stoker?

—¡Ya basta!

La voz de Anna cortó el aire. Mis latidos se iban volviendo cada vez más sordos y una serie de reacciones familiares comenzaron a galopar por mi cuerpo a una velocidad nauseabunda. Vi a Anna de pie, de espaldas a mí, como si quisiera protegerme.

—Queremos saber qué está pasando. ¡Ya basta de autorrespuestas! ¿De qué va esta historia? ¡Hable claro de una vez!

El detective Rothwood no me quitaba el ojo de encima. Me perforaba con la mirada, me desnudaba, era como una obsesión. Cuando dejó de hacerlo, sentí su mirada hurgando todavía en mi interior, como un bisturí abandonado por un cirujano.

—Hace poco llegó una denuncia al condado de Houston. La presentó un tal Peter Clay, un antiguo residente del Instituto Sunnycreek, actualmente mayor de edad. La denuncia en cuestión se refiere a una serie de castigos que vulneraban las directrices de la institución.

—¿Castigos?

—Castigos corporales, señora Milligan —especificó el detective Rothwood lanzándole una mirada de acero—, torturas y lesiones infligidas a los niños. En este momento, Margaret Stoker está acusada de maltratos y de abusos agravados contra menores.

Yo ya no lo estaba oyendo.

«Peter» retumbó con violencia en mi cabeza. Había sido Peter.

La estancia empezó a dar vueltas vertiginosamente.

Peter había hablado. Había volcado el jarrón y ahora la mancha negra se esparcía por todas partes, devorando cuanto encontraba a su paso.

Un cúmulo de sensaciones gélidas y desquiciadas vibraron en mi piel, me helaron el corazón y me revolvieron el estómago. Volvió la agitación, el sudor, la sensación de ahogo. Las náuseas. El aire martilleó a mi alrededor como una criatura viva y las palpitaciones aumentaron hasta causarme dolor, hasta casi hundirme el pecho.

Peter había hablado y ahora todos lo verían. Tenía que esconderme, que cubrirme, que escapar, pero mis piernas eran de plomo y mi cuerpo se había petrificado. Mi mente se llenó de recuerdos —el ruido del metal, el cuero bajo los dedos —y las uñas que rascaban y rascaban y rascaban sin piedad.

Tenía los ojos abiertos de par en par, vibrando en todas direcciones.

—No puede estar hablando en serio… —murmuró Anna, mientras mis temores no cesaban de aumentar—. Esto es… inconcebible… Nica, ella…

Se dio la vuelta. Y me vio.

Me vio a mí, que era un haz de escalofríos, con los ojos devastados por una verdad que se había silenciado durante demasiado tiempo.

A mí, que era una maraña de frío y sudor, de sufrimientos y miedos.

A mí, que estaba temblando de forma incontrolada.

Y su boca se estremeció. Su mirada se veló de incredulidad y angustia. Su voz alentó mi deseo de desaparecer.

—Nica… —susurró desencajada.

Y el terror explotó como un monstruo. Se me rasgó la piel, irrumpió la taquicardia y una cascada de febriles aprensiones me dejaron sin respiración. Toda yo era un escalofrío y sentí que me estrujaban de nuevo… Las correas, la impotencia, la oscuridad, los gritos.

Retrocedí.

Todos me miraron desconcertados, horrorizados, y la niña que había dentro de mí gritó: «¡No, no, no, no me miréis así, seré buena! ¡Seré buena, seré buena, seré buena, lo juro!».

Ahora sabían lo sucia, rota, inútil y ruinosa que era, y de pronto todos me miraron como me miraba «Ella», todos tenían sus mismos ojos, su mirada, su desaprobación y su desprecio. Volví a ver su rostro, sentí su voz, su olor, sus manos, sus moretones y fue demasiado. Fue insoportable.

Me estalló el corazón.

—¡Nica!

Hui, con las pupilas dilatadas y los pulmones henchidos de pánico.

Corrí a través de la cocina, pero antes de que pudiera darme cuenta, choqué con algo. Alcé los ojos arrasados en lágrimas y, presa de un terrible estremecimiento, comprendí que él lo había oído todo.

La mirada de Rigel fue el golpe final. Sus iris apagados, conscientes, cargados de aquello que ambos habíamos sabido siempre, me rompieron definitivamente.

Lo esquivé y salí por la puerta de atrás. Oí unas voces que me llamaban mientras me sumergía en la lluvia. La humedad me impregnó la garganta y nunca como en aquel momento sentí la necesidad de cielo, de aire libre, de huir de paredes y ladrillos, y de mantenerlos lo más lejos posible de mí.

Hui porque era lo que había hecho toda mi vida.

Hui porque aquellas miradas eran más de lo que yo era capaz de soportar.

Hui porque no podía mirarlos a los ojos.

Mientras corría con los pulmones colapsados y la tormenta diluviaba sobre mí, comprendí que por muy lejos que fuera el Grave me seguiría siempre.

Ni «Ella» ni aquella estancia oscura me dejarían nunca.

Jamás lograría ser libre de verdad.

La desesperación me empujó a emprender una carrera desenfrenada. Corrí a través de un paisaje empañado por el agua, y el recuerdo de la desilusión pintada en el rostro de Anna me desgarró el alma, hasta que finalmente me desplomé en el suelo fangoso de un pequeño parque junto al río.

Tenía la ropa completamente empapada. Me oculté allí, bajo la sombra de un arbusto, como hacía en el jardín del Grave cuando trataba de escapar de «Ella». Buscaba el verdor, la paz, el silencio, y rezaba para que no me encontrase.

Un intenso helor me mordió la piel. El agua me inundó los zapatos y mi respiración se convirtió en un débil jadeo.

Permanecí allí con el frío calándome hasta los huesos, helándolo todo. Poco a poco, fui perdiendo el mundo de vista.

Cuando ya todo parecía desvanecerse, oí un ruido de pasos sobre la tierra empapada. Se acercaban despacio, amortiguados por el fragor de la lluvia. Se detuvieron al llegar donde yo estaba.

Me pareció distinguir unos zapatos, pero mis exhalaciones eran cada vez más débiles. Cerré los ojos y todo se apagó, conmigo.

Y mientras los sentidos me abandonaban… Unos brazos me alzaron del suelo. Cuando me envolvieron, reconocí un perfume familiar, un perfume que rompió algo en mi interior, una especie de olor a hogar. Me deshice en aquella cálida presa que me sujetaba, ocultando el rostro en el hueco de su cuello.

—Seré buena —susurré al límite de mis fuerzas.

Entonces la oscuridad me engulló y me perdí en mis propias tinieblas.

22

Seré buena

Solo quien ha conocido la oscuridad
crece buscando la luz.

Yo nunca fui fuerte.

Nunca lo logré.

«Tienes una naturaleza de mariposa, eres un espíritu del cielo», decía mamá. Me puso el nombre de Nica porque le encantaban las mariposas por encima de cualquier otra cosa.

Nunca lo olvidé.

Ni cuando su sonrisa se apagó entre mis recuerdos.

Ni cuando de ella no me quedó más que la delicadeza.

Lo único que yo había deseado siempre era una segunda oportunidad.

Y me encantaba el cielo por lo que era, un manto terso y nubes blancas. Me encantaba porque, después de una tormenta, siempre llegaba la calma. Me encantaba porque, cuando todo se venía abajo, el cielo seguía estando allí.

«Tienes una naturaleza de mariposa», decía mamá.

Por una vez, hubiera deseado que se equivocase.

Recordaba aquel rostro como la piel recuerda un cardenal: era una mancha en mis recuerdos que nunca se iría.

Lo recordaba porque me lo había grabado demasiado hondo como para olvidarlo.

Lo recordaba porque había intentado quererlo, como si ella fuera mi segunda oportunidad.

Y fue mi mayor pesar.

A mí me encantaba el cielo y ella lo sabía. Lo sabía, del mismo modo que sabía que Adeline odiaba los ruidos estridentes y Peter tenía miedo de la oscuridad.

Ahí donde más nos dolía, ahí llegaba ella. Usaba nuestras debilidades y también aquellas cosas en las que incluso los más mayores aún éramos un poco niños. Como nuestras muñecas, teníamos todas las formas posibles de costuras y de miedos, pero ella siempre lograba dar con el hilo que nos descosía pedazo a pedazo.

Nos castigaba porque nos portábamos mal.

Porque era lo que los niños malos se merecían, la expiación de su culpa.

Yo no sabía cuál era la mía. La mayoría de las veces ni siquiera comprendía por qué lo hacía.

Era demasiado pequeña para comprender, pero recordaba cada uno de aquellos momentos como si los llevara tatuados en la memoria.

No desaparecían nunca.

Cuando uno de nosotros era castigado, todos los demás nos hacíamos nuestros propios remiendos y rezábamos por no recibir más.

Pero yo no quería ser muñeca, no, yo quería ser cielo, con aquel manto terso y aquellas nubes blancas, porque no importaba cuántos claros lo surcaran, no importaba cuántos truenos y rayos hicieran mella en su serenidad: volvía a ser el mismo, sin romperse nunca.

Así soñaba que sería yo. Libre.

Pero me volvía de porcelana y trapo cuando sus ojos se posaban en mí.

Tiraba de mí a rastras y yo podía ver ya la puerta del sótano, las empinadas escaleras que descendían por un abismo oscuro.

Aquella cama sin colchón y las correas que me inmovilizarían las muñecas durante toda la noche.

Y mis pesadillas serían como aquella habitación para siempre.

Pero ella…

Ella era la mayor pesadilla.

«Seré buena», decía cuando ella pasaba por mi lado.

Tenía las piernas demasiado cortas para poder verle la cara, pero jamás olvidaría el sonido de sus pasos. Eran el terror de todos nosotros.

«Seré buena», susurraba mientras me retorcía las manos, deseando ser invisible como una grieta del enlucido.

Y procuraba ser obediente, procuraba no darle motivos para castigarme, pero tenía aquella naturaleza de mariposa y la delicadeza que había heredado de mi madre. Curaba lagartijas y pájaros heridos, me ensuciaba las manos con la tierra y el polen de las flores, y ella odiaba las imperfecciones tanto como las debilidades.

«¡Deja de ponerte esas tiritas como su fueras una pequeña mendiga!».

«Son mi libertad —me hubiera gustado responderle— los únicos colores que tengo». Pero ella tiraba de mí y yo solo podía agarrarme a su falda.

No quería ir abajo, no quería pasar la noche allí.

No quería sentir el hierro de la cama arañándome las escápulas; soñaba con el cielo y con una vida fuera de allí, con alguien que me cogiera de la mano y no de la muñeca.

Y tal vez llegara un día. Tal vez tendría ojos celestiales y dedos demasiado amables para provocar un moretón, y entonces mi historia ya no sería una historia de muñecas, sino algo distinto.

Un cuento, quizá.

Con sus filigranas de hilo dorado y ese final feliz con el que nunca dejaba de soñar.

La cama vibraba bajo el ruido de las mallas de alambre.

Me temblaban las piernas y la oscuridad se cernía sobre mí, cubriéndome como un telón.

Las correas crujían alrededor de mis muñecas mientras forcejeaba, tironeaba y arañaba febrilmente el cuero.

Los ojos me ardían de las lágrimas y mi cuerpo se contorsionaba reclamando una pizca de atención por su parte.

«¡Seré buena!».

En mi desesperación por liberarme, rascaba con las uñas hasta rompérmelas.

«¡Seré buena! ¡Seré buena, seré buena, lo juro!».

Ella salió por la puerta que había a mi espalda y la oscuridad engulló el cubículo.

Solo quedó encendida una llama que se proyectaba en la pared de enfrente; después, negro sobre negro, y el eco de mis gritos.

Lo sabía… sabía que nunca debía hablar de ello.

Ninguno de nosotros debía hacerlo, pero había veces en que la luz se filtraba incluso a través de las paredes del Grave, había veces en que callar parecía un castigo aún peor.

«¿Sabes lo que pasa si se lo dices a alguien?».

Su voz, aquel silbido como uñas rascando una pizarra.

«¿Quieres saberlo?».

Quienes me lo preguntaban siempre eran sus dedos impresos en la carne de mi codo. Y yo agachaba la cabeza; como siempre, era incapaz de mirarla a los ojos, porque había precipicios en sus pupilas, había cubículos oscuros y miedos que no tenía el valor de mirar.

«¿Quieres saber lo que les pasa a los niños desobedientes?».

Estrechaba la presa sobre mi brazo hasta hacerlo crujir.

Y yo sentía que mi corazón se precipitaba en aquel descenso que conocía tan bien, las correas sujetándome, estrujándome, el sonido del cuero bajo las uñas, aquel descenso que era puro pánico. Entonces, sacudía la cabeza, me cosía los labios, abría mucho los ojos y le aseguraba que sería «buena, buena, buena», como a ella le gustaba.

La nuestra era una pequeña institución situada en la periferia de una ciudad que se había olvidado de nosotros. No éramos nada a los ojos del mundo y tampoco éramos nada a los ojos de ella.

Ella, que hubiera podido ser más buena, más paciente y más amorosa que una madre, parecía hacer todo lo posible por ser exactamente lo contrario.

Nadie se enteraba de lo que hacía.

Nadie veía el daño en nuestra piel.

Pero yo prefería una bofetada al sótano. Prefería un golpe a las correas en las muñecas. Prefería un cardenal antes que aquella jaula de hierro, porque soñaba con ser libre y los cardenales no llegan adentro, los cardenales se quedan fuera y no te impiden volar.

Yo soñaba un mundo bueno y veía la luz también donde no la había. Buscaba en los ojos de los demás algo que nunca había encontrado en los suyos y susurraba oraciones silenciosas que ellos no podían oír: «Elígeme a mí, te lo suplico, elígeme. Mírame y elígeme, por una vez, elígeme a mí».

Pero nadie me elegía nunca.

Nadie me veía nunca.

Era invisible para todos. Hubiera deseado serlo también para ella.

—¿Qué te había dicho?

Yo miraba hacia abajo, con los ojos húmedos, incapaz de alzarlos; me miraba los zapatos.

—Respóndeme —siseó—. ¿Qué te había dicho?

Mis manos temblaron mientras estrechaba la lagartija contra mi pecho. Me sentí muy insignificante, con mis piernas cortas de niña y las puntas de mis pies que convergían hacia dentro.

—Querían hacerle daño… —*Mi vocecita siempre sonaba demasiado débil*—. Querían…

El tirón me hizo callar.

Traté de retener a la lagartija, pero fue en vano. Me la arrebató con violencia y estiré los brazos, con los ojos muy abiertos.

—No…

La quemazón de la piel contra la piel, la palma de la mano en la mejilla, el fuerte estallido de la bofetada. Candente, punzante, como todas aquellas picaduras de avispa.

—¿Te acuerdas de lo que me contaste?

A la sombra de aquella tormenta, los ojos de Adeline eran el único color en un mar de gris.

—Lo que te dijo tu madre, ¿te acuerdas?

Asentí y ella me cogió la mano. Sentí su mirada sobre mis uñas desolladas, que en mi desesperación se habían quebrado sobre el cuero de las correas.

—¿Sabes cómo se hace para que se te pase todo?

Alcé los ojos amoratados y llorosos, y Adeline me obsequió con una de sus sonrisas. Me dio un beso en cada dedo.

—¿Ves? —*dijo inclinándose hacia mí*—. Ahora ya no duele.

En realidad, sabía que no dejaría de hacerme daño todo el rato. Lo sabíamos todos, porque cada uno tenía sus remiendos particulares, pero todos sangrábamos igual.

Adeline me estrechó en su pecho, contra las ropas gastadas que le caían por encima de los hombros, las mismas que yo llevaba. Y yo me dejé envol-

ver por su calor como si fuera la última migaja de sol que hubiera en el mundo

—No lo olvides —susurró, como si aquel recuerdo de mi madre también le perteneciera un poco.

Entonces, excavé en el recuerdo y lo abracé con la mayor delicadeza.

«Eres un espíritu del cielo —me repetí a mí misma, como en una cantinela—. Y, como el cielo, no te rompes».

—¿Has sido tú?

Me eché a temblar. El terror me tenía paralizada.

Un perro callejero había entrado y había puesto patas arriba su despacho, esparciendo los papeles.

Nada me aterrorizaba más que verla enfadada. Y, en aquel momento, estaba furiosa.

—¿Lo has dejado entrar tú?

—No —susurré con mi vocecita ansiosa—. No, lo juro...

Sus ojos se encendieron de un modo espantoso. Me entró mucho miedo. Se me aceleró la respiración, el corazón se me disparó y todo se derrumbó.

—No, por favor... —gimoteé mientras retrocedía—. No...

Lanzó las manos hacia delante. Hizo ademán de agarrarme y yo me volví, tratando de escapar, pero no lo logré. Me cogió de la camiseta y me golpeó rápida y violentamente con el puño, como una pedrada, en la base de la espalda. Contuve la respiración, se me empañó la vista.

Me desplomé en el suelo, con los riñones en llamas, y el dolor corriendo por todo mi cuerpo, como una descarga.

—¡Tú y tus asquerosas manías! —gritó desde su imponente altura.

No podía respirar. Traté de incorporarme, pero no pude a causa del vértigo. Unas punzadas insoportables me hicieron soltar más lágrimas y me pregunté si por la noche vería sangre en la orina. Me cubrí con las manos temblorosas y recé por volverme invisible.

—Por eso nadie te quiere —masculló—. Eres una desobediente, sucia embustera. ¡Los que son como tú se quedan aquí!

Me mordí la lengua y traté de no sollozar, porque sabía hasta qué punto la sacaba de quicio.

Ella me estaba rompiendo algo por dentro, algo que, en lugar de crecer, permanecería pequeño para siempre. Frágil, infantil, estropeado. Algo de-

sesperado e ingenuo que me induciría a ver lo bueno en todo, solo para no tener que ver el lado malo de las cosas.

Porque no es cierto que los niños dejan de ser niños cuando sufren desilusiones.

Algunos se ven a sí mismos rompiéndolo todo.

Y son niños para siempre.

«Elígeme», imploraba en mi cabeza cuando alguien venía a vernos.

«Mírame. Sé ser buena, lo juro, sé ser buena. Te daré mi corazón, pero elígeme, por favor, elígeme».

—¿Qué te has hecho en los dedos? —preguntó un día una señora. Miraba fijamente mis uñas rotas.

Durante un momento de locura, el mundo se detuvo y yo esperé, esperé que ella viese, comprendiera, hablase, por un momento los demás se quedaron inmóviles como yo, con los ojos muy abiertos, conteniendo la respiración.

—Oh..., no es nada.

La directora se acercó con aquella sonrisa que era como una llaga que hacía helar la sangre.

—Cuando juega al aire libre, no hace más que cavar en la tierra, ¿sabe? No para de cavar, revuelve la hierba, busca piedras. Le encanta. ¿No es así?

Hubiera querido gritar, confesar, pero su mirada me aspiró el alma. Todos los moretones palpitaron a la vez. Se me arrugó el corazón. Y es que en realidad ella estaba dentro de mí, porque el terror me devoró y me hizo asentir. En aquel momento, tuve miedo de no poder escapar, tuve miedo de lo que me haría si no me hubiera creído.

Aquella noche, la cama se estremeció entre los gritos y las patadas y las correas que me sujetaban las muñecas. La oscuridad cayó de nuevo sobre mí, como castigo por haber llamado la atención, entre lágrimas y gritos que habrían de permanecer allí dentro para siempre.

«¡Seré buena! ¡Seré buena! ¡Seré buena!».

Y habría gritado hasta perder la voz de no haber sido... por aquel detalle.

Aquel único detalle.

La puerta siempre se abría a hurtadillas, dibujando un haz de luz que se adelgazaba al instante, y unos pasos en la oscuridad se acercaban a la *cama. Unos dedos cálidos encontraban mi mano, la estrechaban suavemente y, con el pulgar, trazaban círculos de caricias que jamás olvidaría.*

Entonces, todo se desvanecía… Entonces, aquel dolor se esfumaba entre lágrimas y mi corazón se ralentizaba. Los latidos descendían, los estertores se convertían en siseos y mi mirada trataba de asignar un rostro a aquel único gesto que era capaz de confortarme.

Pero nunca llegué a ver nada.

Solo estaba aquella caricia.

Solo aquel único alivio.

23

Poco a poco

> Y la niña le dijo al lobo:
> —Qué corazón tan grande tienes.
> —Solo es mi rabia.
> Y entonces ella dijo:
> —Qué rabia más grande tienes.
> —Es para ocultarte mi corazón.

Estaba tendida.

Notaba que tenía los brazos a lo largo de los costados y las piernas estiradas. La cabeza me pesaba.

Probé a moverme, pero no pude. Algo me retenía y me mantenía clavada al colchón.

Traté de levantar las manos y las tenía como bloqueadas.

—No… —salió de mis labios, mientras mi respiración se saturaba de pánico. La ansiedad me punzó el corazón y lo empujó de manera atropellada contra las costillas.

Traté de incorporarme, pero algo me lo impedía.

«No…».

Todo empezó a palpitar de nuevo, como una pesadilla sin fin. Mis dedos se contrajeron, rascaron, excavaron. No podía moverme.

—¡No, no, no! —grité—. ¡No!

La puerta se abrió.

—¡Nica!

Varias voces llenaron la habitación, pero yo seguí agitada, sin ver a nadie. Me cegaba el pánico. Sentía todo mi cuerpo bloqueado.

—¡Doctor! ¡Se ha despertado!

—¡Nica, cálmate! ¡Nica!

Alguien de entre los presentes se abrió paso, los apartó enérgicamente y me liberó dando un tirón.

Volví a respirar de golpe.

Me acurruqué a toda prisa en la cabecera de la cama y, aún muy alterada, sujeté la mano que estaba a mi lado y la estreché entre mis dedos. La persona que me había liberado se puso tensa cuando me aferré a ella con todo mi ser. Apoyé la frente en su muñeca, temblando y cerrando con fuerza los ojos.

«Seré buena… Seré buena… Seré buena…».

Todos me miraban conteniendo la respiración.

La mano que yo sujetaba se cerró en forma de puño y rogué por que no me soltara. Cuando por fin entreabrí los párpados, pude ver a quién pertenecía.

Rigel me miró, tensó la mandíbula, desvió la vista hacia Dalma y Asia —y hacia un hombre al que nunca había visto— y les ordenó, categórico:

—Fuera.

Hubo un largo instante de silencio, pero yo no alcé la vista. Al poco, oí el sonido de sus pasos mientras salían despacio.

Anna vino hacia mí.

—Nica…

Apoyó la mano en mi cara. Sentí su calor en la mejilla. Aquella era mi cama, era mi habitación. Ya no estaba en el Grave. Deduje que lo que me retenía antes solo eran las mantas que alguien debía de haber remetido en exceso.

No había ni correas ni mallas de alambre.

—Nica —susurró Anna con la voz triste—, todo va bien…

El colchón descendió bajo su peso, pero yo no era capaz de soltarle la muñeca a Rigel. Seguí estrechándola hasta que Anna deslizó suavemente sus dedos entre los míos y me indujo a soltarla.

Me acarició despacio la cabeza, mientras yo oía los pasos de Rigel alejándose; cuando miré hacia allí, buscándolo, solo vi que se cerraba la puerta.

—Hay un médico fuera. —Anna me miró conmovida—. Lo llamamos en cuanto regresaste a casa. Quería que te reconociera. Podrías tener algo de fiebre o mareos… Te he cambiado la ropa, pero puede que sigas teniendo frío…

—Lo siento —la interrumpí con un susurro apagado.

Anna dejó de hablar. Me miró con los labios entrecerrados y fui incapaz de sostenerle la mirada.

Me sentía vacía, rota y defectuosa. Me sentía destruida.

—Me hubiera gustado ser perfecta —le confesé—. Por ti. Por Norman.

Me hubiera gustado ser como los demás, esa era la verdad.

Pero era ingenua y frágil. Me repetía «seré buena» porque tenía un miedo constante a hacer algo mal y a ser castigada.

La sensación de seguir teniendo las correas sobre la piel me había marcado hasta tal punto que me había provocado lo que se conoce como «pánico por asociación». A veces, un simple abrazo demasiado intenso, la imposibilidad de moverme o un momento de impotencia bastaban para hundirme en mis terrores.

Estaba estropeada y lo estaría siempre.

—Tú eres perfecta, Nica.

Anna me acarició despacio, al tiempo que movía la cabeza. Sus ojos reflejaban una dolorosa inquietud.

—Tú eres… lo más dulce y bueno que yo habría podido encontrar jamás…

La miré con el corazón vacío y pesado. Pero en la mirada de Anna…

En la mirada de Anna, no había reproche ni culpa. Solo estaba yo. En aquel momento, me di cuenta por primera vez de que… Anna tenía los ojos del color del cielo.

Con ese manto terso y esas nubes blancas, con esa libertad que había buscado en los rostros de los demás, así me vi reflejada en su mirada.

Allí estaba el cielo que siempre había estado buscando. Estaba dentro de los ojos de Anna.

—¿Sabes qué fue lo que me impresionó de ti la primera vez que te vi?

Las lágrimas me pellizcaron los párpados. Ella me sonreía con una sonrisa levemente rota.

—La delicadeza —me dijo.

Y el corazón se me partió, con un dolor dulcísimo, intensísimo e inconmensurable.

Un dolor placentero y doloroso a la vez, y su rostro se difuminó entre mis lágrimas.

«Es la delicadeza, Nica —y mi madre me sonreía— la delicadeza, siempre… Recuérdalo».

Las vi a ambas como si pudiera sentirlas dentro de mí.

Mamá pasándome aquella mariposa azul, Anna poniéndome el tulipán entre los dedos.

Ambas con aquella mirada apasionada, ambas con los ojos brillantes.

Anna tomándome de la mano y mi madre ayudándome a seguir adelante. Mamá riendo y Anna sonriendo, tan parecidas y tan distintas, una única entidad habitando dos cuerpos.

Y aquella delicadeza que nos unía, que nos abrazaba… Aquella delicadeza que había heredado de mi madre era precisamente lo que me había permitido tener una segunda oportunidad.

Me incliné hacia delante y me hundí entre los brazos de la mujer que tenía ante mí. La abracé sin contenerme, sin miedo a forzar aquella confianza o de verme rechazada, y sus manos me estrecharon rápidas como si quisieran hacerme de escudo.

—Nadie volverá a hacerte daño… Nadie… Te lo prometo…

Lloré en sus brazos. Me dejé llevar. Y, con aquel abrazo tan desesperado, en aquel cielo que por fin podía tocar, sentí que le confesaba algo que jamás me había atrevido a expresar con palabras:

—Tú eres… mi final feliz, Anna.

Más tarde, tras la visita del médico, ella seguía allí.

Escuché con un afecto desmesurado el latido de su pecho mientras me acariciaba la cabeza.

—Nica…

Me aparté solo lo justo para que pudiera mirarla. Observó mis ojos enrojecidos y me recogió el pelo detrás de la oreja, titubeante.

—¿Qué te parecería hablar de esto… con alguien?

Anna había comprendido por qué no lograba dormir por las noches, lo terrible que había sido mi infancia. Pero la mera idea de abrirme a otra persona me hacía sentir como si una mano me apretujara las vísceras y me impidiese respirar.

—Tú eres la única con quien… sería capaz de hablar de ello.

—Oh, Nica, yo no soy médico —dijo, como si le hubiera gustado serlo solo por mí—. No sé cómo ayudarte…

—Tú me haces bien, Anna —le confesé con un hilo de voz.

Era verdad. Su sonrisa me apaciguaba. Su risa era como música. Y su afecto me hacía sentir amada como no me había amado nadie.

Estaba mejor cuando la tenía a mi lado. Me sentía protegida, querida. Me sentía segura.

—¿Me sigues queriendo? —murmuré compungida.

Necesitaba saberlo, aunque en el fondo la respuesta me aterrorizaba. Nunca podría contemplar mis sueños del mismo modo sin ella.

Anna inclinó el rostro, emocionada. Y al instante me abrazó con todas sus fuerzas.

—¡Claro que sí! —me reprendió, y mi alma la quiso con locura.

Desearía estar cerca de ella para siempre. Todos los días, a cada instante, mientras ella me lo permitiese.

—Hubiera querido comprenderte mejor —dijo, y su voz se volvió más frágil.

En aquel momento, me di cuenta de que, en la muñeca, junto al reloj, llevaba prendido un cordón de cuero en el que no había reparado antes. No parecía propio de una señora como ella, sino más bien de un adolescente.

—Nica… Hay algo que debes saber.

Al instante tuve claro lo que estaba a punto de decirme. La escuché en silencio.

—Rigel y tú… no sois los primeros chicos que han vivido aquí. —Hizo una pausa y dijo—: Norman y yo teníamos un hijo.

Me miró, como esperando mi reacción, pero yo sostuve su mirada, procurando mostrarme afectuosa, tranquila y comprensiva.

—Lo sé, Anna.

Ella se sorprendió ante mi respuesta.

—¿Ya lo sabías?

Asentí, desviando la vista hacia su pulsera.

—Lo deduje.

Desde el momento en que llegué.

Klaus dormía siempre debajo de la cama de Rigel y también estaban las camisetas oscuras que algunas veces le veía puestas. El lugar en la mesa, a la izquierda de Norman, donde la madera se veía un poco más gastada, y el marco vacío en la mesita del vestíbulo, como una ausencia que Anna no había sido capaz de suprimir del todo.

Y no hacía falta preguntarle por qué nos lo había ocultado. A ella no. Ella, que había hecho lo imposible por hacernos sentir en nuestra casa.

—Aquel día, en la institución —empezó a decir despacio—, el día que llegasteis a casa… fue un poco como volver a empezar.

La comprendía, porque para mí había significado lo mismo. Fue como decir adiós a una vida distinta y encarar una segunda oportunidad.

—Queríamos que os sintierais en vuestra casa —dijo, tragando saliva—. Queríamos sentirnos una familia de nuevo.

Deslicé lentamente mi mano hasta la suya. Mis tiritas colorearon su piel.

—Vosotros sois lo mejor que me ha pasado en toda la vida —le confesé—. Quería que lo supieras. Yo… apenas puedo imaginarme cuánto lo echas de menos.

Anna cerró los ojos y aquellas palabras excavaron surcos en su rostro.

Una lágrima humedeció su mejilla. Se le rompió la voz y me pareció más desolada que nunca.

—No pasa un solo día sin que piense en él.

La abracé y apoyé la mejilla en su hombro, esperando darle un poco de calor. Mi corazón sufría con el suyo. Sentía su dolor como una cálida oleada.

—¿Cómo se llamaba? —le pregunté tras una pausa.

—Alan.

Anna buscó mis ojos.

—¿Quieres verlo?

Me enderecé y Anna se llevó una mano al pecho. Sacó un colgante redondo, reluciente y ornamentado, y entonces caí en la cuenta de que nunca la había visto sin él.

Con una ligera presión, el medallón se abrió como un librito dorado.

Dentro había la foto de un chico. Tendría poco más de veinte años. Estaba sentado frente al piano de la casa. El pelo oscuro enmarcaba un rostro sonriente, tenía unas facciones agraciadas y suaves, y en sus ojos brillaban dos iris azules como el cielo.

—Tiene tus mismos ojos —musité. Anna sonrió, a pesar de todo. Una sonrisa húmeda bajo unos ojos arrasados en lágrimas.

—Era el único que logró gustarle a Klaus —me explicó, aún con una sonrisa trémula en los labios—. Se lo encontró un día al volver de la escuela, cuando aún era un niño. Oh, tendrías que haberlos visto… Llovía a cántaros y Alan lo llevaba entre las manos como si hubiera encontrado un tesoro. No sé cuál de los dos parecía más pequeño y empapado.

Anna sujetaba la foto, sin atreverse a acariciarla.

Me pregunté cuántas veces al día tendría en la mano aquel colgante. Cuántas veces se le rompería el corazón dentro de aquellos ojos eternamente sonrientes.

—Le encantaba tocar. Vivía para aquel piano. Por la tarde, cuando regresaba a casa, no importaba la hora que fuese, él siempre estaba allí. Me decía: «¿Sabes, mamá? Podría hablar solo así, con estas teclas y estos acordes, y tú me entenderías igual». Y tenía razón… —susurró entre lágrimas—. Sabía hablar solo con aquello. Quería ser músico, antes de que el accidente se lo llevara…

Le falló la voz, tragó saliva.

Aquel pequeño colgante parecía pesar muchísimo. Envolví su mano con la mía para ayudarla a sostenerlo.

—Estoy segura de que Alan se habría convertido en un gran músico… Y estoy segura de que debía de amar el piano como tú amas tus flores.

Anna inclinó la cabeza y yo me estreché más a ella para que nuestras heridas se tomasen de la mano. Como si solo pudiéramos hallar la cura de ese modo, llorando y sangrando, pero haciéndolo juntas.

—Yo nunca he pretendido ocupar su puesto —susurré—, Rigel y yo… Nadie podría reemplazarlo jamás. Pero lo cierto es que… las personas a las que amamos nunca nos dejan de verdad, ¿sabes? Permanecen dentro de nosotros y un buen día te das cuenta de que siempre han estado allí, donde podías encontrarlas solo con cerrar los ojos.

Anna se abandonó en mis brazos y yo hubiera querido seguir, hubiera querido decirle que nuestro corazón no nace compartimentado, que solo sabe amar; ama y basta, cicatriz tras cicatriz, moretón tras moretón.

Y a mí me hubiera venido bien ocupar aquel puesto junto a Alan, por pequeñito y desaliñado que fuera. Me hubiera gustado llenarlo con todos los colores que yo sabía aportar… Dejarme querer por lo que era, y quererla yo a ella exactamente del mismo modo, con mi corazón de mariposa.

—Elegiremos una foto en la que salgamos todos juntos —dijo—. El marco de abajo ya no volverá a estar vacío.

Unas horas más tarde, tras aquella conversación, decidí levantarme.

Mientras salía de mi habitación ajustándome una sudadera, distinguí una figura en el pasillo.

No sabía que estuviera allí, pero decidí no ignorarla.

—Asia.

Ella se detuvo. No se volvió, de hecho, no lo hacía nunca.

Nunca había apreciado mi presencia y tampoco iba a hacerlo ahora.

—Siento lo que te ha pasado —dijo con voz neutra. No fui capaz de discernir si estaba siendo sincera.

Hizo ademán de seguir su camino, pero yo me puse delante de ella.

—Asia, no pienso renunciar a Anna.

Vi que volvía a detenerse, despacio. Su postura transmitía cierta sorpresa.

—¿Cómo has dicho?

—Ya lo has oído —respondí con suavidad—. No pienso quedarme al margen.

En el tono de mi voz no había ni asomo de duda, solo tranquilidad y firmeza. Tú no sabes cuánto he deseado tener una familia. Ahora que la tengo…

—Ahora que tengo esta posibilidad con Anna y con Norman…, no quiero renunciar a ella.

Esperaba una respuesta, pero no llegó. Asia permanecía inmóvil.

—Sé que entiendes lo que quiero decir —seguí diciendo, con voz aún más suave. No pretendía imponerme, sino hacérselo entender. Me acerqué despacio, tratando de transmitirle que mis intenciones eran buenas.

—Asia, yo… no quiero ocupar el pues…

—No… —me interrumpió en tono gélido—, no te atrevas a decirlo.

—No quiero ocupar el puesto de Alan.

—¡CÁLLATE!

Me sobresalté cuando alzó la voz.

Se giró y, en su mirada severa, vi fulgores de un dolor palpitante. Era una mirada llena de sufrimiento, un sufrimiento que jamás había acabado de sangrar.

—No te atrevas —me espetó con ojos feroces—, no te atrevas a hablar de él.

Había un matiz posesivo en sus palabras, muy distinto del inerme sufrimiento de Anna.

—¿Acaso crees que sabes algo? ¿Creéis que podéis venir aquí y borrar todo lo que era suyo? ¿Ni una foto ni un recuerdo, nada de nada? ¡Vosotros no sabéis nada de Alan! —bramó—. ¡Nada!

Tenía el rostro desfigurado de la rabia, pero yo no me alteré. Me limité a mirarla, tranquila y con el corazón lleno de verdad.

—Tú estabas enamorada de él.

Asia cerró los ojos. Mis palabras dieron en el blanco y yo habría hecho bien en no seguir hablando, en callarme, pero no lo hice.

—Por eso no soportas verme aquí… Porque yo te recuerdo constantemente que él ya no está. Que Anna y Norman han seguido adelante a su manera y tú, en cambio, no. Es así, ¿verdad? No se lo dijiste —susurré—. Nunca le dijiste lo que sentías, él nunca lo supo. Se fue antes de que pudieras reunir el valor suficiente para confesárselo. Eso es lo que tanto te atormenta… Y eso es lo que llevas dentro, Asia. No eres capaz de aceptar que él ya no está aquí y por eso me odias. Pero no puedes odiar a Rigel —solté al final—, porque te recuerda demasiado a él.

Fue rapidísimo.

Su frustración estalló al fin.

Asia rechazó aquellas palabras, se lo negó a sí misma, las rechazó hasta tal punto que su rabia se desbordó violentamente y su mano surcó el aire. Vi el fulgor de sus anillos y la bofetada sonó como un trueno.

Cerré los ojos, pero al instante me di cuenta de que yo no había recibido el golpe.

Cuando volví a abrirlos, lo que vi me dejó consternada.

Rigel tenía el rostro vuelto hacia un lado. La habitual compostura con que erguía la espalda había desaparecido a la altura de los hombros y su cabeza colgaba ligeramente, formando una cortina de pelo negro.

Ambas nos lo quedamos mirando, incrédulas.

Él irguió de nuevo la cabeza, proyectó sus ojos negros hacia delante y los clavó en Asia.

La fulminó con una gélida mirada y su voz se demoró con una intimidante lentitud mientras apretaba los dientes.

—Te quiero… fuera… de aquí.

Asia tensó los labios; tenía la cara encendida. Me pareció distinguir una punta de vergüenza en su mirada y a continuación sus ojos se desplazaron por encima de los hombros de Rigel. Más atrás, donde un rostro azorado la miraba en silencio.

—Asia… —murmuró al fin su madre, decepcionada ante aquel gesto que jamás se hubiera imaginado que presenciaría.

Asia apretó los puños, tratando de contener lágrimas de rabia. Su cabello formó un remolino cuando nos dejó a todos allí y salió corriendo escaleras abajo.

Dalma, desconsolada, se llevó una mano al rostro y agitó la cabeza.

—Lo siento —dijo con un sollozo antes de salir tras su hija. Se la veía compungida—. Lo siento mucho…

Desvió la vista al suelo y también bajó las escaleras.

Entonces, me di cuenta de que la sombra que me había engullido y salvado al mismo tiempo ya no estaba.

Al volverme, vi que Rigel se estaba alejando. Me sentí desorientada, inestable y consternada.

Desapareció tras la esquina del pasillo y entonces una necesidad ascendió hasta mis labios, como una plegaria.

—Espera…

Esta vez no pensaba permitirle que se marchase.

La fiebre hizo que un escalofrío me recorriera la espina dorsal, pero fui tras él de todos modos. Iba descalza y me arrepentí de no haberme puesto las zapatillas. Mis pasos resonaron en las tablas del parquet.

Antes de que pudiera darme cuenta, adelanté la mano y sujeté el extremo de su camiseta.

Lo retuve con las pocas fuerzas que me quedaban.

—Rigel…

Apretó los puños, contrayéndolos apenas. Se dio la vuelta, alto y rígido; sin embargo, la proximidad de su cuerpo me produjo una extraña sensación de seguridad.

—¿Por qué? —le pregunté—. ¿Por qué te has llevado esa bofetada en mi lugar?

En aquel momento, solo lo sentía a él. Todos mis sentidos estaban pendientes de su respiración.

—Ve a descansar, Nica —me respondió con un tono de voz bajo y mesurado que surgió de su espalda—, apenas puedes sostenerte en pie.

—¿Por qué? —insistí.

—¿Querías recibirla tú? —respondió, endureciendo el tono.

Me mordí los labios y esta vez callé. Lo retuve ejerciendo un poco más de fuerza con mis manos de niña y la mirada baja.

—Gracias —le dije—. Has hablado con el detective... Anna me ha dicho que se lo has contado.

Aún seguía sin creérmelo.

Anna me había asegurado que ya no tendría que responder a ninguna pregunta porque Rigel lo había hecho en mi lugar. Se lo contó todo: los gritos, las bofetadas, los golpes, las veces que «Ella» no me daba de comer como castigo. Las veces que nos ataba en el sótano y cuando le aplastó los dedos a Peter con el quicio de la puerta porque una noche había vuelto a mojar la cama.

Le informó de todo, sin dejarse un solo detalle. Después, el detective le preguntó si la directora le había dispensado un trato similar a él.

Rigel lo negó.

El detective Rothwood también le preguntó si ella lo había tocado de un modo distinto a como lo hacía con los demás, de un modo inapropiado para un niño. Rigel negó una vez más.

Y yo sabía que estaba diciendo la verdad.

Pero el detective no podía entenderlo.

El detective no había podido ver a la directora moviéndole los deditos sobre las teclas del piano con una luz en la mirada que nunca había prodigado a nadie.

El detective no había podido verlos a ambos sentados en la banqueta, él balanceando las piernas demasiado cortas y ella dándole una galleta cada vez que lograba tocar un acorde.

«Eres hijo de las estrellas —le susurraba con una voz que no parecía la suya—. Eres un don... un pequeño pequeño don».

El detective no podía saber que la directora no había podido tener hijos y Rigel, tan solo y abandonado, había sido el único que la había hecho sentir como si solo fuera suyo.

No como nosotros, que proveníamos de familias rotas, que ya teníamos unos padres a nuestras espaldas. No como nosotros, que éramos un montón de muñecas usadas.

—La odiaba.

Me dio la impresión de que era la primera vez que le decía aquellas palabras a alguien.

—Odiaba lo que os hacía —dijo despacio—. Nunca pude soportarlo. Todos los días... yo te oía... Os oía siempre.

«Yo sé por qué no puedes dormir», me dijo una vez y le respondí de forma injusta. Siempre había creído que Rigel disfrutaba con todas aquellas atenciones, que no era consciente de lo que sucedía. Que él siempre estaba en su pecera, protegido de todo lo demás.

Pero no era así. No era así en absoluto.

Tenía la sensación de que por fin alguien me proporcionaba un rayo de luz con el que disipar aquella niebla. Comprendía mejor sus miradas, sus reacciones, comprendía por qué siempre tenía aquel aire apagado cuando tocaba el piano.

Era melancolía.

Llevaba consigo un pedazo de «Ella», un fragmento cosido bajo la piel del que nunca podría desprenderse. Por mucho que la despreciara, por mucho que quisiera suprimirla, siempre tendría algo suyo. Me pregunté qué podría ser lo peor que se podía recibir de un monstruo, si su amor o su odio.

Y si la odiaba, ¿por qué no se marchó? ¿Por qué decidió quedarse?

Me hubiera gustado que siguiera hablándome de ello. Que se abriese y me explicase aquella franja de pasado que yo jamás había logrado entender. ¿Qué era lo poco que sabía de él?

—Sé que fuiste tú quien me trajo a casa.

Rigel se puso tenso. Se quedó inmóvil, como a la espera.

—Tú me encontraste… —Una sonrisa desvaída me suavizó los labios—. Tú siempre me encuentras.

—No puedo ni imaginarme hasta qué punto eso debe de molestarte.

—Date la vuelta —susurré.

Sus viriles muñecas transmitían fuerza y tensión. Tenía los nervios tirantes.

Tuve que pedírselo otra vez antes de que por fin me hiciera caso.

Muy despacio, la tela se deslizó de entre mis dedos, y con un movimiento interminable, Rigel se volvió hasta que estuvo frente a mí. Sentí una opresión en el pecho cuando mis ojos se encontraron con los suyos.

Tenía un feo arañazo en el pómulo. La piel estaba enrojecida. Debió de ser obra de los anillos de Asia cuando lo abofeteó.

¿Por qué?

¿Por qué ocultaba siempre cualquier dolor sin permitir que nadie lo comprendiera?

Alcé la mano de manera instintiva. Sus ojos siguieron su movimiento; la observaba por debajo de su oscura melena, receloso, como si intuyera mis intenciones y al mismo tiempo las temiera.

Rigel parecía reprimir una y otra vez el instinto de retroceder, pero yo seguí avanzando, frágil y perdidamente obstinada. Me puse de puntillas para poder llegar hasta su rostro y contuve la respiración. Con el corazón henchido de esperanza y con toda la delicadeza que contenía aquel gesto…, le acaricié la mejilla.

Cuando toqué su piel, reaccionó lanzándome una mirada vulnerable e incómoda.

De nuevo percibí aquella explosión de emociones, de nuevo me inundaron con sus fulgores de galaxias desconocidas. Contraje en el pecho la respiración que había estado conteniendo y, sin apartar mis ojos de los suyos, pegué la palma de mi mano a su mejilla.

Era cálida. Suave y firme a la vez.

Tenía miedo de asustarlo, de verlo rechazarme y alejarse. Pero no sucedió. Me perdí dentro de sus ojos y me ahogué en aquel océano negro y profundo.

Al cabo de un instante…, aquellos puños apretados fueron destensándose poco a poco. Los nudillos se relajaron, los dedos dejaron de estar crispados. Nos miramos a los ojos y advertí una docilidad en su rostro que me rompió el corazón. Un suspiro escapó de sus labios, tan suave y resignado que apenas pude oírlo.

Rigel se dejó tocar con aquella dulce expresión sumisa. Como si lo hubiera derrotado con una simple caricia.

Bajó la vista y, entonces, con una leve presión que me modeló el alma, inclinó el rostro sobre mi mano y lo mantuvo en contacto con mi piel.

Mi corazón latió desesperado. Experimenté una deliciosa sensación de descontrol que me derritió el alma y la hizo brillar como un sol. Rigel volvió a buscar mis ojos. Y yo deseé que aquel momento fuera eterno, que nada volviera a moverse, que todo durase infinitamente y que él se pasara toda la vida mirándome así…

—¡Nica!

Fue como un shock.

El instante se hizo añicos. Rigel se apartó de golpe y separarme de él me pareció el peor pecado que pudiera cometer un ser humano. Echó un vistazo por encima de mi hombro y al poco apareció Anna con el rostro desencajado.

—¿Qué ha pasado con Asia?

Parecía consternada.

No me dio tiempo a responder, porque Rigel se marchó. Mis ojos saltaron sobre él y sentí un impulso irrefrenable de detenerlo.

La cabeza me daba vueltas. Me estaba volviendo loca.

Anna me dijo que Dalma le había contado lo que había visto, pero yo no era capaz de escucharla. Seguía llevando muy adentro sus ojos negros, su mejilla, aquel modo en que se había abandonado a mi caricia. A mi alrededor orbitaba un ruidoso universo, pero el principio que lo sostenía se estaba alejando de mí.

—Discúlpame, Anna —le susurré antes de dar media vuelta e ir tras él.

No podía razonar con lucidez. Corrí como una tonta escaleras abajo, arriesgándome a marearme a causa de la fiebre.

Necesitaba hablar con él, hacerle preguntas, obtener respuestas, descifrar sus gestos, decirle que… que…

Vi la puerta de casa abierta y lo reconocí en la distancia. Salí y Rigel estaba allí, en la acera. Había alguien con él, pero yo ya tenía su nombre en la punta de la lengua.

—Ri…

No terminé de pronunciarlo.

Mis ojos captaron un único detalle. Un detalle familiar.

El mundo se detuvo de golpe.

Abrí los ojos de par en para poder fijarme bien en la figura que estaba de espaldas y entonces… supe de quién se trataba. Era tan difícil de creer que me quedé sin respiración.

Nunca podría olvidar aquella cascada de pelo rubio.

Nunca.

Ni siquiera después de tanto tiempo.

No era posible.

—Adeline… —susurré consternada.

Y, en aquel momento, Adeline se puso de puntillas y posó sus labios en los labios de Rigel.

24

Constelaciones de escalofríos

Rugir no es cosa de malvados.
Rugir es propio de quien sangra y no sabe
de qué otro modo ocultar su propio dolor.

—Yo sé que eres tú…

Adeline se percató de que estaba tirando de su camiseta con mi manita. Se volvió y me vio allí.

—¿Qué? —*preguntó confusa.*

—Quien me hace compañía… Sé que eres tú, ahí abajo, quien me coge la mano cuando ella me castiga.

Aquella caricia en la oscuridad no podía ser más que de ella.

Adeline se me quedó mirando un instante y entonces… comprendió. Desvió la mirada hacia el fondo del corredor, donde estaba la puerta del sótano.

—Si ella te viera… —*La miré, menuda y preocupada*—. ¿No tienes miedo de que te descubra?

Volvió la vista hacia mí de nuevo. Se me quedó mirando un instante y una sonrisa dulcísima le suavizó las facciones.

—No me descubrirá.

Me cogió la mano, con cuidado de no lastimar mis uñas rotas, y yo estreché la suya con tanto afecto que me temblaba el cuerpo. Me dejé abrazar por ella, hundiéndome en su suave cabello. La quería muchísimo.

—Gracias —*susurré con lágrimas en la voz.*

«Adeline».

El corazón me martilleaba los oídos.

En mi mente palpitaban las imágenes frenéticamente. Adeline sonriéndome, consolándome, con sus ojos azules y el pelo rubio como el sol; Adeline llorando a escondidas bajo la sombra de la hiedra, cogiendo en brazos a otros niños, peinándome las trenzas en el jardín del Grave, como si, en el fondo, el final feliz pudiéramos construirlo un poco las dos solas.

Adeline, que ahora estaba aquí.

Adeline besando a Rigel.

Helada, vi que Rigel la rechazaba bruscamente y la fulminaba con una mirada que a ella le provocó una risa ligera.

Yo no podía respirar. Sentí una opresión en el pecho cuando de pronto Rigel reparó en mi presencia, como si se sintiera apremiado por ello. Lo miré y mis ojos liberaron el grito sordo que tenía clavado en el pecho.

Adeline reparó en su mirada y se volvió, todavía con los labios formando un semicírculo.

Sus ojos me localizaron y la sonrisa se le borró del rostro. Poco a poco, fue abriendo los ojos más y más, como si se resistiese a dar crédito.

—… ¿Nica? —exhaló incrédula.

Al cabo de un instante, como si de pronto lo comprendiera todo, miró la casa que había a mi espalda. Y después se volvió hacia Rigel.

Se lo quedó mirando de un modo que no supe descifrar, pero la intimidad de su mirada me perturbó.

—Oh… —Adeline volvió a mirarme conmocionada. —Nica…

—¡Nica!

Anna corrió hacia mí, alarmada. Me echó una manta encima mientras yo seguía mirando a Adeline con los ojos abiertos de par en par.

—¡Nica, tienes fiebre! ¡No puedes estar así, aquí fuera! ¡El médico ha dicho que tienes que descansar!

Adeline y Anna cruzaron una mirada cuando esta alzó la vista. Se observaron la una a la otra un instante, antes de que Anna me pasara un brazo por los hombros.

—Vamos adentro —dijo tratando de guiarme—, no puedes volver a enfriarte…

La seguí con esfuerzo, arrebujada en la manta.

—Adeline…

—Ya pasaré —me prometió, volviéndose hacia mí—. No te preocupes, tú… descansa. Un día de estos pasaré a saludarte. ¡Te lo prometo!

Solo me dio tiempo a asentir antes de que Anna me llevase adentro de nuevo.

Busqué los ojos de Rigel. Con una punta de dolor constaté que no me estaba mirando a mí.

*

—Oh, Rigel… —la escuché murmurar—. ¿Qué te traes entre manos?

Rigel no la miró. Ya se sentía lo bastante humillado teniendo que soportar aquel tono indulgente.

Tenía los ojos de ella clavados en las pupilas, como una marca que nunca dejaba de quemar.

—¿Qué estás haciendo aquí? —le espetó contrariado, descargando su frustración en la chica que tenía a su lado.

Adeline dudó antes de responder.

—¿Acaso creías que iba a olvidarme de qué día es pasado mañana?

Lo dijo casi con dulzura, en un intento de suavizar aquella tensión que, sin embargo, él frustró con una sola mirada.

Ella miró al suelo.

—He tenido noticias de Peter —admitió—. Un policía ha venido a hacerme preguntas… sobre Margaret. Me dijo que estaba localizando a todos los chicos que pertenecían a la institución antes de que la despidieran. Por él he sabido que ya no estabas en el Grave. Y ahora entiendo por qué.

Se hizo un silencio que sabía a culpa, a errores constantes contados con la punta de los dedos hasta perder la cuenta, y Rigel lo sintió como algo inevitable.

—¿Ella lo sabe?

—¿Saber qué? —inquirió receloso, con voz sibilante, pero aquella rabia venenosa se estrelló impotente contra una pared: sus ojos estaban llenos de una verdad dolorosa.

Porque Adeline sabía. Adeline siempre había sabido.

Porque Adeline siempre lo había mirado con ese interés al que él jamás había correspondido, condenado como estaba a un amor inoxidable y eterno.

Porque en la institución ella siempre lo había seguido con los ojos, solo para ver cómo miraba a Nica.

—Que hiciste que te escogieran para estar con ella.

Rigel chasqueó los dientes con un impulso venenoso. Tenía el cuerpo tenso y rígido, no la miraba, pero decidió no responderle, porque hacerlo hubiera equivalido a admitir la única culpa que no podía negar.

La carcoma lo estaba matando por dentro. Nica había visto a Adeline besándolo, y aquel pensamiento no lo dejaba en paz. Recordó la caricia en la mejilla, el modo en que lo había rozado, y aún le resultó más doloroso darse cuenta de que en su interior se había encendido una esperanza. La esperanza de que, de algún modo, ella pudiera quererlo, de que pudiera corresponder aquel sentimiento tan desesperado.

—No le dirás ni una palabra —le ordenó inflexible—. Quédate al margen.

—Rigel…, no te entiendo.

—No tienes que entenderme, Adeline —le espetó, tratando de defenderse, de proteger todo cuanto de justo y de errado sabía que llevaba dentro.

Ella sacudió la cabeza y lo miró de un modo que por un doloroso momento le recordó a la mirada de Nica.

—¿Por qué? ¿Por qué no se lo dices?

—¿Decírselo? —repitió, conteniendo una sonrisa, pero una vez más, Adeline no se dejó desanimar.

—Sí —repitió ella con una simplicidad que lo incomodó, si es que aún podía estar más molesto.

—¿Decirle qué? —masculló él, como una bestia herida—. ¿Has visto dónde estamos, Adeline? ¿Crees que, aunque no estuviéramos encerrados aquí, ella llegaría a mirarme jamás?

Rigel odió aquellas palabras, porque sabía que eran ciertas.

Aquellos ojos nunca lo buscarían con necesidad, con deseo o amor.

No a un desastre como él.

Y estaba demasiado desilusionado como para admitir que daría cualquier cosa por estar equivocado.

—Una persona como ella jamás podría querer a alguien como yo —concluyó con amargura, con todo ese dolor que trataba de suprimir continuamente.

En la mirada de Adeline había sinceridad y tristeza.

Y él recordaría siempre aquel instante…

El exacto y trágico momento en que aquella única esperanza se encendía en él, mortificándolo cada día, haciendo que se tambaleasen, una tras otra, todas sus certezas.

—Si hay alguien capaz de amar tanto..., si existe en el mundo una persona con un corazón tan grande, esa es Nica.

*

—¿Qué más querías decirme?

Sacudí la cabeza.

La asistenta social me miró comprensiva. Era una mujer extremadamente profesional y amable, de maneras discretas y mirada atenta. Solo había transcurrido un día desde el suceso y, aunque en realidad la visita estaba prevista para la semana siguiente, la anticipó en vista de lo ocurrido. Su misión era supervisar la acogida y comprobar que se llevara a cabo sin problemas ni incompatibilidades. Me preguntó por Anna y Norman, por la escuela y por cómo estaba yendo la convivencia, y, antes de hablar conmigo, había hecho lo mismo con Rigel.

—De acuerdo. Así pues, redactaré el primer informe.

Se puso en pie y yo hice otro tanto, arrebujándome en la manta. Aún estaba en proceso de bajar la fiebre.

—Ah, señora Milligan —dijo acercándose a Anna—. Esta es una copia de los informes médicos de los dos chicos. En cuanto esté dispuesta a contactar con un psicólogo, creo que le serán de utilidad.

Anna cogió los expedientes; eran de color verde agua, delgados y ordenados. Los hojeó despacio, con cuidado y respeto.

—Por lo demás, es mi deber informarla de que los servicios sociales ya cuentan con una figura de apoyo psicológico en el caso de que…

—¿Y estos quién los ha recopilado? —la interrumpió Anna. Leyó la indicación *Diagnosis psicológicas y comportamentales* en la cabecera de las páginas que estaba hojeando. Me pareció ver la foto de Rigel.

La mujer fue concisa en su respuesta.

—Un médico especialista, durante los años en que la señora Stoker estaba al frente de la institución.

—Ah —comentó lacónicamente Anna—. Entonces supongo que no se mencionarán los ataques de pánico ni los trastornos derivados de los maltratos y las agresiones.

Se hizo un tenso silencio.

Miré a Anna sin pararme a pensar en lo que acababa de decir, pero al momento caí en la cuenta. ¿De dónde había sacado aquella voz tan cortante?

La mujer parecía terriblemente apurada.

—Señora Milligan, no sé qué idea debe de haberse hecho de nosotros. Todo lo que ha surgido sobre Margaret Stoker…

—No me interesa —la cortó Anna—. Solo sé que esa mujer fue despedida cuando debería haber ido a la cárcel y pagar por lo que había hecho.

Recordaba el día en que Margaret se marchó. Unos visitantes habían notado moretones en algunos de nosotros y habían avisado a los servicios sociales. Margaret fue despedida inmediatamente y la pesadilla terminó de un día para otro, como una burbuja que estallase de pronto.

No olvidaría los ojos de los demás: era como ver el sol después de haber pasado toda una vida bajo tierra. Todos tenían aquellos rostros apagados y los ojos descoloridos propios de quienes no han visto la luz en mucho tiempo y en ese momento no acaban de creérselo.

Hay pesadillas que no eres capaz de imaginarte que puedan terminar.

—¿Y qué hay de las inspecciones?

Había inspecciones. Pero eran demasiado esporádicas, negligentes y superficiales.

—¿Cómo es posible que nadie se percatase?

Porque «Ella» era buena.

Era buena provocando los cardenales donde no quedasen a la vista.

Era buena infligiendo dolor en las zonas más ocultas.

Era buena convirtiéndonos en muñecas rotas que no decían nada.

«Ella» era buena y, entretanto, el mundo se olvidaba de nosotros, confiando en una mujer que se convertiría en la madre de nuestras pesadillas.

Yo pensaba que eso era un poco lo que se hacía con las cosas rotas. Se encierran lejos de todo para no tener que verlas más. Nosotros éramos los diferentes, los solitarios, los problemáticos, los hijos de nadie. Aquellos que no saben dónde meter.

A veces me preguntaba qué habría sucedido si, en lugar de en el Grave, hubiera acabado en otra institución. Un lugar controlado, seguro. Un lugar donde no hubiera camas en un sótano ni calles sin salida. Un lugar donde no estuviera «Ella».

—Me pregunto cómo pudo hacer lo que hizo todos aquellos años —dijo Anna con voz gélida—. Me pregunto cómo es posible que no lo vierais, que no os dierais cuenta, me pregunto…

—Anna —apoyé mi mano en su brazo.

La miré con los ojos limpios y le hice una petición silenciosa.

Negué con la cabeza.

Lo estaba pagando con la mujer equivocada. La asistenta no tenía la culpa de que Margaret fuera un monstruo. No era culpa de nadie.

Alguien habría debido protegernos. Alguien habría debido oírnos, comprendernos, era cierto, pero el pasado no podía cambiarse. Desenterrarlo solo me causaba dolor.

No quería sentir más rabia.

No quería sentir más odio.

Solo me recordaba todo lo que había tenido que soportar cuando era una niña…

—Mi cometido es encargarme de este proceso de adopción. Haré lo posible por que todo vaya de la mejor manera—. En la mirada de la asistenta había sinceridad y determinación—. Deseo tanto como usted que Nica y Rigel puedan tener una familia, una vida serena y un futuro estable.

Anna asintió con un gesto, en reconocimiento a su esfuerzo. Después, ambas la acompañamos hasta la entrada.

—Adiós.

La asistenta abrió la puerta y Klaus se coló dentro a toda velocidad. La mujer retrocedió sorprendida, se tropezó con Anna y se le cayeron los informes al suelo. Las carpetas se abrieron y las hojas se desparramaron en todas direcciones.

Me agaché para ayudarla y cayó en mis manos una hoja con la foto de Rigel.

Sin querer, mis ojos captaron algunas palabras: «síntomas», «incapacidad», «rechazo», «soledad» y…

—Gracias, Nica.

Anna cogió las hojas y volvió a ponerlas en el expediente.

La miré, pero no la vi; me sentía ofuscada. Ni siquiera le respondí.

Aquellas palabras se arremolinaron en mi cabeza y me sumieron en el desorden.

«Incapacidad». «Rechazo». «Soledad»… ¿«Síntomas»?

¿A qué síntomas se referían? ¿Y por qué había tantas páginas sobre él?

Los pensamientos se agolparon en mi mente, no era capaz de razonar. Aquellos detalles me hablaron, juntaron piezas y dejaron otras al descubierto. Cada una de ellas era un fragmento que formaba parte del misterio de Rigel. Cada una de ellas, posiblemente, componía su alma…

¿Por fin sería capaz de leerla?

Adeline vino a verme aquella tarde.

Le abrí la puerta y ella entró con mucha educación. Fue tan extraño hacerla pasar a una casa que me vi obligada a girarme para mirarla a la cara.

No acababa de creerme que fuera ella. Que estuviera allí.

Me detuve en el salón, bastante cortada, y ella me observó con los ojos cargados de emociones

—¿Quieres… tomar algo? Anna ha hecho té —murmuré retorciéndome las manos—. Recuerdo que… bueno, antes te gustaba mucho.

Aún no había terminado la frase cuando una ráfaga de aire me embistió. Adeline me estaba abrazando y yo me quedé inmóvil, anonadada. Me sumergí en aquel calor inesperado y, al sentir sus manos en mi espalda, de pronto se me declaró un incendio en el pecho. Toda la nostalgia estalló en aquel punto, entre sus brazos. Era un abrazo aplazado, como una pieza que nunca había dejado de completarme.

—No sabía que te encontraría aquí —susurró temblorosa.

Me di cuenta de cuánto la había echado de menos. Era como si alguien acabara de restituirme un engranaje esencial en mi corazón.

El día que Adeline fue transferida a otra institución, mi mundo perdió su última luz.

—Cuánto has crecido…

Me apartó el pelo del rostro para observarme mejor. Y yo solo pude pensar lo mismo de ella.

Era una adulta. Solo tenía dos años más que yo, pero me di cuenta con tristeza de que no habría sabido imaginármela tan crecida.

Sin embargo, su sonrisa seguía siendo la misma. Sus ojos también seguían siendo los mismos, y su pelo rubio, su voz suave y tranquilizadora…

Me entraron unas ganas locas de llorar.

—¿Cómo te encuentras?

—Mejor —respondí, tratando de contener las emociones.

La invité a sentarse en el sofá y fui a buscar el té.

—Yo no… no sabía que habías dejado el Grave. —Deslizó su mano hasta la mía y miró a su alrededor, conmovida y admirada—. Todo es muy bonito… Esta casa parece hecha a medida para ti. Ellos parecen realmente buenas personas.

—¿Y tú? —pregunté con cierta inquietud—. ¿Estás con tu familia? ¿Vives por aquí cerca?

—Aún estoy allí, Nica —dijo con cautela—. En la institución adonde me transfirieron. Ahora que ya soy mayor de edad, debería marcharme, pero… no tengo trabajo. —Sonrió con tristeza—. De vez en cuando voy a la ciudad… Tenía un empleo en una pequeña librería, pero el propietario cerró el mes pasado.

Sentí una opresión en el pecho.

Sabía que yo era afortunada, sabía que era una excepción, pero aquella noticia me dolió de todos modos.

—Adeline, lo…

—Todo está bien —se anticipó a decir, tranquila—. De verdad… Ahora ya ha pasado tanto tiempo… Las cosas están bien así.

Me ofreció una débil sonrisa y desvió la vista hacia Klaus, que había empezado a mordisquear el borde de mi manta.

—Me he enterado de lo del detective… ¿Estás bien?

—Anna cree que debería hablar de ello con alguien —le confesé tras una pausa—. Piensa… que podría serme de ayuda.

—Creo que tiene razón. —Adeline se encogió de hombros y suspiró—. Una no puede curarse de estas cosas por sí misma.

—¿Tú has ido?

Asintió despacio.

—Un par de veces. Fui por mi cuenta. El propietario de la librería era un señor muy amable y tenía un amigo que era psicólogo. No le… conté lo de «Ella». No le mencioné explícitamente a Margaret, pero de algún modo hablar me hizo bien. —Movió la cabeza despacio—. Pero, Nica, tú eras muy pequeña cuando empezaste a sufrir todo aquello. Cada cual asimila sus propias experiencias de un modo distinto. Sobre todo, las traumáticas. Cada persona las vive a su manera. Es distinto para cada una. Mira a Peter… Él nunca se ha recuperado.

Me mordí nerviosamente las costuras de las tiritas y mi conciencia le dio la razón. «Ella» no se había marchado. Su presencia seguía siendo muy vívida.

No todos habíamos sufrido los mismos traumas, pero ninguno había vuelto a ser el mismo.

«Una no puede curarse de estas cosas por sí misma».

Pero la pregunta era…

«¿Una puede curarse de estas cosas?».

Un mano me apartó delicadamente los dedos de la boca.

—Sigues teniendo la costumbre de mordisquearte las tiritas cuando estás nerviosa.

Me ruboricé de vergüenza y miré al suelo. Era un vicio que arrastraba desde niña.

—¿Has venido por eso? —le pegunté, retomando la conversación—. ¿Porque te enteraste de lo que pasó?

Al oír aquellas palabras, Adeline desvió la mirada; me pareció que se sentía incómoda de pronto.

—No… En realidad, estoy aquí por otro motivo. Me vino a la mente la semana pasada… y se me ocurrió venir. Es por Rigel.

Se me contrajo el estómago.

—¿Por… Rigel?

—¿No te acuerdas? Mañana es su cumpleaños.

Me caí de golpe de las nubes. Guardé silencio, no me salían las palabras.

El cumpleaños de Rigel.

El 10 de marzo.

¿Cómo había podido olvidarlo?

Profundicé en aquella información sin dejar de mirar a Adeline.

En realidad, aquel no era el día de su nacimiento, sino el día en que lo encontraron delante del Grave. Como no había modo de averiguar la fecha exacta, lo bautizaron aquella noche.

Recordaba su cumpleaños porque era el único que celebraba la directora. Aún veo a Rigel con la vela encima de la tarta iluminándole el rostro, sentado él solo a la mesa del comedor…

—Quería darle una sorpresa —murmuró Adeline—. Debí de imaginarme que no reaccionaría como esperaba.

El recuerdo de aquel beso fue como un puñetazo en el corazón. Aparté la vista de ella, incapaz de seguir mirándola. Y entonces me di cuenta de que estaba apretándome las rodillas con las manos.

—Para él jamás ha sido un día de celebración. A Rigel nunca le han gustado esas atenciones —dije despacio.

—No, Nica… No es por eso. —Adeline bajó la vista, melancólica—. Es por lo que pasó entonces.

La miré con el rabillo del ojo, sorprendida, y ella me devolvió una mirada triste.

—¿De verdad nunca se te había ocurrido?

Me quedé colgada de la mirada de Adeline y…

Entonces lo vi. Vi lo tonta que había sido.

Lo que pasó fue… ¡que sus padres lo abandonaron!

—El día de su cumpleaños…, el día que lo encontraron, le recuerda la noche que su familia no lo quiso —confirmó Adeline.

Siempre lo había malinterpretado. Siempre lo había visto metido en su pecera reluciente y perfecta, asociaba su sufrimiento a lo que «Ella» le hacía, y estaba convencida de que él no podía entenderlo.

Pero ¿y yo? ¿Qué había entendido yo de él?

—Rigel no es como nosotras —concluyó Adeline lanzándome una mirada perentoria—. Nunca lo ha sido… Nosotras perdimos a nuestras familias, Nica, pero ellos no querían abandonarnos. Nosotras no podemos comprender lo que debe de ser sentirse rechazado por tus propios padres y abandonado en una cesta, sin ni siquiera un nombre.

Su eterna desconfianza. Su actitud desencantada.

Su ausencia de vínculos, su coraza con la que rechazar el mundo.

Su carácter agresivo y receloso.

«Incapacidad», «soledad», «rechazo». «Síntomas».

Rigel padecía el síndrome del niño abandonado. Llevaba toda su vida cargando con ese trauma. Había ido creciendo hasta fundirse con la realidad.

Las señales estaban ahí. Pero yo no había sido capaz de interpretarlas.

Adeline pareció comprenderme.

—Él nunca mostrará lo mucho que sangra —dijo—. Rigel lo enmascara todo… Se contiene en todo momento, pero en su interior… palpita un alma tan abierta al dolor y a los sentimientos que da miedo solo imaginárselo. A veces no entiendo cómo hace para no volverse loco. Estoy segura de que odia hasta su nombre —concluyó—, porque se lo puso la directora y porque es el símbolo de su abandono.

De pronto, todo adquiría un matiz distinto. Rigel empujándome, Rigel prohibiéndome que me acercase a él, Rigel cuando era un niño mirando aquella velita de cumpleaños sin nadie a su alrededor.

Rigel cogiéndome en brazos en medio del parque, Rigel dejándose tocar por primera vez, mirándome con la docilidad propia de quien aún se cree herido…

—No lo abandones, Nica. No permitas que se anule. —Adeline me miró angustiada—. Rigel se autocondena a la soledad. Tal vez porque cree que no se merece otra cosa… Ha crecido siendo consciente de que no era querido y está convencido de que siempre será así. Pero tú no debes dejarlo solo, Nica. Prométeme que no lo harás.

No pensaba hacerlo.

Ya no. No lo dejaría solo porque ya lo había estado durante demasiado tiempo.

No lo dejaría solo porque estando solo no es como se aprecia la vida, sino al lado de alguien, cogidos de la mano, corazones fuertes y rostros llenos de luz.

No lo dejaría solo porque deseaba hablarle, escucharlo, seguir sintiéndolo por mucho tiempo. Deseaba acariciar su alma.

Deseaba verlo sonreír, reír e iluminarse, deseaba verlo feliz más que nada en este mundo. Deseaba todo eso y más, porque Rigel me había esculpido el corazón al ritmo de su aliento y yo ya no sabía respirar de otro modo.

Y me hubiera gustado gritarlo allí, en aquel sofá, sacarlo fuera y enunciarlo al mundo, pero me contuve.

Dejé hablar a mi corazón y el resto me lo guardé para mí.

—Te lo prometo.

El día siguiente por la tarde, iba caminando a buen paso por las calles del barrio con un paquete en las manos.

Llevaba cierto retraso. Alcé la vista y vi el quiosco de los helados al otro lado de la calle.

Crucé y eché un vistazo alrededor en busca de un rostro familiar.

—Hola —le dije a Lionel y él también me saludó—. Siento llegar tarde… ¿Hace mucho que esperas?

—No, qué va —respondió mientras se acercaba—. Ven, he reservado una mesa. En realidad, hace un poco que te espero, sí, pero tampoco tanto.

Volví a disculparme y le dije que, si le apetecía, lo invitaba al helado. Lionel aceptó enseguida y me detuve en el quiosco para pedir dos cucuruchos. Cuando fui a la mesa, me fijé en que me estaba mirando. Le alargué el helado y me pareció que paseaba sus ojos por mis piernas desnudas.

—¿Qué pasa? —le pregunté en cuanto me hube sentado.

—Es un vestido bonito —comentó mientras observaba mi vestidito rojo con lunares blancos. Examinó con la vista la tela holgada que añadía un toque de color a mi piel y el bolsito marrón en bandolera que me había regalado Anna—. Te sienta muy bien. Estás muy guapa.

Mis mejillas se tiñeron de rosa y arqueé las cejas. Bajé la vista y enseguida me acordé de la conversación que habíamos tenido en casa de Billie.

—Gracias —respondí, esperando que no se notase que estaba cortada.

—No hacía falta que te lo pusieras para venir aquí.

—¿Qué?

—No es que no aprecie el detalle…, pero no hacía falta que te pusieras un vestido tan mono solo para tomar un helado conmigo. No era necesario, de verdad. Solo es un helado.

—Oh, no, yo… ya lo sé. Me lo he puesto porque después tengo una cena, ¿sabes? Es una celebración familiar. Hoy es el cumpleaños de Rigel.

Lionel se quedó inmóvil un instante tan largo que el helado empezó a deslizársele por los dedos.

—Ah —dijo al fin, mirándome inexpresivo—. ¿Hoy es su cumpleaños?

—Sí…

Lionel guardó silencio. Siguió comiéndose el helado mientras yo le sonreía a una mariquita que acababa de posarse en el dorso de mi mano.

—Entonces, ¿te lo has puesto para él?

Observé a Lionel, que ahora estaba examinando el helado, demasiado concentrado para mirarme.

—¿Para él?

—¿Para tu querido «hermanito»? —precisó con desinterés—. ¿Te has puesto tan guapa para su cumpleaños?

Lo miré confusa. No me lo había puesto para nadie… Solo para mí. Quería que fuera una ocasión especial. Había sido yo quien se lo había dicho a Anna y a Norman, y conociendo el poco aprecio que Rigel sentía por las fiestas, habíamos optado por algo sencillo, solo nosotros.

También vendría Adeline. Y yo, por una vez, había querido ponerme algo distinto.

—Cenaremos en casa —dije despacio—, me pareció una cosa bonita...

—¿Y para cenar en casa te pones un vestido?

No lo entendía. ¿No acababa de decirme que aquel vestido me sentaba bien?

—Déjalo correr —murmuró sacudiendo la cabeza. Notó mi expresión de perplejidad y añadió—: No quería decir nada. Me ha parecido raro, eso es todo.

Mordió el barquillo y trató de sonreírme.

Nos terminamos el helado en silencio.

—¿Qué hay aquí? —preguntó al cabo de poco mientras agitaba el paquete que yo había dejado sobre la mesa—. Es el motivo por el que te has retrasado, ¿verdad?

—Sí —respondí recogiéndome el pelo detrás de la oreja—. Lo he visto y he parado a comprarlo. Lo siento...

—¿Qué es?

—Es el regalo para Rigel.

Lionel empezó a darle vueltas con los dedos. Lo sujetó con ambas manos mientras se volvía lentamente hacia mí.

—¿Puedo verlo?

Asentí, y él lo desempaquetó despacio.

Extrajo una pequeña esfera de cristal.

Llevaba incorporado un cordón negro de seda y estaba llena de arena de colores, dispuesta de tal modo que dibujaba un precioso cielo estrellado en el interior del cristal. Los granos refulgían a contraluz, centelleando cual pequeñas estrellas.

Formaban la constelación de Orión, impresa como una telaraña de finísimos diamantes.

Ni siquiera sabía qué era. Tal vez un llavero. No estaba segura. Pero cuando la vi por casualidad en aquella pequeña tienda de vidrio soplado, pensé que sería perfecta para él.

Una parte de mí se la imaginaba colgando de sus dedos mientras jugueteaba con ella, concentrado en la lectura de un libro...

Lionel la hizo girar entre sus manos y yo me levanté para tirar la cucharilla.

—Está hecha a mano —le expliqué—. La señora me ha dicho que era la última. ¡Piensa que ella misma pinta la arena! Se pone una especie de monóculo, se sienta en su banqueta y va colocando los granos con una aguja larga hasta que...

Un estruendo de cristales rotos me sobresaltó.

A los pies de Lionel, las esquirlas brillaban en medio de una aureola de arena. Me las quedé mirando, sin aliento.

—Oh —dijo Lionel mientras se rascaba la mejilla—. ¡Vaya!

Mientras él se excusaba, me acerqué y me arrodillé a examinar los pedazos de vidrio entre mis dedos.

Aquel regalo elegido con tanto esmero... ahora estaba hecho trizas.

¿Por qué? ¿Por qué cuando se trataba de Rigel, todo tenía que acabar rompiéndose?

Recogí los fragmentos, temblando de la desilusión, y miré a Lionel. En mis ojos brillaba una emoción que nunca hasta entonces había experimentado.

Volvió a disculparse, pero esta vez no le respondí.

Cuando más tarde llegué a casa, el corazón me pesaba en el pecho. Me hubiera gustado tanto ver a Rigel aceptando aquel obsequio y una parte de mí siempre se preguntaría si lo habría hecho.

—Oh, Nica, ¡has vuelto! —Anna estaba ocupada extendiendo el mantel bueno—. ¿Podrías subir esa caja de cartón mientras yo acabo de poner la mesa? Déjala en el cuartito que está al fondo del pasillo.

Al oírla, busqué su rostro, la miré con expresión comprensiva y le sonreí. En el cuartito del fondo del pasillo era donde guardaba las cosas de Alan. Obedecí y me dirigí arriba.

Encendí la luz y dejé la caja de cartón junto a un armario. En aquella estancia había ropa, cajas, viejos CD de música y pósteres enrollados al lado de la pared; también había libros. Me acerqué y vi que eran los de la universidad.

Descubrí que Alan estudiaba Derecho, como Asia.

Procurando ser respetuosa, cogí un libro particularmente grande y lo abrí. Deseaba acercarme a Alan, conocerlo y saber algo más. Me gustaría pedirle a Anna que me hablara de él, pero ignoraba si le apetecería hacerlo.

Hojeé el libro de Derecho Penal, impresionada por el incontable número de páginas que tenía. Me dio la impresión de que el chico era limpio y ordenado. Alan tenía muy bien conservados sus libros.

Leí distraídamente los títulos de los capítulos:

«Crímenes de abuso infantil»…

«Crímenes de bigamia»…

«Crímenes de violencia doméstica»…

«Crímenes de incesto»… Fruncí la frente. Hubo una palabra que atrajo mi vista de inmediato: «Adopción».

Me concentré y leí lo que ponía.

En muchos estados, la adopción crea un auténtico vínculo familiar. Con el proceso de adopción, el *adoptando* entra legalmente a formar parte de la familia del *adoptante*. Ergo, aquel se constituye en miembro de la familia a todos los efectos.

Sección trece A, Código Penal de Alabama: cualquier relación o matrimonio con un miembro de la familia, consanguíneo o de adopción, será considerada incesto a efectos legales.

Esto comprende: padres e hijos de sangre y mediante adopción; hermanos y hermanas de sangre o de adopción; hermanastros y hermanastras. El incesto es un crimen de clase C. Los crímenes de clase C son castigados con penas de reclusión de hasta…

Dejé de leer. Cerré el libro y me alejé como si me hubiera quemado. Me zumbaban los oídos.

Me quedé inmóvil mirando la cubierta, aunque en realidad no la veía. Una sensación muda se agitó en mi interior como un mar en plena borrasca. No comprendía la naturaleza de aquella sensación de vacío. No entendía qué me estaba sucediendo.

Me apresuré a cerrar la puerta y retrocedí sin saber si yo era realmente yo. Mientras volvía sobre mis pasos, me dio la impresión de que las paredes se alejaban. De pronto, todo parecía fuera de lugar, ajeno, como si mi eje se hubiera desplazado.

Ahuyenté aquella sensación y la encerré bajo llave antes de volver abajo. Me esforcé en concentrarme únicamente en la velada e ignoré aquella emoción indefinida que parecía resistirse a dejarme en paz.

Fue una cena tranquila.

Por fin pude presentarles a Adeline a Anna y a Norman, que estuvo todo el tiempo pasándole la salsa y preguntándole si quería más.

Le lancé un sinfín de miradas a Rigel con la esperanza de poder leer algo en su rostro, cualquier cosa que me permitiera averiguar si estaba a gusto. Por desgracia, Adeline me impedía verlo con claridad.

Llegó la tarta, llegaron los regalos y yo me encogí un poco al recordar que no tenía nada para él.

Finalmente, cuando en el exterior ya hacía un buen rato que había oscurecido, Adeline decidió que era hora de marcharse.

Norman se ofreció a acompañarla, pero ella le dijo educadamente que no era necesario. Anna le dio un beso a Rigel y subió a su habitación; Norman la siguió después de darnos las buenas noches.

—Gracias por la velada —musitó Adeline.

Se despidió de mí con una caricia y, a continuación, se acercó a Rigel, que aún seguía sentado; me estremecí cuando se inclinó para abrazarlo.

—Piensa en lo que te dije el otro día —me pareció que le susurraba.

Al oír aquellas palabras, Rigel volvió la cara, como si no quisiera escucharlas y al mismo tiempo no fuera capaz de sacárselas de la cabeza; ella lanzó un suspiro y se marchó.

Nos quedamos los dos solos.

Se hizo el silencio, y Rigel miró hacia donde yo estaba; en cuanto se percató de que lo estaba mirando, apartó la vista de golpe y se incorporó.

—Rigel.

Me acerqué y me situé a su espalda.

—Hoy te había comprado una cosa. No me he olvidado. Pero por desgracia no he podido dártela.

—No importa —murmuró.

Miré al suelo.

—A mí, sí —repliqué con tristeza—. A mí me importa.

Quería que aquella velada fuera especial para él. Quería que le hiciese comprender el afecto que le profesaban las personas que tenía a su alrededor, aunque él no fuera capaz de verlo. Quería que comprendiera que no estaba solo.

—Lo siento —dije con un hilo de voz.

Se estiró una punta de la camiseta y de pronto sentí la necesidad de acercarme más.

—Tenía algo. Y ahora quisiera… quisiera poder remediar…

—No lo digas —me interrumpió. Sonó como un ruego apremiante—. No lo digas…

—Quiero hacerlo —murmuré obstinada—. Déjame que lo solucione. Puede ser cualquier cosa que desees… —Aumenté la presión, buscando su rostro—. Cualquier cosa…

Rigel inspiró despacio. Guardó silencio y entonces me preguntó con un tono de voz increíblemente lento y profundo:

—¿Cualquier cosa?

Recordé el modo en que me había llevado en brazos bajo la lluvia. La bofetada que había encajado en mi lugar, el arañazo en su rostro.

—Sí —susurré sin dudar.

—¿Y si te dijera… que te estés quieta?

—¿Cómo?

Rigel se volvió despacio. Sus ojos oscuros se posaron en los míos.

Yo apenas podía respirar; en el reflejo de sus iris, distinguí mi vestidito rojo y mi boca entreabierta.

—Quieta —susurraron sus labios, dejándome a la deriva—. Solo estate quieta…

Yo estaba inmóvil. Sujeta al sonido de su voz.

Me miró por debajo de las cejas, desde su considerable altura, y entonces me di cuenta de que tenía un resto de azúcar glas en la comisura del labio. Hice el ademán de limpiárselo.

Pero no pude. Los dedos de Rigel me sujetaron la muñeca y la inmovilizaron. Su tacto sedoso explotó en mi piel y mi respiración se volvió irregular.

Me estaba tocando.

Permanecí inerte mientras me bajaba el brazo, lentamente, encadenando su mirada a la mía.

—Solo —trago saliva— quiero que te estés quieta…

Yo estaba hipnotizada.

Lo miré indefensa, presa de sensaciones incontroladas que me hacían arder. Sus pupilas se deslizaron por mi rostro. Rigel me miró fugaz y… se inclinó poco a poco hacia delante.

Su perfume masculino me invadió la nariz. El corazón me martilleaba la garganta.

Respiró directamente sobre mi rostro y… sus labios se posaron en un extremo de mi boca.

Contuve la respiración.

Su cálida lengua exploró la comisura de mi labio y dejé de respirar. Se me tensó el corazón, las rodillas empezaron a temblarme. Rigel me limpió el azúcar glas y yo me apretujé el bajo del vestido, como si fuera el único asidero en medio de aquella locura.

Ya no comprendía nada.

Mi respiración se hizo más profunda, nuestros alientos se mezclaron y su perfume descendió directamente por mi garganta, nublándome la mente como el más dulce de los venenos.

El corazón estaba a punto de estallarme. Unos extraños vértigos hicieron que me diera vueltas la cabeza y me olvidé de cómo se respiraba.

Me estaba matando.

Sin hacer el menor ruido.

Me dio la sensación de que sus dedos también temblaban alrededor de mi muñeca… Se apartó, lamiéndose el azúcar del labio inferior. Lo miré extraviada, hirviente, presa de escalofríos.

Sentía moverse dentro de mí algo que me asustaba. Me aterrorizaban las reacciones que estaba experimentando mi piel.

Pero su respiración me anuló.

Sus ojos ardieron en mis labios.

Su aliento arrolló mis mejillas.

Cerré los ojos y…

*

Los labios de Nica.

Rigel no veía otra cosa.

La sangre palpitaba en sus sienes, tenía el cerebro nublado.

El corazón estaba a punto de hundirle el tórax.

Ella no se había movido.

Se había quedado quieta.

Sin darse cuenta siquiera, la empujó levemente hacia atrás hasta que se quedó encajada en la mesa. Deslizó las manos por sus antebrazos y le sujetó ambas muñecas, jadeante.

Se moría de ganas de besarla.

La carcoma rugía. Y él aún tenía el sabor de su cutis de miel en la lengua, como una condena que lo haría arder de por vida.

Debía alejarse de ella. Antes de que fuera demasiado tarde.

Tenía que dejarla ir, gruñirle, apartarla lejos de él y no volver a mirarla…

Pero Nica estaba allí y… Dios, era el pecado más bello que jamás había visto. Con aquel vestido que le ceñía los senos y su larga cabellera castaña, sus labios relucientes entreabiertos respirando todo aquel aire que él hubiera deseado arrebatarle de la boca.

Estaba espléndida e irresistible.

Se inclinó un poco hacia delante para inspirar su dulce perfume. Los frenos estaban cediendo. Rozó la piel cálida de sus muñecas y sintió que ella contenía la respiración. El corazón le chocó con las costillas; la tortura resultaba insoportable.

Su olor se le estaba subiendo a la cabeza. Tenía la sensación de no entender nada, de estar perdiendo el contacto con la realidad.

Nada era comparable con el efecto que Nica le producía.

Y hubiera querido… En aquel momento hubiera querido…

Ella se estremeció.

Rigel alzó los ojos.

Vio que tragaba saliva, que cerraba los párpados con fuerza, agitada, con las mejillas encendidas, las rodillas temblorosas.

Temblaba tanto que apenas podía respirar. Le temblaban incluso las muñecas, que él seguía manteniendo sujetas con sus manos.

Ni siquiera era capaz de mirarlo.

Y, una vez más, se activó el mismo mecanismo destructivo de siempre: el terror, el rechazo, la pasión devoradora. Aquellos sentimientos lo asfixiaban y lo hacían pedazos, como si estuviera sometido a una condena eterna.

Volvió la angustia, la frustración. Rigel hubiera querido rascarla con las uñas, arrancársela y dejar de sentirse siempre tan oscuro, tan al límite, tan confundido. Estaba cansado de sentirse así, pero cuanto más trataba de rebelarse contra sí mismo, más se le agazapaba el corazón en el pecho, como una bestia herida.

Solo quería sentirse bien. Solo quería tocarla, sentirla. Vivirla.

La deseaba con todo lo que tenía. Pero todo lo que tenía eran mordiscos, espinas, dolores y un alma cargada de sufrimiento.

Y ella ni siquiera podía mirarlo a los ojos.

«Si hay alguien capaz de amar tanto…». Aquella frase se le murió dentro, mientras Nica temblaba delante de él.

Rigel pensó que había una dulzura terrorífica en el modo en que, desde siempre, el alma se le hacía mil pedazos entre los huesos solo con mirarla.

*

Su mano dejó de sujetarme.

Rigel se marchó y yo me precipité en la realidad.

«¡No!», gritó con dolor mi corazón.

Pensé que iba a enloquecer. Que no volvería a distinguir entre arriba y abajo. Ya no era yo; solo sentía una fuerza invisible que me ligaba a él.

Estaba a punto de impedirle que se marchara, cuando alguien llamó a la puerta.

Me sobresalté y, unos pasos por delante de mí, Rigel se volvió y fulminó la puerta con la mirada.

Quién podía ser a esas horas.

—No te vayas —le imploré. Mi voz sonó cargada de angustia—. No huyas. Por favor…

Me mordí los labios, esperando convencerlo de que me esperase, de que al menos esa vez no desapareciera.

Puede que lo lograse, porque Rigel no se movió. Lo miré una última vez antes de alejarme y, mientras iba hacia la puerta, tuve la certeza de que me estaba mirando. Distinguí una forma a través del cristal esmerilado, alguien que ahora estaba plantado ante la puerta como si no fueran las tantas de la noche.

Eché un vistazo a través de la mirilla. Y abrí los ojos de par en par.

Me quedé mirando la puerta, confusa e indecisa, y al fin abrí.

—¡Lionel! —exclamé sin aliento. Tenía toda la pinta de haber venido corriendo hasta allí—. ¿Qué pasa? ¿Qué estás haciendo aquí?

—He visto que había luces encendidas —dijo atropelladamente mientras se acercaba a mí, Tenía la mirada tan alterada que me asusté—. Ya sé que es tardísimo, lo sé, Nica, pero… no podía dormir… No podía…

—¿Qué ha pasado? ¿Estás bien?

—¡No! —respondió fuera de sí—. No puedo dejar de pensar en ello, he llegado al límite. No soporto esta situación, no soporto que… que tú estés aquí, que… —Se mordió los labios, confundido.

—Lionel, cálmate…

—No soporto que vivas aquí con él —soltó al fin.

Se me cerró el estómago.

Tras oír aquellas palabras lancé una mirada a mi espalda, alarmada; en medio de aquel silencio, habían resonado como un cañonazo.

Avancé un poco, entorné la puerta y Lionel retrocedió a su vez. Desvié la vista hacia la verja abierta.

—Es tarde, Lionel. Será mejor que vuelvas a casa…

—¡No! —me interrumpió con aire febril, alzando la voz. No parecía él—. No me iré a casa. ¡Y tampoco puedo seguir haciendo como que no pasa nada! No soporto saber que siempre lo tienes ahí rondándote, con esa actitud de bastardo intocable, y tú con ese… vestido. —Gesticuló señalándolo, medio loco, mientras repasaba con la mirada cada centímetro de mi cuerpo. Me clavó sus iris, iluminados de repente por un fulgor siniestro—. ¿Habéis estado juntos hasta ahora? ¿No es así? ¿Y qué te ha pedido él como regalo, eh? ¿Qué te ha pedido?

—No estás en tus cabales —respondí, sintiendo una opresión en el pecho.

—¿No quieres decírmelo? —Respiraba ruidosamente y tenía la mirada convulsa—. Aún no lo has comprendido, ¿verdad?

Me acerqué a él.

—Lionel…

—¡No! —me espetó fuera de sí mientras retrocedía unos pasos—. ¿Cómo puedo hacértelo entender, eh? ¿Cómo? —Se llevó las manos a la cabeza—. ¿De verdad eres tan ingenua?

Me sobresalté cuando vi que apretaba los puños.

—No puedo seguir así, ¡es absurdo! —siguió con su diatriba—. ¿Cuánto hace que hablamos? ¿Cuánto? Y, sin embargo, ¡tú pareces no darte cuenta de nada! ¿Qué tengo que hacer para que lo entiendas? ¿Qué? Dios, Nica, ¡abre los ojos!

De pronto, me sujetó la cara con ambas manos y me besó, mientras yo ponía unos ojos como platos. Cerré los párpados por instinto y le di un empujón.

Desconcertada, trastabillé hacia atrás y él me miró atónito. Al instante, echó un vistazo por encima de mi hombro.

Me eché a temblar cuando vi dos iris negros mirándome fijamente desde el umbral de la casa. En la penumbra nocturna, eran dos vórtices despiadados y sin luz.

Solo me miró un instante, pero bastó para que pareciera que el mundo lanzaba un aullido. Después dio media vuelta y desapareció.

—¡Rigel! —lo llamé, y me dispuse a seguirlo, pero entonces noté que me agarraban del brazo.

—Nica… Nica, espera…

—¡No! —exclamé alzando la voz.

Me liberé dando un tirón y Lionel se me quedó mirando consternado antes de que yo corriera adentro.

*

Sus nervios estaban a punto de explotar.

Un dolor sordo lo devoró mientras se alejaba de aquella visión, o más bien huía. Sentía un deseo enfermizo de despedazarlo, de romperle la cara a aquel capullo y apartarlo para siempre de ella. Verlos juntos lo hacía enloquecer.

Su mente se precipitó en una oscura espiral.

Siempre había sabido que Nica no podría mirarlo como miraba al resto del mundo, no a él, no con aquel corazón tan sucio y estropeado.

Había acumulado demasiado odio, Había conseguido que incluso ella lo detestase.

Se le subió la sangre al cerebro. Apretó los puños. Aquella visión lo atormentaba y sintió una irrefrenable necesidad de destrozar algo.

Nadie lo querría nunca, nadie, porque estaba roto, era diferente, mezquino, era una calamidad.

Vivía alejado del mundo.

Arruinaba todo lo que tocaba.

Había algo en él que no funcionaba y así sería siempre.

Ni siquiera sabía sentir emociones comunes, ni siquiera sabía disfrutar de un sentimiento tan grato como el amor sin agredirlo y hacerlo pedazos en su afán por rechazarlo.

Estar unido a alguien significaba sufrir. Estar unido a alguien significaba abandono, soledad, dolor. Rigel no quería volver a pasar por eso.

El amor le hacía daño, pero ahí estaban los ojos de Nica, su sonrisa luminosa y esa dulzura infantil que le partía el corazón.

Cerró los ojos con fuerza. Sus sienes palpitaron de ansiedad, unos puntitos blancos estallaron debajo de sus párpados y sintió algo creciendo en su interior, una desolación cruel y ardiente.

«No…». Sus músculos se contrajeron. Empujó con fuerza aquel dolor que amenazaba con hacerlo enloquecer. Cerró los ojos, se los arañó, los torturó, pero aquella sensación persistía.

Presa de la furia, derribó la mochila de una patada y se sentó en la cama. Se llevó las manos al pelo, fuera de sí, y casi se lo arranca.

«Ahora no… Ahora no…».

*

—¡Rigel! —lo llamé desde las escaleras.

Llegué a la planta superior y me dirigí a su habitación. La puerta estaba entornada. La empujé despacio.

Él estaba allí, sentado en la cama, inmerso en la penumbra.

—Rigel…

—No entres —masculló, sobresaltándome. Me lo quedé mirando, angustiada por el tono amenazador de su voz—. Márchate… —me ordenó, estrujando con los dedos su negra cabellera—. Márchate ahora mismo.

Mi corazón martilleaba obsesivamente, pero no me moví.

No tenía intención de irme.

Me acerqué despacio y percibí su respiración entrecortada, pero Rigel rechinó violentamente los dientes.

—Te he dicho que no entrases —bramó furioso, hundiendo las manos en el colchón.

Tenía las pupilas increíblemente dilatadas, como las de un animal salvaje.

—Rigel… —susurré—, ¿estás bien?

—Nunca he estado mejor —respondió entre dientes—. Y ahora, vete.

—No —repliqué obstinada—, no pienso irme.

—¡Fuera! —estalló con tal violencia que me llevé un buen susto—. ¿Estás sorda o qué? ¡Te he dicho que te esfumes!

Me increpó de un modo terrible. Lo miré afligida, con los ojos muy abiertos, y en toda aquella rabia percibí un sufrimiento devastador, soterrado como una esquirla de cristal. Con un nudo en la garganta, sentí que yo también tenía aquel vidrio profundamente clavado.

Estaba rechazándome de nuevo, pero esta vez podía ver con cuánta desesperación lo hacía.

¿Por qué Rigel se condena a sí mismo a estar solo? Me preguntaba mientras él seguía sangrando ante mí.

—¿No me has oído? ¡Vete, Nica! —me espetó con aquella voz que habría aterrorizado a cualquiera, pero, una vez más, me dejé guiar por el corazón en lugar de por la razón.

Rodeé su cabeza con mis brazos lo atraje hacia mí…

Y lo abracé.

Lo abracé para hacerme pedazos con él, sin acabar de saber por qué yo también estaba hecha pedazos.

Lo abracé con todas mis fuerzas y sus manos estrecharon mi vestido, como si quisiera apartarme.

—Ya no volverás a estar solo… —le susurré al oído—. Yo… no te dejaré, Rigel. Te lo prometo. —Sentí su respiración afanosa en mi barriga—. Nunca más volverás a sentirte solo. Nunca más…

En el momento en que pronuncié aquellas palabras, sus dedos estrujaron con fuerza la tela de mi vestido y lo deformaron. A continuación, me atrajeron hacia él.

Rigel se pegó a mí. Empujó su frente contra mi vientre. Su respiración se hizo irregular y me doblegó el alma, como si aquella confesión fuera lo único que necesitaba escuchar.

Sentí un terremoto que me atravesaba de parte a parte. Mis ojos se dilataron y hundí las manos en su pelo, como si estuviera desarraigándome de mi propio ser.

Mientras él me estrechaba contra su rostro como si aquello fuera lo que más deseaba en el mundo… mi corazón explotó.

Estalló como una galaxia.

Mi alma se expandió y se dispuso alrededor de Rigel hasta fundirse con su respiración. Sentí una necesidad absoluta de tenerlo allí, abrazado a mí, unidos como piezas de un único espíritu. Unidos por el corazón, como fragmentos que llevaban toda una vida buscándose el uno al otro.

Temblaba, con los ojos arrasados en lágrimas. Me aferré a él, conmovida, aceptando la verdad de una vez por todas.

Era demasiado tarde.

Pero me sentía llena de él. Me había dejado su huella por todas partes.

Lo único que quería, lo único que deseaba con desesperación… era aquel chico complicado que ahora me estrechaba entre sus brazos como si así fuera a salvar el mundo. Como si así fuera salvarlo a él…

Aquel chico al que conocía de toda la vida, el niño del Grave de ojos negros y mirada opaca. «Rigel —gritó cada partícula de mi ser—, Rigel y nadie más».

Me parecía que siempre lo había llevado dentro, dando sentido a mis silencios, llevándome de la mano en mis sueños, también cuando estos daban demasiado miedo. Ahora ya vivía de su latido, de aquel ritmo extravagante y desacompasado que él había impreso directamente en mi corazón.

Cada reluciente brizna de mi alma le pertenecía.

Junto con cada pensamiento.

Y cada respiración.

Nos encontrábamos al principio del fin de una única historia, eternos e indisolubles. Rigel y yo, él estrella y yo cielo, él arañazo y yo tirita, formando juntos constelaciones de escalofríos.

Juntos… desde el principio.

Mientras me rompía para volver a coserme con pedazos que gritaban única y exclusivamente su nombre, mientras todo se desmoronaba y él se convertía en parte de mí, comprendí que la única pertenencia que había albergado en mi corazón durante toda mi vida… era él.

25

Rumbo de colisión

Tengo el corazón lleno de cardenales, pero el alma
llena de estrellas, porque algunas galaxias de
escalofríos solo brillan bajo la piel.

El tiempo se había detenido.

El mundo había dejado de girar.

Solo estábamos nosotros.

Sin embargo, en mi interior, una serie de universos en colisión acababa de dar nuevas formas a cada una de mis certezas.

Era incapaz de moverme. Tenía los ojos inermes, abiertos de par en
par. Pero por dentro…

Por dentro yo ya no era yo.

Mi alma temblaba. Las emociones se escapaban por todas partes sin
que pudiera detenerlas. Mis sentimientos corrían cuesta abajo, cada vez
más veloces, siempre más deprisa. «No, no, espera… Por favor, espera,
así no… Así no…», hubiera querido gritar mi corazón.

Pero él no se detenía.

Era tan disparatado pensar que el mundo no se había enterado de la
explosión que se había producido en mi interior… Como si estuviera
condenada a sufrir un suplicio solo mío, que me iba excavando en silencio y me quemaba con cada respiración.

Los dedos de Rigel rozaban mi vestido a la altura de las caderas. Sus
manos ascendieron con gestos lentos, arrugando la tela a lo largo de mis
costillas sin que yo ni siquiera me atreviese a respirar. Quería tenerlo así,
encima de mí, todos los días. De pronto, posó sus labios en mi vientre.

Rigel me besó la piel a través del vestido.

Me quedé sin aliento. Estaba turbada, hipersensible, y me hervía el cuerpo, pero no fui capaz de reaccionar a tiempo. Otro beso, esta vez más arriba, en una costilla que debería haber ardido para siempre. Yo seguía temblando cuando sus manos me atrajeron hacia sí.

—R... Rigel —balbuceé mientras él me besaba con ardor el esternón. Parecía perdido, extraviado en mi calor, en mi perfume, en mi cuerpo tan cercano.

El corazón me martilleaba el estómago en respuesta a las caricias de su boca. Hundí mis dedos en su pelo y su respiración se me subió a la cabeza.

Me besó la piel desnuda del pecho, lentamente, de aquel modo en que solo él podría hacerlo, con los dientes y con los labios. Mis senos ascendían y descendían al ritmo, y su cálida lengua recorrió mi carne, creando una estela de pasión.

Jadeé cuando sus dedos recorrieron mi muslo y lo estrecharon. Lo atrajo hacia sí y mi corazón no tuvo fuerzas para oponerse.

Traté de ignorar aquella suave tensión que empezaba a formarse en mi estómago, pero no me fue posible. Era como si me estuviese retorciendo el corazón. Me sentía caliente, húmeda, temblorosa. La situación se me estaba escapando de las manos, no reconocía ninguna de aquellas sensaciones y, sin embargo, todas me pertenecían.

Se me escapó un débil gemido.

Al oír aquel sonido, sus manos tiraron de mi brazo hacia sí, presa de un frenesí incontrolable. Acomodó con un gesto posesivo mi muslo en su cadera y hundió la boca en mi garganta, mordiéndola, torturándola, llevando aquella tensión al límite. Se me aceleró la respiración.

Sus dientes tantearon la curva de mi cuello y lo saborearon como un fruto prohibido. Sentí que se me aflojaban las piernas y el corazón pasó a ocupar todo el espacio.

No estaba razonando.

Me temblaban los tobillos. Los huesos de su pelvis me presionaban los muslos mientras yo hundía mis manos en sus hombros para tenerlo bien pegado a mí. Ahora él era mi centro, el núcleo de mi universo. Solo lo veía a él, solo lo sentía a él, cada centímetro de mi ser temblaba solo con pensar en él.

Sus labios besaron la arteria palpitante de mi garganta, saciándose de mi latido. Respiraba con dificultad, presa de violentas sensaciones, cuando sus dedos me apretaron un seno. Un potente escalofrío me cerró el estómago y aquella emoción me asustó.

De pronto, la realidad me embistió como un cubo de agua helada. Me sobresalté, la tensión se rompió y me asaltó un irrefrenable temor a que todo cuanto estaba sintiendo fuera real.

—¡Nó!

Aparté su cuerpo del mío y retrocedí.

La mirada petrificada de Rigel me atravesó el corazón. Me miró a través de su melena desordenada y cada paso que di para alejarme de él fue como una puñalada.

—No podemos —murmuré agitada—. ¡No podemos!

Rigel me rodeó con sus brazos y entonces distinguió un destello de terror en mis ojos.

—¿Qué…?

—¡Está mal!

Mi voz resonó por toda la habitación. Aquella única palabra hizo que se nos rompiera algo por dentro.

Los iris de Rigel se transformaron. Me pareció que nunca habían sido tan luminosos como en ese momento.

—¿Está… mal? —repitió despacio.

No parecía su voz. La incredulidad se convirtió en dolor y se le ensombreció la mirada como si su alma se estuviera marchitando bajo la piel.

—¿Qué? ¿Qué es lo que está mal, Nica?

Ya conocía la respuesta, pero igualmente quería que yo se la confirmara.

—Esto… —respondí, sin atreverme a nombrar lo que sentía, porque definirlo equivaldría a admitirlo y, por consiguiente, a aceptarlo—. ¡No podemos! Rigel, nosotros… ¡Nosotros estamos a punto de convertirnos en hermanos!

Decirlo me causó un daño letal.

Eso seríamos a ojos del mundo. Hermanos. Esa palabra que siempre había rechazado parecía en ese momento una condena eterna.

Recordé lo que había leído en el libro de Alan y sentí que me quemaba como una marca al rojo vivo que ya no habría de desaparecer.

Era un error, no debíamos, no podíamos —pero mi alma gritaba, pues era una injusticia que me dejaba sin respiración—. Ahora el cuento tenía espinas y páginas putrefactas y, cuanto más me miraba Rigel, más sentía renacer aquel deseo de mi infancia de estrujarme hasta partirme en dos.

En ese momento, dos esferas refulgentes tenían en vilo la balanza de mi corazón.

Por una parte, luz, calor, armonía y los ojos de Anna. La familia que había deseado siempre. La única esperanza que me había permitido sobrevivir cuando la directora me pegaba y me torturaba.

Por otra, sueños, escalofríos y universos estrellados. Rigel. Todo cuanto él había pintado en mi corazón. Rigel con sus zarzas y sus espinas. Rigel y sus ojos, que me habían entrado en el alma.

Y yo allí, en medio de aquel caos, abrumada por aquellos deseos contrapuestos.

—Sigues mintiéndote a ti misma.

Rigel no dejaba de mirarme. Pero ahora… Ahora se encontraba a miles de años luz de mí.

Sus ojos ya no eran heridas abiertas, sino abismos profundos y lejanos.

—Sigues haciéndote ilusiones… Sigues creyendo en el cuento, pero nosotros estamos rotos, Nica. Estamos hechos añicos. Estropear las cosas forma parte de nuestra naturaleza. Nosotros somos los fabricantes de lágrimas.

«Me has destruido —parecían decir los ojos de Rigel—. Sí, tú, tan frágil y delicada, tú eres la destrucción por excelencia».

Sentí que las lágrimas me punzaban los párpados.

Hablábamos un idioma que los demás no podían comprender, porque veníamos de un universo que solo nos pertenecía a nosotros. Nada en el mundo podía arañar de ese modo ni llegar al alma como lo hacían aquellas palabras.

—No puedo perder todo esto —susurré—. No puedo, Rigel…

Él lo sabía. Sabía cuánto significaba para mí. Me miró con los ojos ardiendo de dolor, pero por dentro estaba librando una batalla que sabía que no podría ganar.

Vi que la luz de su mirada se iba haciendo cada vez más pequeña.

Quise retenerla, pero ya era demasiado tarde.

*

—Y ahora, vete —masculló.

Nica se estremeció, tenía los ojos arrasados en lágrimas y él se sintió morir. En su mente todo estaba negro, aullante, el dolor le mordía el corazón. Sabía lo importante que era para ella. Sabía cuánto deseaba una familia. No podía reprochárselo.

Pero su promesa había hecho nacer una esperanza que ella le había arrebatado incluso antes de que a él le hubiera dado tiempo de asimilarla. Y el mecanismo destructivo lo estaba lacerando todo, lo estaba haciendo pedazos.

—Por favor… —Nica sacudió la cabeza—. Rigel, por favor, yo no quiero esto…

—¿Y qué quieres entonces? ¿Qué quieres, Nica?

Su frustración acabó explotando. Se puso en pie, abrumándola con su altura, ardiendo bajo aquella mirada con la que Nica soñaba todas las noches.

—¿Qué quieres de mí? —preguntó exasperado.

Sintió que se movía la carcoma, que lo incitaba a acariciarla, a tocarla, a besarla. Apretó los puños con impotencia. Por un momento deseó arrancarse el corazón y arrojarlo bien lejos. Sabía que toda la culpa era suya. En el fondo, aquel era el doloroso castigo que merecía por el error que había cometido.

Tocar el piano aquel día en el Grave.

Hacer que lo eligieran.

Estar con ella.

Había sido un acto de puro egoísmo, un gesto desesperado para no perderla. Y ahora estaría pagando el precio de por vida.

—Yo no estoy en tu cuento perfecto —susurró con lacerante amargura.

Hubiera querido odiarla. Hubiera querido arrancársela del alma, librarla de él, abandonar la esperanza.

Pero la llevaba clavada en el corazón.

Había tratado de plegarse al amor, pero había descubierto que solo sabía amar así, de aquella forma desesperada y extenuante, frágil y retorcida.

Nica lo miraba con sus resplandecientes ojos devastados y Rigel tuvo claro que nunca sería suya.

Nunca la abrazaría.

Nunca la besaría, la sentiría, la respiraría.

Ella siempre permanecería inalcanzable y, al mismo tiempo, tan próxima que resultaría doloroso.

En aquel instante, comprendió que nunca habría un final feliz. No para él. Supo con amargura que debía herirla y así ella se marcharía, lejos de la calamidad que era él. Debía herirla porque en su interior había demasiado dolor, demasiadas aflicciones para admitir cuánto deseaba que ella lo escogiese a él.

La amaba con todo su ser. Pero, por encima de todo, quería verla feliz.

Y, si su felicidad era la familia, entonces haría que le fuera fácil decidir.

—Vete. Vuelve con tu amiguito. Estoy seguro de que no ve la hora de retomarlo donde lo dejasteis.

—No lo hagas —le advirtió Nica entrecerrando los ojos—. No me induzcas a odiarte, porque no lo conseguirás.

Rigel soltó una carcajada odiosa, se esforzó en que sonara creíble. Joder, cómo le dolía reírse de aquel modo. Era como hacerse devorar por el dolor.

—¿Acaso crees que te quiero rondando por aquí? ¿Qué quiero tu estúpida «amabilidad»?

No soportaría tenerla a su lado como hermana. Jamás.

—No sé qué hacer con tus promesas —le espetó, dolido.

Nica desvió la vista, culpable y abatida. Miró hacia otro lado y no pudo ver la dolorosa tristeza con que la observaban aquellos ojos negros.

Rigel sintió en su pecho la enésima cicatriz cuando ella empezó a llorar. Se mantuvo firme, con los puños temblorosos en los costados, y supo que mantenerse impasible ante ella quizá era el acto más valeroso que había llevado a cabo en toda su vida.

Así pues, ella se iba, de nuevo.

Él volvía a ser el lobo.

Circulaban por las mismas vías.

Discurrían por el mismo camino.

Pero ahora con más dolor. Con más esfuerzo.

Nunca sería como antes.

Nunca sería lo mismo.

*

«Nunca más te dejaré solo».

Aquella promesa me infestaba el alma mientras huía.

De él. De mí. De lo que éramos.

Todo estaba mal.

Yo. Rigel.

La realidad que nos unía.

Lo que sentía.

Lo que no sentía.

Todo.

Bajé las escaleras, me dirigí a la cocina y llegué a la puerta trasera. Acabé en el jardín. Siempre buscaba la naturaleza, el aire libre y el verdor cuando sentía que me estaba ahogando. Me parecía el único modo de respirar.

La oscuridad nocturna me envolvió, me apoyé en la pared y me deslicé poco a poco hasta el suelo.

Solo veía sus ojos frente a mí. Sus iris oscuros, el modo en que me había mirado. Mi promesa haciéndose pedazos en su mirada, apagando aquella luz...

Sin embargo, volvería a decírselo. Se lo juraría eternamente, porque una aparte de mí sabía que nunca habría podido mentir, no a aquellos ojos.

¿Cómo iba a poder mirarlo a partir de ahora?

¿Cómo iba a soportar tenerlo a mi alrededor sin tocarlo?

¿Sin soñarlo, abrazarlo, desearlo?

¿Cómo iba a ver el amor en los demás, cuando lo único que yo quería era su corazón maltrecho?

¿Cómo iba a considerarlo mi hermano?

Me sentía partida por la mitad.

Estaba perdida.

Oculté la cabeza entre las rodillas y sentí que la vida se burlaba de mí.

«¿Con qué pedazo de tu corazón te quedarías? —me pareció que me susurraba, mezquina—. Puedes vivir con uno, porque el otro muere inevitablemente. ¿Qué pedazo escogerías?».

Me sentía confusa, frágil y desconsolada.

Me encontraba más allá del punto de no retorno. Y era demasiado tarde para volver atrás.

Ni siquiera me di cuenta de que el móvil estaba vibrando. Me metí la mano en el bolsillo y lo saqué.

Un mensaje larguísimo ocupaba la pantalla iluminada. Con los párpados húmedos, logré desbloquearlo a duras penas.

Era Lionel. Se disculpaba por lo sucedido, por haberse presentado en mi casa en plena noche.

En realidad, había muchísimas palabras, demasiadas. No pude asimilar ni una sola más. Estaba exhausta.

Volví a mirar la pantalla y en ese momento me estaba llamando. Vi su nombre parpadeando, pero no tuve fuerzas para responderle.

No quería hablar con él. No en ese momento.

«Sé que estás», me escribió al ver que no le contestaba. Había comprobado que yo había abierto el mensaje. «Por favor, Nica, respóndeme…».

Volvió a llamarme. Una, dos veces. A la tercera, eché la cabeza hacia atrás y cerré los ojos. Suspiré y acepté la llamada.

—Lionel, es tarde —susurré agotada.

—Lo siento —dijo al instante, tal vez por miedo a que colgase.

Parecía desesperado y sincero.

—Perdóname, Nica… No quería comportarme así. He reaccionado de forma impulsiva y quería decirte que lo siento…

No era un buen momento para hablar de ello. Ni siquiera era capaz de concentrarme. En mi cabeza orbitaba un mundo hecho pedazos y no estaba en condiciones de ver más allá.

—Perdona, Lionel. Ahora… no me siento con ánimos de hablar.

—No me arrepiento de lo que he hecho. Puede que no haya sido el modo correcto, pero…

—Lionel…

Guardó silencio. Estaba disgustado, lo notaba, pero en aquel momento no podía prestarle atención.

—Mañana por la tarde… mis padres están fuera de la ciudad. Daré una fiesta en casa y… me gustaría que vinieras. Podríamos hablar.

Tragué saliva. Nunca me habían invitado a una fiesta, pero dudaba que tuviera ánimo para participar. Me quedé mirando el jardín con las pupilas empañadas.

—Me temo que… no estoy de humor.

—Por favor, ven —me suplicó. Al momento pareció arrepentirse de mostrarse tan impulsivo y moderó el tono—. Quiero que hablemos. Y además…, puede que te levante la moral, ¿no?

No podía saber por qué tenía la voz tomada de haber llorado. No me lo había preguntado.

¿Creería que era por su culpa?

—Prométeme que vendrás —insistió.

De pronto, me di cuenta de lo fácil que sería todo con Lionel.

Sería normal.

Sería lo más sencillo del mundo.

Si no fuera por mi alma.

Y por mi mente.

Y por mi corazón.

Si no fuera por el cielo estrellado que llevaba dentro…

Cerré los ojos y los apreté con fuerza.

«Seré buena», me recordó la niña que había en mí. Pero me la quité de encima porque no quería escucharla.

Proteger mi sueño. Sentirme amada por una familia. Eso era lo que siempre había querido.

Entonces ¿por qué me hacía tanto daño?

Al día siguiente, me despertó el timbre del móvil.

Había dormido poquísimo.

—¡Nica! —gorjeó una voz conocida—. ¡Hola!

—¿Billie? —murmuré cubriéndome los párpados con la mano.

—Oh, Nica, ¡no te lo vas a creer! ¡Me ha pasado algo inaudito!

—Mmm… —farfullé, bastante espesa.

Sentía que me pesaba el corazón. Las emociones de la noche anterior se habían enfriado en mi interior como escombros humeantes y me recordaron lo que había sucedido.

—Te juro que estaba convencida de que iba a ser una mañana como otra cualquiera y… ¿quién podía imaginárselo? Cuando mi abuela me ha dicho que mi horóscopo me daba tres estrellas en el apartado «Suerte», no me imaginaba que se refería a esa clase de suerte…

Intenté sentarme mientras Billie seguía hablando como una ametralladora.

—¿Por qué no nos vemos esta tarde? ¡Así te lo cuento! Puedes venir a mi casa… Pedimos alitas de pollo y nos ponemos las mascarillas de ruibarbo que me han salido en los cereales…

—¿Esta tarde? —murmuré evasiva.

—Sí, ¿tienes algo que hacer? —preguntó con una punta de desilusión.

—Verás…, está lo de la fiesta…

—¿Una fiesta? ¿En casa de quién?

—De Lionel —respondí tras una pequeña pausa—. Ayer por la noche me pidió que fuera.

Hubo un instante de silencio. Lo aproveché para despegar la oreja del teléfono y asegurarme de que Billie seguía allí.

Al cabo de un instante, su voz me explotó en el oído.

—¡Santo cielo! ¿Estás de broma? ¿Te ha invitado oficialmente?

Alejé el auricular, aturdida.

—¡No me lo puedo creer! Entonces ¿te gusta? Oh, espera, ¿te ha dicho que está interesado en ti?

—Solo es para hablar —le expliqué, pero ella no me escuchó.

—¿Qué te pondrás? ¿Ya lo sabes?

—No —respondí indecisa—, la verdad es que no lo había pensado. Pero en serio que solo es para hablar —le aclaré.

En el fondo era verdad. Lionel me lo había pedido muchas veces, me había dejado bien claro que para él era muy importante.

—¡Tengo otra idea! —exclamó Billie—. ¡Yo te ayudaré a escoger! Hoy he quedado con Miki. ¿Por qué no vienes tú también? ¡La abuela me ha regalado un montón de maquillaje que no he usado nunca! ¡Y así, mientras tanto, te cuento qué ha pasado!

—Pero…

—Tonterías, ¡el plan es perfecto! Te pasamos a buscar dentro de un rato, ¡coge algo de ropa para esta tarde! ¡Ahora llamo a Miki y se lo digo! ¡Hasta luego!

Y colgó antes de que pudiera decir nada.

Me quedé mirando el móvil con la boca abierta. Me dejé caer en la cama y reprimí un suspiro.

Billie se había tomado lo de la fiesta con demasiado entusiasmo.

Yo no lo veía del mismo modo, pero había aceptado ir solo para hablar con Lionel y aclarar las cosas. Sin embargo, al poco salí de mi habitación con las manos en las asas de la mochila y la mirada ligeramente apagada.

Cuando estaba en el pasillo, me di cuenta de que no me atrevía a alzar la vista.

Su puerta… estaba allí. A pocos metros.

Antes de que algo empezara a retorcerse dolorosamente en mi interior, me alejé y enfilé las escaleras. Bajé y me dirigí al vestíbulo mirando al suelo, porque todo parecía preguntarme por él.

Lo sentía a mi alrededor.

Estaba en el aire, como algo invisible y esencial.

Distinguí el piano al fondo y aparté la vista inmediatamente. Llegué a la entrada, por primera vez impaciente por salir de aquella casa, cuando la puerta se abrió inesperadamente.

—¡Nica! —exclamó Anna parpadeando—. Oh, perdona… ¿Vas a salir ahora?

Me apresuré a dejarla pasar.

—¿Tus amigas ya han llegado?

Ya le había dicho que saldría, de modo que asentí. La ayudé con un par de bolsas y ella me sonrió.

—Gracias.

Antes de que saliera por la puerta, me besó el pelo con delicadeza. La miré confusa y ella me dedicó una sonrisa cargada de afecto. De pronto, me sentí culpable y perdida: Anna ignoraba hasta qué punto me sentía dividida. No sabía a qué estaba renunciando porque la necesitaba a ella…

Bajé el rostro y me mordí el labio.

—Me voy —murmuré con la moral por los suelos.

Salí de casa apresuradamente, tratando de engullir pedazos de mi corazón.

«Nosotros somos los fabricantes de lágrimas».

«No», me dije, ahuyentando de inmediato aquel pensamiento mientras caminaba por el pasaje. Pero su voz siguió conmigo, en mi sangre, como un susurro que no pensaba abandonarme.

Busqué el coche de la abuela de Billie, pero no lo vi. Había otro coche con el motor encendido y me acerqué, pero me detuve de golpe cuando vi que en el asiento del conductor había un hombre al que no conocía de nada.

—¡Nica! ¡Somos nosotras! ¡Sube! —Billie agitó la mano por la ventanilla—. Te has tomado tu tiempo —me regañó, mientras yo me acomodaba en el asiento, algo desconcertada.

Miki, junto a la ventanilla, me hizo una seña a modo de saludo.

—Disculpad —respondí.

El coche partió y yo me incliné hacia el asiento del conductor y sonreí tímidamente.

—Hola… Soy Nica.

El hombre que iba al volante me miró distraídamente por el retrovisor y, al instante, volvió a centrar la vista en la calzada. Retrocedí confusa y Billie sacudió la mano.

—Nunca habla mientras conduce.

Miré a Miki con cautela.

—Siento haberos hecho esperar. ¿Es tu abuelo?

Billie estalló en una carcajada que me sobresaltó. La miré perpleja y entonces me percaté de que, en lugar de dirigirse al sur de la ciudad, como yo había creído, el coche estaba yendo hacia el norte.

Apenas sabía nada de Miki. En la escuela siempre hacía que la recogieran donde los demás no pudieran verla, quizá porque había algo en su situación familiar que la incomodaba. Me daba la impresión de que se sentía un poco inferior con respecto a las niñas bien de nuestra escuela, pero cuando el coche se tambaleó un poco y finalmente se detuvo delante de su casa..., comprendí que me equivocaba de todas todas.

—¡Ya hemos llegado! —gorjeó Billie.

Ante mí se alzaba en toda su magnificencia una villa inmensa.

Unas recias columnas sostenían una terraza circular de un impecable estilo *liberty* y una blancura cegadora. Una espaciosa escalinata se abría en la avenida bordeada de cipreses, curvándose hasta desembocar en dos felinos tallados en piedra que vigilaban la entrada, silenciosos y altivos. Todo ello rodeado por un espléndido jardín exuberante de flores.

—¿Tú vives aquí? —grazné mientras Miki bajaba del coche con el chicle en la boca y las manos hundidas en los bolsillos de la sudadera.

Ella asintió mientras pasaba por mi lado y yo me la quedé mirando atónita. Algo más lejos, un jardinero estaba nivelando un seto en forma de potro encabritado.

—¡Ven!

Billie tiró de mí mientras subíamos las blanquísimas escaleras. El portalón de nogal macizo se abrió antes de que a Miki le diera tiempo a tocarlo.

—Bienvenida, señorita.

Nos recibió una señora con unos modales muy refinados a la que Billie saludó con voz gorjeante.

Me quedé estupefacta al contemplar el atrio: una gran araña de cristal dominaba aquel espacio enlosado con un reluciente pavimento de granito.

La mujer me ayudó a quitarme la chaqueta. Me la quedé mirando desconcertada mientras Miki se quitaba su sudadera andrajosa y se la pasaba. Esta vez me abstuve de preguntarle si era su abuela.

—¿Quién es? —le susurré a Billie.

—¿Ella? Ah, es Evangeline.

—¿Evangeline?

—El ama de llaves.

Me quedé mirando a la mujer mientras se alejaba, sin dejar de parpadear.

—¿Eres hija única? —le pregunté a Miki mientras nos guiaba. La opulencia que nos rodeaba me hacía sentir pequeña e insignificante como una chinche.

Ella asintió.

—Su familia tiene generaciones de nobles a sus espaldas —me informó Billie—. Aunque la nobleza ya no exista hoy en día… Sus bisabuelos eran peces gordos, ¿sabes? ¡Mira, son ellos!

Me fijé en un cuadro que representaba a una pareja: ella, con guantes de terciopelo, él, con unas grandes patillas, ambos con expresión severa y altiva.

Después vi otro cuadro del que decir que era inmenso sería quedarse corta. Había pintadas tres personas: un hombre de rostro severo y ojos gélidos que parecían dos agujeros en la tela; junto a él, más delicada pero muy distinguida, ataviada con un vestido que le realzaba el pelo negro como ala de cuervo y la piel clara, una mujer bellísima exhibía una discreta sonrisa, y, delante de ellos, sentada, estaba Miki.

Sin duda era ella, con un vestido de organza y el cabello bien ordenado detrás de los hombros.

—Son tus padres —constaté mirando a aquella pareja tan seria y virtuosa.

Su padre en especial parecía una estatua de mármol más que un hombre. Tenía un aire increíblemente severo, tanto, que me hacía sentir intimidada. Tragué saliva. Toda aquella solemnidad me imponía.

De pronto, la puerta que había a nuestra espalda se abrió; las tres nos volvimos y ante nosotras apareció un hombretón imponente como una montaña. Llevaba los hombros entallados en un traje de alta sastrería y la elegancia impresa en sus facciones aristocráticas. Tenía el pelo canoso y una mandíbula adusta enmarcada por una barba cuidada al milímetro, sobre la cual resaltaban unos ojos de aspecto rapaz.

No cabía la menor duda. Era el padre de Miki.

Nos miró y yo me estremecí. Sentí el impulso de hacerme pequeña bajo su mirada.

Infló el pecho y…

—¡Patita! —gorjeó, radiante.

Corrió a su encuentro con los brazos abiertos.

Me lo quedé mirando alucinada cuando llegó a la altura de Miki, le dio un abrazo de oso y la hizo girar como a una niña. Sonreía extasiado, mientras sus grandes manos le acariciaban amorosamente la cabeza a su hija.

—Patita mía, ¿cómo estás? ¡Has vuelto! —exclamó estrujando su mejilla contra la de Miki—. ¿Cuánto hacía que no nos veíamos?

—Desde el desayuno, papá —respondió Miki, zarandeada como una muñeca—. Nos hemos visto esta mañana.

—¡Te he echado de menos!

—Y también nos veremos a la hora de cenar…

—¡Te echaré de menos!

Miki soportó con paciencia las atenciones de su padre, mientras yo observaba con desconcierto a aquel hombre que un momento antes me había aterrorizado solo con una mirada. El mismo que ahora estaba colmando de mimos a su hija con la misma vocecita que ponía Norman cuando trataba de ganarse el favor de Klaus.

—Oh, Marcus, vamos, ¡déjala respirar!

Una mujer espléndida avanzó hacia nosotras y en ese momento tuve claro que era imposible plasmar tanta gracia en un lienzo.

La madre de Miki era una mujer de una extraña delicadeza. Sus movimientos parecían plata líquida y se deslizaba por el suelo casi como un perfume, sedosa y bellísima.

Miki se le parecía mucho.

—¡Wilhelmina! —dijo la mujer sonriéndole a Billie—. ¡Hola, qué contenta estoy de verte!

—¡Buenos días, Amelia! —respondió mi amiga.

Miki aprovechó ese momento para presentarme.

—Mamá, papá, ella es Nica.

Me dedicaron una cálida sonrisa.

—No solemos ver nuevas amigas por aquí —dijo su madre—. Makayla siempre es muy reservada… Encantada de conocerte.

«¡¿Makayla?!».

Se volvió hacia Miki.

—De vez en cuando, me gustaría que se pusiera algún vestido nuevo, pero ella se empeña en llevar esas sudaderas enormes… Oh, cariño… ¿Aún vas con ese trapo andrajoso?

Deduje que se refería a la camiseta con el logo de Iron Maiden que llevaba puesta. Entonces caí en la cuenta de que era la misma camiseta que yo le había cosido. El panda seguía allí, bordado en la tela. Miki no lo había quitado.

—Hace muchos años que la tengo —dijo en defensa de la prenda— y no se toca.

—A Makayla le encanta ese harapo que se obstina en llamar camiseta —nos informó su madre—. A veces, temiendo que se la tire a la basura, incluso se la pone para dormir...

—Papá, ¿el coche podrá acompañar después a Nica? Es que tiene que ir a un sitio.

—Pues claro que sí, lo que tú quieras, patita —respondió su padre con orgullo.

Aún me sentí más confundida cuando el hombre que había conducido el coche apareció en la sala con unos guantes blancos y una bandeja. El padre de Miki cambió inmediatamente de expresión y se acercó a él con aire conspiratorio.

—Eh, Edgard...

—¿Sí, señor? —preguntó el mayordomo con una increíble nariz aguileña.

—¿Has comprobado que no hayan entrado «hombres»?

—Sí, señor, ningún ejemplar de macho adolescente ha entrado por esa puerta.

—¿Seguro?

—Completamente.

—Bien —convino Marcus, triunfal—. ¡Ningún hombre debe acercarse a mi pollito!

Por suerte, no la estaba mirando en ese momento, porque la cara que puso Miki no tenía precio.

—Vamos arriba —nos pidió, empujándonos hacia las escaleras. Nos despedimos de sus padres con la mano y ellos hicieron otro tanto.

La habitación de Miki contrastaba por completo con el resto de la casa. El escritorio estaba lleno a rebosar de libros y partituras de violín, las paredes estaban empapeladas con pósteres de grupos musicales, recortes de revistas y fotografías. En una esquina de la habitación había un peluche con forma de panda sentado en una silla.

—Tus padres son dos personas maravillosas —le dije—. Parecen estar muy pendientes de ti.

—Sí —respondió ella—. A veces hasta demasiado…

Yo me había imaginado que Miki no recibía la suficiente atención por parte de sus padres, pero estaba muy bien saber que no era así.

—¿Estás lista? —Billie volcó la bolsa y del interior cayó tal cascada de cajitas y tubitos relucientes que me quedé boquiabierta.

—Adelante, siéntate aquí —dijo empotrándome en la silla—. Y ahora… ¡cierra los ojos!

—Un poco de esto…

Un hormigueo en las mejillas.

—Un poco de esto otro…

Era la primera vez que me maquillaba, era una sensación totalmente nueva para mí.

En la institución, me limitaba a observar a las mujeres que venían a visitarnos o los periódicos que la directora tiraba de vez en cuando. Por aquel entonces solo era una niña con el rostro grisáceo y los ojos grandes que se preguntaba qué debía de sentirse resplandeciendo de aquel modo. Ahora, en cambio, era demasiado tímida para pedirle a Anna que me comprara algún kit de maquillaje.

—¡Muy bien! —anunció Billie con orgullo—. ¡Ya lo tenemos!

Abrí los ojos y me vi reflejada en el espejo.

—Oh… ¡guau! —exhalé, totalmente impresionada ante aquella visión.

—Guau, sí —comentó ella a su vez.

A mi espalda, Miki me miraba con los brazos extendidos, la nariz dilatada y el ceño fruncido.

—Pero… ¿qué demonios le has hecho en la cara?

—¿Por qué? —preguntó Billie, acercando su rostro al mío.

Volví a inspeccionarme la cara: la sombra de color pavo real, el carmín encendido que rebasaba ligeramente los labios, los pómulos de color rosa que resaltaban como manzanas redondas sobre mis mejillas.

—Eso —me sumé yo—, ¿por qué?

Ambas nos la quedamos mirando como dos lechuzas y ella se tapó los ojos con una mano.

—Vaya dos… —gruñó Miki sacudiendo la cabeza—. Es superior a mis fuerzas…

—¿No te gusta cómo la he maquillado?

—Pero ¿desde cuándo sabes maquillar? ¡Si en tu vida has cogido una brocha! ¡Dame eso!

Le arrancó la brocha de la mano, cogió unas toallitas desmaquilladoras y me las frotó enérgicamente por la cara. Eliminó todo lo que había, dispuesta a empezar de cero, mientras Billie hacía pucheros y cruzaba los brazos.

—Vale, puesto que eres tan buena, maquíllala tú… —transigió—. Mientras tanto, ¡yo la ayudaré a escoger qué ponerse!

Cogió mi mochila y la elevó por los aires extendiendo los brazos.

—¿Aquí está la ropa que has traído?

Asentí y Billie abrió la cremallera y sacó la ropa con la curiosidad de un mono. Examinó faldas y blusas con tanta atención que me produjo cierta incomodidad.

—Esta es mona… Oh, esta también… —murmuró mientras Miki me dibujaba dos finas líneas en el nacimiento de los párpados con algo húmedo y frío.

—Esto me gusta… No, esto no… ¡Oh, Dios mío! —gritó Billie.

Di un brinco en la silla y Miki soltó un taco.

—¡Esto! ¡Por supuesto! Nica, ¡te he encontrado el vestido!

Lo alzó victoriosa y al instante algo se me torció por dentro. Era el vestido que había comprado con Anna, el de los botoncitos en el pecho y la tela color cielo.

—No —me oí murmurar—, ese no.

Ni siquiera recordaba haberlo cogido. Me había limitado a meter la ropa doblada en la mochila sin escogerla antes.

—¿Por qué no? —preguntó Billie mirándome consternada.

Lo cierto era… que ni yo lo sabía.

—Es… para ocasiones especiales.

—¿Y esta no lo es?

Me retorcí los dedos.

—Ya te lo he dicho… Voy porque Lionel me lo ha pedido. Solo porque tengo que hablar con él.

—¿Y qué?

—Pues que no voy allí para pasarlo bien.

—Nica, ¡es una fiesta! —exclamó Billie—. Todos irán vestidos… ¡para una fiesta! Y este vestido debe quedarte de maravilla, pero de maravilla de verdad… ¿Qué mejor ocasión para ponértelo?

—No veo la necesidad…

—Pues la hay —replicó ella con renovada determinación. En sus ojos vi el afecto propio de alguien que quería hacerme justicia—. Todos tienen que verte con esto puesto, Nica... No estarás fuera de lugar, créeme... Y, si tan especial es para ti, podrás ponértelo otras veces, pero hoy... Hoy sin duda es una de ellas. No te arrepentirás, te lo aseguro... ¿Te fías de mí?

Me sonrió y extendió el vestido sobre la cama. En aquel momento, comprendí que quería regalarme una velada distinta, única y emocionante. Yo nunca había asistido a una fiesta, nunca había lucido un vestido como aquel, nunca me había maquillado para realzar mi belleza, y sospechaba que ella lo había captado. Lo hacía por mí. Para que brillara y me sintiera especial.

Pero al ver aquel vestido espléndido esperándome encima de la cama, no pude evitar bajar la vista y sentirme, en lo más profundo de mi ser, aún peor.

Sabía para quién me hubiera gustado ponerme aquella prenda y no estaría en aquella fiesta.

Miki me levantó la barbilla con un dedo y nuestras miradas se cruzaron sin quererlo yo. Desvié la vista antes de que pudiera leer en mis ojos la amarga sombra de mi tormento.

—¡Mira lo que he encontrado!

Billie se asomó desde el armario.

¿Cuándo lo había abierto?

Me mostró unas sandalias claras, finas, con un delicado lacito que se ataba al tobillo. Eran una monada. Y aún estaban en la caja.

—¿Son... tuyas? —le pregunté a Miki.

Ella hizo una mueca.

—Regalos. De parientes lejanos. Ni siquiera son de mi número...

—¡Pero sí son del tuyo!

Billie me las pasó, radiante.

Observé, indecisa, que tenían un poco de tacón para realzar el pie.

—Nunca he llevado tacones...

—¡Adelante, pruébatelos!

Me los probé, y Billie y Miki me hicieron ponerme en pie.

Eran de mi número. Estuve a punto de caerme a los pocos pasos, pero a ellas eso no pareció preocuparlas.

Billie dio una palmada en el aire.

—Tranquila, tienes toda la tarde para caminar, y así practicas.

Pasé el resto del día con ellas.

Finalmente, después de haberme puesto el vestido y de haber completado el maquillaje, me dijeron que podía mirarme.

Obedecí…

Y me quedé sin palabras.

Era yo. Pero no parecía yo.

Las cejas espesas y negras contorneaban mis ojos grises haciéndolos refulgir, y lo que fuera que me habían puesto en los labios los haría parecer dos pétalos carnosos. Las mejillas se veían sonrosadas, llenas, y el habitual tono grisáceo y algo apagado de mi piel, ahora resplandecía bajo las pecas, era como terciopelo evanescente.

Era yo de verdad…

—A ese le dará un infarto —soltó Billie, sádica y orgullosa a la vez.

La miré con las mejillas encendidas y ella soltó un gritito.

—¡Si tuviera aquí la cámara, te haría una foto! Eres… Dios, pareces… ¡pareces una muñeca!

Me alisó el vestido tirando del bajo y volvió a echarme un vistazo con los ojos brillantes.

—¡La madre…! ¡Espera a que te vean! Miki, ¿tú qué piensas?

—Le diré a Edgar que te deje en la misma puerta del domicilio —masculló Miki—. No es cuestión de ir vestida así por la calle.

Billie se rio y me miró eufórica.

—Ya verás, ¡será como en un cuento!

Como en un cuento…

«Ya…».

Me vi reflejada en el espejo, con los ojos apagados, tratando de sentir la misma euforia que ella, pero no fui capaz. En mi interior solo había un páramo árido y vacío. Y susurraba su nombre.

—Ah, Nica, ¡antes de que te vayas tengo que contaros lo que me ha pasado hoy!

Billie aplaudió, exaltada.

Me di cuenta de que había estado esperando todo el día para contárnoslo.

—¿Qué ha pasado? —le pregunté, prestándole toda mi atención.

—¡No os lo vais a creer!

Nos acercamos más y la invitamos a que nos lo contara. Billie aún nos tuvo en ascuas un poco más, pero todo indicaba que ya no podía contenerse más tiempo. Hasta que por fin explotó:

—¡He descubierto quién me regala la rosa!

Se hizo el silencio.

Me la quedé mirando sorprendida, con la boca abierta. Miki, a mi lado, acababa de quedarse petrificada.

—¿Qué? —inquirí tragando saliva.

—¡Habéis oído bien! —respondió ella la mar de feliz—. Esta mañana he salido a hacer la compra y, mientras cruzaba el parque, me he topado con un perro *basset* que por poco no me hace tropezar… ¡Cielos! Llega este chico, y nada, entre una cosa y otra nos ponemos a hablar… ¡y descubro que también va a nuestro colegio! Nos pasamos toda la mañana charlando y también me acompaña a hacer la compra. Y, después de un buen rato riéndonos y bromeando, ¿sabéis lo que me dice? Que estaba muy contento de que Findus, su perro, se hubiera tropezado precisamente conmigo, porque así había tenido una excusa para hablarme… Me ha dicho que hacía mucho que quería hacerlo, pero que era demasiado tímido para atreverse… Y entonces, bueno, ¡se me ha encendido la bombilla! —Le brillaban los ojos—. Le he preguntado si por casualidad era él quien me regalaba la rosa. Vamos, ¡que he ido directa al grano! Entonces, él me ha preguntado que qué rosa. «La rosa blanca», le he explicado, la que me envían anónimamente todos los años… ¿Sabéis qué ha dicho? ¿Sabéis qué ha dicho? ¡Ha dicho que sí!

Billie se esperaba una reacción festiva, pero esta no llegó.

No me atreví a mirar la cara de Miki. Pero me aclaré la voz y tomé la palabra.

—¿Estás… segura? Quiero decir…, ¿tienes la absoluta certeza de que…?

—¡Sí! ¡Sin la menor duda! Deberíais de haber visto qué cortado estaba, ¡no era capaz de mirarme a los ojos! —Aplaudió de nuevo, con el pelo electrizado de la emoción—. ¿Qué os parece? ¡Es él! ¿Os habríais imaginado alguna vez que prácticamente chocaríamos el uno con…?

—No.

Miki, a mi lado, seguía inmóvil. Sin embargo, algo parecía haberle hecho mella.

—No es él.

—¡Yo tampoco podía creérmelo! Te juro que nunca me habría imaginado que un chico tan mono…

—No —repitió Miki—. Te ha mentido.

—¡Qué va! —Billie sacudió la cabeza, sonriendo—. ¡Lo ha dicho bien claro!

—¿Y tú te lo crees? ¿Crees a un desconocido?

—¿Por qué no debería creerlo?

—¡Tal vez porque eso era exactamente lo que tú querías oír!

Billie parpadeó desconcertada.

—¿Y… aunque fuera así? —preguntó despacio—. ¿Qué tiene eso de malo?

—¿Qué tiene de malo? —repitió Miki entre dientes—. ¡Pues que, como siempre, eres tan ingenua que te acaban tomado el pelo!

—Y tú qué sabes, ¿eh? ¡Ni siquiera lo conoces!

—¿Acaso tú sí?

—Bueno, ¡un poco sí! ¡Hemos pasado juntos toda la mañana!

—¿Y por eso te crees cualquier gilipollez que te diga?

Billie echó el mentón hacia atrás y frunció el ceño.

—¿Y a ti qué te pasa? Si llego a saber que reaccionarías así, no te habría dicho nada…

Miki apretó los puños, temblando de frustración.

—¿Y qué reacción te esperabas?

—¡Que te alegrases por mí! ¡Nica se alegra por mí! —Se volvió hacia donde yo estaba—. ¿Verdad?

—Yo…

—¿Debería alegrarme de que alguien te tome por imbécil?

No me gustaba el cariz que estaba tomando el asunto.

Sentía malas vibraciones en el aire.

—¡Nadie me ha tomado por imbécil! Me ha dicho que…

Miki alzó la voz:

—¡No es él!

—¡Sí que lo es! —gritó Billie apretando los dedos—. ¡Deja de querer tener siempre la razón!

—¡Y tú deja de creerte lo primero que te dicen!

—¿Por qué? —se empecinó Billie. El tono de su voz había cambiado—. ¿Por qué te cuesta tanto aceptar que alguien pueda estar interesado en mí?

—¡Porque te sientes tan sola que no eres capaz de ver más allá de tu propia nariz!

Miki se percató de haber dicho demasiado cuando un destello de sorpresa pasó por los ojos de su mejor amiga.

Las miré a las dos conteniendo la respiración, bajo mis pies se estaba desatando un terremoto que era incapaz de detener.

—Ah, ¿conque es eso? —susurró Billie, herida—. Tú, en cambio, no necesitas nada ni a nadie, ¿verdad? ¡Tus padres están lo bastante pendientes de ti como para que puedas permitirte tratar mal al resto del mundo!

—¿Y eso qué tiene que ver? —le replicó Miki con el rostro encendido.

—¡Claro que tiene que ver! ¡Porque siempre haces lo mismo! ¡Siempre! ¡Ni siquiera eres capaz de alegrarte por mí!

—¡No es él!

—¡Eso es lo que tú quieres! —bramó ella, vomitando resentimiento—. ¡Quieres que no sea él! ¡Me quieres sola como tú, porque no tienes a nadie más que te soporte!

—¡Oh, lo siento! —gritó Miki, presa de la rabia—. ¡Siento que a las cuatro de la madrugada no tengas a nadie a quien telefonear excepto a mí! ¡Debe de suponer un sufrimiento para ti tener que confesarme lo sola que te sientes!

—¡Y a ti te encanta tener a alguien que te llame! —estalló Billie entre lágrimas—. ¡Disfrutas con ello, porque es el único consuelo que hallas para esa mierda de carácter que tienes! ¡Nadie quiere saber nada de ti!

—¡No ES ÉL!

—¡Déjalo ya!

—¡No es él, Billie!

—¿Por qué? —gritó ella.

—¡Porque soy yo!

Billie contrajo el rostro con un espasmo rapidísimo. Se quedó mirando fijamente a su amiga, inmóvil, en silencio.

—¿Qué? —se atrevió a preguntar al cabo de un instante.

—Soy yo —repitió Miki. No fue capaz de mirarla cuando añadió—: Siempre he sido yo.

Billie la miró consternada, con una mirada que yo jamás le había visto.

—… No es verdad —murmuró tras una pausa. La incredulidad volvió a endurecerle el rostro—. No es verdad, no me estás diciendo la verdad…

—Es cierto.

—¡No! —exclamó temblando—. ¡No mientas! ¡Estás mintiendo!

Miki no dijo nada.

—No, no te creo… —musitó, como si tratara de convencerse a sí misma—. ¿Por qué tendrías que hacerlo? ¿Por qué…? ¿Por qué tendrías…? —Entrecerró los párpados—. ¿Por lástima?

—No…

—¿Por pena? ¿Es por eso? —Las lágrimas le corrían por el rostro—. ¿Te inspiraba compasión?

—¡No!

—¿Así dejaría de lamentarme de que estaba demasiado sola? ¿Es por eso?

—¡Basta!

—¡Dime la verdad! ¡Dímela de una vez por todas!

Miki hizo un gesto desesperado.

El único con que podía expresar lo que sentía.

Sujetó el rostro de Billie entre sus manos y le estampó un beso en los labios.

Todo sucedió demasiado rápido. Billie abrió mucho los ojos, con una mezcla de horror y consternación, y al instante la apartó con todas sus fuerzas.

Retrocedió, cubriéndose los labios con la muñeca, temblando, en estado de shock. Miró a su mejor amiga del único modo en que jamás mirarías a alguien a quien conoces de toda la vida, con quien has compartido sonrisas y lágrimas.

Al ver aquella mirada, sentí el fragor del corazón de Miki al partirse por la mitad.

Billie se volvió y salió corriendo.

—¡Billie! —la llamé angustiada.

Cuando estuve fuera de la habitación, solo me dio tiempo a verla desaparecer por el pasillo, al tiempo que alguien me daba un empujón y me hacía trastabillar.

—M… Miki. —Alargué una mano hacia ella mientras se alejaba en sentido contrario, conteniendo las lágrimas.

Miré a un lado y al otro, hecha polvo, sin saber a cuál de las dos seguir.

Nunca las había visto discutir de ese modo, nunca… Se habían dicho cosas terribles, cosas que ni siquiera pensaban en realidad. Sabía que era así. La rabia era capaz de sacar afuera lo peor de cualquier persona, incluso de las más buenas.

Pensé en Miki, en todo lo que seguramente se le estaría haciendo pedazos en ese momento. Sin embargo, también sabía que ella había lidiado en soledad con sus sentimientos, un día tras otro, y había sido capaz de mantenerse de una pieza.

Billie, en cambio, debía de estar destrozada…

Salí corriendo tras ella.

Fui abriendo las puertas una tras otra, hasta que la encontré en una habitación que debía de ser la salita del té.

Estaba acurrucada en el suelo, abrazándose las rodillas.

Me acerqué con cautela y vi que ya no temblaba… Pero seguía llorando.

Llegué a su altura, con una gran pena en el corazón. Procurando ser lo más delicada posible, apoyé una mano en su hombro, me arrodillé y le abracé la espalda.

Esperaba que no me considerase una entrometida, pero mis temores se desvanecieron en cuanto ella se apretó contra mis brazos, aceptando mi presencia.

—No tendrías que estar aquí —susurró con la voz tomada—. No te preocupes por mí… Vete, si no, llegarás tarde a la fiesta.

Pero yo negué con la cabeza. Sin dudarlo ni un momento, me quité las sandalias y me senté a su lado.

—No —respondí—. Yo me quedo contigo.

26

Mendigos de cuentos

No importa si eres destruido.
No importa si lo soy yo.
Los mosaicos también están hechos de cascotes.
Sin embargo, mira qué maravillosos son.

Billie permaneció un buen rato en silencio. Miraba al vacío con las lágrimas cristalizadas y los ojos arrasados por el llanto.

No podía ni imaginarme lo que debería de estar sintiendo en ese momento. Probablemente, por sus ojos estaría pasando la amistad de toda una vida.

Hubiera querido consolarla. Decirle que todo volvería a ser como antes.

Pero quizá lo cierto fuera que había cosas que estaban destinadas a cambiar, por mucho que nos esforzáramos. Cosas que mudarían inevitablemente, porque la vida sigue su curso.

—Estoy bien —dijo cuando una de mis caricias le recordó que yo aún estaba allí. Pero, aunque me esforzase en pensar que era así, sabía que ni siquiera ella se lo creía.

—No es verdad —respondí—. No tienes por qué fingir.

Billie cerró los ojos. Sacudió lentamente la cabeza, como una marioneta descantillada.

—Es que… no me lo puedo creer.

—Billie, Miki…

—Por favor, yo… —me interrumpió, devastada— no quiero hablar de ello.

Bajé el rostro.

—No lo ha hecho por lástima —susurré igualmente, sin mirarla—. La rosa… no era por compasión. Sabes que nunca lo habría hecho por ese motivo.

—Yo ya no sé… nada.

—Lo que ha sucedido no debe cuestionar vuestra amistad. —Busqué sus ojos—. Vuestra relación siempre ha sido sincera, Billie… Más de lo que crees. —Vi que tragaba saliva y añadí—: Ella te quiere… con toda su alma…

—Por favor, Nica —Billie apretó los labios, como si en esos momentos cada palabra le hiciera daño—. Necesito… un momento. Para asimilar. Sé que no quieres dejarme sola, pero… no te preocupes por mí. Estaré bien. —Se había dado cuenta de la preocupación que reflejaban mis ojos y parecía querer tranquilizarme—. Solo necesito estar un rato a solas.

—¿Estás segura?

—Sí, totalmente… —me aseguró, mientras trataba de esbozar una sonrisa—. De verdad, todo está bien. Y, además, tú tienes que ir a una fiesta, ¿no?

—No, no importa. Además, ya se ha hecho tarde…

—¿Y qué harás con esto? —preguntó—. ¿No me dirás que hemos estado invirtiendo tanto tiempo en prepararte para nada? No pienso aceptarlo… Y, en cualquier caso, estoy segura de que Lionel aún debe de estar esperándote…

Traté de replicarle, pero ella se me adelantó:

—Deberías marcharte. Estás preciosa así… Es tu velada. No quiero que se estropee por mi culpa.

—¿Y tú? —pregunté, como si buscara un motivo para quedarme—. ¿Qué piensas hacer?

—Yo estaré bien. Ya te lo he dicho… Todo está controlado. Le he pedido a la abuela que venga a buscarme. Llegará de un momento a otro y me llevará a casa…

Le dije que yo ya había tomado la decisión de quedarme, pero ella me hizo incorporarme, me alisó el vestido en las caderas y me aseguró que no tenía de qué preocuparme. Antes de que pudiera insistir, ya me había empujado delicadamente fuera de la habitación.

—Ve —me dijo con una sonrisa triste sin darme ocasión de replicar— y diviértete. Hazlo por mí. Mañana hablamos.

Me encontré de nuevo en el pasillo, con la puerta cerrándose a mi espalda. Sin embargo, en cuanto estuve sola, en lugar de obedecer, empecé a caminar en sentido contrario.

Busqué a Miki detrás de cada puerta.

Cuando llegué a la última habitación, vi que estaba cerrada, así que debía de ser allí, y toqué en la puerta.

Llamé varias veces, antes de susurrar que sentía lo que había pasado. Le dije que no quería entrometerme, que podía dejarme entrar, aunque no le apeteciera que hablásemos.

Que simplemente estaría allí, a su lado. Todo el tiempo.

Pero no respondió.

Miki dejó la puerta cerrada y yo me quedé allí, sujetando el tirador, con los ojos fijos en el batiente y la necesidad de verla.

—Señorita —dijo una voz.

Me volví y Evangeline me miró apesadumbrada.

—El coche la está esperando para llevarla adonde desee.

La mirada de angustia que le devolví era una petición silenciosa que finalmente no pude reprimir.

—Yo quisiera ver a Miki…

—La señorita prefiere no ver a nadie en este momento —respondió despacio, y el modo en que me miró fue más explícito que mil palabras—, pero ha dado instrucciones al conductor para que la lleve a la dirección que usted indique. El coche la espera en la avenida.

No quería irme así, sin verla al menos.

Evangeline juntó las manos en el regazo, consternada.

—Lo siento.

Bajé la mirada antes de echar un último vistazo a la puerta. Me quedé allí, impotente, observando aquella habitación cerrada y, por fin, me resigné a seguirla escaleras abajo.

Evangeline me pasó la chaqueta y yo la estrujé contra el pecho; me deseó una buena velada y me invitó a subir al coche.

Edgard me abrió la puerta. Le di las gracias y me acomodé en el asiento de atrás; el crujido de la grava nos acompañó hasta las puertas de la verja.

Me volví para echar un último vistazo a la casa. En un instante, se desvaneció tras las copas de los cipreses.

Llegué a casa de Lionel con las uñas hundidas en el vestido; la música del exterior hacía vibrar el habitáculo del coche. Me quedé mirando a toda aquella gente que abarrotaba el jardín sin ser capaz de moverme.

—¿No es esta la dirección exacta? —me preguntó Edgard.

—Sí, sí. Es esta.

Me sentía clavada en aquel asiento. Como si mi corazón hubiera echado raíces allí. Pero la mirada expectante de Edgard me aportó la dosis de incomodidad suficiente para decidirme a abrir la puerta.

Salí a la oscuridad de la calle, mitigada por unas farolas.

La gente ocupaba la acera y la música estaba tan alta que apenas podía escuchar mis pensamientos. En aquella aglomeración de chicos con el torso desnudo, cajas de cerveza y gritos, me sentí fuera de lugar enfundada en mi vestido de alta confección.

Permanecí inmóvil como una estatua de sal y, cuanto más tiempo estaba allí, más me decía algo en mi interior que debía dar marcha atrás.

¿Qué estaba haciendo?

Acababa de llegar y ya quería irme. Debería abrirme paso entre la gente y buscar a Lionel, pero la sensación de estar en el sitio equivocado fue abriéndose camino.

De pronto, fui consciente de lo que sentía.

No era justo.

Algo estaba dolorosamente fuera de lugar.

Había algo que no sabía adaptarse. Encajar.

Era yo.

Era toda yo, alma y cuerpo.

Observé mi reflejo en la ventanilla de un coche. Aquel vestido que me hacía parecer una muñeca.

Pero por dentro había cenizas y papel.

Dentro había estrellas y ojos de lobo.

Tenía el alma partida en dos, pero sin la otra parte ni siquiera respirar parecía tener sentido.

Había ido allí con la esperanza de olvidar y, tal vez, de encontrar en Lionel un motivo para quedarme. Pero estaba siendo una ilusa.

«No puedes engañar a tu corazón», gritaron los universos que yo me había empeñado en encadenar. Y en mis ojos tristes se reflejó toda la necesidad, obstinada e inconsolable, que tenía de él.

Rigel.

Rigel, que había echado raíces dentro de mí.

Rigel, que se había anclado en mis huesos de aquella forma delicada y destructiva a la vez que tienen las flores antes de morir.

Rigel, que era mi constelación de escalofríos.

No existen cuentos para aquellos que mendigan un final feliz. Esa es la verdad.

Y, en el instante en que lo admití, ya no pude comprender qué estaba haciendo allí.

Yo no pintaba nada en aquella fiesta.

Aquel no era mi lugar.

No me haría olvidar mis sentimientos más íntimos. Solo los llenaría de espinas.

Decidí marcharme. Ya encontraría otro momento para habar con Lionel, ahora solo deseaba volver a casa. Pero antes de que pudiera alejarme, unos brazos me arrancaron del suelo.

Reprimí un grito. Me levantaron, me voltearon y cargaron conmigo como si fuera un saco de patatas. Por el camino, mi bolso se iba enganchando con todo.

—¡Eh, yo también he pillado una! —anunció el desconocido que me sujetaba y con gran asco vi que su amigo hacía lo mismo con una chica que no paraba de reírse.

—¿Y ahora? —preguntó uno de ellos con gran excitación.

—¡Tirémoslas a la piscina!

Lanzaron un potente aullido y entraron como posesos en la casa. Me revolví todo lo que pude y le rogué que me soltase, pero fue en vano. Tenía las manos tan pegajosas que estaba segura de que habría dejado sus huellas en mis piernas.

Una vez estuvieron dentro de la casa, ambos cesaron en su locura y miraron confusos a su alrededor.

—Eh, pero si aquí no hay piscina… —rezongó uno de ellos.

Aproveché aquel momento para escabullirme de sus brazos y salir corriendo antes de que volviera a atraparme.

En el interior había un infierno. La gente gritaba, bailaba, se besaba. Un chico estaba dando buena cuenta de un barril de cerveza, que bebía a través de un tubo, incitado por una pequeña muchedumbre. Otro agitaba el sombrero mientras se sacudía como si estuviera cabalgando un toro de rodeo. Cuando me fijé mejor, vi que se trataba del cortacésped rojo de Lionel.

Busqué la puerta con la mirada perdida, pero era demasiado pequeña para poder localizarla más allá de todas aquellas cabezas. Me adentré en aquel mar de espaldas y brazos buscando la salida, pero de pronto alguien me dio un empujón tan fuerte que por poco no acabo estampada contra el suelo.

—¡Perdona! —dijo una chica, tratando de incorporar a su amiga.

¿Por qué parecían estar todos locos?

—Discúlpala, de verdad. Ha bebido demasiado…

—¡Era guapísimo! —berreó la otra, como si hubiera visto a un extraterrestre—. ¡Estaba como un tren, joder, y tú no te lo crees!

Traté de ayudarla a levantarse y entonces se agarró a mí.

—¡Era el chico más guapo que he visto en mi vida! —me aulló en plena cara, con el aliento apestando a alcohol.

—Sí, vale, vale —masculló su amiga—. Estaba tan buenorro que no era de este mundo, alto, guapísimo, y con unos ojos más negros que la noche… Claro que sí…

—¡Era de infarto! —gimoteó la chica—. ¡Un tío como él no puede andar suelto por ahí siendo tan guapo! Tenía que tocarlo, ¿entiendes? Con esa piel tan blanca ni siquiera parecía de verdad…

Me quedé bloqueada, petrificada. Entonces, sorprendida de mí misma, empecé a tirarle del brazo con más fuerza de la debida.

—El chico que has visto… ¿Tenía el pelo oscuro?

La chica se iluminó de golpe, esperanzada.

—¡Así que tú también lo has visto! Oh, sabía que no lo había soñado…

—¿Dónde lo has visto? ¿Estaba… estaba aquí?

—No —respondió lloriqueando—. Lo he visto fuera… Un instante antes iba caminando por la calle, traté de alcanzarlo… Dios… Pero un instante después ya no estaba…

Me volví y empecé a empujar a la gente para poder llegar a la puerta. El corazón me martilleaba.

Era él. Lo sentía en cada átomo de mi cuerpo.

Pero el destino estaba en mi contra. Ya casi había llegado a la salida cuando, de repente, alguien me sujetó de la muñeca. Tiraron de mí hacia adentro y vi a quien menos ganas tenía de ver.

—¿Nica?

Lionel me miró como si no fuera real.

—E… estás aquí —balbució mientras se me acercaba—. Pensaba que no te vería… Pensaba que… que no vendrías…, pero ahora…

—Lionel —murmuré apesadumbrada—, lo siento... Lo siento muchísimo, pero debo marcharme...

—Estoy muy contento de que hayas venido —masculló muy cerca de mi mejilla, cosa que me hizo retroceder.

De su boca emanaba un fortísimo olor a alcohol y con el ruido reinante no fui capaz de oír qué decía.

—Yo... tengo que irme.

La música estaba demasiado alta y no lograba hacerme entender, así que él me cogió de la mano y con un gesto me indicó que lo siguiera.

Me condujo a la cocina y, cuando entramos, había un par de chicos ocupados sacando cervezas del frigorífico. Se marcharon entre risas y Lionel cerró la puerta para que pudiéramos hablar.

—Siento no haberme explicado mejor... —le dije con sinceridad—. Tendría que haberte dicho algo. Pero, Lionel, no estaba segura de venir y ahora yo...

—Me basta con que estés aquí —murmuró arrastrando la voz.

Me sonrió con los ojos achispados y distantes. Llenó un vaso de plástico de color rosa con ponche y me lo pasó.

—Toma.

—Oh... No, gracias...

—Vamos, pruébalo —insistió con una gran sonrisa antes de darle un largo sorbo en mi lugar.

Ante su insistencia, decidí contentarlo. Estaba a punto de volver a casa, ¿qué me costaba? Probé aquella bebida con los ojos cerrados. Fruncí los labios y él pareció mostrarse satisfecho.

—Esta bueno, ¿eh?

Tosí con fuerza. En aquel instante, me di cuenta de que debía de estar cargadísimo de alcohol.

—¿Sabes? Pensaba que no te vería... —me dijo. Cuando nuestros ojos se encontraron, vi que me estaba mirando desde una distancia peligrosamente cercana—. Creía que no ibas a venir...

Sentí la necesidad de ser sincera, de mirarlo a los ojos y decirle que en realidad no podía quedarme allí.

—Lionel, quisiera explicarte...

—No digas nada, ya lo he entendido todo —respondió él, a punto de caérseme encima.

Dejé el vaso y le sonreí, balanceándome sobre los tacones.

—¿Te encuentras bien?

Él se rio.

—Solo he bebido… un poco.

—Creo que ha sido más que un poco —murmuré.

—No te he visto llegar… Pensaba que me habías dado plantón…

Esperaba que se riera de nuevo, pero esta vez no lo hizo. Por el contrario, hubo un prolongado silencio.

Un instante más tarde, noté que deslizaba la mano por la encimera que estaba a mi lado. Miré a Lionel y él tragó saliva e inclinó la cabeza hasta situarla a mi altura.

—Pero ahora estás aquí…

—Lionel —susurré y sentí su mano deslizándose hasta mi muñeca.

—Estás aquí y estás… más guapa que nunca…

Retrocedí, pero me topé con la encimera. Lo contuve apoyando una mano en su pecho, pero por desgracia él tenía mi otra mano sujeta. Lo miré alarmada.

—Has dicho que hablaríamos —probé a decir, pero rozó mi vestido con su cuerpo.

—¿Hablar? —susurró apretándose contra mí—. No es necesario hablar…

Volví el rostro con la intención de protegerlo con mi hombro, pero fue en vano. Sus labios encontraron igualmente los míos y los cubrieron por completo.

Me besó presionándome contra la encimera de la cocina, mezclando el sabor del alcohol con mi respiración. Su boca húmeda perseguía mis labios, casi me ahogaba, sin que yo pudiera hacer nada por evitarlo.

—No… ¡Lionel!

Le di un fuerte empujón en el pecho, tratando de liberarme, pero él subió la mano hasta mi rostro para besarme más profundamente. Sus dedos hicieron presa en mi pelo para mantenerme sujeta y yo me vi incapaz de moverme.

—Por favor…

No me escuchó. E hizo la única cosa que podía hacerme pedazos. Me inmovilizó ambas muñecas. Y cerró su presa.

En ese instante, la realidad se precipitó.

Una descarga me recorrió toda la espina dorsal, sentí un pánico antiguo y visceral que me estampó el corazón contra las costillas y jadeé.

La constricción, el pánico, las correas en las muñecas, los brazos inmovilizados. El sótano oscuro. Se me contrajo el cuerpo y mi alma se rebeló.

Se oyó un crujido fortísimo cuando Lionel me soltó.

Un chapoteo anaranjado lo empapó por completo y el vaso rodó por el suelo, rajado en varios puntos. Tras dar un fuerte tirón con el brazo, había logrado hacerme con lo primero que tenía a mano y se lo había arrojado a la cara.

Lo miré con los ojos desorbitados antes de salir huyendo.

Abandoné la cocina y me abrí paso entre la gente tratando de abandonar la casa y dejar atrás aquella sensación de pánico que aún llevaba pegada a los huesos. Los latidos de mi propio corazón me ensordecían. Me sentía helada, húmeda y resbaladiza.

La realidad martilleaba a mi alrededor y era tal mi malestar que se me cerró la garganta y me envenenó con todas aquellas sensaciones tan familiares.

Sentí que me ahogaba en medio de todos aquellos cuerpos apretándome, hasta que, de pronto, un grito me sacó de mi ensimismamiento y me provocó un buen sobresalto.

Me volví al mismo tiempo que todos los demás. Y me quedé paralizada.

Vi una mancha oscura revoloteando por los aires.

Un pequeño murciélago había entrado a través de la ventana abierta y ahora daba bandazos por el salón lleno de gente, desorientado por la luz y el ruido. Algunas chicas gritaban aterrorizadas, otras se cubrían el pelo con las manos.

Lo observé con el corazón disparado. Chocó con una lámpara, tratando de hallar una vía de escape. Entonces un vaso surcó el aire, le acertó de lleno e hizo que se estrellara contra la pared.

Hubo quien se rio y el volumen de las voces fue en aumento.

Otro vaso salió volando y, cuando dio con la pared, el número de carcajadas siguió aumentando. El miedo no tardó en convertirse en diversión.

Poco después, empezó a volar de todo: canicas de aluminio, colillas de cigarrillo y trozos de plástico. Una lluvia de desechos se alzó por los aires y aquella escena me rompió el corazón.

—¡No! —grité—. ¡No! ¡Parad!

El murciélago cayó en una fuente de ponche y se empapó las alas en alcohol. Las carcajadas no cesaban, mientras yo trataba de sujetarles los brazos a quienes tenía más cerca.

—¡Basta! ¡Quietos!

Sin embargo, nadie pareció escucharme. Siguieron las incitaciones, los gritos de diversión. Fue insoportable.

En vista de los acontecimientos, mi yo más auténtico tomó la iniciativa. Empecé a abrirme paso a empujones entre la turba hasta que logré franquear aquella muralla humana. Lo vi acurrucado en la pared y lo único que se me ocurrió fue abalanzarme sobre él y tomarlo en mis manos.

Una nube de bolitas de papel me llovió encima y alguien incluso me arrojó un cigarrillo.

Estreché el murciélago contra mi pecho y sentí que se agarraba a mí desesperadamente y me arañaba la piel con sus pequeñas garras. Miré a mi alrededor y volví a sentir aquel escalofrío, aquel terror que laceraba la respiración.

Vi aquellos brazos alzándose de golpe —«y la directora que alzaba la voz, alzaba las manos, los dedos que apretaban y empujaban y rajaban costillas»— y el pánico gritó con más fuerza que antes.

Superé la muralla humana a empujones, sin importarme si me llevaba a alguien por delante.

Cuando logré dar con la salida, me precipité en la acera y dejé atrás aquel infierno. Corrí como alma que lleva el diablo, aun a riesgo de caerme por culpa de los tacones, pero no me detuve. Corrí con los músculos doloridos, corrí hasta que por fin los ruidos se extinguieron a mi espalda, corrí hasta llegar a casa.

Solo cuando vi la valla a pocos metros empecé a tranquilizarme. Poco a poco, fui recobrando el aliento, sin dejar de mirar con cierta angustia por encima del hombro. Entonces me concentré en el calorcillo que me cosquilleaba el cuello: el murciélago seguía allí, bien agarrado. Estaba temblando. Acerqué mi mejilla a su cabecita y acaricié despacio a aquella criatura tan pequeña e incomprendida.

—Todo va bien… —le susurré.

Levantó la cabeza y me miró confuso. Dos ojos negros, relucientes como canicas, me llegaron directos al corazón.

Nada en el mundo me recordó más a Rigel que aquella criatura de la noche, todo garras y miedo, que sostenía entre mis brazos. Me hubiera gustado volver atrás, abrazarlo y quedarme junto a él. Decirle que me lo había dejado todo. Que estaba llena de él por dentro, de sus desastres y de sus escalofríos.

Y que no sabía vivir sin ellos.

Tragué saliva, abrí las manos y dejé que el murciélago se fuera volando. Me arañó torpemente la piel y finalmente logró emprender el vuelo.

Estaba perdida mirándolo cuando sentí unos pasos a mi espalda. Apenas me dio tiempo a ver desaparecer el murciélago en la oscuridad, cuando una mano me sujetó por el hombro y me obligó a volverme.

Me sobresalté al reconocer aquellos ojos alterados.

—Nica. —Lionel jadeó muy cerca de mi rostro—. ¿Qué… qué estás haciendo?

—Déjame —murmuré atropelladamente, tratando de evitar cualquier contacto físico. Su mano sobre mi piel me alarmó y me provocó una cadena de sensaciones desagradables.

—¿Por qué te has ido de ese modo?

Retrocedí para librarme de su presa, pero él volvió a sujetarme. Yo sabía que no estaba en sus cabales, sabía que Lionel no era así, pero no por ello dejaba de tenerle miedo.

—¿Qué significa todo esto? ¿Primero vienes a mi casa y después te vas de ese modo?

—Me estás haciendo daño —le dije. Sentí que la voz se me debilitaba de nuevo a causa del miedo, de la impotencia, del temor que se iba abriendo paso hasta ahogarme. Traté de rechazarlo, pero él no me lo permitió. Me agarró por los hombros, impaciente, y me zarandeó con rabia.

—Maldita sea, ¡déjate de tonterías y mírame!

De pronto, Lionel dejó de sujetarme.

Su cuerpo salió proyectado hacia atrás y chocó contra el suelo con tal fuerza que se quedó sin aire en los pulmones.

Lo único que las lágrimas me permitieron distinguir fue una figura alta e imponente que se deslizó en la oscuridad y se interpuso entre él y yo. Sus puños, apretados contra los costados, parecían arder extrañamente en calma, inmóviles y amenazantes.

Rigel se lo quedó mirando dese su altura, con las venas de las sienes marcadas y aquella cruel belleza suya, de diablo negro.

—No vuelvas a… tocarla —siseó, lento e implacable.

En sus ojos refulgía una furia tan gélida que su voz, suave en apariencia, sonó terrorífica.

—¡Tú! —bramó Lionel con un odio ciego, apoyándose en los codos.

Rigel arqueó una ceja.

—Yo —convino sarcástico, antes de pisarle el pelo con fuerza.

Le mantuvo la cabeza inmovilizada, mientras Lionel se retorcía en el asfalto como una presa agonizante.

Contuve la respiración. Sus ojos traslucían una violencia despiadada que devoraba hasta el mínimo destello de luz.

Se volvió hacia mí. Me miró por encima del hombro y su mirada me penetró el alma.

—Entra en casa.

Se me hizo un nudo en la garganta mientras abría la verja con la mano temblorosa. Temía que descargase toda su ferocidad en él; sin embargo, lo que hizo fue soltarlo muy muy despacio. Lo fulminó con una mirada intimidatoria e hizo ademán de seguirme.

Pero Lionel lanzó un gemido y lo agarró por los bajos de los vaqueros. Hundió con fuerza las uñas para tratar de hacerle daño a toda costa.

—¿Te crees un héroe? —le espetó furioso—. Eso es lo que te crees, ¿eh? ¿Te crees que eres el bueno?

Rigel se detuvo.

—¿El bueno? —Su voz era un susurro grave y espeluznante—. Yo… ¿el bueno?

Sus labios pálidos se curvaron hacia arriba y destacaron en la oscuridad.

Sonrió.

Sonrió con aquella mueca de monstruo de las tinieblas, aquella mueca que tantas veces me había hecho temblar.

Rigel aplastó con su zapato la mano que le estaba sujetando el pantalón. Lionel se retorcía a sus pies, consternado y dolorido, pero Rigel siguió pisándole la mano con violencia hasta que fue aflojando los dedos, uno a uno.

—¿Quieres mirar dentro de mí? Te mearías encima antes de llegar a abrir los ojos —masculló con frialdad y entonces pensé que le habría roto la muñeca—. Oh, no, yo nunca he sido el bueno. ¿Quieres ver hasta qué punto puedo llegar a ser malo?

Se me escapó un jadeo. Rigel apretó la mandíbula y sus ojos, profundos y rasgados, me fulminaron. En ese momento, pareció darse cuenta de que yo estaba mirando.

Me lanzó otra mirada que yo no supe interpretar, pero al cabo de unos segundos, al contrario de lo que me temía, apretó los puños y lo liberó con un gesto seco. Lionel retiró la mano al instante, gimiendo y revolcándose. Se quedó indefenso en la calle mientras Rigel le daba la espalda definitivamente y se encaminaba como un ángel terrorífico hacia donde yo me encontraba.

Al poco, la cerradura de casa rompió el silencio.

Mis ojos se adaptaron a la ausencia de luz. Poco a poco, la silueta de Rigel emergió en la oscuridad: estaba detrás de mí, con la espalda apoyada en la pared. El pelo oscuro le cubría la cara y su mandíbula se recortaba como una hoz en medio de las tinieblas.

Temblé al oír su respiración. Aquella intimidad volvió a activar todo cuanto yo había tratado de suprimir desesperadamente. Era una estatua de carne y deseos que a duras penas lograba no desmoronarse hecha añicos. Por primera vez, me pregunté si habría algún modo de que pudiéramos vivir juntos sin hacernos sangre. ¿Llegaría un día en que dejaríamos de herirnos el uno al otro?

—Tienes razón. No soy más que… una ilusa. —Bajé el rostro, porque no era capaz de mentirme a mí misma—. Yo siempre he querido un final feliz… Lo he buscado en todo momento, con la esperanza de que algún día llegase. Lo deseaba desde que «Ella»… la directora… me dio un motivo para tener puestas mis esperanzas en un futuro mejor. Pero la verdad… —Tensé los labios, derrotada, totalmente rendida—, la verdad es que tú, Rigel… Tú formas parte del cuento. —Las lágrimas me empañaron los ojos—. Probablemente ya formabas parte de él desde el principio. Pero nunca tuve el valor de verlo con mis propios ojos, porque temía perderlo todo.

Él permanecía inmóvil, envuelto en el silencio. Desvié la vista, tratando de controlar aquellas emociones que no me daban respiro. El corazón me iba estallar y estaba a punto de echarme a llorar.

Reparé en el piano, que brillaba con una luz tenue; me lo quedé mirando y al cabo de un instante sentí que mis piernas me llevaban en aquella dirección.

Acaricié la hilera de teclas blancas, como si aún pudiera sentir sus manos. Me entristecí al pensar en lo que le había dicho a Lionel.

—No es verdad que seas malo. Yo sé cómo eres por dentro… y no hay nada feo ni espantoso. Tú no eres así —le susurré—. Yo veo en ti… todo lo bueno que tú no eres capaz de percibir.

—Es tu naturaleza —oí su voz a mi espalda, tras una pausa—, siempre buscas la luz en las cosas, como una *falena*.

Ahora estaba en el umbral. Las sombras hacían que su rostro se revelara dolorosamente hermoso, pero tenía la mirada apagada, sin vida.

—La buscas incluso donde no la hay —dijo despacio—. Incluso donde nunca la ha habido.

Lo miré con los ojos inermes y vencidos, sacudiendo la cabeza.

—Todos brillamos de algún modo, Rigel... por algo que llevamos dentro. Siempre he buscado lo que hay de bueno en el mundo. Y lo he encontrado en ti. No importa cuál sea la verdad, porque la única luz que veo ahora eres tú. Allá donde mire, en cualquier instante... solo te veo a ti.

En la oscuridad distinguí el leve brillo de sus iris... Aquella mirada, yo... jamás podría olvidarla. Vi su corazón en aquellos ojos.

Vi lo aplastado, maltrecho y sangrante que estaba.

Pero al mismo tiempo aparecía resplandeciente, vivo y desesperado.

Éramos algo imposible y ambos lo sabíamos.

—No existen los cuentos, Nica. No para los que son como nosotros.

Por fin. Habíamos llegado al quid de la cuestión.

No había páginas que continuasen aquella historia de silencios y temblores, no para nosotros. Nuestras almas se habían estado persiguiendo toda la vida y ahora habían llegado al final del trayecto.

No encajábamos con nadie porque éramos diferentes. Y los diferentes como nosotros tenían un idioma que nadie más podía comprender.

El del corazón.

—No quiero nada donde tú no estés. —Tuve el valor de admitir, de una vez por todas, en voz alta.

Acababa de susurrarle lo inconfesable, pero no me importaba, porque lo que le había susurrado era la verdad.

—Tenías razón. Estamos rotos... No somos como los demás. Pero tal vez, Rigel, tal vez estemos rotos en pedazos para poder encajarnos mejor.

Nadie conocía mis demonios mejor que él.

Nadie conocía mejor mis cicatrices, mis traumas, mis miedos.

Y yo había aprendido a verlo como nadie, porque en aquel corazón tan distinto había encontrado el mío.

Nos pertenecíamos de un modo que nadie podría comprender.

Y tal vez fuera cierto, tal vez estaba en nuestra naturaleza arruinar las cosas. Pero en esa misma naturaleza arruinada y ruinosa, nosotros éramos algo que solo nos pertenecía a nosotros.

Terror y prodigio. Escalofríos y salvación.

Éramos un delirio de notas.

Una melodía desgarradora y ultraterrena.

Él había tirado de mi alma con tal sutileza que nuestro destino solo se había escrito sobre una página en blanco. Y yo había tardado tanto en comprenderlo que, cuando di el primer paso, me pareció que había empleado toda mi vida en ello.

Me acerqué a él, avanzando en la oscuridad. Sus iris brillaban como si todo el cielo se hubiera concentrado en aquella estancia. Siguió cada uno de mis movimientos con atención, como si la confesión que acababa de hacerle lo mantuviera clavado allí con una fuerza que superaba su voluntad.

Sin dejar de mirarlo, tendí la mano y acaricié la suya. En sus ojos siempre me sentía una criatura minúscula y una entidad peligrosa. Me pareció que contraía los ligamentos, como si quisiera oponer resistencia…, pero, armada con toda mi delicadeza, rodeé su muñeca y lo atraje lentamente hacia mí.

Acerqué su mano a mi rostro.

Un músculo de su mandíbula vibró. El contacto con su piel me reconfortó el alma. Suspiré y me pareció que le temblaba la sangre mientras una de mis lágrimas humedecía sus dedos entrecerrados, como si algo en su interior aún no se atreviera a tocarme.

Me miró como si yo fuera algo inmensamente frágil, algo que podría desintegrarse de un momento a otro entre sus dedos.

—Antes me tenías miedo —susurró.

—Antes… aún no había aprendido a verte. —Mis lágrimas se deslizaron más allá de las mejillas y entonces recordé el instante en que lo rompí todo en pedazos—. Lo siento… —musité—. Rigel, lo siento…

Nos estábamos mirando por primera vez.

Entonces, como un milagro a cámara lenta, sus dedos se abrieron paso a través de mis mejillas.

Rigel me tocó el rostro y aquel calor me deshizo el corazón. Su pulgar rozó la comisura de mi boca, la acarició como si en aquel gesto se cifrara la imposibilidad de lo que éramos.

—Yo no soy uno de tus animalitos, Nica —murmuró con voz triste—. No puedes… repararme.

—No quiero hacerlo —susurré.

Él había dejado rosas dentro de mí, había dejado pétalos y tallos y estelas de astros allí donde antes había un desierto de grietas. Nos habíamos intercambiado algo, en silencio, a la sombra de nuestros defectos.

Rigel era un lobo y yo lo quería exactamente por lo que era.

—Te quiero… tal como eres. Te lo he prometido. Y no he dejado de creerlo… No te dejaré solo, Rigel. Permítemelo… Permíteme estar contigo.

«Quédate conmigo —rezó mi corazón— quédate conmigo, por favor, aunque no sé qué nos sucederá.

»Aunque tal vez nunca nos vaya bien, no a ti y a mí, porque hay una historia para cada cosa y no existen cuentos de lobos y *falenas*.

»Pero quédate conmigo, por favor, porque si ambos estamos rotos pero juntos, el resto del mundo será defectuoso, no nosotros.

»Si estamos rotos y permanecemos juntos, entonces yo ya no tendré miedo».

Le besé la mano lentamente.

Contrajo los músculos y parecía que, de tanto contener la respiración, fuera a estallarle el pecho.

Lo quería todo de él: los mordiscos, los errores, el caos y las caricias.

Quería su fragilidad.

Quería su alma auténtica.

Quería aquel corazón que nadie podía domesticar.

Quería al chico sin final feliz que había sido abandonado injustamente bajo un techo lleno de estrellas.

Me incliné hacia delante y de pronto él dejó de respirar.

Estreché su mano en mi rostro y me puse de puntillas. Entonces, con toda la delicadeza del mundo… cerré los ojos y posé suavemente mis labios sobre los suyos.

El corazón me martilleaba las costillas.

La boca de Rigel era suave como un cálido terciopelo. Me aparté con un suave chasquido y él se quedó peligrosamente inmóvil.

No sabía qué efecto le habría producido aquel movimiento mío.

Pero al acabo de un instante, sentí que me empujaba hacia atrás. Me golpeé con el piano, pero ni siquiera me dio tiempo a sentir que el corazón se me subía a la garganta cuando Rigel introdujo los dedos entre mi pelo y me sostuvo la cabeza.

Suspiró, y con los ojos muy abiertos, me miró como si yo acabara de hacer la última cosa que ni en sueños se hubiera imaginado que haría. Temí que me apartara, pero al acabo de un segundo, me estrechó contra su pecho e hizo chocar sus labios con los míos.

Estalló un universo de arañazos y estrellas y sentí una fortísima contracción que me atravesaba el corazón.

Me aferré a él con manos inestables, embargada por aquel ímpetu irrefrenable. Nuestros latidos se aceleraron, nuestras respiraciones se fundieron y oí que toda mi alma gritaba su nombre.

Y Rigel me besó.

Me besó como si el mundo estuviera a punto de desplomarse.

Me besó como si fuera su única razón de vivir, el único motivo para dejar de respirar.

Sus dedos temblaron entre mis cabellos, descendieron hasta mis hombros, detrás del cuello, me tocaron y me estrecharon con fuerza, como si fuera a disolverme de un momento a otro. Le apreté las muñecas para que supiera que ya no volvería a marcharme. Que, por mucho que el mundo gritase que no, nosotros nos pertenecíamos hasta el último aliento.

Lo acaricié con gestos tímidos e inciertos y la inocencia de mis caricias pareció volverlo loco. Jadeante, me sujetó por las caderas, estrujó la tela que se adhería a mi cuerpo y me abrazó muy fuerte mientras su boca cálida y ávida me besada con ímpetu. Sentí sus dientes en mis labios, su lengua, y cada beso era un mordisco, cada beso era un rapto de escalofríos en el estómago.

Me faltaba el aire, el corazón me palpitaba desbocado, sentía que iba a explotar.

Rigel encajó la rodilla entre mis muslos para aprisionarme con su cuerpo y su beso fue potente, abrumador, celestial.

Yo hubiera querido decirle que no importaba que no existieran cuentos para los que eran como nosotros, que no importaba que nunca llegáramos a ser buenos. Mientras estuviéramos juntos, ni siquiera deberíamos temerle al futuro.

Éramos exiliados del reino de los cuentos.

Y tal vez, después de todo, podríamos tener nuestro propio cuento.

Un cuento de lágrimas y sonrisas.

Arañazos y mordiscos en la oscuridad.

Algo valioso y deteriorado a un tiempo, donde no existía ningún final feliz fuera de nosotros.

Estreché su rodilla con los muslos y Rigel se incendió. Parecía incapaz de razonar, de controlarse, de contenerse.

Me sujetó las piernas para alzarme e hizo que se me resbalasen las sandalias; me eché a temblar cuando nuestros latidos colisionaron los unos contra los otros como mundos gemelos.

—Juntos... —exhalé en su oído, a modo de súplica.

Rigel me apretó los muslos hasta hacerme daño y el piano produjo un sonido desafinado cuando me deslicé y acabé sentada encima.

Me tenía subyugada. Era incapaz de moverme. Cuanto más cerca me tenía, más parecía enloquecer su cuerpo al entrar en contacto con el mío.

Pero me di cuenta de que, por mucho que él me apretase, por mucho que sus manos me retuvieran hasta casi impedirme cualquier movimiento... yo no tenía miedo. Porque Rigel sabía por lo que yo había pasado.

Conocía mis pesadillas mejor que nadie.

Sabía dónde se encontraba cada una de mis grietas y había algo protector y desesperado en el modo en que me tocaba. Algo que parecía desear toda aquella fragilidad mía y, al mismo tiempo, preservarla para siempre. Y yo sabía que no me haría daño.

Mientras lo estrechaba entre mis brazos, con toda mi dulzura, comprendí que, por mucho que su corazón fuera un sombrío desastre, lo llevaría conmigo de todos modos.

Para siempre.

Para siempre.

Siempre...

—¿Nica?

Una luz. Ruido de pasos.

Abrí los ojos de par en par. Aún no me había dado tiempo a razonar cuando Rigel se separó bruscamente de mí.

Sentí que acababan de arrancarme las raíces. Cuando Anna llegó enfundada en su bata hasta donde yo estaba, me encontró de pie junto al piano, sola. La miré con ojos de cervatillo asustado, mientras mis dedos se empleaban a fondo en torturarse los unos a los otros.

—Eres tú, Nica... —balbució somnolienta, mirándome los pies

descalzos—. He oído un ruido imprevisto… El piano… ¿Va todo bien?

Asentí sin apenas abrir los labios, esperando que no notara mi rostro encendido.

—¿Qué haces aquí, a oscuras?

—He… llegado a casa hace poco —gorjeé con una voz casi ridícula, antes de tragar saliva—. Siento haberte despertado…

Anna se relajó y le echó un vistazo a la puerta de casa, momento que yo aproveché para arreglarme apresuradamente un tirante del vestido.

—Tranquila, no pasa nada. Ven.

Me tendió una mano y me sonrió.

Me agaché a recoger las sandalias y fui hacia ella para que me acompañase arriba, pero antes de cruzar el arco que conducía al pasillo, donde Anna me estaba esperando, miré a un lado… y lo vi.

Allí, en la oscuridad, donde ella no podía distinguirlo.

Los hombros pegados a la pared. La pierna doblada y el pie apoyado en la superficie del tabique, la respiración jadeante y silenciosa inflándole el pecho. El rostro reclinado hacia atrás y sus ojos líquidos e hirvientes clavados en mí. Aún tenía los labios húmedos e inflados por todos aquellos mordiscos. Y el pelo revuelto por mis dedos.

Rigel me miró como el pecado viviente que era.

Y yo sentí paz y tormento… Alivio y extenuación.

Fulgores incandescentes y tempestades en la oscuridad.

Sentí el temporal que se cernía sobre nosotros, cargado de truenos.

«Ya… —susurró una voz en mi interior, al tiempo que contaba los universos purpúreos y estrellados que me había dejado dentro—, pero mira qué colores tan bonitos».

27

Las medias

> El deseo es una llama que apaga la mente
> y enciende el corazón.

—¿Nica?

Parpadeé, volviendo a la realidad.

Norman me estaba observando algo preocupado.

—¿Estás bien?

Anna y él se me quedaron mirando.

—Disculpad, estaba distraída —farfullé.

—El psicólogo, Nica —repitió Anna con paciencia—. ¿Recuerdas que estuvimos hablando del tema? ¿Que dijimos que tal vez cambiar impresiones con alguien podría ayudarte a sentirte mejor? —siguió diciendo con delicadeza—. Verás, una amiga mía me ha pasado el número de uno muy bueno… Me ha dicho que estos días estaría disponible. —Antes de concluir estudió mi reacción—. ¿Qué te parece?

Sentí un pellizco de ansiedad en la boca del estómago, aunque procuré que no se me notara. Anna quería ayudarme, solo quería mi bien. Aquella certeza atenuó mi malestar, aunque no hizo que desapareciera. Pero su mirada positiva me infundió valor.

—Vale —respondí tratando de demostrarle que confiaba en ella.

—¿Vale?

Asentí. Al menos podíamos intentarlo.

Me pareció que se sentía feliz de poder hacer algo por mí al fin.

—De acuerdo. Entonces llamaré más tarde a la consulta para confirmar. —Me sonrió, me acarició la mano y a continuación miró por encima de mi hombro con los ojos brillantes—. ¡Ah, buenos días!

Todos mis nervios de tensaron cuando Rigel entró en la cocina. Mi piel se volvió sensible a su presencia y sentí chispas en el estómago. Tuve que emplear todas mis energías para vencer la tentación de mirarlo.

Lo que había sucedido la noche anterior seguía vivo dentro de mí. Sus labios, sus manos…

Los sentía por todo mi cuerpo. Habría creído que había sido un sueño si no hubiera sido por el hecho de que seguían quemándome la piel.

Cuando se sentó frente a mí, me arriesgué a lanzarle una mirada.

El cabello despeinado enmarcaba su atractivo rostro. Acercó los labios a un vaso de zumo y sus ojos negros oscilaron de Anna a Norman mientas les decía algo.

Parecía… normal. No como yo, que estaba hecha un manojo de nervios.

Desayunó, aparentemente tranquilo, sin mirarme ni una sola vez.

En mi mente empezaron a sucederse imágenes de nuestros cuerpos abrazados y, sin darme cuenta, apreté la taza con los dedos.

No tendría intención de ignorar lo que había sucedido, ¿verdad?

En un momento dado, cogió una manzana, sonrió perezoso y dijo algo que hizo que Norman y Anna se troncharan de risa. Se llevó la fruta a la boca y, mientras ellos estaban distraídos, desvió la vista hacia mí.

Rigel hincó los dientes en la manzana y le dio un mordisco largo y profundo sin dejar de mirarme. Se lamió el labio superior y paseó lentamente los ojos por mi cuerpo.

Tardé un momento en darme cuenta de que la loza hirviente de la taza me estaba quemando los dedos.

—Llueve —oí que decía Anna, a un mundo de distancia—. Hoy os llevaré a la escuela.

—¿Estáis listos? —nos preguntó al cabo de un rato. Se puso el abrigo mientras Rigel bajaba las escaleras—. ¿Habéis cogido un paraguas?

Metí uno pequeño en la mochila tratando de encajarlo entre los libros. Entretanto, Anna fue a buscar el coche y desapareció fuera.

Me acerqué a la entrada. En el aire flotaba ese olor a fresco que tanto me gustaba. Alargué el brazo para abrir el batiente entornado y salir, pero algo me lo impidió.

Una mano estaba reteniendo la puerta por encima de mi cabeza.

—Tienes un agujero en las medias. —Aquel timbre de voz profundo y cercano me hizo estremecer—. ¿No te habías dado cuenta?

A mi espalda, su imponente presencia se cernió sobre mí.

—No —exhalé con un hilo de voz, sintiéndolo cada vez más cerca.

Su aliento cálido me acarició el cuello. Y, al cabo de un instante, sentí su dedo quemándome la piel en un punto que se encontraba justo por debajo del dobladillo de la falda.

Presionó con la yema del dedo al tiempo que inclinaba su rostro hacia el mío.

—Aquí —dijo entre dientes, despacio.

Bajé la vista hacia el lugar señalado y tragué saliva.

—Es pequeño…

—Pero está —musitó con la voz ronca.

—La falda casi lo tapa del todo —respondí—, apenas se ve.

—Se ve lo suficiente… como para hacer que te preguntes hasta dónde llega.

Me pareció distinguir cierto matiz reprobatorio en su voz, casi como si semejante agujero, en una chica delicada e inocente como yo, fuera capaz de desencadenar extrañas alusiones en la imaginación masculina. Me ruboricé.

¿En la suya también?

—Me las puedo quitar —propuse sin pensarlo.

La respiración de Rigel se hizo más intensa.

—¿Quitártelas?

—Sí —gorjeé mientras su pecho presionaba mi espalda—. Siempre llevo unas de repuesto. Puedo cambiármelas…

—Mmm… —murmuró directamente sobre mi piel, como si se hubiera perdido en mis palabras.

Aquel simple sonido me produjo una quemazón en el estómago.

Su atención me deshacía como si yo fuese de cera y, al mismo tiempo, me hacía sentir viva, electrizada y febril.

Me perdí en él, en la tensión que emanaba, en su calor, en su silencio, en su respiración.

El sonido del claxon me trajo de vuelta a la realidad. Anna nos estaba esperando.

Me mordí el labio mientras Rigel se apartaba y el calor de su cuerpo se desvanecía en mis hombros. Me adelantó, salió por la puerta y, siguiendo la estela de su perfume, oculté un suspiro que jamás permitiría que oyera el resto del mundo.

El chubasquero amarillo de Billie fue lo primero que distinguí aquella mañana lluviosa. Estaba parada junto a la verja, cabizbaja, girando el tobillo despacio sobre el asfalto mojado.

Cuando me mostró una sonrisa débil pero aliviada, deduje que me había estado esperando porque no se veía capaz de entrar sola.

Probó a preguntarme por la fiesta, pero yo quería saber cómo se sentía ella. Sus ojeras me decían que no debía de haber dormido muy bien.

—No la has llamado…, ¿verdad? —pregunté con cautela mientras llegábamos a las taquillas. Billie no respondió y eso me hizo sentir triste.

—Billie…

—Ya lo sé —susurró al fin con voz doliente.

No quería insistir, porque sabía que no lograría nada si forzaba la situación. Sin embargo, había una parte de mí que, aun sabiéndolo, no podía quedarse al margen.

—Necesitas tiempo —murmuré—, es perfectamente comprensible. Pero si se lo dijeras… Si le hablases…

—No me veo capaz —tragó saliva y añadió—: Es todo tan… tan…

Se quedó bloqueada y un fulgor de sufrimiento relampagueó en sus ojos claros. Aún no me había dado tiempo a volverme cuando ella arrojó la mochila en la taquilla y se fue directa a clase.

Miki, a mi espalda, aminoró el paso mientras la seguía con la mirada. Sus ojos apagados la miraron como quien observa una herida.

—Miki —la saludé con una sonrisa que pretendía infundirle ánimos—, buenos días.

Ella no respondió y se limitó a abrir su taquilla. Ponía cara de resignación, al igual que Billie, como si aquella fisura en su relación las hubiera resquebrajado también a las dos.

Bajé el rostro y le dije:

—Quería darte las gracias. Por ayer. Por haberme llevado a tu casa. Y por haberme ayudado a maquillarme. —Me miré los dedos y seguí hablando—: Estuvo muy bien conocer a tus padres. Y sé que seguramente no es lo que quisieras que te dijeran en este momento, pero… a pesar de lo que sucedió, la tarde de ayer me gustó mucho. Me lo pasé muy bien durante el rato que estuvimos juntas.

Miki se quedó quieta. No se volvió para mirarme, pero al cabo de poco me habló.

—Siento no haberte respondido —murmuró despacio.

Sabía que se estaba refiriendo a los mensajes que le había enviado para saber cómo estaba.

—No pasa nada —le respondí. Le acaricié la mano y ella bajó la vista y observó aquel gesto—. Si te apetece hablar, estoy aquí.

Alzó la vista y me miró desde el interior de su capucha. No me respondió, pero sus ojos me susurraron más cosas de las que ella hubiera querido decirme.

—Eh, Blackford.

Alguien apoyó una mano en la taquilla de Miki sin pedir permiso. Reconocí a un chico de su curso que tenía una buena mata de pelo castaña, con el que había coincidido alguna vez en las clases que teníamos en común.

Sonrió con aquella sonrisa arrogante que hacía que un montón de chicas se giraran.

—Hoy el tiempo hace juego con tu humor, ¿eh?

—Jódete, Gyle.

Gyle miró divertido al amigo que iba con él.

—Necesito los apuntes de Ciencias —dijo sin andarse con rodeos—. Bueno, y quién no los necesita... Ese chiflado de Kryll nos ha puesto un examen para la semana que viene. Está histérico por el asunto de los tarros llenos de bichos que siguen desapareciendo de su laboratorio..., pero tú tienes todos los apuntes, ¿no?

Miki lo ignoró y él inclinó el rostro.

—¿Qué me dices? —inquirió con una desagradable sonrisa—. Ya sé que no ves la hora de hacerme este favor. En el fondo, deberías de estar contenta de que alguien se digne a dirigirte la palabra.

Miki siguió en silencio, mientras él paseaba la vista por todo su cuerpo.

—Si no te vistieses siempre con esas sudaderas de pordiosera —insinuó encorvándose sobre ella—, ¿sabes qué otros «favores» podrías hacerme?

Los dos chicos se echaron a reír ruidosamente y Miki le asestó un codazo en las costillas. Miré disgustada a Miki y entonces Gyle puso sus arrogantes ojos en mí

—Eh, pequeña Dover, ¿ya sabes que tienes un agujero en las medias?

Al oír aquella observación, abrí mucho los ojos y él me miró como si yo fuera un ratoncito.

—Qué intrigante…

—Piérdete, mamarracho —le espetó Miki, mientras yo trataba de tirar de la falda hacia abajo para cubrir la carrera, pero mis esfuerzos parecieron divertirle.

Gyle se me acercó más y se rio mordaz.

—Así solo se entrevé —me susurró al oído—. ¿Sabes? De este modo aún resulta más excitan….

Un empujón lo mandó al otro lado. Acabó estampándose pesadamente en la hilera de taquillas, sujetándose el brazo con una mano.

Su cara de estupefacción se transmutó rápidamente en rabia; se volvió de golpe y clavó sus coléricos ojos en el culpable. Pero se quedó petrificado cuando vio de quién se trataba.

Rigel se volvió despacio. Examinó con ojos de depredador a Gyle, durante un largo instante abrió los labios sin prisa, como si aquello le aburriese, y dijo:

—Uy.

Gyle no reaccionó. Y su amigo, que se había situado detrás de él, ya no se reía. No pareció recuperar la voz hasta que Rigel hizo ademán de darse la vuelta.

—Cuidado —murmuró despacio, a modo de advertencia.

Tal vez esperaba que Rigel no lo oyera, pero aquellos ojos felinos no esperaban otra cosa.

—¿«Cuidado»? —repitió con una sonrisa mordaz. Algo centelleaba en sus ojos negros, como una especie de tétrico divertimento—. ¿Con qué? ¿Contigo?

Gyle desvió la mirada, nervioso. Ahora, su arrogancia se había ocultado en un rincón y de pronto pareció como si quisiera tragarse sus propias palabras.

—No importa.

Rigel le dedicó una larga mirada. Todo el pasillo pasaba por su lado como un río de miradas de adoración y de hostilidad. Y él seguía allí plantado, en medio de aquel flujo, tan alto y tan cruelmente espléndido. Una obra maestra de colmillos y de tinta.

Entonces, durante una fracción de segundo, me miró a mí. El corazón me dio un vuelco, pero aquella sensación se desvaneció en cuanto Rigel dio media vuelta y siguió su camino por el pasillo.

—Payaso engreído —masculló Gyle cuando estuvo lo bastante lejos.

Siguió a Rigel con la mirada, mientras este sacaba un libro de su taquilla.

—No me convence.

Parpadeé y me volví hacia Miki. Tenía un libro en la mano, pero no me miraba.

—¿Quién? —pregunté desconcertada. Y entonces caí en la cuenta—. ¿Rigel?

Ella asintió.

—Tiene algo... raro.

—¿Raro? —pregunté, tratando de averiguar a qué se refería mientras abría la botella de agua y me la llevaba a los labios.

—No te lo sabría explicar... Puede que solo sea una impresión mía. Pero a veces te mira como si quisiera «despedazarte».

Me atraganté con el agua. Tosí con fuerza, me di unos golpecitos en el pecho y recé por que no se notase mi incomodidad.

—Pero qué dices... —repliqué y tragué saliva mientras miraba a todas partes menos a ella.

De pronto me sentí nerviosa como una mosca en una telaraña. Volví a poner en su sitio mis cuadernos, haciendo ver que estaba ocupada, y me pareció advertir que Miki me observaba con atención, al menos hasta que Gyle decidió recordarle que seguía existiendo.

—Entonces ¿qué? ¿Me los prestas?

—No —le espetó con sequedad—. Apáñatelas como puedas.

—¡Oh, venga ya! —protestó Gyle contrariado.

—He dicho que no.

—Quieres algo a cambio, ¿verdad? A lo mejor un buen polvo te iría la mar de bien, ¿no crees?

—Gyle, te juro que te estamparé el violín en la cabeza —lo amenazó Miki—. ¡Lárgate de una puta vez!

—¿Y tú, Dover?

Me sobresalté. Miré a Gyle con ojos indefensos y él esbozó una sonrisita sarcástica al ver mi expresión.

—¿Es que no tienes los apuntes?

—Yo... —balbuceé, mientras él volvía a concentrar la vista en el agujero de mis medias y seguía mis muslos.

—Podrías dejarme echar un vistazo...

Sentí que ardía de vergüenza cuando vi que Rigel había levantado la vista del libro que estaba hojeando y miraba hacia nosotros.

—¿Se te da bien la anatomía? —Gyle acercó su rostro al mío—. Yo apostaría a que sí...

De pronto, algo lo golpeó con fuerza.

El violín retumbó dentro de la funda y él se llevó una mano a la cabeza y se la masajeó, esbozando una mueca de dolor.

—Desde luego, suponiendo que uses el cerebro para razonar, el tuyo es el de un auténtico gilipollas —concluyó Miki y con ello puso fin a la conversación.

Billie me había dicho que no hiciera caso a los rumores, pues la mayoría de las veces eran mentiras. Por eso, mientras salía de la clase con la excusa de ir al baño, esperaba que tuviera razón.

Mis pasos apresurados resonaron por el pasillo desierto. Pasé por delante de todas las taquillas hasta que vi la puerta blanca, al fondo. Vi que estaba entornada.

Me armé de valor y eché un vistazo al interior, abrí, entré en la sala y volví a cerrar la puerta a mi espalda.

Dos ojos me miraron.

Rigel estaba en el centro de la enfermería.

—Me he enterado de lo que ha pasado —dije sin andarme por las ramas.

Al instante, percibí el enrojecimiento que destacaba en su pómulo tan blanco, acompañado de un corte que le había rajado la piel.

«¿Estás bien?», me hubiera gustado preguntarle, pero un mal presentimiento me indujo a cambiar la pregunta inicial por otra:

—¿Es verdad?

Rigel bajó el rostro y me miró.

—¿Qué?

—Rigel... —suspiré agotada. Siempre era así con él: cada palabra era una insinuación que a su vez se partía en cuatro.

—Ya lo sabes. ¿Es verdad?

—Depende —respondió con indisimulada despreocupación— de a qué parte te refieras.

—A la parte en la que le has roto la nariz a Jason Gyle durante la clase de béisbol.

388

Según decían por ahí, Gyle había tenido la mala suerte de encontrarse en la trayectoria cuando Rigel golpeó la bola durante el entrenamiento. Por desgracia, Gyle era quien había lanzado la bola. Y por el modo en que Rigel la había golpeado con el bate y la había devuelto con una fuerza que habría podido pulverizar la barrera del sonido, el golpe, en lugar de acabar describiendo una parábola, impactó directamente en la nariz de Gyle.

«¡No ha sido culpa de Rigel Wilde! No lo ha hecho a posta, es inocente», protestaban sus compañeros.

Rigel chasqueó la lengua.

—Hay gente que haría mejor en no jugar si carece de espíritu deportivo —se mofó—. Solo ha sido un «trágico» accidente...

—Eso no es lo que me han dicho —murmuré.

La luz de sus iris se atenuó. Me miró de aquel modo sombrío y malicioso al que me tenía acostumbrada desde que éramos pequeños.

—¿Y qué te han dicho?

—Que lo has provocado.

Había visto a Miki durante el cambio de hora. Alucinada, me había asegurado que había sorprendido a Rigel ocultando una sonrisa torcida después del «incidente».

En aquel punto, el profesor había visto perfectamente a Gyle saltarle encima como un animal furioso. Rigel se había quedado quieto el tiempo suficiente para que el otro le desollara la piel de un puñetazo y, entonces, él le había respondido asestándole una devastadora descarga de golpes.

Por eso yo estaba allí. Miki me había dicho dónde encontrarlo.

—¿Provocarlo, yo? —musitó con voz suave, arrastrando las palabras—. Menudo insulto...

Sacudí la cabeza, exhausta, y me acerqué a él. Sus ojos se pusieron en alerta.

—¿Cómo es posible que siempre acabes a golpes?

Rigel ladeó el rostro y sonrió con descaro.

—¿Te preocupas por mí, Nica?

—Sí —susurré sin dudar—. Siempre acabas haciéndote daño. Y lo último que quiero ver es otra herida en tu piel.

El tono de mis palabras cambió, como si acabara de decir algo importante. No quería bromear con aquel tema. Ahora, Rigel me miraba sin prestarse a juegos ni fingimientos.

—Las de la piel son las únicas heridas que desaparecen —replicó, tan serio que me hizo sentir una opresión en el pecho.

—No todo está destinado a hacer daño siempre, Rigel —respondí—. Hay cosas que pueden curarse… Sanan despacio, con el tiempo, aunque no parezca posible… a veces se puede. A veces… aunque solo sea una pequeña parte de nosotros, puede curarse.

Me estuvo mirando un buen rato.

Los raros momentos en que Rigel adoptaba aquella expresión tan dócil… me hacían estremecer. Sentí el deseo de tocarlo.

Le acaricié el cuello con los dedos y después, la mandíbula.

—¿Qué significa «curarse»? —me preguntó, sin quitarme los ojos de encima.

Entre mis manos, parecía una fiera salvaje y sumisa al mismo tiempo.

—Curarse significa… tocar con amabilidad cualquier cosa que antes había sido tocada por el miedo.

Le acaricié el corte en el pómulo y me pareció que un escalofrío le recorría la piel.

De repente, el contacto de sus dedos me provocó una punzada en el corazón.

Contuve la respiración cuando presionó detrás de mis rodillas veladas por las medias, acariciando la carne turgente y accesible en aquel punto.

Las yemas de sus dedos dejaron estelas ardientes en mis muslos, me atrajo hacia sí. Reprimí un escalofrío.

—Rigel…

—Aún llevas puestas estas medias… —comentó, al notar que no me las había cambiado. Deslizó los dedos poco a poco en ellas y mi corazón palpitó contra las costillas.

—Rigel, estamos en la escuela…

—Te lo dije, Nica —masculló—, ese tono de voz que pones no hace más que empeorar las cosas.

De pronto, unos pasos resonaron al otro lado de la puerta. Me quedé helada.

Vi moverse el tirador.

Sin pensarlo dos veces, presa del pánico, hice que Rigel se pusiera en pie, lo empujé hasta un trastero que había a un lado y ambos nos metimos dentro.

El espacio del que disponíamos era ridículo, por decir algo, y al momento me di cuenta de la tontería que acababa de cometer. Rigel no tenía nada que ocultar. Él era el único que podía estar allí.

La puerta se abrió y, por una de las ranuras metálicas, vi entrar a la enfermera.

—¿Wilde? —llamó la mujer.

Me quedé sin respiración al darme cuenta de que la directora también estaba con ella.

—Pues estaba aquí —afirmó, antes de que empezaran a discutir sobre lo ocurrido.

Procuré no hacer el menor ruido mientras sus voces llenaban la sala.

Rigel, detrás de mí, estaba en completo silencio. Si no hubiera sido por la presión de su pecho contra mis hombros, ni siquiera habría notado que se encontraba allí, tan tranquilo y obediente como estaba. Sin embargo, sentirlo respirar de aquel modo tan forzadamente mesurado me hacía pensar en todos los puntos de nuestros cuerpos que estaban en contacto.

Acerqué el rostro a la ranura y me aventuré a echarles un cauteloso vistazo a las dos mujeres. ¿Cuánto tiempo pensaban quedarse allí?

Sentí el cálido aliento de Rigel acariciándome la nuca. Entreabrí los labios y aquel sutil sonido de deslizó hasta mi cerebro y me hizo estremecer.

Traté de girarme, pero su rostro ya estaba allí, contra mi cuello, en aquel espacio minúsculo. Su cabello sedoso me acariciaba la mejilla y su intenso perfume me embargaba la nariz.

—Rigel…

—Chisss… —me susurró al oído mientras deslizaba las manos por mis caderas, modelándolas con sus dedos.

Se me aceleró el corazón.

Y, antes de que pudiera evitarlo…, Rigel me mordió el cuello.

Abrí los ojos de par en par, mis manos salieron disparadas hacia sus muñecas y las apretaron de manera salvaje.

¿Qué estaba haciendo?

Me dio un largo beso en la garganta, y yo, en mi absoluta fragilidad, solo pude tragar saliva.

Me estrechó aún más fuerte contra él y sus manos me incendiaron el vientre.

—Basta… —susurré con un hilo de voz.

Su única respuesta fue una profunda espiración que me penetró hasta las vértebras y me hizo temblar.

Sus dedos recorrieron mis costillas, el surco entre los senos, deleitándose con el furioso martilleo de mi corazón, y a continuación hicieron presa en mi rostro y lo inclinaron hacia un lado.

Jadeé con los ojos desencajados cuando sus labios incandescentes se cerraron sobre la curva de mi cuello y me hicieron arder.

Sentí un hormigueo en los tobillos, me quedé sin respiración. Su boca hurgó en lo más tierno de mi piel demorándose con languidez, como si le encantara degustarme.

Con la otra mano, Rigel halló el agujero de los medias; me mordisqueó la garganta, saboreándola, e introdujo el dedo en la carrera.

Su tacto estremeció mi piel desnuda, yo no podía oír otra cosa que no fuera el latido violento de mi corazón, su respiración caliente, la solidez de su cuerpo contra el mío, su dedo, algo que se iba extendiendo, y entonces...

Las dos mujeres se marcharon y yo me precipité fuera del trastero, tropezando. El aire cambió de golpe.

Me volví hacia el armario y Rigel, con el rostro encendido de un rojo difuso, me miraba desde la penumbra y se relamía los labios turgentes, como si me encontrara deliciosa. Apenas logré balbucir unas palabras inconexas cuando una ligera corriente de aire frío me incitó a bajar la vista hacia mi pierna.

Allí donde antes había un pequeño agujero, ahora se abría una enorme carrera; una porción de carne lechosa asomaba por el tejido rasgado. Abrí la boca, sorprendida, y juraría que lo vi sonreír.

—Oh... —murmuró Rigel—, ahora seguro que tendrás que cambiártelas.

Había sido una locura arriesgarse de aquel modo.

Nadie debía sospechar lo que había entre nosotros, nadie debía saberlo, o podríamos perderlo todo. No sería capaz de soportar no poder ver nunca más a Anna ni a Norman. No ahora que se habían convertido en parte de mi vida.

Sabía que mi actitud resultaba contradictoria, pero, en lo más profundo de mi ser, también sabía que nunca destruiría lo que habíamos logrado construir.

Él parecía no darse cuenta de la gravedad de la situación y eso me preocupaba. A los ojos de todos, pronto seríamos una familia. Para algunos ya lo éramos.

Debíamos permanecer atentos.

Pero, si bien por una parte era plenamente consciente de ello, por otra no era capaz de librarme de las sensaciones que me despertaban sus manos. Ya no me reconocía a mí misma.

Cuanto más me tocaba…, más me sentía enloquecer

El corazón se me contraía.

Me temblaban las manos.

Su tacto me moldeaba a su antojo y mi pecho se convertía en un éxtasis delirante.

Cuantos más pedazos de mi alma le entregaba, más suya era.

¿Cómo iba a poder lidiar con todo ello?

—Nica, tienes visita —dijo Norman, irrumpiendo en mi habitación y en mis pensamientos.

Lo miré confusa y, cuando bajé, en la puerta me esperaban unos iris de un azul extremo que me arrancaron una sonrisa.

—¡Adeline!

Sus ojos se endulzaron en cuanto me vio.

—Hola… —me saludó con una afectuosa sonrisa.

Llevaba un gorro de punto y unas botas de goma para protegerse de la lluvia. Parecía un rayo de sol encajado en una tormenta.

—No quisiera molestar —se disculpó—. Pasaba por la ciudad y… he visto que han abierto una pequeña pastelería. Y he pensado en ti —dijo algo cortada—. La señora acababa de hornear unos pastelillos y como sé cuánto te gusta la mermelada…

Me pasó un paquete y sentí en la garganta una sensación cálida y dulce como la miel.

—Adeline, no tenías que haberte… —Cogí el dulce, la miré sonriente y le dije—: ¿Por qué no te quedas? Podemos compartirlo… Tú no eres ninguna molestia —me anticipé antes de que pudiera decir algo—. A ti te encanta el té y fuera está lloviendo a cántaros… Vamos, entra.

Se limpió las botas en el felpudo y le dedicó una sonrisa de agradecimiento a Norman cuando este le cogió la chaqueta para colgarla.

—Ponte cómoda mientras tanto —le propuse—. Enseguida preparo el té y vuelvo.

Hice lo que le había dicho y, al cabo de poco, me uní a ella con la bandeja en las manos y la tetera humeante.

Adeline estaba en pie, dándome la espalda.

Iba a llamarla, pero entonces me di cuenta de que en el salón había alguien más. Al fondo de la sala, sumido en uno de sus característicos silencios, Rigel estaba abstraído en su lectura, con la luz que entraba por la ventana bañándole la piel.

En aquel momento, el mundo se detuvo.

En aquel momento…, capté algo que no hubiera querido ver.

Adeline… Adeline lo miraba como si no existiera nadie más.

Con ojos susurrantes.

Y labios que callaban.

Con el corazón roto y la melancolía que provoca algo que siempre se ha contemplado de lejos.

Adeline… miraba a Rigel del mismo e idéntico modo que yo.

28

Una única canción

Cuando no logres ver la luz
miraremos juntos las estrellas

—Adeline… ¿Qué sientes por Rigel?

Adeline bajó la taza. En sus ojos vislumbré una luz que era de sorpresa.

—¿Por qué me haces esta pregunta?

Tal vez Anna llevaba razón en lo que decía de mí: tenía un corazón muy transparente y por eso no sabía fingir. Nunca se me había dado bien ocultar mis emociones y tampoco lo hice en aquel momento.

—Nica —susurró despacio—, si te refieres a aquel beso…

—Quisiera saberlo —dije sin rodeos—. Yo… necesito saberlo, Adeline. ¿Sientes algo por él?

Sabía que no podía revelarle a nadie lo de Rigel y yo; aunque Adeline nos conociera de toda la vida, mucho antes de que nos eligieran a ambos, aquello no era algo que pudiera decir sin más.

Si trascendiera…, las consecuencias serían desastrosas.

Sin embargo, no pude resistirme a hacerle aquella pregunta.

Ella miró al suelo.

—Os conozco a ambos desde hace mucho tiempo —susurró—. Hemos crecido juntos. Rigel… Él también forma parte de mi infancia. Y, aunque nunca he sido capaz de comprenderlo, he aprendido a no juzgar sus gestos.

Tuve la sensación de que, una vez más, se me escapaba algo. No lo entendía. En la institución, jamás los había visto juntos y, sin embargo, Adeline parecía conocerlo de un modo que yo no sabía interpretar.

—Rigel me ha enseñado muchas cosas. No a través de lo que decimos, sino a través de aquello que escogemos no decir, porque a veces callar supone el mayor de los sacrificios. Me ha enseñado que hay ocasiones en que es necesario escoger y otras en las que simplemente podemos... formar parte. Me ha enseñado a aceptar que no podemos cambiar la naturaleza de las cosas, porque el grado de importancia que estas tienen para nosotros reside precisamente en hasta qué punto estamos dispuestos a sacrificarnos solo por protegerlas desde lejos. Él me ha enseñado que las cosas que más apreciamos se miden en función de nuestro valor para renunciar a ellas.

Adeline alzó la mirada y me envolvió con sus ojos celestes.

Nunca acabaría de comprender del todo aquellas palabras.

Nunca captaría su sentido oculto.

Solo me quedarían claras al final.

Sus iris refulgieron como un laberinto de cosas no dichas. Porque tal vez ella albergaba deseos que había aprendido a medir con todas aquellas veces que había preferido los silencios a las palabras.

—Créeme, Nica —me dijo sonriendo despacio—, lo que siento por Rigel es solo un profundo, profundísimo afecto.

Decidí creer a Adeline.

Quizá no había sido capaz de interpretar del todo sus palabras, pero de una cosa sí estaba totalmente segura: me fiaba de ella y sabía que nunca me tomaría el pelo.

Me hubiera gustado hablar con claridad, confesarle lo que me unía a Rigel, pero no podía. Por un lado, sentía la necesidad de compartir mis temores y mis inseguridades con alguien, pero, por otro, sabía que no podía permitírmelo.

En lo referente a aquellos sentimientos, estaba sola.

Sola con él.

—¿Y bien?

Parpadeé. Billie me miró frunciendo las cejas.

—Perdona, tengo la cabeza un poco en las nubes —le dije excusándome.

—Te preguntaba si te parecería bien que estudiáramos juntas —repitió con voz neutra—. Si te apetece ir a mi casa después de la escuela.

—Oh, me encantaría, pero justamente hoy no puedo —respondí con tristeza—. Anna me ha concertado una consulta con el médico y le he dicho que iría.

Billie se me quedó mirando un instante. Y, a continuación, asintió despacio.

Aquellos días no parecía ella. Las ojeras hacían que sus ojos lucieran brillantes y hundidos, y su expresión tenía un aire nervioso y pausado, muy distinto de su habitual vivacidad.

Y yo, en el fondo, comprendía el motivo.

Ya hacía días que Miki y ella no se dirigían la palabra.

Aunque la solución pudiera parecer fácil, sabía que no bastaba con levantar el auricular y hacer las paces con su mejor amiga. Aquella tarde algo se rompió. Todo lo que se dijeron había trastocado incluso los aspectos más primordiales de su relación y, cuanto más tiempo pasaba, la fractura entre ambas parecía hacerse más profunda.

—Lo siento, Billie —le dije de corazón—. Quizá otro día…

Asintió sin mirarme. Dejó vagar la vista por entre el vaivén de estudiantes, pero cuando sus ojos se detuvieron, supe a quién había visto.

Miki caminaba por el pasillo, con la mochila a la espalda y el rostro libre de la capucha.

Entonces me di cuenta de que no estaba sola. Caminaba al lado de una chica.

Seguramente sería una compañera de clase. En otras ocasiones, ya la había visto saludar a Miki, por eso no me sorprendió mucho verlas juntas.

Percibí una punzada de incertidumbre cuando su rostro maquillado nos localizó. Dudó un momento, pero al final se acercó hasta donde estábamos

Me puse tan contenta al verla aproximarse que no pude reprimir una sonrisa afectuosa.

—Ey… —la saludé, feliz.

Miki bajó la vista y yo interpreté su gesto como un saludo.

—La he encontrado —se limitó decir, pasándome una mochila. Era la que tenía dentro el vestido que me dejé en su casa la tarde de la fiesta.

—Oh —respondí sorprendida—, ¿dónde estaba?

—Evangeline la había puesto con mis cosas.

—No me digas… Vale, gracias. ¡Ah, por cierto! —busqué algo en mi mochila y se lo pasé—. Toma… Estas son para ti.

Miki tendió la mano y cogió el paquetito de galletas, perpleja.

—Anna quería darte las gracias por tu hospitalidad. Y por el paseo en coche, el maquillaje y las sandalias. Así que horneamos juntas unas galletas. —Me rasqué una mejilla—. Sí, verás… Las mías no han quedado muy bonitas —admití mirando aquellos feos ositos de pasta llenos de bultos y deformidades—, pero las he probado y… después del primer mordisco… si masticas bien… no están tan terriblemente duras…

La compañera de Miki me sonrió y dijo:

—La verdad es que no tienen tan mala pinta.

—Eso espero… —respondí, agradeciendo su intervención.

Billie, detrás de mí, guardaba silencio.

—No tenías por qué hacerlo. —Miki parecía no dar con las palabras adecuadas—. No era necesario…

—Pero… ¿tú crees que eso es lo que tienes que decirle? —bromeó su compañera, empujándola divertida—. ¡Las ha hecho especialmente para ti! ¡Al menos dale las gracias!

Miki la fulminó con la mirada, pero noté el rubor en sus mejillas, bajo el maquillaje.

—Claro —masculló de aquel modo suyo más bien gruñón que me indicaba lo mucho que en realidad apreciaba mi gesto—. Gracias.

—Siempre huraña como un oso —comentó su amiga, tomándole el pelo cariñosamente—. Como cuando no toma café. ¿Sabíais que Makayla se vuelve intratable sin su amada cafeína?

—No es verdad… —rezongó Miki.

—Oh, sí, ¡ya lo creo! Se transforma en una fiera… Os lo juro —nos aseguró entre risas—. Si supierais cómo es…

—¿Y tú qué sabrás cómo es?

Nos volvimos.

Billie tenía los brazos cruzados y se los sujetaba con las manos un poco por encima de los codos. En su mirada refulgía una hostilidad que jamás le había visto. Solo pareció darse cuenta de su intervención cuando todas nos giramos para mirarla. Apretó los labios por instinto y se marchó.

Mientras se alejaba, por su postura, deduje que se apretaba los brazos para no desmoronarse en sus inseguridades.

—Gracias por las galletas.

Miki se subió la capucha y se alejó en sentido contrario. Su amiga la siguió con la vista. Cuando nuestras miradas volvieron a encontrarse, ninguna de las dos supimos qué decir.

La grieta se estaba ensanchando.

Cada vez más.

Al final, acabaría engulléndolo todo: sueños, recuerdos y momentos felices.

Y ya no quedaría nada.

Solo escombros.

Solo el vacío.

La sala de espera del psicólogo era una estancia sobria y elegante. Una planta tropical rompía los tonos fríos y en las paredes de color antracita había un par de cuadros abstractos que, pese a la paciencia que le puse, no supe interpretar.

Les eché una discreta mirada a las personas que había a mi lado.

Rigel tenía los brazos cruzados, el tobillo apoyado en la rodilla y la boca fruncida en un rictus de contrariedad.

Estaba enfadado. Muy enfadado.

Su cuerpo emanaba toda la irritación que sentía por encontrase allí a iniciativa de Anna, que se la había jugado bien jugada con la frase: «Ya que va Nica… ¿Por qué no pruebas tú también? A lo mejor descubres que te sienta bien…».

Podía entender su estado de ánimo. Vamos, ¿Rigel hablando sobre sí mismo sentado a una mesa? ¿Rigel, que se había fabricado una máscara para resultar inasequible?

Era una idea tan absurda que resultaba inconcebible.

Recorrí el contorno de su rostro. Su viril mandíbula en tensión, el labio superior contraído apenas. Estaba magnífico y cautivador como siempre, pero muy irritado.

En aquel momento, me fijé en la chica que estaba sentada al fondo. Tenía una revista plantada delante de la cara, las piernas cerradas y los ojos literalmente instalados en Rigel. Lo miraba con tal intensidad que me extrañó que no le derritiera la piel sobre los huesos.

Cuando Rigel reclinó la cabeza, la chica estrujó levemente la cubierta de la revista.

La miré con más detenimiento… y observé que tenía unos espléndidos ojos castaños y un rostro muy delicado.

Era guapa. Mucho…

Sentí algo que no sabría definir y me pregunté si él se habría fijado en aquella chica.

Me volví.

Rigel tenía la cabeza apoyada en la pared y el rostro de lado. Y los ojos… sus ojos apuntaban directamente a mi mano, que estaba cerca de su pierna. No me había dado cuenta de que estaba rozándole la rodilla. Parecía absorto, como si, pese a estar tan enfadado, aquel punto exacto lo tuviera fascinado…

—¡Adiós!

Un señor bien vestido surgió de la puerta que estaba frente a nosotros. La mantuvo abierta mientras salía un hombre de unos cuarenta años.

—Hasta la semana que viene, Timothy —se despidió—. A ver, la próxima visita es…

Dejó vagar la mirada por la sala hasta que nos vio a Rigel y a mí.

—Ah, vosotros dos debéis de ser los hijos de la señora Milligan —exclamó, y noté que se contraía un músculo en la mandíbula de Rigel—. Veo que ya habéis llegado, bien… Señorita, ¿quieres empezar tú?

Me mordisqueé las costuras de las tiritas de tan tensa como me sentía y me puse en pie. Él sonrió y me indicó que entrara.

—A decir verdad, Anna todavía no es nuestra madre adoptiva —precisé con un hilo de voz.

Me miró con cara de reconocer su error.

—Disculpa —dijo—. La señora Milligan me ha informado de la adopción. No sabía que el proceso aún seguía en curso.

Me estrujé las manos, las noté sudadas, y él se percató de mi nerviosismo.

Tenía la mirada profunda, sagaz, pero la impresión que transmitía no era de sometimiento, sino de una inesperada sensibilidad.

—¿Te apetece hablar un poco conmigo? —me preguntó.

Tragué saliva. Sentía que me temblaba el cuerpo, me susurraba que no, pero traté de ignorarlo.

Quería hacerlo por mí.

Quería intentarlo.

Aunque el terror me retorcía las vísceras y la realidad empujaba, tratando de aplastarme.

Asentí despacio. Me costó un esfuerzo enorme, quizá el mayor que había tenido que hacer jamás.

Al cabo de una hora, volví a cruzar la puerta.

Me sentía vulnerable, tensa y con palpitaciones. Le había hablado un poco de mi infancia, pero no fui capaz de mencionarle mis traumas, porque cada vez que intentaba adentrarme en las puertas de mi mente, las angustias esperaban acechantes.

Me alteré, me bloqueé y me quedé muda en muchas ocasiones. Dije pocas cosas, me agobié, temblé, pero él me aseguró que lo había hecho muy bien. Que había sido mi primera vez.

—Podríamos vernos de nuevo, si te parece bien —me propuso en tono amable—. Sin prisas. Tal vez la semana que viene.

No me forzó a darle una respuesta, sino que dejó que la asimilase en silencio, buscándola en mi interior. Y a continuación miró a Rigel.

—Tu turno —dijo, mientras yo volvía a sentarme.

Me fijé en que Rigel no se había movido ni un centímetro desde que lo había dejado allí. Me siguió con la mirada, como si quisiera cerciorarse de que estaba bien. Al cabo de un instante, descruzó los brazos y decidió ponerse en pie.

Se encaminó al despacho, receloso.

*

Entró por la puerta con paso tranquilo, aunque lo primero que pensó fue que no quería estar allí.

Últimamente, siempre lo acosaba una extraña manía.

Una sensación crepitante que le encendía la sangre.

Era visceral, como un veneno. Retorcido y delicioso.

Era ella.

Llevado por un impulso irreflexivo, se volvió en busca de sus ojos. Sus iris resplandecientes se encontraron con los de ella un instante y eso era cuanto necesitaba para llevar su imagen impresa. Era como si cada vez tuviera que verla, contemplarla, para cerciorarse de que no era un sueño.

Que, si se volvía para observarla, los ojos de ella lo estarían mirando.

Que, si la acariciaba, ella no tendría miedo.

Que, si dejaba que su mano se perdiera en su pelo, ella no se desvanecería en un sueño, sino que seguiría estando allí, entre sus dedos, con sus ojos reflejándose en los de él.

Era de verdad.

Lo era hasta tal punto que le hacía temblar la sangre.

El desastre hacía ruido en su interior. Rasgaba y arañaba las paredes de su corazón, preguntándole si no se habría vuelto loco, si aquello no sería la enésima ilusión, y entonces Rigel se volvía para mirarla, buscaba desesperadamente sus ojos y los estrechaba contra sí; su necesidad de ella era tan ineludible que no podía sacársela del alma.

La llevaba impresa con fuerza en lo más profundo de su ser, a ella y a sus ojos claros. Y aquella luz acababa cubriéndolo todo.

Aunque su corazón estaba sumido en el delirio, había algo en su interior que vibraba con delicadeza.

Algo que sabía ser amable, que irradiaba calor, que reposaba a la sombra de sus espinas y ponía tiritas de colores en las grietas de su alma.

Por un momento, mientras Nica desaparecía tras la puerta, tan menuda, luminosa y real, una parte de él recordó que, aunque no pudiera verla, ella seguiría estando allí…

—Bien, Rigel. Rigel, ¿es correcto?

La voz del psicólogo lo hizo volver en sí. Se había olvidado de él. O casi.

—Tengo entendido que también es tu primera vez —lo oyó decir mientras examinaba la consulta con la mirada.

Algo en el escritorio le llamó la atención.

Parecían tarjetas, pero eran grandes como páginas de libro. Estaban dispuestas en dos filas ordenadas y en cada una había unas manchas que creaban una serie de figuras indefinidas.

—Es interesante, ¿verdad?

Los ojos de Rigel saltaron al psicólogo. Estaba de pie a su lado y examinaba unas hojas llenas de borrones.

—Son los test de Rorschach —le explicó—. Al contrario de lo que suele pensarse, no son un método para valorar la inestabilidad mental. Sirven para mostrar cómo el sujeto percibe el mundo. Ayudan a indagar en la personalidad. —Removió algunas, que mostraban figuras, a cuál más abstracta—. Hay quien ve rabia, carencias, miedos… Otros ven sueños, esperanzas. Amor. —El psicólogo lo miró—. ¿Has estado enamorado alguna vez?

A Rigel le entraron ganas de reírse. Pero de aquel modo exagerado, malévolo y arrogante que lo hacía parecer un lobo.

El amor y él llevaban toda la vida librando una batalla. Se destrozaban mutuamente. Y, sin embargo, uno no era capaz de sobrevivir sin el otro.

Pero en lugar de reírse, Rigel se sorprendió a sí mismo observando aquellos manchurrones sin sentido. Siempre había oído hablar del amor como un sentimiento grato, dulce, que aligeraba el corazón. Nadie hablaba de espinas, nadie hablaba de aquel cáncer que era la usencia o del tormento de una mirada no correspondida.

Nadie hablaba del dolor que causaba el amor cuando te devoraba hasta dejarte sin respiración.

Pero sabía que él era diferente. Él no era como los demás.

Se dio cuenta de que el hombre lo miraba, como intrigado por el matiz que albergaba dentro de sus ojos.

—¿Qué es el amor para ti?

—Una carcoma —murmuró Rigel—. Sus mordiscos no se curan nunca.

Cuando fue consciente de que había abierto la boca, ya era demasiado tarde. Hablaba consigo mismo, no con el psicólogo. Aquella era una reflexión que siempre lo acompañaba.

Pero ahora el psicólogo lo estaba mirando fijamente y Rigel sintió que cada ápice de su cuerpo rechazaba aquella mirada. Le pareció repelente, opresiva, algo de lo que tenía que librarse inmediatamente.

Se había perdido por un instante dentro de sí mismo y Nica había logrado sonsacarle lo inconfesable. Se prometió que no volvería a suceder.

Desvió la mirada y volvió a hacerla vagar por la consulta como una fiera enjaulada.

—Estoy al corriente de tu circunstancia.

Rigel se bloqueó. Al instante.

—¿Mi… «circunstancia»?

Así pues, Anna le había hablado de él.

Se volvió despacio.

—No tienes nada que temer —le dijo el psicólogo, tranquilo—. ¿Quieres acomodarte en el sillón?

Rigel no se movió. Lo miró directamente a los ojos y en sus iris brillaba una luz tan punzante que parecía un alfiler.

El psicólogo le dedicó una sonrisa tranquilizadora.

—No te imaginas lo bien que sienta hablar a veces. ¿Sabes lo que se dice? Que las palabras permiten leer el alma.

«¿Leer el alma?».

—Todo el mundo se siente un poco tenso al principio… Es normal ¿Por qué no te pones cómodo en el sillón?

«¿Leer… el alma?».

Volvió a mirar al psicólogo. Lo miró con sus ojos negros de tiburón. Y, entonces, de repente, sonrió. Los labios se cerraron sobre los dientes en una de sus mejores obras maestras.

—Antes de empezar…, me gustaría preguntarle algo.

—¿Cómo dices?

—Oh, disculpe —empezó a decir, acercándose más—. Es la indecisión propia de la primera vez, usted ya me entiende. En el fondo, el tema de la confidencialidad es algo que siempre me ha provocado reticencias. Ya sabe, por aquello de mi «circunstancia».

El psicólogo lo miró sorprendido cuando, en lugar de acomodarse en el sillón, se dejó caer en la silla que había frente a él.

—Es solo una curiosidad que tengo —le aclaró con modosa inocencia—. No le importa, ¿verdad, doctor?

El hombre cruzó los dedos bajo el mentón y se dispuso a atender su petición.

—Te escucho.

Rigel esbozó una sonrisa contenida, de fiera domesticada, y le preguntó:

—¿Cuál es la finalidad de esta sesión?

—Favorecer una mejoría de tu bienestar psicológico y ayudarte en tu crecimiento personal —respondió tranquilamente el psicólogo.

—Luego da por descontado que sus… «clientes» necesitan ayuda.

—Bueno…, desde el momento en que acuden a mí por su propia voluntad…

—¿Y si no hubieran venido por su propia voluntad?

El psicólogo lo observaba con serenidad y perspicacia.

—¿Es un modo de decirme que tú no has escogido estar aquí?

—Es un modo de comprender su enfoque.

El psicólogo pareció reflexionar.

—Bueno, podríamos descubrir qué es lo que hace que se sientan mejor. A veces las personas construyen realidades en las que creen estar bien. No piensan que necesiten nada más. Pero por dentro se sienten inútiles, vacías, como un marco roto o un pedazo de vidrio.

—Si no sienten esa necesidad, entonces ¿cómo puede ser verdad lo contrario? —preguntó Rigel con astucia.

El psicólogo se acomodó las gafas en la nariz.

—Es así. La mente tiene engranajes complicados, no todo está hecho para ser comprendido. El propio Rorschach dijo en una ocasión que el alma también necesita respirar.

—¿La suya también?

—¿Cómo?

—Usted es humano, doctor, como todos los demás. ¿Su alma también necesita respirar?

El psicólogo lo miró a los ojos, como si solo en ese momento lo estuviera viendo de verdad.

Rigel esbozó una sonrisa irónica, pero el resto de su cara permaneció gélida.

—Si yo le dijese que en esas láminas veo deseos, traumas o miedos, usted hallaría un modo de analizarme. Pero si le dijese que no veo nada, que para mí son solo unas estúpidas manchas, usted lo interpretaría de todos modos. Tal vez como un rechazo. Una cerrazón. ¿Acaso me equivoco? —Esperó una réplica que no llegó—. Sea cual sea la repuesta, usted encontrará algo que corregir. No importa cuál sea la realidad, cualquiera que entre por esa puerta está destinado a un diagnóstico. Tal vez la cuestión no radique en cómo se sienten esas personas, doctor, sino en cómo hacen que se sientan. La cuestión radica en vuestra convicción de que por fuerza tienen algo que no funciona, que necesitan ser reparadas, porque por dentro son inútiles, están vacías y estropeadas... como un marco roto o un pedazo de vidrio.

El hombre tenía los ojos puestos en él, y Rigel sostuvo su mirada ya sin máscaras de por medio.

—Dígame, doctor —inquirió a continuación, endureciendo la voz y observándolo por debajo de sus cejas oscuras—, ¿ahora no es cuando trata de leer mi alma?

El silencio que siguió le dio a entender que había tenido éxito en su intento. Y una mierda iba a dejarse psicoanalizar. Ya tuvo bastante de niño. No necesitaba volver a oírse decir una vez más que era una calamidad. Ya lo sabía perfectamente. Y tenía claro que no iba a permitir que otro psicólogo le estrujara el cerebro.

Sin embargo, el modo en que el hombre lo miró, como si en realidad ya lo hubiera comprendido todo de él, le provocó un malestar en el estómago.

—Tienes activado un gran mecanismo de defensa, Rigel —le dijo, muy seguro de sí mismo. Y él sabía que no se trataba de un cumplido—. Hoy has decidido que no puedo hacer nada por ayudarte. Pero un día, tal vez, comprenderás que, en lugar de protegerte, este mecanismo te consume.

*

Aparté la vista de la taza que sostenía entre mis dedos y la fijé en la figura silenciosa que tenía delante.

Rigel estaba sentado al piano. El pelo le caía hacia delante y movía los dedos lentos y ausentes por encima de las teclas.

El único sonido que flotaba por toda la casa era aquella débil melodía.

Llevaba así desde que habíamos regresado a casa.

Cuando se abrió la puerta de la consulta, lo primero que vi fue el rostro circunspecto del psicólogo; la segunda, la expresión gélida y sombría de Rigel.

Sabía que no era de los que hablan por hablar, pero por su mutismo deduje que el encuentro no había ido como tenía previsto.

Me acerqué y apoyé la taza humeante cerca de él, procurando hacerle notar mi presencia.

—¿Va todo bien? —pregunté en tono afectuoso.

No se volvió para mirarme. Se limitó a asentir.

—Rigel… ¿Qué ha pasado con el psicólogo?

Traté de ser lo más delicada posible, pues no quería parecer entrometida. Simplemente estaba preocupada por él y quería que se sintiera mejor.

—Nada importante —respondió lacónico.

—Pareces… turbado.

Busqué su mirada, pero no me correspondió. Tenía la vista fija en las teclas blancas, como si ante sus ojos hubiera un mundo que yo no podía ver.

—Creía que podría entrar —murmuró, como si yo fuera la única que podía entender lo que estaba diciendo—. Creía… que podría mirar dentro de mí.

—¿Y ese ha sido su error? —susurré.

—No —respondió él, cerrando los ojos—. Su error ha sido pensar que yo se lo permitiría.

Deseé no sentir aquel vacío punzante en el pecho, pero no pude controlar aquella emoción.

«Ese también ha sido mi error», me hubiera gustado confesarle, pero callé por temor a la respuesta.

Rigel era introvertido, complicado y hostil a los afectos, pero, por encima de todo, era único. Hacía tiempo que había comprendido que existía una barrera entre él y el mundo, una barrera que estaba radicada en su corazón, en sus pulmones y en sus huesos, y que había acabado formando parte de él.

Pero también sabía que, más allá de aquella barrera, resplandecía un universo de tinieblas y terciopelo.

Era precisamente en esa galaxia rara y bellísima donde yo quería entrar.

Despacio, con delicadeza.

No quería hacerle daño.

No quería cambiarlo o, peor aún, «repararlo». No quería suprimir sus demonios, solo quería sentarme con ellos bajo aquel techo de estrellas y contarlos en silencio.

¿Me abriría alguna vez esa puerta?

Bajé la vista, derrotada por mis temores. Aunque nos habíamos acercado, había momentos en que aún estábamos demasiado distantes como para comprendernos.

Me volví, dispuesta a salir de allí y dejarlo un rato en soledad, pero algo me retuvo.

Una mano alrededor de mi muñeca.

Alzó el rostro despacio. Sus ojos se encontraron con los míos y, al cabo de un instante, atendí su petición silenciosa: me acerqué de nuevo y me senté a su lado en la banqueta.

Sin darme tiempo a pensar, Rigel pasó una mano por debajo de mis rodillas, me cogió en volandas y me atrajo hacia sí.

El contacto de su cuerpo con el mío me hizo sentir un escalofrío a lo largo de toda la espina dorsal. Transcurrido un segundo, su calor me envolvió y me provocó un sentimiento de felicidad tan vibrante e intenso que la cabeza me daba vueltas.

Aún no me había acostumbrado a poder tocarlo. Era una sensación extraña y bellísima, siempre nueva, siempre potente, una descarga de vértigos.

Encajé la cabeza en el hueco de su cuello y me abandoné contra su tórax palpitante. Cuando me acurruqué al calor de su cuerpo, él suspiró despacio, relajado.

Por un momento, pensé que a lo mejor, si hubiéramos estado hechos de la misma ternura, él habría inclinado el rostro y apoyado su mejilla en mi cabeza.

—¿En qué piensas cuando tocas? —le pregunté al cabo de un rato, al son de aquellas melodías de acordes lentos.

—Toco durante los momentos en que intento no pensar.

—¿Y lo consigues?

—Nunca.

Siempre había querido preguntárselo. Nunca le había escuchado tocar algo que sonara feliz. Sus manos generaban melodías espléndidas, angelicales, pero que rompían el corazón.

—Si te pone triste…, ¿por qué lo haces entonces? —le pregunté alzando levemente el rostro. Me quedé encantada mirando sus labios cuando los entreabrió para hablar.

—Hay cosas que prescinden de nosotros —respondió enigmático—, cosas que nos pertenecen y de las que no podemos librarnos. Ni aunque queramos.

Empecé a albergar un presentimiento.

Miré sus dedos deslizándose despacio por las teclas y de pronto lo vi claro.

—¿Te acuerdas… de «Ella»?

El recuerdo de la directora aún generaba monstruos dentro de mis pesadillas. Rigel me había confesado que la odiaba, pero de algún modo la llevaba consigo desde niño.

—Me recuerda… cómo he estado siempre.

«Solo, abandonado frente a una verja cerrada», casi podía oír, y al instante deseé que dejase de tocar.

Deseé arrancársela del alma, limpiarlo, erradicar de su vida hasta el menor rastro de aquella mujer.

La quería lejos de Rigel.

La idea de que le hubiera dado amor, con sus manos llenas de golpes y aquellos ojos sucios de rabia, me atormentaba.

Ella era una enfermedad. Su afecto era una contusión.

Y se la había dejado impresa en el corazón durante tanto tiempo que solo de pensarlo se me revolvía el alma.

—¿Por qué? —pregunté con un hilo de voz—, ¿por qué sigues tocando, entonces?

No lo entendía. Era como rascarse una costra sabiendo que volvería a sangrar.

Rigel guardó silencio un momento, como si estuviera recogiendo una respuesta en su interior. Me encantaban sus silencios y, al mismo tiempo, los temía.

—Porque las estrellas están solas —afirmó con amargura.

Traté de descifrar el significado de aquellas palabras tan tristes, pero me resultó imposible.

Sabía que Rigel estaba tratando de darme una respuesta, a su manera, pero por primera vez deseé que me abriera las puertas de su corazón y me permitiera por fin comprender la clave de aquel lenguaje secreto.

Quería saberlo todo de él.

Todo.

Cada pensamiento, sueño y temor.

Deseaba entrar en su corazón como él había entrado en el mío, pero tenía miedo de no hallar el camino.

Quizá Rigel no supiera expresarse de otro modo.

Quizá solo podía hacerlo de esa forma, dándome pedazos poco a poco, esperando que yo supiera unirlos.

Y yo hubiera podido estar a la altura.

Hacerle comprender que era espléndido.

Extraordinario e inteligente.

Y que había belleza en él, para quien supiera dónde mirar, porque un alma como la suya solo refulgía para unos pocos.

—¿Sabes qué me repetía cuando estaba triste? —Bajé a vista. Me miré las tiritas y sonreí—: No importa cuánto duela. ¿Puedes dibujar una sonrisa encima de una cicatriz?

Levanté los dedos, los deslicé por sus manos y los apoyé con suavidad.

Rigel se detuvo cuando los sintió sobre su piel. Al principio, no entendió mi gesto, pero al cabo de un momento movió las manos de nuevo mientras mis dedos seguían todos sus movimientos. Bajaron a la par que los suyos, danzaron juntos sobre las tecas y, mientras nacían las melodías bajo muestras manos unidas, mi corazón se llenó de emociones.

Tocamos juntos. Lentos y vacilantes. Desmañados y un poco de cualquier modo. Pero juntos.

De repente, aquello se convirtió en una sucesión de notas cada vez más vivaz e imperfecta. Me reía mientras mis manos seguían torpemente las suyas, tratando de irles a la zaga, con las muñecas superpuestas.

Tocamos persiguiéndonos, acariciándonos, y yo sentí que mi risa se mezclaba con las notas.

Reí, reí con el corazón, con el alma, toda yo.

Juntos suprimimos la tristeza de aquella música.

Suprimimos a Margaret.

Suprimimos el pasado.

Tal vez Rigel, en lo sucesivo, ya no la recodaría a «Ella» cuando tocara.

Sino a nosotros.

Nuestras manos unidas.

Nuestros corazones entrelazados.

Aquella melodía llena de imperfecciones, de errores y defectos.

Pero también risas, alegría y felicidad.

Recordaría mis tiritas en los dedos, mi peso en sus piernas y mi perfume en su piel.

La habríamos derrotado juntos. Y, además, sin necesidad de hablar.

Después de todo, en el fondo, la música es una armonía que surge del caos.

Y nosotros éramos una única canción, la más espectacular y secreta de todas.

Rigel dejó de tocar.

Sus dedos ascendieron hasta mi nuca y se perdieron entre mi pelo. Poco a poco, me inclinó la cabeza hacia atrás y observó mi rostro. Y yo lo miré así, con las mejillas encendidas y los ojos brillando como medialunas sonrientes. Una sonrisa resplandeciente en mis labios daba testimonio del calor que estaba estallando en mi corazón.

Sus ojos absorbieron cada detalle de mi cara.

Me miró como si no existiera nada más en el mundo que valiera la pena mirar de aquel modo.

*

Había una belleza en las cosas frágiles que él jamás llegaría a comprender.

Y así era Nica.

Él nunca lo entendería.

No entendería jamás que una cosa tan delicada podía hacer mella en él, en lugar de ser ella quien se rompiera.

No entendería jamás que lograba entrar incluso cuando él se sepultaba dentro de sí mismo.

La miró y le pareció extremadamente hermosa. Con aquellos ojos de niña y las mejillas sonrosadas, con aquella sonrisa dulcísima y aquella risa que simplemente robaba el alma.

Le estaba sonriendo.

Se preguntó si habría algo más potente en el mundo que Nica sonriéndole.

Nica, que respiraba entre sus manos, que se dejaba tocar, que expresaba cualquier pensamiento solo con mirarlo a los ojos.

Ella no anulaba sus tormentos. Los tomaba de la mano.

Aunque fuesen retorcidos, extremos y anómalos.

Aunque trataran de perjudicarla.

Los amansaba con una caricia y lograba sorprenderlos una y otra vez.

Y Rigel sabía el porqué, aunque no supiera el cómo.

Hasta sus tormentos se habían enamorado de ella.

Y él la quería con toda su alma, aunque esa alma suya fuera una calamidad.

Tragó saliva y notó que había aumentado la presión de los dedos alrededor de su pelo. Era más fuerte que él, deseaba apretujarla, sentirla, llenarse las manos de ella. Nunca había sido delicado, la única delicadeza que podía hallarse en su interior llevaba su nombre.

Pero Nica apoyó la sien en su brazo, plácida y serena como nunca habría esperado verla ni siquiera en sueños.

Lo miró a los ojos, sin miedo.

Y mientras aquella sonrisa volvía a ponerlo de rodillas, supo que no existían palabras que bastaran para expresar lo que sentía.

Ella era la cosa más bella que jamás había llevado dentro.

Y fue consciente de que, fuera cual fuese el precio, siempre la protegería.

En todo momento.

En cada fracción de instante, por minúscula que fuera.

Mientras pudiera.

*

La boca de Rigel se cerró sobre la mía y un dulce escalofrío estremeció mi carne. Me deshice en su calidez mientras él me atrapaba con su beso y sus dedos seguían sujetándome el pelo. Acaricié su clavícula con mi mano y a continuación la desplacé hasta su cuello ejerciendo una suave presión. Mis labios se entreabrieron respondiendo con docilidad a los suyos y logré arrebatarle un suspiro.

Hubiera querido decirle que me volvía loca cuando suspiraba de aquel modo. Despacio, a escondidas, como si no quisiera que lo escuchara ni él mismo.

Me reclinó la cabeza de nuevo, plegándome a su voluntad, y yo le dejé hacer. Era como cera entre sus manos.

Respiraba con intensidad, y sus manos me tocaban como si también quisieran explorar mi alma, pero al mismo tiempo temieran hacerlo.

Como no entendía la causa de aquel temblor que siempre lo dominaba, traté de transmitirle serenidad acariciándolo despacio, succionando dulcemente sus labios.

Me aferró con más fuerza aún y el chasquido húmedo de su beso resonó como una exhalación ronca y ardiente en mi turgente boca. Su sabor me aturdía. Su lengua era un incendio.

Rigel no me besaba, me devoraba lentamente.

Y yo me dejaba devorar, porque no deseaba otra cosa.

Confusa, le mordisqueé inocente el labio inferior, y aquel gesto le arrancó un gemido gutural. Hizo presa en uno de mis muslos y de pronto me encontré sentada a horcajadas encima de él con sus dedos impresos detrás de mi rodilla y su otra mano cerrada en mi cadera, empujando su pelvis contra la mía.

Me quedé sin aire.

Traté de recobrar el aliento, pero su boca cálida y voraz tomó posesión de mis labios y me aturdió, dobló, mordió como un poseso.

Me pegué a él tratando de seguirle el ritmo y entonces sus manos me apretaron contra su ingle con tal ardor que tuve que contener el aire.

La cabeza empezó a darme vueltas, cada vez me costaba más respirar.

Nos frotamos el uno contra el otro con frenesí. Experimenté una sensación similar al pánico, pero más cálida, viscosa y apremiante.

Traté de moverme, pero sus dedos me lo impidieron. Hundió sus manos en mis caderas y presionó con ansia, como si deseara fundirse conmigo. Me forzó a sentir aquel contacto incendiario y, cuando volvió a morderme, ya no pude reprimir un gemido. Me aferré a sus hombros y apreté las rodillas cada vez más fuerte, con los muslos temblando, pegados a sus caderas.

Todo se redujo a él.

A su mano en mi cadera.

A la presión de su pelvis.

A los labios, las respiraciones, las lenguas, las manos…

No sabría decir qué habría sucedido si no hubieran llegado a interrumpirnos.

Cuando llamaron a la puerta, me llevé un buen susto.

Él separó su boca de la mía. Yo me noté la respiración irregular, las mejillas encendidas y las manos temblorosas.

Rigel volvió el rostro y jadeó levemente en el hueco de mi garganta. Seguía teniendo los dedos clavados en la curva de mi cadera y sus músculos temblaban levemente, como si estuvieran sometidos a un esfuerzo constante. Tenía más autocontrol que yo, más experiencia. Su poderoso cuerpo vibraba de forma mesurada, no como el mío, que parecía ser presa de un cúmulo de reacciones turbadoras.

No podía despegarme de él, pero cuando llamaron por segunda vez, comprendí que no podía hacer otra cosa.

Rigel me permitió incorporarme a regañadientes. Bajé al suelo con las mejillas ardiendo y fui a abrir con el corazón revolucionado.

—¡Anna! —exclamé al verla delante de la puerta, algo apurada.

Cogí el enorme ramo de flores que llevaba consigo para echarle una mano y su perfume me embargó.

Lo llevé a la cocina mientras ella resoplaba exhausta y dejaba las bolsas de la compra en la encimera.

—¡Cuánta gente! —se quejó—. Hoy no me han dado ni un instante de tregua.

Puse las flores en un jarrón y miré cómo resplandecían lozanas. Eran maravillosas, como siempre. Ella notó que las miraba y sonrió radiante.

—¿Te gustan?

—Son espléndidas, Anna —le dije, encantada de ver lo bonitas que eran—. ¿A quién se las tienes que entregar?

—Oh, no, Nica, estas no son para entregar. Son para ti. —Me miró la mar de contenta y anunció—: Te las envía tu chico.

29

A regañadientes

No era una princesa.
Sacrificaría el cuento
para salvar al lobo.

—¿Cómo? —pregunté incrédula.

Anna sonrió como si con ello quisiera tranquilizarme.

—Me las ha dado un chico aquí fuera —me explicó cariñosa—. Me ha dicho que eran para ti… ¡Se lo veía muy cortado! Lo he invitado a entrar, pero no ha querido, a lo mejor tenía miedo de molestar —añadió al ver que yo ponía los ojos como platos.

Entonces, me di cuenta de que había algo blanco que asomaba entre las flores.

Una tarjeta. Con el dibujo de un caracol.

—Nica, no tienes por qué ocultármelo. No hay nada de malo en que salgas con un chico.

—No —me apresuré a aclararle—. No, Anna… Te equivocas. No es mi chico.

Ella arqueó ligeramente una ceja.

—Pues me ha dicho que te las diera…

—No es lo que crees. Él es solo… solo…

«Un amigo» iba a decir al principio, pero no encontré las palabras adecuadas. Después de lo que había hecho, Lionel había perdido aquel título. Me mordí el labio con fuerza y Anna debió de darse cuenta de que el tema me incomodaba.

—Entonces debo de haberlo malinterpretado. Perdóname, Nica.

414

Lo que pasa es que últimamente te veía tan pensativa... Y entonces va ese chico y se presenta con unas flores tan estupendas y he creído... —Sacudió la cabeza y sonrió despacio—. Bueno, en cualquier caso, es un ramo precioso. ¿No te lo parece a ti también, Rigel?

Sentí una dolorosa tensión en cuanto me volví.

Rigel estaba en el umbral de la puerta. Tenía el rostro inexpresivo, pero no respondió. Miraba las flores con unos ojos profundos como abismos. Desvió la vista cuando Anna se detuvo a su lado, y la miró con sus negras pupilas como si lo hubiera arrancado de algún lugar mudo y gélido.

—¿Puedo... hablar contigo un minuto? —le preguntó ella.

No me imaginé cuál sería el motivo, pero noté una punzada de contrariedad en su expresión.

Hizo un gesto de asentimiento y ambos se alejaron.

—Me han llamado de la consulta del psicólogo... —le oí decir a Anna mientras subían las escaleras.

Me giré de nuevo y volví a reparar en la tarjeta. Me tomé mi tiempo antes de alargar los dedos para leerla.

> *Quise escribirte un montón de veces, pero este me pareció el mejor modo de hacerlo.*
> *No recuerdo muy bien lo que pasó la otra noche, pero no puedo quitarme de encima la sensación de haberte asustado. ¿Es así? Lo siento...*
> *¿Cuándo hablamos? Te echo de menos.*

Sentí un temblor en las sienes. Reviví cada instante como si fuera una cicatriz: sus labios, sus manos, sus brazos reteniéndome, inmovilizándome, mi voz implorándole.

En un arranque, saqué las flores del jarrón, las llevé al fregadero y abrí la portezuela del armario inferior. Me detuve con el ramo en el aire y me quedé mirando el cubo de la basura con dedos temblorosos.

Hundí las uñas en las hojas, apreté los labios, contraje la garganta..., pero no pude hacerlo.

Aquellas flores no se lo merecían.

Aunque la verdad era otra.

Había algo en mí que no era capaz de borrarlo. Odiarlo, destruirlo, hacerlo desaparecer. La parte más dañada de mi corazón, la que la directora había deformado.

Vi el dibujito estilizado del caracol asomando entre las flores y no tuve fuerzas para completar aquel gesto. Hubiera tenido que romper aquel pedazo de papel, pero no era capaz.

Yo nunca había sabido romper.

Ni siquiera con toda la delicadeza del mundo.

Durante los días siguientes, llegaron otros ramos espléndidos. Todos ellos con la misma tarjeta y el dibujo del caracol.

Cuando los veía, al volver a casa, Anna ya los había puesto en un jarrón.

Una tarde, también llegó un paquete de gominolas en forma de cocodrilo. Lo estrujé entre mis dedos antes de meterlo en un cajón para no tenerlo a la vista. Al día siguiente, me encontré dos más engalanando la mesa.

—Es un admirador —le susurró Anna a Norman una noche y él entonó un «Aaah» levantando la nariz.

A Klaus, en cambio, no le gustaba tanto aquel movimiento. Bufaba a los jarrones que Anna dejaba en los muebles y mordisqueaba aquellos que no tenían la suerte de encontrase a suficiente altura. Parecía comprender que no los traía ella, sino algún otro.

Una noche, oí un crujido proveniente de la cocina. Encendí la luz y vi dos ojos amarillos mirándome, con un inmaculado pétalo asomando bajo sus bigotes.

—Klaus… —murmuré exasperada. Me acerqué, pero él echó las orejas hacia atrás y siguió masticando, desafiante—. Muy bonito… ¿Quieres volver a tener dolor de barriga?

Se escabulló antes de que pudiera bajarlo de la encimera; para él, dejarse coger en brazos probablemente fuera mucho peor que un dolor de estómago.

Suspiré lentamente mientras observaba el ramo de flores blancas.

Saqué la flor que había destrozado y la hice girar entre mis dedos. Ya sabía lo que ponía en la tarjeta sin necesidad de abrirla. Había dejado de leerlas porque aquellas palabras solo me hacían daño.

Cuando me volví, me encontré a Rigel junto a la puerta. Su cuerpo destacaba entre las sombras y sus ojos eran diamantes oscuros en la negrura de la casa. Sus iris negros viajaron hasta la rosa blanca que yo tenía en la mano.

No había dicho nada en todos aquellos días. Sin embargo, sabía cómo interpretarlo. Acercarme a él también implicaba aprender a descifrar los distintos silencios en los que se envolvía.

—No significan nada —murmuré antes de que se volviese. No quería que sus traumas y sus recelos lo alejaran de mí, aunque desde pequeño le habían enfermado el corazón.

—Pero no las has tirado.

Me dio la espalda y yo me mordí los labios, deseaba abatir todos los muros que aún se alzaban entre nosotros. A veces los veía como una escalera infinita, llena de grietas y peldaños rotos que trataban de hacerme caer.

Otras veces, cuando me detenía exhausta a mirar la cima, no lograba verla.

Pero sabía que él estaba allí.

Solo.

Yo era la única que podía alcanzarlo.

—¿Nica? —oí que llamaban a la puerta la mañana siguiente—. ¿Puedo…?

Anna entró y me encontró con el camisón aún puesto. Me sonrió, me deseó buenos días, cogió el cepillo que me estaba pasando por el pelo y, una vez se sentó en la cama, empezó a cepillarme la melena.

Cuando lo hacía, sentía un afecto desmesurado que me caldeaba el pecho. Sus manos me tocaban con delicadeza y aquellas atenciones me daban paz y me hacían soñar con una vida de caricias y sonrisas. Era la sensación más hermosa del mundo.

—La semana que viene tendré un cliente muy importante —me explicó—. Quiere que me encargue de la decoración del evento que está organizando para el Círculo Mangrovia. Asistirá muchísima gente y ver el nombre de mi tienda en los arreglos florales será un pequeño sueño hecho realidad. —De pronto, noté sus gestos inciertos, como si dudara—. Pero, verás… El cliente en cuestión es un amigo de Dalma. Y esto no habría sido posible si ella no le hubiera dado mi nombre. —Anna bajó el tono de su voz—. Ha supuesto una gran ayuda. Quisiera agradecérselo. Sin ella nunca habría tenido una oportunidad tan importante.

Me volví.

Ella esperaba una respuesta por mi parte, pero en vista de que guardaba silencio, prosiguió.

—No he olvidado lo que sucedió —dijo apesadumbrada—. No he olvidado lo que pasó con Asia… No hay un día que no piense en ello. Pero ellos son importantes para Norman y para mí, Nica… Hemos compartido momentos que nunca olvidaremos. —Sentí la sombra de Alan reverberando en sus ojos—. Por eso quería pedírtelo… Me gustaría tanto poderlos invitar aquí a…

—Anna —la interrumpí—, no pasa nada.

Ella me miró con sus ojos de un azul intensísimo.

Aquella conversación me hizo comprender cuánto le importaba. Pero yo no albergaba ningún rencor hacia Asia. A pesar de lo que había sucedido, lo que sentía por ella no tenía nada que ver con la rabia, sino con un profundo pesar.

No quería comprometer la relación que tenía con Anna. Nunca había sido esa mi intención. Sabía que se profesaban un gran afecto y no quería que se echara a perder por mi culpa.

—De verdad.

—¿Estás segura?

Asentí despacio.

—Estoy segura.

Anna suspiró temblorosa y sonrió. Me acarició la mejilla y yo respondí a su sonrisa con toda la felicidad que me proporcionaba el contacto de su mano en mi piel.

Acabó de cepillarme el pelo y me preguntó qué podría cocinar. Yo le dije que a Norman seguramente le encantaría su salsa, aunque fuera un mal recuerdo para mí.

—Llamaré a Dalma —anunció cuando nos pusimos en pie y me invitó a bajar para el desayuno.

Me dirigí al piso inferior. Me sentía ligera, fresca y luminosa. Aquellos momentos con ella le sentaban bien a mi corazón y adoraba que siempre me pidiera mi opinión.

Con el alma en alto, me detuve en el umbral de la cocina.

Y mi felicidad no hizo sino aumentar.

Rigel estaba sentado a la mesa con un libro y una taza.

Tenía la cabeza apoyada en una mano y su pelo negro, que destacaba sobre todo lo demás bajo la delicada luz matinal, le caía desordenado alrededor del rostro. Sus iris se deslizaban silenciosos a través de las líneas, pero Anna me dijo que se había levantado pronto porque le dolía la cabeza, y me quedé contemplándolo en silencio sin que él reparase en mi presencia.

Me encantaba hacerlo. En aquellos momentos, era él mismo, simplemente.

Revelaba matices de sí mismo que no permitía ver a los demás y de nuevo me fascinó su aspecto delicado a la par que feroz.

La piel blanca e inocente, la línea afilada de sus cejas, los pómulos esculpidos y los ojos salvajes. La gestualidad irreverente, aquellos labios que propinaban mordiscos y sonrisas punzantes a quien osara acercarse.

Pasó la página y me pregunté qué obra maestra debió de operarse en sus orígenes para haberlo diseñado de aquel modo.

Me acerqué a él procurando no distraerlo. Di la vuelta a la mesa y, aprovechando que en aquel momento no había nadie, me incliné sobre él y le estampé un beso en la mejilla.

Sin previo aviso.

Cuando me incorporé, vi por la expresión de sus ojos que se había quedado paralizado.

Parpadeó y se giró hacia mí, sorprendido.

—Buenos días —le susurré con afecto.

Él me correspondió con una sonrisa dulce y luminosa; cogí la jarra y me dirigí a la alacena.

Me pareció sentir su mirada quemando mi piel.

—¿Quieres un poco más de café? —le pregunté antes de servirme.

Rigel asintió y noté que me miraba con más atención.

Volví a la mesa y le llené la taza. Sus pupilas se pasearon por mi cuerpo hasta detenerse en mi rostro.

—Aquí tienes —dije con voz suave.

Me volví de nuevo y su mirada capturó el reflejo sedoso de mi camisón.

Fui a coger otra taza de la alacena, pero el estante estaba vacío; traté de llegar al de encima, pero estaba demasiado alto para mí.

Miré la hilera de tazas con frustración, pensando en buscar algo a lo que subirme, pero el ruido de una silla captó mi atención.

Rigel se puso en pie y vino hacia mí. Cogió una taza sin el menor esfuerzo, tomándose su tiempo para observarme desde su altura. Paseó la vista por mi rostro, deteniéndose en mi boca y en mis iris grandes y resplandecientes.

—Gracias —le dije con una sonrisa.

Alargué la mano para cogerla, pero de pronto él pareció cambiar de idea. Con un movimiento perezoso, me la arrebató de la mano y se la puso detrás de la espalda.

Lo miré perpleja.

—Rigel… —gimoteé—. ¿Puedes dármela?

Recorrí el perfil de su brazo con los dedos, tratando de llegar a la taza, pero como no lo logré, volví a mirarlo a los ojos. Puede que se debiera al reflejo del sol, pero me pareció ver un brillo juguetón en su mirada.

Sonrió indulgente y me preguntó:

—¿La quieres?

—Sí, por favor…

Tamborileé con mis dedos en su muñeca, pero no accedió a devolvérmela. Apoyé mis manos en sus caderas y él me observó con una mirada felina.

—¿No me piensas dar nada a cambio? —murmuró con voz ronca y suave.

Su respiración era tibia e incitante. Y mis dedos percibían la calidez de su cuerpo.

¿Desde cuándo tenía ganas de jugar?

Aquella novedad me electrizó y me enterneció al mismo tiempo. Incliné el rostro y acerqué su mano a mis labios sin dejar de mirarlo. Le besé la piel. Sus dedos, que rodeaban la taza, emitieron un sonido similar al de un roce cuando se estrecha algo poco a poco.

Rigel me miró con sus ojos líquidos y profundos, deslizó la mano hacia mi mejilla y la entrelazó con mis dedos. Me acarició los labios con el pulgar y yo se lo besé despacio, con un suave chasquido, mientras le devolvía una mirada desnuda y sincera.

Se me acercó y me quemó con sus pupilas, como si quisiera absorberme toda entera, mi perfume, mis labios, mis ojos, mis manos, incluso mi pureza…

De pronto, un sonido muy fuerte me sobresaltó.

Ambos nos quedamos inmóviles.

Y la voz de Anna rompió la magia que se había creado entre los dos cuando gritó:

—¿Alguien puede ir a abrir? —Y añadió—: Creo que debe de ser el correo.

Me fijé en que Rigel tenía los párpados cerrados. Se le habían petrificado las facciones. Cuando volvió a abrir los ojos, sentí toda la potencia glacial de aquel gesto.

Cuando ya iba a salir, su brazo me cerró el paso y me empujó de nuevo hacia dentro. Me adelantó, se dirigió a la entrada con paso decidido y, mientras pasaba junto a la mesa, dejó encima la taza con un gesto seco.

El mensajero se echó hacia atrás la gorra con visera cuando Rigel abrió la puerta. Debía de ser nuevo: se quedó mirando la etiqueta que llevaba en la mano, sin saber muy bien qué hacer, rascándose una espinilla.

—Hola… Tengo una entrega para esta dirección —anunció mientras la tarjetita con el caracol despuntaba en un hermoso ramo de flores—. ¿Puede firmar aquí?

Rigel se quedó mirando el pequeño dibujo de Lionel con ojos mordaces. Volvió a mirar al mensajero y le dijo con la voz impostada, recalcando las palabras:

—Creo que se trata de un error.

—En absoluto —replicó el chico—. La destinataria es una tal… Nicol… no, Ni… ca… Dover.

Rigel exhibió una sonrisa tan cortés que en realidad daba miedo.

—¿Quién?

—Nica Dover.

—Nunca he oído ese nombre.

El chico dejó de tenderle el ramo y empezó a parpadear desconcertado.

—Pe… pero… —balbuceó—, en el buzón de la puerta hay un cartelito donde pone «Dover y Wilde» al lado de «Milligan»…

—Ah, ¿esos? Son los antiguos propietarios —respondió Rigel—. Nosotros acabamos de mudarnos. Ya no viven aquí.

—¿Y dónde viven?

—En el cementerio.

—¿En el…? Oh… —El chico puso unos ojos como platos y por poco no se le caen las gafas de la nariz. Se las subió y, al hacerlo, se le empañaron.

—Ya.

—Pues vaya, no lo sabía… Demonios, lo siento.

—Eran ancianos —le informó Rigel chasqueando la lengua con un estudiado aire dramático—, ambos tenían más de cien años.

—Ah, bueno, entonces ya descansan… Gracias, de todos mo…

—De nada —dijo Rigel mientras le cerraba la puerta en las narices.

Y ningún pomposo ramo de flores volvió a cruzar el umbral de nuestra entrada.

Al menos durante ese día.

La noche de la cena llegó en un abrir y cerrar de ojos.

Anna estaba tan contenta que su alegría casi podía tocarse con las manos.

Miró satisfecha el mantel que estaba colocando y me dijo que se había encontrado a Adeline cuando regresaba a casa.

Le había cogido mucho cariño; la adoraba por su amabilidad y por sus sonrisas sinceras. Sabía lo unidas que estábamos y me dio la sensación de que se le encogió el corazón cuando Adeline le confió que aún no había encontrado trabajo.

—Es una chica tan dulce… —dijo mientras ponía la tarta en el horno—. Le he prestado el paraguas porque se estaba empapando… ¡No llevaba ni capucha!

Cerró la puerta del horno y reguló la temperatura; después se quitó los guantes, un poco turbada.

—¿Dónde me dijiste que estaba? —me preguntó.

—En el Saint Joseph —respondí—. Desde que la transfirieron, siempre ha estado allí. Ahora que ya es mayor de edad tendrá que irse, pero mientras no encuentra trabajo…

—También la he invitado a cenar —dijo Anna mientras cortaba el pan.

Me quedé pasmada con los cubiertos en la mano. Alcé la vista y me la quedé mirando.

—Ya sé que tenía que ser algo entre nosotros, pero no he podido evitarlo. Siempre es tan encantadora… Y, además, me consta que estáis muy unidas. Me ha costado un montón convencerla de que no sería una molestia, pero al final me ha dicho que vendrá. —Me sonrió con dulzura—. ¿Estás contenta?

Mi corazón hubiera dicho que sí, si mi cabeza no me hubiera traicionado. Aún había algo que me quemaba por dentro desde la última vez que nos habíamos visto. Por un lado, oírle decir que no sentía nada por Rigel me había tranquilizado, pero, por otro, temía que no fuese verdad. Había decidido creerla, pero pensar en ello me seguía atormentando.

Anna miró el reloj que había colgado en la pared.

—¡Oh, no pensaba que fuese tan tarde! Nica, ve a prepararte. Ya acabaré yo aquí.

Asentí y me fui arriba a todo correr.

Cogí mi albornoz, ropa interior limpia y entré en el baño, me desnudé, abrí la ducha y me puse bajo el chorro de agua caliente.

Me aseé cuidadosamente y me lavé el pelo con un champú perfumado, disfrutando de toda aquella espuma.

Me sequé con cuidado de no mojar el suelo, me puse el albornoz y me lo anudé a la cintura. Era más bien pequeño incluso para mí, pero tenía una tonalidad lila que me encantaba.

Me puse las bragas dando saltitos sin moverme del sitio; miré hacia abajo y observé el encaje blanco que dibujaba la curva de la pelvis.

Era la primera vez que decidía ponerme lencería que no fuera simplemente de algodón. Sin embargo, esta era extremadamente suave al tacto.

Mientras me secaba el pelo con la toalla, oí una voz que me llamaba desde abajo.

—¡Nica, me he olvidado los salvamanteles de encaje! ¿Podrías traérmelos? ¡Están en la cómoda de mi habitación!

Me pasé la mano por la frente y oí que Anna añadía:

—¡En el último cajón de abajo!

Sin pensarlo, me ceñí el albornoz, salí y cogí lo que me había pedido. Nos encontramos a mitad de la escalera y le di los manteles.

—Aquí están —le dije sonriente y ella abrió mucho los ojos al verme con el albornoz y chorreando.

—¡Perdona, no había caído en la cuenta de que estarías duchándote! ¡Así te enfriarás, cariño…!¡Gracias! Sí, estos son perfectos. Y ahora corre a acabar de secarte… Insistió en que tuviera cuidado de no resfriarme, así que volví al baño, pero me encontré la puerta abierta de par en par.

Reprimí un leve estremecimiento de frío y me recogí el cabello en una trenza para eliminar el exceso de agua. Cuando empezaba a peinarme, vi una camiseta limpia y bien doblada junto al lavabo.

Una camiseta negra con botones en el pecho.

Una camiseta de hombre.

Me la quedé mirando y parpadeé, desconcertada. Desde luego, antes no estaba.

Todo sucedió en un segundo: mi mente interpretó y asoció aquella presencia que había a mi espalda, y yo me volví de golpe.

El peine casi se me cayó de las manos.

Rigel estaba en el umbral. Inmóvil.

Bajo una mata de cabello oscuro, sus iris negros estaban literalmente clavados en mí. Llevaba su toalla en la mano y supuse que habría ido a buscarla a la habitación creyendo que el baño estaba libre.

—Yo… yo… —farfullé con las mejillas ardiendo—, aún no había terminado…

Vi que cerraba lentamente la mano sobre el tejido esponjoso. Se me secó la garganta y me pareció ver un destello acerado en sus ojos cuando ardieron a lo largo de todo mi cuerpo: se deslizaron por mis temblorosos tobillos, por mis muslos húmedos, por la curva de mis senos y por la piel expuesta de mi garganta.

Inspiró hondo y aquel sonido me alteró la sangre. A continuación, me miró directamente a los ojos y yo tragué saliva, a merced de su mirada incandescente.

—Rigel, están a punto de llegar los invitados. Anna anda dando vueltas por la casa y… —Apreté el peine. Miré el pasillo a su espalda y me di cuenta de que estábamos el uno frente al otro, presa y depredador.

—Debo salir —exclamé.

Rigel me miró; tras sus ojos se adivinaba una tempestad palpitante, como si su mente estuviera trabajando a una velocidad desmesurada.

Era como si estuviéramos al principio, cuando yo tenía miedo de pasar por su lado por temor a que mordiera. Aunque por otros motivos…

—Rigel —volví a decirle, tratando de ser razonable—, tengo que pasar.

Esperaba que mi voz no hubiera sonado demasiado débil y temerosa, pues ya me había dado cuenta del efecto que le producía. Sin embargo, ante aquella petición, entornó levemente los ojos… y sonrió.

Lo hizo de un modo tan tranquilo y distendido que aún me dio más miedo.

—Claro —asintió con voz serena—. Pasa, pues.

«No te haré nada», parecía prometerme, pero su mirada me hizo sentir como un ratón frente a una pantera.

Tragué aún más saliva que antes.

—Si voy hacia allí…, ¿me dejarás pasar?

Rigel se lamió el labio, dejó vagar sus pupilas sin rumbo y en ese instante me pareció más que nunca una fiera acechando una madriguera.

—Mmm… —murmuró como si accediera.

—No, dilo… —balbuceé

—¿Qué? —inquirió divertido.

—Que me dejarás pasar.

Rigel parpadeó con una expresión tan inocente que aún lo hizo parecer más peligroso, si es que eso era posible.

—Te dejaré pasar.

—¿Me lo prometes?

—Te lo prometo.

Lo miré un instante, recelosa, antes de decidir acercarme a él.

Y Rigel mantuvo su promesa.

Me dejó pasar, pero…, en cuanto lo hube superado, me sujetó con tal ímpetu que me quedé sin respiración.

Y me arrolló. Literalmente.

Sentí que la puerta se cerraba de golpe, mi espalda contra la pared y su cuerpo irguiéndose sobre mi cuerpo. Abrí los ojos de par en par y Rigel deslizó sus manos entre mi pelo antes de unir nuestros labios.

Me besó con una vehemencia insensata y arrolladora.

Traté de respirar, de no perder la lucidez. Intenté alejarlo, apartarme, pero él atrapó mi labio entre sus dientes y lo succionó hasta lograr que me flaquearan las piernas. Me encajó contra su cuerpo, con sus maneras de lobo y sus labios hirvientes, y de pronto me abandonaron las fuerzas.

La realidad palpitó, todo se volvió turbio, pensé que iba a perder la razón.

Debería haber sido sensata, comprender que estaba arriesgándome en exceso. Rigel me despedazaba, me ahogaba, me hacía sucumbir a todo aquel cúmulo de emociones. Le acaricié la garganta y respondí con toda la desesperación contenida en mi cuerpo.

Me sujetó por los muslos y me levantó. El albornoz se aflojó, resbaló y me dejó los hombros al descubierto. Crispé los dedos de los pies cuando me mordió la curva del cuello saboreando mi piel fresca como si fuera un fruto prohibido, dulce y jugoso. Mi frágil cuerpo se contrajo a merced de sus dientes y me empezaron a temblar las piernas.

Estaba tan poco acostumbrada a poderlo tocar y a dejarme tocar por él que el menor contacto me hacía estremecer y las mejillas me ardían. Me sentía débil, caliente y electrizada.

Rigel volvió a buscar mi boca, sin darme tiempo a seguir su ritmo, y una vez más lo acogí con un leve gemido; me obligó a abrir los labios y, cuando nuestras lenguas se entrelazaron, un calor arrasador volvió a encenderse desde el vientre hasta los dedos de mis pies.

No entendía cómo lograba arrebatarme la energía de aquel modo y, al mismo tiempo, hacerme sentir tan viva. Su salvaje voracidad y su perfume me estaban embriagando por completo.

De repente, introdujo las manos en el albornoz y yo me puse rígida. Sin apenas darme cuenta, ladeé la cabeza y me aparté.

Ahora su boca estaba a un suspiro de la mía y ambos compartíamos nuestros húmedos alientos. Jadeé con los párpados entornados, aturdida, porque el corazón se me estaba hundiendo el pecho.

Rigel se lamió los labios hinchados. El cabello le ensombrecía el rostro. Pareció intuir que me había asustado, porque apoyó su pómulo en mi mejilla, tratando de controlarse. Yo seguía estremeciéndome por el modo en que me estrechaba contra sí. El contacto era rudo, fogoso, salvaje. Pero al mismo tiempo, temeroso de hacerme daño.

Adoraba este contraste en él y, aunque se aferrara a mí como una bestia, a veces parecía conocerme como nadie. Rigel no era violento ni agresivo, solo era brusco. Él era así, pero eso no quería decir que yo lo considerara algo malo.

Con un suave movimiento, me besó la arteria palpitante de la garganta. Sus pulgares dibujaron delicados círculos en mi piel y mi cuerpo se relajó.

Apoyé la cabeza en su pecho, suspirando.

Me tranquilicé; mi mente se deslizó a través de un lánguido delirio.

Volví a buscar sus labios y los complací, precipitándome en una espiral de besos tórridos y profundos.

Los cálidos golpes de su lengua ahora eran lentos, incitantes, y sus dedos me sujetaban las caderas con ardor, siguiendo inconscientemente un ritmo intenso, como si no hubiera forma humana de resistirse.

Su sabor se me subió a la cabeza. Me hundía las manos en la carne y me frotaba con lascivia contra él. Mis mejillas se encendieron de nuevo y mi respiración se volvió irregular. Sentía una extraña tensión en el bajo vientre, dulce e insoportable a la vez.

Su lengua me incendió la boca. Empecé a succionarla despacio, casi con timidez, incitándolo a clavarme los dedos en la piel.

Me sobresalté. Las puntas de sus dedos ascendieron a lo largo de mis muslos y rozaron el encaje que llevaba puesto.

Apreté las piernas a su alrededor y nuestros alientos volvieron a buscarse como al principio.

Rigel abandonó mis labios y empezó a morderme la mandíbula, el cuello, el hombro. Parecía perdido, hambriento, ávido de mí. Hundió enérgicamente sus manos en mis caderas, una vez más, como si lo enervase sentir que mi carne temblaba y cedía mientras sus dedos la modelaban. Reprimí un gemido de dolor y me arqueé contra él. Ahora sus dedos volvían a ascender por detrás, agarrándome las escápulas y su boca marcaba la delicada piel bajo mis orejas con sus besos. Tensé los muslos y mis músculos vibraron.

Rigel me reclinó hacia atrás, me estrujó la pelvis y hundió los labios en mi pecho.

Me quedé sin aliento.

La cabeza me daba vueltas.

Me hacía desesperar, explotar y respirar.

Me hacía vivir.

Me devastaba con un beso y me convertía en parte de él.

Y yo se lo dejaba hacer, porque no deseaba a otro lobo que no fuera él.

Lo que experimenté fue tan intenso que me eché a temblar. Preferiría que no existiera siempre esa sensación entre nosotros, como si pudieran arrebatarnos lo que teníamos de un momento a otro. Como si nunca dispusiéramos del tiempo suficiente o de las palabras suficientes, de nada que nos permitiera vivir en plenitud. Hubiera deseado entregarle mi corazón y saber que él también sentía aquella necesidad que hacía que todo lo demás dejase de tener sentido.

De pertenecernos.

De estar juntos.

De estar abrazados así.

Alma contra alma.

Y corazón contra corazón.

Y mezclar nuestras grietas, hasta dejar de tener miedo…

El ruido del tirador llegó desde una realidad lejana.

Demasiado lejana.

En aquel instante, la puerta se entreabrió, el alma se me encogió y el aliento se me petrificó.

Mi brazo salió disparado: apoyé la mano en el batiente y empujé con fuerza en sentido contrario.

Contuve la respiración cuando oí la voz de Norman al otro lado de la puerta:

—Ah, mmm… ¿Hay alguien en el baño?

Me separé inmediatamente de Rigel. Fui tan brusca que sentí cierta resistencia por su parte, como si tratara de retenerme.

—¡Ah, Norman, Nica se estaba duchando! —Anna se acercaba y sentí terror—. Tal vez aún no haya acabado… ¿Nica? —dijo mientras llamaba a la puerta— ¿Aún te estás secando?

Jadeé muerta de miedo, consciente de que aquello era el desastre. Aún sentía sus dientes en la espalda y en el pecho. Me cerré el albornoz con un gesto febril y le eché un vistazo a Rigel: él seguía mirándome como si nada más le preocupara.

Anna volvió a llamar.

—¿Nica?

—S… sí —farfullé con la voz aguda. Rigel se lamió el labio inferior mientras yo añadía—: No… No he terminado todavía.

—¿Va todo bien?

—¡Sí!

—Vale, entonces voy a entrar…

—¡No! —grité presa del pánico—. No, Anna, no estoy vestida.

—Tranquila, ¡Norman ya se ha ido! Llevas puesto el albornoz, ¿no? Quiero enseñarte una cosa…

Respiré con dificultad. Me mordí el labio con fuerza sin dejar de mirar la puerta, tratando de razonar.

Bajé el tirador muy despacio y abrí lo justo para que solo se viera mi ojo.

—Oh, Nica, pero si aún estás mojada —observó—. Tienes la cara roja… ¿Seguro que estás bien?

Tragué saliva e intenté desviar la atención hacia otro tema. Y entonces reparé en que Anna sostenía algo en los brazos.

Un vestido.

—Lo ha cosido Dalma —anunció feliz al ver cómo lo miraba—. Es un detalle, por todo lo que sucedió… Ya sé cuánto te gustan los colores, pero… ella cree que un tono más oscuro, con tu piel, te quedará estupendo. Es… Verás…

Era negro.

La suave tela parecía una cascada de tinta que brillaba a contraluz. No lograba verlo del todo, pero me bastó para llegar a la conclusión de que la palabra «estupendo» se quedaba corta.

—¿Te gusta?

—Es precioso, Anna —susurré, casi sin poder hablar—. Yo… no sé qué decir. Dalma es increí… ¡Ah!

Me sonrojé y al instante me llevé la mano a la boca.

Detrás de la puerta, Rigel acababa de pellizcarme el muslo aún húmedo.

Anna se me quedó mirando, entre confusa y preocupada, mientras yo la empujaba con manos temblorosas, haciéndola retroceder. La acompañé por el pasillo, invitándola a alejarnos del baño.

—¡Quiero probármelo enseguida! Dalma estará contenta… ¿A qué hora llegan? Madre mía, qué tarde es…

Seguí hablándole mientras tiraba de ella, sin darle tiempo a mirar hacia atrás y verlo… a él.

El vestido de Dalma era perfecto. Se adaptaba a mi cuerpo como un guante, dibujando mis curvas como si estuviera hecho a medida. Las mangas me ceñían los brazos hasta los dedos, pero los hombros quedaban al descubierto.

Me alisé la tela en las caderas, mientras me miraba al espejo con cierta turbación.

El negro resaltaba el tono de mi piel y relucía ensalzando reflejos ocultos; no me apagaba, sino que, al contrario, le confería a mi aspecto un extraño contraste que me hizo sentir hermosa como una pequeña estrella nocturna.

Era maravilloso.

Nunca lograría acostumbrarme a verme así. A oler a perfume siempre, a llevar vestidos limpios todos los días. A poder ducharme cuando quisiera, a estar bajo el agua hasta quemarme, a mirarme en un espejo que no estuviera desportillado.

A notar aquella sensación en la piel, como si fuera algo bonito que valía la pena admirar.

Por dentro, seguía siendo una niña que se restregaba flores en los vestidos y se los remendaba ella sola. Algunas cosas no se me irían por mucho que me lavara.

Me cepillé el pelo despacio y, al verme reflejada en el espejo, me di cuenta de lo largo que lo tenía. Cuando era pequeña, se me inflaba con cada ráfaga de viento y soñaba que ascendía al cielo como una libélula; por entonces solo era una niña, pero eso no me impedía albergar grandes esperanzas.

Me recogí el cabello a un lado y traté de hacerme una trenza, pero las tiritas se me pegaban al pelo y el resultado fue una maraña desordenada que me hizo renunciar a aquella idea. Así que me lo alisé de nuevo, lo acomodé en la espalda y me lo recoloqué con los dedos.

Cuando bajé, los Otter ya habían llegado.

Norman tenía una botella de vino en la mano y llevaba puesto un alegre jersey rojo. Estaba contando lo de la colonia de ratones que había encontrado en el solar de una señora y yo saludé a George, que me sonrió bajo su gran bigote.

Dalma estaba en la cocina con Anna. En cuanto me vio, se quedó inmóvil y, por la expresión de su rostro, vi que estaba emocionada.

—Te lo has puesto… —murmuró mientras me contemplaba, como si el regalo se lo hubiera hecho yo a ella—. Oh, Nica… Estás espléndida.

Se enterneció, casi conmovida, cuando me acerqué a darle un beso en la mejilla.

—Es una ocasión especial —dije mirando a Anna, que me sonrió emocionada a su vez—. Gracias, Dalma, me has dejado sin palabras. Es un regalo precioso de verdad.

Ella se ruborizó, feliz. Pero en ese preciso instante, me di cuenta de que había alguien más detrás de ella.

—Hola, Asia.

Asia tenía un aspecto distinguido y sofisticado, como siempre. La bonita cola con la que se había recogido el pelo le daba ese aire de princesa que también tenían sus gestos; sin embargo, percibí un silencio forzado tras mis palabras. Bajó el rostro y miró hacia otro lado.

—Hola —murmuró sin mirarme.

Por primera vez, no me pareció soberbia, sino casi… cohibida.

—Voy a llevar esto al coche —dijo señalando una serie de envoltorios que contenían flores secas de lavanda y jazmín y que desprendían un perfume increíble. Sin duda era un regalo de Anna.

—¿Quieres que te eche una mano? —le pregunté saliendo tras ella, pero me respondió con sequedad:

—No.

Me quedé donde estaba y dejé que siguiera su camino. Llegó a la puerta dando grandes zancadas y sacó las llaves del coche. Pero de pronto algo llamó su atención.

Asia se detuvo y yo sabía por qué.

La foto de Alan relucía enmarcada en la mesita del vestíbulo. Había que reemplazar el cristal; tenía una pequeña grieta en la parte inferior y ella fijó la vista justo allí donde había una tirita de color azul aplicada cuidadosamente en la fisura.

Azul como los ojos de Alan.

Asia se giró despacio hacia mí. Su mirada viajó hasta mis dedos, llenos de tiritas de colores, y a continuación se desplazó hasta mi rostro. Por un instante, me pareció distinguir algo entrañable y frágil en sus ojos, algo que nunca antes me había concedido. Algo que traslucía remordimientos y dolor, pero también… resignación. Dio media vuelta y salió.

Me quedé mirando cómo desaparecía por la puerta y volví al salón.

Un poco más tarde, estaba llenando la salsera cuando sonó el timbre y alguien fue a abrir.

—Ya está. —Anna se llevó una mano a la frente a causa del calor que desprendía el horno; el pastel tenía un aspecto espléndido—. Nica, ¿puedes comprobar que todo esté listo, por favor?

Fui hacia el comedor para ver si todo estaba en orden, pero al llegar a la altura del pasillo, me detuve.

La persona que había tocado el timbre no era Asia, sino Adeline.

Su suave melena rubia iluminó el vestíbulo; debía de estar acabando de quitarse el abrigo, pero al principio yo no podía verla a causa de la pared.

—No dejas de mirarme de ese modo.

—¿De ese modo? —inquirió una voz profunda.

Me puse tensa, sin saber muy bien por qué.

Era Rigel. Había abierto la puerta y en ese momento la estaba mirando con altivez y recelo.

—De ese modo… Como si estuviese siempre en el lugar equivocado —dijo ella con una sonrisa rota. Sus iris claros lo miraron con una
complicidad única—. Me pediste que me quedara al margen y lo estoy
haciendo. Siempre lo he hecho… ¿No es así?

¿Qué querría decir?

¿Al margen de qué?

Intercambiaron una larga mirada antes de que Rigel apartara los
ojos, y en los de Adeline distinguí un fulgor que no supe cómo definir.
Algo demasiado lleno de necesidad, calor y compasión, y a él pareció
no importarle, o simplemente no se dio cuenta.

Pero yo sí. Y una vez más tuve la impresión de que me faltaba algo, de
que me había quedado atrás, de que no sabía de qué hablaban…

Tras aquellos ojos negros, había un mundo que no podía tocar. Un
alma que Rigel nunca le había permitido ver a nadie.

Entonces… ¿por qué?

¿Por qué ella hablaba como si lo entendiera?

¿Como si supiera?

En ese momento, repararon en mi presencia.

Los ojos de Adeline destellaron en cuanto me vio, pero yo desvié la
vista hacia Rigel. La premura con que parecía estar preguntándose cuánto habría oído, aún me hizo sentir más fuera de lugar.

—Nica —dijo Adeline, sonriéndome algo desconcertada—, hola…

—Hola —respondí con el corazón confundido e inquieto.

Sacó un paquete del bolso.

—He traído unos dulces —dijo vacilante—. Quería traer flores, pero
en vista de que Anna las vende, me ha parecido un poco tonto…

Se acercó, se me quedó mirando y me sonrió con afecto.

—Estás guapísima —me susurró, como si yo fuera la flor más hermosa.

La seguí con la mirada mientras se alejaba. Cuando ya me daba la
vuelta de nuevo, Rigel vino hacia mí.

Mis pensamientos se acallaron y por un momento olvidé lo que hubiera querido decirle.

Llevaba unos pantalones oscuros y una camisa blanca que le deli-
neaba el pecho de forma impecable. La tela inmaculada no desentonaba
para nada con su aspecto, es más, hacía que sus iris parecieran dos abismos magnéticos y peligrosos.

El pelo negro y las cejas marcadas resaltaban más de lo habitual, proyectando un poder de seducción apabullante. Lo miré con los ojos muy abiertos y el rostro encendido, impresionada.

Se me plantó delante, totalmente a sus anchas, consciente de su despiadada belleza, y yo me sentí superada por la intensidad con que me miró. Ladeó el rostro y examinó mi aspecto desde su altura, prestando especial atención al modo en que el vestido dibujaba mis delicadas curvas. Por un momento, me pareció que estaba a punto de decir algo. Pero al final, como si se tratara de una lucha consigo mismo que ya había aprendido a perder, se tragó las palabras.

Me pregunté por qué me miraba siempre así. Parecía querer gritarme algo y al mismo tiempo rogarme que no comprendiera. Y yo me desesperaba tratando de entenderlo, pero por mucho que aprendiera a leer sus silencios, aquellas miradas seguían siendo un enigma inaccesible para mí.

¿Qué sabía Adeline?

¿Y por qué a ella sí le había abierto su mundo secreto?

¿Acaso no se fiaba de mí?

Mis inseguridades entraron al asalto. Traté de hacer oídos sordos, pero se encaramaron a mi piel. Miré a Rigel a los ojos y mi corazón gritó cuánto deseaba que el suyo se uniera al mío, ser importante para él, entrar en su alma como él había entrado en la mía.

¿Qué era yo para él?

—¡Ah, aquí estáis! —Norman asomó por la puerta y nos sonrió—. ¡Ya estamos listos! ¿Venís?

La cena fue cálida y animada.

La mesa estaba dispuesta espléndidamente, con la vajilla buena y los platos humeantes en el centro, entre tintineos y aromas.

Adeline se había sentado al otro lado de la mesa, me había dejado a propósito la silla libre al lado de Rigel.

La observé de reojo, con el corazón cubierto por un velo húmedo. Verla rodeada de las personas a las que yo tanto quería accionaba en mi interior una serie de registros sensibles y opuestos: sentía un afecto desmesurado por ella, pero también me provocaba mucha incertidumbre.

—¿Quieres un poco de salsa? —Vi que le preguntaba a Asia y que esta la miraba con recelo.

Adeline le respondió con una sonrisa. Y a continuación la ayudó amablemente a servirse el condimento. Asia le lanzó una mirada circunspecta cuando vio que cogía una rebanada de pan también para ella y la dejaba junto a su plato.

—¡Qué perfume tan agradable hay en esta casa! —exclamó George—. ¡Es como si masticaras flores!

—¿Es que acaso hay algo que no sabemos? —se sumó Dalma.

Ambos miraron a Anna y ella se echó a reír.

—Ah, no, ¡a mí no me miréis! ¡Esta vez yo no tengo nada que ver! —Los miró uno por uno y añadió vivaracha—: ¡Todos los ramos son para Nica!

El bocado se me atragantó en la garganta. Me esforcé en hacerlo bajar mientras todos se giraban hacia mí.

—¿Para Nica? —preguntó Dalma, observándome maravillada y afectuosa—. Nica… ¿Alguien te envía flores?

—Tiene un admirador secreto —dijo Norman un poco aturullado—, un chico que todos los días le hace llegar un ramo tras otro…

—¿Un pretendiente? ¡Qué tipo más romántico! ¿Y quién es? ¿Lo conoces?

Tragué saliva, sumamente incómoda, y tuve que reprimir el impulso de mordisquearme las costuras de las tiritas en la mesa.

—Es un compañero de la escuela.

—¡Un chico muy detallista! —intervino Anna entusiasmada—. Tan atento… ¡Con todos esos regalos, lo mínimo sería ofrecerle al menos un té! Es el mismo con el que ibas a tomar un helado, ¿verdad? ¿Tu amigo?

—Él… Sí…

—¿Por qué no lo invitas a venir a casa un día de estos?

—Yo, verás…

Me estremecí bruscamente. Sufrí una contracción.

Bajo el mantel, una mano acababa de posarse en mi rodilla desnuda.

Los dedos de Rigel se pegaron a mi piel y yo me puse rígida.

¿Qué estaba haciendo? ¿Se había vuelto loco?

Apretujé la servilleta y fui mirando uno por uno a los comensales, cada vez más tensa.

Dalma estaba justo a mi lado.

¿Y si lo había visto?

En ese instante, ella se volvió para mirarme y sentí que el corazón me martilleaba la garganta.

—No todo el mundo regala flores. Requiere una sensibilidad especial, profunda… ¿No te parece?

—Sí… —respondí tragando saliva y procurando parecer normal, pero tras aquella respuesta, Rigel aumentó la presión de su mano. Se me escapó un escalofrío.

Cuando Dalma se giró de nuevo, aproveché para agarrarle la muñeca y apartarla. Me hice a un lado, con las mejillas ardiendo.

Todos malinterpretaron mi rubor.

—Apuesto a que es encantador…

—¡Encantador y enamorado!

—¿E… enamorado? —balbuceé con un hilo de voz.

Anna me sonrió.

—Bueno, no se le regalan todas estas flores a la primera persona que pasa, ¿no te parece? Sin duda, Lionel siente algo muy profundo por ti…

Hubiera querido decir algo, pero empezaron a hablar todos al mismo tiempo y me confundieron. Las voces se superpusieron, los pensamientos se mezclaron y yo ya no entendí nada.

—¿Cuánto hace que lo conoces?

—Vaya joya de muchacho…

—Nosotros también nos enamoramos a su edad, ¿a que sí, George?

—Nica —exclamó Anna—, ¿por qué no lo invitas a casa mañana por la tarde?

El ruido seco de la silla me dio un buen susto.

En medio de tanta euforia, nadie se dio cuenta de la forma en que Rigel se marchó. Se esfumó a través de la puerta, mientras Adeline y yo lo seguíamos con la mirada.

Tenía el corazón en un puño, completamente helado. Y esa sensación fue en aumento cuando me di cuenta de que Asia estaba mirando fijamente su asiento vacío. Lentamente, desplazó sus pupilas hasta fijarlas en mí.

De pronto, me pareció estar sentada sobre alfileres.

Miré al suelo, murmuré una excusa y los dejé a todos allí, en plena cháchara. Casi no repararon en mí y por primera vez me alegré de que fuera así.

Busqué a Rigel y de pronto oí un ruido que venía de la habitación del fondo. Me apresuré a ir en esa dirección, abrí la puerta y me quedé atónita: estaba allí, haciendo pedazos una a una todas las flores que había enviado Lionel.

—¡No! ¡Rigel! ¡Basta! —exclamé tratando de que se detuviera.

Lo sujeté de la muñeca, pero él se zafó de mí con tanto ímpetu que los pétalos volaron a su alrededor formando un remolino silencioso. Me fulminó con la mirada y yo me puse a temblar.

—¿Por qué? —preguntó furioso—. ¿Por qué no has dicho una palabra?

Lo miré con los ojos muy abiertos, pero no me dio tiempo a responder, porque él avanzó un paso hacia mí.

—¿Qué sientes por él?

Una sensación sorda en el pecho me impedía apartar la mirada de Rigel.

—¿Cómo?

—¿Qué sientes?

Su voz sonó como un gruñido, pero en sus ojos vi palpitar cierta vulnerabilidad, algo similar a una herida. Lo miré incrédula, porque aquella pregunta hacía tambalearse toda la confianza que tanto nos había costado construir.

—Nada…

Rigel me miró con ardiente amargura. Sacudió despacio la cabeza, como si tuviera ante sí una verdad que se negaba a aceptar.

—No eres capaz —me espetó—. Tú no eres capaz. Después de todo lo que ha hecho… Después de todas sus intromisiones, de su insistencia, después de que estuviera a punto de agredirte, no eres capaz de odiarlo.

Aquellas palabras fueron como un zarpazo.

Sentí que me alcanzaban y penetraban en mi piel, porque… eran la verdad.

No podía negarlo.

No importaba cuánto daño me causaran. Yo no sabía odiar… por mucho que me esforzara.

Sin embargo, me habían enseñado qué era el odio. La directora me lo había impreso en la piel de un modo que jamás podría olvidar.

Me había despedazado, pisoteado, deformado. Magullado y quebrado. Me había doblegado hasta tal punto que me había quedado así para siempre, torcida y frágil como una muñeca.

Eso era lo que me había dejado. Un corazón defectuoso que buscaba en los demás la bondad que no había hallado en «Ella». Una *falena* que veía luz en todas las cosas, aunque se quemara hasta consumirse.

Apreté los dedos. Miré a Rigel con los ojos apagados y yo también sacudí la cabeza y me tragué aquella certeza.

—No importa —dije despacio.

—¿No importa? —repitió Rigel, entornando sus ojos negros con rabioso dolor—. Ah, ¿no? ¿Entonces qué es lo que importa para ti de verdad, Nica?

No.

Todo menos eso.

Cerré las manos hasta que adquirieron la forma de unos inestables puños.

Él era la última persona que podía pronunciar aquellas palabras.

—Yo sé lo que importa —susurré con una voz que ni siquiera parecía la mía. Sentí la sangre crepitando bajo mi piel mientras miraba a Rigel con los ojos acuosos y brillantes—. Soy la única que ha dejado claro lo que importa de verdad.

Rigel endureció las cejas, como si lo hubiera alcanzado por un rayo.

—¿Qué?

—¡Eres tú! —Aquellas palabras estallaron en mis labios—. ¡Es a ti a quien nunca le ha importado nada ni nadie, ni siquiera te has dado cuenta del modo en que te mira Adeline! ¡Te comportas como si fuera una cosa como otra cualquiera, como si no hubiera riesgos! ¿Sabes qué pasará si nos descubren, Rigel? ¿Acaso te importa?

Todas mis inseguridades tomaron el control. Intenté arrinconarlas, pero me envenenaron el corazón y me recordaron lo frágil, vulnerable y llena de miedos era. Por primera vez, el pánico de no ser «bastante» también se proyectó en Rigel.

—No haces más que jugar con fuego, podría decirse que te divierte. Incluso en la mesa, delante de los demás, te dedicas a tentar a la suerte, ¿y aún tienes el valor de decir que es a mí a quien no le importa?

No era mi yo de siempre quien hablaba, pero no fui capaz de callarme. No podía soportarlo.

Por nosotros había tenido que ponerme en peligro y mentir a la única persona que me había dado todo su afecto y me quería con sinceridad. La única a quien jamás hubiera querido engañar: Anna.

Lo había elegido a él. Pero aquella elección me había roto el corazón.

Y volvería a hacerlo otras diez veces y después otras cien y mil veces más si eso supusiera estar a su lado.

Aunque me lo rompiera todas las veces, lo elegiría a él de todos modos. Siempre lo elegiría a él.

Sin embargo, no podía decir lo mismo de Rigel.

Él no me había proporcionado ni una sola certeza.

Yo le había confesado que quería tenerlo a mi lado, le había abierto mi parte más íntima y frágil y había quedado expuesta a su silencio.

—Yo lo estoy arriesgando todo. Todo lo que más ansío. Pero tú ni siquiera pareces darte cuenta. A veces te comportas como si no tuviera importancia, como si para ti solo fuera un jue…

—No —me interrumpió, terminante, cerrando los ojos—. No lo digas.

Cuando volvió a abrirlos, vi algo agitándose impetuosamente en lo más profundo de su mirada.

—No te atrevas a decirlo.

Lo miré con los ojos apagados y esta vez fui yo quien negó con la cabeza.

—Yo no sé qué significa para ti —susurré con amargura—. Nunca sé qué piensas… Ni qué sientes. Tú me conoces mejor que nadie, pero yo de ti… no sé casi nada.

De pronto, ya no parecíamos estar en la misma habitación, sino a años luz de distancia.

—Te dije que te querría por lo que eres…, tal como eres… Y te dije la verdad. Nunca esperé que me correspondieras ni que de un día para otro te abrieras a mí. La verdad —mi voz era un susurro tembloroso— es que me conformaría con cualquier cosa. Lo único que deseo es comprender. Pero cuanto más lo intento, más me rechazas. Cuanto más me esfuerzo, más crece en mí la sensación de que quieres mantenerme fuera. Lejos de ti. Precisamente a mí, más que a nadie… Y no entiendo por qué. Nos hemos roto juntos, pero tú no me dejas entrar nunca, Rigel. Ni siquiera por un instante.

Me sentí completamente vaciada.

En los ojos de Rigel solo vi un negro indescifrable.

Y me pregunté dónde estaría él detrás de aquella mirada.

Si sentiría el dolor que yo sentía y la necesidad que yo tenía de formar parte de su mundo como él formaba parte del mío.

El corazón apenas me comprimió un poco más el pecho; bajé el rostro mientras se me empañaban los ojos, porque aquel silencio era la enésima prueba de que ya no me quedaban fuerzas para escucharlo.

*

Le temblaban los puños.

En su interior la carcoma se retorcía como un monstruo.

Ya no podía más. Ya no podía seguir siendo él mismo…

Nunca como ahora se había sentido tan atrapado en su propio cuerpo, nunca había deseado tanto ser otro, cualquier otro.

Ella quería «entrar».

Quería entrar, pero no entendía.

Solo le haría daño.

Creía que había algo en él, algo dulce y justo, pero no era así. Dentro solo había rechazo, miedos y un alma que rezumaba tormentos. Tenía zarpazos y rabia. Dolor y sentimiento de impotencia.

Por dentro era un caos.

Había aprendido a rechazar los vínculos, los afectos, todo. Y había intentado rechazarla también a ella, la había empujado, arañado, roto, había tratado de sacársela de encima, pero en su interior Nica se lo había llevado todo. Con aquella sonrisa espléndida y con su delicadeza. Con su diferencia y aquella luz que él jamás había logrado explicarse.

Y siempre había rezado por que ella lo mirase, porque en sus ojos el mundo también parecía resplandecer.

En los ojos de Nica ni siquiera él parecía tan defectuoso.

Pero ahora que al fin ella lo miraba… el miedo lo destrozaba.

Tenía miedo de que viera lo tortuoso, roto e irrecuperable que era. Tenía miedo de no ser comprendido, de ser rechazado, de ver que ella se daba cuenta de que podía aspirar a algo mejor.

Tenía miedo de que volvieran a abandonarlo.

Por eso no podía dejarla entrar.

Una parte de él la querría a su lado para siempre. La otra, que la amaba más que a sí mismo, no podía encerrarla en aquella jaula de espinas.

Nica miraba al suelo, triste.

Y Rigel guardó silencio porque, aunque ella no lo supiera, el silencio le costaba más que cualquier palabra.

La estaba decepcionando una vez más. ¿Por qué, cuanto más trataba de protegerla de sí mismo, más daño acababa haciéndole?

Nica se marchó y se llevó consigo toda la luz. Y al verla partir, Rigel sintió una tenaza que le oprimía el corazón y le clavaba, una por una, todas las espinas de sus aflicciones.

30

Hasta el final

No quiero el final feliz.
Quiero el gran final.
Como los de los prestidigitadores,
esos que te dejan con la boca abierta
y te hacen creer, por un instante,
que la magia puede existir.

Nadie respiraba.

Rigel los veía a todos inmóviles, en fila, uno al lado del otro.

Él no estaba entre ellos.

Como siempre.

La sombra de la directora merodeaba delante de aquellos cuerpecitos como un tiburón negro.

—Hoy, una mujer me ha dicho que uno de vosotros le ha hecho señas desde la ventana.

Su voz era un vidrio lento y rechinante.

Rigel observaba la escena a distancia, sentado en la banqueta del piano. No le había pasado desapercibida la mirada de odio en estado puro que le había lanzado Peter.

A él nunca lo castigaban junto con los demás.

—Me ha dicho que uno de vosotros ha tratado de decirle algo. Algo que no ha logrado entender.

Nadie respiró.

Ella los miró uno por uno y Rigel se dio cuenta de que los dedos de ella se cerraban alrededor del codo de la niña que estaba allí al lado.

Adeline trató de no ponerse rígida, ni siquiera cuando la directora empezó a apretarle el brazo en una presa lenta e implacable.

—¿Quién ha sido?

Todos callaron. Le tenían miedo y eso bastaba para hacerlos culpables a sus ojos. Así era como ella lo veía.

A Adeline la piel empezó a ponérsele violácea. La estaba estrujando con tal fuerza que su rostro gritaba de dolor por ella.

—Monstruitos ingratos —masculló la directora con un odio desnaturalizado.

Rigel captó enseguida qué era aquel fulgor rojizo en sus ojos. Era el fulgor de la violencia.

Todos empezaron a temblar.

Margaret soltó a Adeline. Y, después, con movimientos mecánicos, se sacó la correa de cuero del pantalón.

Rigel vio a Nica, al fondo, temblando más que el resto de los niños. Sabía que las correas la aterrorizaban. Algo lo arañó por dentro mientras la miraba, como una uña rascándole la piel. Sintió que se le paraba el corazón y le sudaban las manos.

—Volveré a preguntarlo —estaba diciendo la directora, mientras caminaba despacio a lo largo de la fila—. ¿Quién-ha-sido?

La vio tiritar. Habría podido decir que había sido él, de hecho, otras veces se había atribuido la culpa por algo que no había hecho, pero esta vez no funcionaría. Había estado con ella todo el día.

Además, Margaret estaba demasiado furiosa. Y, cuando estaba tan furiosa, alguien pagaba siempre las consecuencias.

Ella quería hacer daño.

Ella quería golpearlos.

No lo hacía porque estuviera enferma. O trastornada.

Lo hacía porque quería hacerlo.

Rigel no podía exponerse y atribuirse todas las culpas, o ella dejaría de confiar en él, de darle más libertad que a los demás, y entonces no habría podido proteger a Nica.

—¿Has sido tú?

La vi detenerse delante de una niña con las rodillas temblorosas. Bajó la cabeza enseguida y miró al suelo. Se estrujaba las manos con tanta fuerza que los dedos se le pusieron blancos.

—¿Y tú, Peter? —le preguntó al niño menudo con el pelo rojizo.

—No —respondió él con un hilo de voz.

Aquel gorjeo temeroso siempre había sido su condena. El cuero crujió en las manos de la directora.

Rigel sabía que no había sido Peter. Estaba demasiado aterrorizado como para hacer nada.

Pero Peter era tierno, delicado y sensible. Y esa era su culpa.

—¿Has sido tú?

—No —repitió.

—¿No?

Peter empezó a llorar porque lo sentía. Lo sentía todo. Ella quería desfogarse.

Lo agarró del pelo y le arrancó un grito. Era pequeño, flacucho y tenía las mejillas excavadas por las ojeras. Ofrecía un aspecto patético, con la nariz goteándole y los ojos llenos de miedo.

Rigel vio asco en los ojos de la directora y se preguntó si aquella mujer no tendría ni un ápice de humanidad.

Una vez más, se recordó a sí mismo que no debía sentir apego hacia aquella mujer, por mucho que lo mimase, que cuidara de él como si fuera su madre y le dijese que era especial. Ni porque fuera la única que le brindase unas migajas de afecto.

No podía olvidar su segundo rostro.

Normalmente, no los castigaba en su presencia. Se aseguraba de que estuviera en otra habitación, como si él no supiera lo que hacía o la clase de monstruo que era. Pero aquella vez no. Aquella vez estaba muy furiosa y no veía la hora de molerlos a palos.

—Date la vuelta —le ordenó.

A Peter se le llenaron los ojos de lágrimas. Rigel deseó que no volviera a hacérselo encima o ella le haría lamentar que hubiera manchado la alfombra.

La directora lo obligó a girarse y entonces él se llevó las manos temblorosas a la cabeza para protegerse, susurrando una oración que jamás saldría de aquella casa.

El restallido sonó tan fuerte que todos contuvieron el aliento. Lo golpeó en la espalda y detrás de los muslos. Donde nadie podría ver las señales.

El sufrimiento hizo que aquel cuerpecito se estremeciera como un trueno y parecía como si ella aún lo despreciase más porque reaccionaba al dolor.

¿Cómo podía? ¿Cómo podía amarlo un monstruo semejante?

¿Por qué la única persona que le profesaba afecto era tan inhumana?

Aún se sentía más defectuoso.

Retorcido.

Inadaptado.

El rechazo caló tan hondo en él que lo rompió por dentro. Aún más.

No debía crear vínculos. No debía sentir afecto, el afecto era un error.

—Quiero saber quién ha sido —dijo entre dientes la directora, la rabia le hinchaba las venas de las sienes. Odiaba no dar con el culpable.

Se paseó entre los niños empuñando la correa y se acercó a Nica. Rigel observó con horror que se estaba mordisqueando las costuras de las tiritas. Era un gesto que hacía cuando estaba nerviosa y la directora se dio cuenta.

Se detuvo ante ella, con sus embrutecidos ojos iluminados por una repentina certeza.

—¿Has sido tú? —susurró siniestra, como si ya hubiera confesado.

Nica se quedó mirando la correa que la otra llevaba en la mano. Se la veía pálida, menuda y temblorosa. Rigel sintió que el corazón le taladraba los oídos.

—¿Y bien?

—No.

Le asestó una bofetada con tal violencia que su pequeño cuello emitió un crujido. Rigel se clavó las uñas en las palmas de las manos mientras Nica se volvía de nuevo con la garganta contraída. Una lágrima se deslizaba por su mejilla, pero ni siquiera se atrevía a enjugársela.

La directora retorció la correa con ambas manos y Rigel notó que el corazón se le aceleraba —ya veía la rabia, los ojos desorbitados, la mano alzándose, golpeando, la correa restallando en el aire— y algo gritó en su interior.

Lo asaltó el pánico.

Entonces hizo lo único que le vino a la cabeza: miró a su alrededor y cogió las tijeras que la directora había usado para cortar las partituras. A continuación, en un gesto improvisado y demencial, siguiendo un instinto febril, se clavó una de las hojas en la palma de la mano.

Se arrepintió al instante: el dolor estalló con furia y las tijeras cayeron al suelo, provocando que todos se volvieran.

Unas gruesas gotas rojas mancharon la alfombra y, cuando la directora se dio cuenta de lo sucedido, la mano que ya había alzado para golpear a Nica volvió a bajar. Corrió hasta él y le cogió la palma de la mano como si fuera un pájaro herido.

En ese preciso instante, las miradas de Rigel y de Nica se encontraron. En sus ojos había miedo, fragilidad y consternación.

El dolor lo ofuscaba. Pero jamás olvidaría aquella mirada.
Jamás olvidaría sus ojos, claros como perlas de río.
Siempre llevaría dentro aquella luz.

*

El olor del río era fresco y penetrante. En el puente los ruidos de la obra se perdían en el lejano discurrir del agua.

Miraba a los operarios sin verlos. Estaban reconstruyendo el muro de contención y, desde hacía unas semanas, en lugar del barandal había una red de color naranja que tapaba la vista y no permitía disfrutar del paisaje.

Había ido allí para sentir la hierba bajo sus pies y el tranquilizador abrazo del aire libre, pero mi corazón palpitaba como una herida.

Solo oía eso.

—Ya estás aquí —dijo la voz que me recibió cuando volví a casa.

Anna llevaba puesto el abrigo, estaba a punto de salir, y yo asentí despacio. Noté su mirada buscando mi rostro oculto tras el pelo.

—Allí hay tarta —me dijo con aquella voz suave que tanto me gustaba—. ¿Prefieres comer sola?

Le respondí que no tenía mucha hambre; me sentía lenta, apagada. Una arruga de preocupación atravesó su frente y yo me esforcé en sonreírle.

—Nica… Siento lo de ayer por la noche. —Me miró con expresión disgustada—. Me doy cuenta de que… tal vez exagerara. Con todo aquel discurso sobre Lionel y las flores. Perdóname. —Me acomodó el pelo detrás de la oreja—. La verdad es que me hace muy feliz que haya alguien capaz de apreciarte por tu manera de ser. Lo último que quería era disgustarte.

Posé mi mano sobre la suya y le susurré:

—Todo está bien, no te preocupes.

—No lo está —musitó Anna—. Se te ve tan abatida… Desde que volviste a la mesa ayer por la noche…

—No es nada —mentí, recobrando algo la voz—. Es… Solo es que estoy un poco cansada. —Procuré suavizar la mirada—. No debes sentirte culpable, Anna. Tú no has hecho nada que me haya entristecido.

—¿Estás segura? Me lo dirías, ¿verdad?

445

Esperaba que no notase que me temblaba el corazón después de aquella pregunta.

—Claro. Puedes estar tranquila.

En momentos como aquel era cuando no sabía qué me hacía más daño. Si lo que llevaba dentro o callarme aquello que no podía contarle a nadie.

Los ojos de Anna sabían comprenderte. Pero ella era la última persona en el mundo a quien podría confesarle lo que sentía.

—Ponte una bufanda —le aconsejé con una sonrisa—. Fuera sopla un poco de viento.

Me dio las gracias. Esperé a que saliese y me despedí, pero en cuanto se fue, volví a sentir la misma sensación de vacío que antes. Fui hasta el salón a paso lento, me acurruqué en el sofá y me abracé las rodillas.

Me pregunté si así sería como se sentirían Billie y Miki, como si algo esencial estuviese fuera de su eje. Solo hubiera querido poder hablar de ello con alguien.

—Pensé que vendría de fuera.

Klaus, a mi lado en el sofá, me miró con un ojo medio abierto. En ese momento, me pareció que él era el único a quien podía confiarme.

—Cuando todo empezó… —susurré—, creía que cualquier obstáculo que pudiera surgir vendría del exterior. Que de algún modo… lo afrontaríamos juntos.

Le eché un vistazo al gato y vi que se le cerraban los ojos.

—Me equivoqué —seguí murmurando—. No había tenido en cuenta el aspecto más importante.

Klaus me observaba en silencio. Me deslicé hacia abajo y me hice un ovillo, como si quisiera protegerme del mundo.

Dejé que el cansancio se apoderase de mis pensamientos. Me dormí, pero ni siquiera con el sueño logré hallar la paz que esperaba. En un momento dado, me pareció que algo me tocaba el rostro.

Unos dedos… que me acariciaron la mejilla.

Habría reconocido aquel tacto entre miles.

—Quisiera dejarte entrar… —Oí que me susurraba—, pero por dentro soy un sendero de espinas.

Lo dijo como si no supiera hacerlo de otro modo y el tono melancólico de su voz me quemó el corazón. Traté de asirme a la realidad, de luchar por permanecer despierta, pero fue en vano. Sus palabras se perdieron conmigo hasta desvanecerse.

Cuando me desperté, ya había anochecido. En el instante en que volví a abrir los ojos, noté dos pesos encima. Uno era aquella frase, que estaba segura de no haber soñado.

El otro…

El otro era Klaus, enroscado encima de mí, con el hocico encajado en mi cuello.

Al día siguiente, Rigel no fue a la escuela.

Me enteré mientras Norman bajaba las escaleras y me dijo un poco azorado que me acompañaría él; Rigel no se encontraba bien, el dolor de cabeza del día anterior aún no se le había pasado.

Aquel día no pude seguir bien las clases. Mi mente seguía viajando a la tarde anterior, a aquellas pocas palabras que me había susurrado cuando creyó que estaba dormida.

Cuando salí, a la sombra de un cielo que amenazaba lluvia, eché un vistazo a mi alrededor, deseando no cruzarme con Lionel. Hasta el momento, había logrado evitarlo incluso en las clases de laboratorio porque me había sentado en una mesa lo más alejada posible de la suya.

—¿Vas para casa?

Billie me miró por debajo de su nube de rizos.

Su mirada me pareció lenta y opaca. Fruncí las cejas y esbocé una sonrisa compungida.

—Sí… —murmuré con voz afectuosa.

Ella asintió sin decir nada. Las ojeras que surcaban su rostro eran visibles incluso bajo la sombra de la capucha.

—Vale —susurró.

En aquel momento, pensé que se sentía tan sola como yo.

Billie me necesitaba. Necesitaba una amiga… Antes de que se volviera, la sujeté por un extremo de la sudadera.

—Espera —le dije. Nuestras miradas volvieron a coincidir.

—¿Qué te parece si… comemos algo juntas?

Vi que dudaba.

—¿Ahora?

—Sí… Hay un bar en la siguiente calle, a pocos pasos del puente. ¿Te apetece tomar algo conmigo?

Billie se me quedó mirando un instante, indecisa. Finalmente, apartó la vista y cogió el móvil con dedos temblorosos.

—Le… le digo a la abuela que estaré fuera.

Le sonreí con dulzura.

—Vale. Vamos, pues.

Pasé toda la tarde con ella.

Almorzamos dos sándwiches y estuvimos un rato en los pequeños sofás del bar mientras fuera llovía, dando sorbos a nuestros granizados de chocolate rodeadas de cojines.

Billie me habló de muchas cosas. Me contó que a lo mejor sus padres regresaban a final de mes, pero que ahora ya había dejado de esperarlos de verdad.

La estuve escuchando todo el tiempo, sin interrumpirla en ningún momento. Pensaba que querría desahogarse, pero me di cuenta de que lo que necesitaba solo era un poco de compañía.

Cuando nos despedimos al anochecer, aún se la veía apagada, pero sus ojos reflejaban una sensación de alivio silencioso.

—Gracias —me dijo.

Le respondí con una sonrisa de aliento y le acaricié la mano.

Mientras regresaba a casa bajo las primeras luces de las farolas, me sonó el móvil. Lo saqué del bolsillo y miré quién era antes de responder.

—¿Anna? Hola…

—Hola, Nica, ¿dónde estás?

—Ya estoy llegando —respondí—. Perdona, me he retrasado… Tenía que haberte dicho algo.

—Oh, cariño, no estoy en casa —dijo con un suspiro y me la imaginé llevándose la mano a la frente—. ¡El evento del Círculo me está volviendo loca! Aún tengo pedidos por revisar y no puedo dejarlos para mañana… No, Carl, esos no van ahí —Oí que le decía a su ayudante—. No, querido, esos van junto a las begonias para el vestíbulo, allí… Oh, lo siento, Nica, pero no sé a qué hora terminaré esta noche…

—No te preocupes, Anna —le dije para tranquilizarla—. Ya me ocuparé yo de prepararle algo caliente a Norman cuando vuelva a casa…

—Esta noche Norman cena con sus colegas, ¿recuerdas? Volverá tarde, por eso te llamaba…

Mientras abría la puertecita de la verja, la oí suspirar.

—Rigel ha estado solo todo el día… ¿Podrías ir a ver cómo está? Al menos para comprobar que no tenga fiebre —me dijo con voz intranquila.

Me vino a la mente cuando, tiempo atrás, la llamé mientras estaban en la convención. Anna siempre se preocupaba mucho por nosotros.

Me mordí el labio y asentí con la cabeza. Entonces caí en la cuenta de que ella no podía verme, así que mientras entraba en casa y dejaba las llaves en el cuenco, le respondí que podía estar tranquila, que no se preocupara.

—Gracias —murmuró como si yo fuera su ángel, tras lo cual se despidió y colgué.

Me quité los zapatos para no ensuciar el parquet con las suelas mojadas y fui a buscarlo. Como no lo vi por la casa, deduje que estaría en su habitación, así que me dirigí al piso de arriba.

Pero al llegar ante su puerta, dudé. El corazón me latía con fuerza.

La verdad era que había estado pensando en él todo el día y ahora que estaba allí tenía miedo de estar frente a él.

Me armé de valor, alcé la mano y llamé a la puerta.

Cuando entré, la luz difusa de la ventana dibujó el perfil de la estancia.

La figura de Rigel estaba envuelta en las sombras. Cuando distinguí el sólido contorno de su tórax, sentí una opresión en el pecho y por un momento escuché su respiración.

En el exterior llovía, pero el olor a lluvia no bastó para enmascarar el suyo. Se mezcló con mi sangre y me recordó lo hondo que había penetrado en mi alma.

Me acerqué con delicadeza, posé mi mano en su rostro, y me pareció que estaba caliente, pero, por suerte, no tenía fiebre.

Suspiré. Deslicé las puntas de los dedos por su piel, regalándole una caricia oculta y me di la vuelta. Ya había alcanzado la puerta cuando su voz me detuvo.

—Solo puedo hacerte daño.

Me quedé inmóvil. Escuché aquellas palabras como si, en el fondo, en alguna parte, ya las conociera.

—Yo soy esto… —murmuró con voz desencantada— y no sé ser nada más.

Miré delante de mí, con los párpados entrecerrados y la expresión apagada, como si mi corazón fuera un diamante cubierto de polvo que hubiera dejado de brillar.

Me volví despacio. Rigel estaba sentado, agarrado con las manos al borde de la cama, pero con el rostro abatido, ensombrecido por el cabello. Era como si quisiera impedirme que lo viera.

—Esa es la verdad…

—Por las noches logro dormir —lo interrumpí, con una gran sensación de vacío, pero también con determinación—. Ya no necesito tener la luz encendida. Ya no me levanto de la cama para evitar dormirme. Las pesadillas no han desaparecido…, pero se van desvaneciendo. Se desvanecen porque en la negrura de ahora ya no veo el sótano, sino tus ojos. —Entorné los párpados, devastada—. Tú me estás curando, Rigel. Pero ni siquiera te das cuenta.

Me había llenado de estrellas, pero él era incapaz de verlo.

—Es posible curarse —seguí susurrando, convencida de lo que estaba diciendo.

Rigel alzó la vista. Y en aquel instante comprendí que, fuera cual fuese la verdad que encerraba su mirada, iba más allá de mí. Él jamás se había mostrado ante nadie como lo estaba haciendo en ese momento.

—Hay algo roto en mi interior… que nunca se curará.

«Las estrellas están solas» me había dicho tiempo atrás con el mismo inaprensible sentimiento.

Me di cuenta de que estaba diciendo algo importante, que de algún modo estaba intentando hacerme comprender.

La puerta de acceso al alma de Rigel no me parecía el portón de una fortaleza, sino la entrada a un zarzal espesísimo, abigarrado en el cristal, a punto de desplomarse sobre sí mismo.

—Hay cosas que no puedes reparar, Nica. Y yo soy una de ellas. Soy una «calamidad» —susurró inamovible—. Y lo seré siempre.

—No me importa —musité convencida.

—No, no te importa —repitió con una punta de aspereza—. Para ti no hay nada que sea lo bastante irrecuperable. Nada es lo bastante espantoso, negro o malvado. Es tu naturaleza.

—Tú no eres irrecuperable —repliqué.

¿Por qué seguía condenándose a la soledad? Me hacía daño, porque aquel era el único dolor al que no me permitía acceder.

Me miró con una mezcla de ironía y amargura.

—Toda historia tiene un lobo… No finjas que no sabes qué papel he desempeñado siempre en la mía.

—¡Basta! —exclamé, rebelándome con obstinación—. ¿Eso crees

que eres para mí? ¿El monstruo que arruina la historia? ¿Es así como querrías que te mirase?

—Tú no tienes ni idea de cómo querría que me mirases —susurró y se arrepintió al instante.

Lo miré conmovida. Traté de aferrarme a sus ojos, pero él tensó la mandíbula y no me lo permitió.

—Rigel…

—¿Crees que no lo sé? —me interrumpió furioso, clavándome la mirada.

Por un momento, el modo en que me miró, tan intenso y a la vez dócil, me recordó a un lobo contemplando su luna.

—Sé lo mucho que te ha costado. Me consta. Te lo leo en los ojos todos los días. Llevas toda la vida deseando esto con todas tus fuerzas. Una familia.

Me quedé bloqueada y no me di cuenta de que me había acercado a él.

—Esta situación te ahoga. No quieres mentir, pero te ves obligada a hacerlo a cada momento. —Y a continuación, me dijo directo al corazón—: Así nunca serás feliz.

Sentí que me ardía la garganta. Las lágrimas me escocían en los ojos y dieron fe de mi fragilidad.

Rigel leía mi alma.

Sabía lo que me movía y cuáles eran mis deseos más luminosos.

Conocía mis sueños, mis tormentos y mis miedos. Y yo había sido una tonta al pensar que no se daría cuenta de cuáles eran.

No podía esconderme.

No de él.

Su mirada era la condena con la que jamás dejaría de soñar.

Y su voz, una herida que llevaría dentro para siempre.

Pero su perfume era una música.

Y en sus ojos me sentía a salvo.

Era suya.

De un modo extraño, loco, doloroso y complicado.

Pero era suya.

—Te he elegido a ti —exhalé, inerme—, por encima de todo… Te he elegido a ti, Rigel. Tú nunca lo entenderás, porque solo sabes ver las cosas en blanco y negro. Yo siempre he querido una familia, es cierto —admití, recalcando las palabras—, pero te he elegido a ti porque nosotros nos pertenecemos. No me apartes… No me mantengas alejada

de ti. Tú no eres el precio que hay que pagar. Eres lo que me hace feliz…
—Cerré los ojos, triste—. Yo quiero entrar… aunque por dentro seas
un sendero de espinas.

Un fulgor atravesó sus ojos y aproveché aquel instante para tomar
su rostro entre mis manos.

Siempre tenía miedo de que se echara atrás, de sentir que se rebela-
ba al sentir mi tacto, pero esta vez Rigel se limitó a mirarme, con aquellos iris que eran dos espléndidas galaxias negras.

En mis ojos podía leerse una súplica y, por un momento, hubiera
jurado que él me estaba mirando del mismo modo.

¿Por qué?

¿Por qué no podíamos estar el uno al lado del otro?

¿Por qué no podíamos vivir como todos los demás?

—Te quiero a ti —le dije una vez más, mirándolo directamente a
los ojos—, única y exclusivamente a ti. Seas como seas, te veas del modo
que te veas… yo te quiero tal como eres. Tú no me privas de nada, Rigel. De nada.

Le acaricié las mejillas, prendida de sus iris oscuros, y recé por que
me creyese. Me hubiera gustado darle mis ojos para que se viera con
ellos como yo lo veía, porque adoraba su diversidad más que cualquier
otra cosa.

—Si te dejo entrar… —susurró despacio—, te haré daño.

Esbocé una sonrisa triste y negué con la cabeza. Entonces le mostré
mis tiritas y dije:

—Nunca me ha dado miedo hacerme daño.

Él entornó los ojos, derrotado. Sin darle tiempo a reaccionar, le alcé
el rostro y pegué mis labios a los suyos.

No sabía de qué otro modo darle voz a mi corazón. Por eso me an-
clé a aquel beso como si me fuera la vida en ello.

Me estrechó las caderas con ambas manos mientras mis lágrimas se
deslizaban sobre sus pómulos.

Nos anclamos el uno en el otro, nos sostuvimos y nos encadena-
mos, conscientes de que nos hundiríamos, de que nos perderíamos para
siempre, porque en aquel océano que era la realidad no había lugar
para dos como nosotros.

Estábamos despedazados, rotos, derruidos.

Pero en nosotros brillaba una luz que tenía la potencia de cientos de
estrellas.

Tenía la fuerza de un lobo.

Y la delicadeza de una mariposa.

Y yo no podía creer que algo tan bonito y sincero pudiera ser erróneo al mismo tiempo.

Lo besé casi con angustia, lo abracé con tanto ímpetu que caímos hacia atrás. Sus hombros tocaron la cama mientras yo seguía mirándolo a los ojos, sin soltarlo.

Sentí sus latidos martilleándome el estómago. Rigel recorrió mi espalda con los dedos y me estrechó contra su cuerpo como si hubiera perdido la razón. Le temblaban las manos, como siempre que me tocaba. En ese momento, pensé que nunca desearía que me tocara nadie que no fuera él.

Él era único.

Pero también… el único.

El único capaz de hacerme pedazos.

Él único capaz de volver a unirme.

El único capaz de hacerme enloquecer con una sonrisa y de destruirme con una mirada.

«Rigel», reclamó mi alma. Lo abracé y le arañé los hombros con mis tiritas en un intento de no dejarlo escapar.

«No estás solo», gritó cada uno de mis besos y su mano se cerró entre mi pelo y lo estrechó con fuerza. Dejé que lo atrapara entre sus dedos, que me dejara impresa su huella hasta el último escalofrío.

Rigel me ciñó las caderas y al instante yo estaba recostada en la cama. Me aplastó contra el colchón. Yo percibía el temblor de sus músculos, como si sintieran la necesidad de desahogarse, de estallar, de liberarse. Deslicé las manos entre su pelo y lo besé con pasión. Entrelazamos nuestras lenguas y me pareció que algo cedía en su interior.

De pronto, me plantó una mano en la frente, sujetó con fuerza uno de mis muslos y lo presionó contra su cadera. Sus rudos dedos dejaron surcos en forma de medialuna sobre mi carne y me arqueé por instinto: mis labios se abrieron lanzando un estertor mudo.

Rigel se quedó paralizado, jadeante, y me miró a los ojos. Parecía como si hasta ese momento no se hubiera dado cuenta de la violencia con que me sujetaba y me inmovilizaba en una postura constrictiva y dominante.

Sentía que se esforzaba todo el rato en mantener a raya aquella parte de sí mismo.

Lo observé con el corazón en la garganta, inerme entre sus brazos. Sus dedos ejercían una férrea presa sobre mi cuerpo, pero temblaban como los míos. Lo miraba porque, aunque nunca se mostrase delicado conmigo, al verme en sus ojos, no sentía ningún miedo.

Eran aquellos ojos que conocía de toda la vida.

Que me acunaban por las noches hasta que me dormía.

Que me acompañarían siempre, impresos en mi alma.

Nunca me haría daño.

Poco a poco, entrelacé el tobillo detrás de él. Lo hice con toda la delicadeza, indefensa y desarmada. Rigel me miró y contrajo la mandíbula, y mientas una lágrima discurría por mi sien, extendí la mano para acariciarle la mejilla.

—Está bien así —le susurré—. Eres mi bellísimo desastre…

Él me miró reflejando un sentimiento mudo. Una emoción poderosa e ininteligible.

Se me encogió el corazón cuando alzó mi mano, que había estado sujetando hasta entonces, y se la llevó a la boca. Sus labios se posaron en mi delgada muñeca y la besaron despacio. Su rostro entre mis tiritas fue la cosa más dulce, imposible y deseada que jamás había visto.

Allí estaba Rigel, en la cúspide de mis errores. Me besó las yemas de los dedos una por una y noté que las lágrimas me crecían hasta quemarme la vista.

Él no era mi error más hermoso.

No.

Rigel era mi destino.

Rigel era mi roto, deslustrado, bellísimo final.

Y lo sería siempre.

Lo rodeé con los brazos y lo atraje hacia mí. Nos gastamos los labios a besos y él deslizó las manos bajo mi vestido.

Me estremecí al contacto con sus dedos calientes.

Rigel respiró despacio y fue siguiendo la curva de mi pelvis como si hubiera estado deseándolo toda la vida. Mi corazón palpitó furioso como un tambor a lo largo de todo el abdomen.

Me acarició con movimientos profundos, tocando nervios cuya existencia yo ni siquiera conocía. Poco a poco, fue abriéndose paso entre mis escápulas, y de pronto el elástico de mi sujetador se abrió y me liberó la espalda.

Contuve la respiración.

Antes de que pudiera volver a inhalar, Rigel introdujo los dedos bajo las copas y las posó en mis senos desnudos. Los apretó y yo sentí que se me inflamaban las mejillas y se me aceleraba la respiración. Ardí con aquel cúmulo de emociones increíbles y totalmente nuevas. Me acarició un pezón, lo tocó, lo pellizcó, trazó círculos alrededor con el dedo, y una extraña sensación de calor se propagó desde aquel punto hasta incendiarme el vientre.

Cuando me di cuenta de que me estaba levantando los brazos, el corazón me dio un vuelco. Faltó poco para que la tela de mi vestido se rasgara entre sus dedos cuando me lo quitó junto con el sujetador.

El aire de la habitación me azotó la piel y me sentí totalmente expuesta. Me llevé los brazos al pecho por instinto para tratar de cubrirme los senos. Busqué sus ojos y vi que ya los tenía encima: eran dos abismos de terror y de asombro.

Me sentí incómoda, pequeña y frágil. Me sentí vulnerable, hasta el punto de resistirme cuando me cogió las muñecas para abrirme los brazos.

Las fue extendiendo con extrema lentitud y me sujetó las manos a ambos lados de la cabeza.

Y entonces me miró. Toda.

Sus pupilas se deslizaron por mi piel y me devoraron como si yo no fuera real. Cuando volvió a alzar la mirada, percibí en sus ojos un calor que jamás le había visto. Poderoso. Extremo. Incandescente. Sin saber muy bien por qué, mi respiración se volvió irregular.

Rigel se inclinó sobre mí y atrapó uno de mis pezones con sus labios. Abrí apenas los parpados y traté de moverme, pero sus manos me bloquearon las muñecas contra la cama y me inmovilizaron. Lo succionó entre sus dientes y una sueva tensión se adueñó de mi bajo vientre, hasta convertirse en una sensación hirviente e intolerable. Sentí que mi cuerpo se contorsionaba e imploraba por curvarse, pero lo único que fui capaz de hacer fue abrazar desesperadamente su pierna con mis muslos.

—Rigel… por favor… —jadeé, sin saber muy bien qué le estaba rogando.

En respuesta, sus dientes se cerraron alrededor de la cúspide de mi seno y la sensación de antes se intensificó. Arqueé la espalda, los labios empezaron a temblarme, y la tensión en mi abdomen aumentó hasta déjame sin respiración.

Estaba sensible. Demasiado. Mi cuerpo era hielo y fuego, apenas lograba identificar lo que estaba sintiendo. Era todo tan intenso que no pude evitar cerrar los ojos.

Entonces Rigel se incorporó y se quitó la camiseta. Parecía arder de tanto como necesitaba el contacto de su piel con la mía. El crujido de la tela se mezcló con mi aliento y su pelo negro cayó en desorden hacia delante y le enmarcó el rostro.

Me estremecí una vez más al contemplar la obra maestra que era su cuerpo.

La blancura de su piel hacía que sus anchos hombros parecieran esculpidos en mármol. Su bien definido pecho parecía haber sido creado para poder tocarlo, sentirlo, admirarlo, pero su belleza dura y exagerada me intimidó hasta tal punto que me cubrí los senos con los brazos, era incapaz hasta de rozarlo.

Lo miré con las mejillas ardientes, la mirada temblorosa. Su rostro de ángel negro volvió a contemplarme como si no diera crédito a lo que estaba viendo.

Él era mi cuento. Ahora ya estaba segura.

Pero también era mi mayor escalofrío.

Mi miedo más demencial.

Y la única pesadilla que nunca dejaría de querer soñar.

Cuando volvió a besarme, estallé.

Su piel incendió la mía y la sensación que surgió fue tan intensa que tuve que aferrarme con fuerza a sus hombros. Sentí mis senos desnudos contra su tórax, la fricción de mi piel con su piel, y fue increíble.

Se situó entre mis piernas y sus dedos ardientes me tocaron entera, como si Rigel quisiera absorberlo y tomarlo todo de mí, incluida mi alma. De pronto, me pareció que todo mi cuerpo me estaba gritando que lo tocase.

Indecisa, acerqué los dedos a su piel, sin saber muy bien dónde poner las manos.

Fui trazando poco a poco el contorno de sus brazos y de las vigorosas articulaciones de sus hombros. Volví a sentirme más pequeña, insegura y frágil de lo que ya era.

Pero al cabo de un instante, los dorsales de su espalda se tensaron, y deduje que aquella reacción se debía a que acababa de tocarlo, aunque lo hubiera hecho de forma insegura. Recorrí su pecho, esta vez con más audacia, y lo acaricié hasta llegar al cuello antes de hundir mis dedos en su pelo.

Su boca abandonó mis labios y emprendió un descenso de besos ardientes a través de mi piel. Rigel hundió sus labios en mi barriga, la mordió y la acaricio con la lengua, antes de proseguir. Respiré atropelladamente y cerré los dedos, para aprisionar su cabello. Mi sangre palpitaba bajo sus labios componiendo una caótica sinfonía de escalofríos.

Me besó la cara interior del muslo, la parte más turgente y sensible. Y a continuación me levantó las piernas temblorosas y prosiguió con aquella tortura hasta hacerme perder por completo la lucidez: me mordisqueó los tobillos mientras deslizaba sus ojos negros por todo mi cuerpo y me hacía arder de nuevo.

Él estaba jadeando, arrodillado en la cama, con los labios turgentes, los ojos brillantes, y aquella visión me dejó sin aliento.

Los huesos de la pelvis delineaban la base de su abdomen y su amplio pecho irradiaba un aura seductora e infernal. Era algo espléndido y aterrador a la vez, pero me resultaba imposible apartar la vista de él.

Las mejillas me hervían y, aunque tenía las piernas cerradas y temblorosas, mi corazón, en cambio, era una flor abierta y palpitante.

Al cabo de un instante, sus manos alcanzaron mi pelvis. La realidad martilleaba a mi alrededor, pero no percibí nada tan sumamente concreto como sus dedos rozando el borde de mis braguitas.

Con la respiración acelerada, Rigel se detuvo, buscando mi mirada. Y yo fui totalmente consciente de lo que iba a suceder a continuación.

Era el punto de no retorno. La frontera más allá de la cual no se podía retroceder.

Poco a poco, como si esperase mi negativa, los dedos de Rigel sujetaron el elástico. Y a continuación tiraron hacia abajo.

Sentí que el corazón se me paraba.

Dejé de respirar.

Cada uno de mis nervios fue consciente de que la tela descendía por mis piernas hasta desaparecer.

Jadeé, frágil y extenuada, mientras los ojos de Rigel volaban hacia aquel punto que ahora había quedado expuesto.

Cerré las piernas. Nunca como en aquel instante había deseado tanto huir de su mirada condenatoria. Nunca como en aquel instante había deseado tanto ocultarme y desaparecer. Traté de acurrucarme sobre mí misma, pero antes de que pudiera hacerlo, sus dedos se deslizaron hacia allí.

Me tocaron donde nadie me había tocado antes: acarició la carne dócil y mi gemido de sorpresa lo incitó a situarse de nuevo encima de mí. Rigel se inclinó para chuparme un seno y la sensación fue tan intensa que me conmocionó profundamente.

Jugueteó y masajeó, y yo empecé a respirar de forma errática. Creí enloquecer. Me puse a temblar y las mejillas me ardieron de nuevo. Por un lado, deseaba que se detuviera, pero por otro, no podía soportar aquel fuego ardiente.

Me vi abrazada a él, incapaz hasta de hablar, y se me rompió un gemido en los labios.

—Rigel…

En respuesta a aquella súplica, sus dedos empezaron a masajearme los muslos con más energía e intensificó las caricias con su legua.

Arqueé la pelvis, abrí los ojos de par en par y le clavé las uñas en la espalda. Mis miembros vibraban. La estancia comenzó a orbitar. Mis piernas se estremecieron y empecé a sentir un hormigueo que casi me dejó sin oxígeno.

Era la sensación más abrasadora del mundo.

Antes de que aquella tensión llegase al límite, Rigel se apartó y se hizo a un lado. Oí el frufrú de los pantalones y un ruido como de plástico arrugándose, pero estaba tan confusa que no atiné a comprender de qué se trataba.

Su mano se cerró sobre mi pelvis y me atrajo hacia sí. Me sobresalté al sentir el contacto de su deseo entre mis piernas.

Ahora estaba tan hipersensible que me echaba a temblar con nada. El corazón me empezó a latir fortísimo y me ardía la vista.

—Mírame —lo oí susurrarme.

Presa de un estertor, crucé mi mirada con la suya.

Y Rigel me miró… Me miró como jamás me hubiera imaginado que lo haría. Infinitas emociones crepitaron en sus ojos y yo fui tras ellas, una a una, para dejarlas impresas en mi memoria.

Para hacerlas mías.

Única y exclusivamente mías.

Y entonces empujó hacia dentro. Reprimí un gemido de dolor y noté que sus músculos se tensaban y ardían. Mi cuerpo se puso rígido y sentí una punzada que se abría paso en mi interior a medida que él avanzaba despacio, procurando no hacerme daño.

Inspiré hondo, mientras una lágrima descendía por mi sien. Pero Rigel no apartó la vista de mí ni por un instante. Sus pupilas, profundas y dilatadas, siguieron ancladas en las mías, como si quisieran grabar en el alma cada singular matiz de aquel instante.

Cada singular matiz de mí.

Y yo le permití que lo hiciera.

Permití que lo tomara todo.

Todo cuanto podía darle.

Y por fin nos acoplamos como pedazos rotos de una única alma.

Y por primera vez en mi vida, por primera vez desde que era una niña, cada parte de mí pareció encontrar el lugar en el que encajaba.

Sin grietas ni mellas.

Rigel se fundió conmigo y su mano se aferró a mis costillas como si quisiera llegar hasta mi corazón Apoyó la otra mano en la cabecera. Inclinó la cabeza y empujó su frente contra la mía.

Tal vez lo hizo porque él también quería decirme algo sin emplear las palabras.

Lo hizo porque, aunque jamás hubiera tenido delicadeza, había elegido concederme la parte más tierna de sí mismo.

Mientras el mundo se reducía simplemente a él y a mí, hubiera querido decirle que no importaba que por dentro fuera una calamidad, pues con la tinta que me había transmitido, nosotros escribiríamos algo que solo sería nuestro.

Tal vez él fuera impenetrable como la noche y tuviera un sinfín de facetas, como una bóveda de estrellas, pero en aquella exclusiva canción nuestros corazones latían al unísono.

Encontraríamos el modo.

Juntos.

Lo encontraríamos porque, aun en el caso de que no existiera, nosotros lo escribiríamos con lo que teníamos a nuestro alcance.

Con nuestras almas.

Y nuestros corazones.

Con melodías secretas y constelaciones de escalofríos.

Con toda la fuerza de un lobo y la delicadeza de una mariposa.

Cogidos de la mano.

Hasta el final.

31

Con los ojos cerrados

Te amo como solo las estrellas saben amar.
Desde lejos, en silencio, sin apagarse nunca.

Aquella noche no tuve pesadillas.
Nada de sótanos.
Nada de correas.
Nada de escaleras de caracol hacia la oscuridad.
Durante todo el rato… tuve la sensación de que alguien me observaba. Solo cuando las pesadillas llamaron a la puerta de mis pensamientos, me pareció percibir que mis labios dejaban escapar un gemido. Pero, al cabo de un momento…, se desvanecieron. Algo me envolvió y las ahuyentó, y mis miembros se sumieron en el olvido, acunados por un calor reconfortante.

Abrí los párpados, ligeramente aturdida.
No sabía qué hora debía de ser. Más allá de la ventana, el cielo estaba de ese color oscuro y un poco tenue que aún no ha perdido el matiz nocturno. Debían de faltar unas pocas horas para el alba.
Poco a poco, empecé a situarme. Noté que me dolían los huesos de la pelvis y que tenía los músculos de las piernas un tanto agarrotados. Moví los muslos bajo la manta, pero al hacerlo, sentí una ligera quemazón en el bajo vientre.
En ese momento, noté un peso que mantenía mi cintura caliente.
Miré hacia abajo. Una muñeca bien definida me rodeaba las cade-

ras. Observé sus líneas recias y angulosas y fui ascendiendo hasta llegar al chico que había a mi lado.

Rigel tenía el otro brazo doblado bajo la cabecera y su respiración era tranquila y regular. Las cejas le resaltaban los pómulos elegantes y su melena oscura caía en cascada sobre la almohada como seda líquida, suave y apenas despeinada. Tenía los labios ligeramente inflados y un poco agrietados, pero espléndidos, como de costumbre.

Siempre me había gustado verlo dormir. Desprendía una belleza surreal. Las facciones distendidas lo volvían... encantador y vulnerable... De pronto, sentí una punzada en el corazón.

¿Había sucedido de verdad?

Emití un leve crujido al alargar la mano. Dudé, pero al final le toqué el rostro con cautela y noté su calidez en las puntas de los dedos.

Estaba allí de verdad.

Había sucedido todo realmente...

Una felicidad incontenible me embargó el corazón. Entorné los párpados mientras respiraba su perfume masculino y, sin hacer el menor ruido, me incliné hacia delante y me acerqué a él.

Apoyé mis labios en los suyos, con suavidad. El chasquido lento y tenue de aquel beso resonó en el silencio. Cuando volví a mirarlo, me di cuenta de que había abierto los ojos.

Sus iris destacaban bajo las cejas oscuras y noté que me estaban mirando, negros e increíblemente profundos, antes de que pudiera corresponderle.

—¿Te he despertado? —susurré y me pregunté si no habría sido lo bastante delicada.

Rigel seguía mirándome, pero no respondió. Me acomodé en la almohada, disfrutando de su mirada.

—¿Cómo te sientes? —me preguntó, observando mi cuerpo envuelto en la manta.

—Bien. —Busqué sus ojos, acurrucada, sintiendo que las mejillas se me encendían de felicidad—. Mejor de como me había sentido nunca.

De pronto, la imagen de Anna y Norman irrumpió en mi mente, y pensé que lo mejor sería regresar a mi habitación.

—¿Qué hora es? —pregunté, pero Rigel pareció intuir mi temor.

—Aún faltan unas horas para que se despierten —dijo, y yo interpreté «puedes quedarte un poco más» sin necesidad de palabras.

Me hubiera gustado que nos mirásemos a los ojos, pero estaba demasiado relajada como para no contentarme con tener su cuerpo junto al mío. El cansancio se abría paso a través de mi piel, pero, transcurrido un tiempo indefinido, en lugar de cerrar los ojos, susurré de todo corazón:

—Siempre me ha encantado tu nombre.

No sabría decir por qué había escogido aquel momento para decírselo; jamás se lo había confesado, ni una sola vez. Sin embargo, en ese instante, sentía mi alma más unida a la suya que nunca.

—Sé que no estarás de acuerdo conmigo —añadí despacio mientras él volvía a mirarme—. Sé… lo que representa para ti.

Ahora me observaba con atención; en sus ojos brillaba algo remoto que simplemente percibí sin tratar de interpretarlo.

Le hablé con ternura y con sinceridad.

—No es como tú piensas. No te vincula a la directora —le dije, despacio, como en un susurro.

—¿Y a qué me vincula? —preguntó con voz ronca y pausada, como si realmente no fuera a creerse la respuesta.

—A nada.

Me miró desconcertado y yo suavicé la mirada.

—Simplemente no te vincula. Eres una estrella del cielo, Rigel, y al cielo no puedes encadenarlo.

Acerqué un dedo. Le acaricié la piel del hombro y debajo de los ojos… uní un lunar con la clavícula y después uno, dos, tres puntitos. Después las tres estrellas de la cintura, más abajo. En silencio, tracé la constelación de Orión sobre su piel.

—Tu nombre no es un peso… Es especial. Como tú, que brillas solo para quien sabe mirar. Como tú, que eres silencioso, profundo y lleno de matices, como la noche. —Uní los extremos inferiores trazando un eje invisible—. ¿Alguna vez has pensado en ello? —Mis palabras me hicieron sonreír—. Yo llevo el nombre de una mariposa. La criatura más efímera del mundo. Pero tú… Tú tienes un nombre eterno, de estrella. Eres raro. Los que son como tú brillan con luz propia, aunque no lo sepan. Y Rigel te convierte… exactamente en lo que eres.

Mi dedo se detuvo en su pectoral, a la altura del corazón. Justo allí, en el extremo más lejano de aquella constelación invisible, debía de encontrarse la estrella que le había dado nombre.

Con un leve sonido, me volví para buscar mi vestido en el suelo;

revolví en el bolsillo y me giré de nuevo hacia él con algo en la mano.

Rigel miró la tirita de color violeta que yo sostenía entre los dedos. Acusé el cansancio en los miembros, pero antes de que él pudiera comprender, la abrí y se la puse en aquel punto a la altura del corazón.

—Rigel —susurré señalando la tirita, su estrella.

Después cogí otra igual, del mismo color, la abrí y me la puse en mi corazón.

—Rigel —concluí, señalando mi piel.

Apoyó la palma de su mano encima y sentí que aquel gesto entraba en mi interior como una promesa.

Aunque el sueño iba apoderándose poco a poco de mí, pude sentir su mano ciñendo la sábana que me envolvía las caderas.

—Las estrellas no están solas. Tú no estás solo —dije con una dulce sonrisa mientras cerraba lentamente los ojos—. Yo te llevo… siempre conmigo.

No esperaba que respondiera.

Porque había aprendido que no debía reclamar respuestas cuando llamaba a la puerta de su alma. Solo tenía que limitarme a entrar despacio, sentarme en aquella rosaleda de cristal y esperar con cuidado y paciencia.

Y en esa ocasión… lo sentí, sentí que me estaba mirando.

Su mirada me acompañó todo el tiempo, pero yo no comprendí su verdadero significado.

Hasta que no llegase el momento… no lo comprendería.

Me abandoné al reconfortante calor de su respiración y me dormí.

Cuando desperté al cabo de un rato, él no estaba.

A última hora de aquella tarde, corría un airecillo templado.

El viento hacía crepitar los árboles y traía consigo el fresco olor de las nubes. Al respirarlo a fondo, me pareció que podría elevarme con la brisa y caminar por el cielo.

Apenas había transcurrido una semana desde aquel amanecer.

Mis pasos resonaban en el asfalto de la acera, tranquilos y mesurados; a aquellas horas no había nadie a nuestro alrededor, éramos los únicos.

—Mira —susurré con un soplo de brisa. Mi mochila chocó despacio con mi espalda cuando me detuve.

El crepúsculo teñía el río y lo hacía titilar como un cofre lleno de minerales. Los puntos donde estaban reconstruyendo el muro de contención estaban delimitados por unas redes de color naranja, pero más allá podían distinguirse igualmente las sombras que se alargaban sobre las copas de los árboles. Desde el puente, el agua relucía con reflejos nítidos y centelleantes.

Rigel, un paso por delante de mí, era un perfil esculpido en el aire rojizo. Miraba en la dirección que le había indicado, con el pelo negro danzando alrededor de su cabeza. Aquella luz tan cálida hacía que sus ojos parecieran aún más brillantes.

Ahora, volver de la escuela con él era uno de los momentos que más me gustaban. No es que tuvieran nada de especial, pero había paz en el modo en que podíamos estar juntos delante de los demás, sin nada que temer. Estábamos lo bastante alejados de todos y de todo como para dejar el mundo al margen por un instante.

—Son bonitos, ¿no te parece? Todos esos colores —murmuré mientras el agua discurría a lo lejos debajo de nosotros, destellando con reflejos similares a la miel.

Pero yo no estaba mirando el río; estaba mirándolo a él. Rigel se dio cuenta. Despacio, se volvió hacia mí.

Me miró a los ojos, tal vez porque él también había aprendido a entender algo de nosotros, ese algo que viajaba en nuestros ojos y era invisible a los demás. Nuestros silencios tenían palabras que nadie más podía oír, y era allí donde estábamos destinados a encontrarnos: entre las cosas no dichas.

Esperó a que lo alcanzase despacio, con aquella delicadeza que siempre imprimía a mis movimientos cuando me acercaba a él. Me detuve a una distancia que podría considerarse aceptable; aunque no había nadie, aunque incluso los obreros que pululaban por las obras ya se habían marchado, estábamos en la calle y había ciertos límites que no podíamos olvidar.

—Rigel… ¿Hay algo que te preocupe? —Le sostuve la mirada y vi algo en sus ojos que me animó a continuar—. Estás distante. Hace días que parece como si te preocupara algo.

No, «preocupado» no era la palabra exacta.

Era algo que no sabía identificar y esa sensación me tenía en ascuas.

Rigel movió lentamente la cabeza y miró hacia otro lado. Sus ojos apuntaban a la lejanía, allí donde el río se perdía en una franja indefinida entre los árboles.

—No logro acostumbrarme —admitió con voz apagada.

—¿A qué?

—A este modo que tienes —respondió con aquel insólito tono de voz claudicante— de lograr percibir lo que los demás no ven.

—Entonces ¿es eso? —busqué sus ojos, intuía que mis sensaciones eran correctas—. ¿Hay algo que no va bien?

Él guardó silencio y yo suavicé aún más la voz.

—Se trata del psicólogo…, ¿verdad? —dije despacio—. Te he visto hablando con Anna esta mañana… Recuerdo que quiso hablar contigo después de la visita de aquel día. Y anteayer… estuvisteis fuera toda la tarde.

Mis manos se deslizaron hasta la suya y sus ojos vibraron por un instante antes de apartarse del horizonte y centrarse en mi gesto.

—Rigel —volví a probar con suavidad—, ¿quieres decirme qué pasa?

Fue alzando la mirada poco a poco hasta encontrarse con la mía. Era la misma mirada que llevaba consigo desde aquella mañana de hacía una semana, como una mancha que no lograba hacer desaparecer.

De pronto, sucedió algo turbador. Nunca me lo hubiera esperado.

Durante un momento que me dejó confusa y sin aliento, todas las defensas de los ojos de Rigel se vinieron abajo a la vez y emergió una oleada de sentimientos que se me llevó por delante como un maremoto.

En su rostro afluyeron los remordimientos, la desesperación y un calor incontenible, y yo me eché a temblar con los ojos muy abiertos, embargada de emociones tan potentes que no me veía con las fuerzas suficientes para sostenerme en pie.

Se me rompió el corazón al verlo de aquel modo y retrocedí un paso.

—Rigel… —dije con un hilo de voz.

Me mostraba incrédula, no acababa de comprender qué acababa de pasar. Y, antes de que pudiera hacer nada, se inclinó sobre mí y me dio un largo beso en la comisura del labio.

Cuando se apartó de nuevo, lo miré desconcertada y acuciante, confundida ante semejante tormenta de emociones, y hundida por aquel gesto tan imprudente.

¿A qué venía todo aquello?

Estaba a punto de preguntárselo, cuando sentí que el mundo se derrumbaba.

Desplacé la vista por encima de su hombro. Y la vi. A unos metros de nosotros, una figura sobresalía entre los gemidos del viento.

Un rostro que nos observaba. Una mirada inmóvil.

Pero no era un rostro cualquiera.

No.

Era Lionel.

Mi corazón sufrió un espasmo mudo. Ante el grito que profirieron mis ojos abiertos de par en par, Rigel no pudo evitar volverse y su mirada se ensombreció por completo cuando vio al chico que estaba a su espalda.

Lionel sostenía un bonito ramo de flores, idéntico a los otros que abarrotaban la casa. En su mirada confusa y alterada, vi repetirse cada secuencia de lo que acababa de suceder. De la realidad.

Mis dedos entrelazados con los de Rigel. La intimidad de nuestras respiraciones. La cercanía de nuestros cuerpos. Sus labios en la comisura de mi boca.

Después de tantas semanas, después de todo aquel tiempo… solo bastó aquel instante.

Solo aquel momento.

Y por fin comprendió.

Comprendió y comprender fue para él como caerse y estrellarse contra el hielo.

Lionel me miró bajo una luz distinta y su mirada ardió trasluciendo mil matices: incredulidad, desconcierto, derrota y devastación.

Bajó lentamente el brazo en el que llevaba las flores. Y, entonces, como una cascada de ácido, sus ojos cargados de rencor fulminaron a Rigel.

—Tú… —escupió entre dientes con una voz que apenas reconocí. El ramo temblaba en sus manos y una furia antinatural le afiló los rasgos—. Al final lo has logrado. Has logrado ponerle tus asquerosas manos encima.

—Lionel —estaba a punto de balbucir, pero Rigel me interrumpió inesperadamente.

—Oh, otro ramo de flores —comentó con mordacidad—, cuánta originalidad. Puedes dejarlas bajo el porche, alguien se tomará la molestia de entrarlas en casa.

En su voz brilló una rabia excesiva, contenida. Lionel echaba fuego por los ojos. Fue a su encuentro a paso ligero, devorando el asfalto.

—Siempre has sido un cabronazo —le espetó al tiempo que su garganta adoptaba una preocupante tonalidad violeta—. ¡Desde el primer momento supe que eras un cerdo arrogante! Tenías que ponerle encima tus jodidas manos, ¿verdad? ¡Tenías que ponérselas, lo contrario no habría sido propio de un hijo de puta como tú!

—A lo mejor ella quería que le pusiera «mis jodidas manos» encima —le replicó Rigel, recalcando las últimas palabras con una sonrisa cruel en los labios—, mucho más que las tuyas.

—¡Rigel! —le imploré con los ojos muy abiertos, pero Lionel siguió avanzando y, cuando estaba a un palmo de su cara, le soltó:

—Ahora ya estarás contento, ¿eh? —Su voz ardía de la tensión nerviosa—. ¡Debes de estar contento ahora que te la has cepillado bien! ¿Estás satisfecho? ¡Tú no te mereces a una chica como ella!

Un pavoroso terremoto estalló con toda su crudeza en los ojos de Rigel, candentes como una herida.

—Tú —escupió con una furia salvaje—, tú eres quien no se merece a una chica como ella.

—Me das asco —le espetó Lionel mirándolo con rencor, pero cuando intenté tranquilizarlo, sus ojos también me incendiaron a mí—. ¡Los dos me dais asco! ¿Pensabais que os saldríais con la vuestra? ¿De verdad lo creíais? Bien, pues estáis muy equivocados. Vuestro sucio teatrillo se acaba aquí. —Ahora los ojos de Lionel fulminaban de nuevo a Rigel, llenos de desprecio—. Se lo pienso decir a todo el mundo. ¡Todos sabrán lo que hacéis en esa casa, la clase de familia que sois! ¡Todos! A ver qué dice la gente.

Lo miré con los ojos desorbitados, el pánico me oprimía la garganta.

—Lionel, por favor…

—No —escupió vengativo.

—¡Te lo ruego, tienes que entenderlo!

—¡Ya lo he entendido demasiado bien! —me espetó con repulsión—. Está todo muy claro. Tan claro que podría vomitar —masculló entre dientes—. Has decidido enrollarte con tu futuro hermano adoptivo, Nica. Felicidades. Has decidido dejarte tocar por él, un puto enfermo que vive contigo y debería verte solo como una hermana. Una hermana, ¿te das cuenta? ¡Todo esto es indecente!

—Regálame una caja de bombones, vamos —lo provocó Rigel, punzante—. Así haremos las paces.

Lionel se le echó encima

Todo sucedió de repente, las flores rodaron por el suelo, la violencia estalló, monstruosa. Golpes, puñetazos y arañazos saturaron el aire, mientras yo los observaba con los ojos desorbitados del pánico.

—¡No! —grité con labios temblorosos—. ¡No!

En un arranque de desesperación, me abalancé sobre ellos para tratar de detenerlos. Les arañé los brazos, con la voz henchida de terror.

—¡Basta! ¡Os lo suplico, no! ¡Deteneos…!

Las palabras se me rompieron en la boca. Mi rostro salió despedido hacia un lado y el pelo me cubrió el rostro; el mundo empezó a girar con una violencia que me provocaba náuseas antes de que me desplomase en el suelo.

El impacto contra el asfalto me dejó sin respiración. Sentí que me arañaba la mejilla y una quemazón tan intensa en el ojo derecho que me obligó a cerrarlo. Por un instante durante el cual no entendía nada de lo que estaba sucediendo, un dolor sordo palpitó en mis sienes como un tambor.

Medio ida, me apoyé en las muñecas, y reconocí el sabor a hierro de la sangre que me impregnaba la lengua. Los párpados me quemaban. Con los ojos llorosos y vibrantes, miré al artífice del golpe.

Lionel me estaba mirando a su vez, devastado. Su rostro tenía una expresión de horror en estado puro.

—Nica, no… —balbuceaba consternado y tragaba saliva—. Te lo juro, yo no quería…

Lionel no vio a Rigel, inmóvil, con el pelo negro que le cubría la cara. No vio su rostro ladeado hacia mí, como si quien me hubiera golpeado hubiese sido él.

No vio sus ojos fríos como el hielo, las pupilas estrechas como alfileres mirando a un lado con una incredulidad brutal.

No vio nada de eso.

No…

Solo vio el fulgor de sus iris negros, incendiarios, cortando el aire con furia, fulminándolo.

Rigel lo agarró del pelo y lo golpeó con tanta fuerza que le cortó el labio limpiamente. Un gemido de dolor brotó de su boca mientras encajaba una lluvia de puñetazos; lo machacó con una furia ciega, lo doblegó, lo aplastó, lo molió a golpes, mientras Lionel reaccionaba tratando de golpearlo como podía. Intentó arañarle la cara y la ferocidad de sus gestos degeneró de tal modo que se me hizo insoportable.

—¡Os lo suplico! ¡Basta! —Las lágrimas me quemaban los ojos—. ¡Por lo que más queráis!

Un puño golpeó a Rigel en la frente y le hizo un corte en la ceja. Sus ojos desaparecieron tras aquel asalto y yo me puse a temblar hasta los huesos.

—¡No!

Las rodillas me ardían, pero me puse en pie y me lancé de nuevo sobre ellos. Hacía un momento había acabado en el suelo por el mismo motivo, pero ni siquiera el sabor a sangre bastó para detenerme.

Tampoco bastó el dolor en la mejilla ni el golpe que me había derribado.

No bastó el miedo ni el nudo que se me había formado en la garganta.

No bastó nada de todo ello porque…

Porque yo, hasta el final… en lo más profundo de mi ser, tenía un corazón de *falena*. Y siempre lo tendría. Porque quemarme estaba en mi naturaleza, tal como había dicho Rigel. Y no sería consciente de las repercusiones de mi gesto hasta que ya fuera demasiado tarde.

Con las lágrimas nublándome la vista, me abalancé sobre ellos y los agarré de donde pude. Sujeté muñecas y brazos sin saber siquiera a quién pertenecían y recibí más de un empujón mientras agarraba, rascaba e imploraba sin cesar.

—¡Basta, Rigel! ¡Lionel, basta!

Uno de los empujones me pilló desprevenida. Mi cuerpo salió proyectado hacia atrás. Me tropecé y, debido a la violencia del envite, choqué contra algo que se deformó bajo mi impacto.

Un terrible crujido vibró en el aire y entonces se detuvo el tiempo.

Sometida al imprevisto peso de mi cuerpo, la red de color naranja que sustituía el muro de contención cedió.

Abrí los ojos de par en par, incapaz de comprender qué estaba sucediendo en realidad. Traté de agarrarme a algo, de impulsarme hacia delante, pero el peso de la mochila en mi espalda me echó atrás y mi cuerpo se desequilibró.

Mientras mis ojos desencajados lanzaban un grito sordo, me pareció distinguir, como a cámara lenta, el rostro de Rigel.

Lo vi volverse, con el pelo aplastado contra la piel. Tenía la mirada rota, presa de un terror ciego que jamás había visto en él.

Rigel era mi único asidero en aquel mundo que se estaba viniendo abajo. Durante una angustiosa sucesión de instantes, vi su cuerpo tomando impulso y saltando para llegar hasta mí. Estiró el brazo hasta casi lastimárselo y su sombra me engulló en el instante en que me precipitaba en la nada. Me sujetó de golpe y el aire gritó monstruosamente en caída libre, como una criatura aullante, arrancándome lágrimas de los ojos.

Mientras caíamos desde aquella vertiginosa altura, mientras él interponía su cuerpo y me abrazaba para hacerme de escudo, lo único que pude sentir fue la incredulidad de la muerte.

Y a él.

La presión de sus manos fue estrechándome contra su pecho hasta casi fundirme con su latido.

Antes de que el impacto nos engullese en una violenta negrura, antes de que todo se estrellase contra el hielo, sentí sus labios en mi oído.

El sonido de su voz fue la última cosa que escuché.

La última… antes del fin.

Entre los gritos del viento…, en aquel mundo que se apagaba trágicamente a nuestro alrededor, antes de que la oscuridad nos anulase a ambos, lo único que escuché fue su voz susurrarme:

—Te quiero.

32

Las estrellas están solas

Todos creen que la muerte es un dolor inaceptable.

Un vacío repentino y violento… Una fatalidad en la que todo se convierte en nada.

No saben lo equivocados que están.

La muerte… no es nada de todo eso.

Es la paz por excelencia.

El fin de todo sentido.

La anulación de todo pensamiento.

Yo nunca había pensado en lo que significaba dejar de existir. Pero si algo había aprendido… era que la muerte no permite que la esquives sin antes exigirte un compromiso.

Yo ya la había sorteado por poco una vez en aquel accidente, cuando apenas tenía cinco años.

Me dejó marchar, pero a cambio se quedó con mi padre y mi madre.

Así que no me iba a librar. Esta vez tampoco.

Volvía a estar allí, en la balanza opuesta a la vida.

Y, al otro lado, un precio que nunca podría pagar.

Un sonido agudo.

Era lo único que percibía. Poco a poco, de la nada emergió otra cosa. Un olor aséptico y penetrante.

A medida que se intensificaba, comencé a percibir los contornos de mi cuerpo.

Estaba tumbada.

Todo resultaba tan pesado que era como si estuviera clavada. Pero aún no sabía a qué. Al cabo de unos instantes, noté que algo me estaba mordiendo un dedo.

Intenté abrir los ojos, pero los párpados me pesaban como rocas.

Tras innumerables tentativas, logré reunir la energía necesaria para llevar a cabo aquel esfuerzo.

La luz entró sutil y feroz como un cuchillo, me hirió la vista hasta el extremo de tener que cerrar los párpados. Pero cuando logré hacer frente a aquella intensidad, lo único que acerté a ver fue… blanco.

Me centré en mi brazo tendido sobre una manta inmaculada. En mi dedo índice, una especie de mordaza me presionaba la yema del dedo y vibraba con el latido de mi corazón.

Ahora el olor a desinfectante era tan intenso que me provocaba náuseas. Me sentía débil y aturdida. Probé a moverme, pero me resultó imposible.

¿Qué estaba pasando?

Distinguí la figura de un hombre sentado, lo miré con los ojos entornados y tardé unos instantes en hacer acopio de fuerzas para despegar los labios.

—Norman… —logré balbucir.

Fue un silbido apenas audible, pero Norman se sobresaltó: alzó la vista en mi dirección, se puso en pie de golpe y tiró al suelo un vaso de plástico con café. Se precipitó en mi cama trastabillando y me miró tan emocionado que el rostro se le puso morado. Al cabo de un instante, se estaba asomando a la puerta.

—¡Enfermera! —gritó— ¡Llame al médico, enseguida! ¡Está despierta, está consciente! Y mi esposa… ¡Anna! ¡Anna, ven, se ha despertado!

Sonaron unos pasos apresurados en el aire. Al momento, la habitación había sido tomada por las enfermeras, pero antes que nadie, una silueta de mujer apareció en el umbral: se apoyó en el marco de la puerta, tan emocionada que empezaron a brotarle las lágrimas sin que pudiera controlarlas.

—¡Nica!

Anna se abrió paso entre los presentes, llegó hasta mí y se aferró a mi manta. Me miró febrilmente, con los ojos dilatados por el llanto, presa de una desesperación inconsolable que le distorsionaba la voz.

—Oh, Dios, gracias… Gracias…

Ahuecó una mano temblorosa sobre mi frente, como si tuviera miedo de romperme, y el llanto inundó sus facciones enrojecidas.

Incluso con los sentidos lentos y embotados, me di cuenta de que jamás la había visto con el rostro tan descompuesto.

—Oh, cariño —me acarició la piel—. Todo va bien…

—Señora, el médico va a llegar —le comunicó una enfermera, antes de alzarme un poco la almohada con diligencia.

—¿Me oyes, Nica? —me preguntó con voz clara una mujer—. ¿Puedes verme?

Asentí lentamente mientras ella examinaba el gotero y comprobaba los valores.

—No, no, despacio —susurró Anna cuando traté de mover el brazo izquierdo.

Entonces me di cuenta de cuánto me dolía incluso el menor movimiento: una punzada atroz me atravesó el tórax y algo me impidió completar aquel gesto.

No, algo no… Un vendaje.

Tenía el brazo doblado contra el pecho y vendado hasta el hombro.

—No, Nica, no te lo toques —me dijo Anna cuando traté de rascarme un ojo que me picaba terriblemente—. Se te ha roto un capilar, tienes el ojo rojo… ¿Qué tal el tórax? ¿Te duele al respirar? ¡Oh, doctor Robertson!

Un hombre alto y de pelo canoso, con una barba corta y bien cuidada y una camisa de un blanco inmaculado, se acercó a mi cama.

—¿Cuánto hace que está consciente?

—Unos pocos minutos —respondió una enfermera—. Las pulsaciones son regulares.

—¿Tensión?

—Sistólica y diastólica dentro de la normalidad.

No entendía nada. Mis pensamientos también eran mudos y estaban desorientados.

—Hola, Nica —me dijo el hombre con voz nítida y cauta—. Soy el doctor Lance Robertson, médico del Saint Mary O'Valley y jefe de esta unidad. Ahora comprobaré tus reacciones a los estímulos. Puede que sientas que te da vueltas la cabeza o que tienes náuseas, pero es completamente normal. Estate tranquila, ¿de acuerdo?

El respaldo empezó a reclinarse.

En cuanto noté el peso de la cabeza en los hombros, una sensación de mareo brutal me revolvió las tripas; una arcada me oprimió el estómago y me incliné hacia delante, pero de mi cuerpo vacío solo salió una tos forzada y ardiente que me arrancó algunas lágrimas.

Anna se apresuró a ayudarme y me apartó el pelo del rostro. Me agarré a las mantas cuando una segunda arcada me machacó el abdomen y retorció hasta el extremo mi debilitado cuerpo.

—Todo va bien… Son reacciones normales —me tranquilizó el médico mientras me sostenía por los hombros—. No tienes por qué asustarte. Ahora yo me pondré aquí… ¿Puedes girarte sin mover la pierna?

Estaba demasiado aturdida para comprender qué quería decir. Y en ese momento me di cuenta de la extraña sensibilidad que tenía en un pie, como si tuviera algo inflado. Pero él ya me había alzado la barbilla con un dedo.

—Ahora sigue mi índice.

Me apuntó en un ojo con una lucecita, pero cuando pasó al otro, sentí tal quemazón que tuve que cerrarlo. El doctor Robertson me dijo que todo estaba bien y yo me esforcé en hacer lo que me pedía hasta que el hombre pareció quedarse tranquilo.

Apagó la lucecita y se inclinó sobre mí.

—¿Cuántos años tienes, Nica? —me preguntó mirándome a los ojos.

—Diecisiete —respondí despacio.

—¿Qué día naciste?

—… El 16 de abril.

El médico comprobó mi ficha y volvió a observarme.

—Y esta señora —señaló a Anna—, ¿sabrías decirme quién es?

—Es… Anna. Es mi madre… Quiero decir… mi futura madre adoptiva —farfullé y Anna entrecerró los ojos con ternura. Me echó el pelo hacia atrás y me acarició las sienes como si yo fuera la cosa más frágil y valiosa del mundo.

—De acuerdo —convino el médico—. Ningún trauma de tipo psicológico. Está bien —anunció, para alivio general.

—¿Qué… ha pasado? —pregunté al fin.

En alguna parte mi conciencia lo sabía, porque mi cuerpo estaba hecho un desastre y todo se volcaba allí, en una confusión violenta. Sin embargo, mientras las lágrimas me cerraban la garganta, no pude hallar la respuesta. Miré a Anna e hice míos el tormento y la angustia que recorrían su rostro.

—El puente, Nica —me ayudó a recordar—. La red de la obra se rompió y te… te caíste al río —dijo con esfuerzo, afligida—. Alguien os vio, llamaron a emergencias… Nos avisaron del hospital…

—Tienes dos fisuras en las costillas —intervino el médico— y, cuando te sacaron, tenías el hombro dislocado. Lo hemos vuelto a poner en su sitio, pero deberás llevar la férula al menos durante tres semanas. También te torciste un tobillo, seguramente debido al rebote del impacto. Para lo que sucedió, has salido prácticamente ilesa. —Se quedó pensativo, con una expresión grave en el rostro—. No creo que seas consciente de la suerte que has tenido —añadió, pero yo ya no lo estaba escuchando.

Una sensación de terror me atenazaba los pulmones.

—También estaba aquel chico contigo —prosiguió Anna—, Lionel… ¿Te acuerdas? Está aquí. Él fue quien dio la alarma. La policía lo interrogó, pero quieren saber…

—¿Dónde está?

Anna se sobresaltó.

Sentía el corazón latiéndome en la garganta con tanta fuerza que me ahogaba.

Al verme en aquel estado, Anna casi se rompió.

—Está en la sala de espera, justo aquí delante.

—Anna —supliqué temblorosa —, ¿dónde está?

—Ya te lo he dicho, está aquí fue…

— ¿Dónde está Rigel?

Al oír aquella pregunta, todos se me quedaron mirando.

En los ojos de Anna vi reflejada tal sensación de angustia que no podría expresarse con palabras.

Norman le cogió la mano. Al cabo de un instante que se me hizo eterno, sujetó la cortina que había junto a mi cama y la descorrió.

A mi lado, el cuerpo devastado de un chico yacía inmóvil en otra cama.

La sensación de vértigo que me asaltó fue tan intensa que tuve que agarrarme a la barra de la cama para no romperme en pedazos.

Era Rigel.

Tenía el rostro vuelto hacia la almohada. Las contusiones le devoraban la piel y tenía la cabeza cubierta de una cantidad desproporcionada de apósitos, entre los que asomaban mechones de pelo negro. Tenía la espalda inmovilizada por un único y complicado vendaje, y dos tubos de plástico introducidos en la nariz contribuían a llevar oxígeno a sus pulmones. Pero lo que más me afectó fue ver que respiraba tan despacio que parecía inerte.

No.

Una nueva arcada volvió a oprimirme el estómago, y envió una descarga de hielo a todos mis huesos.

—Me gustaría poder decir que ha sido tan afortunado como tú —susurró el médico—, pero por desgracia no es así. Tiene dos costillas rotas y tres con fisuras. La clavícula fracturada en distintos puntos y una leve lesión en el hueso ilíaco de la pelvis. Pero… el problema es la cabeza. El traumatismo craneal le ha hecho perder mucha sangre. Creemos que…

El médico se interrumpió cuando una enfermera lo requirió desde la puerta. Se excusó un momento y se alejó, pero yo ni siquiera lo vi.

Al mirar a Rigel, sentí una sorda devastación que mi corazón apenas podía soportar.

Su cuerpo… Me había protegido con su cuerpo…

—Señores Milligan —los llamó el médico con unos papeles en la mano—, ¿pueden venir un momento?

—¿Qué pasa? —preguntó Anna.

El médico la miró de un modo que no sabría definir… Y ella… pareció entenderlo al instante. De pronto, aquellos ojos que yo había aprendido a amar tanto se llenaron de desesperación.

—Señores Milligan, ha llegado. La confirmación del Centro de Servicios Sociales.

—No —Anna sacudió la cabeza, apartándose de Norman—. Por favor, no…

—Este es un hospital privado, ya lo sabe… Y él…

—Por favor —imploró Anna con lágrimas en los ojos, sujetándolo de la bata—. No lo transfieran. ¡Se lo ruego, este es el mejor centro de la ciudad, no pueden echarlo! ¡Por lo que más quiera!

—Lo siento —respondió con pesar el médico—. No depende de mí. Lo que sucede es que, legalmente, usted y su marido ya no son los padres de acogida del chico.

Mi cerebro tardó un momento en registrar toda aquella información.

¿Qué ocurría?

—¡Pagaré lo que haga falta! —exclamó Anna sacudiendo la cabeza febrilmente—. Nosotros pagaremos la recuperación, las curas, todo cuanto sea necesario… Pero no lo eche…

—Anna —susurré destrozada.

Ella seguía sujetando al médico por la bata y no cesaba de implorarle.

—Se lo ruego…

—Anna… ¿Qué está diciendo?

Ella temblaba. Entonces, como si en su interior asumiese una dolorosa derrota, bajó la cabeza y se volvió hacia mí.

En cuanto pude ver mejor sus ojos arrasados, el abismo que se había abierto en mi pecho aún se hizo más profundo.

—Ha sido él quien lo ha solicitado —confesó con un dolor que podía palparse—. Es por su propia voluntad… Se mostró inflexible. La semana pasada… me pidió que interrumpiera el proceso de adopción. —Anna tragó saliva y negó despacio con la cabeza—. Hemos concluido todos los trámites estos últimos días. Él… no quería permanecer más tiempo en casa.

El mundo se había reducido a una pulsación sofocante y yo ni siquiera me había dado cuenta. En mi corazón, un vacío sordo estaba provocando que todo dejase de tener sentido.

¿Qué estaba diciendo?

No era posible. La semana pasada nosotros…

Un presentimiento me oprimió el pecho y me dejó consternada.

¿Lo había solicitado después de que estuviéramos juntos?

«Así nunca serás feliz».

No.

No, él lo había entendido, yo se lo había explicado.

No, nosotros habíamos abatido nuestros muros y nos habíamos mirado el uno dentro del otro por primera vez, y él había comprendido, había comprendido…

No podía haberlo hecho. Renunciar a una familia, volver a ser huérfano…

Rigel lo sabía, sabía que los chicos que mandaban de vuelta no regresaban al Grave. Se consideraban problemáticos y, como tales, se los redirigía lejos, a otras instituciones. Y yo nunca sabría a dónde lo habían enviado por cuestiones de confidencialidad. Me sería imposible dar con él.

¿Por qué? ¿Por qué no me dijo nada?

—Le agradezco su fidelidad a nuestro centro —le dijo el doctor Robertson a Anna—. Sin embargo, señora Milligan…, me veo en la obligación de ser sincero e informarles de que el estado del muchacho es crítico. La lesión cerebral traumática es profunda y Rigel se encuentra peligrosamente cerca de lo que se conoce como… tercer estado de coma. También recibe el nombre de coma profundo. Y por el momento… —vaciló, tratando de dar con las palabras adecuadas—, hay muy pocas expectativas de que remita. Tal vez, si fuera un chico como los demás, el cuadro clínico no sería tan grave, pero… debido a su circunstancia…

—¿Circunstancia? —susurré de forma casi inaudible—. ¿Qué circunstancia?

Anna abrió mucho los ojos y se volvió hacia mí. Pero lo que más me alteró no fue ver que mantenía aquel silencio claudicante, sino la expresión del médico cuando me miró como si yo no conociera de nada al chico que estaba a mi lado.

—La circunstancia es que Rigel sufre una extraña patología —me explicó el doctor Robertson—. Un síndrome crónico que, sin embargo, con el tiempo, ha ido atenuándose. Consiste en un desorden neuropático que se manifiesta en forma de crisis de dolor en el quinto nervio craneal. En particular… en las sienes y en los ojos. Pero con el tiempo, de algún modo, se aprende a convivir con ello. Desgraciadamente, no existe cura para este trastorno, pero los analgésicos pueden mantener el dolor a raya y con el paso de los años contribuir a que se reduzcan las crisis.

El tiempo seguía transcurriendo, pero yo no existía.

Ya no estaba allí. No estaba en aquella habitación.

Me hallaba fuera de aquella realidad.

Ensordecida por el grito incrédulo que estaba profiriendo mi alma, apenas pude percibir que mi vista se deslizaba lentamente hacia Anna.

Y no hubo necesidad de más: ella se hizo pedazos y estalló ante mis ojos.

—Lo siento, Nica —me dijo arrasada en lágrimas—. Lo siento… Él… él no quería que lo supiera nadie. Nos hizo prometerle que no te lo diríamos… desde el mismo día en que llegó… Nos lo hizo jurar. La señora Fridge nos había informado, pero Rigel nos lo hizo prometer. No pude negárselo… No pude… Lo siento…

No.

Un estruendo ensordecedor hizo temblar todo mi ser.

No estaba pasando.

—Cuando lo encontraste en el suelo la noche que nos fuimos..., me llevé un susto de muerte. Pensé que había tenido una crisis y se había desmayado...

No.

—Le hablé al psicólogo de su circunstancia, por si era de ayuda... Él debió de decírselo y Rigel reaccionó mal.

—No —fue la única palabra que musitaron mis labios. Las náuseas me martilleaban las sienes y me resultaba imposible oír nada más.

No era cierto. Si hubiera estado enfermo, yo lo habría sabido. Conocía a Rigel de toda la vida. No era verdad.

Entonces, un recuerdo se coló a traición en mi memoria.

Él sentado en la cama. El modo en que me miró aquella noche, cuando me dijo: «Hay algo roto en mi interior... que nunca se curará».

Y el mundo estalló. Sentí que me hacía pedazos y que cada pieza regresaba por fin al lugar que le correspondía.

Los constantes dolores de cabeza.

La exagerada aprensión de Anna cuando tenía fiebre.

Aquella complicidad entre ambos que a mí siempre se me escapaba.

Rigel, la noche de su cumpleaños, en su habitación, con los dedos hundidos en el pelo y las pupilas dilatadas.

Rigel apretando los puños, cerrando los párpados de golpe, alejándose de mí.

Rigel en el pasillo, de espaldas. Aquel «¿Te gustaría... "repararme"?» que masculló como un animal herido.

Traté de oponerme a aquella invasión de recuerdos, de rechazarla y ahuyentarla, pero se me adhirió a las costillas y me ofuscó la visión. La última pieza se introdujo en mi mente empujando con cruel intensidad.

Rigel en el Grave, cuando éramos niños.

Aquellos pequeños caramelos blancos que la directora solo le daba a él.

No eran caramelos.

Eran medicinas.

La garganta se me cerró de golpe. Y a duras penas reparé en que el médico volvía a tomar la palabra.

—Cuando los sujetos con una psique más frágil de lo habitual sufren traumas de esta naturaleza, el cerebro tiende a proteger el sistema.

Los estados de inconsciencia en que se sumen, la mayoría de las veces, degeneran en… un coma irreversible.

—No —balbuceé tragando saliva.

Todo mi cuerpo temblaba con violencia y los presentes se volvieron y se me quedaron mirando.

Se había arrojado por aquel puente por mí.

Para salvarme.

Por mí.

—Nica…

—No…

Otra arcada me dobló hacia delante y esta vez los jugos gástricos me quemaron la garganta y corroyeron lo que quedaba de mi cuerpo.

Alguien vino para sostenerme la cabeza, pero se sobresaltó cuando mis manos lo rechazaron.

El dolor me devastó en forma de locura y acabé perdiendo el último atisbo que me anclaba a la realidad.

—¡No! —grité en un estado de creciente agitación.

Las lágrimas me devoraban los ojos, mientras yo me debatía tratando de llegar hasta él. Aquello no podía ser el final. Teníamos que seguir juntos. «Juntos» gritaba mi alma, retorciéndose sobre sí misma. Unas voces trataron de tranquilizarme, pero la devastación que sentía era tan violenta que me cegaba.

—¡Nica!

—¡No!

Me liberé de los brazos de Norman y, en un arrebato, me arranqué las mantas de encima. El «bip» del monitor aumentó de forma alarmante, las costillas lesionadas palpitaron y el aire se saturó de gritos y de pánico. Trataron de contenerme, pero me revolví con todas mis fuerzas y mi voz inundó las paredes de la habitación.

La cama se estremeció bajo el estrépito de las barras metálicas.

Me sacudí el brazo y la aguja de la vía se soltó provocándome un picor ardiente mientras me revolvía, pataleaba y arañaba febrilmente el aire.

Unas manos me sujetaron las muñecas, trataron de inmovilizarme y, en el frenesí de mi dolor, se convirtieron en correas de cuero dentro de un sótano oscuro. El terror estalló y la angustia volvió a precipitarme en mis pesadillas.

—¡No!

Arqueé la espalda y las tiritas laceraron el vacío.

—¡No! ¡No! ¡No!

Sentí un agudo picor en el antebrazo y entrechoqué los dientes con tanta fuerza que el sabor de la sangre me llenó la boca.

Me engulló el olvido.

Y en la oscuridad soñé solo negro, un cielo sin estrellas y ojos de lobo que no volverían a abrirse más.

—Ha sufrido un shock. Muchos pacientes sufren un colapso nervioso, puede suceder. Sé que lo que han presenciado les ha perturbado, pero ahora debe estar tranquila. Solo necesita reposar.

—Usted no sabe cómo es. —La voz de Anna sonaba angustiada—. No sabe cómo es ella. Si conociera a Nica, no diría que es normal. —Tras un breve estremecimiento añadió—: Jamás la había visto así.

Sus voces se desvanecieron en universos lejanos.

Me sumí de nuevo en un sueño profundo y el tiempo se perdió conmigo.

Cuando volví a abrir los ojos, no tenía ni idea de qué hora sería.

La cabeza me pesaba hasta lo indecible y un dolor sutil me pinchaba detrás de los ojos. Abrí los párpados hinchados, y lo primero que percibí fue un reflejo dorado.

No se trataba del reflejo del sol. Era cabello.

—Ey… —susurró Adeline cuando logré verla.

Me sujetaba la mano y sus bonitos labios tenían un aspecto deslucido a causa del llanto. Llevaba una trenza, como cuando estábamos en el Grave. Siempre me había gustado porque ella, al contrario que yo, resplandecía incluso entre aquellas paredes tan grises.

—¿Cómo… cómo te encuentras? —Por el tono de su voz, era evidente que estaba muy afectada, pero conservaba aquella dulzura de siempre con la que trataba de reconfortarme por mucho dolor que sintiera—. Hay agua, si quieres… ¿Te apetece tomar un sorbo?

Sentía el sabor de la bilis en la boca, pero permanecí inmóvil, muda y vacía. Adeline tensó los labios y entrelazó delicadamente su mano con la mía.

—Está aquí, espera… —Se acercó a la mesita y entonces vi un segundo vaso junto a mi cama.

Alguien le había puesto dentro una pequeña flor de diente de león.

Era como las que recogía de pequeña en el patio de la institución: les soplaba y pedía el deseo de marcharme de allí para vivir el cuento que siempre había soñado.

Lo sabía... La había traído ella.

Adeline reclinó el respaldo de la cama para ayudarme a beber. Volvió a dejar el vaso en la mesita y algo se le rompió por dentro al verme tan inerme. Me arregló la manta y desvió la vista hacia mi brazo, donde destacaba el rasguño que me había dejado la aguja cuando me la arranqué. Y entonces se le llenaron los ojos de lágrimas.

—Querían inmovilizarte las muñecas —susurró—, para impedirte que volvieras a agitarte y te lastimaras... Les he pedido que no lo hicieran. Sé qué recuerdos te trae... Anna también se ha opuesto.

Adeline alzó los ojos, dando rienda a su dolor con los ojos arrasados en lágrimas.

—No lo trasladarán.

Estalló en llanto, liberando unos sollozos guturales, y me abrazó. Después de haber estado deseando recibir afecto humano toda mi vida, por primera vez permanecí inerte como una muñeca.

—Yo tampoco lo sabía —confesó, estrechándome en sus brazos hasta casi hacerme daño—. No sabía lo de su enfermedad... Créeme.

Dejé que llorase hasta quedarse sin respiración. Dejé que temblara en mis brazos, que rascara y sollozara, dejé que sangrara como ella había hecho siempre conmigo. Y, mientras aquel cuerpo se desmoronaba sobre mi pecho extenuado, me pregunté si el dolor que ambas sentíamos no sería exactamente el mismo.

Finalmente, pareció reunir las fuerzas suficientes para soltarme.

Enderezó los hombros, pero siguió con la cabeza gacha, como si, a pesar del sufrimiento, aún siguiera tratando de ser un punto de referencia al que yo pudiera agarrarme.

—Nica... Hay algo que nunca te he contado. —Una lágrima descendió por su rostro y fue a morir en el suelo. Fue tal la tristeza con que pronunció aquellas palabras que me indujo a apartar la mirada.

Adeline sacó algo del bolsillo. Con dedos temblorosos, dejó sobre la manta lo que tenía en la mano.

En la colcha apareció mi polaroid, descolorida.

La foto que me había tomado Billie, la que no había vuelto a encontrar y estaba segura de haber perdido.

Estaba allí.

—La encontraron en su cartera —murmuró Adeline—, en un bolsillo interior. Él la llevaba… siempre consigo.

El mundo se vino abajo definitivamente.

Entonces sentí crecer en mi interior una verdad que había permanecido oculta durante mucho tiempo.

Una verdad hecha de miradas secretas, de palabras no dichas, de sentimientos callados durante años, en lo más profundo del alma.

Una verdad… que nunca había podido ver, pero que su corazón había custodiado en silencio un día tras otro.

—No era yo, Nica —le oí decir desde un mundo que se estaba deshaciendo—. En el Grave, cuando Margaret te llevaba al sótano, no era yo quien te cogía la mano.

Mientras en mi frente se abrían surcos de llanto, mientras el dolor me hacía pedazos y todo ardía conmigo, entendí al fin aquello que nunca había sido capaz de comprender.

Todas las frases y sus reacciones.

Al sentir aquella verdad penetrando en lo más profundo de mi ser, noté que se convertía en parte de mí, se fundía con mi alma y hacía temblar, una por una, todas mis espinas de aflicciones.

—Durante todo este tiempo… Durante toda la vida, él siempre… siempre te ha…

*

Siempre había sabido que algo en él no funcionaba.

Había nacido consciente de ello.

Lo sentía desde que tenía memoria. Rigel se decía que ese era el motivo por el que lo habían abandonado.

Él no era como los demás.

«Y no era necesario fijarse en las miradas de la directora ni en la forma en que ella sacudía la cabeza cuando las familias lo escogían a él. Rigel los espiaba desde el jardín y en sus rostros veía una piedad que jamás había pedido».

—¿Y bien?

El hombre que lo apuntaba con una lucecita en el ojo no respondió.

Le dijo que inclinara su carita de niño y, al hacerlo, Rigel vio que estallaban unas chispas burbujeantes delante de su pupila.

—¿De dónde dice que se ha caído?

—De las escaleras —respondió la directora—. Como si no las hubiera visto.

—Es culpa de la enfermedad —afirmó el médico entornando los ojos mientras lo escrutaba—. Cuando el dolor es muy fuerte, la dilatación de la pupila le provoca desorientación y una especie de alucinaciones.

Rigel apenas había entendido aquellas palabras, pero no levantó la cabeza. El médico lo sondeó con la mirada y él sintió por dentro una conciencia inaceptable.

—Creo que debería hacer que lo visite un psicólogo infantil. La suya es una circunstancia realmente singular que unida a su trauma…

—¿Trauma? —preguntó la directora—. ¿Qué trauma?

El médico le lanzó una mirada perpleja e indignada a la vez.

—Señora Stoker, este niño muestra síntomas evidentes de padecer el síndrome de abandono.

—Eso no es posible —masculló la directora con aquella voz que hacía llorar a los otros niños—. No sabe lo que dice.

—Usted misma ha dicho que fue abandonado.

—¡Aún iba en pañales! ¡No puede recordar lo sucedido, apenas era un recién nacido!

El médico se armó de paciencia y le dedicó una mirada que pretendía dejar bien sentada la autoridad de sus palabras.

—Ahora es perfectamente capaz de entenderlo. Los niños, ya desde pequeños, sienten que les faltan puntos de referencia y tienden a culpabilizarse. Reflejan esa ausencia en ellos mismos y se consideran los causantes. Es posible que crea que eso con lo que nació sea el motivo de que lo…

—Él no «padece» nada —zanjó la directora con rabiosa obstinación—. Yo le doy todo lo que necesita. Todo.

Rigel jamás olvidaría la mirada del médico, pues era la misma que había aprendido a discernir tantas otras veces en rostros siempre distintos. Aquella compasión aún hacía que se sintiera peor, si es que eso era posible.

—Mírelo… Es un desastre —lo oyó murmurar—. Negar la evidencia no lo ayudará.

Las crisis no llegaban nunca del mismo modo.

A veces eran en forma de picores detrás de los ojos. Otras veces desaparecían durante días y de pronto explotaban con una ferocidad inusitada: esos eran los momentos que más odiaba, porque aún no le había dado tiempo a mejorar, y volvían con más fuerza que al principio.

Entonces Rigel se rascaba los párpados, se rascaba la ropa, estrujaba lo que tuviera a mano hasta hacerlo añicos. Sentía que el corazón se le aceleraba en la garganta con un sonido horrible y desafinado, y por pánico a que alguien pudiera verlo, huía y se ocultaba en los lugares más recónditos.

Lo hacía así porque era pequeño, como un cachorro de animal.

Lo hacía así porque aquella oscuridad era la máxima expresión de cómo se había sentido siempre.

Solo.

Solo, porque si no había sido lo bastante bueno a los ojos de una madre, no lo sería para nadie.

La directora siempre lo encontraba.

Le hacía salir con buenas palabras y lo cogía de la mano, sin prestar atención a sus dedos manchados de sangre.

Ella le canturreaba cuentos que trataban de estrellas, de astros lejanos que se sentían solos, y él procuraba no mirar su falda arrugada, llena de las arrugas que le habían salido mientras castigaba a alguien.

Así iba creciendo el desorden en él. Con el tiempo aprendió que no existían los afectos, porque las estrellas están solas.

Siempre había sido un niño extraño.

Él no funcionaba como los demás, él no «veía» como los demás. «Él la miraba a ella y, cuando el viento inflaba su larga melena castaña, veía unas alas bruñidas en su espalda, un centelleo que desaparecía al cabo de un instante, como si jamás hubiera existido».

El médico le había advertido de que ver cosas inexistentes podía ser una consecuencia del dolor. Lo sabía perfectamente, pero Rigel odiaba aquel defecto más que cualquier otra debilidad.

Era como si la enfermedad se burlase de él y, cada vez que los destellos le ofuscaban la vista, podía ver una sonrisa luminosa y unos ojos grises que jamás lo mirarían con aquella calidez.

Podía ver sueños. Ilusiones.

Podía verla a ella.

Y, en el fondo, tal vez no se habría sentido tan defectuoso si al menos hubiera habido una parte de él que no hubiera sido tan retorcida, extrema y anómala.

Pero mientras aquel amor infortunado crecía cada vez más, Rigel observaba sus uñas clavadas en la tierra y sus arrebatos parecían los surcos dejados por un animal salvaje.

«Mejorará con el tiempo», decía el médico.

Los otros niños se mantenían alejados de él, lo miraban con el miedo de quien ve a alguien que de pronto se pone a rascar las teclas del piano o a arrancar la hierba como un loco.

No se le acercaban porque le tenían miedo y, a fin de cuentas, a él le venía bien que fuera así.

No soportaba la piedad. No soportaba aquellas miradas que lo echaban a la basura del mundo. No necesitaba que le recordasen lo diferente que era; algunas condenas no se eligen, tienen el color de nuestros silencios y el dolor invisible de nuestras culpas.

Pero posiblemente aquella fuera la culpa más dolorosa: el silencio. Y él no lo comprendería hasta una tarde de verano, cuando se acercó al lavabo de la lavandería con un vaso en la mano.

Rigel se puso de puntillas, estirando el bracito, pero una punzada lo dejó ciego antes de que pudiera completar el gesto.

El dolor explotó como un enjambre de espinas y apretó los dientes; el vaso se había hecho añicos en el lavabo y Rigel no pudo hacer otra cosa que apretar, apretar, apretar hasta que sintió que los cristales le estaban cortando la piel.

Unas gruesas gotas rojas mancharon la porcelana —y Rigel vio flores de sangre y manos de bestia, dedos contraídos como garras de animal.

—¿Quién hay ahí? —dijo una vocecita.

Él se sobresaltó, pero antes que la sorpresa, sintió que el estómago se le cerraba y le ardía. Los pasitos de Nica resonaron en las tablas del suelo y, en ese instante, aquella sensación se transmutó en un terror demencial.

Ella no.

No aquellos ojos.

No podía soportar la idea de que, por mucho que él fuera el primero en apartarla de su lado, ella pudiera verlo como la bestia rota y sangrante que era.

Tal vez porque, a través de la piedad, Nica podría encontrar una hendidura por donde colarse y, una vez allí, él no podría rechazarla.

O quizá porque mirarse en sus ojos… habría sido como mirarse por dentro y verse como el desastre que sabía que era.

—Peter, ¿eres tú? —susurró ella, y Rigel salió huyendo antes de que pudiera verlo.

Se ocultó entre los arbustos, buscando la soledad, pero el dolor regresó, y él se dejó caer en la hierba.

Cerró los ojos y rascó las estrellas agitando los dedos. No hallaba otro modo de dar rienda suelta a aquel dolor terrible.

«Mejorarán con el tiempo» había dicho el médico. Y por primera vez, con las sienes aún palpitándole, Rigel sonrió. Pero fue una de esas sonrisas amargas y crueles, de esas que casi hacen daño. De esas que no tienen nada de alegres, porque en el fondo sabía que, si le salía de dentro, solo podía ser algo «retorcido, extremo y anómalo».

Y se preguntó si, en el fondo, los lobos no reirían así también, con aquel silbido vacío y las mandíbulas contraídas.

Sin embargo, aunque no albergase esperanzas… Rigel no lograba dejar de pensar en ella.

Nica doblegaba la oscuridad, se abría camino entre lo negro y lo putrefacto. Ella, que pese a todo siempre sonreía, tenía una luz que él nunca había sido capaz de descifrar.

«Existe un cuento para cada uno de nosotros» le oyó decir una vez, con su mirada límpida, las pecas al viento y una margarita en el pelo.

Rigel se había quedado aparte, como hacía siempre, porque la oscuridad le teme más a la luz que a cualquier otra cosa, y a la vez no hay nada que la atraiga en mayor medida.

Nica rodeaba con su bracito a un niño más pequeño, frágil y diminuto.

—Ya verás —le decía con los ojos marcados por el llanto, pero esperanzados como un amanecer— como nosotros también encontraremos el nuestro.

Y, al mirarla, Rigel se preguntó si también podría haber algo así para él, en alguna parte, entre páginas olvidadas. Algo bueno. Amable. Que supiera tocar con delicadeza, sin pretender repararlo a la fuerza.

Mirándola desde demasiado lejos, como siempre, Rigel se preguntaba si aquel «algo» no podría ser ella.

—Deberías decírselo —le susurró una voz una noche.

Rigel había cerrado la puerta del sótano, donde por fin Nica había logrado quedarse dormida. Pero no se volvió. Sabía que ella lo había descubierto. Aquellos ojos azules lo seguían siempre.

Adeline, a su espalda, se estiró el bajo de su vestido gris y le susurró:

—Cree que soy yo quien le coge la mano.

Rigel miró al suelo y pensó en Nica, detrás de aquella puerta. En ella, a quien tanto le gustaban los cuentos, que soñaba desesperadamente con vivir uno.

—Así está bien —respondió él—. Deja que siga creyéndolo.

—¿Por qué? —Adeline lo miró con una punzada de desesperación—. ¿Por qué no le dices que eres tú?

Rigel no respondió. En silencio, apoyó la mano en la puerta. Aquella mano que solo allí abajo, en una oscuridad de sueños rotos, lograba reunir la fuerza necesaria para acariciarla con cada ápice de sí mismo.

—Porque no existen cuentos en los que el lobo coge a la niña de la mano.

Siempre había odiado mirarla a la cara.

Del mismo modo en que amaba, con una desesperación lacerante, cada centímetro de su ser.

Rigel había intentado erradicar aquel amor, había extirpado cada pétalo con las manos que ya desde niño habían aprendido a arrancar cosas.

Pero después de un pétalo, venía otro, seguido de otro, y en aquella escalera de caracol infinita, él se había hundido tan profundamente en los ojos de Nica que le habría resultado imposible emerger de nuevo.

Se había ahogado en ellos y la esperanza había acariciado su corazón. No quería tener esperanzas. Era algo que detestaba.

Tener esperanzas significaba hacerse ilusiones de que algún día se curaría o de que la única persona que lo quería no era un monstruo que golpeaba a los demás niños hasta hacerles sangre.

No.

Eso no iba con él.

Hubiera querido suprimirla, hacerla desaparecer, sacársela de encima.

Liberarse de aquellos sentimientos, porque eran «retorcidos, extremos y anómalos», exactamente como él.

Pero conforme pasaba el tiempo, más profundamente calaba Nica en su corazón. Cuanto más lo cambiaban los años, más se clavaban en sus dedos las espinas de aquel amor con final fallido.

A medida que los días se convertían en años, a medida que ella seguía sonriendo, Rigel fue comprendiendo que en aquella dulzura residía una fuerza que nadie más poseía.

Una fuerza distinta.

Tener un ánimo como el de Nica significaba reconocer lo duro que era el mundo y decidir, día tras día, amar y ser amable.

Sin compromisos. Y sin miedo.

Solo con todo el corazón.

Rigel nunca se había atrevido a tener esperanzas.

Pero se había enamorado perdidamente de ella, que era la esperanza personificada.

—¿Has cogido todas tus cosas?

Rigel se volvió.

La mujer estaba en el umbral de su habitación. Le había dicho que se llamaba Anna, pero Rigel apenas había prestado atención a lo que ella y su marido habían estado hablando un poco antes.

Vio que le echaba un vistazo a la cama vacía que antes había ocupado Peter.

—Cuando estés listo…

—Os lo ha dicho. ¿No es cierto?

Ella alzó los ojos, pero los suyos ya estaban allí, apuntando a su rostro, inescrutables.

—¿Qué?

—Lo de la enfermedad.

La vio ponerse rígida. Anna lo miró perpleja, tal vez sorprendida de oírlo hablar con aquella frialdad sintética.

—Sí… Nos ha informado. Ha dicho que las crisis se han atenuado con el tiempo…, pero de todos modos me ha dado una lista con todas tus medicinas.

Anna lo miró con una sensibilidad que a él ni siquiera llegó a tocarlo.

—¿Sabes…? Eso no cambia nada —dijo, tratando de tranquilizarlo, pero Rigel sabía que había visto la «nota» sobre él, y eso cambiaba muchas cosas—. Para mí y para Norman es…

—Tengo una petición que hacerte.

Anna parpadeó, estupefacta por que la hubiera interrumpido de aquel modo.

—¿Una petición?

—Sí.

Ella debía de estar preguntándose si aquel era el mismo muchacho educado y afable que un momento antes, abajo, en el salón, se había presentado con la más encantadora de las sonrisas.

Frunció la frente, con una expresión de incertidumbre.

—De acuerdo —murmuró.

En ese momento, Rigel se volvió hacia la ventana.

Abajo, más allá del cristal polvoriento, Nica estaba metiendo su caja de cartón en el maletero del coche.

—¿De qué se trata?

—De una promesa.

Cuando has crecido con un corazón de bestia, aprendes a reconocer a las ovejas.

Y él lo supo enseguida, mucho antes de que Lionel agarrase a Nica por la calle y la zarandeara para salirse con la suya.

Mientras lo lanzaba al suelo, experimentó una sádica satisfacción al infligirle el mismo dolor físico con el que él llevaba toda una vida lidiando. La patética rabieta de Lionel no hizo sino alimentar aquella negrura que había en él.

«¿Te crees un héroe? —le había espetado a Rigel—. Eso es lo que te crees, ¿eh? ¿Te crees que eres el bueno?».

«¿El bueno? —se había oído a sí mismo susurrar—. ¿Yo… el bueno?».

Rigel hubiera querido echar la cabeza atrás y estallar en una cruel carcajada.

Hubiera querido decirle que no es propio de los lobos albergar esperanzas y que en su interior había demasiada podredumbre para un sentimiento tan dulce y luminoso.

Si era cierto que había un cuento para cada persona, el suyo se había podrido en el silencio de un niño roto con las manos sucias de tierra.

«¿Quieres mirar dentro de mí? Te mearías encima antes de llegar a abrir los ojos».

Le aplastó la mano contra el suelo, disfrutando de su dolor.

«Oh, no, yo nunca he sido el bueno —había mascullado con aquel rudo sarcasmo que le salía del alma—. ¿Quieres ver hasta qué punto puedo llegar a ser malo?».

Le hubiera encantado demostrárselo, si no llega a recordar que Nica estaba allí.

Se volvió y la buscó con la mirada.

Ella lo estaba observando.

Y, ante aquellos ojos espléndidos, Rigel no pudo, una vez más, verse como el monstruo que era.

Aún existía una pena mayor que la de sufrir las crisis.

Y esa solo podía infligírsela ella.

«Nos hemos roto juntos —le había susurrado Nica una vez—, pero tú no me dejas entrar nunca, Rigel. Ni siquiera por un instante».

Y Rigel volvió a ver los vidrios rotos, los cortes en los dedos.

Volvió a verse a sí mismo, tan oscuro y tan solo, y no pudo soportar la idea de dejarla entrar en aquel desastre del que él tampoco habría de liberarse jamás. De ver que tocaba aquella parte tan desnuda y rabiosa que le masacraba el alma y gritaba de dolor como una criatura viva.

Por eso guardó silencio. Una vez más.

Y la mirada de desilusión de ella le excavó el corazón como una cicatriz.

Hubiera querido amarla.

Vivirla.

Respirarla.

Pero la vida solo le había enseñado a asestar zarpazos y a desgarrar.

Nunca sabría amar con amabilidad. Y menos a ella, que era la viva encarnación de la amabilidad.

Cuando vio aquellos ojos bellísimos llenarse de lágrimas, Rigel comprendió que había un precio que pagar, que, para salvarla de él, tendría que darlo todo.

Todo cuanto tenía.

Cada pétalo, por aquel amor del final fallido.

Más tarde o más temprano, tendría que llegar aquel momento.

Rigel lo supo desde el principio. Pero se cegó hasta tal punto con la esperanza de poder estar con ella para siempre, de no volver a estar solo, que acabó refugiándose en aquella ilusión.

La contempló tendida en la cama, con la espalda desnuda asomando bajo las mantas. Después le abrió la mano. Miró la tirita que le había pegado en el pecho. Y entonces supo lo que debía hacer.

Apretó los puños y, a continuación, después de cerrar la puerta, bajó con un único objetivo.

La carcoma le había hundido los colmillos en el corazón, tratando desesperadamente de detenerlo, pero Rigel la había ahogado dentro de sí con todas las fuerzas que le quedaban.

Había buscado su cuento y lo había encontrado en los ojos de Nica.

Lo había leído en su piel.

Lo había sentido en su perfume.

Lo había dejado impreso en los recuerdos de aquella noche y ahora sabía que no la olvidaría jamás.

Abajo, la luz de la cocina ya estaba encendida. Aunque era prontísimo y aún había gente durmiendo, sabía perfectamente a quién se encontraría.

Anna llevaba puesta la bata e iba despeinada. Estaba poniendo una tetera en el fuego, pero no tardó en darse cuenta de que él estaba allí, parado en la puerta.

—Rigel… —Se llevó una mano al pecho, sorprendida—. ¿Cómo te encuentras? Es muy pronto… Iba a subir ahora, a ver cómo estabas… —Lo miró con cara de preocupación—. ¿Va mejor la cosa?

Él no respondió. Se quedó mirando a Anna con aquellos ojos que ya no podían seguir ocultándose, porque ahora que la estaba dejando ir, no había necesidad de seguir fingiendo.

Ella lo miró de nuevo, ahora con expresión confusa.

—¿Rigel?

—No puedo seguir aquí.

Escupió aquellas palabras como si fueran ácido.

Anna, al otro lado de la cocina, se quedó inmóvil.

—… ¿Cómo? —fue lo único que logró balbucir tras un silencio—. ¿Qué quieres decir?

—Eso. No puedo seguir aquí. Debo marcharme.

Tuvo la sensación de que nunca le había resultado tan difícil hablar como en ese momento. Y doloroso. Su corazón se negaba a separarse de ella.

—¿Es… alguna clase de broma? —Anna intentó esbozar una sonrisa, pero solo logró hacer una mueca desabrida—. ¿Un juego del que no estoy al corriente?

La estaba mirando directamente a la cara, porque, aun sin hablar, sabía que sus ojos expresaban la absoluta firmeza de su decisión. Y ella había acabado comprendiendo.

Lentamente, de su rostro adulto fue desapareciendo todo rastro de color.

—Rigel…, ¿qué estás diciendo? —Anna lo miraba descorazonada—. No puedes hablar en serio. No… —Iba aferrándose a su mirada conforme la desilusión le iba afinando la voz—. Creía que estabas bien, que eras feliz… ¿Por qué me dices esto? ¿Hemos hecho algo? Norman y yo… —Hizo una pausa antes de musitar—: ¿Es por la enfermedad? Si…

—La enfermedad no tiene nada que ver —replicó cortante, siempre era demasiado sensible a ese tema—. Es mi decisión.

Anna lo miró angustiada, pero Rigel le sostuvo la mirada, inamovible.

—Solicita que revoquen la adopción.

—No… no puedes estar hablando en serio…

—Nunca he hablado más en serio en toda mi vida. Solicítalo. Hoy mismo.

Anna sacudió la cabeza. En sus ojos brillaba una obstinación maternal que él no podría comprender.

—¿Crees que me concederán la revocación por las buenas? ¿Sin un motivo? Esto es algo serio. No funciona así, debe haber razones específicas…

Pero él la interrumpió.

—Está la nota.

Anna se mostró confundida.

—¿La nota? —repitió, aunque Rigel sabía que ella estaba al corriente. Aquella cláusula irrevocable incluida en el dictamen de adopción seguía siendo privilegio reservado exclusivamente a él.

—La que hace referencia a mí en particular. Si mis crisis interfieren en la armonía familiar o degeneran en episodios de violencia, el proceso de adopción puede interrumpirse.

—¡Esa nota es una aberración! —exclamó Anna—. ¡No tengo la menor intención de usarla! ¡Los episodios de violencia se refieren a tu familia adoptiva y tú no nos has hecho daño a ninguno de nosotros! La enfermedad no es una escapatoria, al contrario, es un motivo para querer tenerte con nosotros.

—Oh, adelante —masculló Rigel con una sonrisa sarcástica—. Siempre me has querido solo porque te recuerdo a tu hijo.

Anna se puso rígida.

—Eso no es verdad.

—Ya lo creo. ¿Acaso no fue eso lo que pensaste cuando me viste allí, tocando el piano?

—Tú no…

—Yo no soy Alan —la interrumpió con voz sibilante y la sobresaltó—. Nunca lo he sido. Y nunca lo seré.

Lo estaba haciendo de nuevo. Al observar aquellos ojos que ahora parecían vacíos, Rigel obtuvo la enésima confirmación de que morder y hacer daño era lo que mejor se le daba.

Por un momento, Anna no pudo hacer otra cosa más que asimilar la dureza de sus palabras. Cuando por fin bajó la vista, tuvo la certeza de que le temblaban las manos.

—Nunca has sido su sustituto. Nunca. Nos hemos encariñado de ti… por la persona que eres. Solo por lo que eres. —Esbozó una sonrisa amarga al tiempo que negaba con la cabeza—. Al menos me hubiera gustado creer… que tú te habías encariñado de nosotros del mismo modo.

Él no respondió. Se había dado cuenta de que o sabía amar desesperadamente o no sentía nada en absoluto y, en aquel abismo que se abría entre un extremo y otro, no existía el afecto.

El hecho de haberlo recibido por parte de la directora lo había empujado demasiadas veces a rechazar cualquier apego espontáneo que tratase de nacer en él.

—No puedo apoyar esta petición. Aunque esa sea tu voluntad… No puedo permitir que vuelvas allí. —Anna alzó la vista; en sus ojos había dolor, pero también determinación—. ¿Cómo puedes querer volver atrás? ¿A ese lugar horrible? No —zanjó, anticipándose a cualquier interrupción por parte de Rigel—. ¿Crees que no sé qué clase de institución es esa? ¿Tan imperiosa es tu necesidad de marcharte de aquí?

Rigel apretó los puños. La carcoma había mordido por todas partes, rasgando y arañando, y él la había oído gritar como una condena desesperada.

—Tiene que haber otra solución. Sea cual sea el problema, podemos encontrarla juntos, podemos…

—Estoy enamorado de ella.

Rigel siempre recordaría cómo le quemó aquella confesión. Había cosas tan privadas que no las hablaba ni consigo mismo y hacerlo delante de otra persona le parecía intolerable.

En medio del silencio glacial que se impuso, aquellas palabras resonaron como una maldición.

—Lo estoy —masculló—. Hasta la médula.

Sintió la mirada de Anna sobre él, pero no le hizo falta mirarla a su vez para confirmar que traslucía una gélida incredulidad. Rigel se clavó las uñas en las palmas de las manos y finalmente le devolvió una mirada profunda y consciente.

—¿Lo entiendes ahora? Nunca la veré como a una hermana.

Anna no pudo hacer nada, nada que no fuera mirarlo como si no se tratase de él, como si allí no estuviera él, sino alguien a quien veía por primera vez.

Rigel le concedió unos instantes y prosiguió:

—Este no es mi lugar. Si me quedase…, ella nunca sería realmente feliz.

Mientras bajaba la vista, mientras la veía sonreír con aquella tirita pegada en el pecho, Rigel comprendió de una vez por todas que, si existía un final para los que eran como él…, lo había llevado dentro desde el principio.

«Las estrellas son soles —le había dicho una vez la directora—. Como tú. Están muy lejos, algunas ya se han apagado. Las estrellas son soles, pero nunca dejan de brillar, ni siquiera cuando no las ves».

Rigel lo comprendió allí, con aquella constelación que Nica le había trazado en el pecho.

Lo comprendió después de verla dormir toda la noche, sin cerrar los ojos ni un solo instante.

Comprendió que, en alguna parte, en el fondo de su corazón, él siempre la llevaría consigo.

«Tú no estás solo. Yo te llevo… siempre conmigo».

Porque las estrellas son soles, pero nunca dejan de brillar, ni siquiera cuando no las ves.

Rigel sabía que siempre brillaría para ella, aunque no volviera a verla.

Ella, que era un poco su estrella; ella, que siempre había sido la cosa más valiosa que sus ojos habían tocado jamás…

La contemplaría desde aquella pequeña hendidura que era su corazón y sabría que, allí donde estuviera, Nica sería feliz. Con una familia de verdad y el cuento que siempre había deseado.

—Ella se merece… todo lo que puedas darle.

—Rigel…, ¿quieres decirme qué pasa?

Nunca olvidaría sus ojos.

Los ojos de Nica.

Allí fue donde se perdió a sí mismo, cuando apenas era un niño.

Rigel miró dentro de aquellos iris suyos de fabricante de lágrimas y, una vez más, supo que no podría mentirle.

«Pasa que te estoy dejando marchar —hubiera querido decirle, si él no hubiera sido siempre como era—. Por primera vez desde que te lo llevaste todo de mí, te dejo marchar».

Pero no fue capaz. Ni siquiera al final.

Así que se permitió hacer algo que nunca había hecho.

Bajó todos los escudos.

La miró por un momento con los ojos del corazón y aquel amor ardiente le estalló en las pupilas como un río desbordado.

Ella estaba sin aliento, incapaz de comprender, y él la imprimió de pies a cabeza en su memoria, hasta el último átomo.

—Rigel…

No podía prever lo que sucedería después.

No podía saber que no llegarían nunca a casa, que aquellas palabras no dichas se le quedarían clavadas dentro como la última de sus aflicciones.

Pero siempre recordaría aquel grito congelado en los ojos de ella.

Así como nunca olvidaría el terror de aquel instante o el impacto sordo de su corazón cuando se le subió a la garganta. La red cedió y Nica caía de espaldas.

Rigel se lanzó hacia delante y la adrenalina le dilató las pupilas. El cabello de Nica se abrió al viento y él vio unas alas de *falena* desplegadas sobre el crepúsculo, un ángel en el instante de emprender el vuelo.

Otra de sus alucinaciones. La última.

Rigel la sujetó con fuerza y el acto de empujar su propio cuerpo para situarlo debajo del de ella solo fue un instinto natural, nacido de la necesidad que siempre había sentido de protegerla. Puede que también de él mismo.

Oyó gritar a la carcoma, revolverse, estrecharla febrilmente contra sí. La sintió cerrarse encima de él como una flor, con las espinas erectas, temblando todas a la vez para salvarla del impacto.

Y, aun antes de poder asimilar aquel final, Rigel oyó aquellas palabras explotando en su boca como la redención de toda una existencia.

«Te quiero».

Nica tembló entre sus brazos, como una mariposa encerrada entre sus dedos desde hacía demasiado tiempo.

Mientras aquel susurro lo abandonaba para siempre, Rigel, por primera y última vez en su vida, sintió... paz.

Un alivio dulcísimo, eterno, un abandono casi extenuante contra el que siempre había luchado.

Ya no volvería a estar solo.

No.

Porque Nica estaba dentro de él. Con aquellos ojos de niña y aquella sonrisa que partía el corazón... Ella, ella que no se iría jamás, ocuparía eternamente en su corazón el lugar de una estrella.

Mientras el mundo arrancaba la última página de aquel cuento sin fin, Rigel hundió el rostro en su garganta, igual que haría un lobo, y la abrazó con todo su ser.

Con toda su fuerza y todo su aliento...

Con cada palabra no dicha, con cada brizna de aflicción.

Con cada pétalo.

Y con cada una de sus espinas.

Todo cuanto tenía... por aquel amor del final fallido.

«Adiós —le dijo el petirrojo a la nieve,
amándola por última vez—. Tenía frío,

pero tú has tratado de cubrirme. Y ahora
has entrado en mi corazón».

*

¿Qué pedazo escogerías?

¿De tu corazón?

Puedes vivir solo con uno, porque entonces el otro muere definitivamente.

¿Qué pedazo escogerías?

«A ti», habría respondido Rigel con los ojos cerrados.

Siempre, en cualquier circunstancia, «te escogería a ti».

33

Fabricante de lágrimas

Y así nació el amor. Empezó a caminar
por el mundo y un día encontró el Mar.
Se sintió cautivado y le dio su tenacidad.
Encontró el Universo y le dio sus misterios.
Después encontró el Tiempo y le dio la eternidad.
Finalmente encontró la Muerte. Era temible,
más grande que el Mar, que el Universo y que el Tiempo.
Se preparó para afrontarla, pero ella le dio una luz como prenda.
—¿Qué es esto? —le preguntó entonces el Amor.
—Es la esperanza —respondió la Muerte—. Así, cuando te vea
a lo lejos, siempre sabré que estás llegando.

Cuando era pequeña, había oído decir que la verdad vuelve el mundo de colores.

Ese es el trato. Hasta que no la conozcas, no podrás ver la realidad con todos sus matices.

Ahora que podía verlos, ahora que sabía todo lo que antes ignoraba, debería mirar el mundo con las tonalidades brillantes de quien por fin podía comprender.

Sin embargo, nada me había resultado nunca más gris.

Ni el mundo. Ni la realidad. Ni mucho menos yo.

Cuando era pequeña, también había oído que no podías mentirle al fabricante de lágrimas. Porque él te lee por dentro... No existe una sola emoción que puedas ocultarle. Todo cuanto hay de desesperado, desgarrador y sincero moviéndose en tu corazón, te lo ha inyectado él.

Cuando era una niña, le temía como a un monstruo. Para mí solo existía aquello que querían hacernos creer: el hombre del saco que, si mentías, venía a buscarte para llevarte con él.

Aún no sabía lo equivocada estaba. Solo lo descubriría al final.

Solo con los ojos llenos de aquella verdad finalmente podría comprender ese cuento que me había acompañado durante toda mi vida.

Adeline me lo contó todo.

A través de sus palabras, pude reconstruir el hilo de una vida paralela a la mía, vivida en soledad.

Cada pieza, cada pedacito de papel… Todo volvió a su sitio, dando forma a las páginas de un cuento que al fin podía leer.

A partir de aquel momento, lo único que albergaron mis ojos fue la certeza de un final que nunca hubiera podido saber.

Al día siguiente, un oficial de la policía vino a hacerme algunas preguntas. Me pidió que le contara lo que había sucedido y yo respondí a sus cuestiones con voz monocorde. Le conté la verdad: el encuentro con Lionel, la riña, la caída.

Al final, cuando hubo tomado algunas notas en su bloc, el hombre me miró a los ojos y me preguntó si Lionel me había empujado intencionadamente.

Me quedé en silencio. Por mi mente pasó cada instante de aquel momento, la rabia, la furia vengativa, su rostro contraído por el asco. Y, entonces, una vez más, dije la verdad.

Había sido un accidente.

El hombre asintió y se fue tal como había llegado.

Cuando se enteraron de lo del accidente, Billie y Miki acudieron corriendo al hospital.

Miki llegó muy pronto, estuvo esperando fuera, en una de las sillas que había enfrente de mi habitación. Se puso en pie cuando Billie apareció corriendo por el pasillo, jadeando y con lágrimas en los ojos.

Se miraron a la cara entre el trasiego de las enfermeras, una con los labios tensos de la angustia, la otra con los ojos irritados por el llanto.

Al cabo de un instante, Billie rodeó a Miki con sus brazos y se puso a sollozar. Se abrazaron como nunca antes se habían hecho y aquel gesto irradió todo el calor de un afecto recuperado. Permanecieron así un buen rato, hasta que se soltaron despacio, mirándose a los ojos. La mirada que intercambiaron antes de entrar auguraba luces y claros tras un horrible temporal.

Tendrían que hablar.

Largo y tendido.

Ellas aún tenían tiempo.

—¡Nica!

Billie corrió a mi cama. Se abalanzó sobre mí para abrazarme. Las costillas lesionadas palpitaron dolorosamente, pero yo me limité a entornar los ojos sin emitir el menor sonido.

—No puedo creerlo… —dijo entre sollozos—. Cuando oí la noticia, no… Te juro que me quedé sin respiración… Dios mío, qué cosa tan terrible…

Sus dedos tocaron lo míos y los envolvieron lentamente.

Miki me estrechó la mano, tenía los ojos hinchados y el maquillaje corrido.

No tuve el ánimo suficiente para decirle a Billie que me estaba haciendo daño.

—Si podemos hacer cualquier cosa… —Oí que murmuraba, pero mi corazón era un profundo hueco y aquel sonido se perdió por el camino.

Entonces Miki se volvió hacia Rigel. Recordé cuando me confesó que había algo en él que no la convencía. Ella había visto el lobo, como todos los demás, y al igual que ellos, no había sido capaz de vislumbrar el alma que palpitaba debajo.

—Oh, mi foto —exclamó Billie sonriente mientras se enjugaba las lágrimas con los dedos—. Aún la conservas…

La polaroid estaba allí, endeble y rozada con esa ligereza banal que me seguía manteniendo sujeta a la realidad de un modo insoportable.

Sentí que el corazón me hacía polvo las costillas cuando ella me susurró emocionada:

—No sabía que la tendrías aquí…

Hubiera querido explicarle el significado que había detrás de aquella foto.

Hubiera querido que sintiese el dolor extenuante que me devoraba por dentro, porque me estaba matando.

Puede que un día se lo contara.

Un día, le diría que no todas las historias están en las páginas de los libros. Que hay cuentos invisibles, callados y ocultos, destinados a quedar incompletos para siempre.

Puede que un día le contara el nuestro.

Me observaron desconcertadas, buscando un ápice de mí, de aquel aire despreocupado que siempre me había caracterizado, pero no reaccioné. Me quedé inerme, así que decidieron dejarme tranquila.

Solo cuando ya estaban en la puerta, me oí a mí misma decir:

—Me protegió.

Miki, que era la última en salir, se detuvo y se giró.

No alcé la vista, pero percibí igualmente su mirada. Dio media vuelta de nuevo y miró a Rigel una última vez.

En cuanto me quedé sola, me fijé en mis manos.

Ambas estaban completamente blancas. Tenía la piel descubierta desde las muñecas hasta la punta de las uñas. Los dedos estaban sembrados aquí y allá de manchitas rosadas, pequeños cortes y cicatrices.

Alcé la vista despacio. Una enfermera estaba revisando el gotero de Rigel, al otro lado de la cama.

—Mis tiritas —murmuré con voz mecánica—. ¿Dónde están?

Ella se dio cuenta de que la estaba observando. En mis ojos descoloridos brillaba una luz extrañamente vívida que la hizo dudar.

—No las necesitas, no te preocupes —me respondió con amabilidad.

Yo no cambié de expresión. Entonces, ella se me acercó y señaló mis dedos.

—¿Ves? Te hemos desinfectado todos los cortes. Están limpios. —Inclinó el rostro y me dedicó una sonrisa que yo ignoré—. ¿Cuidabas del jardín? ¿Fue así como te hiciste todas esas marcas?

Permanecí en silencio y la miré como si no me hubiera hablado. Y posiblemente entonces se diera cuenta de que yo seguía mirándola de aquel modo, con los ojos serios, exhaustos pero brillantes.

—Quiero… mis tiritas.

La mujer me observó desconcertada, sin saber qué decir. Parpadeó varias veces, incapaz de comprenderme.

—Ya no las necesitas —repitió, tal vez se preguntaba si mi insensata petición no sería a consecuencia del shock.

Desde que perdí la razón, cuando grité y arañé hasta arrancarme el gotero, las enfermeras de aquella planta no dejaban de echarme vistazos cautelosos.

Por eso la mujer pareció sentirse muy aliviada al ver que entraba alguien. Dio media vuelta rápidamente y se marchó, cosa que me hizo alzar la vista.

Sin embargo, hubiera deseado no haberlo hecho.

El aire se detuvo a mi alrededor y no pude seguir tragando saliva.

Lionel entró cauteloso, invadiendo todo el espacio de la habitación con su presencia. Tenía marcas en los ojos y los labios mordisqueados, devorados por la angustia, pero no me dio tiempo a ver nada más, porque desvié mecánicamente la vista hacia la pared.

Hubiera querido frenarlo, decirle que no se acercara más, pero el aire me estaba comprimiendo la garganta de tal manera que me impedía emitir ningún sonido. Se detuvo junto a mi cama y en ese momento me sentí más impotente que nunca a causa de mi estado.

Nada se me hizo más largo que el instante durante el cual él permaneció allí, a mi lado, en aquel silencio que no sabía cómo hacer pedazos.

—Sé que seguramente soy la última persona que querrías ver.

No era capaz de mirar a Rigel. La idea de que estuviera tendido detrás de él, con la vida pendiente de un hilo, me aplastó el estómago como si fuera una colilla.

—Me he enterado de que hablaste con un policía... Sé que le has dicho que había sido un accidente. Quería darte las gracias por decir la verdad.

Seguí mirando a un lado, insensible. Lionel no cesaba de buscar mi mirada imperiosamente, como alguien que no supiera de qué modo expiar su culpa.

—Nica... —susurró implorante, buscando mi mano con la suya—, yo nunca quis...

Se sobresaltó cuando aparté el brazo dando un fuerte tirón. Los tubos del gotero destellaron violentamente, y yo clavé en él mis ojos, dilatados e incandescentes como nunca antes lo habían estado. Me temblaban las manos mientras le espeté con una lentitud glacial:

—No se te ocurra volver a tocarme.

Lionel me miró, herido por aquella reacción que no había tenido antes.

—Nica, yo no quería esto. —Su voz era un lamento asolado por los remordimientos—. Créeme, lo siento... No tendría que haberte dicho aquellas cosas. Estaba fuera de mí. Y el puñetazo, Nica, te juro que nunca quise golpearte… —Miró el capilar que me había roto en el ojo y se mordió los labios mientras bajaba la vista.

Seguía sin atreverse a mirar a Rigel.

—No se lo diré a nadie. Lo de vosotros…

—Ya no importa —exhalé.

—Nica…

—No —susurré implacable—. Ahora ya no importa nada. Yo te consideraba mi amigo. Un amigo, Lionel… ¿Sabes al menos lo que significa la palabra amistad?

Mi voz era un silbido gélido e irreconocible.

Pero aquella no era yo.

No, porque yo siempre era dócil y delicada y tenía una sonrisa para cada ocasión. Tenía cristales de entusiasmo incrustados en los ojos y en los dedos siempre lucía tiritas de colores.

Lo que yo era en ese momento era el resultado de un cuento al que le habían arrancado la mitad.

De un regalo de cumpleaños reducido a añicos junto a un quiosco de helados. De una fiesta que terminó en fuga, de una respiración que se rompió en forma de miedo cuando sus manos me agarraron. De la desilusión que me cercenó el corazón cuando me escupió encima toda su rabiosa aversión, jurando que nos denunciaría.

No, aquella no era yo.

Eran las cenizas de las páginas calcinadas que ahora me rascaban la garganta de aquel modo.

—Te lo habría perdonado todo. Todo… menos esto.

Sabía que no era culpa suya. Sin embargo, al final de aquella escala que había comenzado con un pequeño caracol, me pregunté si había habido una sola vez en que Lionel me hubiera querido con el desinterés puro e incondicional que yo le había demostrado.

—Vete.

Él se tragó su angustia.

Era verdad que tenía un corazón de *falena*.

Era verdad que buscaba la luz hasta abrasarme, porque lo que me había sucedido cuando era una niña me había deformado de un modo irreparable. Y, aunque las partes más maltrechas de mí misma me indujeran a mirarlo a los ojos, nada podría convencerme de perdonarlo.

Me había arrancado un pedazo de alma.

Lionel tensó los labios, buscaba algo que decir, pero sus palabras acabaron muriendo en el silencio. Nada de lo que dijera podría devolverme aquello que me había sido arrebatado.

Al final, vencido, miró al suelo, se dio media vuelta y se encaminó lentamente hacia la salida, antes de que mi voz lo reclamase.

—Lionel —alcé mis ojos descoloridos y por fin lo miré a la cara—, cuando salgas por esa puerta, no vuelvas más.

Tragó saliva con amargura, al tiempo que me lanzaba una última mirada.

Y se marchó.

Tampoco esta vez se volvió para mirar a Rigel.

Puede que se debiera a que, los que son como Lionel, no son capaces de mirar la realidad en todos sus colores.

No tienen el valor de afrontarla ni de verse a sí mismos dentro de ella.

Aunque hayan hecho lo posible por eliminar los matices más oscuros, aunque la hayan lacerado con las uñas, haciendo que brotara tinta.

Al final, solo saben marcharse sin atreverse a lanzar una última mirada.

Me costaba comer.

Nunca tenía apetito y las bandejas que me servían a veces volvían intactas. Anna trataba de animarme, pero en su mirada traslucía tal desaliento que hacía que fuera inútil cualquier esfuerzo.

Aquella noche, mientras me ayudaba a acomodarme para que las costillas fisuradas no me dolieran, también se lo leí en los ojos.

—¿Qué tal así? —me preguntó—. ¿Te duelen?

Sacudí la cabeza con un movimiento imperceptible.

Al cabo de un instante, la mano de Anna me tocó el rostro y alcé los ojos. En los suyos percibí un afecto trémulo y afligido.

Me acarició durante un larguísimo instante. Observó cada ángulo de mi cara y supe lo que iba a decirme antes de que empezase a hablar.

—Creí que te perdía a ti también.

Sus pupilas se desplazaron por mis iris a medida que iban formándose arrugas en su frente.

—Por un instante, creí que te vería desaparecer como a Alan. —Hizo acopio de fuerzas, pero no logró refrenar las lágrimas; se le llenaron los ojos y solo pudo bajar el rostro mientras se apretaba la mano que tenía en el regazo—. No sé qué habría hecho… sin tu dulce sonrisa. No sé qué habría hecho sin volver a encontrarte en la cocina por la mañana, dándome los buenos días, mirándome como tú me miras. No sé qué habría hecho sin tu rostro feliz recordándome que también hace un buen día cuando llueve o que siempre hay un motivo para vencer la tristeza. No sé qué habría hecho sin ti… Sin mi Nica…

Se le rompió la voz y sentí que se me clavaba dentro, traspasando aquella insensibilidad que lo empañaba todo.

Moví la mano que tenía libre y la puse encima de la suya, cálida y temblorosa.

Anna alzó los ojos y, en aquel cielo que yo tanto amaba, vi el reflejo de mis iris temblando con el llanto.

—Tú eres el sol —me susurró, mirándome con los ojos de una madre—. Te has convertido en mi pequeño sol…

La rodeé con mi brazo mientras las lágrimas empezaban a caer, extenuadas.

Anna me estrechó desesperadamente contra su pecho y yo cerré los ojos, dejándome acunar como una niña.

Con nuestros corazones rezumando sufrimiento, fundiéndonos como una sola vela, yo lloré todas las lágrimas que se agitaban en su pecho y ella lloró todas las mías.

Como madre e hija… unidas y cercanas.

Anna inclinó el rostro y sus ojos se deslizaron hacia un lado. Miró a Rigel con el mismo afecto desesperado que me había prodigado a mí.

Y, a continuación…, se apartó y me miró a los ojos.

Lo hizo de ese modo profundo y consciente que tienen de mirar los adultos. No, mejor dicho… que solo tienen las madres.

Entonces lo comprendí. Allí, en el silencio de aquel hospital, comprendí que ella lo sabía.

Al instante, mi corazón se derrumbó como un castillo de naipes.

—No sabía cómo decírtelo… —susurré, devastada—. No podía hacerlo… Pero tampoco sabía cómo hacerte entender que mentirte me partía el corazón. Eres la cosa más hermosa que me ha sucedido… Tenía miedo de perderte. —Unos hilos calientes surcaron mis mejillas, me sentía rota—. Tenía el corazón dividido. Llevaba mucho tiempo esperándote, Anna, más de lo que te imaginas, pero Rigel… es lo único que tengo… Lo único. Y ahora él… —Me pasé una de mis huesudas muñecas por los ojos, arrasados en lágrimas.

Anna me abrazó, pero no dijo nada. Ella también sabía que había algo infranqueable en el vínculo que nos unía.

Sin embargo…, no hizo que me sintiera mal por ello.

—Rigel me lo dijo —musitó, y algo se bloqueó en mi corazón, como un engranaje oxidado. Temblé de incredulidad y de pronto me sentí muy confusa. Solo pude abrazarla con más fuerza mientras esperaba a que prosiguiera.

—Ahora comprendo que nunca lo habría hecho si no se hubiera visto obligado a ello. Sabía que de lo contrario yo no habría accedido a su petición. Él… quería que tuvieras una familia en todos los sentidos.

Anna me cogió el rostro y buscó mis ojos, pero los encontró mirando al suelo. También vio que me temblaban los labios y que me los había mordido. Apoyó su frente en la mía y se mantuvo así hasta que se extinguió el llanto.

—El médico no ha querido decírtelo para no darte falsas esperanzas —me susurró un poco más tarde—, pero me ha contado que escuchar la voz de las personas amadas a veces puede ayudar.

Alcé mis apagados ojos y ella siguió contándome:

—Estimula la conciencia, según me ha dicho, y la memoria a largo plazo. Ninguno de nosotros tiene el poder de cambiar las cosas. Pero tú… —Anna bajó la cabeza y tragó saliva—, tú tienes ese poder. Él aún puede oírte.

Aquella noche, cuando el hospital se sumió en el silencio como un santuario, mi corazón aún seguía temblando. Por un tiempo que no sabría precisar, las palabras de Anna se abrieron camino en mi pecho y amplificaron mi desesperación.

Me quedé mirando el vacío. En la oscuridad, lo único que podía percibir era aquella nada inconmensurable que cortaba la respiración.

Él estaba allí, a pocos pasos de mí. Y, sin embargo…, nunca había estado tan distante.

—Querías marcharte —susurré en la oscuridad.

Me quedé inmóvil, apenas lo distinguía. Pero sabría trazar el contorno de su rostro incluso con los ojos cerrados.

—Querías irte sin decirme nada… porque sabías que habría hecho lo imposible por impedírtelo. Sabías que no te lo habría permitido.

—Lo miré con mis ojos sin vida—. Tú y yo teníamos que estar juntos. Pero puede que esta haya sido siempre la diferencia entre nosotros. Yo siempre me he hecho demasiadas ilusiones. Tú… ni una sola vez.

La garganta se me cerró poco a poco, pero no aparté la vista de él. Sentí algo por dentro, una especie de fuerza que me empujaba a continuar.

—Yo era tu rosa —seguí diciéndole—. La hiciste pedazos porque no querías que lo supiera. Siempre te ha dado miedo que te vea tal como eres… Pero te equivocabas… —susurré sin apenas voz—. Yo te veo, Rigel. De lo único que me arrepiento… es de no haberlo podido hacer antes.

Deseé no sentir de nuevo las lágrimas que me quemaban los ojos, pero no pude evitarlo.

—Hubiera querido que me permitieras comprenderte. Pero cada vez que lo intentaba, me apartabas. Siempre me dio la impresión de que no acababas de fiarte del todo, de que no eras capaz de darme una oportunidad… No era así. No es que nunca me hayas dado una oportunidad, es que no te la has dado a ti mismo.

Entorné los ojos.

—Eres injusto, Rigel. —Algo en mi interior tembló como un terremoto silencioso y todo se volvió acre e hirviente—. Eres injusto —lo reprendí entre lágrimas—. No tenías derecho a decidir por mí…, a mantenerme alejada. Y ahora estás a punto de excluirme otra vez… Siempre solo, hasta el final. Pero no te lo permitiré —le anuncié, obstinada—. ¿Me has entendido? ¡No te lo permitiré!

Aparté la manta. Alargué el brazo hacia su cuerpo inmóvil y ardí de desesperación al comprobar que estaba demasiado lejos.

Me deslicé por la cama y sentí un escalofrío cuando mis pies entraron en contacto con el suelo. Mi tobillo protestó, rígido e inflado. Me sujeté a la barra de la cama traté de sostenerme por mis propios medios, pero el intento acabó en fiasco y mis piernas no estuvieron a la altura.

Me caí al suelo, con todo mi peso encima del antebrazo que tenía libre y este me envió una dolorosa punzada. Mis costillas lesionadas gritaron dentro del pecho y una ráfaga de dolor me obligó a contener la respiración.

No quería ni imaginarme qué pensarían de mí si me vieran. Estaba ofreciendo un espectáculo lastimoso, con los labios apretados por el dolor mientras mis lágrimas se estrellaban contra las baldosas. Sin embargo, no sé cómo, hallé las fuerzas necesarias para arrastrarme hasta su cama.

Le cogí la mano y la atraje hacia mí, no sin esfuerzo; se la estreché como él había estrechado la mía tantas veces en la oscuridad de aquel sótano cuando éramos niños.

—No me dejes atrás de nuevo —le imploré de rodillas, mientras las lágrimas me torturaban los ojos—. No lo hagas, por favor. No vayas a donde no puedo alcanzarte. Déjame estar a tu lado. Vivirte por lo que eres. Permanezcamos juntos para siempre, porque no puedo soportar un mundo en el que tú no estés conmigo. Quiero creer en nosotros, Rigel… Quiero creer que es posible un cuento en el que el lobo toma a la niña de la mano. Quédate conmigo y escribámoslo juntos… Por favor…

Presioné su mano contra mi frente y le mojé los nudillos con mis lágrimas.

—Te lo ruego —repetí, con la boca deformada por el llanto.

No sé cuánto tiempo estuve así, deseando fundirme con su alma.

Sin embargo, algo cambió aquella noche.

Si era cierto que podía oírme…

Entonces le había dado todo cuanto tenía.

Al día siguiente le pedí a la enfermera que no corriese la cortina que me separaba de Rigel. Ni durante el día ni por la noche; quería ver en todo momento el rostro del chico que estaba en la cama de al lado.

Cuando Anna llegó al hospital, no me encontró con los ojos apagados y la expresión vacía de los días anteriores.

No.

Yo ya estaba despejada, sentada entre las mantas, con la mirada despierta y atenta.

—Buenos días —la saludé antes de que ella pudiera decir nada.

Ella me miró sorprendida, parpadeando, y cuando vi que también había venido Adeline, un toque de calor me endulzó la mirada.

—Hola —dije despacio. Adeline miró un poco cortada a Anna y a continuación me miró con los ojos tristes.

—Hola…

Al cabo de poco, mientras ella me trenzaba el cabello, yo me tomaba un puré de manzana con una cucharilla.

Uno tras otro, fueron pasando los días, inexorables. Mientras mi cuadro clínico se iba normalizando, me pasaba todo el día procurando que Rigel escuchara mi voz.

Le leía libros e historias, cuentos del mar, le explicaba todo lo que Anna me traía, y mis palabras acompañaban su silencio hasta que caía la noche.

El doctor Robertson pasaba regularmente a comprobar mi estado de salud. Le echaba un vistazo al libro que yo tenía en las manos y, cuando desviaba la vista hacia Rigel, el mundo se detenía de golpe y yo sentía una esperanza tan sofocante que me quedaba sin respiración.

Entonces permanecía muy quieta y miraba al médico con una voracidad ardiente, como si en aquel cuerpo inmóvil él pudiera vislumbrar algún detalle que los demás no eran capaces de ver. Un movimiento... o una reacción... Cualquier cosa que llamara la atención de su mirada profesional.

Cada vez, cuando el doctor Robertson se iba, sentía tal punzada en el corazón que me mordía los labios para no cargarme las páginas con las uñas.

En la habitación ya no reinaba el ambiente sombrío de los días anteriores.

Había pedido que dejaran descorridas las cortinas para que Rigel pudiera ver el cielo. O para que yo pudiera verlo a él y contárselo con mis ojos.

—Hoy está lloviendo —le dije una mañana mientras miraba fuera—. El cielo está iridiscente. Parece una placa de metal que gotea. —Y añadí en un susurro—: Es como el que de vez en cuando se veía en el Grave. ¿Te acuerdas? Los niños decían que ese era el color de mis ojos...

Como siempre, mis palabras no recibían respuesta. A veces, aquel silencio despertaba en mí un deseo tan absurdo que me imaginaba que me respondía. Otras, el sufrimiento pesaba tanto que me parecía una batalla imposible de vencer.

Y cuanto más tiempo pasaba, menores eran las esperanzas de que se despertase.

Conforme los días iban transcurriendo inexorablemente, uno detrás de otro, más sentía el veneno de la frustración, que me hacía perder el apetito y me enflaquecía las muñecas.

Billie y Miki trataban de estar cerca de mí cuanto podían, y Anna hacía lo imposible por que estuviera tranquila: me traía la mermelada de moras que tanto me gustaba y, de vez en cuando, me llevaba a dar una vuelta por la planta en silla de ruedas.

Un día, una enfermera la llamó y me dejó un momento junto a la máquina del café, tras asegurarme que volvería enseguida. Debió de asustarse cuando al regresar no me encontró donde me había dejado. Me buscó por toda la planta, mortalmente preocupada, y al pasar por delante de nuestra habitación, se quedó sin respiración del susto: yo estaba allí, junto a la cama de Rigel, cogiéndole la mano, con los huesos de mis hombros desapareciendo tras el respaldo de la silla de ruedas.

—Tienes que comer —me susurraba después de verme rechazar las tostadas con mermelada que ni siquiera había tocado. Yo no respondía, prisionera como estaba en un mundo impenetrable, y Anna acababa bajando la cabeza, derrotada por mi silencio.

También me ayudaba a lavarme y, cuando me abría el camisón ante el espejo del baño, contemplaba toda aquella vida que le estaba entregando a Rigel, en carne y hueso, hasta la última fibra.

Si había un precio que pagar por darle todo cuanto tenía, estaba impreso en aquellas ojeras que me devoraban los pómulos, cada vez más pronunciados.

Por la noche..., no lograba dormir. El agudo pitido del corazón de Rigel era el único sonido que palpitaba en la oscuridad mientras que yo, arrebujada en las mantas, contaba sus latidos y rezaba por que aquel sonido no se detuviera. El pánico a quedarme dormida y no oír el latido cuando despertara era tan acuciante que me sofocaba.

Cuando las enfermeras detectaban síntomas de estrés en mi rostro, me suministraban fármacos para hacerme dormir, pero el empecinamiento con que trataba de combatir sus efectos me llevaba al agotamiento.

—No puedes seguir así —me dijo una noche el doctor Robertson, cuando ya había llegado al límite.

Mi cuerpo estaba al borde del colapso y mi proceso de curación había caído en picado de forma alarmante.

—Necesitas comer más y descansar, Nica. No puedes curarte si no duermes.

Me miró, envuelta en unas mantas demasiado grandes, delgada y grácil como una crisálida, como si no supiera cómo convencerme.

—¿Por qué? ¿Por qué luchas contra los fármacos para dormir? ¿Contra qué luchas?

Volví poco a poco el rostro hacia él, imperturbable como un espectro, y me vi reflejada en sus ojos.

En aquel rostro macilento cuyos ojos grises ocupaban todo el espacio, había una obstinación que refulgía casi en forma de locura.

—Contra el tiempo —respondí sin parpadear.

Mi voz sonó tenue como un hilo de seda.

Y él no pudo hacer otra cosa que mirarme, consciente de su derrota.

—Cada día que pasa, se lo lleva más lejos.

Billie y Miki pasaban a menudo para ver cómo estaba, y Adeline venía todos los días, a cuidarme y a trenzarme el pelo como cuando éramos niñas.

Ya me había acostumbrado a recibir visitas. Pero ni en sueños me esperaba que una tarde fuera a ver entrar a Asia.

En un primer momento, creí que la vista me había jugado una mala pasada. Pero cuando observé que Adeline se ponía en pie, sorprendida de verla allí, me di cuenta de que era ella de verdad.

Aunque iba sin maquillar, no podía negarse que lucía el mismo aspecto limpio y ordenado de siempre. Llevaba el pelo recogido en una coleta y vestía una sudadera gris que, sin embargo, no desmerecía en absoluto su sofisticado encanto.

Asia miró a su alrededor con aire cauteloso, como un animal en un ambiente desconocido, y por un momento me pregunté si no habría venido solo porque estaba buscando a Anna.

Nuestras miradas se cruzaron; eso fue antes de que me repasase a fondo: sus ojos se deslizaron por los rasgos macilentos de mi cara y después por mi cuerpo enfundado en el camisón flácido.

Noté que Adeline cruzaba las manos y anunciaba a media voz:

—Os dejo un momento a solas.

—No —replicó Asia, deteniéndola. Y a continuación añadió en un tono más suave—: Quédate.

Cuando llegó hasta mi cama, sin sentarse ni acercarse a mí, no lograba imaginarme el motivo que había podido traerla hasta allí.

Se quedó mirando los tubos del gotero que terminaban en mi brazo. Y, a continuación, mientras yo seguía guardando silencio, desvió poco a poco los ojos hacia Rigel. Lo estuvo mirando durante un larguísimo momento, tan largo que, cuando finalmente habló, me di cuenta de que se estaba mordiendo los labios.

—He sentido envidia de ti muchas veces —dijo de repente. Lo hizo sin apartar la vista de él—. No hemos tenido muchas oportunidades de vernos. Pero por las pocas que ha habido debo admitir que no conoces el significado de la expresión «darse por vencida». Nunca has renunciado a entablar una relación conmigo... pese a que yo siempre te haya rechazado y te haya tratado como un obstáculo. Aun sin conocerte, me ha bastado poco para comprender que no eres de las que se rinden. —Se volvió lentamente y me miró a los ojos, con una expresión reprobatoria—. Y, sin embargo, mírate ahora. Has dejado de luchar.

«No», me hubiera gustado decirle, eso era precisamente lo que no había hecho. En mí albergaba una tenacidad tan inquebrantable que incluso me estaba dejando sin oxígeno. Me había visto reducida a aquel estado justamente porque no sabía resignarme.

Pero... callé. Permanecí inerte en su presencia y mi ausencia de reacción surtió en ella un efecto que jamás me habría imaginado.

Tristeza. Por primera vez desde que la conocía, Asia pareció comprenderme. Mejor que nadie.

—No puedes ayudarlo si antes no te ayudas a ti misma —susurró con un tono de voz muy distinto, que parecía salirle de dentro—. No hagas como yo... No permitas que el dolor te destruya, que te ahogue en tus aflicciones. Tú tienes una posibilidad que a mí no me fue concedida. Una esperanza. Pero si la echas por la borda, no te lo perdonaré.

Me miró con dureza y vi que estaba temblando, pero en aquel estremecimiento discerní una gran necesidad de derribar el muro en cuyo interior se estaba marchitando.

—La muerte no se combate con el sacrificio, sino con la vida. Tú me has hecho comprenderlo. La misma chica que después de sufrir las penas del infierno me miró a los ojos y me dijo que no pensaba hacerse a un lado, que no renunciaría a Anna, sigue estando en esta habitación. Adelante —masculló—, sácala afuera. No lo salvarás anulándote a ti misma... Sino dándole un motivo para despertarse. Haciéndole ver que estás aquí y que estás luchando por vivir, aunque en estos momentos vivir para ti sea una tortura. No dejes que el sufrimiento te convierta en quien no eres, no cometas el mismo error que yo... No podemos elegir el dolor, pero podemos elegir cómo vivirlo. Y, si vivir significa soportar, entonces hazlo también por él, infúndele tu fuerza y transmítele tu coraje. Y ahí, a la vida que aún palpita en su pecho, es donde debes agarrarte con todo tu ser.

Cuando acabó de hablar, me pareció que estaba extenuada, con las lágrimas atrapadas entre las pestañas; su duro semblante traslucía un sinfín de emociones.

Nunca me había mirado como lo estaba haciendo en ese momento. Nunca, ni una sola vez. Y yo recordaría aquella mirada siempre.

Asia apartó los ojos de mí, tal vez consumida por aquel arranque emotivo al que se había abandonado, y Adeline también la observó, sin palabras. Me ocultó el rostro y sus ojos brillantes volvieron a posarse en Rigel.

—Tú aún tienes una elección —dijo despacio—, no la desperdicies.

Dio media vuelta bruscamente y se marchó tal y como había llegado, sujetando con fuerza su bolso y con los hombros rígidos.

—Asia.

Asia se detuvo. Me miró por encima del hombro y me encontró allí, entre las mantas, con el rostro demacrado y los ojos llenos de una frágil luz.

—Ven a veme otro día.

Algo brilló en su mirada. Y, al cabo de un instante se marchó, no sin antes echarle un último vistazo a Adeline.

Nada había cambiado y, sin embargo, en ese momento me pareció ver el mundo con más claridad.

—Adeline, ¿puedo pedirte un favor?

Se volvió y me miró, pendiente de mis palabras.

—Mis tiritas. ¿Puedes traérmelas?

Durante un larguísimo instante, Adeline me observó con los ojos muy abiertos, casi como si en su interior hubiera captado el sentido de mis palabras.

Y entonces…

Sonrió.

—Claro.

Cuando volví a tener las tiritas en mis manos, rodeada por aquellas paredes blancas, noté que algo empezaba a enderezarse dentro de mí.

Las escogí con cuidado y, entre todos aquellos colores que siempre había sentido tan míos, volví a percibir una parte de mí.

Ahí estaban, una amarilla, como los ojos de Klaus.

Una celeste, por Anna y Adeline.

Una verde, por Norman, tenue como su sonrisa.

Una de color naranja, por la vivacidad de Billie, y una azul marino por la profundidad de Miki.

Una roja por Asia y por su carácter ardiente como el fuego.

Y finalmente…

Finalmente, una de color violeta por Rigel, como la que le pegué en el pecho aquella noche en su habitación.

Al verlas todas juntas en mis manos, comprendí que, aunque el amor tuviera distintos matices, cada una de ellas tocaba las mismas cuerdas: las del corazón. Y todas juntas movían una fuerza única e invisible, que solo el alma era capaz de sentir.

Aquellos días fueron difíciles.

Mi estómago era un nudo rígido que parecía rechazar la comida. Las arcadas me revolvían las vísceras y entonces acudía Anna. Me apartaba las mantas. Me ayudaba a ponerme de lado antes de que yo devolviera la comida al suelo.

Sin embargo, poco a poco, empecé a comer de nuevo, con más obstinación que antes.

Al cabo de poco tiempo, pude volver a caminar. El tobillo sanó y las costillas ya no rechinaban como si fueran trozos de vidrio cuando me incorporaba. Lentamente, mi estómago empezó a aceptar la comida y mi proceso de curación volvió a ir por buen camino.

Asia vino a visitarme tal como le había pedido. Al principio no parecía muy convencida, pero cuando vio que mi rostro tenía más color y que mi estado de salud en general había mejorado, la expresión de su rostro se suavizó casi imperceptiblemente.

Día tras día, mi cara iba adquiriendo volumen y los huesos de mis hombros se iban desvaneciendo bajo la piel.

Me quitaron la férula del brazo y poco a poco fui recuperando todos los movimientos.

Pero mientras mi cuerpo volvía a ponerse en su sitio… el de Rigel seguía igual, inmóvil y atado a aquel frágil latido.

«Despiértate», palpitaba mi pecho, a medida que con esfuerzo yo iba recuperando vida.

Él siempre respiraba con dificultad y nada parecía cambiar en su precario estado de salud.

—Despiértate —murmuraba a media voz, mientras las enfermeras le cambiaban los vendajes.

Pero el rostro se le iba demacrando y las venas de las muñecas se le marcaban cada vez más.

Las sombras bajo los párpados se veían hundidas y, cuando le cogía la mano, notaba su piel cada vez más frágil bajo los dedos; cuanto más lo miraba dormir de aquel modo, más se marchitaba ante mis ojos.

Le contaba viejas leyendas, ciertos cuentos de lobos que regresaban a casa, pero mientras de día luchaba con luz y esperanza, por la noche, el deseo de verlo abrir los ojos me enervaba el alma y la respiración.

—Despiértate —le imploraba en la oscuridad, como si recitase una oración—. Despiértate, Rigel, te lo ruego, no me dejes… No puedo imaginar mi existencia sin tus ojos y mi corazón de *falena* no sabe calentarme, solo sabe hacer eso, quemarse y temblar; despiértate y dame la mano, por favor, mírame y dime que juntos seremos eternos. Mírame y dime que siempre estarás conmigo, porque el lobo muere en todas las historias, pero no en esta… En esta vive y es feliz y camina cogido de la mano de la niña. Por favor…, despiértate.

Pero Rigel seguía inmóvil y yo ahogaba las lágrimas en la almohada, porque no quería que él me oyese llorar.

—Despiértate —le susurraba hasta partirme los labios.

Pero él… no se despertaba.

Me dieron el alta al cabo de unos días, bajo la satisfecha mirada del médico.

En sus ojos pude leer lo aliviado que se sentía al verme de pie, curada y saludable, lista para marcharme. Él no podía saber que mi corazón sangraba exactamente como el primer día, torturado, porque un pedazo de mí aún seguía viviendo en aquella habitación.

Poco a poco, fui reintegrándome a las clases.

El primer día, al igual que los siguientes, no pude evitar que todo el mundo tuviera los ojos puestos en mí. Los cuchicheos me seguían allí a donde iba y todos continuaban hablando del accidente.

Ese mismo día, supe que Lionel se había mudado a otra ciudad.

Mi vida volvió a discurrir tranquila y rutinaria, pero no pasaba ni un día sin que fuera a ver a Rigel.

Le llevaba ramos de flores frescas y los sustituía por los viejos; seguía contándole historias y hacía los deberes sobre una silla que arrimaba a la pared; le repetía los temas de Geografía y Biología, y estudiábamos Literatura juntos.

—Hoy el profesor nos ha pedido que redactemos un ensayo sobre una obra antigua de nuestra elección —le anuncié una tarde—. Yo he escogido la Odisea. —Hojeé las páginas del libro, con el bip agudo de sus latidos cardiacos como fondo—. Ulises finalmente regresa a casa —dije despacio—. Después de muchas dificultades… Después de haber superado pruebas extraordinarias… Ulises lo consigue. Al final vuelve con Penélope. Y descubre que ella lo ha estado esperando. Todo aquel tiempo ella lo ha estado esperando…

Rigel permanecía inmóvil, con su apagado candor. Tenía los párpados tan pálidos que parecían un sudario.

A veces me preguntaba cuánto le costaría alzar aquellas dos finas capas de piel que recubrían sus ojos.

Yo me quedaba con él todo lo que podía; las enfermeras intentaban hacerme regresar a casa, echarme de aquellas cuatro paredes blancas, puede que más por mi propio bienestar que por no respetar las normas del hospital.

Al final lo dejaron correr cuando, un día, me sorprendieron tratando de dormir acurrucada en las sillas metálicas del pasillo. Aquella vez no me regañaron. Pero la jefa de sala me dijo que, por las noches, al menos por las noches, debía volver a casa.

Pero yo no quería…

Yo quería estar con él.

Porque Rigel cada noche se veía más pálido y lejano, y mi alma me roía los huesos cada instante que no pasaba cogida de su mano, tratando de sacarlo de aquel abismo.

Por eso cada vez llegaba un poco antes y le hablaba un poco más. Los fines de semana, era yo quien le descorría las cortinas por la mañana, era yo quien le susurraba los buenos días y quien le llevaba un nuevo ramo de flores.

Pero por la noche…

Por la noche soñaba con manos blancas y párpados abiertos sobre galaxias de estrellas.

Soñaba que me miraba con aquellos ojos únicos y profundos y, cada vez… Rigel me sonreía.

Lo hacía de aquel modo dulce y sincero que nunca le había visto…

De aquel modo real que excavaba en mi interior una atroz sensación de ausencia.

Cuando por la mañana comprendía que todo había sido un sueño, cuando me daba cuenta de que él no estaba allí de verdad, el pecho se me abría por la mitad y solo podía morder la almohada hasta sentir el sabor de las lágrimas en la boca.

Sin embargo, al día siguiente, volvía a estar allí, en aquella habitación blanca con mis flores y el alma hecha pedazos.

—Oh… —exclamé una mañana al ver que, después de una tormenta, el sol había rasgado el cielo; la luz se había fragmentado en un millón de pedazos y un arcoíris centelleaba vibrante con todas sus tonalidades.

—Mira, Rigel —susurré despacio. Una sonrisa triste me oprimió la garganta—. «Mira qué colores tan bonitos…».

Me tembló la mano. Al cabo de un instante, estaba saliendo de la habitación con los labios contraídos, cubriéndome los ojos con los dedos.

Había algo desesperante en el modo en que transcurría la vida.

Algo que, a pesar de mis esfuerzos, hacía que el tiempo discurriera como el curso de un río inexorable.

No importaba cuántas veces deseara que el tiempo se ralentizase.

No importaba cuántas veces rogara que se detuviese, que mirara lo que estaba dejando atrás.

El mundo no esperaba a nadie.

Sujetando el hilo de un globo con los dedos, enfundada en un vestido de punto, aquel día miré la primavera desde el umbral.

Llevaba pelo recogido a un lado del rostro, y en el aire palpitaba el mismo sonido de siempre.

Me acerqué despacio a su cama. Allí, en medio de aquel silencio que lo mantenía todo en suspenso desde hacía demasiado tiempo, me armé de valor y lo miré a la cara una vez más.

Casi un mes.

Había pasado casi un mes desde el accidente.

—Me lo ha traído Billie —susurré despacio—. En realidad, ha traído un montón. Dice que un cumpleaños sin globos no es un cumpleaños de verdad.

Bajé el rostro, frágil como una hoja. Me estiré hasta alcanzar la cabecera metálica y lo até, así le haría compañía. Al ver aquel globo junto a su cuerpo inmóvil, me dolió el corazón.

Me senté en la cama

—Anna hizo una tarta de fresas. Era perfecta. La nata se deshacía en la boca. Nunca había tenido una tarta de cumpleaños. Aunque tal vez, ahora que lo pienso, a ti no te hubiera gustado. Ya sé que no te gustan las cosas demasiado dulces. —Me miré las palmas de las manos, abandonadas en el regazo—. ¿Sabes? Klaus siempre duerme debajo de tu cama. Aunque nunca os hayáis llevado demasiado bien... creo que te echa mucho de menos. Adeline también. Ella no lo dice, trata de animarme, pero... me habla con los ojos. Te tiene muchísimo afecto. Solo desea que vuelvas.

Con el pelo cubriéndome el rostro y las pestañas asomando entre los mechones, me quedé escuchando su latido durante interminables instantes.

—¿Sabes, Rigel...? Este sería un buen momento para abrir los ojos.

La garganta me quemó apenas y tragué saliva, tratando de no hacerme añicos. Fui alzando la mirada lentamente hasta su rostro.

La luz de la ventana le besaba los párpados cerrados. Ya hacía una semana que no llevaba la cabeza vendada y el médico había dicho que, gracias a la ausencia de movimiento, las costillas se estaban curando bien.

Sin embargo, su mente nunca había estado tan lejos.

Mirándolo, no podía evitar admitir que hasta con la muerte rondándolo Rigel siempre tenía esa belleza que enmudecía el corazón.

—Sería un regalo inolvidable. —Sentí que las lágrimas me atravesaban las sienes y llegaban a los ojos—. El más bonito que podrías hacerme.

Deslicé mi mano hasta la suya y, en ese momento, deseé más que nunca que me la estrechara. Que la cerrase y la apretase hasta hacerme perder la sensibilidad en los dedos. Percibí de nuevo aquella sensación demoledora, aquel presentimiento que me avisaba de que estaba a punto de romperme.

—Te lo ruego, Rigel... Aún tenemos tantas cosas que hacer juntos... Y tengo tanto que decirte... Tú debes crecer conmigo, ir a la universidad y… aún tienes que cumplir años muchas veces y debes… debes tener toda la felicidad que te mereces. —Las lágrimas me empañaron los ojos—. Yo puedo dártela. Haré todo lo posible por hacerte feliz. Te lo prometo… No deseo otra cosa. No me dejes sola en este mundo, nosotros nos hemos roto juntos… y tú… tú eres mi encaje. Mi bellísimo encaje…

Las lágrimas me cayeron en el dorso de la mano. Mi corazón se estremeció y una vez más sentí que era perdidamente suya.

—Eres mi luz. Y yo estoy perdida sin ti. Estoy perdida… Por favor, mírame… Si puedes oírme, te lo ruego, vuelve a mí.

Algo se encogió dentro de mi mano.

Una contracción.

Tardé un instante en registrarla.

¡Se había movido!

Una emoción muy intensa se apoderó de mi garganta y me quedé sin respiración tanto tiempo que casi perdí la voz.

—¡Do… doctor! —balbuceé como pude.

Jadeé, tropecé con la cama y me precipité hacia la puerta, temblando.

—¡Doctor! —grité—. ¡Doctor Robertson, venga! ¡Deprisa!

Apareció el doctor Robertson y, por la expresión de su rostro, deduje que mis gritos tan imprevistos habían descolocado incluso a un profesional como él.

—¿Qué ha pasado? —preguntó, mientras se apresuraba a controlar las constantes vitales de Rigel en la pantalla.

—Él… ha reaccionado —exclamé atropelladamente—, ha reaccionado a lo que le he dicho… Se ha movido.

El médico dejó de observar el monitor y se volvió hacia mí. Vio mis ojos enrojecidos y también que me estaba retorciendo los dedos, débil y temblorosa.

—¿Qué has visto? —me preguntó ahora ya con un tono de voz más cauto.

—Se ha movido —repetí—. Le estaba cogiendo la mano y ha movido los dedos…

El doctor Robertson les echó otro vistazo a las constantes de Rigel y sacudió la cabeza.

—Lo siento, Nica. Rigel no está consciente.

—Pero yo lo he sentido —insistí—. Se lo juro, me ha apretado la mano, no son imaginaciones mías…

El médico suspiró y, a continuación, extrajo del bolsillo lo que parecía una pluma de metal; la encendió y, del extremo, surgió un haz de luz delgadísimo que dirigió a las pupilas de Rigel tras haberle levantado los párpados.

No hubo ninguna reacción.

El mundo se derrumbó poco a poco. Y yo no pude hacer otra cosa que mirarlo, frágil e inútil.

—Pero yo... yo...

—Puede suceder que un paciente comatoso se mueva de vez en cuando —me dijo el médico—. Pueden ser espasmos, contracciones... A veces incluso lloran. Pero... no significa nada. Que se mueva responde a un mero reflejo, una reacción involuntaria a los fármacos.

Me miró con tal expresión de desaliento que aún me dejó más rota.

—Lo siento, Nica.

Entonces, en mis ojos arrasados por el llanto, sentí arder por primera vez algo mucho más doloroso que las lágrimas: la desilusión.

Comprendí, mejor que nunca, cuán destructivo podía resultar aferrarse a una esperanza.

El doctor Robertson apoyó una mano en mi hombro antes de salir. Supe que, si hubiera tenido las fuerzas suficientes para mirarlo, habría percibido la pena que le causaba haber arruinado mi enésimo sueño.

Me quedé allí, el día de mi decimoctavo cumpleaños.

Con mi corazón marchitándose entre las costillas y aquel globo suspendido sobre su cuerpo inmóvil.

Cuando era pequeña, había oído decir que la verdad vuelve el mundo de colores.

Ese es el trato. Hasta que no la conozcas, no podrás ver la realidad con todos sus matices.

Pero algunas verdades tienen matices que nos anulan.

Algunas verdades tienen historias que no estamos preparados para dejar atrás.

Yo no estaba preparada para dejar atrás la mía.

Pero no tenía más sonrisas que mostrarle a Rigel. No tenía más cuentos que contarle.

Solo tenía un corazón vacío que me erosionaba por dentro como si fuera un elemento extraño. Había veces que me parecía sentir que se deslizaba fuera del pecho y caía al suelo emitiendo un ruido sordo bajo mis ojos insensibles.

Cuando eso sucedía, pensaba que, si el corazón se me hubiera caído de verdad, me habría agachado a recogerlo sin inmutarme. Todas las sensaciones que experimentaba en lo más profundo de mi ser eran dolorosas.

Aquella noche, las enfermeras no entraron a decirme que tenía que marcharme.

Quizá vieron mis ojos vítreos y no se atrevieron a arrancarme de aquella cama que mantenía con vida no un corazón, sino dos.

Ya habían pasado unos días desde mi cumpleaños y no había cambiado nada.

Él estaba siempre allí.

Yo estaba siempre allí.

Quizá nos quedásemos allí para siempre.

Se me habían acabado los cuentos y todas las luces que había tratado de darle se habían apagado como una cerilla en el interior de sus ojos cerrados.

Ya no me quedaba nada.

En mi alma solo había un vacío profundo. Pero justamente de ahí emergieron de nuevo unas palabras que me habían acompañado toda la vida.

—«Había una vez, en un tiempo muy muy lejano, un mundo que no era capaz de llorar».

Mi voz apenas era un susurro extenuado.

—«Las emociones no quemaban y los sentimientos… no existían; las personas vivían con almas vacías, que no sabían sentir. Pero, oculto a todo el mundo, en su inmensa soledad, había un hombrecillo vestido de sombras. Un artesano solitario cuyas habilidades tenían un poder extraño e increíble. Con sus ojos claros como el vidrio era capaz de fabricar lágrimas de cristal.

»Un día, un hombre llamó a su puerta. Vio las lágrimas del artesano y, movido por el deseo de experimentar aunque solo fuera una pizca de sentimiento, le preguntó si podía hacerse con ellas. Jamás, en toda su vida, había deseado algo tanto como poder llorar.

»"¿Por qué?", le preguntó el artesano con una voz que no parecía una voz.

»"Porque llorar significa sentir", respondió el hombre. "En las lágrimas se oculta el amor y también el más compasivo de los adioses. Son la más íntima extensión del alma, de modo que, más que la alegría y la felicidad, ellas son las que te hacen sentir verdaderamente humano".

»El artesano le preguntó si estaba seguro de su petición, y el hombre le rogó que accediera. Entonces, cogió una de sus lágrimas y se la colocó bajo los párpados.

»El hombre se marchó, pero después de él vinieron otros muchos.

»Todos le pedían lo mismo y el artesano los fue contentando uno por uno… y eso fue lo que lloró la gente: rabia, desesperación, dolor y angustia.

»Eran pasiones lacerantes, desilusiones y lágrimas, lágrimas, lágrimas… El artesano infectó un mundo puro, lo tiñó de los sentimientos más íntimos y extenuantes.

»Y la humanidad se desesperó, convirtiéndose en lo que es hoy, tal como la conocemos.

»Esa es la razón por la cual… todos los niños deben ser buenos.

»Porque la rabia, los celos o el resentimiento no están en su naturaleza.

»Todos los niños tienen que ser buenos porque los llantos, los caprichos y las mentiras no son propias de ellos.

»Y, si mientes, él lo oirá. Si mientes, estás diciendo que eres suyo y él lo ve todo, cualquier emoción que te mueva, cualquier escalofrío de tu alma. No puedes engañarlo.

»Así que sé bueno, niño. Sé obediente.

»No vuelvas a portarte mal y, sobre todo, recuerda: al fabricante de lágrimas no puedes mentirle».

Mis palabras se perdieron en el silencio.

Ahora que estaban allí, refulgentes de tinta, simplemente parecían estar esperando el final.

—Siempre ha sido eso para mí —le confesé—. Siempre ha sido lo que querían hacerme creer. El monstruo que había que temer… Pero me equivocaba.

Lo miré, con los párpados pesados a causa del llanto.

Había estado buscando nuestro cuento durante mucho tiempo sin saber que lo llevaba conmigo desde el principio.

—Mira, Rigel —susurré al fin, devastada—, mira como me haces llorar. Aquí tienes la verdad… Tú eres mi fabricante de lágrimas. —Sacudí la cabeza y me desmoroné definitivamente—. Lo he comprendido demasiado tarde. Cada uno de nosotros tiene su fabricante de lágrimas… Es esa persona capaz de hacernos llorar, de hacernos felices o de herirnos con una mirada. Es esa persona que, dentro de cada uno… ocupa un puesto tan importante que puede hacernos desesperar con una palabra. O emocionarnos con una sonrisa. Y no puedes mentirle… no puedes mentirle a esa persona porque los sentimientos que te unen a ella están por encima de cualquier embuste. No puedes decirle a quien amas que lo odias. Es así… No puedes mentirle al fabricante de lágrimas. Sería como mentirte a ti mismo.

Me sentía muy angustiada, cada milímetro de mi piel era una fuente de sufrimiento.

Supe que si existía un final para esta historia, sería que me quedaba para siempre con aquel chico de los ojos negros al que vi muchos años atrás en la puerta de una institución.

—Me hubiera gustado mirarte a los ojos mientras te lo decía —exhalé entre sollozos, apretando los dedos contra la manta—. Hubiera querido que lo leyeras en mi mirada mientras te lo decía… Pero tal vez ya es demasiado tarde. Tal vez nuestro tiempo se ha agotado… y este es el último momento que me queda…

Abandoné la frente sobre su pecho. Y, mientras el mundo y yo nos apagábamos, le confesé las únicas palabras que había conservado para nuestro final.

—Te quiero, Rigel —susurré con el corazón hecho añicos—. Te quiero como se quiere ser libre en la oscuridad de un sótano. Como se quiere una caricia, después de años de contusiones y golpes. Te quiero como solo puede quererse el cielo, que nunca se despedaza. Te quiero más de cuanto he querido cualquier color en toda mi vida. Y te quiero… como solo sé quererte a ti, única y exclusivamente a ti, que me haces más bien y más mal que cualquier otra cosa, que eres la luz y la oscuridad, el universo y las estrellas. Te quiero como solo sé quererte a ti, que eres mi fabricante de lágrimas…

El llanto me hizo estremecer hasta los huesos y me aferré a las páginas de aquella historia con todo lo que tenía.

Con cada desesperada partícula de mi ser…

Con cada lágrima y cada suspiro.

Con cada una de mis tiritas y con esa alma que ya no sabría sentir.

Y, por un instante, hubiera jurado que había oído latir su corazón con más fuerza.

Hubiera querido tomarlo entre mis manos y abrazarlo, custodiarlo para siempre. Pero solo podía alzar los ojos y mirar su rostro, como había estado haciendo todos los días.

Solo me atreví a mirarlo de nuevo.

Esta vez, cuando mi corazón se deslizó fuera del pecho…, oí el ruido sordo que hizo al caer.

Pero no me agaché a recogerlo.

No. Me quedé inerme.

Porque mis pupilas…

Mis pupilas estaban mirando otras pupilas.

Mis pupilas miraban directamente el interior de otras pupilas.

Y mis ojos miraban directamente otros ojos.

Ojos cansados, exhaustos.

Ojos negros.

Por un momento, dejé de existir.

Me embargó una emoción tan visceral e incrédula que me quedé anulada, demasiado aterrorizada para tener esperanzas.

Con los ojos arrasados en lágrimas, observé aquella sutil línea que separaba sus parpados, incapaz de moverme. Sentí que solo con atreverme a respirar, aquel instante se haría añicos como el cristal.

—Rigel…

Sus ojos siguieron allí.

No se desvanecieron como en los sueños.

No se evaporaron como una ilusión.

Permanecieron rectos delante de mí, frágiles y reales, extenuados ojos de lobo que devolvían mi reflejo.

—Rigel… —Temblé con violencia, estaba demasiado rota para dar crédito.

Pero no eran imaginaciones mías. Rigel me estaba mirando.

Aquello no era un sueño.

Rigel había abierto los ojos.

Mi frente se abrió formando surcos y su nombre se me rompió en los labios. Por fin me dejé ir y aquel vacío devorador estalló fuera de mí, acompañado de un terremoto de angustia y dolores. Sentí que atravesaba mi cuerpo una alegría tan intensa que me dejaba sin respiración. Me abandoné en su pecho, carente de energía, y sus ojos fueron el milagro más hermoso de todos.

Más amado que cualquier cielo.

Más deseado que cualquier cuento.

Porque es cierto que existe una historia para cada uno de nosotros, sin duda, pero mi historia no tenía mundos centelleantes ni filigranas doradas, no… La mía tenía rosaledas con espinas y párpados abiertos contemplando galaxias estrelladas.

Tenía constelaciones de escalofríos y espinas de aflicciones y yo las estreché con desesperación, las abracé una a una, hasta la última espina.

Acerqué mi mano a la mejilla de Rigel sin dejar de sollozar y él siguió mirándome como si, incluso en medio de la total confusión que debía de estar sintiendo en ese momento, tuviera la certeza de que tenía ante sí un rostro que le provocaba un sentimiento profundísimo e ilimitado.

Y yo… yo no aparté mis ojos de los suyos.

Ni un solo instante. Ni cuando alargué la mano y pulsé el botón para llamar a las enfermeras. Ni cuando llegaron corriendo y estallaron las voces de incredulidad.

Ni cuando la planta entera se precipitó en un inesperado frenesí. Estuve a su lado todo el tiempo, encadenada a su mirada, a su alma y a su cuerpo.

Estuve con él exactamente del mismo modo en que había estado cada noche en mis sueños y cada día de cada semana.

Estuve a su lado en todo momento, hasta…

Hasta el fin.

Pasó algún tiempo hasta que Rigel pudo volver a hablar.

Siempre había pensado que, cuando despertase del coma, se mostraría receptivo o que al menos tendría control sobre su cuerpo, pero descubrí que no era así.

El médico me informó de que tardaría unas horas en poder coordinar plenamente sus movimientos y que, transcurridas más de dos semanas en coma, muchos pacientes se sumían en un estado vegetativo, pero estuvo feliz de comunicarme que, después de haber sufrido tantas complicaciones, esta última se la había ahorrado.

También me explicó que, tras el despertar, había pacientes que se mostraban agitados o violentos al no reconocer en qué lugar se encontraban. Por eso me rogó que le hablara con calma en cuanto estuviera a su lado de nuevo.

Antes de dejarme sola con él, el doctor Robertson apoyó una mano en mi hombro y me dedicó una sonrisa tan esperanzada que hasta sentí que se me llenaban de aire los pulmones.

En cuanto salió, me recogí un mechón de pelo tras la oreja y me volví hacia el chico que estaba tendido en la cama.

Al verlo tan tranquilo, mi corazón sintió un gran alivio.

Recorrí su rostro con la punta de los dedos, trazando sus facciones, y entonces Rigel abrió los ojos.

Parpadeó despacio, todavía estaba demasiado débil para moverse, y enfocó el contorno de mi rostro.

—Hola… —susurré, tan suave como nunca antes había susurrado. La línea que indicaba su ritmo cardiaco señaló dos palpitaciones seguidas.

Al oír aquel sonido tan presente de su corazón, unas lágrimas de alegría incontenible me oprimieron la garganta; mientras me reconocía, sus pupilas se anclaron en las mías como estrellas gemelas.

Le aparté con delicadeza el pelo de la cara, mientras seguía convenciéndome de que no estaba soñando.

—Por fin has vuelto —exhalé—. Has vuelto conmigo.

Rigel me miró con los ojos llenos de mis ojos y, aunque su cuerpo estaba al límite, a mí me pareció más maravilloso que nunca.

—Como en tus cuentos… —le oí decir con voz cavernosa y, al oírlo hablar de nuevo, sentí un amor tan ardiente que me puse a temblar. Las lágrimas volvieron a ascender hasta mis ojos como viejas amigas y yo me dejé arrollar por ellas, pues estaba demasiado emocionada para reprimirlas.

—¿Me… oías?

—Todos y cada uno de los días.

Sonreí entre lágrimas, sintiendo que se me deslizaban por las mejillas.

Todo cuanto le había contado, susurrado, confesado, todo lo había oído. Todo.

Sabía que no dejaría que se fuera. Por nada del mundo.

—Te he esperado durante mucho tiempo —musité mientras entrelazaba mis dedos con los suyos y sentía que los apretaba.

Nos cogimos de la mano, como el lobo y la niña, y en nuestras palmas unidas hallé toda aquella luz que nunca había dejado de buscar.

—Yo también.

34

Sanar

Hay una fuerza que no puede medirse.
Es el coraje de quien nunca deja de tener esperanza.

La recuperación de Rigel requirió tiempo.

Pasaron varios días antes de que pudiera restablecer totalmente el ciclo de sueño-vigilia y unos cuantos más hasta que su cuerpo recuperó el control de todos los estímulos y movimientos.

Recobró por completo la lucidez y, a pesar de los impedimentos físicos que lo tenían atado a la cama, no tardó mucho en revelar la indocilidad de su carácter.

Además, si había algo que no soportaba, era que lo cuidasen y que le prodigasen ningún tipo de atenciones. Quizá porque, a causa de su enfermedad, las había rechazado tantas veces que, con el tiempo, podría haber desarrollado una especie de aversión hacia cualquiera que se le acercase preocupándose por su salud. Además, durante el tiempo que estuvo luchando por despertarse, no tuvo que lidiar con la eventualidad de verse sometido todos lo días a las solícitas atenciones de unos perfectos desconocidos.

Sobre todo, las del equipo de enfermeras.

A lo largo de aquellas semanas, todas se quedaron prendadas de aquel chico encantador con aspecto de ángel que dormía un sueño injusto y luchaba por su vida. Todas acudían prestas a cambiarle los vendajes y a contemplarlo como un sueño demasiado frágil para que durase.

Ahora que el chico había abierto los párpados, revelando dos magnéticos e irreverentes ojos de lobo, el aire parecía crepitar, electrizado y excitante.

Lo cual, como era de suponer, no le hizo ninguna gracia ni a los médicos, ni a la jefa de planta, ni mucho menos a Rigel.

—¿Señorita Dover? —oí que me llamaban una tarde. Ya estaba a un paso de la puerta de su habitación y, cuando me giré, vi que se trataba de la jefa de planta que venía hacia mí.

—¡Ah, buenos días! —la saludé sujetando el ramo de flores que llevaba conmigo y un libro que traía para él—. ¿Cómo está?

Ella, una mujerona de pechos prominentes y fuertes brazos que puso en jarras, me lanzó una mirada poco amistosa.

—Ha habido «altercados»…

—Oh, hum… ¿Otra vez? —farfullé, tratando de suavizar la conversación con una risa sonora, pero como no parecía estar de muy buen humor, al final me limité a esbozar una sonrisita más bien estirada.

—Me imagino… hum, que debe de haberse producido alguna… «discrepancia» —aventuré—. Pero debe entenderlo, no es fácil para él. Ni lo hace con mala intención… Es un buen chico. Ladra, pero no muerde. Es que, ¿sabe?… Esta situación lo estresa.

—¿Lo estresa? —repitió la otra, ofendida—. ¡Piense que recibe todos los cuidados y atenciones que precisa! —replicó—. ¡Puede que demasiados!

—Precisamente…

—¿Cómo?

—Estoy segura de ello —me apresuré a añadir—. Lo que pasa es que él… cómo se lo diría… está un poco «asilvestrado», pero… le aseguro que es un chico como Dios manda. Le sorprendería lo educado que puede llegar a ser. Solo necesita acostumbrarse un poco…

Vi que seguía mirándome con la frente fruncida, así que cogí un lirio del ramo y se lo entregué con todo su magnífico perfume, acompañado de una de mis sonrisas más dulces. La mujer se ablandó ante aquel bonito detalle, lo cogió refunfuñando y yo me alegré de que lo hiciera.

—No se preocupe. Confíe en mí. Estoy segura de que sabrá comportarse de la forma más conveniente y…

—¿Qué estás haciendo?

Me volví al instante. Aquel tono de voz alarmado provenía de la habitación de Rigel.

Me apresuré a entrar sin pensarlo dos veces. La enfermera estaba delante de su cama, alterada y con el rostro encendido.

La observé con más detenimiento y entonces lo vi.

Envuelto por el sol que iluminaba las cortinas blancas, Rigel llevaba el tórax ceñido con un complicado vendaje y tenía las mantas recogidas a la altura de la pelvis. Unas sombras le excavaban el rostro a la altura de los pómulos y, bajo las afiladas cejas, sus iris resaltaban de un modo maravilloso y obsesivo.

En ese momento, él los estaba empleando para fulminar a la enfermera.

—¿Qué pasa? —pregunté, observando que erguía el busto y apoyaba un brazo en la cama para hacer palanca. Sujetaba la manta con las manos, como si fuera una especie de cárcel.

—Le he dicho que no puede levantarse —respondió ella—, pero no quiere escucharme…

—No pasa nada —le dije sonriente a la enfermera, mientras apoyaba una mano en el hombro de Rigel y lo empujaba hacia abajo. Sentí que sus músculos reprimían a duras penas su deseo de rebelarse—. No hay motivo para alarmarse.

La mujer se escabulló y se llevó consigo la bandeja del almuerzo. La observé mientras desaparecía por la puerta y a continuación me volví hacia él y le sonreí con cariño.

—¿Adónde pensabas que ibas?

Rigel me lanzó una mirada de animal en cautividad. Pero optó por no ir más allá.

Dispuse las flores tranquilamente, como si no lo hubiera sorprendido una vez más desobedeciendo al médico.

—¿Cómo te encuentras hoy?

—De maravilla —masculló con un matiz de mordacidad—. Dentro de poco, colgaremos un cartel fuera de mi habitación, como en el zoo.

No estaba de muy buen humor. Probablemente que lo hubieran pillado otra vez tratando de largarse de allí no ayudaba mucho.

—Debes tener paciencia —le dije con delicadeza, mientras arreglaba los pétalos con los dedos—. Estás en manos de gente muy capacitada…, ¿sabes? Sería todo un detalle por tu parte que de vez en cuando te mostrases amable. O, como mínimo, que no te mostrases hostil. ¿Podrías intentarlo al menos?

Rigel me miró con el labio superior ligeramente fruncido y yo le correspondí con una mirada indulgente.

—Me han dicho que has sido brusco con una enfermera… ¿Es eso cierto?

—Quería meterme un tubo de plástico por la nariz —masculló él, muy indignado—. Le he dicho muy educadamente que podía meterse el tubo por el…

—¡Oh, Nica, qué placer volver a verte!

El doctor Robertson entró en la habitación haciendo revolotear su bata y con una carpeta bajo el brazo. Se nos acercó y dijo alegre:

—Buenos días, Rigel. ¿Estaba buena la sopa?

Rigel sonrió cortés:

—Penosa.

—Estamos de buen humor, por lo que veo —comentó el médico, tras lo cual procedió a hacerle las preguntas de rutina.

Le preguntó si a lo largo del día había sentido fatiga o alguna especie de vértigo. También le preguntó si tenía dolores de cabeza con frecuencia y Rigel le respondió de forma escueta, como si contestarle fuera una obligación de la que no pudiera librarse.

—Bien —comentó el doctor Robertson—, yo diría que tu recuperación está yendo muy bien.

—¿Cuándo podré marcharme de aquí?

El médico parpadeó y lo miró con los ojos muy abiertos.

—¿Marcharte? Marcharte… A ver… la microfractura de la pelvis está soldada. En cuanto a la clavícula, aún tardará un par de semanas. Y las costillas aún no están curadas. Haber tenido en riesgo tu vida no es algo que pueda ignorarse, ¿no te parece?

Rigel lo taladró con la mirada, pero el doctor Robertson se la sostuvo con aplomo.

—Además, debo recordarte que, por poco agradable que resulte la comida del hospital, es importante que te alimentes. Necesitas comer para que tu cuerpo se reponga del todo.

Yo iba alternando la mirada del uno al otro, sin acabar de entender por qué en el aire flotaba aquella clara sensación de desafío. Rigel parecía estar haciendo grandes esfuerzos para no decir nada que pudiera sonar descortés, tal y como yo acababa de sugerirle, y casi podría asegurar que el doctor Robertson se mostraba ufano, como si hubiera ganado la partida.

—Volveré a pasarme más tarde —le informó el médico, satisfecho, y desapareció con aire triunfal tras cruzar la puerta.

Rigel se dejó caer sobre las almohadas y dejó escapar un suspiro de resignación que sonó más bien como un gruñido. Levantó los brazos, los cruzó por encima del rostro y exclamó:

—Como tenga que estar aquí mucho más tiempo...

Resultaba insólito oírlo hablar tanto. Pero todo lo que habíamos afrontado juntos había servido al fin para abatir el muro tras el cual Rigel había ocultado siempre su alma. Era como si, después de todo lo que dije e hice por él, Rigel hubiera comprendido de una vez que no debía esconderse de mí.

—Has estado en coma un mes —le recordé sentándome a su lado—. ¿No te parece que todo esto es... lícito y necesario?

—Agradecería —replicó entre dientes, recalcando las palabras— que por lo menos no me cambiaran los vendajes cuando no es necesario.

—¿Es que no puedes dejar que te mimen de vez en cuando?

Se quedó inmóvil. Apartó un brazo y me miró como si acabara de decir la cosa más ridícula del mundo.

—¿Que me mimen? —repitió sarcástico.

—Sí, que te mimen... —Las mejillas se me tiñeron de rosa—. No sé, quiero decir... relajarte, dejarte llevar un poco. Sé que no es fácil para ti..., pero de vez en cuando, podrías dejar que cuiden de ti. Permitir que te presten atención —farfullé, mirándolo de reojo.

Él seguía con los brazos levantados, cruzados encima de la cabeza, pero me estaba mirando fijamente.

Por un momento, me dio la impresión de que estaba reflexionando en profundidad sobre la palabra «mimos», pero en un sentido muy distinto del que yo le atribuía...

Antes de que pudiera decir nada, me incorporé con un movimiento suave. Me estiré la camiseta y me recogí el pelo tras la oreja.

—¿Adónde vas? —me preguntó, como si fuera a partir rumbo al otro extremo del mundo.

Me giré y vi que seguía observándome.

—Solo voy a las máquinas expendedoras —contesté sonriente—. ¿Tienes miedo de que me marche?

Rigel me miró de soslayo, posiblemente temía que, si lo dejaba a merced de los médicos, alguien podría aprovechar mi ausencia para enjaularlo en aquella habitación.

Resultaba insólito verlo tan vulnerable y nervioso, atrapado en un ambiente que percibía como hostil desde su compleja personalidad, así que le sonreí con dulzura y le acaricié el cabello oscuro.

—Voy a beber un poco de agua. Vuelvo enseguida. Échale un vistazo al libro que te he traído, ese sobre la mecánica de las estrellas que me pediste.

Lo miré un buen rato antes de marcharme. Recorrí todo el pasillo hasta el vestíbulo y, una vez allí, saqué unas monedas y me detuve delante del expendedor.

—¡Ah, estás aquí!

A mi espalda, una chica esbelta venía hacia mí.

—¡Adeline!

Ella sonrió radiante mientras yo me echaba el pelo hacia atrás. Llevaba puesta una blusa vaporosa de color azul índigo que combinaba maravillosamente con sus ojos.

—Te he traído las llaves de casa… Anna me ha dicho que te las habías olvidado.

Me pasó el llavero en forma de mariposa.

—Oh, gracias, no tenías que haberte molestado…

—Tranquila, me pillaba de camino… Asia está aquí fuera, ha pasado en coche por la tienda y ahora me acompañará a casa. ¿Estaban bien los lirios?

—Perfumadísimos —le dije muy contenta en señal de agradecimiento—, tenías razón.

En sus ojos luminosos reencontré aquella luz que nos unía.

Adeline ya no necesitaba buscar empleo. El evento en el Círculo Magnolia fue todo un éxito y las composiciones florales gustaron tanto que durante los días sucesivos el teléfono fue una continua explosión de llamadas. Habían hecho reservas para una gran cantidad de eventos, a cuál más importante, y al establecimiento de Anna le había llegado la tan esperada oportunidad que merecía.

Pero la cosa no acababa ahí: con los ojos desbordantes de afecto, Anna le había preguntado a Adeline si podía ofrecerle el trabajo que tanto andaba buscando.

Cuando Carl, su ayudante, la vio entrar por la puerta, por poco no se le cae la mandíbula al suelo. Se ofreció enseguida a echarle una mano, pero no sabía que Adeline siempre había tenido una rara sensibilidad y era capaz de aportar luz incuso a los días más grises. Para mí no fue una sorpresa descubrir que tenía una afinidad particular por las flores, lo cual la convertía en la persona perfecta para aquel trabajo.

Y no había palabras con las que expresar lo que sentía cuando entraba en la tienda y las encontraba allí juntas, riendo y hablando.

Yo siempre había querido que Adeline estuviera en mi vida. Y ahora sabía que lo estaría para siempre.

—¿Asia no entra? —pregunté mirando hacia la entrada.

—Oh, no, me espera en el coche —dijo sonriente, negando con la cabeza—. Ya sabes lo impaciente que es.

Durante mi recuperación, había surgido una inesperada amistad entre ambas. Cuando Asia volvió a visitarme, Adeline hizo todo lo posible por que se implicase; se situaban detrás de mí, cada una con un mechón de mi cabello en las manos y, mientras Asia, mosqueada, mascullaba que era imposible, Adeline se reía despacio y le enseñaba cómo se hacía una trenza de espina de pescado.

Con el tiempo, Asia también venía sin que se lo pidiese.

—No está mal —musitó Adeline en tono jocoso.

—No, desde luego —convine—. Tiene unas maneras más bien difíciles, pero… es buena persona. No hace más que decir que soy obstinada. —Sonreí al recordar sus palabras—. Inquebrantable, testaruda y tenaz como la esperanza.

—Es verdad. Lo eres. Eres como la esperanza.

Alcé el rostro y miré a Adeline a los ojos. El tono de su voz no era despreocupado como el mío. No… Era sincero.

—Yo no habría sido capaz de hacer lo que has hecho tú.

—Adeline…

—No —dijo con voz transparente—. Yo no lo habría conseguido. Estar todos los días a su lado sin desfallecer. Despertarme todas las mañanas con fuerzas para sonreír. Tú le has dado todo de ti… Le has hablado cada día y cada noche. Has tenido la fuerza suficiente para seguir adelante cuando te estabas apagando. Jamás te has rendido. Lo que dice el médico es cierto. Solo una luz tan poderosa como la tuya podía traerlo de vuelta a casa.

Un vergonzoso calor me invadió el pecho mientras arqueaba levemente los labios.

—El médico nunca ha dicho eso… —balbuceé, pero Adeline esbozó una sonrisa igual de frágil que la mía y repuso:

—Me pidió que quedara entre nosotros.

Bajé el rostro y me miré los dedos. Mis tiritas eran una reconfortante exultación de colores.

—Asia me ayudó. En el momento en que me estaba apagando, me ayudó a no perderme. Ahora sé por qué Anna le tiene tanto aprecio… Tenía razón sobre ella.

Adeline me acarició el brazo, como para darme ánimos.

—¡Ah! —exclamó cuando sonó un toque de claxon en el exterior—. Tengo que irme ya…

—¿No entras a saludar a Rigel?

—Me gustaría, pero ¡Asia me está esperando! Puede que me pase mañana, cuando salga del trabajo… ¿Estarás aquí?

Asentí feliz:

—¡Por supuesto!

Ella me sonrió, se despidió y dio media vuelta formando un remolino de pelo rubio.

Me la quedé mirando mientas corría y, a través de las puertas, distinguí que abría la portezuela de un coche.

Asia se alzó las gafas de sol y empezó a murmurar algo que parecía una regañina y vi que Adeline se reía mientras se abrochaba el cinturón de seguridad. Al cabo de un instante, salieron disparadas.

Volví atrás con una sonrisa en los labios y el pelo rozándome la espalda.

Cuando llegué de nuevo a la habitación, vi que Rigel no estaba solo.

Junto a la cama había una bandeja y la enfermera que se la había traído ahora le estaba arreglando las sábanas para que los tubos del gotero no se enredasen.

Ya la había visto varias veces allí dentro, solía cambiarle los vendajes. Era jovencísima y delicada como un cervatillo, pero cada vez que le rozaba la piel, yo sentía una picazón en la boca del estómago.

Rigel pareció darse cuenta de que lo estaba mirando de soslayo. Estaba a punto de fulminarla, pero en el último momento sus iris lanzaron un destello. Le echó un vistazo a la tarjeta que llevaba prendida en el pecho, se incorporó y se inclinó hacia ella con una sonrisa persuasiva.

—¿Qué me dices, Dolores? ¿Crees que aquí se podría comer algo decente?

Ella se sonrojó y abrió mucho los ojos. Trató de responder, pero bajo aquella mirada, solo pudo articular palabras inconexas.

—Lo siento, pero no… no me está…

—Mmm.

La enfermera se estremeció, como si algo hubiera explotado. Se volvió y me vio allí, plantada en la puerta. Pasó por mi lado con las mejillas en llamas y desapareció a mi espalda.

Me quedé mirando a Rigel, con el labio fruncido ligeramente hacia fuera.

Me acerqué a la cama y dejé la botella sobre la mesita, mientras él veía esfumarse su tentativa de mejorar su comida.

—¿Podrías intentar… dejar de sobornar a las enfermeras? —rezongué un poco mosqueada.

Rigel volvió a acomodarse entre las sábanas con gestos rígidos.

—Solo trataba de ser «cortés» —se mofó entre dientes, sin ni siquiera esforzarse en sonar creíble. Me lo quedé mirando con cierto aire de reproche.

—No debes levantarte —le recordé, observando el complicado vendaje de la clavícula—. El médico ha dicho que tienes que mantener el brazo lo más quieto posible… Te duele, ¿verdad? —susurré, viendo el perfil ligeramente contraído de su mandíbula—. Rigel, ya sabes que no debes forzarlo…

Rigel tampoco llevaba cuidado con sus costillas fracturadas, pero yo recordaba perfectamente cómo me molestaban los pinchazos que sentía cada vez que me movía. Hasta respirar me resultaba doloroso. Estaba segura de que él también debía de estar sintiendo dolor.—Si quieres salir de aquí, debes tranquilizarte, atenerte a las prescripciones y, sobre todo…, comer —concluí, desviando la vista hacia la bandeja que le habían traído.

Rigel le echó un vistazo hostil, pero yo la cogí y me la puse en las rodillas para inspeccionar el contenido: un vaso de agua y fruta, que para los convalecientes era puré de manzana.

Cogí el envoltorio de plástico y le di la vuelta antes de abrirlo. Coloqué la cucharilla sobre la bandeja y se la pasé.

—Adelante, come.

Fulminó el puré con la mirada, como si pudiera envenenarlo, pero aparte de eso, también me dio la sensación de que ahora le dolía mucho cuando se movía; se había estado moviendo demasiado, aunque él jamás lo admitiría.

—No, gracias —murmuró en un tono que habría hecho desistir a cualquiera. Pero no a mí.

Cogí el envase con delicadeza, me acomodé mejor y hundí la cucharilla en la pulpa dorada.

—¿Qué estás haciendo?

—Cuanto más quieto estés, mejor… El médico también lo ha dicho, ¿no? —le recordé, sonriéndole con dulzura—. Vamos, abre.

Se me quedó mirando, cucharilla en mano, como si no acabara de dar crédito a lo que pretendía hacer. Cuando comprendió que mis intenciones eran exactamente las que sospechaba, es decir, darle de comer como a un bebé, entrecerró los ojos y adoptó una expresión indignada y feroz.

—De ninguna de las maneras.

—Vamos, Rigel, no seas niño… —musité acercándome más—. Adelante… —Le puse la cucharilla al borde de la boca y le dediqué la más inocente de mis miradas.

Contrajo la mandíbula y me miró con la boca apretada, como si el instinto de hacer volar la bandeja por los aires estuviera luchando furiosamente con que fuera yo quien le estaba proponiendo aquello.

—Vamos —gorjeé con voz aterciopelada.

Rigel apretó los dientes. Parecía como si estuviera reprimiendo alguna palabra que le estaba presionando la garganta. Pero al ver mi expresión tan dulce y voluntariosa y la determinación que traslucían mis ojos, después de lo que me pareció una auténtica lucha interior, finalmente decidió abrir la boca en forma de grieta estriada.

Acompañé la cucharilla al interior de sus labios con un gesto suave, mientras él me observaba con ojos de fuego hasta casi hacerme cenizas. Y, por fin, mientras me lanzaba una última mirada rencorosa, tragó.

—Bien. ¿Tan malo estaba?

—Sí —me espetó con rudeza, pero ya había preparado una segunda cucharada.

Por un momento, pensé que la haría pedazos con los dientes, pero con un poco de buena voluntad y mucha paciencia, lo convencí de que se comiera más de la mitad.

En un momento dado, una gota dorada resbaló por la comisura de la boca y yo, sin pensarlo dos veces, la rebañé con la cucharilla. Y, al ver que mis ojos ardían de ternura, no pudo más.

—Ya basta —siseó, arrancándome de las manos el envase y la cuchara. Los dejó sobre la mesita y, antes de que pudiera protestar, la bandeja corrió la misma suerte.

—Oh, vaya —susurré—, ya casi lo…

Deslizó su brazo alrededor de mi cintura y me atrajo hacia sí. Traté de no caerme encima, pero fue en vano; la fuerza con que me tenía sujeta hizo que me resultara imposible liberarme.

—Rigel… —balbuceé, pillada por sorpresa—, ¿qué estás haciendo?

Intenté retroceder, pero él aumentó la presa y me estrechó contra su cuerpo. Antes de que yo pudiera decir algo, acercó los labios a mi oído y masculló irreverente:

—¿No querrás negarme unos cuantos… «mimos»?

Me encendí y el calor de su piel me recordó cuánto lo había echado de menos. Mi respiración se volvió temblorosa. Rigel hundió su rostro en mi cuello y aspiró mi perfume mientras me ceñía con el brazo. Noté que sus pulmones se dilataban despacio.

—Rigel, estamos en un lugar público… —farfullé ruborizada.

—Mmm…

—Como entre alguien…

Sus dedos tiraron despacio de mi camiseta, liberándola de los vaqueros, y hallaron un camino a través de la piel de mi cintura. Me estrechó las caderas y yo contuve la respiración.

—R… Rigel, no querrás hacer enfadar de nuevo a la jefa de planta…

Me sobresalté, estremecida, abrí los ojos de par en par y me llevé una mano a la boca.

Acababa de darme un mordisco el cuello.

—¡Rigel!

El tiempo curó más de una herida.

Billie y Miki fueron mi mayor alivio.

Lo que me había sucedido a mí las hizo reflexionar y darse cuenta de lo imprevisible que era la vida y de que no había que desperdiciar en malentendidos el poco tiempo del que disponemos. Así que por fin hablaron cara a cara y, aunque ninguna de las dos me confió lo que se dijeron, deduje que la tormenta ya había pasado.

Una vez incluso las vi llegar a clase cogidas de la mano. Al observar la mirada tan limpia de ambas, comprendí que aquel gesto simplemente sancionaba la recuperación de su mutuo afecto.

Sin embargo, al escrutar el rostro de Miki, no hallé melancolía ni desilusión. Entonces me pareció que, para ella, poder estar de nuevo al lado de una persona tan importante en su vida superaba cualquier deseo del corazón.

Probablemente su relación ya no volvería a ser como antes, pero al verlas cogidas de la mano, comprendí que, poco a poco, ellas también hallarían el modo de estar cerca la una de la otra.

Hasta el fin.

Una tarde, las invité a venir a casa para hacer juntas los deberes y aquel mismo día cogí mi corazón y lo abrí como un libro.

Se lo conté todo.

Les hablé de cuando perdí a mis padres; de cuando me vi en las puertas de una institución, con cinco años, sola y sin nadie en el mundo. Les hablé de que mis días en el Grave, que se convirtieron en años, y de la directora, de las páginas que nos arrancó, marcando para siempre el cuento de nuestra vida.

Y también les hablé de Rigel.

Se lo conté todo, sin omitir detalle; cada mordisco y cada desprecio, cada secreto y cada palabra no dicha; cada momento que nos había ido acercando y nos había unido con un hilo más fuerte que el destino.

Les conté nuestra historia y, en aquel momento, sentí que no cambiaría ni una coma.

Aunque era muy imperfecta y defectuosa, aunque a los ojos de muchos siempre resultaría incomprensible…, aquella era la única historia que quería.

En el hospital las cosas mejoraron. A Rigel le quitaron los vendajes y comenzó la rehabilitación. La recuperación total de sus facultades trajo consigo bastantes problemas y no sabría decir cuántas flores tuve que regalarle a la jefa de planta por las numerosas «discrepancias» que se produjeron.

Además…, estaba el tema de la adopción.

Desde el momento en que Rigel dejó de ser miembro de la familia Milligan, tenía que ingresar en una institución, pero Anna hizo todo lo posible para que no lo enviaran lejos. Hizo muchas llamadas, se presentó en el Centro de Servicios Sociales y explicó que, dada la enfermedad que padecía Rigel, tenerlo cerca les permitiría mantener el contacto y a él le proporcionaría una estabilidad mental que resultaba determinante en sus circunstancias.

De hecho, gracias al médico, Anna pudo adjuntar dictámenes según los cuales la armonía psicológica de Rigel influía de forma determinante en la manifestación de sus crisis; un ambiente de paz, como quedaba demostrado, las mitigaba y hacía más esporádicas; el estrés y la angustia, por el contrario, no hacían sino empeorarlas.

Al final, para gran sorpresa y alivio de todos, decidieron que sería trasladado al Sant Joseph Institute. El mismo de Adeline.

El Saint Joseph estaba muy cerca del Grave, solo a unas cuantas paradas de autobús. El director era un hombre bajo y regordete, y Adeline me aseguró que, a pesar de su carácter huraño, era una buena persona; al ver la sinceridad que reflejaban sus ojos, una parte de mí se sintió aliviada de saber que Rigel no estaría solo.

Sin embargo, en lo referente a la escuela, como Anna ya había pagado todas las mensualidades, terminaría el curso conmigo.

Mientras caminábamos por el pasillo desierto a última hora de la tarde, mis pasos resonaron en las paredes como tantas otras veces. Pero en aquel momento, se me hizo difícil imaginarme que al día siguiente ya no volvería allí.

Mis pies se detuvieron frente a la habitación de siempre.

La cama estaba hecha y la silla que había junto a la pared había desaparecido. Habían despejado la mesita y ya no había flores que rompieran todo aquel blanco.

Había llegado el momento de que le dieran el alta.

Parada ante el umbral de aquella habitación, admiré su perfil, que se recortaba a contraluz. Fuera se extendía un crepúsculo lívido, todavía perlado de lluvia. Las nubes estaban incendiadas de un rojo llameante y la luz que resplandecía en el aire parecía capaz de obrar cualquier cosa.

Rigel estaba de pie junto a la ventana. Una mata de pelo negro le enmarcaba el rostro y sus fuertes hombros destacaban contra el cristal. Tenía una mano metida en un bolsillo y aquella pose lo hacía trágicamente cautivador. Me tomé un tiempo para contemplarlo en silencio.

Volví a verlo de niño, con aquella carita de ángel y los ojos tan negros.

Volví a verlo a los siete años, con las rodillas peladas y mis cintas entre las manos.

Volví a verlo a los diez, con una velita delante y la mirada perdida en el vacío.

Volví a verlo a los doce años, con los ojos suspicaces y el mentón bajo, y después a los trece, a los catorce y a los quince, con aquella belleza sin escrúpulos que parecía no detenerse nunca.

Rigel, que no se dejaba tocar, que hacía callar a los demás con su inteligencia, que echaba atrás la cabeza y estallaba en una carcajada sin alegría. Rigel, que chasqueaba la lengua desvergonzadamente, que aterrorizaba solo con una mirada... Rigel, que me observaba de lejos, a escondidas, con ojos de muchacho, pero con corazón de lobo.

Rigel, tan raro, retorcido, sombrío y fascinante.

Lo miré de principio a fin y no podía creer que fuera... mío.

Que, por dentro, aquel corazón llevara en silencio mi nombre.

No volvería a dejar que se marchara.

*

—Pues ya estamos —oyó que decían.

Rigel volvió la cabeza y vio a Nica acercándose con las manos entrelazadas detrás de la espalda. Su larga melena ondeaba lenta y había algo absolutamente brillante en aquellos pozos de estrellas que tenía por ojos.

Se detuvo a su lado, junto a la ventana.

—¿Y entonces qué, Rigel? ¿Aceptas no volver a huir? —le preguntó Nica—. ¿Me aceptas a mí?

Rigel la miró frunciendo levemente las cejas.

—¿Y tú, me aceptas a mí? —preguntó a su vez con la voz ronca y tranquila. La observó detenidamente y susurró—: ¿Aceptas... lo que soy?

Nica alzó las comisuras de los labios. Lo miró de aquel modo que le deshacía el alma y respondió:

—Ya lo he hecho.

Y Rigel sabía que era cierto.

Había hecho falta mucho tiempo para comprenderlo. Para aceptarlo.

Habían hecho falta todas aquellas oraciones que ella le dirigió.

Habían hecho falta las lágrimas. Y los gritos. Había hecho falta la angustia de verlo ir a un lugar al que ella no podía acceder.

Habían hecho falta aquellas palabras que ella le susurró la última noche para hacérselo entender de una vez por todas.

Por un instante, se preguntó qué habría pasado si las cosas hubieran sido de otro modo. Si nunca hubieran llegado a caerse de aquel puente.

Él se habría marchado para salvarla de sí mismo y Nica nunca habría sabido que todas y cada una de las decisiones que había tomado a lo largo de su vida habían girado alrededor de un solo propósito:

Ella.

Tal vez un día, al cabo de un tiempo imposible de predecir, se hubieran reencontrado.

O tal vez no. Se habrían perdido para siempre y él habría vivido el resto de su existencia imaginándose cómo habría crecido.

Pero ella estaba allí, tras semanas de tener los ojos arrasados en lágrimas.

Y mirando aquellos iris que llevaba dentro desde niño, Rigel sintió que su corazón le susurraba...

Solo podía concebirlo así.

Sintiéndote a mi lado todos los días.

Y oyéndote llorar todas las noches.

Nunca llegué a creer de verdad que me quisieras... a mí.

Y, ahora que sabes la clase de desastre que soy, puedes entender por qué.

Siempre pensé que serías más feliz si te dejaba marchar. Yo no sé ser como los demás —hubiera querido decirle con el corazón desesperado—, *nunca lo he sido y nunca lo seré.*

Pero tú me has hecho comprender... que estaba equivocado.

Porque ahora que lo sabes todo, sé que me ves de verdad por lo que soy. Y, a pesar de ello, no me tienes miedo. Y, a pesar de ello, todo cuanto quieres es... estar conmigo.

Pero al final, al final de todas aquellas palabras no dichas, al final de todo lo que siempre había sido, Rigel cerró lentamente los ojos y solo susurró...

—Lo acepto.

Ella sonrió, estremecida y luminosa.

—Bien —exhaló, tan emocionada que temió que se le abriera el pecho. Sus ojos parecían decir: «Ya tendremos tiempo para fundir nuestras imperfecciones y obtener algo hermoso de ellas».

Era tan condenadamente irresistible que Rigel se preguntó cómo podía contener el devorador impulso de tocarla. Pero antes de que pudiera intentarlo, Nica extendió los brazos y plantó ante sus ojos lo que llevaba escondido detrás de la espalda.

Se quedó estupefacto.

Era una rosa negra. Con muchas hojas y un tallo tachonado de espinas. Era como la que él le había enviado hacía mucho tiempo y que después casi hizo pedazos en un arrebato de angustia.

—¿Es… para mí?

—¿Yo…? —Nica alzó una ceja, risueña—. ¿Regalarte… una flor… a ti?

Rigel ladeó el rostro, al borde de la irritación. Ya estaba frunciendo la frente cuando sucedió algo totalmente inesperado.

Una fuerza invisible le hizo arquear los labios y, por primera vez, sintió nacer en su interior algo sincero y espontáneo.

No aquella mueca con la que solía enmascarar el dolor. No…

Lo que vio reflejado en los ojos de ella fue una sonrisa despiadadamente espléndida.

Nica se lo quedó mirando, sin aliento. Aún le brillaban un poco los ojos, pero ahora los tenía abiertos de par en par y enmudecidos como nunca antes lo habían estado.

Si hubiera podido, Rigel habría deseado que ella lo mirase eternamente de aquel modo.

—Me gusta cuando sonríes —susurró ella, sonriéndole a su vez.

Ahora le temblaban los dedos y, al verla así, con las mejillas sonrojadas y la emoción iluminándole los ojos, el impulso de tocarla se hizo insoportable.

Rigel deslizó los dedos por su pelo y la atrajo hacia sí.

Procuró no lastimarla mientras la estrechaba contra su cuerpo.

Dios, su pelo…, su perfume… y sus ojos resplandecientes que lo miraban siempre sin miedo, a la espera, también cuando sus dedos la estrechaban de aquel modo.

Ella era su estrella.

Se acercó a su oreja y rodeó con su mano la mano con la que Nica sostenía la rosa.

Mientras la carcoma reclamaba sus labios incitantes, Rigel pensaba que habría podido decirle algo de todo lo que siempre había llevado dentro, justo allí y justo en ese momento.

Justo cuando todo llegaba al final.

Que la había amado cada día, desde que solo era una niña.

Que la había odiado, porque él no tenía la menor idea de lo que era el amor, y también se había odiado a sí mismo por idéntico motivo.

Que ella le hacía bien de un modo que casi le hacía mal, porque cada una de las flores que había en su interior mordía y tenía espinas, como aquella rosa que sostenía entre los dedos.

Habría podido decirle muchas cosas, todas allí, al oído.

Habría podido susurrarle: «Te quiero a más no poder».

Sin embargo, mientras deslizaba los dedos por su pelo, eligió decirle...

—Tú eres mi fabricante de lágrimas.

Y Nica, tan dulce, pequeña y frágil, sonrió. Sonrió con las lágrimas y con los labios.

Porque era como si le estuviera diciendo...

Eres el motivo por el cual puedo llorar y la razón por la cual soy feliz.

Eres el motivo por el cual mi alma está llena y siente, siente todo cuanto puede sentir.

Eres el motivo por el cual soporto cualquier dolor, porque vale la pena adentrarse en la noche para ver las estrellas.

Eres todo esto para mí y mucho más de cuanto sabría decir.

Más de cuanto nadie podría entender.

La besó, sumergiéndose en su boca. Le devoró los labios, despacio, lentamente, y le parecieron tan suaves y dulces que podrían hacerlo enloquecer.

Nica tomó el rostro de él entre sus manos y, por primera vez, Rigel pensó que había alivio en aquel dolor incrédulo que solo ella era capaz de infligirle.

Porque aquellos pétalos y aquellas espinas siempre formarían parte de él.

Desde el principio hasta el fin.

Y... tanto daba que se tratase de la rosa que tenía en la mano como de la que llevaba dentro.

Las flores que ella le había dado, a fin de cuentas, eran todas iguales.

35

Una promesa

> Existen tres cosas invisibles,
> con una extraordinaria potencia.
> La música, el perfume y el amor.

El sol de junio resplandecía en el cielo.

El aire era templado y ligero como un pétalo de flor en la piel.

En el patio de la escuela, en medio del estruendo alegre de centenares de voces, multitud de familias y estudiantes estaban en lo más álgido del festejo.

Era el día de la graduación.

Abuelos ufanos abrazaban a sus nietos, orgullosos padres los inmortalizaban y, de los altavoces, surgía una música suave y delicada que servía de fondo a todas las palabras.

Parecía uno de esos días imposibles de olvidar, uno de esos días en los que hasta el aire tenía algo mágico, distinto y especial, capaz de permanecer para siempre en la memoria.

—¡Sonreíd!

El relámpago de un flash se reflejó en nuestras sonrisas. Anna me cogía del brazo y Norman me rodeaba el hombro mientras yo sostenía el diploma, eufórica. La toga me rozaba los tobillos y el birrete cuadrado en mi cabeza me daba un aire más cómico que solemne.

—¡Esta ha quedado muy bien! —exclamó Billie victoriosa y el cordón dorado de su sombrero se balanceó en el aire.

—Eres una gran fotógrafa —reconoció Norman, tímido y sonriente, quizá porque ya había sacado muchísimas fotos.

Ella aún se animó más.

—¡Tenemos que hacernos una todos juntos! —propuso exultante–. ¡La colgaré en el vestíbulo de casa!

Nos dedicó la sonrisa más feliz que jamás le había visto. Los ojos le brillaban como gemas.

Se volvió y corrió un poco más allá, donde Miki y sus padres estaban con otros adultos.

La madre y el padre de Billie reían animadamente, destacaban entre la multitud como una pareja de variopintos papagayos: él llevaba puesta una camisa tropical, mientras que ella tenía la cabeza llena de rizos y lucía unos vistosísimos pendientes ceremoniales, regalo de alguna lejana tribu amazónica. Cuando me los presentaron, usaron las dos manos para estrechar la mía, entusiasmados, y me miraron con esa mirada apasionada que tantas veces había visto en los ojos de mi amiga.

Me cayeron fenomenal.

Sabía lo importante que era para Billie que estuvieran allí ese día y, en vista del afecto que le profesaban, tuve muy claro que no se lo habrían perdido por nada del mundo.

Ahora estaban enfrascados en un relato trepidante que, a juzgar por sus gestos, trataba de unos simios a los que estaban siguiendo. Los padres de Miki, impecables y vestidos como personajes de la realeza, los escuchaban con una ligera sonrisa y las manos posadas con afecto en los hombros de su hija.

Todo iba bien.

Había luz en mi vida.

Y aquel era un día de inmensa felicidad para mí, un momento de alegría en estado puro. Por una fracción de segundo, una parte de mis pensamientos fueron para mi padre y mi madre.

Hubiera querido que estuvieran allí…

Hubiera querido que pudieran verme.

Pero en mis recuerdos conservaba el detalle más valioso: los veía de espaldas, yo me había parado a observar cualquier cosa, y ellos caminaban delante. Mi padre era el que aparecía más desenfocado de los dos, una silueta desdibujada por el tiempo, pero a mamá la recordaba con una luz que no se olvida.

Yo seguía rezagada, con la curiosidad que el mundo despertaba en mí desde pequeña, y ella, envuelta en la claridad del día, se volvía todo el rato, pendiente de mí. Me miraba sonriente y me tendía la mano, que destacaba entre los rayos del sol.

«¿Nica?», decía solamente. Tenía la voz más dulce del mundo. «Ven».

Alguien me rozó la cara.

Me giré y vi que Norman me estaba colocando con esmero el cordón del birrete. Nuestras miradas se cruzaron y él me dedicó una pequeña sonrisa. El afecto que transmitía aquel gesto me alivió el corazón.

—¡Han llegado!

Un coro de voces electrizadas se alzó a nuestro alrededor. La gente se volvía. Entre la multitud, varias parejas de chicos y chicas avanzaron por el césped con grandes cestas colgadas del brazo.

—¿Qué son? —preguntó Anna tratando de verlos.

—Es para despedir a los graduados —respondí con una sonrisa—. La verdad, pensaba que al final no lo harían…

Sabía que los años anteriores habían preparado un pequeño espectáculo, pero ese año la cosa era distinta: el mismo comité encargado de organizar el Garden Day había pensado en algo que fuera cómico y conmemorativo al mismo tiempo.

Unas coronas florales empezaron a reemplazar los sombreros de todos los presentes: lirios blancos para las chicas, y para los chicos, en cambio, escogieron unas hojas de un bonito verde bosque adornadas con pequeñas bayas de color medianoche.

Sin duda, era una elección insólita, casi extravagante, pero ver a todos aquellos jóvenes paseando orgullosos con flores y bayas en la cabeza te hacía sonreír.

Anna se rio llevándose una mano al pecho.

Apenas me había dado tiempo a reaccionar cuando alguien me quitó el sombrero de la cabeza y me ciñó una corona de flores; en cuanto me giré, vi a Billie riéndose la mar de alegre y volviéndose hacia Miki, que estaba escupiendo un mechón de pelo negro que se le había quedado atrapado bajo la corona de lirios y alzaba el rostro para fulminarla con la mirada.

Cogió una corona de una cesta sin tan siquiera darse la vuelta y fue a por Billie con llamas en los ojos.

—Como te pille… —la increpó amenazante, blandiendo la corona como si fuera un arma contundente.

Era inútil tratar de interceder; me quedé mirándolas mientras Miki la perseguía y finalmente le encasquetaba la corona de flores como si tratara de dejarla sin sentido.

Les dediqué una mirada chispeante a Anna y a Norman, me hice con una corona masculina y me alejé entre la multitud.

Avancé abriéndome paso en aquel hervidero de rostros felices mientras la fragancia de las flores empezaba a difundirse en el aire. Y al fin, cuando di con lo que estaba buscando, me detuve. A unos metros de distancia, un joven fascinante estaba conversando con la directora; junto a ellos también había dos personas más, un hombre y una mujer, que seguramente estarían hablando con él de su futuro.

Rigel estaba de espaldas; llevaba la toga desabrochada, el sombrero bajo el brazo y la mano metida en el bolsillo, que dejaba entrever unos pantalones de corte elegante.

Me acerqué con cautela, deseosa de no interrumpir un momento importante, pero justo en aquel instante el hombre y la mujer asintieron y le estrecharon la mano. La directora hizo una señal con la cabeza y los invitó a seguirla; se alejaron juntos y yo decidí alcanzarlo acelerando el paso. Me paré detrás de él y llamé su atención aclarándome la garganta.

Rigel se volvió y me miró, pero cuando percibió mi expresión traviesa, su voz sonó un tanto incómoda.

—No más fotos…

Por toda respuesta, le planté la corona ante los ojos, eufórica. La observó y arqueó una ceja.

—Debes de estar de broma —dijo con voz neutra, aunque me pareció notar cierta inseguridad en la entonación, como si con el tiempo hubiera aprendido a distinguir cuándo hablaba en serio.

—¿Te la vas a poner? —le pregunté

—Estaré encantado de decirte que no —se mofó con agudeza, adoptando su habitual actitud de adorable aguafiestas.

Pero yo también estaba aprendiendo a interpretar sus reacciones.

—Vamos… —insistí, acercándome sonriente—. Todos se la han puesto…

—No…

Lo interrumpí antes de que pudiera replicar: di un saltito, extendí los brazos y se la encajé en la cabeza. Un par de bayas se cayeron y rebotaron en su pecho. Rigel parpadeó, rígido, como si no terminase de asimilar que acababan de plantarle una corona de flores en la cabeza.

Sin darle tiempo a reaccionar, le cogí el mentón, me puse de puntillas y le di un beso en la mandíbula.

Él frunció el ceño mientras yo le dedicaba una sonrisa angelical.

—Te sienta muy bien —le dije balanceándome ligeramente mientras buscaba su mano y entrelazaba mis dedos con los suyos.

Rigel intuyó que yo estaba tratando de ablandarlo, pero cuando vi que estaba alzando la comisura del labio, me dio un vuelco el corazón.

«Puedes sonreír —habría querido decirle con los latidos acelerados—, puedes sonreír, de verdad, no pasa nada...».

—No me digas.

Lentamente, fue llevando hacia atrás nuestras manos entrelazadas, aproximando nuestros cuerpos. Me estrechó la espalda con la muñeca y me miró desde su altura.

Aquella corona le quedaba muy bien: parecía un príncipe de los bosques.

—¿Ya estás contenta? —murmuró.

Asentí radiante y el pétalo de un lirio cayó balanceándose hasta aterrizar entre mis ojos. Él observó la expresión de mi rostro cuando le acaricié la mejilla con la otra mano.

—Había soñado con este día. —Paseé lánguidamente mis ojos por su rostro—. Soñé que te veía aquí, que te veía recoger el diploma conmigo.

La dulzura de mi voz hizo que su mirada se volviera más profunda. Sabía que me estaba refiriendo a cuando creía que lo había perdido. Guardó silencio y, mientras dejaba que lo tocara, sus ojos apuntaron a mis labios.

—¿Qué pasará ahora?

—Pasará lo que nosotros queramos que pase.

Cerré los ojos, gozando de su cercanía, y encajé la cabeza en la cavidad de su cuello. Me dejé envolver por su calor y deseé que él estuviera sintiendo que se me estremecía de felicidad el corazón.

Tenía vida en mi interior y era feliz, feliz de verlo allí, con aquella corona en la cabeza, feliz de estar con él al comienzo de un nuevo y bellísimo viaje.

Y yo estaba preparada.

—¡Ey! —nos llamó Billie, agitando la cámara—. Tenemos que hacernos una foto todos juntos.

Por suerte, la distancia le impidió oír el comentario poco afectuoso de Rigel. Nos unimos al resto y, tras un número interminable de fotografías, seguimos con las celebraciones.

Al final del día, el patio estaba lleno de pétalos y bayas diseminados aquí y allá. Me despedí de Rigel cuando se vio obligado a marcharse, probablemente para seguir la conversación con la directora y en el patio nos quedamos solo nosotros.

Había sido un día inolvidable.

Noté que alguien me acariciaba el pelo.

Era Anna. Me recompuso un lirio en la frente con delicadeza y me dedicó una mirada llena de dulzura.

—Estoy muy orgullosa de ti —me dijo.

En mi memoria quedaría grabado para siempre todo el afecto que encerraban aquellas palabras. Eran tan sinceras y entrañables que no pude despegarme de sus ojos.

Quería preguntarle algo. En realidad, ya hacía tiempo que deseaba hacerlo, pero nunca me había atrevido. Sin embargo, en ese momento, allí, delante de ella, tuve claro que ya no quería esperar más.

—Anna —le dije—, quisiera ir a ver a Alan.

Mi voz sonó suave pero decidida. Noté que la mano que me estaba acariciando el pelo se detenía.

—Me habría gustado pedírtelo antes —le confesé, eligiendo cuidadosamente las palabras—, pero nunca encontraba el momento oportuno. Ni siquiera sabía si era justo pedírtelo. Pero me gustaría... mucho. ¿Crees que podríamos visitarlo?

Su rostro traslució un sentimiento que nunca había visto en ella.

Siempre me había dado miedo parecer entrometida, inoportuna y poco delicada. Y temía que lo estaba siendo demasiado, quizá porque el afecto era un don que yo siempre había visto de lejos. Solo con el paso del tiempo comprendí que en el amor no existe la intromisión, sino el compartir.

Anna inclinó la cabeza y en su mirada hallé una respuesta que no necesitaba palabras.

Fuimos directamente aquella tarde.

Yo aún llevaba puesta la corona de lirios.

Ya era tarde y la luz del crepúsculo bañaba los mármoles blancos. En el cementerio no había nadie, el sosiego flotaba entre los epitafios y se fundía con el aire cálido y perfumado de comienzos del verano.

Alan estaba al fondo, a la sombra de un abedul.

Cuando llegamos, noté que alguien había llevado flores: eran frescas, lozanas, no debían de tener más de un día.

—Asia —murmuró Anna con una sonrisa agridulce.

En la piedra no había ni una brizna de musgo. Intuí que ella pasaba a menudo para comprobar que siempre estuviera limpia y cuidada.

Norman se agachó y depositó un ramo con distintos tonos de azul sobre la hierba que crecía delante de la lápida. Tardó muchísimo tiempo en poner bien el papel, procurando que no tuviera arrugas y que cada pliegue y cada rincón se vieran perfectos.

Cuando se incorporó, Anna se acercó a él y le acarició el hombro. Apoyó la cabeza en la de Norman mientras yo observaba la tumba de Alan y el viento fue el único sonido que se oyó a nuestro alrededor.

Hubiera querido decirle muchas cosas.

Hablarle de mí, de él, de la persona que era, confesarle que, aunque jamás había oído el sonido de su voz, de una forma imposible, extraña e indefinida, sentía su proximidad.

Hubiera querido llenar aquel silencio, darle algo a cambio, algo que sin embargo no era capaz de expresar, porque mi presencia implicaba su ausencia.

Hubiera querido hallar el medio de hablarle con el corazón, pero cuando Anna y Norman dieron media vuelta, en medio del silencio que nos envolvía, yo aún seguía allí, inmóvil delante de él.

Los oí caminar con pasos lentos, haciendo crujir la grava con sus zapatos. No me moví. Continué observando la inscripción grabada en el mármol, sin ver nada más.

Lentamente, alcé los brazos y me saqué la corona de flores. Me arrodillé ante él y la dejé apoyada al pie de su nombre, reteniéndola un instante entre mis dedos llenos de tiritas.

—Cuidaré de ellos —susurré dándole voz a mi corazón—. Trataré de estar a la altura de esas dos personas tan extraordinarias. Te lo prometo.

El viento trajo la fragancia de las flores cercanas. Me puse en pie y mi pelo, ahora en libertad, danzó alrededor de mi cabeza. Aquella promesa caló en lo más hondo de mi alma. La mantendría con todo mi ser, cada día, mientras pudiera.

Para siempre.

—¿Nica? —oí que me llamaban.

Me volví. Los cálidos rayos del sol lo inundaban todo, Norman y Anna estaban esperándome en el sendero. Ella sonrió, envuelta en luz. Me tendió la mano.

Y en el fondo de mi corazón escuché la voz más dulce del mundo susurrándome:

—Ven.

36

Un nuevo comienzo

> Todo final es el principio
> de algo excepcional.

Tres años después

Por la ventana abierta, entraba una agradable calidez.

Desde el tranquilo barrio llegaba el frufrú de las hojas y el canto de los pájaros.

—«Por consiguiente…, la leptospirosis es una infección que presenta síntomas bifásicos…» —recité mientras mordisqueaba el bolígrafo, concentrada. Me lamí el labio y anoté las informaciones en la hoja, repasando el artículo que debía entregar al cabo de una semana.

Klaus dormitaba entre mis piernas cruzadas. Lo acaricié distraídamente mientras hojeaba el volumen de enfermedades infecciosas para consultar los apéndices.

Estaba en tercero de la facultad de Veterinaria, un camino que había elegido con el corazón y el alma. Todas las materias me parecían fascinantes; sin embargo, el camino no estaba exento de obstáculos, así que, aunque aquel fuera un día especial, no podía dejar de estudiar…

—¡Nica! ¡Ya han llegado!

Una voz me llamó desde abajo y levanté la cabeza de golpe. Despegué los labios con una sonrisa y al instante solté el bolígrafo.

—¡Voy!

Mi euforia resultó tan estrepitosa que Klaus se despertó indignado. Bajó de mis piernas de un salto, irritado, y yo también di un brinco.

Corrí hacia la puerta de mi habitación, pero en el último momento, derrapé y me detuve frente al espejo.

Examiné mi aspecto, pero me limité a estirarme la camiseta de rayas que tan bien se ajustaba a mi piel y a sacudirme los pelos de gato de los vaqueros cortos.

Tenía una pinta un poco dispersa, pero eso no me preocupaba. Me eché un vistazo y la superficie pulida me devolvió la imagen del rostro fresco y luminoso de una mujer joven.

Mi cara ya no era aquel retrato flaco y grisáceo que unos años atrás había cruzado el umbral de casa por primera vez. La imagen que me devolvió mi propia mirada fue la de una chica de piel sonrosada y sana, cuyas pecas destacaban por efecto del sol, con unas facciones delicadas pero carnosas. Las muñecas, elegantes, pero sin huesos a la vista, y unos ojos luminosos que reflejaban un alma hecha de luz. Unas curvas más sinuosas y pronunciadas completaban lo que ya era el cuerpo de una veinteañera a todos los efectos.

Bueno... una veinteañera reciente...

Sonreí, soplé el mechón rebelde que me asomaba por la frente y me precipité fuera de la habitación.

En mis dedos solo brillaban tres tiritas de colores. Las miré arrobada y pensé en cómo habían ido disminuyendo progresivamente con el paso de los años.

Tal vez un día ya no las necesitase. Podría mirarme las manos desnudas sabiendo que todos los colores los llevaba por dentro. Sonreí de nuevo... «solo por dentro».

En el pasillo me crucé con Klaus, que seguía ofendido por lo que había sucedido un poco antes y, al pasar por su lado, le di un pellizco en el trasero.

Se sobresaltó, ultrajado, y yo aproveché que aún estaba medio dormido para echar a correr. Ya tenía trece años y se pasaba más tiempo durmiendo que haciendo otra cosa, pero aún seguía teniendo bastante energía y siempre corría como una liebre.

Me reí mientras me perseguía por las escaleras y, en aquel momento de total euforia, mi pensamiento voló un instante hacia él.

¿Cuándo pensaba llamarme? ¿Cómo era posible que no hubiera encontrado un momento para escribirme?

Llegué al piso de abajo y salté a un lado, mientras Klaus pasaba de largo sin poder atraparme a tiempo, tras lo cual, entré sonriente en el comedor.

—Ya estoy aquí —anuncié, mientras lo oía maullar vengativo a lo lejos.

Anna se dio la vuelta y me sonrió. Estaba espléndida, radiante: vestía una camisa de algodón holgada y unos pantalones color *blue note*. Tenía el aspecto del sueño luminoso que tanto había deseado de niña.

Y no era el único…

La sala era una explosión de claveles. El aire transpiraba un intenso perfume que me invadió la nariz. Entré prestando atención a los jarrones que había en el suelo y ella me pasó una flor mientras yo sorteaba un ramo de un rojo encendido. La tomé en mis manos, intercambiamos una mirada de complicidad, y ambas hundimos la nariz en la corola.

—¡Pan!

—Colada y…

—¡Papel nuevo!

—Piel de manzana… No… mejor… Jengibre…

—Sin duda huele a pan. ¡Pan recién horneado!

—¡Nunca había oído decir que una flor oliese a pan!

Como cada vez, no pude contener la risa. Sumergí la nariz en el clavel y solté una carcajada de pura diversión a la que ella se sumó.

Aquel siempre sería nuestro juego.

Aunque durante todo aquel tiempo hubieran cambiado tantas cosas… Anna y yo siempre nos miraríamos así.

Tras el éxito de aquellos años, el negocio había crecido hasta tal punto que ella no solo había ampliado notablemente la tienda, sino que había abierto dos más. Una ya estaba operativa desde hacía dos años y la otra estaba a punto de abrir. Y, aunque ya tenía la exclusiva de los arreglos florales de toda la ciudad, seguían lloviendo los encargos.

Ahora en nuestro salón resplandecía un televisor de última generación y los sofás estaban recién estrenados. Todos los techos habían sido remodelados de arriba abajo y en el pasaje renovado había un precioso coche rojo. Pero aquella seguía siendo nuestra casa y yo no la cambiaría por nada del mundo.

A mí me gustaba así, con su papel pintado y sus escaleras estrechas, con el parquet liso donde Klaus se resbalaba y las cacerolas de cobre que resplandecían a la luz de la cocina.

Y Anna también… A pesar de aquella ropa sofisticada y del elegante pasador de plata que ahora lucía en el pelo, seguía teniendo los mismos ojos que vi una mañana al pie de las escaleras, en el Grave.

Se había convertido en mi madre adoptiva. Tras un año de acogida, Norman y ella habían confirmado mi adopción y nos convertimos en una familia.

Ahora era Nica Milligan.

Aunque al principio me asustaba cambiar de apellido, con el paso del tiempo me convencí de que había tomado la decisión correcta. No había nada más bonito que leer mi nombre y ver en él la unión de las cuatro personas que me habían amado como hija.

—Será mejor que los haga desaparecer antes de esta noche o no tendremos dónde cenar —apuntó una risueña Anna.

—Podemos comer aquí de todos modos, a Adeline y a Carl no les molestará. —Hice girar el clavel y pregunté, intrigada—: ¿Crees que Carl le pedirá que se case con él? Ya sé que quizá es un poco pronto, pero él tiene veintiocho años… y cada vez que intento preguntárselo a Adeline, se pone muy colorada y oculta una sonrisa con la mano…

—Esa chica no nos lo cuenta todo —sentenció Anna entre risas, mientras jugueteaba con el clavel.

El timbre del móvil llegó a mis oídos. Enderecé el cuello y me volví de golpe, creando un remolino con el pelo.

«¡Es él!».

Le balbuceé a Anna que tenía que contestar y me precipité fuera de la sala. Estaba convencida de que tendría que subir a mi habitación, pero la dirección de donde provenía el sonido me hizo suponer que me habría olvidado el móvil fuera. Merendar al aire libre con los pies descalzos bajo el sol y el perfume del aire fresco ya se había convertido en una costumbre irrenunciable. Salí corriendo al porche y estuve a punto de tropezarme con alguien.

—¡Eh, Nica, cuidado!

—Perdona, Norman —farfullé mientras me echaba el pelo hacia atrás para que no me estorbase la visión.

Me pasó el móvil, que me había dejado encima de la mesita de hierro forjado, y al instante relajé el rostro, sonriendo de nuevo.

—Gracias.

Él me sonrió a su vez, estiró el cuello y me dio un beso en la mejilla. Siempre había sido un poco azorado, pero esa era una de las cosas que me gustaban de su afable carácter.

—Felicidades de nuevo —me dijo con la gorra del trabajo en la cabeza—. ¿Nos vemos esta noche?

—Claro —respondí, llevándome los brazos tras la espalda y balanceándome la mar de contenta, mientras movía los dedos de los pies—. No vengas tarde. Y, por favor, ten piedad de los pobres ratones...

—Nada de ratones, es como tener un avispero...

—Bueno, ellos también tienen derecho a existir —repliqué escueta, inclinando el rostro—. ¿No te parece?

—Eso díselo la señora Finch —respondió Norman, mirándome con su habitual expresión elocuente, como si yo fuera un poco granujilla.

Siempre habíamos tenido puntos de vista divergentes en cuanto a su trabajo y yo no perdía ocasión de inyectarle un poco de mi forma de pensar. Unos años atrás ni se me hubiera pasado por la cabeza, pero en mi caso, crecer supuso familiarizarme con el mundo, reforzar mis convicciones y aprender a no temer lo que pudiera pensar de mí la familia.

Incliné la cabeza, me despedí de él y, nerviosa, le di la vuelta al móvil, que seguía sonando.

No, no era él.

Era Billie.

Una gota de desilusión me manchó el corazón. No había nada que me gustase más que oír a mis amigas, pero, a pesar de todo, no pude reprimir una pizca de decepción al ver que no era su nombre el que parpadeaba en la pantalla.

¿Se habría olvidado?

No podía habérsele pasado un día tan importante..., ¿verdad?

Me tragué mi amargura y me apresuré a contestar.

—¿Diga?

—¡FELICIDADES! —me gritó en toda la oreja, haciéndome tambalear.

—¡Billie! —respondí sonriente y aturdida—. Ya me habías felicitado, ¡hemos hablado esta mañana!

—¿Has abierto nuestro regalo? —me preguntó muerta de curiosidad, refiriéndose al paquete que ella y Miki me habían enviado a casa.

—Oh, sí —respondí paseándome por el porche—. ¡Estáis... locas!

—¿Te gusta?

—Muchísimo —respondí con sinceridad—, pero no teníais por qué. A saber cuánto os habrá costado...

—Me dejé aconsejar por mi padre —siguió diciendo muy emocionada, sin dejarme hablar—. Dice que es una de las mejores del merca-do. Hace unas instantáneas estupendas y ¡ya verás qué gama de colores! ¿La has probado? También te hemos puesto película, ¿la has visto?

—Sí, ya he hecho una. —Me saqué una foto del bolsillo de los va-queros y la miré con afecto. Anna y Norman en nuestro comedor, son-riendo abrazados—. Ha quedado bien —confirmé feliz—. Muchas gra-cias… de verdad.

—¡No hay de qué! —exclamó con alegría—. ¡Todos los días no se cumplen veintiún años! Es una meta importante… ¡casi más que ser mayor de edad! Merecía un regalo que estuviera a la altura… ¿Esta no-che, entonces? ¿Todo confirmado? ¿Cenaremos en tu casa?

—Sí, Sarah ha dicho que traerá la tarta y Miki, el vino.

—Esperemos que Miki esté más suave —comentó esperanzada—, al menos esta noche… Ya sabes, Vincent trata de gustarle a toda costa, pero… en fin, Miki es Miki…

Suspiré, comprensiva.

Recordé cuando no éramos más que unas crías. Aquel momento después del incidente fue un poco un comienzo para todas.

Al principio no resultó fácil. Billie estaba celosa de todo lo que Miki hacía al margen de ella. Su actitud también me tenía confundida a mí y más de una vez pensé que la parte más íntima y afectiva de ella en el fondo le correspondía. Pero no tardé en ver que no era así.

Miki era algo fundamental en su vida y con el tiempo Billie adqui-rió la madurez suficiente para comprender que distanciarse un poco no era perderla. Comprendió que no podía ahogarla con el afecto que le profesaba y, cuando Sarah apareció en la vida de Miki, fue ella quien más se esforzó en que se sintiera a gusto.

Miki había conocido a Sarah en un concierto de Iron Maiden, dos años atrás. Cuando empezaron a salir, su padre se quedó de piedra al comprender que todas aquellas precauciones para que no entrara nin-gún macho en casa habían sido en vano.

—Vincent es un buen chico —le dije, tratando de tranquilizarla—. Miki solo necesita tiempo. Ya sabes cómo es…

—Ya… —balbució ella al otro lado de la línea.

Vincent era el chico de Billie desde hacía unos meses. Era un tipo espontáneo y desmañado que me habría recordado a Norman si lo hu-biera conocido de joven.

Sabía lo sólida que era su relación con Miki y siempre trataba de hacer que se sintiera a gusto: le cedía el mejor sitio en la mesa y procuraba divertirla por todos los medios con sus chistes, tal vez buscaba una especie de aceptación que ella no le ponía nada fácil.

A Miki nunca se le había dado bien hacer nuevos amigos. Y Vincent... Bueno, no era un amigo, sino el novio de Billie. Y a pesar de que aquel lugar especial en su corazón ahora solo lo ocupase Sarah, tal vez por una especie de... instinto de protección natural hacia su amiga, Miki seguía estando a la defensiva.

La relación entre ellas siempre había sido muy exclusiva. Quizá por eso resultaba todo tan complicado.

—Dale tiempo. Ya verás como esta noche todo irá bien.

—Es que... Yo solo querría que le gustase —suspiró—. Para mí no es cualquier cosa... Saber que las personas a las que quiero lo aprecian es algo muy importante —musitó, y yo entorné los ojos, comprensiva. En ese sentido éramos muy parecidas.

—Estoy segura de que él le cae bien. Solo que necesita su tiempo para exteriorizarlo. Y, además, Sarah adora a Vincent... Logrará ablandarla, ya lo verás. No te preocupes.

Billie suspiró de nuevo, pero esta vez estaba segura de que sonreía.

—Esperemos que el vino surta su efecto —concluyó, y yo reprimí una sonrisa.

Charlamos un poco más y me despedí, prometiéndole que hablaríamos más tarde para confirmar la hora.

Cuando colgué, aquel leve sentimiento de decepción no había desaparecido. El corazón me escocía un poco, como si alguien lo estuviera pinchando con un alfiler.

Aquel era un día especial y, aunque ya desde pequeña jamás había vivido de expectativas, las cosas habían cambiado, habíamos crecido, y yo sentía que recibir su felicitación el día mi vigésimo primer cumpleaños era un deseo que nadie podría reprocharme.

Solo quería oír su voz acariciándome los oídos, mirar dentro de aquellos ojos oscuros en cuyo interior había dejado mi corazón. Lo quería allí, a toda costa, y aunque yo había sido la primera en decirle que tenía que hacer un examen, no me resignaba a la idea de que precisamente ese día estuviéramos separados.

Que precisamente ese día tuviera cualquier obligación en la universidad.

Gracias a las excelentes notas obtenidas en secundaria, Rigel había conseguido una prometedora beca en la Universidad Estatal de Alabama.

Siempre había pensado que se inclinaría por materias más... filosóficas o literarias, dada su vasta cultura, pero Rigel optó por estudiar Ingeniería. Y, de entre todas las ramas posibles, se decidió por la aeroespacial. Era una de las carreras más difíciles y muchos alumnos habían tirado la toalla sin llegar a terminar el primer curso, pero desde que estábamos terminando el bachillerato, me di cuenta de que, de algún modo, sentía fascinación por el universo.

En el hospital no hacía más que leer libros sobre la mecánica de los cuerpos celestes. Y, cuantos más textos acerca de la cinemática de las estrellas le llevaba, menos dormía, con tal de pasarse la noche enfrascado en comprender leyes y teorías.

Siendo sincera, nunca habría dicho que pudiera interesarse por el espacio de aquel modo. Tal vez se debiera a la compleja relación que había mantenido siempre con su nombre y a todo lo que para él significaba la soledad de las estrellas. Pero también era posible que, de alguna manera, llevase tan adentro las constelaciones y las galaxias que el deseo de comprender sus secretos se hubiera transformado en un interés profundo e inabarcable, hasta convertirse en una elección vital.

«Solo tememos aquello que no conocemos», había leído una vez. Rigel decidió no dejarse abrumar más por algo que tanto lo había marcado, sino, por el contrario, estudiarlo hasta comprenderlo, diseccionarlo y hacerlo suyo. Tal vez las estrellas siempre habían estado escritas en su vida desde que lo custodiaron, aquella noche, metido en un cesto ante las puertas del Grave.

Los profesores no cesaban de decirle que era brillante y que seguramente haría carrera.

Sin embargo, aunque estaba contenta por él, la carrera que había escogido le exigía invertir aún más tiempo del que yo dedicaba a la mía. Y por si eso fuera poco, Rigel había empezado a rentabilizar sus conocimientos impartiendo clases particulares.

Resultaba absurdo ver tal cantidad de alumnos desesperados por superar los exámenes. Especialmente en una facultad tan difícil como la suya. Había quien le ofrecía sumas exorbitantes por echarle una mano; otros necesitaban superar el último obstáculo para poder licenciarse y parecían dispuestos a todo.

Por eso últimamente no lo veía casi nunca. Siempre estaba ocupado con los trabajos que debía entregar y con las clases particulares que le robaban gran parte de su tiempo, como si… para él solo hubiera un único objetivo preciso.

Desde luego, Rigel no era una persona que se caracterizase por ayudar a los demás; si lo hacía, era por un motivo: había visto que aquel dinero tenía una utilidad, no se lo gastaba a la ligera, como habrían hecho otros.

Era un misterio que él no había querido aclararme.

A pesar del tiempo transcurrido, seguía teniendo secretos para mí. Aquella certeza no hizo sino aumentar la desazón que sentía.

El móvil volvió a sobresaltarme.

Era un mensaje.

Un mensaje suyo…

El corazón me latía con fuerza, pero en cuanto lo abrí, me quedé estupefacta al ver que no era lo que yo esperaba.

Me había mandado una dirección.

Debajo, solo había escrito estas palabras: «Ven aquí».

Examiné a fondo el mensaje, esperando encontrar algo más, tal vez una felicitación, algún indicio, algo, pero me llevé una decepción. No había nada por el estilo.

Releí la dirección que me había enviado, pero no la reconocí. Me pareció que sería en el centro, pero el nombre de la calle no me decía nada. No había nada de especial en aquel mensaje, nada distinto.

Con cierto regusto a desilusión, bajé la vista y regresé a casa.

Al cabo de media hora, llegué a mi destino. Miré a mi alrededor y, cuando vi que no estaba, supuse que aún no habría llegado. Le escribí inmediatamente para informarle de que ya estaba en el lugar indicado.

De pronto, la pantalla de mi móvil se activó. La señal de una videollamada iluminaba intermitentemente la superficie. En la foto de perfil dos iris verdes, así que alcé el móvil antes de aceptar.

—Will —dije a modo de saludo, encuadrándome el rostro.

Un chico de pelo castaño me devolvió el saludo, entusiasmado.

—¡Felicidades, Ojos de Plata!

Curvé apenas los labios para esbozar una sonrisa y sacudí la cabeza, algo cortada.

—Gracias…

—¿Y bien? ¿Qué se siente al ser mayor?

—Que no se para de estudiar ni un momento —respondí en tono jocoso—. Aún tengo que terminar el artículo de las enfermedades infecciosas. ¿Tú por dónde vas?

—Lo he empezado, pero... Oh, venga, no quiero hablar de eso.

Will estudiaba Veterinaria como yo. Teníamos las mismas asignaturas y a veces comentábamos las materias o intercambiábamos información sobre los exámenes que había que preparar. Era un chico alegre, con unos vibrantes ojos verdes y un físico atlético, y últimamente siempre me guardaba un sitio en clase, en la tercera fila, junto a él, aunque yo no se lo hubiera pedido.

Charlamos de esto y de aquello, y su deslumbrante sonrisa me siguió mientras paseaba por la acera bajo el sol de la tarde.

—... Me pone nerviosa. El laboratorio, quiero decir... Me gustaría ser valiente, pero usar el bisturí... siempre me produce cierta aprensión. Sé que será nuestro trabajo, que haremos el bien, pero no es mi fuerte...

—Pero si eres buenísima. Mucho más delicada que todos los demás. Has trabajado un año entero para reunir el valor suficiente... Y el cuidado que pones... es de locos. ¿Debo recordarte que el profesor te puso como ejemplo en la última clase?

Me mordí el labio y me alboroté el mechón que me caía sobre los ojos. Will siguió el movimiento de mis dedos con la mirada.

—¿Sabes, Nica? Estaba pensando... —empezó a decir con la voz cambiada—. Verás, hay una cervecería fantástica en el centro... ¿Sabes cuál digo? La que hace esquina con el parque. Ahora que ya puedes beber... no tienes excusa para no venir. Podrías pasarte a tomar algo esta noche...

Lo miré a los ojos y las intenciones que reflejaban presagiaban alguna especie de malentendido que me hizo apartar la vista.

Sacudí la cabeza y me humedecí el labio.

—Ya he quedado...

—Ah, ya, con tu novio. ¿A que sí?

Al pensar en Rigel, su imagen se reflejó en mis ojos como una luz desorientadora. Por un instante, me sentí vulnerable, pero bastó para que él se percatase.

—Oh, no me lo digas... Tu novio se ha olvidado de tu cumpleaños.

Al escuchar aquellas palabras que no sabía si dar por ciertas, esbocé una sonrisa con un matiz de autocompasión.

—Eso no es verdad.

Él no conocía a Rigel. No tenía ni idea de lo que habíamos pasado juntos ni de lo que nos unía, porque nadie más allá de nosotros dos era capaz de leer las cicatrices que compartíamos ni comprender la profundidad de nuestra unión.

Estábamos encadenados de una forma incomprensible para cualquiera. Ni siquiera el tiempo podía alejarnos… Lo habíamos desafiado juntos tres años atrás.

—Lo que sucede es que está muy ocupado. Eso es todo.

—Pareces muy segura —insistió Will, observándome con atención—. Sin embargo, nunca hablas de él.

Aquella constatación me impactó. Me detuve a reflexionar sobre ello y no tardé en darme cuenta de que tenía razón.

Era verdad. Casi nunca hablaba de Rigel. Cada página de nosotros era un fragmento que custodiaba lejos de las miradas indiscretas, como un laberinto del que solo yo tuviera la llave. No era capaz de contar con normalidad nuestra relación, pues sería como pretender explicar el océano a alguien que no lo hubiera visto jamás. Sería como reducirlo a una extensión de agua, sin tener en cuenta la profundidad de sus abismos o la belleza de sus fondos azules. O las criaturas inmensas que fluctuaban majestuosas en su interior.

Hay ciertas cosas que solo pueden comprenderse si se ven a través de los ojos del alma.

Al verme pensativa, Will interpretó mi silencio como una vacilación.

—¿Sabes, Ojos de Plata…? Yo nunca olvidaría el día de tu cumpleaños.

Parpadeé y lo miré a los ojos; me pareció que transmitía seguridad y determinación. Sonreía perezosamente a través de la pantalla.

—Si en lugar de mortificarte por tu chico ausente aceptases esta cerveza conmigo, a lo mejor hasta te olvidarías de quién te está desatendiendo con tanta crueldad.

Me di cuenta mientras estaba hablando. Había reconocido demasiado tarde aquella sensación, un filo de diamante que traspasa el aire y llega al cráneo. Me volví, con el corazón en la garganta.

Él siempre había sido como un escalofrío en la espalda. Un hormigueo gélido e hirviente al mismo tiempo.

El perfil de un hombre joven se recortaba contra la puerta de un edificio.

Su pelo negro absolutamente inconfundible capturaba la luz del sol, y sus muñecas pálidas destacaban nítidamente contra su ancho tórax. Con su magnífica altura, tenía un hombro apoyado en la jamba del portón y una cazadora de piel le ceñía el pecho bien formado, exaltando su peligroso encanto.

La belleza explosiva que definía sus facciones no era ya aquella intrigante, propia de un muchacho, sino una belleza poderosa de hombre. Su mandíbula había perdido todo atisbo de infantilidad y, bajo las cejas arqueadas, sus iris negros creaban un malévolo contraste que cortaba la respiración.

Rigel me miró con los brazos cruzados, el rostro ligeramente ladeado y aquellos ojos almendrados que irradiaban un magnetismo venenoso.

Sentí una alegría ardiente que me oprimía la garganta. El corazón se me disparó de la excitación y mi cuerpo se tensó de la cabeza a los pies, pero en cuanto me percaté de la mirada incendiaria que me estaba lanzando, todo se detuvo de golpe.

Me quedé quieta, indecisa, y entonces comprendí que no solo estaba allí, sino que había oído toda la conversación.

—Rigel —exhalé, tragando saliva, con los ojos brillantes de excitación, a pesar de todo. Sentía una felicidad incontenible, pero aquella mirada letal no presagiaba que vendría a mi encuentro tal como sucedía en los cuentos y como yo me había imaginado que sería.

—¿Qué pasa? —preguntó Will, que en ese momento no podía ver nada.

Yo tenía la lengua trabada, así que decidí levantar el móvil para que juzgase por sí mismo. Encuadré al chico que tenía a mi espalda. Y su atractivo infernal se adueñó de todo incluso a aquella distancia.

Traté de sonreír mientras Will se convertía en una estatua de sal.

—Rigel, ¿ya… ya conoces a William?

—Oh, no, creo que aún no he tenido el placer —siseó con la cabeza baja, entrechocando la mandíbula. Su voz profunda hizo temblar las paredes de mi estómago y lo mismo sucedió con los ojos de Will al otro lado de la pantalla.

El problema era que, cuando se enfadaba, se volvía aún más atractivo, si es que eso era posible. Y, por supuesto, totalmente imprevisible.

Rigel se apartó de la puerta con un movimiento felino y vino hacia mí. Sus pasos eran fluidos y precisos, como los de un depredador implacable. Al verlo acercarse, me chisporroteó la piel. Aunque las emociones que transmitía eran cualquier cosa menos positivas, me pareció que, a cada paso que daba, el mundo se iba curvando para poder enmarcar mejor su presencia.

Will se puso pálido cuando se dio cuenta de que yo no dejaba de inclinar la pantalla para poder abarcarlo en toda su altura conforme se iba acercando.

—Ho… hola, soy Will. Un compañero de clase de Nica. Tú… Sí, eres su…

—Chico — Rigel completó la frase, remarcando la palaba mientras seguía avanzando—. Compañero. Novio. Decide tú cuál te gusta más.

Los ojos de Will reflejaban una profunda incomodidad.

La idea que debía de haberse formado de él sin duda era muy distinta de lo que estaba viendo.

Rigel se detuvo detrás de mí y yo también empecé a tragar saliva. Se inclinó hacia delante y masculló, fulminando a Will con la mirada:

—¿Qué estabas diciendo?

—Pre… precisamente le estaba diciendo… Mejor dicho, le estaba preguntando a Nica si os apetecería que fuéramos todos juntos a celebrarlo, que sé de un… a cualquier parte.

—Pero qué propuesta más «genial» —dijo arrastrando las palabras en un tono que no tenía nada de «genial»—. Qué considerado por tu parte. Porque, ¿sabes?, por un momento, querido William…, he tenido la desagradable impresión de que le estabas pidiendo para salir.

—No, yo…

—Oh, sin duda debo de haber oído mal —masculló Rigel, despedazándolo con la mirada—. Seguro que un chico tan despierto como tú no se atrevería a hacer algo semejante. ¿Estoy en lo cierto?

—Rigel —susurré tensa, tratando de calmarlo, pero me llevé un buen susto cuando me arrebató el móvil de las manos. Abrí mucho la boca y, antes de que pudiera reprenderlo, lo subió a la altura de sus ojos.

—¡Rigel!

—Ahora que lo pienso, William —chasqueó la lengua mientras yo iba tras él—, creo que rechazaremos tu gentil oferta. Es más, tengo una idea mejor. ¿Por qué no te tomas tú solo esa cerveza que tanto te apetece? Así a lo mejor podrás reflexionar a fondo sobre quién te está desatendiendo con tanta crueldad.

William lo miró consternado y debió de pensar que era un loco cuando le sonrió de aquel modo que provocaba escalofríos.

—Que te diviertas. Ha sido un auténtico placer conocerte... Ah, una última cosa... —bajó tanto el tono de voz que apenas pude oírlo—, la próxima vez que la llames «Ojos de Plata», tendrás un buen motivo para que te llamen «Ojos Negros»...

Y cortó bruscamente la videollamada.

Lo miré con la boca abierta, alucinada. Ni siquiera se volvió a mirarme mientras yo boqueaba, con los ojos como platos.

—No... Tú... ¿acabas de amenazarlo?

—No —respondió sin titubear—. Le he dado un consejo.

Antes de que pudiera decir nada, se dio la vuelta y me ofreció una panorámica del colosal enfado que le endurecía las facciones. Me puso el móvil en las manos y me fulminó con la mirada por debajo de su pelo oscuro.

—Menos mal —siseó con aspereza— que me habías dicho que no intentaba ligar contigo.

Parpadeé al tiempo que fruncía las cejas.

—No lo había intentado... Hasta hoy no...

—Sí, y me imagino que, en una clase de ochenta personas, te guarda un sitio a ti porque se siente solo —masculló dando vueltas a mi alrededor.

Sentí que me rozaba la espalda y un escalofrío me recorrió la piel. La apabullante presencia de su cuerpo despertó en mí un profundo sentido de pertenencia.

—Al menos él me ha llamado —susurré antes de poder evitarlo.

Aquella frase me quemó los labios y me arrepentí al instante de haberla pronunciado.

Rigel se detuvo de golpe y se encaró conmigo.

—¿Cómo?

Me preparé para el combate, consciente de que ya no podía retractarme de lo que acababa de decir. Sin embargo, algo en mi interior me impulsaba a hacerle frente y a seguir aquella estela punzante que llevaba horas atormentándome.

—Ni una señal. Ni una palabra. Son las cinco y media de la tarde,

Rigel. Me haces venir a esta calle sin darme ni una explicación y te presentas aquí de este modo, enfadado e intratable…

A decir verdad, me emocionaba sobremanera que se «hubiera presentado aquí de este modo», porque solo con tenerlo cerca mi alma resplandecía en forma de luminoso delirio. Pero no podía fingir que no me sentía herida por el hecho de que me hubiera ignorado durante todo el día.

—¿Todo esto es porque he sido descortés con tu amiguito?

—No quiero hablar de Will. ¡Él no me importa en este momento!

Mi voz se endureció y entorné los párpados.

Tenía las piernas en tensión y estaba casi de puntillas, con los dedos apretados y el pelo rozándome las caderas.

—Me importa que tú… en un día tan importante como este, tú…

—¿Creías que me había olvidado?

La lentitud con que articuló aquella frase me indujo a alzar los ojos y a mirarlo. En sus iris se arremolinaban galaxias en suspensión, tan familiares que me embelesaban, y a la vez tan ilimitadas que la cabeza me daba vueltas. Un atisbo de sentimiento de culpa empezó a abrirse camino en mi interior.

—No —respondí bajando el tono de voz—, pero siempre estás tan ocupado que… —dejé la frase en suspenso, incapaz de apartar mis ojos de los suyos.

Me mordí el labio y me sentí absurdamente vulnerable bajo su mirada, como si le estuviera dejando un flanco al descubierto.

Sabía que tenía que ocuparse de sus cosas, sabía que le llevaban tiempo, pero…

¿Acaso aquellas insulsas clases particulares eran más importantes que el tiempo que pasábamos juntos?

Di media vuelta y, llevada por un impulso desconocido, me alejé de él. No sabía por qué estaba empezando a apoderarse de mí aquella especie de vergüenza, pero me sentía casi… incomprendida, infantil, a pesar de tener veintiún años, porque en el fondo sabía que él tenía sus proyectos, sus planes, y lo último que quería era interponerme en su futuro.

Estaba a punto de enfilar la acera cuando unas manos me sujetaron por la cintura.

Rigel pegó mi espalda a su pecho y su presa fue tan vigorosa que me desequilibró. Aquellos dedos que sabían deslizarse con tanta habilidad por las teclas se hundieron en la suave carne de mis caderas y su olor masculino me aturdió por completo.

—¿Crees que estoy demasiado ocupado como para acordarme de ti?

Me estremecí cuando me acarició el lóbulo de la oreja con sus labios ardientes. Y, cuando vi sus zapatos asomando por detrás de los míos, se me alteró la respiración. Su cuerpo ejercía una presión hirviente contra mi espina dorsal.

—¿Es eso lo que piensas? —me susurró con la voz ronca—. ¿Piensas que hoy… no te tenía en mis pensamientos?

Traté de volverme, pero Rigel me seguía manteniendo en aquella posición, estrechándome vigorosamente contra su cuerpo.

—¿O que —deslizó su aliento por mi garganta— no me he pasado todo el día… esperando el momento en que por fin podría… tocarte?

Me rozó el cuello con los labios y los dientes y cada centímetro de mi cuerpo ardió al compás de su respiración. Solo me tenía sujeta por las caderas y, sin embargo, yo sentía toda mi piel electrizarse, hasta el último de mis nervios.

Me estremecí cuando presionó mi oreja con la boca, mientras me susurraba palabras con tanta sutileza que parecía estar reprimiendo el instinto de morderme.

—¿Crees que no me moría de ganas de sentir tu perfume? ¿O el sabor de tu boca? ¿Crees que… no me he dormido todas las noches… imaginándome que te tenía —aumentó posesivamente la presa en mis caderas— entre mis brazos?

Apenas me llegaba el aire a los pulmones cuando Rigel se curvó sobre mi espalda.

—Eres cruel, *falena*.

Se me aceleraron los latidos, mientras mi corazón bombeaba sin cesar descargas hacia todas las terminaciones nerviosas de mi cuerpo. Respiré despacio, casi a escondidas, como si mi aliento pudiera traicionar el modo en que me subyugaba con su presencia.

—¿*Falena*? —murmuré—. Pensaba que no volverías a llamarme así…

Rigel me acarició la mejilla con la nariz y estuve a punto de quedarme sin respiración cuando sus manos empezaron a deslizarse poco a poco por mi estómago, atrayéndome hacia sí.

—Pero tú eres mi *falena* —susurró con una delicadeza que me hizo hervir la sangre—. Mi pequeña *falena*.

Vacilé, totalmente desconcertada al escuchar aquel tono de voz que jamás le había oído emplear, y él aprovechó mi consternación para preguntarme, persuasivo:

—¿No quieres escuchar lo que tengo que decirte?

Cada partícula de mi ser le estaba respondiendo que sí, pues eso era lo que había estado deseando todo el día. Me quedé inmóvil, sumida en un silencio expectante, y Rigel supo mi respuesta sin necesidad de palabras.

Noté que introducía la mano en el bolsillo de su chaqueta. Percibí el crujido de la tela antes de que volviera a acercar su rostro al mío.

Me rozó la sien con su pelo suave cuando me susurró lentamente al oído:

—Feliz cumpleaños, Nica.

Deslizó algo metálico y frío alrededor de mi cuello. Parpadeé sorprendida y miré hacia abajo. Cuando vi de qué se trataba, todos mis pensamientos enmudecieron.

Era una fina gargantilla de plata clara y reluciente, con un colgante en forma de gota en el centro. El cristal con que había sido fabricada estaba tan espléndidamente tallado que resplandecía como una estrella blanca.

Entonces lo comprendí.

No era una gota. Era una lágrima.

Como las del fabricante.

—¿Y ahora quieres saber por qué te he hecho venir hasta aquí?

Me volví, todavía conmocionada por aquel regalo que encerraba un significado inmenso y solo nuestro. Rigel tiró lentamente de mí e interpreté que me estaba invitando a acercarme a la puerta de donde él había salido.

No acabé de entender de qué se trataba hasta que él fijó la vista en uno de los timbres y mis ojos siguieron su mirada.

En la tercera fila, en un cartelito nuevo, podía leerse «Wilde».

Alcé los ojos consternada, incapaz de hablar.

—Es mi apartamento.

—Tu…

Rigel me miró con sus profundos ojos negros.

—Desde que empecé en la universidad, he ido apartando dinero. Las clases particulares… me servirían para pagar el alquiler cuando encontrara un lugar. Y lo he encontrado.

Sentía los latidos de mi corazón retumbarme en los oídos mientras él siguió explicándome:

—¿Recuerdas aquella chica que no lograba licenciarse? Con mi ayuda superó el último examen que llevaba arrastrando un año. Y, en agradecimiento por ser tan buen profesor —dijo alzando una comisura del labio y esbozando una sonrisa sarcástica—, me ofreció un estupendo apartamento en la ciudad, a un precio excepcional. Quería que fuera una sorpresa.

Lo miré con los ojos abiertos de par en par y el corazón tembloroso mientras él me recogía el pelo detrás de la oreja e inclinaba su atractivo rostro.

—No te estoy pidiendo nada —susurró mirándome a los ojos—, sé que tu casa es esa en la que estás ahora. Sé que por fin estás disfrutando de todo cuanto tienes. Pero si algún día quisieras venir… Quedarte… Estar conmigo…

Ya no pude seguir conteniéndome. Me explotó el pecho y liberó un calor que anuló hasta la luz del sol. Le eché los brazos al cuello y lo atraje hacia mí con todas mis fuerzas.

—¡Es maravilloso! —grité, sorprendiéndolo. Me abracé a su cuerpo y él me sostuvo en vilo—. ¡Oh, Rigel, es maravilloso! ¡No puedo creerlo!

Me reía mientras hundía el rostro en su cuello, entusiasmada por que ya no tuviera que seguir en la institución, por que tuviera un lugar para él, su propia casa, entusiasmada por su libertad. Entusiasmada por que fuera tan único y sorprendente, por que ya no tuviéramos que estar tan alejados, por que ni veía el momento de pasar con él días enteros y noches interminables. Y despertarme junto a su rostro por la mañana, pasar fines de semana juntos, y los domingos tomar el café en la cama.

Era el regalo más hermoso que podía desear.

Tomé su rostro entre mis manos y lo besé, loca de felicidad, mientras me reía en sus labios cuando le arranqué un gemido a causa de mi ímpetu.

Rigel me abrazó tan fuerte que me hizo percibir su corazón y entonces pude sentir que latía como el mío, del mismo modo desacompasado, loco, idéntico en todo.

Aún estábamos rotos y eso no cambiaría.

Estábamos maltrechos y lo estaríamos para siempre.

Pero en aquel cuento que encadenaba profundamente nuestras almas había algo desnudo e indestructible.

Poderoso e inoxidable.

Nosotros.

Y, al límite de nuestra última página, comprendí que la eternidad existe para quienes aman sin medida, aunque sea un solo instante.

Porque ningún final tiene un final.

Todo final solo es...

Un nuevo comienzo.

37

Como de amaranto

No quiero tenerte sin tus demonios,
sin tus defectos o tu oscuridad.
Si nuestras sombras no pueden acariciarse,
entonces tampoco podrán hacerlo nuestras almas.

El apartamento de Rigel estaba en el tercer piso de aquel edificio.

No había ascensor, pero la escalera estaba reluciente como las perlas, bien iluminada y terminaba en una gran puerta de madera oscura. En la pared de al lado, el rectángulo de latón del timbre refulgía con su nombre.

Al menos eso fue lo que pude ver, antes de que me tapase los ojos con la mano.

—¿Estás mirando? —preguntó.

—No —respondí, sincera como una niña. Hubiera querido contener mejor mi entusiasmo, pero estaba segura de que debía de estar derramando una especie de luces líquidas por los poros.

—No hagas trampas —me advirtió al oído con aquella voz que me hacía estremecer.

Moví la cara, sonriendo, porque me había hecho cosquillas. Me encantaba cuando se dejaba llevar por aquellos gestos tan auténticos y juguetones. En esos momentos, Rigel me mostraba un lado de sí mismo que me volvía loca.

Busqué la cerradura con los dedos sin que él me ayudase, pero en cuanto la encontré, no me costó nada hacer girar la llave que me había pasado.

Abrí la puerta y una oleada de luz se filtró entre sus dedos.

—¿Estás lista?

Asentí, mordiéndome los labios, y entonces me permitió mirar.

Ante mí surgió un ambiente acogedor, luminoso, con un encanto contemporáneo. El estilo moderno de los muebles iba acorde con una decoración simple en la que predominaban los matices crema, y creaba un contraste muy atractivo con el suelo de madera oscura. Todo, desde los marcos de las ventanas hasta los cojines del sofá, hacía juego con el parquet de color café, de una forma elegante y atrevida a un tiempo. Entré, cautelosa, y exploré el espacio con la mirada.

El aire olía a nuevo y a fresco. Entreví la puerta de su habitación, al fondo de un pequeño pasillo, y mis pasos me condujeron a la cocina, mi lugar preferido de la casa. Para mí era un lugar de convivencia, charlas, hospitalidad y calor. Me fijé en sus tonalidades inmaculadas, que resaltaban bajo la luz natural del apartamento; vi una encimera espaciosa y los acabados en acero, como los del fregadero y los fogones, de una claridad delicada y resplandeciente.

Era estupenda. No parecía en absoluto la casa de un estudiante universitario. Me volví hacia Rigel con los ojos luminosos y entonces me di cuenta de que me había estado observando todo el tiempo. Aunque era una persona muy segura de sí misma, mordaz e intimidatoria, en aquel momento parecía que solo esperaba mi opinión.

—Es estupenda, Rigel. No tengo palabras. Me encanta —le dije extasiada y sonriente, y él me miró con una extraña emoción en los ojos.

Con las mejillas encendidas de felicidad, proseguí la exploración, vivaracha y curiosa. Ya podía imaginármelo deambulando entre aquellas paredes, con un libro en una mano y una taza de café en la otra. Me acerqué a un bonito mueble que había debajo de la ventana y abrí una bolsa de cartón que llevaba conmigo; deposité encima una plantita con flores que formaban racimos rojos.

Sabía que a Rigel no le gustaban especialmente las plantas y, en efecto, se la quedó mirando con el ceño fruncido.

—¿Y eso? —preguntó con un asomo de desagrado.

Esbocé una sonrisa, intuyendo que la encontraba insólita y horrorosa.

—¿No te gusta?

Por el escepticismo con que la miró, deduje que la respuesta era «No».

—No puedo dedicar tiempo a cuidarla. Se morirá —respondió eludiendo mi pregunta.

—No se morirá —le aseguré sonriente—, confía en mí. —Me acerqué y lo miré con ojos traviesos—. Y ahora… cierra los ojos.

Rigel inclinó el rostro y me miró intrigado, estudiando atentamente mis movimientos. No se esperaba aquella petición y su naturaleza desconfiada lo inducía a no acatar nunca las órdenes de nadie. Sin embargo, en cuanto me planté delante de él, optó por obedecer.

Le levanté la muñeca y abrí sus dedos sedosos. A continuación, dejé caer sobre su mano un objeto pequeño y reluciente, como él había hecho conmigo.

Esta vez era mi turno.

—De acuerdo, ya puedes mirar.

Rigel abrió los ojos.

En su mano halló un pequeño lobo tallado en un material negro y brillante semejante a la obsidiana. Sus numerosas facetas reflejaban la luz como una piedra iridiscente, haciendo que su esbelta figura pareciera estar corriendo tras algo salvaje y valioso. Era refinado y especial. En cuanto lo vi, me enamoré, literalmente.

—Es un llavero. Para la llave de tu apartamento —le dije a título informativo.

—¿Un… lobo?

No logré adivinar si le gustaba.

—Es salvaje, solitario, está vinculado a la noche. Es maravilloso por su misteriosa fuerza. Me recuerda a ti.

Rigel alzó los ojos y me miró. Tanta sinceridad por mi parte hizo que me ardieran las mejillas y me pregunté si no habría exagerado con aquellas acciones mías, cándidas e ingenuas, pero quería hacerle entender que, aunque él siempre hubiera considerado su controvertida naturaleza como una carga, yo amaba su forma de ser más que cualquier otra cosa.

Con un poco de vergüenza, abrí por última vez la bolsa y saqué un marco. En la foto estábamos los dos, el día de la graduación.

Yo lo estaba abrazando con una sonrisa que me hacía brillar los ojos. Lo había pillado por sorpresa, porque él, en vez de mirar el objetivo, me estaba mirando a mí.

Aquella foto me gustaba tanto que la había enmarcado.

—Esta es mi preferida —farfullé con un rubor infantil—, pero no estás obligado a ponerla, si no te apetece. Pensé que a lo mejor te gustaría tener algo familiar que…

—Quédate aquí esta noche.

Su cuerpo invadió mi espacio y su perfume me embriagó. Me cubrió con su sombra; y, cuando lo miré, lo encontré cercano, ardiente y terriblemente cautivador.

—Quédate aquí… —susurró con voz grave—. Llena las sábanas con tu olor. Deja tus cosas aquí. —Su voz se hizo más profunda—. Pon tu gel en la ducha. Ahí es donde quiero encontrarlo cuando me levante…

Respiré a duras penas, mientras él apoyaba ambas manos en el mueble que había a mi espalda y me aprisionaba. A pesar del tiempo transcurrido, no acababa de acostumbrarme a él. Aunque ya no era un muchacho, la naturaleza parecía tener un plan preciso para hacer de Rigel, en todo momento y lugar, un ángel cautivador y ultraterrenal. A veces querría que se quedase como estaba, porque cuanto mayor se hacía, más aumentaban su seguridad y su dominio de la situación, cualidades que harían palidecer a cualquier chica.

—Le prometí a Anna que regresaría a casa para cenar con ellos… —susurré mientras él me mordía lentamente la piel bajo la mandíbula. La succionó despacio y a mí se me deshizo el cuerpo.

Suspiré, me había olvidado de lo que le estaba diciendo, y Rigel apoyó su mano en mi garganta para ladearme el rostro y lograr que nuestro contacto fuera más profundo.

Desde luego, estar encerrada en un apartamento con él no era nada que yo lamentase, pero su letal presencia no contribuía en nada a mantener la fe en mis promesas.

—Rigel… —protesté cuando noté que se disponía a estrechar más su abrazo.

Movió la boca, lenta y ardiente, dentro de mi oreja mientras deslizaba los dedos entre mi pelo y me plegaba a su voluntad.

Lo hacía muy bien.

Tenía una fuerza persuasiva muy poderosa, tanto en sus gestos como en su voz.

En aquel momento, me sobresaltó el sonido de mi móvil. Por intuición, apoyé las manos en el pecho de Rigel y él profirió un gemido ronco, visiblemente contrariado.

No le gustaba que lo interrumpieran cuando estaba intentando devorarme poco a poco.

—Traeré mis cosas —le aseguré con voz afectuosa mientras le acariciaba el cuello. Rigel se apartó y le sonreí—. Pero dame un poco de tiempo.

Le puse el marco en las manos.

Él me siguió con la mirada, abatido, y desvió la vista hacia nuestra fotografía. Antes de apresurarme a responder, vi que sus ojos negros la contemplaban en silencio.

Cuando por fin hurgué en mi bolso y encontré el móvil, había dejado de sonar.

Eché un vistazo y vi que tenía tres llamadas perdidas de Adeline, todas seguidas.

Me extrañó su insistencia, pues aquello no era propio de ella. Comprobé si me había escrito un mensaje dándome alguna explicación y, al no ver ninguno, decidí llamarla.

Marqué y me acerqué el teléfono al oído, pero no me dio tiempo ni a oír el primer tono: un ruido fortísimo estalló en el aire y el corazón se me subió a la garganta.

¡Me llevé un susto terrible!

Dejé el móvil, me precipité jadeando a la otra habitación y puse los ojos como platos.

Rigel estaba apoyado en la pared, le temblaban los músculos y había una silla volcada a sus pies, junto a la ventana. Apretaba los dientes con violencia y sus brazos, recorridos por espasmos incontrolables, eran un manojo de nervios a punto de estallar.

Me lo quedé mirando sin aliento, muy asustada.

—¿Qué…? —empecé a decir, pero no pude terminar la frase.

Vi que tenía agarrado el marco y lo apretaba con violencia. Estaba bajo un estado de tensión neurótico e incontrolado.

Estaba teniendo una crisis.

Rigel cerró los ojos y aquel dolor invisible lo sumió en el delirio: cayó de rodillas, el cristal se rompió entre sus dedos y los añicos le cortaron la piel, que se manchó de sangre. Se sujetó la cabeza con las manos y se clavó las uñas convulsamente en la cabellera negra mientras yo temblaba al contemplar la escena.

—Rigel…

—¡No te acerques! —rugió con una ferocidad que me causó pavor.

Yo lo miraba con el corazón en un puño, angustiada ante aquella reacción. Tenía las pupilas dilatadas y las facciones tan contraídas que resultaba irreconocible.

No quería que lo viera en aquel estado, no quería que lo viera nadie, pero yo nunca lo dejaría solo. Traté de acercarme de nuevo, pero él volvió a saltar.

—¡Te he dicho que te alejes! —bramó como un animal.

—Rigel —susurré, desarmada y sincera—, no vas a hacerme daño.

Sus feroces ojos me observaron a través del pelo desordenado. En aquel dolor que le confería un aspecto animal, también distinguí un grito de sufrimiento que me rompió el corazón.

Yo no era una inconsciente, sabía que aquellos ataques podían ser peligrosos para quien estuviera cerca de él, pero no temía por mi integridad. Me acerqué despacio, tratando de mostrarme inerme, y él me miró, jadeante. Mi mayor temor era asustarlo, desencadenar una reacción aún más violenta, pero los temblores fueron remitiendo poco a poco, señal de que la crisis estaba pasando.

Jamás había visto nada igual.

Me acerqué y me senté a su lado, pero Rigel se negó a mirarme. Tenía los nervios de la mandíbula en tensión y una vena sobresalía en su sien, por lo que supuse que debía de estar estallándole la cabeza.

Con gestos cautos y muy lentos, deslicé las manos por su tórax y lo abracé.

El corazón le latía desbocado. Aún temblaba.

—Todo va bien. Estoy aquí —le dije con la mayor suavidad que pude.

Sabía lo mucho que aquel tono de voz lograba serenarlo.

Se estaba clavando las uñas en las palmas de las manos. Temía que también se hubiera lastimado la cabeza, pero no me moví para comprobarlo. Aún no. Necesitaba calma y silencio.

En el suelo, nuestra foto yacía entre vidrios manchados de sangre. Se había arañado y estaba estropeada. Rigel miró el marco destrozado y el cristal hecho trizas durante un momento que se hizo infinito.

—Soy un desastre.

—Un desastre estupendo —añadí yo.

Una arruga de amargura le atravesó la boca, pero yo no aflojé la presa. Apoyé la mejilla en su espalda y le transmití todo mi calor.

—No eres defectuoso. No lo eres… No se te ocurra pensarlo ni por un momento —le dije con ternura y, al ver que no respondía, proseguí—: ¿Sabes qué es esa plantita que te he traído? Es amaranto. Significa «aquello que nunca se marchita». Es la flor inmortal. Como lo que siento por ti. —Sonreí, cerrando los ojos—. Esa también es distinta de todas las flores. Necesita poquísimos cuidados, tiene un aspecto atípico y es muy persistente. Es fuerte, igual que tú. Y es única en su especie.

No sabía si mis palabras le llegarían, pero deseaba hacerle comprender que, aunque no pudiera sentir su dolor, tal vez afrontarlo juntos lo haría menos insoportable.

—Deja de hacer que parezca algo especial. Yo nunca funcionaré bien —admitió hablando para sí.

Sabía lo mucho que la enfermedad influía en su psique. Los ataques no solo lo devastaban físicamente, sino que también le deterioraban la mente. La distorsionaban. Generaban resentimiento, marginación y una frustración tan profunda que lo impelía a renegar de sí mismo.

—No importa.

—Ya lo creo que sí —susurró con amargura.

—No. ¿Y sabes por qué? —le replique con dulzura—. Porque para mí eres perfecto así. Yo quiero cada parte de ti, Rigel… También esas que te obstinas en ocultar. Las más frágiles y distintas. No estás estropeado. Eres un dulcísimo y complicadísimo lobo…

Una vez más me estaba pasando de emotiva, pero aquella vulnerabilidad que yo veía en él me impulsaba a protegerlo. Me acordé de cuando, a los dieciocho años, aquel accidente estuvo a punto de acabar con él. Yo casi me dejé morir con tal de no aceptar que iba a perderlo. Por aquel entonces, yo era demasiado joven para darme cuenta de que me estaba equivocando, pero ahora, en ese instante, comprendí que seguía estando dispuesta a darlo todo por él.

—Yo estoy aquí por ti. Siempre estaré por ti. —Alcé la vista, le di un beso en el hombro y apoyé la barbilla en él.

Tras echarle un último vistazo fui al baño y volví con todo lo que necesitaba.

Esta vez me senté enfrente de él. Humedecí un poco de algodón con desinfectante y le curé con delicadeza los cortes de las manos. Le limpié la piel con cuidado de no hacerle daño mientras sus ojos seguían cada uno de mis gestos.

Finalmente, después de desinfectarle un corte que le llegaba hasta el índice, saqué mis tiritas del bolsillo y le puse una en el dedo.

Elegí una de color violeta, igual que la que le había puesto en el pecho unos años atrás. Puede que Rigel se diera cuenta, porque alzó la cabeza y me miró a los ojos.

Le sonreí con ternura.

—Deja que yo vea por ti, porque tú no sabes mirarte.

Le besé la mano y, antes de que pudiera reaccionar, me acurruqué en su pecho.

Rigel no me abrazó. Aún le temblaban las manos.

Pero su corazón estaba conmigo.

Latía contra el mío.

Y, en medio de aquellos vidrios rotos, nuestras almas se cogieron de la mano y caminaron bajo las estrellas.

Una vez más.

Aquella noche me quedé con él.

Le conté a Anna lo que había sucedido y le dije que no quería dejarlo solo. En lugar de dormir, me pasé todo el tiempo acariciándole el pelo, a la espera de que sus persistentes dolores de cabeza remitiesen. Sospechaba que aquella explosión imprevista se debía al estrés de los últimos meses. Entre las clases particulares, las asignaturas y los proyectos que estaba desarrollando, Rigel se había visto sometido a una presión excesiva que había repercutido en su organismo. Aquella certeza me atormentó hasta la mañana siguiente, hasta que regresé a casa, embargada por la preocupación.

Me preparé algo de almuerzo, sin poder quitarme del pensamiento la imagen de Rigel con la cabeza entre las manos. Me habría gustado resetear la mente, rebobinarla como una vieja película, pero estaba destinada a revivir aquel momento y a preguntarme cómo debía de ser para él tener que soportar aquel dolor durante toda su vida.

El timbre de la puerta me sacó repentinamente de mis pensamientos. Fui a abrir, preguntándome si no sería Norman que pasaba por casa para almorzar, pero no tardé mucho en averiguar que estaba equivocada.

Era Adeline. Al instante me acordé de las llamadas perdidas y también de que no se las había devuelto.

Ella me miró con la respiración agitada y, al verla, me llevé una mano a la frente.

—Oh, Adeline, lo…

Iba a pedirle disculpas, pero en su rostro percibí una expresión que no veía desde hacía tiempo. Demasiado tiempo. Algo visceral y antiguo afloró en mi interior incluso antes de que empezase a hablar.

—Nica —anunció—, Margaret ha vuelto.

Debía de encontrarme en otra dimensión, porque de pronto me pareció que todo dejaba de existir. El aire, la tierra, el sol, el viento, mi mano sujetando el tirador.

—… ¿Qué?

—Ha vuelto. —Adeline entró y cerró la puerta—. La han detenido en el aeropuerto. Esta aquí, Nica. Desde hace dos semanas.

Tras la denuncia de Peter, tres años antes, se supo que Margaret había abandonado el país hacía tiempo. Para ser exactos, cuando la despidieron del Grave sin tan siquiera investigar su conducta brutal.

Por aquel entonces temíamos que se hubiera librado, pero Asia nos aseguró que los actos criminales más graves, entre los cuales se encontraban los delitos de violencia, no prescribían.

Margaret no solo estaba marcada por cometer un crimen terrible, sino que su delito se veía agravado por haberlo repetido a lo largo de los años, infligiendo daños psicológicos y ejerciendo una crueldad injustificada.

No importaban los años que hubieran transcurrido. Había maltratado, humillado y molido a palos a niños a los que debía haber protegido y ni siquiera el paso del tiempo podría borrar su conducta.

—Creía que podría volver como si nada. No sabía que alguien la había denunciado. La detuvieron en cuanto llegó.

Adeline hablaba con una agitación convulsa, pero más allá de eso, había un sentimiento de fondo que yo también compartía, una mezcla de desconcierto, parálisis, revancha y terror. Dejé que lo sacara fuera, porque yo estaba demasiado conmocionada como para reaccionar.

Caminó por la sala, se volvió, me miró y anunció con el corazón en los ojos:

—El juicio se celebrará durante los próximos días.

Metabolizar aquellas palabras fue extraño e imposible. No podía creer que me encontrase allí, viviendo aquella situación. Me sentía fuera de lugar.

—Necesitan todos los testigos posibles. Por desgracia, después de tantos años, no resulta fácil dar con todos los niños. Muchos ya son adultos, algunos son ilocalizables, y otros no comparecerán.

Adeline hizo una pausa y al instante supe lo que iba a pedirme.

Me miró con sus grandes ojos azules y, con voz afectuosa pero firme a la vez, me dijo:

—Ve al juzgado, Nica. Testifica conmigo.

Aquella petición me provocó un pánico irracional. La noticia debería de haberme alegrado, deseaba que se hiciera justicia, pero la idea de que «Ella» estuviera en mi presente me revolvía el alma y la respiración.

Y sabía por qué. Yo seguía yendo al psicólogo. Mis miedos se habían atenuado, pero no habían desaparecido. Aún no podía llevar correas. El contacto con el cuero me provocaba náuseas. En algunas ocasiones, los terrores volvían en forma de monstruos y me roían el alma.

No estaba curada. A veces seguía percibiéndola allí, como una presencia que no desaparecía nunca, como si por las noches pudiera oír su horrible voz susurrándome al oído: «¿Sabes lo que pasa si se lo dices a alguien?».

—Yo también quiero olvidarla, Nica. —Adeline entornó los ojos y apretó frágilmente los puños—. Yo también… No hay un día en que no desee haber tenido una infancia distinta. Feliz. Libre de «Ella». Pero este es el momento, Nica… Nuestro momento ha llegado, por fin alguien está dispuesto a escucharnos. Ahora nos toca a nosotras. No guardemos silencio, no nos quedemos al margen, ahora no… Por mí, por ti, por Peter y por todos los demás. Se merece pagar por lo que hizo.

Adeline me miró con la respiración acelerada y los ojos arrasados en lágrimas. Pero en su rostro vi una férrea determinación. Tenía un miedo mortal, se lo leía en los ojos.

Ninguno de nosotros quería volver a verla.

Ninguno de nosotros querría volver a mirar aquel rostro.

Pero todos compartíamos las mismas cicatrices.

El mismo deseo desesperado.

Cerrar aquella pesadilla para siempre.

Miré a aquella chica a la que consideraba parte de mí desde que éramos unas niñas y en ella nos vi a ambas, pequeñas y llenas de cardenales, apoyándonos a pesar de todo.

—Testificaré.

Apreté los dedos para que no me viera temblar. En su mirada se encendió una luz trémula pero poderosa.

—Solo necesito que me prometas una cosa —le pedí—, Rigel no debe saber nada.

Adeline se quedó inmóvil. En sus ojos percibí un matiz de sorpresa y confusión que me hizo desviar la vista. No necesitaba mirarla para saber que ella también consideraba que Rigel sería un apoyo, que me daría fuerza y valor.

—Es por…

—No lo quiero allí —la interrumpí, inamovible. Apreté los dedos, la miré y, por primera vez en mi vida, mi mirada no admitía réplica—. Él no debe acudir.

El fatídico día, vestía unos pantalones oscuros ajustados y el pelo largo me rozaba el bajo del chalequito gris que llevaba encima de una blusa de seda blanca. Tenía la sensación de que aquel pequeño pedazo de tela me estaba ahogando, por lo que no dejaba de torturarlo con los dedos. Anna me había preguntado si no preferiría ponerme una de sus chaquetas con la blusa, pero la idea de llevar algo que me oprimiese bastó para que se me revolviera el estómago.

Fuera de la sala del tribunal, el majestuoso suelo de mármol resonaba al paso de hombres y mujeres elegantes con un aire muy profesional. Todo tenía un aspecto refinado, solemne, y los techos eran tan impresionantes que te hacían sentir cohibida e insignificante.

—Todo irá bien —me susurró Anna.

Adeline, a mi lado, tragaba saliva casi imperceptiblemente. Sus ojos azules parecían un mar de invierno, inquieto, turbio y agitado. Estaba pálida y sus leves ojeras me hicieron intuir que no era la única que había pasado noches de insomnio antes de ese día. Carl no había podido venir y echaba de menos su presencia.

—Yo estaré dentro, con vosotras, sentada entre el público —siguió diciéndonos Anna—. Y ahora, a esperar… Oh, ahí está.

Me volví en dirección a la persona que estaba subiendo las grandes escaleras.

Asia vino hacia nosotras, vestida con una falda oscura y una blusa de raso de color petróleo abotonada hasta el cuello. La ausencia de tacones resaltaba su aspecto juvenil, pero el aura de determinación que irradiaba la hacía estar en perfecta simbiosis con aquel ambiente distinto y formal.

Me sorprendió su presencia. Sabía que se había licenciado en Derecho y que quería ser abogada de derecho civil, pero no me esperaba verla allí.

¿Qué estaba haciendo en el juzgado?

—Disculpad —dijo con determinación—, me ha despistado el cambio de hora.

Los ojos de Adeline parecieron vibrar e iluminarse al verla. Entonces comprendí que debió de ser ella quien le había pedido que viniera. Asia se le acercó y, por el modo en que le sostuvo la mirada, me pareció notar una fuerza silenciosa que se difundía a través del aire.

Había venido a apoyarnos.

En aquel momento, me hizo feliz que ella también estuviera allí.

—Deberíamos entrar —dijo con aire eficiente—. Anna, tú te sentarás en la tribuna. Vosotras dos, en cambio, deberéis esperar al fondo, hasta que os llamen a declarar. Entonces, el fiscal os pedirá que ocupéis el banco de los testigos. —Asia nos miró a los ojos con firmeza—. Procurad no alteraros. Los nervios no os ayudarán y la defensa podría inducir al jurado a pensar que estáis mintiendo. Responded a las preguntas con tranquilidad, del modo más claro posible, nadie os meterá prisa.

Me retorcí las manos mientras trataba de memorizar sus palabras, pero tenía la desagradable sensación de haber olvidado todos aquellos consejos. Tendría que hablar con claridad ante un púbico de algo que, si bien me había sucedido muchos años atrás, aún seguía cerrándome el estómago. Traté de recordarme a mí misma por qué estaba allí, el motivo por el cual lo hacía, y procuré infundirme valor.

Cuando entramos en la sala, me impresionó el respetuoso silencio que reinaba pese a la cantidad de público presente. Algunos periodistas, situados aparte, esperaban la llegada del juez con la esperanza de publicar toda la historia en la edición de la tarde.

Anna se volvió hacia nosotras, nos lanzó una mirada de ánimo a la que yo me aferré con toda mi alma y fue a sentarse en la tribuna. La seguí con la vista mientras nosotras nos acomodábamos en unas sillas que había junto a la pared.

En ese momento, deseé que una presencia alta y reconfortante, con unos inconfundibles ojos negros, estuviera allí, a mi lado.

Mirándome de aquel modo que solo él tenía.

Estrechándome la mano con sus dedos sedosos.

Desafiando a todos con la mirada, porque estaba nerviosa y asustada.

Recordándome que no importaba lo oscuras que fueran mis pesadillas. Yo podía ver las estrellas...

«No. Él no debía estar allí», zanjó mi alma.

«El tenía que mantenerse lejos».

«En la oscuridad».

«A salvo».

El juez entró, anunciado por el agente judicial y todos nos pusimos en pie. Cuando volvimos a sentarnos, la voz del secretario anunció:

—El estado de Alabama contra Margaret Stoker.

Ella estaba allí.

De pronto no me sentía a gusto en mi piel. Empecé a sudar. Comencé a rascarme compulsivamente la muñeca con el índice, arañándome la carne hasta enrojecerla, y volví a sentirme pegajosa, rígida y empapada.

Deseaba rascarme hasta hacerme sangre, hasta que me salieran costras, y arrancármelas también. Pero Asia me cogió la mano con la que estaba desollándome la piel y se la puso en el regazo, ejerciendo una firme presa. No tuve fuerzas para volverme y mirarla. Adeline me cogió la otra mano, pegándose a mí, y yo se la estreché hasta hacerle daño.

—Gracias, señoría. Miembros del jurado —dijo solemne el fiscal después de haber expuesto el caso y los cargos que se imputaban—. Con la venia, daré comienzo al examen directo.

—Proceda, abogado.

El hombre dio las gracias al juez con una inclinación de cabeza y se volvió hacia el público.

—Llamo a declarar a Nica Milligan como primer testigo.

Una descarga me atravesó todo el cuerpo y me sobresaltó.

Era yo. Era la primera.

Me puse en pie con un escalofrío y avancé entre el silencio que reinaba en la sala, como si estuviera dentro de una piel que no era la mía. El aire parecía hecho de espinas. Procuré ignorar las miradas que me rodeaban, los rostros que me siguieron como maniquíes mudos, pero era como si toda aquella platea estuviera gritando dentro de mi cabeza, imponiéndose a mis pensamientos.

En unos instantes, dejé atrás la tribuna y el agente judicial me indicó el banco de los testigos, donde tomé asiento bajo la atenta mirada del jurado. El chaleco me estaba asfixiando. Tenía las manos sudadas.

Me senté en el borde de la silla, con las rodillas apretadas y los dedos entrelazados, hecha un manojo de nervios, ni siquiera me atrevía a mirar a mi alrededor.

—Por favor, señorita, diga usted su nombre para que conste en acta —solicitó la acusación.

—Nica Milligan.

—¿Vive en el 123 de Buckery Street?

—Sí.

—Finalizó el proceso de adopción hace dos años. ¿Es correcto?

—Es correcto —volví a responder con un hilo de voz.

—Su anterior apellido era Dover. ¿Puede confirmarlo?

Volví a asentir y él avanzó unos cuantos pasos, prosiguiendo con el interrogatorio.

—Por consiguiente, usted, durante el tiempo en que aún respondía al nombre de Nica Dover, era uno de los niños a cargo de la institución Sunnycreeck Home.

—Sí —murmuré.

—¿Y la señora Stoker, aquí presente, dirigía la institución por aquel entonces?

Me quedé helada. El tiempo se detuvo.

Una fuerza visceral me indujo a alzar la vista para enfrentarme a la realidad.

Y la vi.

Sentada a la mesa de los imputados, como una vieja fotografía.

Miré a la mujer que me había arrebatado mis sueños de niña y el tiempo pareció retroceder a través de los años.

No había cambiado. Seguía siendo «Ella».

Margaret me miraba con sus ojos punzantes como alfileres y el pelo gris y estropajoso le llegaba hasta los hombros. Había envejecido, su rostro de mastín conservaba las marcas del humo de los cigarrillos y del alcohol, pero la dejadez de su aspecto aún le hundía más la mirada y le daba un aire feroz. Seguía teniendo aquellos antebrazos fuertes, aquellas manos grandes y nervudas que más de una vez me habían destrozado las costillas.

Si las miraba, aún podía sentir que se hundían en mi carne.

Seguí observándola y ella me examinó a su vez, estudiando mi ropa limpia y mi aspecto sano y maduro, como si no me reconociera del todo. Parecía no creerse que, después de todo aquel tiempo, aquella de los dedos llenos de tiritas y la cara sucia pudiera ser la chica tan bien arreglada y alimentada que tenía delante.

Una extraña agitación se adueñó de mi corazón. Sentí que me palpitaban las sienes y los latidos empezaron a desbocarse. Era como si alguien le hubiera dado la vuelta a mi alma y la hubiera puesto del revés.

—¿Señorita Milligan?

—Sí —susurré con una voz irreconocible.

Me temblaban las manos de forma incontrolada, pero me esforcé en que no se notara.

El letrado se llevó las manos a la espalda.

—Responda la pregunta.

—Sí, dirigía la institución.

Algo gritó en mi interior, se agitó, amenazó con ahogarme. Me rebelé contra aquellas sensaciones y me obligué a mí misma a estar presente, a no echar por tierra todos los esfuerzos que había hecho con mi psicólogo. Nos habíamos enfrentado muchas veces a la directora en mi cabeza, pero tenerla delante era como si una pesadilla se hiciera realidad.

El letrado siguió preguntando. Y yo fui respondiendo despacio, luchando contra mis inseguridades, aunque las palabras se me atascaran y a veces casi me quedase sin voz, pero no me detuve en ningún momento.

Me hubiera gustado mirarla a los ojos y mostrarle con orgullo la mujer en que me había convertido.

Me hubiera gustado demostrarle que había perseguido mi propio sueño como perseguía las nubes en el cielo cuando era pequeña. Sin rendirme jamás.

Y me hubiera gustado que me mirase por lo que era, que viera la fuerza de mis ojos luminosos y la tenacidad con que resplandecían, y que en su interior también brillaba siempre aquel corazón de *falena*.

Sin embargo, en todo ese tiempo no pude mirarla a la cara.

—Bien, no tengo más preguntas, señoría.

El fiscal volvió a sentarse, satisfecho con mis declaraciones, y entonces le llegó el turno al abogado de la defensa.

Inició el contrainterrogatorio, tratando de confundirme, pero yo no me dejé engañar. No me contradije ni me retracté de mis palabras, porque todos aquellos recuerdos seguían siendo reales en mi cabeza y estaban vivos en mi piel.

Me mantuve firme en mis declaraciones e incluso agravé en mayor medida los cargos, por lo que la defensa prefirió dar por terminada mi intervención.

—Es suficiente, señorita Milligan —concluyó.

Lo había logrado.

Alcé los ojos.

Más allá de la debida compostura, los rostros del jurado traslucían una multitud de emociones que iban desde la frialdad hasta la tensión o la incredulidad.

Acababa de relatar en detalle cuando ella me ataba en el sótano y me dejaba sola, retorciéndome en mi propio miedo. Cuando se me abrían los labios de tanto gritar y de pasar sed. Cuando me amenazaba con arrancarme las uñas, para que así no pudiera rompérmelas arañando el cuero de las correas. Miré a Margaret y ella me devolvió la mirada con sus ojos oscuros, indagatorios, como si por fin lograse reconocerme.

Y entonces sonrió.

Sonrió como sonreía cuando cerraba la puerta del sótano. Como sonreía cuando me aferraba a su falda. Sonreía de aquel modo torcido y repugnante, componiendo una mueca que era una victoria.

Una emoción roja y brutal me contrajo la garganta.

Me incorporé a toda prisa y, a petición del juez, abandoné el banco de los testigos, húmeda y convulsa. Estaba temblando de forma incontrolada. Crucé la sala con la sangre martilleándome las sienes, pero cuando llegué al fondo, en lugar de sentarme de nuevo en la silla, de repente agarré el tirador y me precipité fuera. La bilis empezó a subirme por la garganta y a duras penas logré llegar al baño. Una vez allí, me sujeté al inodoro y vomité todo aquel malestar que me corroía el alma.

El sudor me puso la piel de gallina y me estrujó las vísceras. Me estremecí y las lágrimas vertidas por el esfuerzo me cegaron los ojos. Volví a verla allí, con aquella mueca burlona y con todo el dolor que me había causado.

Para «Ella» no era una mujer de veintiún años.

Seguía siendo la niña menuda y sucia que prometía que sería buena.

Unas manos me tocaron, trataron de entrar en contacto conmigo, pero sentí un gran asco y mi cerebro las rechazó.

Aparté aquellos dedos que trataban de ayudarme, mientras una voz conocida se esforzaba en hacerme razonar.

—Deja… No. Quieta…

Asia intentó tranquilizarme, luchaba contra los manotazos que le asestaba en un intento por rechazarla. Puede que le hiciera daño, pero no estaba en mi sano juicio. Logró sujetarme por los hombros y yo me eché a temblar.

—Todo está en orden. Lo has hecho muy bien. Lo has hecho muy bien…

Traté de alejarme, pero ella me lo impidió y me retuvo de un modo extraño, anguloso, complicado. Y sin embargo cálido.

Luché por liberarme, pero al final su presa venció mis reticencias.

Sus manos no eran suaves como las de Anna ni familiares como las de Adeline.

Pero me sostenían.

Aunque proveníamos de realidades distintas, aunque pertenecíamos a dos universos que nunca habían llegado a tocarse, liberé mis lágrimas y dejé que ella, por una vez, acariciase aquel corazón de niña que nunca habría consentido mostrarle a nadie.

Aquella noche pasé un tiempo interminable bajo la ducha.

Lavé a fondo el sudor, la angustia y los escalofríos que se me habían quedado adheridos a la piel.

Lavé a fondo el olor del miedo, los arañazos en las muñecas y todo lo que quedaba de aquella jornada.

Después fui al apartamento de Rigel con el alma arrugada y los ojos vacíos.

Mi existencia parecía desdibujarse, como algo borrado con una goma. La verdad era que necesitaba respirar un poco su presencia, vivirlo, aunque solo fuera un instante, porque él era él único capaz de darme alivio cuando a veces me precipitaba en aquella oscuridad.

Ni siquiera se daba cuenta del poder que ejercía sobre mí.

Rigel cogía la oscuridad y la convertía en terciopelo. Acariciaba mi corazón y de pronto todo parecía funcionar, como si conociera la melodía secreta que movía sus engranajes más complejos. Tenía el paraíso en sus ojos y el infierno en los labios, y era la única realidad capaz de convertir en insignificante todas las demás.

Introduje la llave en la cerradura. Debería haber llamado a la puerta, pero en cuanto el aire me trajo aquel perfume que sabía que era el suyo, entré en silencio sin pensarlo dos veces.

Dejé caer el bolso en el sofá, me quité la chaqueta y vi que había una luz iluminando la mesa de la otra estancia. Esperaba verlo allí, pero solo encontré un libro abierto —trataba sobre el movimiento de los planetas—, un vaso de agua, un plato con algunas migas y unas páginas de apuntes llenas de su elegante caligrafía.

Acaricié el bolígrafo que estaba apoyado en el surco que formaban las páginas y me lo imaginé allí, estudiando, con sus maravillosas facciones iluminadas por la lámpara y aquella expresión concentrada que adoptaba cuando leía.

Al cabo de un instante, noté una presencia silenciosa a mi espalda.

Me volví, pues sabía que tenía la vieja costumbre de moverse como un depredador en la sombra.

—A lo mejor te apetece explicármelo.

Estaba en el umbral, magnífico y aterrador. Sus ojos perforaban la oscuridad de aquel modo que tantas veces me había hecho temblar. Con la mano apretaba el periódico de la tarde. Lo tenía enrollado, pero no hacía falta que me lo mostrase para saber lo que había escrito.

El caso de los niños de Sunnycreek estaba dando la vuelta a todo el país.

Se acercó y arrojó el periódico sobre la mesa con un gesto seco, sin dejar de mirarme con ojos tempestuosos. Su perfume familiar me despertó el corazón. Aunque en aquel momento sus ojos me estuvieran rechazando y aplastando como agujeros negros, sentía que mi cuerpo reaccionaba a su proximidad, como si nunca hubiera sido tan suyo.

—¿Por qué? ¿Por qué no me lo dijiste?

Estaba furioso.

Mucho.

Hubiera querido estar allí. No le había gustado el modo en que actué y la idea de no haber estado conmigo en ese momento chocaba de frente con el instinto primordial que regía su corazón.

Solo quería arrojarme en sus brazos, sentir que me abrazaba, sentirme a salvo. Pero sabía que no podía evitar aquel enfrentamiento, porque Rigel merecía que le explicara por qué lo había hecho.

—Si te lo hubiera dicho, habrías venido —susurré—. Por eso he procurado impedirlo.

—¿Has procurado… impedirlo? —repitió entornando los ojos hasta reducirlos a dos fulgores cortantes—. ¿Y eso por qué, Nica?

Una certeza cruzó por su rostro como un rayo de aquel modo destructivo y hostil que pasaba a convertirlo en mi enemigo.

—¿Qué pasa, es que acaso pensaste que era demasiado débil para ir? —Avanzó un paso en mi dirección, liberando rabia y dolor—. ¿Es por lo que viste el otro día? ¿Por la crisis?

—No.

—Entonces ¿por qué?

—No quería que ella te viese —susurré con una sinceridad desarmante.

Rigel se quedó quieto, pero algo se cristalizó en sus iris.

—No podía soportar que te volviera a poner la vista encima —confesé—. Que, al verte, despertaras algo en ella. No lo hubiera soportado. Odio la obsesión que siempre sentía por ti, el afecto enfermizo con que te constreñía. Me deja sin respiración. La quería lejos de ti. ¡Quería protegerte de ella, aunque eso supusiera tener que afrontarlo yo sola!

Los puños me temblaban y me quemaba la garganta. Sentí mis lágrimas amenazando con volver a brotar. No hacía más que llorar, ya había llegado al límite.

—Y volvería a hacerlo —dije entre dientes pensando en aquella mueca, en la destrucción que me había infligido—. Volvería a hacerlo cien veces con tal de mantenerla alejada de ti. No me importa que creas que ha sido una estupidez. Ni me importa que ahora estés enfadado conmigo. ¡No me importa, Rigel! ¡Habría hecho cualquier cosa, todo, con tal de impedir que volviera a verte!

Cerré los ojos y una fuerza desesperada estalló como una estrella.

—Así que ya puedes enfurecerte. ¡Grúñeme! —lo incité, mientras la conmoción a la que había estado sometida todo el día me rompía los nervios—. ¡Dime que he obrado mal impidiéndote que fueras, dime que he cometido un error! Di lo que quieras, pero no me pidas que me excuse, que no vuelva a hacerlo, porque lo único que me hace sentir bien, la única cosa que me reconforta de todo esto es saber que, por una vez, he sido capaz de hacer algo para protegert…

Me atrajo hacia sí.

Choqué con su pecho y un sollozo me dejó sin aliento. Su calidez me envolvió como un guante y el mundo vibró entre sus brazos, enmudeció por una fuerza invisible, dulce y extremadamente poderosa a la vez.

Temblé, el llanto me perforaba el corazón, al límite de mis fuerzas.

—Tonta —me susurró suavemente al oído.

Cerré los ojos con amargura. Dios, eso era lo único que quería oír. Quería que Rigel borrase a Margaret para siempre y que lo hiciera solo hablándome con aquella voz tan profunda.

Su mano ascendió hasta mi nuca, para arrullarme, y yo me aferré a aquel gesto con desesperación. Dejé que me acariciase el corazón y lo tocara como él sabía. Aún lo amé más por el modo en que sabía recomponerme, solo con abrazarme como lo estaba haciendo.

—No necesitas protegerme —murmuró con una ternura que logró acariciar las cuerdas de mi alma—. No debes defenderme de nada. Esa tarea… me corresponde a mí.

Hundí el rostro en su jersey limpio y perfumado. Negué con la cabeza y refunfuñé en su pecho.

—Yo te protegeré siempre —repliqué, me sentía pequeña como una niña, pues no sabía ser otra cosa—, aunque creas que no lo necesitas…

Rigel me estrechó más fuerte y yo dejé que me absorbiera por completo, centímetro a centímetro, hasta fusionarme con su calor. Sabía que yo era así, que nosotros éramos así, obstinados e imposibles hasta el fin.

Seguiríamos sacrificándonos el uno por el otro.

Seguiríamos protegiéndonos a nuestro modo, escogiendo los silencios más que las palabras, los gestos más que cualquier otra cosa.

Seguiríamos queriéndonos así, de esa forma excesiva e imperfecta, llena de errores, pero sincera como el sol.

Lo miré con los ojos lánguidos y arrasados, él reclinó el rostro e intercambiamos una mirada tranquila y profunda.

Mi corazón palpitó, emocionado una vez más al contemplar su semblante, por todo lo que significaba para mí, y Rigel me besó en los labios.

Su boca suave me provocó un cálido hormigueo en el estómago. Rodeé sus hombros con mis brazos y lo atraje hacia mí, con una necesidad ardiente.

Entrelazamos nuestras lenguas y Rigel me ciñó la cintura, tratando de retenerme, de frenarme. Él, a su vez, luchaba por controlar su ímpetu, que amenazaba con acometerme como una bestia, pero yo hundí los dedos en sus hombros y me apreté con más ahínco contra él.

—Te necesito —imploré—, necesito esto. Por favor…

Rigel respiró hondo, con el pecho vibrante y el pelo cayéndole por encima de los ojos. Le sujeté el rostro y hundí mis labios dulces y ansiosos en los suyos.

Tensó los músculos. Retuvo la respiración en la garganta.

Sentí que su autocontrol se tambaleaba. Aumenté las suaves acometidas de mi boca y la insistencia de mi cuerpo menudo hizo que cediera definitivamente.

Me sujetó la nuca y su boca se impuso sobre la mía, me consumió con sus besos ardientes. Me invadió con su legua y su seguridad me aturdió, provocándome un intenso escalofrío a lo largo de toda la columna vertebral. Deslicé la mano por su pelo y lo besé con una pasión arrolladora hasta arrancar un gemido ronco de su pecho.

Su respiración se volvió hambrienta, impetuosa. Rigel me hizo retroceder hasta que me topé con el borde de la mesa, que liberó bruscamente de impedimentos. El vaso y el plato se hicieron añicos y una lluvia de hojas cayó sobre el parquet mientras me sujetaba por las caderas para tenderme sobre el mueble.

Traté de quitarle el jersey con dedos temblorosos y Rigel lo tiró al suelo junto con la camiseta, ardía como un fuego arrollador. El cabello oscuro le caía sobre los fornidos hombros creando una especie de suave aureola, pero no me dio tiempo a admirarlo, porque me bajó la cremallera de los pantalones, me levantó la pelvis con un gesto brusco y los deslizó a lo largo de mis piernas. Mi respiración se hizo más afanosa. Las mejillas me ardían cuando, de pronto, me vi alzando los brazos mientras sus manos me arrancaban la sudadera sin la menor delicadeza.

Ya no había calma que valiera. Ni paciencia. Nos acometíamos el uno al otro como animales furiosos.

El aire me estremeció la piel y me provocó un cúmulo de sensaciones gélidas y ardientes al mismo tiempo. Mis escápulas desnudas golpearon la mesa, Rigel cerró la mano alrededor de la curva de mi cuello y apretó hasta incendiarme los nervios. Me contraje al ritmo de sus caricias y mis latidos se dispararon cuando clavó los dedos en mi muslo y hundió los dientes en la cara interna, allí donde la carne es más tierna y sensible. Cerré los ojos y sentí una descarga que me obligó a aferrarme a los bordes de la mesa.

Mi cuerpo empezó a estremecerse mientras yo dejaba que Rigel lo borrase todo, que tomara lo que quisiera y me llenase de él.

No importaban las marcas.

No pensaba detenerlo.

Necesitaba eso.

Su tacto de fuego, sus mordiscos, su amor negro.

Necesitaba perderme en su alma, porque era el único lugar donde nunca sentiría miedo.

Me temblaban las manos, tenía los músculos tensos. Rigel me arrancó las braguitas con determinación, el elástico se me clavó en la piel y sentí que me quedaba sin aliento. Sin la menor delicadeza, me sujetó por los tobillos y me arrastró por la mesa hasta su ingle. Su cuerpo quemaba de tensión, de frenesí, de tanto como necesitaba saborearme, devorarme, hacerme suya.

Y yo lo quería porque era así, porque solo deseaba que fuera él mismo.

Un bellísimo demonio. El único ángel que residía en la oscuridad de mi alma.

Yo respiraba como podía mientras sus posesivas caricias me incendiaban la piel. Me recorrió los muslos con los dedos y hundió las yemas de los dedos para sentir mi carne aterciopelada tomando forma en sus manos. Apretó hasta sentir que se le llenaban las palmas, hasta hacerme daño, y mis labios dejaron escapar un jadeo casi imperceptible.

Aquel sonido lo animó a estrecharme con más intensidad. Cerré los ojos y curvé los tobillos, y Rigel se inclinó para envolver y mordisquear mi intimidad con sus labios incandescentes. Ahora tenía los ojos abiertos de par en par y el aliento me estallaba en la garganta.

Me contraje por instinto, pero él me sujetó las caderas y me inmovilizó con una presa cerrada e inexorable. Empezó a torturarla con los dientes, a besarla y lamerla, chupando sin la menor piedad, desatando una implacable tormenta que me hizo cerrar los ojos. Gemí, con las piernas entumecidas, y mi bajo vientre palpitó con fuerza. Su lengua siguió acariciándome sin piedad y sus dientes estimularon nervios que enviaron turbadoras descargas a lo largo de mi piel.

Mi respiración se volvió errática, empecé a temblar, se me incendiaron las mejillas. Aprisioné su pelo entre mis dedos, pero Rigel no se detuvo, hizo girar su lengua alrededor de la punta más sensible de mi anatomía y la hundió con más vigor que antes. Me mordí el labio mientas me arañaba la piel con sus dedos sin dejar de sujetarme, mientras sus cálidos golpes se movían con una dulce crueldad que me hacía trizas los músculos.

Cuando se irguió de nuevo, yo estaba enmudecida, agotada, temblorosa. Un zumbido me ofuscaba el cerebro. Rigel se lamió los labios enrojecidos, turgentes y agresivos y, dejándose llevar nuevamente por su instinto devorador, sujetó el elástico de sus pantalones de chándal y se los bajó.

Medio aturdida, recordé que ya tomaba anticonceptivos mientras él me sujetaba con fuerza por la pelvis y la levantaba hasta hacerla crujir. Aquella presión me dejó sin aliento.

Nunca había sido delicado, pero no pensaba pedirle que hiciera una excepción conmigo. Rigel siempre trataba de controlarse, de reprimirse, como si todo el tiempo tuviera miedo de romperme. Estaba hambriento, era salvaje e impetuoso, pero en aquel momento yo deseaba que me esculpiera el alma, que hiciera desaparecer el mundo con su habitual rudeza y se lo llevase lejos, lo más lejos posible.

Sentí su virilidad abriéndose paso entre mis piernas y mi corazón latió errático. Me tembló la sangre, mi cuerpo empezó a hervir y las palpitaciones me partieron el corazón.

Hubiera querido inclinar el rostro, mirarlo a los ojos, pero él entró con decisión dentro de mí, y la sensación que me embargó fue tan repentina e impetuosa que contraje los dedos de los pies y arqueé la espina dorsal. Me temblaron los muslos, como si nunca acabara de acostumbrarme a él. Clavé las uñas en la madera de la mesa y Rigel empezó a respirar de aquel modo ronco y viril, gozando de aquella sensación dúctil e hirviente que lo embargaba. Me mordí el labio, menuda y temblorosa, pero en lugar de iniciar su asalto, acercó su mano a mi mejilla y me miró a los ojos.

El tiempo se detuvo.

Me aferré a sus iris y mi pecho estalló de una emoción incontenible. Correspondí a su mirada con todo mi ser, lo amaba con locura y vertí en sus ojos todo lo que sentía.

Allí era donde nuestras almas se encontraban.

Allí se lo daban todo.

Con nuestros ojos enlazados, Rigel empezó a moverse dentro de mí. Empujó con decisión, profundamente, clavándome con fuerza en la superficie de la mesa, apretándome las caderas hasta hacerme sentir dolor en los huesos.

Su respiración llenó el aire.

El mundo se alejó.

Me convertí en sus ojos.

Me convertí en su piel, su perfume, su vigor y su fuerza.

Me convertí en él.

Y la oscuridad se convirtió en terciopelo.

Las estrellas florecieron entre las sombras.

Rigel se inclinó sobre mí y yo acogí sus precisas estocadas con las piernas insensibles y los tobillos temblorosos. La presión en la pelvis me causaba dolor, pero hundí las uñas en su espalda y respondí a sus besos con toda la dulzura de mi cuerpo estremecido.

Porque éramos una galaxia de estrellas, él y yo.

Un caos magnífico.

Un delirio resplandeciente.

Pero solo brillábamos estando juntos.

Y así seríamos siempre.

Difíciles de entender.

Imperfectos y fuera de lo común.

Pero inmortales.

Como flores de amaranto.

38

Más allá de toda medida

Vistámonos, pues, de estrellas.
Caminemos entre los sueños.
Tendremos cuerpos celestes, ¿ya lo sabes?
Tú llevarás puesto mi amor como una eternidad.
Y habrá alguna luna que, al verte resplandecer,
deseará el amor de un sol
que la haga brillar del mismo modo.

Un anillo.

Carl le había regalado un anillo a Adeline.

La noticia de su compromiso nos llenó a todos de felicidad. Anna se llevó las manos al corazón, emocionada, y yo abracé a Adeline con tanto entusiasmo que las dos nos caímos en el sofá.

Sentí una alegría que no sabría explicar con palabras, me llenaba el corazón de música y rebosaba de luz. La quería con toda mi alma y se merecía ser feliz. Para celebrarlo, Anna decidió que al cabo de unos días, celebraríamos una fiesta en casa e invitaríamos a todos nuestros amigos. En el fondo, Adeline ya era de nuestra familia

«Llegarás a tiempo, ¿verdad?», escribí en el móvil mientras mis pasos resonaban en el cemento de la acera.

Caminaba a paso ligero por la calle mientras el viento me acariciaba el pelo que me caía en cascada sobre los hombros.

«Sí», respondió Rigel, escueto como siempre. Nunca desperdiciaba palabras y menos en los mensajes.

Sabía lo ocupado que estaba con los estudios y todo lo demás, pero esperaba que no llegase tarde, al menos esa noche.

«Entonces nos vemos a las ocho», escribí, alegre y serena.

Además, tenía otro motivo para estar de buen humor: había aprobado el examen de Enfermedades Infecciosas con muy buena nota tras haberme pasado semanas estudiando. No era una asignatura fácil y llamé enseguida a Rigel para comunicarle la feliz noticia, porque él sabía cuánta pasión ponía en mi carrera universitaria. Siempre era el primero al que llamaba tras un examen y el único que, cuando me felicitaba, me hacía sonreír y alegrarme como si fuera una niña.

«Pásatelo bien con tus amigos», respondió con una consideración inhabitual.

Iba a tomarme una cerveza con unos compañeros de clase antes de cenar. Según ellos, un examen tan importante había que celebrarlo y a mí me pareció muy buena idea. Pasé por casa para cambiarme; así ya iría vestida para la velada y no tendría que tardar tanto con los invitados ya en casa.

«Gracias», le escribí, sonriendo a la pantalla; después, guardé el móvil y me apresuré en llegar al local.

Me pareció bien iluminado, refinado y acogedor; el cristal dejaba entrever unas hileras de luces que colgaban del techo como ramas de sauce llorón y los pequeños sofás de cuero para dos personas propiciaban el ambiente idóneo donde relajarse en compañía.

Will ya había llegado. Estaba esperando delante de la puerta, pero no reparó en mi presencia hasta que no estuve a su espalda.

—¡Hola! ¿Hace mucho que esperas?

—¡Ey! No, acabo de lle… —Las palabras se desvanecieron en su boca en cuanto se volvió.

Me miró de arriba abajo y yo a mi vez le eché un vistazo a mi reflejo en el cristal del establecimiento para averiguar si había algo que desentonase.

Llevaba unos botines con tacón, unos pantalones ceñidos y una chaquetilla corta que me llegaba a la cintura. Debajo había optado por un top de un gris perla a juego con mis ojos. El top tenía un corpiño rígido y unas mangas abombadas de organza que lo hacían sofisticado y femenino. Me había dejado el pelo suelto y en el cuello lucía el espléndido colgante en forma de lágrima que me había regalado Rigel por mi cumpleaños.

Con vistas a la fiesta de la noche, me había aplicado un maquillaje ligero que me resaltaba los ojos y un carmín tenue que acentuaba la turgencia de mis labios, destacando el color rosado de mis mejillas. Después de haber superado barreras y afianzado la confianza, unos años atrás, Anna y yo compartimos uno de esos momentos «mamá e hija» con los que siempre había soñado: fuimos juntas a comprar cosméticos y ella me enseñó a maquillarme. Despacio, con calma, atención y paciencia. Fue un momento muy íntimo e importante para mí, que siempre conservaría en mi recuerdo.

Norman, por su parte, me enseñó a conducir y gracias a él me saqué el carnet. Vino al examen conmigo y, aunque yo estaba muy nerviosa, logró serenarme con su flema habitual. En cuanto me lo dieron, salí del edificio agitando la tarjetita y él me obsequió con un tierno abrazo, mostrándose orgulloso y cortado a la vez mientras sonreía bajo sus gruesas gafas.

Eran instantes que atesoraba en la memoria, como un valioso cofre lleno de maravillas.

En aquel momento, noté que Will tenía los ojos puestos en mis piernas. Billie me había dicho que aquellos pantalones me estilizaban las piernas más que ninguna otra de mis prendas, pero yo me los había puesto porque eran muy cómodos, porque me sentía bien llevándolos, no para atraer miradas indeseadas.

Aparté la vista de él y miré a mi alrededor.

—Y bien —dije mordiéndome el labio—, ¿los demás vienen o…?

—Llegarán —Will volvió a mirarme a los ojos—. Ya sabes que siempre llegan tarde. A clase también —añadió esbozando una sonrisa que le hizo resaltar sus iris verdes.

Era un chico atractivo, con un buen físico, y tenía una sonrisa que no dejaba indiferentes a las mujeres. Era una de esas sonrisas luminosas y contagiosas a las que a menudo, con mi habitual ingenuidad, yo correspondía; pero cada vez que lo hacía, sus ojos se volvían pensativos, como si aquella actitud mía tan natural encerrase algún detalle brillante que las otras, con sus miradas de adoración, no poseían.

—Has estado muy bien hoy, en el examen —murmuró Will con voz cálida.

Me di cuenta de que ahora lo tenía más cerca. Deslizó sus pupilas por mi rostro y yo esbocé una sonrisa de alivio.

—Gracias. Tú también. Al principio estaba un poco nerviosa… Estoy contenta de que haya salido bien.

—Podríamos estudiar juntos la próxima vez —me propuso, sin dejar de mirarme. Sus pupilas iban de uno de mis iris al otro, como si mis ojos lo tuvieran fascinado—. Podríamos vernos después de clase… ¿Sabes? No vivo muy lejos de la universidad. Podrías venir a mi casa…

—¡Ey! ¡Chicos!

Dos compañeras aparecieron de pronto e interrumpieron la conversación. Will se mordió el labio, desvió la vista hacia las chicas e intercambió un saludo y una sonrisa. Quería pensar que su propuesta era totalmente amistosa, pero me temía que no fuera así. Aparté aquel pensamiento y me concentré en los allí presentes. A decir verdad, era raro que saliéramos juntos, pero aquellas chicas me caían bien, hablábamos de nuestra pasión común y compartíamos una realidad que nos interesaba profundamente. También tenía que venir una pareja, pero un contratiempo de última hora les impidió asistir a la cita.

—Entonces… ¿solo estamos nosotros?

Will esperó que se lo confirmasen y ellas asintieron. Tras aquella afirmación, sus ojos volvieron a centrarse en mí.

Me observó un instante y añadió:

—Entremos entonces…

—He oído hablar muy bien de este sitio —dije sonriente y contenta, refiriéndome al local—. ¡Dos buenas amigas ya han estado y me han dicho que las cervezas artesanales están buenísimas! Además, con las consumiciones te sirven unos aperitivos con una salsa especial y las patatas son para…

No había acabado la frase cuando alguien llegó por detrás, me alzó el rostro con brusquedad y estampó sus labios en los míos.

Me quedé sin aliento y, al instante, con el corazón en vilo, reconocí el perfume de Rigel. Sus dedos me estrecharon la mandíbula y me sometieron a un beso tan fogoso e imprevisto que tuve que contener la respiración. Devoró mis labios y me asaltó con tanta vehemencia que mi cuerpo menudo casi cedió bajo aquel ímpetu incendiario.

Me aferré a su brazo y Rigel clavó sus afilados ojos en los de Will, lanzándole una mirada incandescente mientras seguía besándome. Cuando reparó en que le estaba estrujando la cazadora de piel y estuvo seguro de que ya no me quedaba más aire en los pulmones, decidió apartarse.

Roja con un pimiento y consternada, me arreglé el pelo mientras Rigel me rodeaba el hombro con el brazo y se volvía con expresión inocente hacia los rostros enmudecidos de mis acompañantes.

—Oh, William —dijo chasqueando la lengua—, si también estás tú. Pero qué despistado, no te había visto.

Lo había visto, ya lo creo que sí. De hecho, le había lanzado una mirada que era puro fuego.

Will se lo quedó mirando petrificado y las chicas hicieron otro tanto, embobadas.

No podía negarse que había hecho una entrada teatral, pero yo sabía que aquel no era el único motivo de que su aparición hubiera despertado semejante estupor.

Rigel no era el tipo de chico que esperabas encontrarte por la calle. Era terrorífico y encantador al mismo tiempo. Irradiaba una seguridad masculina que, junto con su físico escultural, hacía de él un depredador nato.

—Pero… ¿a ti te parece que esa es manera…? —murmuré indignada y perpleja.

—No me dirás que no te ha gustado, *falena* —me susurró al oído con aquella voz suya, grave y divertida, que me inflamó el estómago.

Lo miré con el ceño fruncido, todavía roja como un tomate y una expresión de reproche en el rostro.

—Tú debes de ser su novio misterioso… —empezó a decir una de las chicas, alentada por la otra.

Lo estaban observando admiradas y él las correspondió con una mirada sagaz.

—Soy Rigel —respondió con una media sonrisa, dando voz a su nombre de estrella.

Nunca había sido una persona afable y estaba claro que no iba a empezar a serlo ahora, pero conocía demasiado bien su habilidad para gustar a todo el mundo, así que supuse que eso era justamente lo que acababa de hacer.

—Oh, Nica siempre es tan discreta con respecto a ti —me regañaron en tono afectuoso—. ¡No suelta prenda! Nos ha dicho que estudias Ingeniería y que tocas el piano, pero en cuanto al resto parece que…

—¿Qué te ha pasado en las manos? —la interrumpió Will.

Miraba las manos de Rigel, llenas de contusiones y arañazos rojos. Eran las heridas que se había hecho durante la crisis, las que yo le curé, pero Rigel se lo quedó mirando con un destello en la pupila.

—Oh, no es nada, una pelea.

¡No era cierto!

Will adoptó una expresión cauta.

—¿Una... pelea?

—Qué va, solo se cortó —intervine, tratando de minimizar la cosa, pero Rigel alzó una comisura de la boca con la soltura de quien ni siquiera tiene que alzar la voz para que prevalezca su versión de las cosas.

—Diez tíos me pusieron nervioso. Quizá debería escuchar a mi psiquiatra cuando me dice que tengo graves problemas para gestionar mi ira y una fuerte propensión a sufrir trastornos de la personalidad...

Se echó a reír con ligereza, sacudiendo la cabeza, mientras Will lo miraba con los ojos como platos.

Yo esbocé una risa nerviosa.

—Le... le gusta bromear...

Las chicas se relajaron y aceptaron aquel extraño sentido del humor, pero Will se quedó helado, como si la personificación de mi chico fuera incluso peor que la idea que ya se había hecho de él.

—¿Qué, vamos? —propuso Rigel con aire inocente, haciendo gala de su infinita malignidad.

Aún me rodeaba los hombros con el brazo, como si aquella situación lo relajara sobremanera. Me pareció que a Will le costaba tragar saliva.

—¿Así que tú también te apuntas?

—Ah, pero ¿la invitación no me incluía a mí? Es que la otra tarde, durante la videollamada, me pareció que dijiste otra cosa.

Rigel dejó en el aire sus palabras y lo fulminó con una mirada penetrante que le hizo recordar a Will todos los amables consejos que había recibido durante aquella conversación.

El chico pareció pillarlo al vuelo. Dio media vuelta y se apresuró a entrar en el local como si quisiera tragarse la puerta giratoria. Mis compañeras entraron tras él, charlando tranquilamente sobre el impactante estilo del establecimiento.

—¿Sabes? —murmuró Rigel con aspereza en cuanto nos quedamos solos—. Tienes el extraño don de atraer a los imbéciles.

—¿Puedes dejar de aterrorizarlo? —inquirí, mirándolo de soslayo.

—De ninguna de las maneras —siseó, acercándome a él con el brazo para susurrarme aquellas palabras al oído. El calor compacto de su cuerpo puso a prueba mi buena voluntad y me pareció que él lo sabía.

—¿Por eso has venido? ¿Por Will? —pregunté con cierta dureza en mi voz mientras ambos cruzábamos las puertas giratorias. Su ancha muñeca me acarició el rostro y yo deseé cogérsela. Solo un poco.

—Llevabas tiempo diciéndome que querías que conociera a tus amigos, ¿no es así?

Y ahí estaba, dándole la vuelta a las cosas. Le había expresado aquel deseo en numerosas ocasiones, pero lo conocía lo bastante bien como para saber que no estaba allí en aquel momento por un repentino deseo de socializar.

Rigel cerró la puerta con una mano. Inclinó el rostro y me observó con sus ojos profundos y aterciopelados.

—¿No te alegras de que esté aquí? —inquirió, modulando su voz para que sonara más grave, al tiempo que absorbía mi voluntad y la encerraba en sus iris oscuros.

Lo miré con la garganta contraída, los ojos brillantes y las mejillas encendidas, porque lo cierto era que me emocionaba muchísimo que hubiera venido, más de lo que se imaginaba. Me miró los ojos y los labios, y mi corazón se deshizo en un suspiro.

—¿Te portarás bien? —le pregunté con voz afectuosa.

Él levantó una ceja, adoptando una expresión más bien cómica y aquella actitud angelical que lo hacía parecer el peor de los diablos.

—¿Acaso no lo hago siempre?

Lo miré con elocuencia, pero por poco tiempo, porque Rigel soltó la puerta y me hizo avanzar.

Una agradable sensación de calidez me acarició la piel del rostro. Dentro, el ambiente aún resultaba más encantador: las luces creaban un efecto casi navideño, relajante y placentero, y vi a un montón de jóvenes sentados a las mesas y junto a la barra. Deduje que sería un local conocido entre los universitarios.

Encontramos a los demás al fondo, sentados en unos pequeños sofás alrededor de una mesa circular. Nos acomodamos y Rigel sostuvo en la mano la cazadora de piel mientras yo me quitaba la mía; la dejé apoyada en el sofá, a mi lado, y me quedé solo con el top, mientras me alisaba la tela a la altura del busto y miraba a mi alrededor con los ojos luminosos, fascinada por aquel ambiente. El pelo se me había desplazado hacia el cuello y me lo recogí detrás de la oreja con un gesto lento. Entonces me di cuenta de que Will, al otro lado de la mesa, estaba observando mi cuerpo envuelto en la reluciente tela de organza.

Apartó enseguida la vista y la dirigió hacia la barra, mientras yo asentía con una sonrisa a mis amigas, confirmándoles que a mí también me parecía un local especial.

Rigel, a mi lado, se apoyó en el respaldo y me pasó el brazo por encima de los hombros. Me pareció que examinaba con la mirada la pequeña hilera de botones que me llegaba hasta la base de la espalda, pero seguí hablando con las chicas, demasiado concentrada en ellas como para fijarme en nada más.

Estaba experimentando una extraña sensación de euforia: el compromiso de Adeline; la universidad, que iba tan bien; mi familia, tan entrañable y especial… Todas aquellas emociones se fusionaron, creando un popurrí de felicidad que me encendió las mejillas e hizo que me brillaran los ojos.

Mientras los otros estaban distraídos, Rigel se inclinó y acercó sus labios hirvientes a mi oído.

—¿Sabes? Estaba pensando… —susurró con su voz ronca, persuasiva y venenosa.

Aquellas palabras se deslizaron por su lengua como si fueran de seda. Me acerqué a él, ligera, y musité sonriente:

—¿En qué?

—En todas las cosas que me gustaría hacerte.

La saliva hizo que me atragantara. Me ruboricé y abrí mucho los ojos, mientras al otro lado Will me observaba titubeante. Pensé en las cosas que solía hacerme y aún me puse más colorada, si es que eso era posible.

Rigel enterró el rostro entre mi pelo y me encendió la piel. Me pareció que no estaba siendo bueno, sino que, al contrario, estaba exhibiendo lo peor de sí mismo. Si ya me resultaba difícil gestionar las sensaciones que me provocaba teniéndolo cerca, aquella forma de hablarme, tan íntima y desinhibida, no es que ayudara precisamente.

Me sobresalté al notar la vibración de su móvil en mis costillas.

Rigel se apartó un poco de mí, algo reticente, y lo sacó del bolsillo con un gesto grácil. Supuse que era uno de los muchos chicos que lo contrataban para que les diera clases cuando alzó sus afilados ojos y se puso en pie para responder en la calle, donde la ausencia de ruido le permitiría oír mejor.

Lo vi desaparecer entre la gente que le abría paso de manera inconsciente, y una vez más se me hizo extraño verlo allí, como un color que no acababa de entonar.

Siempre estaba fuera de lugar con respecto a los demás chicos. Todos me parecían iguales a su lado, como piedras junto a un diamante; ciertamente, cada cual tenía su matiz o su diferencia, pero Rigel tenía más facetas que todos los demás y sus vetas irradiaban el resplandor de las estrellas. Tenía una naturaleza cortante y un corazón mineral, pero un alma como la suya solo refulgía para unos pocos.

Y yo pensaba abrazarla.

Toda.

—Buenas tardes —nos saludó sonriente una joven y amable camarera, al tiempo que hacía clic con el bolígrafo—. ¿Qué queréis tomar?

Correspondimos a su saludo, elegimos nuestras consumiciones en el menú y ella las anotó velozmente en su bloc. Para Rigel, pedí una cerveza negra, no demasiado ahumada, esperando de todo corazón que le gustase y la camarera se fue.

Me uní al resto y acabamos hablando de la universidad. Cambiamos impresiones sobre determinadas materias, sobre las prácticas de laboratorio vespertinas, pero cuando llegaron nuestras consumiciones al cabo de unos minutos, Rigel aún no había regresado.

Lo busqué con la mirada. No quería parecer demasiado aprensiva ni resultar pesada, pero con lo de su enfermedad siempre me estaba temiendo que sufriera una crisis o que se sintiera indispuesto. Aunque no pudiera hacer nada, salvo ayudarlo a tomarse sus medicinas, la idea de que pudiera sobrevenirle en cualquier momento me turbaba.

Me puse en pie con la excusa de que volvería enseguida y fui a buscarlo. Únicamente quería cerciorarme de que estaba bien, aunque solo fuera echándole un vistazo desde la puerta, pero no me hizo falta llegar hasta la entrada. Para mi sorpresa estaba allí de pie, inmóvil, junto a la barra, con el móvil en la mano y el rostro girado hacia… ¿un grupo de personas?

—¿Rigel?

Le cogí la mano y él se volvió de golpe, observando mis dedos llenos de tiritas entrelazándose con los suyos. Se quedó más tranquilo en cuanto comprobó que era yo, pero incluso con los años que habían transcurrido, aún no se había acostumbrado a algunos gestos espontáneos.

Me fijé en que estaba con tres chicos y una chica a los que no había visto nunca.

—Hola —saludé sorprendida y confusa.

Alcé la vista y busqué sus ojos.

—Como veía que no regresabas…

—Ha sido culpa nuestra. Nos hemos encontrado por casualidad —respondió amigablemente uno de ellos, con las manos en los bolsillos de la cazadora.

Los miré intrigada y, al notar mi expresión de perplejidad, la chica esbozó una sonrisita teñida de satisfacción y anunció:

—Vamos a la misma facultad.

—¡Ah! —Exhibí una sonrisa extremadamente cálida.

Oír aquellas palabras me produjo una sensación reconfortante en el pecho.

Era la primera vez que tenía ocasión de conocer a alguno de sus compañeros de la universidad y eso me hizo muy feliz.

—¡Encantada de conoceros! Yo soy Nica.

—¿Eres… amiga suya? —preguntaron indecisos, y entonces comprendí que el carácter solitario de Rigel, reacio a cualquier clase de confidencias, era el motivo de sus vacilaciones.

—Soy su chica —respondí con naturalidad, para asombro de los tres.

Todos me sonrieron con un nuevo talante, como si mi presencia tan dulce y exuberante lo hiciera menos inaccesible.

—Ya lo has oído… —comentó el chico de antes.

—No nos habías dicho que tenías novia, Wilde —repuso sonriente la chica, procurando que yo la oyera—. Nunca, ni una sola vez…

Me miró como si esperase que aquellas palabras pudieran sentarme mal o inducirme a pensar que él me ignoraba, pero mi cara permaneció limpia y serena.

No necesitaba saber el motivo. Rigel era reservado, cerrado e introvertido, no era de los que hablaban de sí mismos a los demás. Sabía cómo era, pero no por ello dudaría de él.

Lo que ambos compartíamos era a prueba de bombas, trascendía nuestras almas y era más fuerte que cualquier palabra.

Pero ella interpretó mi silencio como una victoria. Percibí la satisfacción pintada en su rostro cuando esbocé una sonrisa y miré a Rigel.

—Solo quería decirte que ya han traído la bebida —le comenté con suavidad, a fin de que viera que quería respetar su espacio—. Te he pedido una cerveza negra.

Dicho esto, me volví hacia los demás y les sonreí amablemente.

—Encantada de conoceros. Que paséis una buena noche.

Ellos correspondieron a mi saludo, expresando su deseo de que volviéramos a vernos, pero la chica guardó silencio y se mordió la cara interior de la mejilla con una pizca de ironía en el semblante. Me lanzó una mirada de desprecio y al instante miró a Rigel con voracidad. Eso fue lo último que vi antes de volverme.

Ya me iba a marchar, pero me lo pensé mejor y volví atrás. Sujeté el rostro de Rigel con determinación y, dándome impulso, apreté mis labios contra los suyos.

Lo estreché con fuerza y le di un beso de película al tiempo que deslizaba los dedos entre su pelo, hasta dejarlo sin respiración.

Lo besé con tal ímpetu que me sorprendí hasta a mí misma. Me adueñé de su boca, de su fuerza, de su corazón, de todo, hasta que por fin me aparté de él emitiendo un sonoro chasquido y dejándole los labios rojos e inflados.

Se hizo un silencio total.

Todos me observaban impresionados, unos arqueando las cejas, otros con un rictus de silenciosa aprobación pintado en el rostro, pero no me volví.

Inmóvil entre mis manos, Rigel me miraba con los párpados entornados, el pelo revuelto y la sorpresa incrustada en sus iris negros. La expresión de su rostro me pareció tan insólita y adorable que le sonreí con ternura y dije simplemente:

—Te espero en la mesa.

Le di otro beso, esta vez suave, en los labios y me fui tranquilamente, sintiendo encima la mirada fulgurante y desconcertada de la chica.

Cuando volvió con nosotros y se sentó en el mismo lugar de antes, percibí a su espalda gestos y vibraciones sutiles que nadie, aparte de mí, habría podido notar. Y más tarde tuve la confirmación de que mis sensaciones eran ciertas cuando íbamos por la calle, en el momento en que dejamos a los demás para ir a la fiesta.

—¿A qué ha venido eso? —me susurró al oído, insinuante, mientras pasaba el brazo por encima de mi hombro con determinación.

Intuí una nota burlona en su voz y lo miré de reojo antes de desviar la vista hacia otra parte.

—No me dirás que no te ha gustado… —murmuré, demasiado cortada como para mirarlo directamente.

Rigel se mordisqueó el labio y, cosa rara, una carcajada ronca y de baja intensidad brotó de su pecho. Aquel sonido me hizo vibrar hasta los huesos y, a pesar de mi persistente rubor, lo miré a los ojos. Vi cómo se reía, algo desconcertada, y al instante el pecho se me llenó de un amor ardiente.

Tendría que estar acostumbrada a verlo sonreír y a ser él mismo, pero no acababa de habituarme. Y resultaba casi… extraño verlo así, iluminado con aquellos colores vívidos, pero no se trataba de una extrañeza desagradable, no, sino de una extrañeza bonita, maravillosa y sorprendente, capaz de dejarte sin aliento. Una extrañeza que te embelesaba el alma y el corazón, como el resplandor de un relámpago en la noche.

Eso era Rigel para mí.

Mi luz en la oscuridad.

Aquel rayo de tormenta que brillaba más que el sol.

—Punzante —comentó arrastrando las sílabas, con la sonrisa aún entre los dientes.

Con el alma impregnada de su sonrisa, lo abracé, incliné la cabeza hacia atrás y sonreí despacio, pegando los labios a su brazo.

Siempre había algo único y especial en nuestra normalidad.

Y eso… Eso no cambiaría nunca.

—¡Enhorabuena! —exclamé mientras abrazaba a Adeline.

Estaba radiante y esplendorosa con aquel vestido de tonalidades pastel y, aun sin verle el rostro, percibí la calidez que le vivificaba las mejillas. Se apartó un poco y me sonrió con los ojos luminosos y unos pendientes que enmarcaban sus mejillas escarlata. La encontré estupenda. Carl, a su lado, me sonrió con las orejas rojas de la emoción.

—También están sus padres —me informó Adeline, señalándome la familia de Carl entre amigos y clientes asiduos de la tienda—. Le insistí en que quería conocerlos y me los presentó con ese entrañable orgullo que se reserva para los miembros de la familia.

Saludé a Dalma y a George, que sostenían una copa de champán, y vi a Asia junto a ellos. Me detuve y le dediqué una sonrisa vacilante, un poco maltrecha, pero cargada de mil significados. Ella me correspondió con sus ojos profundos, inclinando la cabeza en un gesto que tal vez algún día nos permitiría construir muchas cosas.

Nunca olvidaría lo que había hecho por mí unos días atrás, cuando el juicio.

De pronto sonó el timbre. Aún seguían llegando invitados, así que miré a Rigel y le dije que yo me encargaría de recibirlos. Él asintió con un gesto y en aquel momento los padres de Asia se acercaron a saludarlo y a intercambiar algún que otro comentario. Los dejé allí y fui a abrir la puerta.

—¿Es aquí la fiesta?

Una chica de rostro travieso y con los brazos en jarras apareció ante mi vista.

—¡Sarah! —exclamé con una sonrisa, y ella se llevó una mano a la boca mientras me miraba entusiasmada.

—¡Pero que barrio más bonito, Nica, es adorable! Todas esas florecitas, y las vallas…

—¿Quieres hacer el favor de moverte? —masculló una voz a su espalda, abriéndose paso con un codazo.

Miki hizo su entrada lanzándole una mirada huraña, mientras yo admiraba el rostro anguloso y atractivo de la mujer en que se había convertido.

Su larga melena morena osciló sobre su pecho, pero sus bonitos y carnosos labios no habían perdido la costumbre de masticar chicle. Llevaba unos pantalones negros ajustados, unas botas militares de suela gruesa y un jersey claro debajo del cual, a pesar de los años transcurridos, seguía ocultando sus formas.

Miki siempre había tenido un físico de curvas generosas, pero jamás le había gustado mostrarlo; se sentía más a gusto llevando ropa holgada y cómoda y, aunque había madurado con el paso del tiempo, su estilo no había cambiado.

—Me alegro de que hayáis venido —le dije a modo de bienvenida, pero ella me respondió con una mirada poco tranquilizadora y se dio la vuelta para quitarse la chaqueta. La miré a mi vez, un poco sorprendida y le pregunté a Sarah:

—¿Qué ha pasado? ¿Por qué está de mal humor?

—Ya puedes imaginártelo, mientras estábamos echando gasolina, el típico deficiente le ha silbado en plan piropo… Y ya sabes cómo se pone con esas cosas…

Miki la fulminó con la mirada.

—Lo menos que podrías haber hecho era no secundarlo —masculló ofendida y Sarah replicó con una risita sarcástica:

—Solo me he unido al homenaje…

En aquel momento, por suerte, alguien más llamó a la puerta. Abrí y al instante me cegó un potente flash.

—¡Bum! —exclamó Billie, irrumpiendo eufórica—. Ah, esta es muy buena… La llamaré *El ataque de la pantera*… —dijo asintiendo satisfecha y mirando los ojos amenazadores de Miki atrapados en la pan-

talla. Tras lo cual, alzó la vista y añadió sonriendo con entusiasmo—:
¡Hola!

Desde que se había cortado el pelo, sus rizos rubios salían disparados en todas direcciones, pero en mi opinión aquel corte le quedaba genial, porque acentuaba su efervescente personalidad.

—Llegáis en el momento justo —dije a modo de saludo mientras la hacía pasar—. Norman está sirviendo el champán.

Tras ella, un chico altísimo y un poco desgarbado avanzó con timidez. Llevaba puesta una gorra, pero se la quitó de inmediato, como si estuviera entrando en una iglesia.

—Hola, Nica… Gracias por la invitación. He… he traído esta botella…

—¡Vince! —exclamó Sarah sonriente, levantando los brazos como si hubiera ganado el equipo de su corazón.

—Ah, hola, Sarah…

—¡Pero qué músculos has echado! ¡Increíble! ¡Mira qué cosa! —proclamó ella, tocando sus brazos flacuchos, y Vince, halagado, se sonrojó un poco.

—Bueno, ya sabes que he empezado a entrenar y… Ah, hola, Miki —farfulló de pronto, repentinamente solícito.

Miki le correspondió como solía hacer, sin mirarlo, y Vince estrujó la gorra entre sus manos, observándola de soslayo.

Se esforzaba hasta lo indecible en obtener una pizca de aprobación por parte de Miki, pero al parecer no lo estaba logrando. Sin embargo, Vince era un chico tan tímido y desmañado que era imposible no quererlo y estaba segura de que Miki, bajo aquella corteza tan dura, se había dado cuenta.

—Venid, acomodaos —les dije mientras los invitaba a pasar—. Anna acaba de sacar del horno los aperitivos calientes.

Era consciente de que la fiesta era en honor de Adeline, pero me tomé la libertad de invitar también a mis amigos. Me encantaba rodearme de mis seres queridos, hacía que me sintiera dentro de una cálida burbuja, suave y envolvente. Me gustaría tenerlos siempre en casa, quizá porque, al no haber tenido nada mío cuando era pequeña, crecí con la convicción de que la felicidad había que compartirla.

Sarah no bebió nada, pero Vincent volvió al poco con dos copas. Le pasó una a Billie, que le sonrió afectuosa bajo la masa de rizos.

—Gracias, cariño.

Pensé que la otra sería para él, pero se la tendió a Miki. Ella miró el vaso, imperturbable.

—No me gusta el champán —murmuró apartando la mirada.

—Ya lo sé —respondió Vincent, cohibido—, por eso te he traído vino blanco... Sé que es tu preferido.

Miki lo miró y, detrás de ella, Sarah se besó los dedos con pasión y levantó los pulgares en señal de victoria.

Me fijé en que Billie observaba a su mejor amiga con una pizca de aprensión, pero suspiró aliviada cuando vio que Miki cogía la copa que Vincent le estaba ofreciendo.

Se la llevó hasta el pecho, con esa expresión propia de quien no sabe cómo responder a una gentileza y, tras cruzar la mirada con los esperanzados ojos de Billie, masculló:

—Gracias.

Vincent se puso colorado y se retrajo un poco; entonces se dio cuenta de que tenía las manos vacías y fue a buscar algo de beber.

—Lo adoro —confesó Sarah, mientras él coincidía con Norman y ambos se saludaban, a cuál más desmañado.

Los ojos de Billie se iluminaron de gratitud y yo percibí lo mucho que aquellas palabras la reconfortaban, porque eso era lo único que esperaba escuchar.

Poco después, cuando la fiesta estaba en su momento álgido, vi a Vincent gesticulando, enfrascado en una animada conversación.

Rigel estaba a su lado con los brazos cruzados sobre el pecho, con una copa de champán en la mano y el mentón ligeramente bajo, haciendo sombra. Bajo las afiladas cejas, miraba de lado a Vincent, visiblemente escéptico respecto a lo que le estaba diciendo, pero al mismo tiempo lo bastante contenido como para no hacérselo notar.

Traté de ocultar una sonrisa, pero me fue imposible.

A Vincent le encantaba el espacio, la cosmología y la teoría cuántica, y parecía tener a Rigel en gran estima: pese a los silencios y a las estocadas recelosas, pese a que Miki a su lado fuera un pedazo de pan, Vincent siempre se alegraba de verlo.

Y, pese a lo distintos que eran ambos, Rigel se esforzaba en ser... amable con él. Educado, por lo menos.

En ese momento, me di cuenta de que, un poco más lejos, Anna lo estaba observando. En aquella mirada un poco triste había un afecto al que Rigel nunca podría corresponder.

«No soy capaz de sentirme vinculado a ellos», me susurró en una ocasión.

Estábamos paseando después de haber cenado con Anna y Norman, y aquella confesión apagada rompió el silencio. Enseguida supe a qué se refería, porque su tono cambiaba cuando daba voz a su alma.

Alcé la vista y lo vi, el rostro ladeado, las manos en los bolsillos de la cazadora y el pelo confundiéndose con la noche. Cuando se daban esos momentos, mirarme a los ojos suponía un contacto demasiado directo para él.

No lograba encariñarse de ellos.

No lograba encariñarse de nadie. La verdad era esa.

El síndrome del abandono y el peso psicológico de la enfermedad le habían creado desde pequeño una grave inseguridad emotiva.

Y su relación con la directora... no había hecho sino empeorar las cosas. Desde niño, Rigel había sentido una desesperada necesidad de afecto, pero obtenerlo de una mujer como aquella lo había empujado a rechazar la única forma de amor que recibía. Margaret era un monstruo y él lo sabía.

Eso lo había conducido a negarse los afectos, a crecer sin vínculos y a rechazarlos. La soledad, la frustración y la ausencia de puntos de referencia estables habían minado gravemente su capacidad de crear vínculos afectivos.

No era culpa suya. Él se había protegido como si se tratase de una enfermedad, había desarrollado los anticuerpos que le permitían no enfermar.

En la oscuridad de aquella calle, acepté su silencio y lo tomé de la mano. No pude decirle hasta qué punto Anna y Norman lo querían de verdad, pero en el fondo estaba segura de que, aunque ya no existiera, el niño que fue una vez hubiera querido poder corresponderles.

El timbre volvió a sonar.

Dejé mi copa y me dirigí de nuevo a la puerta, pero antes de llegar a la entrada, Klaus se escabulló entre mis piernas. Se detuvo y me lanzó una mirada de indignación, contrariado por tener todos aquellos invitados en casa; lo cogí en brazos y maulló contrariado. Le di un beso en la cabeza y le rasqué detrás de la oreja como a él le gustaba; sonreí cuando se le escapó un ronroneo. Lo acaricié con ternura y lo deposité en el primer peldaño de las escaleras, desde donde él me lanzó una mirada resentida, probablemente ofendido por no haber seguido mimándolo como se merecía.

—Ya voy…

Abrí la puerta.

Y me quedé paralizada.

El pasado se abrió ante mis ojos y me arrancó por un instante del presente.

El chico que tenía delante se volvió. Y en el instante en que lo miré a los ojos, sentí que mi corazón desaparecía y el tiempo se detenía.

—… ¿Peter? —susurré con un hilo de voz.

Él me miró con aquellos ojos que recordaba a la perfección.

—Nica…

Ahora sentía que el corazón se me estaba hinchando hasta cortarme la respiración. Era tal mi incredulidad que extendí los brazos de un modo irracional.

Lo abracé y su pelo rubio me acarició las mejillas.

Peter tembló, se puso rígido, pero yo era presa de una emoción demasiado sorda como para darme cuenta.

De él recordaba a aquel niño delgado, con ojeras persistentes, que siempre lloraba más que los otros niños y se ocultaba detrás de cualquiera. Nunca supo defenderse de la crueldad; un alma delicada como la suya ni siquiera tenía fuerza para protegerse.

—No… no me lo puedo creer… —exhalé apartándome un poco.

Sentí que se me humedecían los ojos y en ese momento me fijé en su extrema lividez mientras tensaba los nervios del cuello. Tardé un instante en preguntarme si aquella reacción se la habría causado yo.

—Ya…

Peter se esforzó en sonreír, pero le tembló la comisura de la boca, como si tuviera un extraño tic. El extremo de su labio parecía estar sometido a un hormigueo constante y mi corazón se llenó de confusión, hasta que lo comprendí: lo había asustado. No había reparado en algo fundamental. Peter era como yo, pero mucho más.

Él también había dejado de crecer.

Sin embargo, Adeline ya me lo había dicho tiempo atrás. Él jamás se recuperó.

—Me ha invitado Adeline —dijo mientras tragaba saliva. Me pareció que se iba relajando poco a poco—. Estaba aquí… por el juicio. Te vi aquel día —confesó—. Os vi a las dos. Yo también estaba. Te escuché en el banquillo de los testigos, Nica. Me hubiera gustado saludarte, pero después ya no pude encontrarte.

Había salido huyendo, por eso no me vio.

Sonreí, con una sonrisa trémula mediante la cual esperaba ser capaz de transmitírselo todo.

—Si hubiera sabido que estabas allí, habría reunido las fuerzas necesarias para quedarme.

Los ojos de Peter se desplazaron convulsivamente hacia un lado durante una fracción de segundo e intuí que ese era su modo de mostrar incomodidad y retraimiento, así que suavicé la voz.

—Fue muy valiente por tu parte lo que hiciste. Sin ti… ella nunca habría sido condenada.

Margaret ya no atormentaría más nuestra realidad. Con los distintos testimonios, las pruebas aplastantes y los informes de los trastornos psicológicos permanentes que había causado, el tribunal no solo la había declarado culpable, sino que con la condena que le había caído ya no podría volver a hacerle daño a nadie.

Ya no infectaría nuestro futuro.

Solo el pasado.

Me preguntaba qué debió de pensar «Ella», al enterarse de que había sido Peter quien había activado todo aquel mecanismo. Precisamente el único que nunca había tenido fuerza para actuar, el único que siempre había sido demasiado pequeño y al que «Ella» tenía demasiado aterrorizado como para hacer algo.

—Ven —le dije con voz cálida, y me hice a un lado para invitarlo a pasar. Me mantuve a una distancia aceptable, esperando que comprendiera que no volvería a invadir su espacio sin su consentimiento.

Peter entró, cauteloso, y dejé que se quitara él la chaqueta.

Resultaba tan extraño verlo allí, en mi presente, y, sin embargo, lo primero en que pensé fue en presentarle a Anna y a Norman.

Lo acomodé en el sofá y le pregunté si quería que le trajese algo de beber, pero dijo que no. Noté que tenía una pequeña contracción en el párpado cuando miraba a su alrededor y que sus gestos denotaban cierto nerviosismo.

Tenía el mismo pelo de color zanahoria, los mismos ojos de un azul pálido coronando su larga nariz. El rostro estaba constelado de pecas y su constitución delgada, aunque ahora iba en consonancia con la de un muchacho adulto, no había cambiado prácticamente. Seguía pareciendo menudo, frágil y asustado. Como cuando era niño.

—Así que… ¿esta es tu casa?

—Sí —respondí con suavidad, sentándome cerca de él, pero despacio—. Conocí a los Milligan a los diecisiete años. Vinieron al Grave… Son unas personas muy dulces. Me gustaría presentártelos, si quieres.

No quería pasarme. Acababa de llegar y, además, no sabía hasta qué punto se sentiría cómodo entre extraños. A lo mejor Adeline no le había dicho que habría tanta gente. Seguía mirando alrededor, como si quisiera tener un par de pupilas por cada individuo presente en la sala.

—Sé que te adoptaron cuando te transfirieron al Saint Joseph —le dije buscando su mirada mientras me recogía el pelo detrás de la oreja, y el asintió. Peter se marchó al mismo tiempo que Adeline, pero él no permaneció mucho tiempo en la nueva institución.

—Los Clay —me explicó mostrándome en el móvil la fotografía de una pareja feliz y sonriente con un niño que hacía el signo de la victoria. Tenían la piel oscura, y Peter tenía el brazo apoyado en los hombros del hijo, con una expresión serena en el rostro.

Sonreí y él pareció relajarse imperceptiblemente.

—Llegaron cuando tenía trece años —siguió contándome—. Aquel día… Bueno, me tropecé con la alfombra. Quería causar buena impresión, pero acabé cargándome la planta de la entrada. Y al instante decidieron que querían conocerme. Me encontraron… simpático, creo.

Me reí mientras me llevaba una mano a la boca, y Peter a su vez esbozó una sonrisa. Me habló de ellos, de la escuela, de cómo fue dejar la institución y ser acogido por una familia. Me reconocí en muchas de sus palabras y me hizo feliz que me contara parte de lo que había sido su vida.

Pero de pronto Peter se quedó paralizado. Su rostro se volvió de piedra y la expresión de sus ojos se endureció, como por efecto de un shock. Me lo quedé mirando, confundida por aquel cambio tan imprevisto, y me giré instintivamente para seguir la trayectoria de su mirada.

El corazón me dio un vuelco en cuanto lo comprendí.

Rigel.

Había visto a Rigel, al fondo de la sala.

Adeline estaba hablando animadamente con él y, aunque sus labios blancos estaban sellados, haciendo gala de su habitual pose hermética, sus ojos negros sí le prestaban atención. Ella sonrió y le dio una palmada juguetona en el hombro, y él le respondió algo que la hizo estallar en una expresiva carcajada.

—Él —exclamó Peter con la voz irreconocible—. ¿Qué hace… él… aquí…?

—Las cosas no son como crees, Peter —me apresuré a decir.

Sabía quién era Rigel en nuestros recuerdos de infancia: el monstruo violento y cruel respecto al cual el propio Peter me había puesto en guardia.

—Hay cosas que no sabes —seguí diciéndole con voz suave—. Rigel nunca tuvo nada que ver con la directora. Créeme.

Tal vez si lo hubiera visto en el proceso contra Margaret, habría sido distinto, pero ese día Rigel no estaba.

—Debí de imaginarme que tarde o temprano volvería a encontrármelo. Míralo —siseó con rencor, porque ante sus ojos había un chico impecable y espléndido, pero él, en cambio, siempre llevaría encima las señales de aquellos abusos—. No ha cambiado nada.

—No es la persona que crees —le aseguré con una punzada de amargura.

Tenía el cuerpo tenso y el tic en el párpado indicaba que su estrés iba en aumento. Hubiera querido estrecharle la mano, pero enseguida vi que no era una buena idea.

—Peter —musité—, Rigel es muy distinto del chico que imaginabas...

—¿Lo estás defendiendo? —Sus ojos se desplazaron hasta los míos con incredulidad—. ¿Después de todo lo que te hizo?

Me miró como si fuera una extraña y de pronto una sombra gris y venenosa le oscureció el rostro.

—Claro. Después de todo, siempre se le ha dado bien esto. Manipular... De ahí que Adeline lo haya invitado. Incluso después de todo este tiempo...

Sus ojos lo traicionaron haciendo asomar una espina de celos cuando volvió a mirarlos. Vi en su interior un sentimiento reprimido y comprendí que iba dirigido a Adeline.

Sin embargo, aunque Peter siempre había despreciado a Rigel, parecía más celoso de él que del propio Carl.

—Te equivocas —repliqué con voz suave y sincera—. Adeline lo aprecia. Para ella es... como un hermano.

—Ya, pero no tuvo problema en tirársela —siseó con acidez.

Me quedé sin respiración.

Miré a Peter, inmóvil, como si se me hubiera parado el corazón.

—... ¿Qué?

—¿Cómo que «qué»? ¿Es que acaso no lo sabías?

Me lo quedé mirando, helada, e instintivamente mis ojos se dirigieron hacia Adeline. La vi allí, sonriente, feliz, locamente enamorada del chico con el que iba a casarse y, sin embargo, aquellas palabras me estaban devorando el cerebro.

—Yo compartía habitación con él —me recordó Peter—, sé muy bien de lo que hablo. Tenía que levantarme e irme cada vez que ella llegaba… Cada maldita vez… Solo tenía ojos para él. Él y solo él. Como si no acaparase ya la atención de todo el mundo. —Le lanzó a Rigel una mirada cargada de odio—. No me sorprende verlo aquí, querrá recordarle el efecto que le causaba. O que le sigue causando…

—Rigel está aquí conmigo —solté de forma casi mecánica. Tenía el cerebro alborotado y una extraña sensación en el pecho, pero aquellas palabras hallaron igualmente el camino para salir de mis labios—. Nosotros… estamos juntos.

Jamás me habría imaginado a Peter con aquella expresión, como si acabara de decirle algo abominable. La consternación creó un extraño contraste en sus rasgos: sus ojos eran los de un niño, pero aquella furia incrédula que destilaba era propia de un adulto.

—¿Estáis… juntos? —repitió como si yo me hubiera vuelto loca—. ¿Tú estás con él? ¿Acaso has olvidado cómo te trataba? ¡Él te odiaba, Nica!

—No me odiaba, Peter —susurré, porque, si bien Rigel era un cuento que los demás no podían comprender, Peter formaba parte de nuestro pasado y yo sentía la necesidad de cambiar sus convicciones—. Todo lo contrario…

—Claro —rezongó sarcástico—, estaba enamorado de ti, pero se follaba a otra cada dos por tres.

Me sobresalté. Aquellas palabras me golpearon directamente el corazón, como un puntapié bien asestado. Me quedé muda y Peter sacudió la cabeza, con un atisbo de compasión.

—Siempre has sido demasiado ingenua, Nica.

Algo se agitó en lo más profundo de mi pecho, me quemó, se fue haciendo persistente, y no fui capaz de impedir que mis ojos fueran en busca de los de Rigel.

Su mirada de obsidiana cortaba la estancia. Adeline ya no estaba con él, ahora su atención estaba puesta en el chico que estaba sentado junto a mí en el sofá. Miró a Peter sin pestañear, con un destello de certeza, la misma que yo tuve en el momento en que lo reconocí al abrir la puerta.

Y, al instante, su mirada se encontró con la mía.

En ese momento, la idea de que Adeline y él se hubieran tocado y respirado como hacíamos nosotros me erosionó por dentro.

Ahora comprendía aquel beso que le dio cuando volvió a aparecer unos años atrás. Rigel y ella habían compartido muchos en el pasado.

Aquella idea me revolvió el estómago.

Me puse en pie, mirando hacia otro lado, y me excusé con Peter antes de abandonar el salón.

Ahora ya sabía que no podría hacerle cambiar de idea: estaba demasiado anclado en sus certezas, en su pasado, como para reevaluarlo todo. No estaría dispuesto a replantearse la realidad y yo sentía tal necesidad de alejarme que no pude seguir allí. Tenía la imagen de Adeline incrustada en los ojos y, a pesar de lo que sentía, no estaba dispuesta a arruinarle aquel momento.

Me alejé por el pasillo y me dirigí a la estancia del fondo. El cabello me rozó los codos cuando me detuve allí, en el centro de la alfombra, lejos de las miradas y los ruidos.

Cuando oí que alguien cerraba la puerta a mi espalda, me volví con la certeza de saber quién era.

—¿Te has acostado con Adeline? —pregunté de improviso, sin reprimirme, como si aquellas palabras me quemasen los labios.

Rigel me miró detenidamente, con el rostro abatido y una expresión circunspecta que le ensombrecía los ojos.

—¿Es eso lo que te ha dicho Peter?

—Contéstame, Rigel.

Solo recibí un silencio por respuesta. Pero yo había aprendido a interpretar aquella ausencia de palabras mejor que las palabras en sí.

Desvié la mirada, decepcionada, y me volví de nuevo hacia él.

—¿Cuándo pensabas decírmelo?

—¿Qué habrías querido que te dijese exactamente?

—No tergiverses mis palabras. Sabes lo importantes que sois ambos para mí. La idea de que vosotros dos… —Busqué las palabras, pero la amargura me cerró la garganta.

No tendría por qué importarme. Sucedió antes de que Rigel y yo descubriéramos que nos pertenecíamos. ¿Qué tenía que ver con nosotros? Nada.

Sin embargo, aquel pensamiento se había aferrado a mis inseguridades y no me dejaba en paz.

Adeline me dijo que él era el único que me cogía la mano cuando Margaret me castigaba, que era él quien me protegía siempre, que sus gestos habían obedecido en todo momento a algo único y profundo, desde el principio, pero ahora todas esas palabras parecían vacías, lejanas.

¿Había mentido?

—Por eso siempre estabas tan tenso cuando hablaba del pasado con ella. Temías que lo descubriese.

Tenía que mostrarme racional, pero la idea de que me hubieran mantenido en la ignorancia me atormentaba. El temor de que hubiera habido algo entre ellos me había asaltado muchas veces y otras tantas había intentado remontarme a los orígenes de su relación, pero solo lo hacía porque conmigo nunca habían sido claros al respecto.

¿Por qué tenían que dejarme siempre al margen, protegerme, decidir por mí?

¿Acaso no podían decirme la verdad?

—Sucedió hace mucho tiempo —replicó Rigel en voz alta, como si le costara pronunciar aquellas palabras—. No, no quería que lo descubrieras. ¿Qué otra elección tenía?

—Has elegido no decírmelo —repliqué hablando despacio.

Arqueó las cejas al percibir amargura en mi voz. Avanzó un paso hacia mí, con la frustración grabada en los ojos.

—Entonces ¿esto va así? ¿Llega Peter y volvemos al punto de partida?

—Deja a Peter fuera —susurré inflexible—. Es el único que ha sido sincero.

—Peter no sabe nada —bramó furioso, irguiéndose sobre mí—. Después de todo este tiempo, ¿prefieres creerlo a él?

—Esa no es la cuestión…

—Sin embargo ¡ha bastado para que pierdas toda tu confianza en mí!

—¡Te confiaría mi vida! —exclamé, desarmada, con los ojos muy abiertos; me sentía extremadamente frágil—. ¿No lo entiendes? Yo confío en ti como en mí misma, eres tú quien ha preferido ocultarme algo así. Sabes lo importantes que sois Adeline y tú en mi vida. Sabes que la considero mi hermana… ¿Cuántas cosas más no me habéis dicho?

Tal vez estaba exagerando, tal vez no hubiera debido hacerlo, pero el hecho de que hubieran decidido ocultármelo en lugar de hablarme claro me provocaba un sentimiento de desilusión inmenso.

x

Tal vez otra chica en mi lugar hubiera preferido no saberlo.

Tal vez hubiera preferido vivir en la inopia, feliz e ignorante.

Pero yo no.

Con Rigel yo era un libro abierto. Confiaba en él más que en nadie, pero necesitaba que él confiara del mismo modo en mí, que no se callase las cosas por miedo a perderme. No iba a perderme, yo solo quería la verdad. ¿Acaso pensaba que me alejaría de él por algo que había sucedido hacía años?

Exhalé despacio y sacudí la cabeza; bajé los brazos en un gesto lento y lo miré con ojos tristes.

—Puedes decírmelo todo —le susurré—. Cuando decides no hacerlo es cuando me hieres. Si no quieres hablar de Adeline, entonces nunca sabré qué ha habido entre vosotros. De acuerdo… —musité a pesar de lo que sentía—. Pero a veces solo querría que tú… me permitieras comprender mejor lo que sientes. Te conozco, Rigel, pero no siempre puedo saber lo que estás pensando. —Me estrechó entre sus brazos, inclinó el rostro y dejó que hablara la parte más grácil de mi corazón—. Puedes… confiar en mí —dije con absoluta sinceridad—. No debes tener miedo de herirme. Y si no quieres hablar de esto… Si… no quieres hablar de Adeline… entonces no preguntaré. Sea lo que sea lo que os une, si no puedes decírmelo… yo lo acepto. —Tragué saliva despacio—. No dudaré de ti… pero me gustaría que tú hicieras lo mismo. Que te sintieras libre de hablarme… y de ser sincero conmigo. Estoy perdidamente enamorada de ti —admití, rendida—. Y eso no cambiará nunca.

Alcé la mirada. Debía de tener la expresión más sumisa del mundo. Traté de sonreír, pero la mancha de amargura que empañaba mis ojos me hizo desistir del intento. Desvié la vista y suspiré despacio.

—Y ahora volvamos allí —murmuré mientras pasaba delante de él.

Llegué hasta la puerta y la abrí, dispuesta a reanudar las charlas, a proseguir la fiesta, dispuesta a volver a la realidad que se desarrollaba fuera de nosotros, pero no pude.

Una mano se posó en el batiente de la puerta y volvió a cerrarla con firmeza.

La respiración de Rigel me acarició la nuca, mientras su cálido pecho me presionaba la espalda.

No me moví cuando sentí la solidez de su cuerpo contra el mío. Permanecí inmóvil, atrapada en su calor, como si fuera mi fin y mi principio.

Siempre recordaría el silencio de aquel momento.

—Te amo desde los cinco años.

La voz ronca de Rigel se había convertido en un susurro apenas audible. Sus labios me rozaron la oreja, despacio, como si aquellas palabras fueran un secreto inconfesado. Contuve la respiración.

—He tratado de impedirlo con todas mis fuerzas —siguió diciendo, con aquel tono de voz que se precipitaba poco a poco por su boca—, pero tú no me has dejado otra elección. Lo has derribado todo. Me has arrebatado hasta la última cosa y te he odiado por ello. Estuve con ella porque te buscaba a ti en las otras…, pero ninguna tenía nunca las suficientes pecas, ninguna tenía tu pelo o los ojos lo bastante claros.

Hizo otra pausa, con su cuerpo apretado contra el mío, su cálido aliento en mi cuello. Yo percibía lo mucho que le estaba costando pronunciar aquellas palabras.

—Nunca he sabido amar —confesó con un matiz de amargura y derrota en la voz—. No tengo tacto y no soy amable. No creo en los sentimientos porque no soy capaz de establecer vínculos con nadie… Pero si el amor existe, tiene tus ojos, tu voz y tus puñeteras tiritas en los dedos.

Me alzó la mano.

Se sacó del bolsillo una de las tiritas que yo había dejado en su casa, la abrió y me la puso en el anular.

Como un anillo.

—Esto es todo lo que tengo para darte. Y, si un día te casas conmigo, Nica, todo el mundo verá que eres mía, como lo has sido en silencio desde el principio.

Yo tenía los ojos abiertos de par en par. Unas lágrimas hirvientes me temblaban en los párpados, impidiéndome ver. No daba crédito a las palabras que acababa de escuchar, no podía creer que las hubiera pronunciado, pero mi pecho palpitaba como si alguien acabase de infligirme una herida abierta.

Poco a poco, temblando, me volví hasta estar frente a él. Rigel me sostuvo la mirada con todo su ser.

—Para mí, tú tienes los ojos del fabricante de lágrimas —murmuró— y siempre los tendrás.

Una oleada cálida y violenta me arrasó el pecho. En mi interior estalló un cúmulo de sentimientos sin principio ni fin que quemaba cuanto hallaba a su paso e inundaba mi alma de una luz que nadie más podría darme.

Las lágrimas me bañaron el rostro. Él me tocó una mejilla, la acarició despacio, y yo ya no vi al lobo, sino algo distinto.

Aquel era el niño que me había mirado por primera vez en la puerta del Grave.

Aquella era la mano que había tenido la valentía de estrechar la mía en el sótano.

Aquellos eran los brazos que me habían levantado y me habían rodeado para protegerme.

El rostro que había recibido una bofetada en mi lugar.

Aquel era el corazón que nunca se había atrevido a entregarme.

Pero que, en todo momento y lugar, gritaba mi nombre.

Me lo ofrecía con los dedos llenos de rasguños y, aunque nunca había sabido amar con delicadeza, me estaba mostrando la parte más frágil y desnuda de sí mismo.

Por primera vez en toda una vida, Rigel me confesó palabras que inconscientemente yo había deseado durante años.

Que había esperado, aguardado, amado en secreto.

Y aunque yo no volviera a escucharlas nunca más, aunque él siguiera siendo el chico que solo habla con los ojos, tendría, para siempre, el corazón lleno de aquel amor.

Porque no era cierto que fuéramos un desastre. No.

Nosotros éramos una obra maestra.

La más bella y espectacular de todas.

Puse mi mano sobre la suya y le sonreí. Le sonreí con el corazón, con el alma, con las lágrimas y con aquella titita en el dedo.

Le sonreí como la mujer que era y la niña que sería siempre.

Y él me sonrió a su vez con toda la profundidad de sus ojos.

Solo con sus ojos.

Aquellos ojos que siempre amaría hasta la locura.

Me eché en sus brazos y me hundí en su pecho como nunca antes lo había hecho. Me aferré a él con cada fibra de mi ser y Rigel se inclinó sobre mí y me estrechó como si fuera la cosa más pequeña, frágil y valiosa de la tierra. Me alzó entre sus brazos y yo me cerré sobre su corazón como una mariposa.

Apreté mi frente contra la suya y lo besé una vez más y otra y otra y cada beso era una sonrisa, una lágrima que habría de unirnos para siempre.

Y al llegar a las últimas líneas de nuestro final, supe que, si había una moraleja, en ese cuento... éramos nosotros.

Sí, nosotros.

Porque nuestras almas resplandecían con la fuerza de mil soles.

Y, al igual que las constelaciones milenarias, nuestra historia estaba escrita allí.

En aquel cielo infinito.

Entre huracanes de desventura y nubes de polvo de estrellas.

Eterna e indestructible…

Más allá de toda medida.

Epílogo

Las luces navideñas brillaban como luciérnagas.

Un bonito árbol iluminado irradiaba destellos dorados que se propagaban hasta los rincones más remotos del salón. Avancé por el mármol reluciente a través de la penumbra, iluminada por los adornos, procurando no hacer ruido.

En el sofá, frente a la chimenea, una niña dormía acurrucada la mar de feliz.

Un robusto antebrazo la sostenía suavemente. Y su carita reposaba sobre el pecho de un hombre espléndido.

Rigel tenía el rostro ladeado y los ojos cerrados.

A sus treinta y cuatro años estaba más atractivo que nunca. Una barba incipiente le sombreaba la mandíbula y cada músculo de su cuerpo parecía haber sido modelado para responder a un instinto de protección intrínseco y natural. Los hombros anchos y las muñecas definidas de adulto transmitían una envolvente sensación de seguridad que podía percibirse en cuanto entraba en una estancia.

Cogí a la niña con cuidado, procurando no despertarla, y me la puse en brazos.

Habían estado juntos todo el día.

Cuando llegó a nuestras vidas, cinco años atrás, Rigel me confesó su temor: tenía miedo de no sentir afecto hacia ella, como había sucedido con todos los demás.

Sin embargo, ahora que ya había transcurrido un tiempo, podía afirmar que aquel temor se desvaneció en el mismo instante en que la vio en mis brazos, pequeña e indefensa, con aquel pelo de color azabache, idéntico al suyo.

Delicada, preciosa, pura… como una rosa negra.

Justo esa misma tarde, apoyada en el umbral, los había encontrado allí, sentados en la banqueta del piano. Ella en sus brazos, con un vestidito de terciopelo.

—Papá, cuéntame algo que no sepa —le pidió mirándolo con adoración, como hacía siempre.

Lo quería con locura y no hacía más que decir que su papá era el mejor de todos porque enviaba los satélites al espacio.

Rigel inclinó el rostro, pensativo, y las pestañas le rozaron los elegantes pómulos. A continuación, le cogió una de sus manitas y puso su palma contra la de él.

Jamás había sido delicado con nadie. Pero con ella…

—Muchos de los átomos que te componen, desde el calcio de tus huesos hasta el hierro de tu sangre, fueron creados en el corazón de una estrella que estalló hace miles de millones de años.

Su voz lenta y profunda acarició el aire como una sinfonía maravillosa.

Estaba segura de que ella no entendía bien sus palabras, pero abrió la boca formando una pequeña «O». Cuando ponía aquella expresión, Rigel decía que era idéntica a mí.

En ese momento, hice notar mi presencia, apoyada en el arco del salón.

—El maestro del parvulario me ha comentado una cosa curiosa… —empecé a decir—. Resulta que nuestra hija no permite que se le acerque ningún nene porque alguien la ha convencido de que transmiten enfermedades. ¿Tú sabes algo de este tema?

Rigel me lanzó una mirada aguda mientras la pequeña jugaba con el cuello de su camisa y después, chasqueó la lengua.

—No tengo ni idea —respondió.

La niña lo miró con la carita fruncida y preocupada.

—No quiero la enfermedad de los nenes, papá. No dejaré que se me acerque ninguno.

Lo abrazó y yo me lo quedé mirando, con una ceja arqueada y los brazos cruzados.

Rigel hizo una mueca.

—Es una niña muy lista —murmuró satisfecho de sí mismo.

Solo de pensarlo me entraban ganas de sonreír.

De pronto, la oí gimotear y la sentí apoyarse en mi garganta.

—¿Mamá…? —murmuró mientras se restregaba los ojos en mi piel.

—Duerme, mi amor.

Me abrazó el cuello con sus manitas y su pelo suave me hizo cosquillas en el mentón. Respiré el aroma de su champú de cereza y le hice mimos mientras subía las escaletas.

—Mamá —gorjeó de nuevo—, ¿papá antes se ha puesto malo? ¿Ha vuelto a tener dolor de cabeza?

Acerqué mi rostro a su cabeza y la estreché contra mi pecho.

—De vez en cuando sucede. Pero después se le pasa… Siempre se le pasa. Solo tiene que descansar. Tu papá es muy fuerte, ¿sabes?

—Lo sé —afirmó resuelta con su delicada vocecita.

Sonrió mientras llegábamos a su habitación y, una vez allí, la puse en su cama. Le encendí una lamparilla que proyectaba estrellas en el techo y le remetí las mantas con solícito cuidado. Se abrazó a mi muñeco en forma de oruga, muy remendado y restaurado para que ella pudiera seguir usándolo, y entonces reparé en que me estaba mirando con sus ojazos grises, como si de pronto hubiera dejado de tener sueño.

—¿Qué pasa? —le pregunté con ternura.

—¿No me cuentas una historia?

Le acaricié el pelo negro y se lo aparté a un lado.

—Ya deberías de estar durmiendo, Rose.

—Pero es Navidad —objetó con su vocecita—. Siempre me cuentas una historia muy bonita la noche de Navidad…

Me miró esperanzada, con su minúscula naricita y su piel blanca de muñequita, y no hallé ningún motivo para negarme a complacerla.

—Vale —accedí sentándome a su lado.

Rose sonrió feliz y sus ojos brillaron con el reflejo de mil estrellitas.

—¿Qué historia quieres que te cuente?

—La tuya y de papá —respondió al instante, entusiasmada, mientras yo le cubría el pecho con la manta.

—¿Otra vez esa? ¿Estás segura? Te la cuento todos los años…

—Me gusta —respondió cándidamente, como si con ello quedara zanjado el asunto.

Sonreí y me acomodé mejor en su camita.

—De acuerdo… ¿Por dónde quieres que empiece?

—¡Oh! ¡Por el principio!

Entorné los ojos y la miré con cariño. Me incliné para arreglarle la almohada, asegurándome de que estuviera cómoda y no cogiera frío.

—¿Desde el principio? Vale.

Me apoyé con una mano en la cama, miré las estrellas sobre nuestras cabezas y empecé a decir lentamente, con voz suave...

—En el Grave teníamos un sinfín de historias. Relatos susurrados, cuentos para dormir... Leyendas a flor de labios, iluminadas por la claridad de una vela.

La miré amorosamente a los ojos y sonreí.

—La más conocida era la del fabricante de lágrimas...

Agradecimientos

Hasta el final

Y nuestro viaje concluye…

Parece increíble haber llegado al final de esta historia.

Doy las gracias a todos aquellos que hayan llegado hasta aquí.

Gracias a Francesca y a Marco por la espléndida oportunidad.

Gracias a Ilaria Cresci, mi editora en este camino larguísimo, sin la cual esta novela no hubiera cobrado vida. Ha estado a mi lado de día, de noche, en los momentos de ansiedad y en los de alegría, y se ha dedicado a este proyecto con la seriedad de una profesional y la pasión de una amiga. He aprendido mucho de ella y le estoy muy agradecida por ello.

Gracias a mi familia que, aun sin saberlo, me ha dado la fuerza para perseguir un pequeño gran sueño. Gracias a mis muy queridas amigas por el entusiasmo con que han abrazado esta noticia y por el afecto que me han mostrado al creer profundamente en el proyecto. Son mi fuerza.

Y, finalmente, doy las gracias a todos mis lectores y lectoras, que han soñado, volado y fantaseado conmigo. Han creído en esta historia desde su comienzo y han esperado cada día, con paciencia, apoyándome en cada decisión y acompañándome en este viaje, codo con codo.

Todo esto es para vosotros.

Os dedico estas últimas palabras, porque sois la esencia de este libro, el alma de la historia y el corazón palpitante de este proyecto.

Espero que entendáis que…

Llorar es humano. Llorar significa sentir y no hay nada de malo en ello, no hay nada de malo en derrumbarse y en desahogarse. No significa que seamos débiles, significa que estamos vivos, que nuestro corazón late, se preocupa y arde de emociones.

Espero que entendáis que…

No hay que tener miedo de sentirse imperfecto. Todos lo somos y los cuentos también existen para quienes creen no merecérselos, así como para quienes se sienten demasiado distintos y defectuosos para ser merecedores de uno.

Buscadlos.

Hacedlo. No os deis por vencidos. No siempre resulta fácil reconocerlos. A veces se ocultan en una persona, en un lugar, en un sentimiento o dentro de uno mismo. A veces están un poco maltrechos, pero están ahí, bajo vuestros ojos, a la espera de ser descubiertos.

Y espero que entendáis que…

Todos tenemos nuestro fabricante de lágrimas. Y todos, a nuestra vez, somos el fabricante de lágrimas de alguien. No olvidemos el poder que tenemos sobre quien nos ama. No olvidemos que podemos herirlo, que una palabra o un gesto pueden causar un profundo impacto en su corazón. Que a veces, una pizca de delicadeza de más puede marcar la diferencia.

Parece triste, ¿verdad?

Haber llegado al final.

Pero en el fondo… Todo final no es sino un nuevo comienzo.

Espero que Rigel os haya inducido a entender que en un silencio se comprende la profundidad del universo y Nica, en cambio, que existe una tirita para cada cosa que intentemos. Debemos llevarlas con orgullo en los dedos, porque es digno de admirar que, a pesar de las heridas, siga intentándolo sin rendirse jamás.

Llevadlas con orgullo. Siempre.

Y no dejéis de intentarlo. Nunca.

Hacedlo, ¿de acuerdo?

Yo… ahora debo marcharme.

Nuestro tiempo ha llegado a su fin, pero…

Recordad: al fabricante de lágrimas no se le puede mentir.

Y si alguien os dice que los cuentos no existen…

Respondedle que hay uno que no conocen.

Uno que nunca han escuchado.

Uno que solo nosotros podemos contar.

Y si quieren escucharlo… Entonces volved aquí.

Dadme la mano.
Apretádmela con fuerza y seguidme.
Caminaremos por senderos oscuros, pero yo conozco el camino.
¿Estáis preparados?
Bien. Vamos allá…

Índice